鲁迅全集

第三卷

华 盖 集

华 盖 集 续 编

而 已 集

人民文学出版社

图书在版编目（CIP）数据

鲁迅全集. 3/鲁迅著. —北京：人民文学出版社，2005. 11（2022.11重印）
ISBN 978-7-02-005033-8

Ⅰ.①鲁… Ⅱ.①鲁… Ⅲ.①鲁迅著作—全集②鲁迅杂文 Ⅳ.①I210.1

中国版本图书馆 CIP 数据核字（2005）第 070012 号

责任编辑　刘　伟
装帧设计　李吉庆
责任校对　王鸿宝
责任印制　王重艺

在北京时摄（1925）

北京女子师范大学

在厦门时摄（1927）

广州中山大学大钟楼

目　录

华盖集续编

一九二六年

续 编 的 续 编

而 已 集

一 九 二 七 年

附　录

华 盖 集

本书收作者 1925 年所作杂文三十一篇。1926 年 6 月由北京北新书局初版。作者生前印行九版次。

题　　记[1]

　　在一年的尽头的深夜中,整理了这一年所写的杂感,竟比收在《热风》里的整四年中所写的还要多。意见大部分还是那样,而态度却没有那么质直了,措辞也时常弯弯曲曲,议论又往往执滞在几件小事情上,很足以贻笑于大方之家[2]。然而那又有什么法子呢。我今年偏遇到这些小事情,而偏有执滞于小事情的脾气。

　　我知道伟大的人物[3]能洞见三世,观照一切,历大苦恼,尝大欢喜,发大慈悲。但我又知道这必须深入山林,坐古树下,静观默想,得天眼通,离人间愈远遥,而知人间也愈深,愈广;于是凡有言说,也愈高,愈大;于是而为天人师。我幼时虽曾梦想飞空,但至今还在地上,救小创伤尚且来不及,那有余暇使心开意豁,立论都公允妥洽,平正通达,像“正人君子”[4]一般;正如沾水小蜂,只在泥土上爬来爬去,万不敢比附洋楼中的通人[5],但也自有悲苦愤激,决非洋楼中的通人所能领会。

　　这病痛的根柢就在我活在人间,又是一个常人,能够交着“华盖运”[6]。

　　我平生没有学过算命,不过听老年人说,人是有时要交“华盖运”的。这“华盖”在他们口头上大概已经讹作“镬盖”

了，现在加以订正。所以，这运，在和尚是好运：顶有华盖，自然是成佛作祖之兆。但俗人可不行，华盖在上，就要给罩住了，只好碰钉子。我今年开手作杂感时，就碰了两个大钉子：一是为了《咬文嚼字》，一是为了《青年必读书》。署名和匿名的豪杰之士的骂信，收了一大捆，至今还塞在书架下。此后又突然遇见了一些所谓学者，文士，正人，君子等等，据说都是讲公话，谈公理，而且深不以"党同伐异"〔7〕为然的。可惜我和他们太不同了，所以也就被他们伐了几下，——但这自然是为"公理"〔8〕之故，和我的"党同伐异"不同。这样，一直到现下还没有完结，只好"以待来年"〔9〕。

也有人劝我不要做这样的短评。那好意，我是很感激的，而且也并非不知道创作之可贵。然而要做这样的东西的时候，恐怕也还要做这样的东西，我以为如果艺术之宫里有这么麻烦的禁令，倒不如不进去；还是站在沙漠上，看看飞沙走石，乐则大笑，悲则大叫，愤则大骂，即使被沙砾打得遍身粗糙，头破血流，而时时抚摩自己的凝血，觉得若有花纹，也未必不及跟着中国的文士们去陪莎士比亚〔10〕吃黄油面包之有趣。

然而只恨我的眼界小，单是中国，这一年的大事件也可以算是很多的了，我竟往往没有论及，似乎无所感触。我早就很希望中国的青年站出来，对于中国的社会，文明，都毫无忌惮地加以批评，因此曾编印《莽原周刊》〔11〕，作为发言之地，可惜来说话的竟很少。在别的刊物上，倒大抵是对于反抗者的打击，这实在是使我怕敢想下去的。

现在是一年的尽头的深夜，深得这夜将尽了，我的生命，至少是一部分的生命，已经耗费在写这些无聊的东西中，而我所获得的，乃是我自己的灵魂的荒凉和粗糙。但是我并不惧惮这些，也不想遮盖这些，而且实在有些爱他们了，因为这是我转辗而生活于风沙中的瘢痕。凡有自己也觉得在风沙中转辗而生活着的，会知道这意思。

我编《热风》时，除遗漏的之外，又删去了好几篇。这一回却小有不同了，一时的杂感一类的东西，几乎都在这里面。

一九二五年十二月三十一日之夜，记于绿林书屋〔12〕东壁下。

　　＊　　　　＊　　　　＊

〔1〕　本篇最初发表于1926年1月25日《莽原》半月刊第二期。

〔2〕　大方之家　见识广博的人。《庄子·秋水》："吾长见笑于大方之家。"

〔3〕　伟大的人物　这里指佛教创始人释迦牟尼（约前565—前486）。佛经说他有感于人生的生、老、病、死等苦恼，在二十九岁时出家，苦行六年，仍未得解脱的途径。后来坐在菩提树下苦思七日，终于悟出了佛理。下文的三世，佛家语，指个体的过去（前世）、现在（现世）、未来（来世）。天眼通，也是佛家语，所谓"六通"（六种广大的"神通"）之一，即能透视常人目力所不能见的东西。天人师，佛的称号。

〔4〕　"正人君子"　指现代评论派的胡适、陈西滢、王世杰等。他们在1925年北京女子师范大学风潮中，曾为北洋政府教育总长章士钊等迫害学生的行为辩护，攻击参与学潮的女师大师生。这些人大都住在北京东吉祥胡同，北京《大同晚报》在1925年8月7日的一篇报导中称他们为"东吉祥派之正人君子"。

〔5〕 通人 博古通今、学识渊博的人。这里讽刺陈西滢等人。章士钊在他主编的《甲寅》周刊第一卷第二号（1925 年 7 月 25 日）发表的《孤桐杂记》中曾称赞陈西滢说："《现代评论》有记者自署西滢。无锡陈源之别字也。陈君本字通伯。的是当今通品。"

〔6〕 华盖 古星名。《宋史·天文志》："华盖七星，杠九星如盖有柄下垂，以覆大帝之座也。"旧时迷信的人有华盖星犯命之说。

〔7〕 "党同伐异" 语出《后汉书·党锢传序》："自武帝以后，崇尚儒学，怀经协术，所在雾会，至有石渠分争之论，党同伐异之说。"陈西滢在《现代评论》第三卷第五十三期（1925 年 12 月 12 日）的《闲话》中曾用此语影射鲁迅说："中国人是没有是非的……凡是同党，什么都是好的，凡是异党，什么都是坏的。"

〔8〕 "公理" 在北京女师大风潮中，陈西滢等曾组织"公理维持会"，以"公理"的名义支持章士钊解散女师大，反对女师大师生复校。参看本书《"公理"的把戏》。

〔9〕 "以待来年" 语出《孟子·滕文公(下)》："戴盈之曰：'什一，去关市之征，今兹未能，请轻之，以待来年，然后已，何如？'"

〔10〕 文士们 指陈西滢、徐志摩等人。他们都曾留学英国，常以研究过莎士比亚而自傲。徐志摩在 1925 年 10 月 26 日《晨报副刊》发表的《汉姆雷德与留学生》一文中，曾谈到他和陈西滢、丁西林在观看中国艺人演出莎士比亚戏剧时的"自大"的心态："我们是去过大英国，莎士比亚是英国人，他写英文的，我们懂英文的，在学堂里研究过他的戏，……英国留学生难得高兴时讲他的莎士比亚，多体面多够根儿的事情，你们没到过外国看不完全原文的当然不配插嘴，你们就配扁着耳朵悉心的听。"认为这种"自大"使他们看不起对莎剧的"古戏新演"，是应该"自省"的，因为英国人的莎剧"新演"也很"有趣"。莎士比亚(W. Shakespeare，1564—1616)，欧洲文艺复兴时期英国戏剧家、诗人。著有

剧本《仲夏夜之梦》、《罗密欧与朱丽叶》、《哈姆雷特》等三十七种。

〔11〕《莽原周刊》　文艺刊物,鲁迅编辑。1925 年 4 月 24 日创刊于北京,附《京报》发行,同年 11 月 27 日出至第三十二期休刊。参看本卷第 294 页注〔4〕。该刊所载文字大都是对于中国社会和文化的批评。鲁迅在《两地书·一七》中曾说:"中国现今文坛(?)的状况,实在不佳,但究竟做诗及小说者尚有人。最缺少的是'文明批评'和'社会批评',我之以《莽原》起哄,大半也就为了想由此引些新的这一种批评者来,……继续撕去旧社会的假面。"

〔12〕绿林书屋　西汉末年,王匡、王凤等在绿林山(在今湖北当阳)聚集农民起义,号"绿林兵"。后来以"绿林"或"绿林好汉"泛指聚居山林反抗官府或抢劫财物的人们。1925 年北洋政府教育部专门教育司司长刘百昭和现代评论派一些人,曾辱骂鲁迅等反对章士钊、支持女师大学潮的教员为"土匪"、"学匪"(参看本书《"公理"的把戏》和《华盖集续编·学界的三魂》),作者因戏称自己的书室为"绿林书屋"。

一 九 二 五 年

咬 文 嚼 字[1]

一

以摆脱传统思想的束缚而来主张男女平等的男人，却偏喜欢用轻靓艳丽字样来译外国女人的姓氏：加些草头，女旁，丝旁。不是"思黛儿"，就是"雪琳娜"。西洋和我们虽然远哉遥遥，但姓氏并无男女之别，却和中国一样的，——除掉斯拉夫民族在语尾上略有区别之外。所以如果我们周家的姑娘不另姓绸，陈府上的太太也不另姓蔯，则欧文[2]的小姐正无须改作妪纹，对于托尔斯泰[3]夫人也不必格外费心，特别写成妥嬛丝苔也。

以摆脱传统思想的束缚而来介绍世界文学的文人，却偏喜欢使外国人姓中国姓：Gogol 姓郭；Wilde 姓王；D'Annunzio 姓段，一姓唐；Holz 姓何；Gorky 姓高；Galsworthy 也姓高，[4]假使他谈到 Gorky，大概是称他"吾家 rky"[5]的了。我真万料不到一本《百家姓》[6]，到现在还有这般伟力。

一月八日。

9

二

古时候,咱们学化学,在书上很看见许多"金"旁和非"金"旁的古怪字,据说是原质[7]名目,偏旁是表明"金属"或"非金属"的,那一边大概是译音。但是,锈,锇,锡,锗,矽[8],连化学先生也讲得很费力,总须附加道:"这回是熟悉的悉。这回是休息的息了。这回是常见的锡。"而学生们为要记得符号,仍须另外记住腊丁字。现在渐渐译起有机化学来,因此这类怪字就更多了,也更难了,几个字拼合起来,像贴在商人帐桌面前的将"黄金萬两"拼成一个的怪字[9]一样。中国的化学家多能兼做新仓颉[10]。我想,倘若就用原文,省下造字的功夫来,一定于本职的化学上更其大有成绩,因为中国人的聪明是决不在白种人之下的。

在北京常看见各样好地名:辟才胡同,乃兹府,丞相胡同,协资庙,高义伯胡同,贵人关。但探起底细来,据说原是劈柴胡同,奶子府,绳匠胡同,蝎子庙,狗尾巴胡同,鬼门关。字面虽然改了,涵义还依旧。这很使我失望;否则,我将鼓吹改奴隶二字为"弩理",或是"努礼",使大家可以永远放心打盹儿,不必再愁什么了。但好在似乎也并没有什么人愁着,爆竹毕毕剥剥地都祀过财神了。

二月十日。

＊　　　＊　　　＊

〔１〕　本篇最初分两次发表于 1925 年 1 月 11 日、2 月 12 日北京《京报副刊》。

本篇第一节发表后，即遭到廖仲潜、潜源等人的反对，作者为此又写《咬嚼之余》和《咬嚼未始"乏味"》二文（收入《集外集》）予以反驳，可参看。

〔２〕　欧文　英美人的姓。如美国有散文家华盛顿·欧文（W. Irving，1783—1859）。

〔３〕　托尔斯泰　俄国人的姓。如俄国作家列夫·托尔斯泰（Л.Н.Толстой，1828—1910）。

〔４〕　Gogol　果戈理（Н.В.Гоголь，1809—1852），曾有人译为郭歌里，俄国作家。Wilde，王尔德（1854—1900），英国作家。D'Annunzio，邓南遮（1863—1938），曾有人译为唐南遮，意大利作家。Holz，何尔兹（1863—1929），德国作家。Gorky，高尔基（М.Горький，1868—1936），苏联作家。Galsworthy，高尔斯华绥（1867—1933），英国作家。

〔５〕　"吾家 rky"　即吾家尔基。旧时常称同宗的人为"吾家某某"；有些人为了攀附名人，连同姓的也都称"吾家某某"。

〔６〕　《百家姓》　旧时学塾所用的识字课本。宋初人编，系将姓氏连缀为四言韵语，以便诵读。

〔７〕　原质　元素的旧称。

〔８〕　锑，镱，锡，错，矽　化学元素的旧译名。其中除锡外，其他四种的今译名顺序为铍、锶、铈、硅。

〔９〕　"黄金萬两"拼成的怪字，其形如"䶤"。

〔１０〕　仓颉　亦作苍颉，相传是黄帝的史官，汉字最初的创造者。

青 年 必 读 书 [1]

——应《京报副刊》[2] 的征求

青年必读 书	从来没有留心过， 所以现在说不出。
附 注	但我要趁这机会，略说自己的经验，以供若干读者的参考—— 　　我看中国书时，总觉得就沉静下去，与实人生离开；读外国书——但除了印度——时，往往就与人生接触，想做点事。 　　中国书虽有劝人入世的话，也多是僵尸的乐观；外国书即使是颓唐和厌世的，但却是活人的颓唐和厌世。 　　我以为要少——或者竟不——看中国书，多看外国书。 　　少看中国书，其结果不过不能作文而已。但现在的青年最要紧的是"行"，不是"言"。只要是活人，不能作文算什么大不了的事。 　　　　　　　　　　　　（二月十日。）

*　　　*　　　*

〔1〕　本篇最初发表于 1925 年 2 月 21 日《京报副刊》。

1925 年 1 月间,《京报副刊》刊出启事,征求"青年爱读书"和"青年必读书"各十部的书目。本文是作者应约对后一项所作的答复。文章发表后,曾引起一些人的诘责和攻击。后来作者又写了《聊答"……"》、《报〈奇哉所谓……〉》等文(收入《集外集拾遗》),可参看。作者在 1933 年写的《答"兼示"》(收入《准风月谈》)中谈及本文的写作背景及主旨,亦可参看。

〔2〕《京报副刊》 《京报》的一种副刊,孙伏园编辑,1924 年 12 月创刊。《京报》,邵飘萍(振青)创办的报纸,1918 年 10 月创刊于北京,次年 8 月曾被段祺瑞查封,1920 年 9 月复刊,1926 年 4 月被奉系军阀张作霖查封。

忽 然 想 到[1]

一

做《内经》[2]的不知道究竟是谁。对于人的肌肉,他确是看过,但似乎单是剥了皮略略一观,没有细考校,所以乱成一片,说是凡有肌肉都发源于手指和足趾。宋的《洗冤录》[3]说人骨,竟至于谓男女骨数不同;老仵作之谈,也有不少胡说。然而直到现在,前者还是医家的宝典,后者还是检验的南针:这可以算得天下奇事之一。

牙痛在中国不知发端于何人?相传古人壮健,尧舜时代盖未必有;现在假定为起于二千年前罢。我幼时曾经牙痛,历试诸方,只有用细辛[4]者稍有效,但也不过麻痹片刻,不是对症药。至于拔牙的所谓"离骨散",乃是理想之谈,实际上并没有。西法的牙医一到,这才根本解决了;但在中国人手里一再传,又每每只学得镶补而忘了去腐杀菌,仍复渐渐地靠不住起来。牙痛了二千年,敷敷衍衍的不想一个好方法,别人想出来了,却又不肯好好地学:这大约也可以算得天下奇事之二罢。

康圣人[5]主张跪拜,以为"否则要此膝何用"。走时的腿的动作,固然不易于看得分明,但忘记了坐在椅上时候的膝的曲直,则不可谓非圣人之疏于格物[6]也。身中间脖颈最细,

14

古人则于此斫之，臀肉最肥，古人则于此打之，其格物都比康圣人精到，后人之爱不忍释，实非无因。所以僻县尚打小板子，去年北京戒严时亦尝恢复杀头，虽延国粹于一脉乎，而亦不可谓非天下奇事之三也！

一月十五日。

二

校着《苦闷的象征》[7]的排印样本时，想到一些琐事——

我于书的形式上有一种偏见，就是在书的开头和每个题目前后，总喜欢留些空白，所以付印的时候，一定明白地注明。但待排出寄来，却大抵一篇一篇挤得很紧，并不依所注的办。查看别的书，也一样，多是行行挤得极紧的。

较好的中国书和西洋书，每本前后总有一两张空白的副页，上下的天地头也很宽。而近来中国的排印的新书则大抵没有副页，天地头又都很短，想要写上一点意见或别的什么，也无地可容，翻开书来，满本是密密层层的黑字；加以油臭扑鼻，使人发生一种压迫和窘促之感，不特很少"读书之乐"，且觉得仿佛人生已没有"余裕"，"不留余地"了。

或者也许以这样的为质朴罢。但质朴是开始的"陋"，精力弥满，不惜物力的。现在的却是复归于陋，而质朴的精神已失，所以只能算窳败，算堕落，也就是常谈之所谓"因陋就简"。在这样"不留余地"空气的围绕里，人们的精神大抵要被挤小的。

　　外国的平易地讲述学术文艺的书,往往夹杂些闲话或笑谈,使文章增添活气,读者感到格外的兴趣,不易于疲倦。但中国的有些译本,却将这些删去,单留下艰难的讲学语,使他复近于教科书。这正如折花者,除尽枝叶,单留花朵,折花固然是折花,然而花枝的活气却灭尽了。人们到了失去余裕心,或不自觉地满抱了不留余地心时,这民族的将来恐怕就可虑。上述的那两样,固然是比牛毛还细小的事,但究竟是时代精神表现之一端,所以也可以类推到别样。例如现在器具之轻薄草率(世间误以为灵便),建筑之偷工减料,办事之敷衍一时,不要"好看",不想"持久",就都是出于同一病源的。即再用这来类推更大的事,我以为也行。

一月十七日。

三

　　我想,我的神经也许有些瞀乱了。否则,那就可怕。

　　我觉得仿佛久没有所谓中华民国。

　　我觉得革命以前,我是做奴隶;革命以后不多久,就受了奴隶的骗,变成他们的奴隶了。

　　我觉得有许多民国国民而是民国的敌人。

　　我觉得有许多民国国民很像住在德法等国里的犹太人,他们的意中别有一个国度。

　　我觉得许多烈士的血都被人们踏灭了,然而又不是故意的。

我觉得什么都要从新做过。

退一万步说罢,我希望有人好好地做一部民国的建国史给少年看,因为我觉得民国的来源,实在已经失传了,虽然还只有十四年!

二月十二日。

四

先前,听到二十四史不过是"相斫书",是"独夫的家谱"[8]一类的话,便以为诚然。后来自己看起来,明白了:何尝如此。

历史上都写着中国的灵魂,指示着将来的命运,只因为涂饰太厚,废话太多,所以很不容易察出底细来。正如通过密叶投射在莓苔上面的月光,只看见点点的碎影。但如看野史和杂记,可更容易了然了,因为他们究竟不必太摆史官的架子。

秦汉远了,和现在的情形相差已多,且不道。元人著作寥寥。至于唐宋明的杂史之类,则现在多有。试将记五代,南宋,明末的事情的,和现今的状况一比较,就当惊心动魄于何其相似之甚,仿佛时间的流驶,独与我们中国无关。现在的中华民国也还是五代,是宋末,是明季。

以明末例现在,则中国的情形还可以更腐败,更破烂,更凶酷,更残虐,现在还不算达到极点。但明末的腐败破烂也还未达到极点,因为李自成张献忠[9]闹起来了。而张李的凶酷残虐也还未达到极点,因为满洲兵进来了。

难道所谓国民性者,真是这样地难于改变的么?倘如此,将来的命运便大略可想了,也还是一句烂熟的话:古已有之。

伶俐人实在伶俐,所以,决不攻难古人,摇动古例的。古人做过的事,无论什么,今人也都会做出来。而辩护古人,也就是辩护自己。况且我们是神州华胄,敢不"绳其祖武"〔10〕么?

幸而谁也不敢十分决定说:国民性是决不会改变的。在这"不可知"中,虽可有破例——即其情形为从来所未有——的灭亡的恐怖,也可以有破例的复生的希望,这或者可作改革者的一点慰藉罢。

但这一点慰藉,也会勾消在许多自诩古文明者流的笔上,淹死在许多诬告新文明者流的嘴上,扑灭在许多假冒新文明者流的言动上,因为相似的老例,也是"古已有之"的。

其实这些人是一类,都是伶俐人,也都明白,中国虽完,自己的精神是不会苦的,——因为都能变出合式的态度来。倘有不信,请看清朝的汉人所做的颂扬武功的文章去,开口"大兵",闭口"我军",你能料得到被这"大兵""我军"所败的就是汉人的么?你将以为汉人带了兵将别的一种什么野蛮腐败民族歼灭了。

然而这一流人是永远胜利的,大约也将永久存在。在中国,惟他们最适于生存,而他们生存着的时候,中国便永远免不掉反复着先前的运命。

"地大物博,人口众多",用了这许多好材料,难道竟不过老是演一出轮回〔11〕把戏而已么？

二月十六日。

* * *

〔1〕 本篇最初分四次发表于 1925 年 1 月 17 日、20 日、2 月 14 日、20 日《京报副刊》。

当第一节发表时，作者曾写有《附记》如下："我是一个讲师，略近于教授，照江震亚先生的主张，似乎也是不当署名的。但我也曾用几个假名发表过文章，后来却有人诘责我逃避责任；况且这回又带些攻击态度，所以终于署名了。但所署的也不是真名字；但也近于真名字，仍有露出讲师马脚的弊病，无法可想，只好这样罢。又为避免纠纷起见，还得声明一句，就是：我所指摘的中国古今人，乃是一部分，别有许多很好的古今人不在内！然而这么一说，我的杂感真成了最无聊的东西了，要面面顾到，是能够这样使自己变成无价值。"这里说的"不当署名"，系针对 1925 年 1 月 15 日《京报副刊》所载署名江震亚的《学者说话不会错？》一文而发。江震亚在这篇文章中说："相信'学者说话不会错'，是评论界不应有的态度。我想要免除这个弊病，最好是发表文字不署名。"他认为"当一个重要问题发生时，总免不了有站在某某一边的人，来替某某辩论"。而且因为某某"是大学的教授，所以他的话不错"，某某"是一个学生，所以他的话错了"。

〔2〕 《内经》 即《黄帝内经》，我国现存最早的一部医学文献。约为战国秦汉时医家汇集古代及当时医学资料纂述而成。全书分《素问》和《灵枢》两部分，共十八卷。"肌肉都发源于手指和足趾"的说法，见《灵枢·经筋第十三》。

〔3〕 《洗冤录》 宋代宋慈著，共五卷，是一部较完整的法医学专著。"男女骨数不同"的说法见于该书《验骨》。

〔4〕 细辛 多年生草本植物,中医以全草入药。性温味辛,有镇痛效用。

〔5〕 康圣人 指康有为(1858—1927),字广厦,号长素,广东南海人,清末维新运动的领袖。1898年(清光绪二十四年)变法维新失败后,他坚持君主立宪的主张,组织保皇党,反对孙中山领导的民主革命运动。辛亥革命后出任孔教会会长,并参与北洋军阀张勋扶植清废帝溥仪复辟。梁启超在《康有为传》中说他"成童之时,便有志于圣贤之学,乡里俗子笑之,戏号之曰'圣人为',盖以其开口辄曰圣人圣人也。""否则要此膝何用"一语,常见于康有为鼓吹尊孔的文电中,如他在《请饬全国祀孔仍行跪拜礼》中说:"中国民不拜天,又不拜孔子,留此膝何为?"又在《以孔教为国教配天议》中说:"中国人不敬天亦不敬教主,不知其留此膝以傲慢何为也?"

〔6〕 格物 推究事物的道理。《礼记·大学》中有"致知在格物,物格而后知至"的话。

〔7〕 《苦闷的象征》 文艺论文集,日本厨川白村著。曾由鲁迅译为中文,1924年12月北京新潮社出版。

〔8〕 二十四史 指清代乾隆时"钦定"为"正史"的从《史记》到《明史》等二十四部史书。"相斫书",意思是记载互相杀戮的书,语出《三国志·魏书》卷十三注引鱼豢《魏略》:"豢又常从(隗禧)问《左氏传》,禧答曰:'……《左氏》直相斫书耳,不足精意也。'""独夫的家谱",意思是记载帝王一姓世系的书,梁启超在《中国史界革命案》一文中曾说:"二十四史非史也,二十四姓之家谱而已。"

〔9〕 李自成(1606—1645) 陕西米脂人,明末农民起义领袖。明崇祯二年(1629)起义,后被推为闯王。明崇祯十七年(1644)一月在西安建立大顺国,三月攻入北京。后明将吴三桂引清兵入关,李兵败退出北京,次年在湖北通山县九宫山遭伏击遇害。张献忠(1606—1646),延

安柳树涧(今陕西定边东)人,明末农民起义领袖。明崇祯三年(1630)起义,1644 年入川,在成都建立大西国。清顺治三年(1646)在川北盐亭界为清兵所杀。旧史书(包括野史和杂记)中多有渲染李、张杀人的记载。

〔10〕 "绳其祖武" 语出《诗经·大雅·下武》:"昭兹来许,绳其祖武。"来许,后来者;绳,继续;武,步伐,足迹。

〔11〕 轮回 佛家语。梵文 Samsāra 的意译。佛教以为生物各依其所作的"业"(修行的深浅、积德的多少、作恶的大小),永远在"六道"(天道、人道、阿修罗道、地狱道、饿鬼道、畜生道)中生死轮转,循环转化不已。

通　　讯[1]

一

旭生[2]先生：

前天收到《猛进》[3]第一期，我想是先生寄来的，或者是玄伯[4]先生寄来的。无论是谁寄的，总之：我谢谢。

那一期里有论市政的话，使我忽然想起一件不相干的事来。我现在住在一条小胡同里，这里有所谓土车者，每月收几吊钱，将煤灰之类搬出去。搬出去怎么办呢？就堆在街道上，这街就每日增高。有几所老房子，只有一半露出在街上的，就正在豫告着别的房屋的将来。我不知道什么缘故，见了这些人家，就像看见了中国人的历史。

姓名我忘记了，总之是一个明末的遗民，他曾将自己的书斋题作"活埋庵"。[5]谁料现在的北京的人家，都在建造"活埋庵"，还要自己拿出建造费。看看报章上的论坛，"反改革"的空气浓厚透顶了，满车的"祖传"，"老例"，"国粹"等等，都想来堆在道路上，将所有的人家完全活埋下去。"强聒不舍"[6]，也许是一个药方罢，但据我所见，则有些人们——甚至于竟是青年——的论调，简直和"戊戌政变"[7]时候的反对改革者的论调一模一样。你想，二十七年了，还是这样，岂不可怕。大约国民如此,是决不会有好的政府的;好的政府,或者反而容易倒。也不会有好议员的;现在常有人骂议员,说他们收贿,无特操,趋炎附势,自私自利,但大多数的国民,岂非正是如此的么? 这类的议员,其实确是国民的代表。

我想,现在的办法,首先还得用那几年以前《新青年》上已经说过的"思想革命"[8]。还是这一句话,虽然未免可悲,但我以为除此没有别的法。而且还是准备"思想革命"的战士,和目下的社会无关。待到战士养成了,于是再决胜负。我这种迂远而且渺茫的意见,自己也觉得是可叹的,但我希望于《猛进》的,也终于还是"思想革命"。

鲁迅。三月十二日。

鲁迅先生:

　　你所说底"二十七年了,还是这样,"诚哉是一件极"可怕"的事情。人类思想里面,本来有一种惰性的东西,我们中国人的惰性更深。惰性表现的形式不一,而最普通的,第一就是听天任命,第二就是中庸。听天任命和中庸的空气打不破,我国人的思想,永远没有进步的希望。

　　你所说底"讲话和写文章,似乎都是失败者的征象。正在和运命恶战的人,顾不到这些。"实在是最痛心的话。但是我觉得从另外一方面看,还有许多人讲话和写文章,还可以证明人心的没有全死。可是这里需要有分别,必需要是一种不平的呼声,不管是冷嘲或热骂,才是人心未全死的证验。如果不是这样,换句话说,如果他的文章里面,不用很多的"!",不管他说的写的怎么样好听,那人心已经全死,亡国不亡国,倒是第二个问题。

"思想革命",诚哉是现在最重要不过的事情,但是我总觉得《语丝》,《现代评论》和我们的《猛进》,就是合起来,还负不起这样的使命。我有两种希望:第一希望大家集合起来,办一个专讲文学思想的月刊。里面的内容,水平线并无庸过高,破坏者居其六七,介绍新者居其三四。这样一来,大学或中学的学生有一种消闲的良友,与思想的进步上,总有很大的裨益。我今天给适之先生略谈几句,他说现在我们办月刊很难,大约每月出八万字,还属可能,如若想出十一二万字,就几乎不可能。我说你又何必拘定十一二万字才出,有七八万就出七八万,即使再少一点,也未尝不可,要之有它总比没有它好的多。这是我第一个希望。第二我希望有一种通俗的小日报。现在的《第一小报》,似乎就是这一类的。这个报我只看见三两期,当然无从批评起,但是我们的印象:第一,是篇幅太小,至少总要再加一半才敷用;第二,这种小报总要记清是为民众和小学校的学生看的。所以思想虽需要极新,话却要写得极浅显。所有专门术语和新名词,能躲避到什么步田地躲到什么步田地。《第一小报》对于这一点,似还不很注意。这样良好的通俗小日报,是我第二种的希望。拉拉杂杂写来,漫无伦叙。你的意思以为何如?

徐炳昶。三月十六日。

二

旭生先生：

　　给我的信早看见了，但因为琐琐的事情太多，所以到现在才能作答。

　　有一个专讲文学思想的月刊，确是极好的事，字数的多少，倒不算什么问题。第一为难的却是撰人，假使还是这几个人，结果即还是一种增大的某周刊或合订的各周刊之类。况且撰人一多，则因为希图保持内容的较为一致起见，即不免有互相牵就之处，很容易变为和平中正，吞吞吐吐的东西，而无聊之状于是乎可掬。现在的各种小周刊，虽然量少力微，却是小集团或单身的短兵战，在黑暗中，时见匕首的闪光，使同类者知道也还有谁还在袭击古老坚固的堡垒，较之看见浩大而灰色的军容，或者反可以会心一笑。在现在，我倒只希望这类的小刊物增加，只要所向的目标小异大同，将来就自然而然的成了联合战线，效力或者也不见得小。但目下倘有我所未知的新的作家起来，那当然又作别论。

　　通俗的小日报，自然也紧要的；但此事看去似易，做起来却很难。我们只要将《第一小报》[9]与《群强报》[10]之类一比，即知道实与民意相去太远，要收获失败无疑。民众要看皇帝何在，太妃安否，[11]而《第一小报》却向他们去讲"常识"，岂非悖谬。教书一久，即与一般社会睽离，无论怎样热心，做起事来总要失败。假如一定要做，就得存学者的良心，有市侩的手段,但这类人才,怕教员中间是未必会有的。我想,现在没奈何,也只好从智识阶级——其实中国并没有俄国之所谓智识阶级,此事说起来话太长,姑且从众这样说——一面先行设法,民众俟将来再谈。而且他们也不是区区文字所能改革的,历史通知过我们,清兵入关,禁缠足,要垂辫〔12〕,前一事只用文告,到现在还是放不掉,后一事用了别的法,到现在还在拖下来。

　　单为在校的青年计,可看的书报实在太缺乏了,我觉得至少还该有一种通俗的科学杂志,要浅显而且有趣的。可惜中国现在的科学家不大做文章,有做的,也过于高深,于是就很枯燥。现在要 Brehm〔13〕的讲动物生活,Fabre〔14〕的讲昆虫故事似的有趣,并且插许多图画的;但这非有一个大书店担任即不能印。至于作文者,我以为只要科学家肯放低手眼,再看看文艺书,就够了。

　　前三四年有一派思潮〔15〕,毁了事情颇不少。学者多劝人踱进研究室,文人说最好是搬入艺术之宫,直到现在都还不大出来,不知道他们在那里面情形怎样。这虽然是自己愿意,但一大半也因新思想而仍中了"老法子"的计。我新近才看出这圈套,就是从"青年必读书"事件以来,很收些赞同和嘲骂的信,凡赞同者,都很坦白,并无什么恭维。如果开首称我为什么"学者""文学家"的,则下面一定是漫骂。我才明白这等称号,乃是他们所公设的巧计,是精神的枷锁,故意将你定为"与众不同",又借此来束缚你的言动,使你于他们的老生活上失去危险性的。不料有许多人,却自囚在什么室什么宫里,岂不可惜。只要掷去了这种尊号，摇身一变，化为泼皮，相骂相打（舆论是以为学者只应该拱手讲讲义的），则世风就会日上，而月刊也办成了。

先生的信上说：惰性表现的形式不一，而最普通的，第一就是听天任命，第二就是中庸〔16〕。我以为这两种态度的根柢，怕不可仅以惰性了之，其实乃是卑怯。遇见强者，不敢反抗，便以"中庸"这些话来粉饰，聊以自慰。所以中国人倘有权力，看见别人奈何他不得，或者有"多数"作他护符的时候，多是凶残横恣，宛然一个暴君，做事并不中庸；待到满口"中庸"时，乃是势力已失，早非"中庸"不可的时候了。一到全败，则又有"命运"来做话柄，纵为奴隶，也处之泰然，但又无往而不合于圣道。这些现象，实在可以使中国人败亡，无论有没有外敌。要救正这些，也只好先行发露各样的劣点，撕下那好看的假面具来。

鲁迅。三月二十九日。

鲁迅先生：

你看出什么"踱进研究室"，什么"搬入艺术之宫"，全是"一种圈套"，真是一件重要的发现。我实在告诉你说：我近来看见自命 gentleman 的人就怕极了。看见玄同先生挖苦 gentleman 的话（见《语丝》第二十期），好像大热时候，吃一盘冰激零，不晓得有多么痛快。总之这些字全是一种圈套，大家总要相戒，不要上他们的当才好。

我好像觉得通俗的科学杂志并不是那样容易的，但是我对于这个问题完全没有想,所以对于它觉暂且无论什么全不能说。

我对于通俗的小日报有许多的话要说,但因为限于篇幅,止好暂且不说。等到下一期,我要作一篇小东西,专论这件事,到那时候,还要请你指教才好。

徐炳昶。三月三十一日。

＊　　　　　＊　　　　　＊

〔1〕 本篇最初分两次发表于1925年3月20日、4月3日北京《猛进》周刊第三、五期。

〔2〕 旭生 徐炳昶(1888—1976),字旭生,笔名虚生,河南唐河人,曾留学法国,当时任北京大学哲学系教授,《猛进》周刊的主编。

〔3〕《猛进》 政论性周刊,1925年3月6日创刊于北京,1926年3月19日出至第五十三期停刊。

〔4〕 玄伯(1895—1974) 李宗侗,字玄伯,河北高阳人,曾留学法国,当时任北京大学法文系教授。《猛进》周刊自第二十七期起,由他接编。

〔5〕 指徐树丕,字武子,号活埋庵道人,江苏长洲(今吴县)人,明末秀才。明亡后隐居不出,康熙年间卒。著有《中兴纲目》、《识小录》、《活埋庵集》等。

〔6〕 "强聒不舍" 语出《庄子·天下》:"强聒而不舍者也。"意思是说了又说,不肯停止。

〔7〕 "戊戌政变" 1898年(戊戌)光绪皇帝采纳康有为等人变法维新的主张,于6月间开始,任用维新人士参预政事,颁布新法,推行新政。但以慈禧太后为首的顽固派强烈反对,于9月发动政变,囚禁光

绪,杀害维新运动领袖谭嗣同等六人,并通缉康有为、梁启超,废除新法,维新运动遂告失败,史称"戊戌政变"。

〔8〕《新青年》 综合性月刊,"五四"时期的重要刊物。1915年9月创刊于上海,陈独秀主编。原名《青年杂志》,第二卷起改名《新青年》。1916年底迁至北京后,由陈独秀、钱玄同、高一涵、胡适、李大钊、沈尹默轮流担任编辑。1919年冬返迁上海,陈独秀主编。1920年8月改组为中共上海发起小组刊物。1922年7月休刊,共出九卷,每卷六期。后曾两次复刊,1926年7月停刊。鲁迅在"五四"时期同该刊有密切联系,是它的重要撰稿人,并参加该刊编辑会议。"思想革命",指《新青年》提倡的反对旧道德,提倡新道德,反对旧文学,提倡新文学的文化革命运动。

〔9〕《第一小报》 北京出版的小型日报。1925年2月20日创刊,自创刊日起曾连载译自日文的《常识基础》一书。

〔10〕《群强报》 北京出版的小型日报。1912年创刊,不注重时事新闻,多载消闲文字。

〔11〕皇帝何在,太妃安否 1912年1月1日南京临时政府成立后,清帝溥仪(宣统)于2月12日被迫退位。按照当时所订优待皇室的条件,他们仍留居故宫,直至1924年11月才被冯玉祥驱逐出宫。这里是说溥仪等被逐后,当时还有人在关心他们的命运。

〔12〕禁缠足 清顺治二年(1645)、康熙元年(1662)、三年清廷曾先后下过禁止缠足的诏文,但未严格执行,康熙七年(1668)又重新开禁。关于垂辫,1644年清兵入关及定都北京后,即下令剃发垂辫,但因受到各地汉族民众反对及局势未定而中止;次年5月攻占南京后,又下了严厉的剃发令,限于布告之后十日,"尽使薙(剃)发,遵依者为我国之民,迟疑者同逆命之寇",如"已定地方之人民,仍存明制,不随本朝之制度者,杀无赦!"有许多人因未剃发垂辫而被杀。

〔**13**〕 Brehm 勃莱姆(1829—1884),德国动物学家。著有《动物生活》等。

〔**14**〕 Fabre 法布耳(1823—1915),法国昆虫学家。著有《昆虫记》等。

〔**15**〕 指出现于1922年前后思想和文艺界的一种情况。《新青年》团体分化之后,胡适于1922年创办《努力周报》,在它的副刊《读书杂志》上,主张青年人"踱进研究室"、"整理国故"。同时还有一些人提倡"纯文艺",主张作家固守"艺术之宫"。

〔**16**〕 中庸 《论语·雍也》:"中庸之为德也,其至矣乎!"据宋代朱熹注:"中者,无过无不及之名也;庸,平常也。……程子曰:'不偏之谓中,不易之为庸。中者,天下之正道,庸者,天下之定理。'"

论 辩 的 魂 灵 [1]

二十年前到黑市,买得一张符,名叫"鬼画符"[2]。虽然不过一团糟,但帖在壁上看起来,却随时显出各样的文字,是处世的宝训,立身的金箴。今年又到黑市去,又买得一张符,也是"鬼画符"。但帖了起来看,也还是那一张,并不见什么增补和修改。今夜看出来的大题目是"论辩的魂灵";细注道:"祖传老年中年青年'逻辑'扶乩灭洋必胜妙法太上老君急急如律令敕"[3]。今谨摘录数条,以公同好——

"洋奴会说洋话。你主张读洋书,就是洋奴,人格破产了!受人格破产的洋奴崇拜的洋书,其价值从可知矣!但我读洋文是学校的课程,是政府的功令,反对者,即反对政府也。无父无君之无政府党,人人得而诛之。"

"你说中国不好。你是外国人么?为什么不到外国去?可惜外国人看你不起……。"

"你说甲生疮。甲是中国人,你就是说中国人生疮了。既然中国人生疮,你是中国人,就是你也生疮了。你既然也生疮,你就和甲一样。而你只说甲生疮,则竟无自知之明,你的话还有什么价值?倘你没有生疮,是说诳也。卖国贼是说诳的,所以你是卖国贼。我骂卖国贼,所以我是爱国者。爱国者

31

的话是最有价值的,所以我的话是不错的,我的话既然不错,你就是卖国贼无疑了!"

"自由结婚未免太过激了。其实,我也并非老顽固,中国提倡女学的还是我第一个。但他们却太趋极端了,太趋极端,即有亡国之祸,所以气得我偏要说'男女授受不亲'[4]。况且,凡事不可过激;过激派[5]都主张共妻主义的。乙赞成自由结婚,不就是主张共妻主义么?他既然主张共妻主义,就应该先将他的妻拿出来给我们'共'。"

"丙讲革命是为的要图利:不为图利,为什么要讲革命?我亲眼看见他三千七百九十一箱半的现金抬进门。你说不然,反对我么?那么,你就是他的同党。呜呼,党同伐异之风,于今为烈,提倡欧化者不得辞其咎矣!"

"丁牺牲了性命,乃是闹得一塌糊涂,活不下去了的缘故。现在妄称志士,诸君切勿为其所愚。况且,中国不是更坏了么?"

"戊能算什么英雄呢?听说,一声爆竹,他也会吃惊。还怕爆竹,能听枪炮声么?怕听枪炮声,打起仗来不要逃跑么?打起仗来就逃跑的反称英雄,所以中国糟透了。"

"你自以为是'人',我却以为非也。我是畜类,现在我就叫你爹爹。你既然是畜类的爹爹,当然也就是畜类了。"

"勿用惊叹符号,这是足以亡国的。[6]但我所用的几个在例外。

中庸太太提起笔来,取精神文明精髓,作明哲保身大吉大利格言二句云:

中学为体西学用[7]，

不薄今人爱古人[8]。"

*　　　*　　　*

〔1〕　本篇最初发表于 1925 年 3 月 9 日北京《语丝》周刊第十七期。

本文列举的诡辩式言论，是作者从当时社会上一些反对新思想、反对改革和毁谤革命者的言论中概括出来的。

〔2〕　"鬼画符"　符是道士以朱笔或墨笔在纸或布上画的似字非字的图形，迷信的人认为它能"驱鬼召神"或"治病延年"。"鬼画符"，即胡乱画的符。

〔3〕　扶乩　一种迷信活动，由二人扶一丁字形木架，使下垂一端在沙盘上画字，假托为神鬼所示。太上老君，是道教对老子(老聃)的尊称；急急如律令敕，原是汉代公文的用语，后来道教用作符咒末尾的常用语，意思是如同法律命令，必须迅速执行。

〔4〕　"男女授受不亲"　语出《孟子·离娄(上)》："男女授受不亲，礼也。"意为男女之间不能亲手递接东西。

〔5〕　过激派　日本媒体对布尔什维克的贬性译称。当时我国有些人也曾沿用这个词。

〔6〕　关于用惊叹号足以亡国的论调，见《心理》杂志第三卷第二号(1924 年 4 月)张耀翔(北京师范大学教授)的《新诗人的情绪》一文，其中统计了当时出版的一些新诗集里的惊叹号(!)，说这种符号"缩小看像许多细菌，放大看像几排弹丸"，是消极、悲观、厌世等情绪的表现，因而认为多用惊叹号的白话诗都是"亡国之音"。

〔7〕　中学为体西学用　原作"中学为体西学为用"，是清末洋务派大臣张之洞在《劝学篇》中提出的主张。中学，指"治身心"的纲常名

教;西学,指"应世事"的西方技术。

　　〔8〕　不薄今人爱古人　语出杜甫《戏为六绝句》之五:"不薄今人
爱古人,清词丽句必为邻。"原意是说他不菲薄当时人爱慕古人的"清词
丽句"(据清代仇兆鳌《杜诗详注》)。这里是对于今人和古人都一视同
仁的意思。

牺　牲　谟[1]

——"鬼画符"失敬失敬章第十三

"阿呀阿呀，失敬失敬！原来我们还是同志。我开初疑心你是一个乞丐，心里想：好好的一个汉子，又不衰老，又非残疾，为什么不去做工，读书的？所以就不免露出'责备贤者'[2]的神色来，请你不要见气，我们的心实在太坦白了，什么也藏不住，哈哈！可是，同志，你也似乎太……。

"哦哦！你什么都牺牲了？可敬可敬！我最佩服的就是什么都牺牲，为同胞，为国家。我向来一心要做的也就是这件事。你不要看得我外观阔绰，我为的是要到各处去宣传。社会还太势利，如果像你似的只剩一条破裤，谁肯来相信你呢？所以我只得打扮起来，宁可人们说闲话，我自己总是问心无愧。正如'禹入裸国亦裸而游'[3]一样，要改良社会，不得不然，别人那里会懂得我们的苦心孤诣。但是，朋友，你怎么竟奄奄一息到这地步了？

"哦哦！已经九天没有吃饭?！这真是清高得很哪！我只好五体投地。看你虽然怕要支持不下去，但是——你在历史上一定成名，可贺之至哪！现在什么'欧化''美化'的邪说横行，人们的眼睛只看见物质，所缺的就是你老兄似的模范人物。你瞧，最高学府的教员们，也居然一面教书，一面要起钱

35

来,[4]他们只知道物质,中了物质的毒了。难得你老兄以身作则,给他们一个好榜样看,这于世道人心,一定大有裨益的。你想,现在不是还嚷着什么教育普及么?教育普及起来,要有多少教员;如果都像他们似的定要吃饭,在这四郊多垒[5]时候,那里来这许多饭?像你这样清高,真是浊世中独一无二的中流砥柱:可敬可敬!你读过书没有?如果读过书,我正要创办一个大学,就请你当教务长去。其实你只要读过'四书',[6]就好,加以这样品格,已经很够做'莘莘学子'[7]的表率了。

"不行?没有力气?可惜可惜!足见一面为社会做牺牲,一面也该自己讲讲卫生。你于卫生可惜太不讲究了。你不要以为我的胖头胖脸是因为享用好,我其实是专靠卫生,尤其得益的是精神修养,'君子忧道不忧贫'[8]呀!但是,我的同志,你什么都牺牲完了,究竟也大可佩服,可惜你还剩一条裤,将来在历史上也许要留下一点白璧微瑕……。

"哦哦,是的。我知道,你不说也明白:你自然连这裤子也不要,你何至于这样地不彻底;那自然,你不过还没有牺牲的机会罢了。敝人向来最赞成一切牺牲,也最乐于'成人之美',[9]况且我们是同志,我当然应该给你想一个完全办法,因为一个人最紧要的是'晚节',一不小心,可就前功尽弃了!

"机会凑得真好:舍间一个小鸦头,正缺一条裤……。朋友,你不要这么看我,我是最反对人身买卖的,这是最不人道的事。但是,那女人是在大旱灾时候留下的,那时我不要,她的父母就会把她卖到妓院里去。你想,这何等可怜。我留下她,正为的讲人道。况且那也不算什么人身买卖,不过我给了她父母几文，她的父母就把自己的女儿留在我家里就是了。我当初原想将她当作自己的女儿看，不，简直当作姊妹，同胞看；可恨我的贱内是旧式，说不通。你要知道旧式的女人顽固起来，真是无法可想的，我现在正在另外想点法子……。

"但是，那娃儿已经多天没有裤子了，她是灾民的女儿。我料你一定肯帮助的。我们都是'贫民之友'呵。况且你做完了这一件事情之后，就是全始全终；我保你将来铜像巍巍，高入云表，呵，一切贫民都鞠躬致敬……。

"对了，我知道你一定肯，你不说我也明白。但你此刻且不要脱下来。我不能拿了走，我这副打扮，如果手上拿一条破裤子，别人见了就要诧异，于我们的牺牲主义的宣传会有妨碍的。现在的社会还太胡涂，——你想，教员还要吃饭，——那里能懂得我们这纯洁的精神呢，一定要误解的。一经误解，社会恐怕要更加自私自利起来，你的工作也就'非徒无益而又害之'[10]了，朋友。

"你还能勉强走几步罢？不能？这可叫人有点为难了，——那么，你该还能爬？好极了！那么，你就爬过去。你趁你还能爬的时候赶紧爬去，万不要'功亏一篑'[11]。但你须用趾尖爬，膝髁不要太用力；裤子擦着沙石，就要更破烂，不但可怜的灾民的女儿受不着实惠，并且连你的精神都白扔了。先行脱下了也不妥当，一则太不雅观，二则恐怕巡警要干涉，还是穿着爬的好。我的朋友，我们不是外人，肯给你上当的么？舍间离这里也并不远，你向东，转北，向南，看路北有两株大槐树的红漆门就是。你一爬到，就脱下来，对号房说：这是

37

老爷叫我送来的,交给太太收下。你一见号房,应该赶快说,否则也许将你当作一个讨饭的,会打你。唉唉,近来讨饭的太多了,他们不去做工,不去读书,单知道要饭。所以我的号房就借痛打这方法,给他们一个教训,使他们知道做乞丐是要给人痛打的,还不如去做工读书好……。

“你就去么? 好好! 但千万不要忘记:交代清楚了就爬开,不要停在我的屋界内。你已经九天没有吃东西了,万一出了什么事故,免不了要给我许多麻烦,我就要减少许多宝贵的光阴,不能为社会服务。我想,我们不是外人,你也决不愿意给自己的同志许多麻烦的,我这话也不过姑且说说。

“你就去罢! 好,就去! 本来我也可以叫一辆人力车送你去,但我知道用人代牛马来拉人,你一定不赞成的,这事多么不人道! 我去了。你就动身罢。你不要这么萎靡不振,爬呀! 朋友! 我的同志,你快爬呀,向东呀! ……”

＊　　　　＊　　　　＊

〔1〕　本篇最初发表于 1925 年 3 月 16 日《语丝》周刊第十八期。

谟,计谋、谋略。《尚书》中有《大禹谟》、《皋陶谟》等篇。

〔2〕　“责备贤者”　语出《新唐书·太宗本纪》:“《春秋》之法,常责备于贤者。”求全责备的意思。

〔3〕　“禹入裸国亦裸而游”　语出《吕氏春秋·慎大览》:“禹之裸国,裸入衣出。”又《战国策·赵策》:“禹祖入裸国。”这里用以说明随俗的必要。

〔4〕　指当时曾发生的索薪事件。北洋军阀统治时期,公教人员

因薪金常被拖欠不发,生活难以维持,曾联合向当局索讨欠薪。当时有
人认为教员要薪水、要吃饭就是不清高。如林骙(时任北京农大教授)
在发表于 1925 年 2 月 1 日《晨报副刊》的《致北京农大校长公开信》中
说:"身当教员之人,果有几人真肯为教育牺牲? ⋯⋯教育为最神圣最
清高之事业,教育家应有十分牺牲精神⋯⋯不能长久枵腹教书,则亦惟
有洁身而退,以让之可以牺牲之人。"

〔5〕 四郊多垒 语出《礼记·曲礼》:"四郊多垒,此卿大夫之辱
也。"垒,堡垒,作战时的防御工事。

〔6〕 "四书" 即儒家经典《大学》、《中庸》、《论语》、《孟子》。北
宋时程颢、程颐特别推崇《礼记》中的《大学》、《中庸》二篇;南宋朱熹又
将这二篇和《论语》、《孟子》合在一起,撰写《四书章句集注》,自此便有
"四书"的名称。它是旧时学塾中的必读书。

〔7〕 "莘莘学子" 语出晋代潘尼《释奠颂》:"莘莘胄子,祁祁学
生。"莘莘,多的意思。此语常见于章士钊等人当时的文字中。

〔8〕 "君子忧道不忧贫" 语出《论语·卫灵公》:"君子谋道不谋
食,⋯⋯君子忧道不忧贫。"

〔9〕 "成人之美" 语出《论语·颜渊》:"君子成人之美,不成人之
恶。"

〔10〕 "非徒无益而又害之" 语出《孟子·公孙丑(上)》。原指揠
苗助长之事。

〔11〕 "功亏一篑" 语出《尚书·旅獒》:"为山九仞,功亏一篑。"功
败垂成的意思。篑,竹制的盛土器具。

战 士 和 苍 蝇[1]

Schopenhauer[2]说过这样的话：要估定人的伟大，则精神上的大和体格上的大，那法则完全相反。后者距离愈远即愈小，前者却见得愈大。

正因为近则愈小，而且愈看见缺点和创伤，所以他就和我们一样，不是神道，不是妖怪，不是异兽。他仍然是人，不过如此。但也惟其如此，所以他是伟大的人。

战士战死了的时候，苍蝇们所首先发见的是他的缺点和伤痕，嘬着，营营地叫着，以为得意，以为比死了的战士更英雄。但是战士已经战死了，不再来挥去他们。于是乎苍蝇们即更其营营地叫，自以为倒是不朽的声音，因为它们的完全，远在战士之上。

的确的，谁也没有发见过苍蝇们的缺点和创伤。

然而，有缺点的战士终竟是战士，完美的苍蝇也终竟不过是苍蝇。

去罢，苍蝇们！虽然生着翅子，还能营营，总不会超过战士的。你们这些虫豸们！

三月二十一日。

*   *   *

〔1〕 本篇最初发表于 1925 年 3 月 24 日北京《京报》附刊《民众文

艺周刊》第十四号。

本篇写于孙中山逝世后第九天。作者在同年 4 月 3 日《京报副刊》发表的《这是这么一个意思》中对本文曾有说明:"所谓战士者,是指中山先生和民国元年前后殉国而反受奴才们讥笑糟蹋的先烈;苍蝇则当然是指奴才们。"(见《集外集拾遗》)关于孙中山遭受"讥笑糟蹋"的情形,参看《集外集拾遗·中山先生逝世后一周年》及其有关注释。

〔2〕 Schopenhauer　叔本华(1788—1860),德国哲学家,唯意志论者。这里引述的话,见他的《比喻·隐喻和寓言》一文。

夏　三　虫[1]

夏天近了，将有三虫：蚤，蚊，蝇。

假如有谁提出一个问题，问我三者之中，最爱什么，而且非爱一个不可，又不准像"青年必读书"那样的缴白卷的。我便只得回答道：跳蚤。

跳蚤的来吮血，虽然可恶，而一声不响地就是一口，何等直截爽快。蚊子便不然了，一针叮进皮肤，自然还可以算得有点彻底的，但当未叮之前，要哼哼地发一篇大议论，却使人觉得讨厌。如果所哼的是在说明人血应该给它充饥的理由，那可更其讨厌了，幸而我不懂。

野雀野鹿，一落在人手中，总时时刻刻想要逃走。其实，在山林间，上有鹰鹯，下有虎狼，何尝比在人手里安全。为什么当初不逃到人类中来，现在却要逃到鹰鹯虎狼间去？或者，鹰鹯虎狼之于它们，正如跳蚤之于我们罢。肚子饿了，抓着就是一口，决不谈道理，弄玄虚。被吃者也无须在被吃之前，先承认自己之理应被吃，心悦诚服，誓死不二。人类，可是也颇擅长于哼哼的了，害中取小，它们的避之惟恐不速，正是绝顶聪明。

苍蝇嗡嗡地闹了大半天，停下来也不过舐一点油汗，倘有伤痕或疮疖，自然更占一些便宜；无论怎么好的，美的，干净的东西,又总喜欢一律拉上一点蝇矢。但因为只舐一点油汗,只添一点腌臜,在麻木的人们还没有切肤之痛,所以也就将它放过了。中国人还不很知道它能够传播病菌,捕蝇运动大概不见得兴盛。它们的运命是长久的;还要更繁殖。

但它在好的,美的,干净的东西上拉了蝇矢之后,似乎还不至于欣欣然反过来嘲笑这东西的不洁:总要算还有一点道德的。

古今君子,每以禽兽斥人,殊不知便是昆虫,值得师法的地方也多着哪。

四月四日。

* * *

〔1〕 本篇最初发表于1925年4月7日《京报》附刊《民众文艺周刊》第十六号。

忽然想到[1]

五

我生得太早一点，连康有为们"公车上书"[2]的时候，已经颇有些年纪了。政变之后，有族中的所谓长辈也者教诲我，说：康有为是想篡位，所以他的名字叫有为；有者，"富有天下"，为者，"贵为天子"也。非图谋不轨而何？我想：诚然。可恶得很！

长辈的训诲于我是这样的有力，所以我也很遵从读书人家的家教。屏息低头，毫不敢轻举妄动。两眼下视黄泉，看天就是傲慢，满脸装出死相，说笑就是放肆。我自然以为极应该的，但有时心里也发生一点反抗。心的反抗，那时还不算什么犯罪，似乎诛心之律，倒不及现在之严。

但这心的反抗，也还是大人们引坏的，因为他们自己就常常随便大说大笑，而单是禁止孩子。黔首[3]们看见秦始皇[4]那么阔气，捣乱的项羽[5]道："彼可取而代也！"没出息的刘邦[6]却说："大丈夫不当如是耶？"我是没出息的一流，因为羡慕他们的随意说笑，就很希望赶忙变成大人，——虽然此外也还有别种的原因。

大丈夫不当如是耶，在我，无非只想不再装死而已，欲望也并不甚奢。

现在,可喜我已经大了,这大概是谁也不能否认的罢,无论用了怎样古怪的"逻辑"。

我于是就抛了死相,放心说笑起来,而不意立刻又碰了正经人的钉子:说是使他们"失望"了。我自然是知道的,先前是老人们的世界,现在是少年们的世界了;但竟不料治世的人们虽异,而其禁止说笑也则同。那么,我的死相也还得装下去,装下去,"死而后已"[7],岂不痛哉!

我于是又恨我生得太迟一点。何不早二十年,赶上那大人还准说笑的时候? 真是"我生不辰"[8],正当可诅咒的时候,活在可诅咒的地方了。

约翰弥耳说:专制使人们变成冷嘲[9]。我们却天下太平,连冷嘲也没有。我想:暴君的专制使人们变成冷嘲,愚民的专制使人们变成死相。大家渐渐死下去,而自己反以为卫道有效,这才渐近于正经的活人。

世上如果还有真要活下去的人们,就先该敢说,敢笑,敢哭,敢怒,敢骂,敢打,在这可诅咒的地方击退了可诅咒的时代!

四月十四日。

六

外国的考古学者们[10]联翩而至了。

久矣夫,中国的学者们也早已口口声声的叫着"保古! 保古！保古！……”

但是不能革新的人种，也不能保古的。

所以，外国的考古学者们便联翩而至了。

长城久成废物，弱水〔11〕也似乎不过是理想上的东西。老大的国民尽钻在僵硬的传统里，不肯变革，衰朽到毫无精力了，还要自相残杀。于是外面的生力军很容易地进来了，真是"匪今斯今，振古如兹"〔12〕。至于他们的历史，那自然都没我们的那么古。

可是我们的古也就难保，因为土地先已危险而不安全。土地给了别人，则"国宝"虽多，我觉得实在也无处陈列。

但保古家还在痛骂革新，力保旧物地干：用玻璃板印些宋版书，每部定价几十几百元；"涅槃！涅槃！涅槃〔13〕！"佛自汉时已入中国，其古色古香为何如哉！买集些旧书和金石，是劬古〔14〕爱国之士，略作考证，赶印目录，就升为学者或高人。而外国人所得的古董，却每从高人的高尚的袖底里共清风一同流出。即不然，归安陆氏的皕宋〔15〕，潍县陈氏的十钟〔16〕，其子孙尚能世守否？

现在，外国的考古学者们便联翩而至了。

他们活有余力，则以考古，但考古尚可，帮同保古就更可怕了。有些外人，很希望中国永是一个大古董以供他们的赏鉴，这虽然可恶，却还不奇，因为他们究竟是外人。而中国竟也有自己还不够，并且要率领了少年，赤子，共成一个大古董以供他们的赏鉴者，则真不知是生着怎样的心肝。

中国废止读经了，教会学校不是还请腐儒做先生，教学生读"四书"么？民国废去跪拜了，犹太学校[17]不是偏请遗老做先生，要学生磕头拜寿么？外国人办给中国人看的报纸，不是最反对五四以来的小改革么？而外国总主笔治下的中国小主笔，则倒是崇拜道学[18]，保存国粹的！

但是，无论如何，不革新，是生存也为难的，而况保古。现状就是铁证，比保古家的万言书有力得多。

我们目下的当务之急，是：一要生存，二要温饱，三要发展。苟有阻碍这前途者，无论是古是今，是人是鬼，是《三坟》《五典》[19]，百宋千元[20]，天球河图[21]，金人玉佛，祖传丸散，秘制膏丹，全都踏倒他。

保古家大概总读过古书，"林回弃千金之璧，负赤子而趋"[22]，该不能说是禽兽行为罢。那么，弃赤子而抱千金之璧的是什么？

四月十八日。

* * *

〔1〕 本篇最初分两次发表于 1925 年 4 月 18 日、22 日《京报副刊》。

〔2〕 "公车上书" 甲午(1894)战争失败后，清政府于 1895 年与日本签订丧权辱国的《马关条约》。当时康有为正在北京会试，就集合各省举人一千三百余人，联名上书光绪皇帝，要求"拒和、迁都、变法"，史称"公车上书"。按汉代用公家的车子载送应征到京城的士人，所以后世举人入京会试也称"公车"。康有为，参看本卷第 20 页注〔5〕。下文所说"富有天下"和"贵为天子"二语，原出《孟子·万章(上)》："富，人之所欲，富有天下，而不足以解忧；贵，人之所欲，贵为天子，而不足以解

忧。"

〔3〕 黔首　秦代对民众的称呼。《史记·秦始皇本纪》:"分天下以为三十六郡,郡置守尉监,更名民曰黔首。"按秦自称水德,崇尚黑色。南朝宋裴骃"集解":"黔,亦黎黑也。"

〔4〕 秦始皇(前259—前210)　姓嬴名政,战国时秦国的国君。于公元前221年建立了我国第一个中央集权的封建王朝。

〔5〕 项羽(前232—前202)　名籍,字羽,下相(今江苏宿迁西)人,秦末农民起义军领袖。出身楚国贵族,亡秦后自立为"西楚霸王"。据《史记·项羽本纪》:"秦始皇帝游会稽,渡浙江,梁与籍俱观。籍曰:'彼可取而代也。'"

〔6〕 刘邦(前247—前195)　沛(今江苏沛县)人,秦末农民起义军领袖。在亡秦灭楚后建立了西汉王朝,庙号高祖。据《史记·高祖本纪》:"高祖常繇(徭)咸阳,纵观,观秦皇帝,喟然太息曰:'嗟乎,大丈夫当如此也!'"

〔7〕 "死而后已"　语出诸葛亮《后出师表》:"臣鞠躬尽力,死而后已。"

〔8〕 "我生不辰"　语出《诗经·大雅·桑柔》:"我生不辰,逢天僤怒。"不辰,不是时候。

〔9〕 约翰弥耳(J.S.Mill,1806—1873)　通译约翰·穆勒,英国哲学家、经济学家。著作有《逻辑体系》、《论自由》(严复中译名分别为《穆勒名学》、《群己权界论》)等。鲁迅所译日本鹤见祐辅《思想·山水·人物》书中《说幽默》和《专门以外的工作》篇曾引用穆勒所说"专制使人变成冷嘲"的话。

〔10〕 外国的考古学者们　指借考古之名而来我国掠夺文物的帝国主义分子。如法国格莱那(F.Grenard)于1892年从和阗(今新疆和田)盗去梵文佛经残本、土俑等;英国斯坦因(A.Stein)于1901年在和阗

盗掘汉晋木简,又于 1907 年、1914 年先后从敦煌千佛洞盗走大批古代写本及古画、刺绣等艺术品;还有法国伯希和(P.Pelliot)也于 1908 年从千佛洞盗走很多唐宋文物。到作者写本文时,这种文物掠夺者更"联翩而至",如 1924 年美国瓦尔纳(L.Warner)在千佛洞以特制胶布粘去壁画二十六幅;1925 年 2 月,他又组织了一个以哈佛大学旅行团为名义的团体,带着大批胶布等材料,再次到千佛洞作有计划的盗窃,后经敦煌人民的反对阻止,才未得逞。

〔11〕 弱水　我国古书中关于弱水的神话传说很多。如《海内十洲记》说昆仑山有"弱水""周回绕匝";弱水"鸿毛不浮,不可越也。"

〔12〕 "匪今斯今,振古如兹"　语出《诗经·周颂·载芟》。意思是不但现在,从古以来就如此。

〔13〕 涅槃　佛家语,梵文 Nirvāna 的音译。原指佛和高僧经过长期"修道"所达到的"最高境界",即能"寂(熄)灭"、解脱一切烦恼。后世也称佛和僧人的逝世为"涅槃"、"圆寂"或"入灭",由此引申为死的意思。

〔14〕 劬古　研究古代文化的意思。劬,勤劳。

〔15〕 归安陆氏　指陆心源(1834—1894),字刚父,号存斋,浙江归安(今吴兴)人,清末藏书家。藏有宋版书约二百种,所以他的藏书处取名为皕宋楼。他死后,这些书都由他的儿子陆树藩于 1907 年卖给日本岩崎兰室(静嘉堂文库)。

〔16〕 潍县陈氏　指陈介祺(1813—1884),字寿卿,号簠斋,山东潍县(今潍坊)人,清代古文物收藏家。藏有古代乐器钟十口,所以他的书斋取名为十钟山房。这些钟后来在 1917 年卖给日本财阀住友家。

〔17〕 犹太学校　指犹太商人哈同 1915 年在上海开办的仓圣明智大学及其附属中小学。哈同曾雇用王国维等担任教员,教学生读经,习古礼。每年阴历三月二十八日所谓仓颉生日时,要学生给仓颉磕头

拜寿。

〔18〕　道学　即理学，宋代程颢、程颐、朱熹等人阐释儒家学说而形成的唯心主义思想体系。它认为"理"是宇宙的本体，把三纲五常等封建伦理道德说成是"天理"，提出"存天理，灭人欲"的主张。

〔19〕　《三坟》《五典》　相传是三皇五帝时的遗书，现在已不可考。《左传》昭公十二年："是能读三坟、五典、八索、九丘。"晋代杜预注："皆古书名。"

〔20〕　百宋千元　指清代乾隆、嘉庆时的藏书家黄丕烈和吴骞的藏书。黄丕烈(1763—1825)，江苏吴县人，藏有宋版书一百余部，他的书室名为"百宋一廛"，意思是一百部宋版书存放处。吴骞(1733—1813)，浙江海宁人，藏有元版书一千部，他的书室名为"千元十驾"，意思是元版书千部能抵宋版书百部，有如驽马十驾能抵好马一驾。

〔21〕　天球河图　天球相传为古雍州(今陕、甘一带)所产的美玉；河图，相传为伏羲时龙马从黄河负出的图。《尚书·顾命》："大玉，夷玉，天球，河图，在东序。"在东序指陈列在房厅东墙一侧。

〔22〕　"林回弃千金之璧，负赤子而趋"　语出《庄子·山木》："林回弃千金之璧，负赤子而趋。或曰：'为其布与？赤子之布寡矣！为其累与？赤子之累多矣！弃千金之璧，负赤子而趋，何也？'林回曰：'彼以利合，此以天属也。'"布，古代的钱币；天属，人的天性。

杂　感[1]

人们有泪，比动物进化，但即此有泪，也就是不进化，正如已经只有盲肠，比鸟类进化，而究竟还有盲肠，终不能很算进化一样。凡这些，不但是无用的赘物，还要使其人达到无谓的灭亡。

现今的人们还以眼泪赠答，并且以这为最上的赠品，因为他此外一无所有。无泪的人则以血赠答，但又各各拒绝别人的血。

人大抵不愿意爱人下泪。但临死之际，可能也不愿意爱人为你下泪么？无泪的人无论何时，都不愿意爱人下泪，并且连血也不要：他拒绝一切为他的哭泣和灭亡。

人被杀于万众聚观之中，比被杀在"人不知鬼不觉"的地方快活，因为他可以妄想，博得观众中的或人的眼泪。但是，无泪的人无论被杀在什么所在，于他并无不同。

杀了无泪的人，一定连血也不见。爱人不觉他被杀之惨，仇人也终于得不到杀他之乐：这是他的报恩和复仇。

死于敌手的锋刃，不足悲苦；死于不知何来的暗器，却是悲苦。但最悲苦的是死于慈母或爱人误进的毒药，战友乱发的流弹，病菌的并无恶意的侵入，不是我自己制定的死刑。

仰慕往古的,回往古去罢!想出世的,快出世罢!想上天的,快上天罢!灵魂要离开肉体的,赶快离开罢!现在的地上,应该是执着现在,执着地上的人们居住的。

但厌恶现世的人们还住着。这都是现世的仇仇,他们一日存在,现世即一日不能得救。

先前,也曾有些愿意活在现世而不得的人们,沉默过了,呻吟过了,叹息过了,哭泣过了,哀求过了,但仍然愿意活在现世而不得,因为他们忘却了愤怒。

勇者愤怒,抽刃向更强者;怯者愤怒,却抽刃向更弱者。不可救药的民族中,一定有许多英雄,专向孩子们瞪眼。这些孱头[2]们!

孩子们在瞪眼中长大了,又向别的孩子们瞪眼,并且想:他们一生都过在愤怒中。因为愤怒只是如此,所以他们要愤怒一生,——而且还要愤怒二世,三世,四世,以至末世。

无论爱什么,——饭,异性,国,民族,人类等等,——只有纠缠如毒蛇,执着如怨鬼,二六时中[3],没有已时者有望。但太觉疲劳时,也无妨休息一会罢;但休息之后,就再来一回罢,而且两回,三回……。血书,章程,请愿,讲学,哭,电报,开会,挽联,演说,神经衰弱,则一切无用。

血书所能挣来的是什么?不过就是你的一张血书,况且并不好看。至于神经衰弱,其实倒是自己生了病,你不要再当作宝贝了,我的可敬爱而讨厌的朋友呀!

　　我们听到呻吟,叹息,哭泣,哀求,无须吃惊。见了酷烈的沉默,就应该留心了;见有什么像毒蛇似的在尸林中蜿蜒,怨鬼似的在黑暗中奔驰,就更应该留心了:这在豫告"真的愤怒"将要到来。那时候,仰慕往古的就要回往古去了,想出世的要出世去了,想上天的要上天了,灵魂要离开肉体的就要离开了!……

五月五日。

　＊　　　　　＊　　　　　＊

　　〔1〕　本篇最初发表于 1925 年 5 月 8 日北京《莽原》周刊第三期。

　　〔2〕　屠头　江浙方言,指怯弱的人。章炳麟《新方言·释言》:"今谓下劣怯弱者为屠头。"

　　〔3〕　二六时中　即十二个时辰,整天整夜的意思。

北 京 通 信[1]

蕴儒,培良[2]两兄:

昨天收到两份《豫报》[3],使我非常快活,尤其是见了那《副刊》。因为它那蓬勃的朝气,实在是在我先前的豫想以上。你想:从有着很古的历史的中州[4],传来了青年的声音,仿佛在豫告这古国将要复活,这是一件如何可喜的事呢?

倘使我有这力量,我自然极愿意有所贡献于河南的青年。但不幸我竟力不从心,因为我自己也正站在歧路上,——或者,说得较有希望些:站在十字路口。站在歧路上是几乎难于举足,站在十字路口,是可走的道路很多。我自己,是什么也不怕的,生命是我自己的东西,所以我不妨大步走去,向着我自以为可以走去的路;即使前面是深渊,荆棘,狭谷,火坑,都由我自己负责。然而向青年说话可就难了,如果盲人瞎马,引入危途,我就该得谋杀许多人命的罪孽。

所以,我终于还不想劝青年一同走我所走的路;我们的年龄,境遇,都不相同,思想的归宿大概总不能一致的罢。但倘若一定要问我青年应当向怎样的目标,那么,我只可以说出我为别人设计的话,就是:一要生存,二要温饱,三要发展。有敢来阻碍这三事者,无论是谁,我们都反抗他,扑灭他!

可是还得附加几句话以免误解,就是:我之所谓生存,并不是苟活;所谓温饱,并不是奢侈;所谓发展,也不是放纵。

中国古来,一向是最注重于生存的,什么"知命者不立于岩墙之下"咧,什么"千金之子坐不垂堂"咧,什么"身体发肤受之父母不敢毁伤"咧,[5]竟有父母愿意儿子吸鸦片的,一吸,他就不至于到外面去,有倾家荡产之虞了。可是这一流人家,家业也决不能长保,因为这是苟活。苟活就是活不下去的初步,所以到后来,他就活不下去了。意图生存,而太卑怯,结果就得死亡。以中国古训中教人苟活的格言如此之多,而中国人偏多死亡,外族偏多侵入,结果适得其反,可见我们蔑弃古训,是刻不容缓的了。这实在是无可奈何,因为我们要生活,而且不是苟活的缘故。

中国人虽然想了各种苟活的理想乡,可惜终于没有实现。但我却替他们发见了,你们大概知道的罢,就是北京的第一监狱。这监狱在宣武门外的空地里,不怕邻家的火灾;每日两餐,不虑冻馁;起居有定,不会伤生;构造坚固,不会倒塌;禁卒管着,不会再犯罪;强盗是决不会来抢的。住在里面,何等安全,真真是"千金之子坐不垂堂"了。但阙少的就有一件事:自由。

古训所教的就是这样的生活法,教人不要动。不动,失错当然就较少了,但不活的岩石泥沙,失错不是更少么? 我以为人类为向上,即发展起见,应该活动,活动而有若干失错,也不要紧。惟独半死半生的苟活,是全盘失错的。因为他挂了生活的招牌,其实却引人到死路上去!

我想,我们总得将青年从牢狱里引出来,路上的危险,当然是有的,但这是求生的偶然的危险,无从逃避。想逃避,就须度那古人所希求的第一监狱式生活了,可是真在第一监狱里的犯人,都想早些释放,虽然外面并不比狱里安全。

北京暖和起来了;我的院子里种了几株丁香,活了;还有两株榆叶梅,至今还未发芽,不知道他是否活着。

昨天闹了一个小乱子[6],许多学生被打伤了;听说还有死的,我不知道确否。其实,只要听他们开会,结果不过是开会而已,因为加了强力的迫压,遂闹出开会以上的事来。俄国的革命,不就是从这样的路径出发的么?

夜深了,就此搁笔,后来再谈罢。

鲁迅。五月八日夜。

*　　　*　　　*

〔1〕　本篇最初发表于 1925 年 5 月 14 日开封《豫报副刊》。

〔2〕　蕴儒　姓吕,名琦,字蕴儒,河南人,作者在北京世界语专门学校任教时的学生。当时他与向培良、高歌等同在开封编辑《豫报副刊》。培良,向培良(1905—1959),湖南黔阳人,狂飙社主要成员。当时常为《莽原》周刊写稿,后在南京主编《青春月刊》,主张“人类底艺术”,提倡“民族主义文学”。参看《二心集·上海文艺之一瞥》。

〔3〕　《豫报》　在河南开封出版的日报,1925 年 5 月 4 日创刊。该报另附《豫报副刊》,随报纸发行,主要撰稿人有尚钺、曹靖华、徐玉诺、张目寒等,鲁迅也被列为“长期撰稿人”。

〔4〕　中州　上古时代我国分为九州,河南是古代豫州的地方,位于九州中央,所以又称中州。

〔5〕　“知命者不立于岩墙之下”　语出《孟子·尽心(上)》:“知命

者不立乎岩墙之下"。岩墙,危墙。"千金之子坐不垂堂",语出《史记·袁盎传》。意思是有钱的人不坐在屋檐下(以免被坠瓦击中)。"身体发肤受之父母不敢毁伤",语出《孝经·开宗明义章》。

〔6〕 指北京学生纪念国耻的集会遭压迫一事。1925 年 5 月 7 日,北京各校学生为纪念国耻(1915 年 5 月 7 日,日本政府向袁世凯提出最后通牒,要求承认"二十一条")和追悼孙中山,拟在天安门举行集会。但事前北洋政府教育部已训令各校不得放假,当日上午警察厅又派遣巡警分赴各校前后门戒备,禁止学生外出。因此各校学生或行至校门即为巡警拦阻,或在天安门一带被武装警察与保安队马队殴打,多人受伤。午后被迫改在神武门开会,会后结队赴魏家胡同教育总长章士钊住宅,质问压迫学生爱国运动的理由,又与巡警冲突,被捕十八人。

导　师[1]

　　近来很通行说青年;开口青年,闭口也是青年。但青年又何能一概而论? 有醒着的,有睡着的,有昏着的,有躺着的,有玩着的,此外还多。但是,自然也有要前进的。

　　要前进的青年们大抵想寻求一个导师。然而我敢说:他们将永远寻不到。寻不到倒是运气;自知的谢不敏,自许的果真识路么? 凡自以为识路者,总过了"而立"[2]之年,灰色可掬了,老态可掬了,圆稳而已,自己却误以为识路。假如真识路,自己就早进向他的目标,何至于还在做导师。说佛法的和尚,卖仙药的道士,将来都与白骨是"一丘之貉",人们现在却向他听生西[3]的大法,求上升[4]的真传,岂不可笑!

　　但是我并非敢将这些人一切抹杀;和他们随便谈谈,是可以的。说话的也不过能说话,弄笔的也不过能弄笔;别人如果希望他打拳,则是自己错。他如果能打拳,早已打拳了,但那时,别人大概又要希望他翻筋斗。

　　有些青年似乎也觉悟了,我记得《京报副刊》征求青年必读书时,曾有一位发过牢骚,终于说:只有自己可靠! 我现在还想斗胆转一句,虽然有些杀风景,就是:自己也未必可靠的。

　　我们都不大有记性。这也无怪,人生苦痛的事太多了,尤其是在中国。记性好的,大概都被厚重的苦痛压死了;只有记性坏的,适者生存,还能欣然活着。但我们究竟还有一点记忆,回想起来,怎样的"今是昨非"呵,怎样的"口是心非"呵,怎样的"今日之我与昨日之我战"〔5〕呵。我们还没有正在饿得要死时于无人处见别人的饭,正在穷得要死时于无人处见别人的钱,正在性欲旺盛时遇见异性,而且很美的。我想,大话不宜讲得太早,否则,倘有记性,将来想到时会脸红。

或者还是知道自己之不甚可靠者,倒较为可靠罢。

青年又何须寻那挂着金字招牌的导师呢?不如寻朋友,联合起来,同向着似乎可以生存的方向走。你们所多的是生力,遇见深林,可以辟成平地的,遇见旷野,可以栽种树木的,遇见沙漠,可以开掘井泉的。问什么荆棘塞途的老路,寻什么乌烟瘴气的鸟导师!

五月十一日。

＊　　　＊　　　＊

〔1〕　本篇最初发表于1925年5月15日《莽原》周刊第四期。

初发表时共有四段,总题为《编完写起》。本篇原为第一、二段,下篇《长城》原为第四段;题名都是作者于编集时所加。第三段后编入《集外集》,仍题为《编完写起》。关于本篇,作者在1925年6月间与白波的通讯中曾有说明,可参看《集外集·田园思想》。

〔2〕　"而立"　语出《论语·为政》:"吾十有五而志于学,三十而立"。原是孔子说他到了三十岁在学问上有所自立的话,后来"而立"就常被用作三十岁的代词。

〔3〕　生西　佛家语,往生西方、成佛的意思。佛家以西方为"净土"或"极乐"世界。

〔4〕 上升 升天。道教认为,服食仙药能飞升成仙。

〔5〕 "今日之我与昨日之我战" 语出梁启超《清代学术概论》(1921 年出版),他在书中说自己"不惜以今日之我,难昔日之我"。

长　城^{〔1〕}

伟大的长城^{〔2〕}！

这工程，虽在地图上也还有它的小像，凡是世界上稍有知识的人们，大概都知道的罢。

其实，从来不过徒然役死许多工人而已，胡人何尝挡得住。现在不过一种古迹了，但一时也不会灭尽，或者还要保存它。

我总觉得周围有长城围绕。这长城的构成材料，是旧有的古砖和补添的新砖。两种东西联为一气造成了城壁，将人们包围。

何时才不给长城添新砖呢？

这伟大而可诅咒的长城！

五月十一日。

*　　　*　　　*

〔1〕 本篇最初发表于1925年5月15日《莽原》周刊第四期。参看本书上篇注〔1〕。

〔2〕 长城　战国时，齐、楚、魏、燕、赵、秦等国都筑有长城。秦始皇统一全国后，为了防止北方游牧民族的侵扰，将秦、赵、燕三国的北边长城加以修缮，连贯为一。故址西起临洮（今甘肃岷县），北傍阴山，东

至辽东,俗称"万里长城"。此后一直到明朝,历代都有兴筑增修,形成今西起嘉峪关,东至山海关的长城,总长六千多公里,是世界历史上的伟大工程之一。

忽然想到^[1]

七

大约是送报人忙不过来了，昨天不见报，今天才给补到，但是奇怪，正张上已经剪去了两小块；幸而副刊是完全的。那上面有一篇武者君的《温良》^[2]，又使我记起往事，我记得确曾用了这样一个糖衣的毒刺赠送过我的同学们。现在武者君也在大道上发见了两样东西了：凶兽和羊。但我以为这不过发见了一部分，因为大道上的东西还没有这样简单，还得附加一句，是：凶兽样的羊，羊样的凶兽。

他们是羊，同时也是凶兽；但遇见比他更凶的凶兽时便现羊样，遇见比他更弱的羊时便现凶兽样，因此，武者君误认为两样东西了。

我还记得第一次五四以后，军警们很客气地只用枪托，乱打那手无寸铁的教员和学生，威武到很像一队铁骑在苗田上驰骋；学生们则惊叫奔避，正如遇见虎狼的羊群。但是，当学生们成了大群，袭击他们的敌人时，不是遇见孩子也要推他摔几个觔斗么？在学校里，不是还唾骂敌人的儿子，使他非逃回家去不可么？这和古代暴君的灭族的意见，有什么区分！

　　我还记得中国的女人是怎样被压制,有时简直并羊而不如。现在托了洋鬼子学说的福,似乎有些解放了。但她一得到可以逞威的地位如校长之类,不就雇用了"掠袖擦掌"的打手似的男人,来威吓毫无武力的同性的学生们? 不是利用了外面正有别的学潮的时候,和一些狐群狗党趁势来开除她私意所不喜的学生们么?[3]而几个在"男尊女卑"的社会生长的男人们,此时却在异性的饭碗化身的面前摇尾,简直并羊而不如。羊,诚然是弱的,但还不至于如此,我敢给我所敬爱的羊们保证!

　　但是,在黄金世界还未到来之前,人们恐怕总不免同时含有这两种性质,只看发现时候的情形怎样,就显出勇敢和卑怯的大区别来。可惜中国人但对于羊显凶兽相,而对于凶兽则显羊相,所以即使显着凶兽相,也还是卑怯的国民。这样下去,一定要完结的。

　　我想,要中国得救,也不必添什么东西进去,只要青年们将这两种性质的古传用法,反过来一用就够了:对手如凶兽时就如凶兽,对手如羊时就如羊!

　　那么,无论什么魔鬼,就都只能回到他自己的地狱里去。

五月十日。

八

五月十二日《京报》的"显微镜"[4]下有这样的一条——

　　"某学究见某报上载教育总长'章士钉'五七呈文[5],愀

　　然曰：'名字怪僻如此，非圣人之徒也，岂能为吾侪卫古文之道者乎！'"

　　因此想起中国有几个字，不但在白话文中，就是在文言文中也几乎不用。其一是这误印为"钉"的"钊"字，还有一个是"淦"字，大概只在人名里还有留遗。我手头没有《说文解字》[6]，钊字的解释完全不记得了，淦则仿佛是船底漏水的意思。我们现在要叙述船漏水，无论用怎样古奥的文章，大概总不至于说"淦矣"了罢，所以除了印张国淦，孙嘉淦或新淦县[7]的新闻之外，这一粒铅字简直是废物。

　　至于"钊"，则化而为"钉"还不过一个小笑话；听说竟有人因此受害。曹锟[8]做总统的时代（那时这样写法就要犯罪），要办李大钊[9]先生，国务会议席上一个阁员说："只要看他的名字，就知道不是一个安分的人。什么名字不好取，他偏要叫李大剑?!"于是乎办定了，因为这位"大剑"先生已经用名字自己证实，是"大刀王五"[10]一流人。

　　我在Ｎ的学堂[11]做学生的时候，也曾经因这"钊"字碰过几个小钉子，但自然因为我自己不"安分"。一个新的职员到校了，势派非常之大，学者似的，很傲然。可惜他不幸遇见了一个同学叫"沈钊"的，就倒了楣，因为他叫他"沈钧"，以表白自己的不识字。于是我们一见面就讥笑他，就叫他为"沈钧"，并且由讥笑而至于相骂。两天之内，我和十多个同学就迭连记了两小过两大过，再记一小过，就要开除了。但开除在我们那个学校里并不算什么大事件，大堂上还有军令，可以将学生杀头的。做那里的校长这才威风呢，——但那时的名目却叫作"总办"的,资格又须是候补道〔12〕。

假使那时也像现在似的专用高压手段,我们大概是早经"正法",我也不会还有什么"忽然想到"的了。我不知怎的近来很有"怀古"的倾向,例如这回因为一个字,就会露出遗老似的"缅怀古昔"的口吻来。

五月十三日。

九

记得有人说过,回忆多的人们是没出息的了,因为他眷念从前,难望再有勇猛的进取;但也有说回忆是最为可喜的。前一说忘却了谁的话,后一说大概是 A. France〔13〕罢,——都由他。可是他们的话也都有些道理,整理起来,研究起来,一定可以消费许多功夫;但这都听凭学者们去干去,我不想来加入这一类高尚事业了,怕的是毫无结果之前,已经"寿终正寝"〔14〕。(是否真是寿终,真在正寝,自然是没有把握的,但此刻不妨写得好看一点。)我能谢绝研究文艺的酒筵,能远避开除学生的饭局,然而阎罗大王〔15〕的请帖,大概是终于没法"谨谢"的,无论你怎样摆架子。好,现在是并非眷念过去,而是遥想将来了,可是一样的没出息。管他娘的,写下去——

不动笔是为要保持自己的身分,〔16〕我近来才知道;可是动笔的九成九是为自己来辩护,则早就知道的了,至少,我自己就这样。所以,现在要写出来的,也不过是为自己的一封信——

FD君：

记得一年或两年之前，蒙你赐书，指摘我在《阿Q正传》中写捉拿一个无聊的阿Q而用机关枪，是太远于事理。我当时没有答复你，一则你信上不写住址，二则阿Q已经捉过，我不能再邀你去看热闹，共同证实了。

但我前几天看报章，便又记起了你。报上有一则新闻，大意是学生要到执政府去请愿[17]，而执政府已于事前得知，东门上添了军队，西门上还摆起两架机关枪，学生不得入，终于无结果而散云。你如果还在北京，何妨远远地——愈远愈好——去望一望呢，倘使真有两架，那么，我就"振振有辞"了。

夫学生的游行和请愿，由来久矣。他们都是"郁郁乎文哉"[18]，不但绝无炸弹和手枪，并且连九节钢鞭，三尖两刃刀也没有，更何况丈八蛇矛和青龙掩月刀乎？至多，"怀中一纸书"而已，所以向来就没有闹过乱子的历史。现在可是已经架起机关枪来了，而且有两架！

但阿Q的事件却大得多了，他确曾上城偷过东西，未庄也确已出了抢案。那时又还是民国元年，那些官吏，办事自然比现在更离奇。先生！你想：这是十三年前的事呵。那时的事，我以为即使在《阿Q正传》中再给添上一混成旅[19]和八尊过山炮，也不至于"言过其实"的罢。

请先生不要用普通的眼光看中国。我的一个朋友从印度回来，说，那地方真古怪，每当自己走过恒河边，就觉得还要防被捉去杀掉而祭天[20]。我在中国也时时起这一类的恐惧。普通认为romantic[21]的，在中国是平常事；机关枪不装在土谷祠〔22〕外,还装到那里去呢？

一九二五年五月十四日,鲁迅上。

＊　　　＊　　　＊

〔1〕　本篇最初分三次发表于 1925 年 5 月 12 日、18 日、19 日《京报副刊》。

〔2〕　武者君的《温良》　发表于 1925 年 5 月 9 日《京报副刊》。其中说:"鲁迅先生曾在教室里指示出来我们是温良,像这样外面涂着蜜的形容辞,我们当然可以安心的承受,而且,或者可以尝出甜味来。""然而突然出了意外的事,……我的心是被刺刺伤!""我的意想里那可爱的温良面相渐渐模糊,那蜜,包在外面的那东西,已经消溶,致死的尝出含在那里面的毒质来!"又说:"在途中,我迎送着来来往往的这老国度的人民,从他们的面相上、服饰上、动作上以及所有他们的一切,我发现了两批东西:凶兽和羊,踏践者和奴隶。"参看本书《后记》。

〔3〕　指女师大风潮。1924 年秋,国立北京女子师范大学发生学生反对校长杨荫榆风潮,迁延数月未得解决。1925 年 1 月,学生代表赴教育部诉述杨荫榆长校以来的种种黑暗情况,并发表宣言,要求撤换校长。同年 4 月,司法总长兼教育总长章士钊声言"整顿学风",表示对杨荫榆的支持。杨荫榆遂于 5 月 7 日布置了一个演讲会,请校外名人演讲,以巩固她的校长地位。当天上午演讲会举行时她登台为主席,但即为全场学生的嘘声所赶走;下午她在西安饭店召集若干教员宴饮,策划对付学生。至 9 日,即以评议会名义开除学生自治会职员六人。作者当时是该校的讲师,平时对杨荫榆的行为多有目睹,风潮起后,他完全同情学生。这段文字,是他第一次就女师大事件发表议论。"掠袖擦掌"一语,见于学生自治会为杨荫榆开除学生六人致评议会函中。对 5 月 7 日演讲会上发生冲突的情形,信中说:当时杨荫榆"强以校长名义,

悍然登台为主席,事前不听自治会各部职员之婉劝,致有当场激动学生公愤,稍起冲突之事",而杨即"厉声呼曰'叫警察',同时总务长吴沆,掠袖擦掌,势欲饱生等以老拳。"

〔4〕 "显微镜" 当时《京报》的一个栏目,刊登的都是短小轻松的文字。

〔5〕 五七呈文 1925 年 5 月 7 日,北京学生因纪念"五七"国耻遭到镇压后,曾结队去章士钊住宅抗议,与巡警发生冲突。"五七呈文"即指章士钊为此事给段祺瑞的呈文。

〔6〕《说文解字》 我国最古的字书之一,汉代许慎著,共三十卷。据《说文解字》:钊,"刓也";沆,"水入船中也"。

〔7〕 张国淦(1876—1959) 湖北蒲圻人,曾任北洋政府国务院秘书长、教育总长等职。孙嘉淦(1683—1753),山西兴县人,康熙进士,乾隆时官吏部尚书等职。新淦县,江西旧县名,即今新干县。

〔8〕 曹锟(1862—1938) 字仲珊,天津人,北洋军阀直系首领之一。1923 年 10 月,他收买国会议员,以贿选得任中华民国总统,至 1924 年 11 月,在与奉系军阀张作霖作战失败后被迫退职。

〔9〕 李大钊(1889—1927) 字守常,河北乐亭人,马克思列宁主义在中国最初的传播者,中国共产党创始人之一。曾任北京大学教授兼图书馆主任、《新青年》杂志编辑。他领导了五四运动,帮助孙中山确定"联俄、联共、扶助农工"的三大政策和改组国民党的工作。中国共产党建党后他一直负责北方区的工作,领导反对北洋军阀的斗争,因而遭到当权的直系军阀曹锟、吴佩孚的压迫。1926 年 12 月奉系军阀张作霖进入北京后,他被通缉,次年 4 月 6 日被捕,28 日遇害。

〔10〕 "大刀王五" 即王正谊(1854—1900),字子斌,河北沧州人,清末在北京开设源顺镖局,是著名镖客。后被八国联军所杀。

〔11〕 N 的学堂 N 指南京。作者于 1898 年夏至 1902 年初曾就

读于南京的江南水师学堂和江南陆师学堂附设矿务铁路学堂。

〔12〕 候补道 即候补道员。道员是清代官职,分总管省以下、府州以上一个行政区域职务的道员和专管一省特定职务的道员。又清代官制,只有官衔但还没有实际职务的中下级官员,由吏部抽签分发到某部或某省,听候委用,称为候补。

〔13〕 A.France 法朗士(1844—1924),法国作家。著有长篇小说《波纳尔之罪》、《苔依丝》、《企鹅岛》等。

〔14〕 "寿终正寝" 《仪礼·士丧礼》有"死于适室"的话,据汉代郑玄注:"适室,正寝之室也。"即住房的正屋。寿终正寝,老年时在家中安然死去的意思,别于横死、客死或夭亡。

〔15〕 阎罗大王 即阎罗王,小乘佛教中所称的地狱主宰。《法苑珠林》卷十二中说:"阎罗王者,昔为毗沙国王,经与维陀如生王共战,兵力不敌,因立誓愿为地狱主。"

〔16〕 不动笔是为要保持自己的身分 陈西滢在 1925 年 5 月 15 日《京报副刊》上发表的给编者孙伏园的信中说:"一月以前,《京报副刊》登了几个剧评,中间牵涉西林的地方,都与事实不符……西林因为不屑自低身分去争辩,当然置之不理。"

〔17〕 学生到执政府去请愿 1925 年 5 月 9 日,北京各校学生四千余人为了援救因纪念"五七"国耻被捕的学生,前往段祺瑞执政府请愿,要求释放被捕者,罢免教育总长章士钊、京师警察总监朱深。

〔18〕 "郁郁乎文哉" 语出《论语·八佾》:"周监于二代,郁郁乎文哉!"据朱熹注:"郁郁,文盛貌。"原指周朝的礼仪典章承传于夏商两代,丰富完备。这里借用为彬彬有礼的意思。

〔19〕 混成旅 旧时军队的一种编制,由步兵、骑兵、炮兵、工兵等兵种混合编成的独立旅。

〔20〕 恒河 南亚的大河,流经印度等国。在印度宗教神话中它

被称作圣河。传说婆罗门教的主神湿婆神的"精力"化身婆婆娣,喜欢撕裂吞食带血而颤动的生肉。所以恒河一带信仰湿婆神的教徒"每年秋中,觅一人,质状端美,杀取血肉,用以祀之,以祈嘉福。"(见《大慈恩寺三藏法师传》卷三)"杀掉而祭天"可能指此。

〔21〕 Romantic 英语,音译"罗曼蒂克"。意为幻想的、离奇的。

〔22〕 土谷祠 土地庙。《阿 Q 正传》中阿 Q 的栖身所。

"碰壁"之后[1]

我平日常常对我的年青的同学们说:古人所谓"穷愁著书"[2]的话,是不大可靠的。穷到透顶,愁得要死的人,那里还有这许多闲情逸致来著书? 我们从来没有见过候补的饿殍在沟壑边吟哦;鞭扑底下的囚徒所发出来的不过是直声的叫喊,决不会用一篇妃红俪白的骈体文[3]来诉痛苦的。所以待到磨墨吮笔,说什么"履穿踵决"[4]时,脚上也许早经是丝袜;高吟"饥来驱我去……"的陶征士[5],其时或者偏已很有些酒意了。正当苦痛,即说不出苦痛来,佛说极苦地狱中的鬼魂,也反而并无叫唤!

华夏大概并非地狱,然而"境由心造",我眼前总充塞着重迭的黑云,其中有故鬼,新鬼,游魂,牛首阿旁,畜生,化生,大叫唤,无叫唤,[6]使我不堪闻见。我装作无所闻见模样,以图欺骗自己,总算已从地狱中出离。

打门声一响,我又回到现实世界了。又是学校的事。我为什么要做教员?! 想着走着,出去开门,果然,信封上首先就看见通红的一行字:国立北京女子师范大学。

我本就怕这学校,因为一进门就觉得阴惨惨,不知其所以然,但也常常疑心是自己的错觉。后来看到杨荫榆校长《致全体学生公启》[7]里的"须知学校犹家庭,为尊长者断无不爱家属之理,为幼稚者亦当体贴尊长之心"的话,就恍然了,原来我虽然在学校教书,也等于在杨家坐馆[8],而这阴惨惨的气味,便是从"冷板凳"[9]里出来的。可是我有一种毛病,自己也疑心是自讨苦吃的根苗,就是偶尔要想想。所以恍然之后,即又有疑问发生:这家族人员——校长和学生——的关系是怎样的,母女,还是婆媳呢?

想而又想,结果毫无。幸而这位校长宣言多,竟在她《对于暴烈学生之感言》[10]里获得正确的解答了。曰,"与此曹子勃谿相向",则其为婆婆无疑也。

现在我可以大胆地用"妇姑勃谿"[11]这句古典了。但婆媳吵架,与西宾[12]又何干呢?因为究竟是学校,所以总还是时常有信来,或是婆婆的,或是媳妇的。我的神经又不强,一闻打门而悔做教员者以此,而且也确有可悔的理由。

这一年她们的家务简直没有完,媳妇儿们不佩服婆婆做校长了,婆婆可是不歇手。这是她的家庭,怎么肯放手呢?无足怪的。而且不但不放,还趁"五七"之际,在什么饭店请人吃饭之后,开除了六个学生自治会的职员[13],并且发表了那"须知学校犹家庭"的名论。

这回抽出信纸来一看,是媳妇儿们的自治会所发的,略谓:

> "旬余以来,校务停顿,百费待兴,若长此迁延,不特虚掷数百青年光阴,校务前途,亦岌岌不可终日。……"

底下是请教员开一个会,出来维持的意思的话,订定的时间是当日下午四点钟。

"去看一看罢。"我想。

这也是我的一种毛病，自己也疑心是自讨苦吃的根苗；明知道无论什么事，在中国是万不可轻易去"看一看"的，然而终于改不掉，所以谓之"病"。但是，究竟也颇熟于世故了，我想后，又立刻决定，四点太早，到了一定没有人，四点半去罢。

四点半进了阴惨惨的校门，又走进教员休息室。出乎意料之外！除一个打盹似的校役以外，已有两位教员坐着了。一位是见过几面的；一位不认识，似乎说是姓汪，或姓王，我不大听明白，——其实也无须。

我也和他们在一处坐下了。

"先生的意思以为这事情怎样呢?"这不识教员在招呼之后，看住了我的眼睛问。

"这可以由各方面说……。你问的是我个人的意见么？我个人的意见，是反对杨先生的办法的……。"

糟了！我的话没有说完，他便将他那灵便小巧的头向旁边一摇，表示不屑听完的态度。但这自然是我的主观；在他，或者也许本有将头摇来摇去的毛病的。

"就是开除学生的罚太严了。否则，就很容易解决……。"我还要继续说下去。

"嗡嗡。"他不耐烦似的点头。

我就默然，点起火来吸烟卷。

"最好是给这事情冷一冷……。"不知怎的他又开始发表他的"冷一冷"学说了。

"嗡嗡。瞧着看罢。"这回是我不耐烦似的点头，但终于多说了一句话。

我点头讫，瞥见坐前有一张印刷品，一看之后，毛骨便悚然起来。文略谓：

"……第用学生自治会名义，指挥讲师职员，召集校务维持讨论会，……本校素遵部章，无此学制，亦无此办法，根本上不能成立。……而自闹潮以来……不能不筹正当方法，又有其他校务进行，亦待大会议决，兹定于（月之二十一日）下午七时，由校特请全体主任专任教员评议会会员在太平湖饭店开校务紧急会议，解决种种重要问题。务恳大驾莅临，无任盼祷！"

署名就是我所视为畏途的"国立北京女子师范大学"，但下面还有一个"启"字。我这时才知道我不该来，也无须"莅临"太平湖饭店，因为我不过是一个"兼任教员"。然而校长为什么不制止学生开会，又不预先否认，却要叫我到了学校来看这"启"的呢？我愤然地要质问了，举目四顾，两个教员，一个校役，四面砖墙带着门和窗门，而并没有半个负有答复的责任的生物。"国立北京女子师范学校"虽然能"启"，然而是不能答的。只有默默地阴森地四周的墙壁将人包围，现出险恶的颜色。

我感到苦痛了，但没有悟出它的原因。

可是两个学生来请开会了；婆婆终于没有露面。我们就走进场去，这时连我已经有五个人；后来陆续又到了七八人。于是乎开会。

"为幼稚者"仿佛不大能够"体贴尊长之心"似的，很诉了

75

许多苦。然而我们有什么权利来干预"家庭"里的事呢？而况太平湖饭店里又要"解决种种重要问题"了！但是我也说明了几句我所以来校的理由，并要求学校当局今天缩头缩脑办法的解答。然而，举目四顾，只有媳妇儿们和西宾，砖墙带着门和窗门，而并没有半个负有答复的责任的生物！

我感到苦痛了，但没有悟出它的原因。

这时我所不识的教员和学生在谈话了；我也不很细听。但在他的话里听到一句"你们做事不要碰壁"，在学生的话里听到一句"杨先生就是壁"，于我就仿佛见了一道光，立刻知道我的痛苦的原因了。

碰壁，碰壁！我碰了杨家的壁了！

其时看看学生们，就像一群童养媳……。

这一种会议是照例没有结果的，几个自以为大胆的人物对于婆婆稍加微辞之后，即大家走散。我回家坐在自己的窗下的时候，天色已近黄昏，而阴惨惨的颜色却渐渐地退去，回忆到碰壁的学说，居然微笑起来了。

中国各处是壁，然而无形，像"鬼打墙"〔14〕一般，使你随时能"碰"。能打这墙的，能碰而不感到痛苦的，是胜利者。——但是，此刻太平湖饭店之宴已近阑珊，大家都已经吃到冰其淋，在那里"冷一冷"了罢……。

我于是仿佛看见雪白的桌布已经沾了许多酱油渍，男男女女围着桌子都吃冰其淋，而许多媳妇儿，就如中国历来的大多数媳妇儿在苦节的婆婆脚下似的，都决定了暗淡的运命。

我吸了两支烟，眼前也光明起来，幻出饭店里电灯的光彩,看见教育家在杯酒间谋害学生,看见杀人者于微笑后屠戮百姓,看见死尸在粪土中舞蹈,看见污秽洒满了风籁琴,我想取作画图,竟不能画成一线。我为什么要做教员,连自己也侮蔑自己起来。但是织芳〔15〕来访我了。

我们闲谈之间,他也忽而发感慨——

"中国什么都黑暗,谁也不行,但没有事的时候是看不出来的。教员咧,学生咧,烘烘烘,烘烘烘,真像一个学校,一有事故,教员也不见了,学生也慢慢躲开了;结局只剩下几个傻子给大家做牺牲,算是收束。多少天之后,又是这样的学校,躲开的也出来了,不见的也露脸了,'地球是圆的'咧,'苍蝇是传染病的媒介'咧,又是学生咧,教员咧,烘烘烘……。"

从不像我似的常常"碰壁"的青年学生的眼睛看来,中国也就如此之黑暗么?然而他们仅有微弱的呻吟,然而一呻吟就被杀戮了!

五月二十一日夜。

*　　　*　　　*

〔1〕 本篇最初发表于1925年6月1日《语丝》周刊第二十九期。

〔2〕 "穷愁著书" 语出《史记·虞卿传》:"虞卿非穷愁亦不能著书以自见于后世。"虞卿,战国时赵国的上卿。

〔3〕 骈体文 我国古代的一种文体,以四字和六字的句子相间对偶排比,又称"四六体"。盛行于南北朝,讲究对仗工整、声律和谐、词藻华丽。"妃红俪白"就是骈体文句,红白相对的意思。

〔4〕 "履穿踵决" 鞋子破旧,脚跟露出的意思。《庄子·山木》:

"衣弊履穿,贫也。"又《庄子·让王》:"曾子居卫……十年不制衣……纳
屦而踵决。"

〔5〕　陶征士　指陶渊明(约372—427),名潜,字元亮,浔阳柴桑
(今江西九江)人,东晋诗人。安帝义熙末年(418),征召他为著作郎,不
就,因此被称为"征士"。"饥来驱我去",见他的《乞食》诗:"饥来驱我
去,不知竟何之。"

〔6〕　牛首阿旁　地狱中牛头人身的鬼卒;畜生、化生,轮回中的
转生,化生指无所依托,由"业"而生;大叫唤、无叫唤,地狱中的鬼魂。
这些都是佛家语。

〔7〕　杨荫榆(1884—1938)　江苏无锡人。曾留学日本、美国,当
时任国立北京女子师范大学校长,因压制学生引起反抗。在1925年女
师大学潮中,她于5月9日借故开除学生自治会职员六人,并于次日发
表《致全体学生公启》,其中说:"顷者不幸,少数学生滋事,犯规至于出
校,初时一再隐忍,无非委曲求全。至于今日,续成绝望,乃有此万不得
已之举。须知学校犹家庭,为尊长者,断无不爱家属之理,为幼稚者,亦
当体贴尊长之心。"(见1925年5月11日《晨报》)

〔8〕　坐馆　旧时对当家庭教师的俗称。

〔9〕　"冷板凳"　清代范寅《越谚》:"谑塾师曰:'坐冷板凳'。"意
思是冷落的职位,也泛指受到冷遇、无事可为。

〔10〕《对于暴烈学生之感言》　这是杨荫榆开除学生自治会职员
六人后离校迁居饭店时所散发,其中说:"若夫拉杂谰言,齮龁笔舌,与
此曹子勃谿相向,憎口纵极鼓簧,自待不宜过薄。……梦中多曹社之
谋,心上有杞天之虑;然而人纪一日犹存,公理百年自在。"(见1925年5
月20日《晨报》)

〔11〕"妇姑勃谿"　语出《庄子·外物》:"室无空虚,则妇姑勃谿。"
婆媳吵架的意思。

〔12〕 西宾 同西席。旧时对家塾教师或幕友的敬称。

〔13〕 六个学生自治会的职员 即蒲振声、张平江、郑德音、刘和珍、许广平、姜伯谛。

〔14〕 "鬼打墙" 旧时的一种迷信:夜间走路,有时会在一个地方转来转去,找不出应走的路来,就认为是被鬼用无形的墙壁拦住,叫做"鬼打墙"。

〔15〕 织芳 即荆有麟(1903—1951),笔名织芳,山西猗氏人。他曾在北京世界语专门学校听过作者的课,当时参加《莽原》的编辑工作。1927 年后任职于国民党军政部门,加入特务组织"中统"。

并　非　闲　话[1]

　　凡事无论大小，只要和自己有些相干，便不免格外警觉。即如这一回女子师范大学的风潮，我因为在那里担任一点钟功课，也就感到震动，而且就发了几句感慨，登在五月十二的《京报副刊》上[2]。自然，自己也明知道违了"和光同尘"[3]的古训了，但我就是这样，并不想以骑墙或阴柔来买人尊敬。三四天之后，忽然接到一本《现代评论》[4]十五期，很觉得有些稀奇。这一期是新印的，第一页上目录已经整齐（初版字有参差处），就证明着至少是再版。我想：为什么这一期特别卖的多，送的多呢，莫非内容改变了么？ 翻开初版来，校勘下去，都一样；不过末叶的金城银行的广告已经杳然，所以一篇《女师大的学潮》[5]就赤条条地露出。我不是也发过议论的么？ 自然要看一看，原来是赞成杨荫榆校长的，和我的论调正相反。做的人是"一个女读者"。

　　中国原是玩意儿最多的地方，近来又刚闹过什么"琴心是否女士"[6]问题，我于是心血来潮，忽而想：又捣什么鬼，装什么佯了？ 但我即刻不再想下去，因为接着就起了别一个念头，想到近来有些人，凡是自己善于在暗中播弄鼓动的，一看见别人明白质直的言动，便往往反噬他是播弄和鼓动，是某党，是某系；正如偷汉的女人的丈夫，总愿意说世人全是忘八，和他

80

相同,他心里才觉舒畅。这种思想是卑劣的;我太多心了,人们也何至于一定用裙子来做军旗。我就将我的念头打断了。

此后,风潮还是拖延着,而且展开来,于是有七个教员的宣言[7]发表,也登在五月二十七日的《京报》上,其中的一个是我。

这回的反响快透了,三十日发行(其实是二十九日已经发卖)的《现代评论》上,西滢先生[8]就在《闲话》的第一段中特地评论。但是,据说宣言是"《闲话》正要付印的时候"才在报上见到的,所以前半只论学潮,和宣言无涉。后来又做了三大段,大约是见了宣言之后,这才文思泉涌的罢,可是《闲话》付印的时间,大概总该颇有些耽误了。但后做而移在前面,也未可知。那么,足见这是一段要紧的"闲话"。

《闲话》中说,"以前我们常常听说女师大的风潮,有在北京教育界占最大势力的某籍某系的人在暗中鼓动,可是我们总不敢相信。"所以他只在宣言中摘出"最精彩的几句",加上圈子,评为"未免偏袒一方";而且因为"流言更加传布得厉害",遂觉"可惜",但他说"还是不信我们平素所很尊敬的人会暗中挑剔风潮"。这些话我觉得确有些超妙的识见。例如"流言"本是畜类的武器,鬼蜮的手段,实在应该不信它。又如一查籍贯,则即使装作公平,也容易启人疑窦,总不如"不敢相信"的好,否则同籍的人固然惮于在一张纸上宣言,而别一某籍的人也不便在暗中给同籍的人帮忙[9]了。这些"流言"和"听说",当然都只配当作狗屁!

但是,西滢先生因为"未免偏袒一方"而遂叹为"可惜",仍是引用"流言",我却以为是"可惜"的事。清朝的县官坐堂,往往两造各责小板五百完案,"偏袒"之嫌是没有了,可是终于不免为胡涂虫。假使一个人还有是非之心,倒不如直说的好;否则,虽然吞吞吐吐,明眼人也会看出他暗中"偏袒"那一方,所表白的不过是自己的阴险和卑劣。宣言中所谓"若离若合,殊有混淆黑白之嫌"者,似乎也就是为此辈的手段写照。而且所谓"挑剔风潮"的"流言",说不定就是这些伏在暗中,轻易不大露面的东西所制造的,但我自然也"没有调查详细的事实,不大知道"。可惜的是西滢先生虽说"还是不信",却已为我辈"可惜",足见流言之易于惑人,无怪常有人用作武器。但在我,却直到看见这《闲话》之后,才知道西滢先生们原来"常常"听到这样的流言,并且和我偶尔听到的都不对。可见流言也有种种,某种流言,大抵是奔凑到某种耳朵,写出在某种笔下的。

但在《闲话》的前半,即西滢先生还未在报上看见七个教员的宣言之前,已经比学校为"臭毛厕",主张"人人都有扫除的义务"了。[10]为什么呢?一者报上两个相反的启事已经发现;二者学生把守校门;三者有"校长不能在学校开会,不得不借邻近的饭店招集教员开会的奇闻"。但这所述的"臭毛厕"的情形还得修改些,因为层次有点颠倒。据宣言说,则"饭店开会",乃在"把守校门"之前,大约西滢先生觉得不"最精彩",所以没有摘录,或者已经写好,所以不及摘录的罢。现在我来补摘几句,并且也加些圈子,聊以效颦——

"……迨五月七日校内讲演时,学生劝校长杨荫榆先生退席后,杨先生乃于饭馆召集校员若干燕饮,继即以评议会名义,将学生自治会职员六人揭示开除,由是全校哗然,有坚拒杨先生长校之事变。……"

《闲话》里的和这事实的颠倒,从神经过敏的看起来,或者也可以认为"偏袒"的表现;但我在这里并非举证,不过聊作插话而已。其实,"偏袒"两字,因我适值选得不大堂皇,所以使人厌观,倘用别的字,便会大大的两样。况且,即使是自以为公平的批评家,"偏袒"也在所不免的,譬如和校长同籍贯,或是好朋友,或是换帖兄弟,或是叨过酒饭,每不免于不知不觉间有所"偏袒"。这也算人情之常,不足深怪;但当侃侃而谈之际,那自然也许流露出来。然而也没有什么要紧,局外人那里会知道这许多底细呢,无伤大体的。

但是学校的变成"臭毛厕",却究竟在"饭店召集教员"之后,酒醉饭饱,毛厕当然合用了。西滢先生希望"教育当局"打扫,我以为在打扫之前,还须先封饭店,否则醉饱之后,总要拉矢,毛厕即永远需用,怎么打扫得干净?而且,还未打扫之前,不是已经有了"流言"了么?流言之力,是能使粪便增光,蛆虫成圣的,打扫夫又怎么动手?姑无论现在有无打扫夫。

至于"万不可再敷衍下去",那可实在是斩钉截铁的办法。正应该这样办。但是,世上虽然有斩钉截铁的办法,却很少见有敢负责任的宣言。所多的是自在黑幕中,偏说不知道;替暴君奔走,却以局外人自居;满肚子怀着鬼胎,而装出公允的笑脸;有谁明说出自己所观察的是非来的,他便用了"流言"来作不负责任的武器:这种蛆虫充满的"臭毛厕",是难于打扫干净的。丢尽"教育界的面目"的丑态,现在和将来还多着哩!

五月三十日。

* * *

〔1〕 本篇最初发表于 1925 年 6 月 1 日《京报副刊》。

〔2〕 即收入本书的《忽然想到》之七。

〔3〕 "和光同尘" 语出《老子》:"和其光,同其尘。"随和的意思。

〔4〕 《现代评论》 综合性周刊,1924 年 12 月创刊于北京,1927 年移至上海出版,1928 年底出至第九卷第二〇九期停刊。署"现代评论社"编,主要撰稿人有胡适、陈西滢、王世杰、唐有壬、徐志摩等,当时被称为"现代评论派"。在 1925 年北京女师大风潮及其后的五卅运动、三一八惨案中,发表过不少诋毁革命群众运动的言论。

〔5〕 《女师大的学潮》 这是一篇署名为"一个女读者"给《现代评论》记者的信,载于该刊第一卷第十五期(1925 年 3 月 21 日)。主要意思是说:女师大学生迭次驱杨的"那些宣言书中所列举杨氏的罪名,既大都不能成立罪名……而这回风潮的产生和发展,校内校外尚别有人在那里主使。"又说"女师大是中国唯一的女子大学;杨氏也是充任大学校长的唯一的中国女子……我们应否任她受教育当局或其他任何方面的排挤攻击?我们女子应否自己还去帮着摧残她?"

〔6〕 "琴心是否女士" 1925 年 1 月,北京女师大新年同乐会演出北大学生欧阳兰所作独幕剧《父亲的归来》,内容几乎完全抄袭日本菊池宽所著的《父归》,经人在《京报副刊》上指出后,除欧阳兰本人作文答辩外,还出现了署名"琴心"的女师大学生,也作文为他辩护。不久,又有人揭发欧阳兰所作的"寄 S 妹"《有翅的情爱》系抄袭郭沫若译的雪莱诗,这位"琴心"和另一"雪纹女士"又一连写几篇文字替他分辩。但事实上,所谓"琴心"女士,是欧阳兰的女友夏雪纹(当时在女师大读书,

即 S 妹）的别号,而署名"琴心"和"雪纹女士"的文字,都是欧阳兰自己作的。按欧阳兰作有诗集《夜莺》,1924 年 5 月蔷薇社出版,内收有《寄S 妹》一诗。

〔7〕 七个教员的宣言 即由鲁迅起草的《对于北京女子师范大学风潮宣言》(收入《集外集拾遗补编》)。这是针对杨荫榆开除学生自治会职员和她的《对于暴烈学生之感言》而发的,由马裕藻、沈尹默、周树人、李泰棻、钱玄同、沈兼士、周作人七人署名。文中说:"六人学业,俱非不良,至于品性一端,平素尤绝无惩戒记过之迹,以此与开除并论,而又若离若合,殊有混淆黑白之嫌。"

〔8〕 西滢 陈源(1896—1970),字通伯,笔名西滢,江苏无锡人,现代评论派的主要成员。曾留学英国,当时任北京大学教授。他在《现代评论》第一卷第二十五期(1925 年 5 月 30 日)的《闲话》中说:《闲话》正要付印的时候,我们在报纸上看见女师大七教员的宣言。以前我们常常听说女师大的风潮,有在北京教育界占最大势力的某籍某系的人在暗中鼓动,可是我们总不敢相信。这个宣言语气措辞,我们看来,未免过于偏袒一方,不大公允,看文中最精采的几句就知道了。(摘句略)这是很可惜的。我们自然还是不信我们平素所很尊敬的人会暗中挑剔风潮,但是这篇宣言一出,免不了流言更加传布得厉害了。"按某籍,指浙江;某系指当时北京大学国文系。发表宣言的七人除李泰棻外,都是浙江人和北京大学国文系教授。

〔9〕 给同籍的人帮忙 指陈西滢给杨荫榆帮忙,他们都是江苏无锡人。

〔10〕 陈西滢比女师大为"臭毛厕"的议论,原话是:"女师大的风潮,究竟学生是对的还是错的,反对校长的是少数还是多数,我们没有调查详细的事实,无从知道。我们只觉得这次闹得太不像样了。同系学生同时登两个相反的启事已经发现了。学生把守校门,误认了一个

缓缓驶行的汽车为校长回校而群起包围它的笑话,也到处流传了。校长不能在学校开会,不得不借临近饭店招集教员会议的奇闻,也见于报章了。学校的丑态既然毕露,教育界的面目也就丢尽。到了这种时期,实在旁观的人也不能再让它酝酿下去,好像一个臭毛厕,人人都有扫除的义务。在这时候劝学生们不为过甚,或是劝杨校长辞职引退,都无非粉刷毛厕,并不能解决根本的问题。我们以为教育当局应当切实的调查这次风潮的内容……万不可再敷衍姑息下去,以至将来要整顿也没有了办法。"

我的"籍"和"系"[1]

虽然因为我劝过人少——或者竟不——读中国书,曾蒙一位不相识的青年先生赐信要我搬出中国去,[2]但是我终于没有走。而且我究竟是中国人,读过中国书的,因此也颇知道些处世的妙法。譬如,假使要掉文袋[3],可以说说"桃红柳绿",这些事是大家早已公认的,谁也不会说你错。如果论史,就赞几句孔明,骂一通秦桧[4],这些是非也早经论定,学述一回决没有什么差池;况且秦太师的党羽现已半个无存,也可保毫无危险。至于近事呢,勿谈为佳,否则连你的籍贯也许会使你由可"尊敬"而变为"可惜"的。

我记得宋朝是不许南人做宰相的,那是他们的"祖制",只可惜终于不能坚持。[5]至于"某籍"人说不得话,却是我近来的新发见。也还是女师大的风潮,我说了几句话。但我先要声明,我既然说过,颇知道些处世的妙法,为什么又去说话呢?那是,因为,我是见过清末捣乱的人,没有生长在太平盛世,所以纵使颇有些涵养工夫,有时也不免要开口,客气地说,就是大不"安分"的。于是乎我说话了,不料陈西滢先生早已常常听到一种"流言",那大致是"女师大的风潮,有北京教育界占最大势力的某籍某系的人在暗中鼓动"。现在我一说话,恰巧化"暗"为"明",就使这常常听到流言的西滢先生代为"可惜",

87

虽然他存心忠厚,"自然还是不信平素所很尊敬的人会暗中挑剔风潮";无奈"流言"却"更加传布得厉害了",这怎不使人"怀疑"[6]呢? 自然是难怪的。

我确有一个"籍",也是各人各有一个的籍,不足为奇。但我是什么"系"呢? 自己想想,既非"研究系",也非"交通系"[7],真不知怎么一回事。只好再精查,细想;终于也明白了,现在写它出来,庶几乎免得又有"流言",以为我是黑籍的政客。

因为应付某国某君[8]的嘱托,我正写了一点自己的履历,第一句是"我于一八八一年生在浙江省绍兴府城里一家姓周的家里",这里就说明了我的"籍"。但自从到了"可惜"的地位之后,我便又在末尾添上一句道,"近几年我又兼做北京大学,师范大学,女子师范大学的国文系讲师",这大概就是我的"系"了。我真不料我竟成了这样的一个"系"。

我常常要"挑剔"文字是确的,至于"挑剔风潮"这一种连字面都不通的阴谋,我至今还不知道是怎样的做法。何以一有流言,我就得沉默,否则立刻犯了嫌疑,至于使和我毫不相干的人如西滢先生者也来代为"可惜"呢? 那么,如果流言说我正在钻营,我就得自己锁在房里了;如果流言说我想做皇帝,我就得连忙自称奴才了。然而古人却确是这样做过了,还留下些什么"空穴来风,桐乳来巢"[9]的鬼格言。可惜我总不耐烦敬步后尘;不得已,我只好对于无论是谁,先奉还他无端送给我的"尊敬"。

其实,现今的将"尊敬"来布施和拜领的人们,也就都是上了古人的当。我们的乏的古人想了几千年,得到一个制驭别人的巧法:可压服的将他压服,否则将他抬高。而抬高也就是一种压服的手段,常常微微示意说,你应该这样,倘不,我要将你摔下来了。求人尊敬的可怜虫于是默默地坐着;但偶然也放开喉咙道"有利必有弊呀!""彼亦一是非,此亦一是非[10]呀!""猗欤休哉[11]呀!"听众遂亦同声赞叹道,"对呀对呀,可敬极了呀!"这样的互相敷衍下去,自己以为有趣。

从此这一个办法便成为八面锋[12],杀掉了许多乏人和白痴,但是穿了圣贤的衣冠入殓。可怜他们竟不知道自己将褒贬他的人们的身价估得太大了,反至于连自己的原价也一同失掉。

人类是进化的,现在的人心,当然比古人的高洁;但是"尊敬"的流毒,却还不下于流言,尤其是有谁装腔作势,要来将这撒去时,更足使乏人和白痴惶恐。我本来也无可尊敬;也不愿受人尊敬,免得不如人意的时候,又被人摔下来。更明白地说罢:我所憎恶的太多了,应该自己也得到憎恶,这才还有点像活在人间;如果收得的乃是相反的布施,于我倒是一个冷嘲,使我对于自己也要大加侮蔑;如果收得的是吞吞吐吐的不知道算什么,则使我感到将要呕哕似的恶心。然而无论如何,"流言"总不能吓哑我的嘴……。

六月二日晨。

* * *

〔1〕 本篇最初发表于1925年6月5日《莽原》周刊第七期。

〔2〕 指署名"瞎嘴"写于 1925 年 3 月 5 日的致作者的信。这封信指责作者的《青年必读书》,其中说:"我诚恳的希望:一、鲁迅先生是感觉'现在青年最要紧的是"行",不是"言"',所以敢请你出来作我们一般可怜的青年的领袖先搬到外国(连家眷)去,然后我要做个摇旗呐喊的小卒。二、鲁迅先生搬家到外国后,我们大家都应马上搬去。"(按着重号系原信所有)

〔3〕 掉文袋 亦作掉书袋。《南唐书·彭利用传》:"言必据书史,断章破句,以代常谈,俗谓之掉书袋。"

〔4〕 孔明 诸葛亮(181—234),字孔明,琅琊阳都(今山东沂南)人,三国时的政治家和军事家。曾任蜀汉丞相。秦桧(1090—1155),字会之,江宁(治今南京)人。北宋靖康时为金兵所掳,得金主赏识,被遣返;南宋绍兴年间曾两任宰相,加太师衔,是主张降金的内奸,诬杀抗金名将岳飞的主谋。

〔5〕 关于宋朝不许南人做宰相,据宋代笔记小说《道山清话》(著者不详)载:"太祖(赵匡胤)尝有言,不用南人为相,实录、国史皆载,陶谷《开基万年录》、《开宝史谱》言之甚详,皆言太祖亲写'南人不得坐吾此堂',刻石政事堂上。"这个"祖制",在真宗天禧元年(1017)王钦若(江西新喻人)做了宰相后,就被打破。

〔6〕 指陈西滢。他在《现代评论》第一卷第二十五期(1925 年 5 月 30 日)发表的《闲话》中说:"以前学校闹风潮,学生几乎没有对的,现在学校闹风潮,学生几乎没有错的。这可以说是今昔言论界的一种信条。在我这种喜欢怀疑的人看来,这两种观念都无非是迷信。"

〔7〕 "研究系" 1916 年袁世凯死后,黎元洪继任北洋政府总统,并恢复国会;段祺瑞以国务总理的职位掌握实权,与黎发生"府院之争"。原进步党首领梁启超、汤化龙等于 9 月组织"宪法研究会",支持段祺瑞,这个政客集团被称为"研究系"。"交通系",1913 年袁世凯的秘

书长兼交通银行总理梁士诒曾奉命组织他的部属为"公民党",充当袁世凯当选总统和复辟帝制的工具,这个政客集团被称为"交通系"。

〔8〕 某君 指苏联人王希礼,原名瓦西里耶夫(Б.А.Васильев,？—1937),俄文本《阿Q正传》的最初翻译者,当时是在河南的国民军第二军俄国顾问团成员。作者曾为他的译本写过序及《著者自叙传略》,后均编入《集外集》。

〔9〕 "空穴来风,桐乳来巢" 语出《文选》宋玉《风赋》李善注引《庄子》(佚文):"空阅来风,桐乳致巢。"据晋代司马彪注:"门户孔空,风善从之;桐子似乳,著其叶而生,其叶似箕,鸟喜巢其中也。"这里的意思是说:流言之来,一定是本有可乘之隙的缘故。

〔10〕 "彼亦一是非,此亦一是非" 语出《庄子·齐物论》:"是亦彼也,彼亦是也。彼亦一是非,此亦一是非。"

〔11〕 "猗欤休哉" 古汉语中的叹美词。

〔12〕 八面锋 锋利无比的意思。清代陈春在《永嘉先生八面锋》(传为南宋陈傅良著)一书的跋文中说:"物之不可犯者锋,锋而至于八,则面面相当,往无不利。"

咬 文 嚼 字[1]

三

自从世界上产生了"须知学校犹家庭"的名论之后,颇使我觉得惊奇,想考查这家庭的组织。后来,幸而在《国立北京女子师范大学校长杨荫榆对于暴烈学生之感言》中,发见了"与此曹子勃豀相向"这一句话,才算得到一点头绪:校长和学生的关系是"犹"之"妇姑"。于是据此推断,以为教员都是杂凑在杨府上的西宾,将这结论在《语丝》上发表[2]。"可惜"!昨天偶然在《晨报》上拜读"该校哲教系教员兼代主任汪懋祖以彼之意见书投寄本报"[3]的话,这才知道我又错了,原来都是弟兄,而且现正"相煎益急",像曹操的儿子阿丕和阿植[4]似的。

但是,尚希原谅,我于引用的原文上都不加圈了。只因为我不想圈,并非文章坏。

据考据家说,这曹子建的《七步诗》[5]是假的。但也没有什么大相干,姑且利用它来活剥一首,替豆萁伸冤:

> 煮豆燃豆萁,萁在釜下泣——
>
> 我烬你熟了,正好办教席!

六月五日。

92

*   *   *

〔1〕 本篇最初发表于1925年6月7日《京报副刊》。

〔2〕 即收入本书的《"碰壁"之后》。

〔3〕 汪懋祖(1891—1949) 字典存,江苏吴县人,曾留学美国,当时任女师大教授、哲学系代主任。杨荫榆宴请评议员于西安饭店,他也列席。他在这篇致"全国教育界"的意见书(载1925年6月2日《晨报》)中说:"杨校长之为人,颇有刚健之气,欲努力为女界争一线光明,凡认为正义所在,虽赴汤蹈火,有所不辞。今反杨者,相煎益急,鄙人排难计穷,不敢再参末议。"

〔4〕 曹操 参看本卷第540页注〔6〕。阿丕,即曹丕(187—226),曹操的次子。参看本卷第542页注〔17〕。阿植,即曹植(192—232),曹操第三子。参看本卷第542页注〔18〕。

〔5〕 《七步诗》 《世说新语·文学》载:"文帝尝令东阿王七步中作诗,不成者行大法;应声便为诗曰:'煮豆持作羹,漉菽以为汁。其在釜下燃,豆在釜中泣。本自同根生,相煎何太急。'"明代冯惟讷《古诗纪》选录此诗,注云"本集不载",并附录四句的一首:"煮豆燃豆萁,豆在釜中泣。本是同根生,相煎何太急。"清代丁晏的《曹集诠评》中关于此诗也说:"《诗纪》云'本集不载',疑出附会。"

忽 然 想 到^[1]

十

无论是谁，只要站在"辩诬"的地位的，无论辩白与否，都已经是屈辱。更何况受了实际的大损害之后，还得来辩诬。

我们的市民被上海租界的英国巡捕击杀了，^[2]我们并不还击，却先来赶紧洗刷牺牲者的罪名^[3]。说道我们并非"赤化"，因为没有受别国的煽动；说道我们并非"暴徒"，因为都是空手，没有兵器的。我不解为什么中国人如果真使中国赤化，真在中国暴动，就得听英捕来处死刑？记得新希腊人也曾用兵器对付过国内的土耳其人，^[4]却并不被称为暴徒；俄国确已赤化多年了，也没有得到别国开枪的惩罚。而独有中国人，则市民被杀之后，还要皇皇然辩诬，张着含冤的眼睛，向世界搜求公道。

其实，这原由是很容易了然的，就因为我们并非暴徒，并未赤化的缘故。

因此我们就觉得含冤，大叫着伪文明的破产。可是文明是向来如此的，并非到现在才将假面具揭下来。只因为这样的损害，以前是别民族所受，我们不知道，或者是我们原已屡次受过，现在都已忘却罢了。公道和武力合为一体的文明，世界上本未出现,那萌芽或者只在几个先驱者和几群被迫压民族的脑中。但是,当自己有了力量的时候,却往往离而为二了。

但英国究竟有真的文明人存在。今天,我们已经看见各国无党派智识阶级劳动者所组织的国际工人后援会,大表同情于中国的《致中国国民宣言》[5]了。列名的人,英国就有培那特萧(Bernard Shaw)[6],中国的留心世界文学的人大抵知道他的名字;法国则巴尔布斯(Henri Barbusse)[7],中国也曾译过他的作品。他的母亲却是英国人;或者说,因此他也富有实行的质素,法国作家所常有的享乐的气息,在他的作品中是丝毫也没有的。现在都出而为中国鸣不平了,所以我觉得英国人的品性,我们可学的地方还多着,——但自然除了捕头,商人,和看见学生的游行而在屋顶拍手嘲笑的娘儿们。

我并非说我们应该做"爱敌若友"的人,不过说我们目下委实并没有认谁作敌。近来的文字中,虽然偶有"认清敌人"这些话,那是行文过火的毛病。倘有敌人,我们就早该抽刃而起,要求"以血偿血"了。而现在我们所要求的是什么呢?辩诬之后,不过想得点轻微的补偿;那办法虽说有十几条[8],总而言之,单是"不相往来",成为"路人"而已。虽是对于本来极密的友人,怕也不过如此罢。

然而将实话说出来,就是:因为公道和实力还没有合为一体,而我们只抓得了公道,所以满眼是友人,即使他加了任意的杀戮。

如果我们永远只有公道,就得永远着力于辩诬,终身空忙碌。这几天有些纸贴在墙上,仿佛叫人勿看《顺天时报》[9]似的。我从来就不大看这报,但也并非"排外",实在因为它的好恶,每每和我的很不同。然而也间有很确,为中国人自己不肯说的话。大概两三年前,正值一种爱国运动的时候罢,偶见一篇它的社论[10],大意说,一国当衰弊之际,总有两种意见不同的人。一是民气论者,侧重国民的气概,一是民力论者,专重国民的实力。前者多则国家终亦渐弱,后者多则将强。我想,这是很不错的;而且我们应该时时记得的。

可惜中国历来就独多民气论者,到现在还如此。如果长此不改,"再而衰,三而竭"[11],将来会连辩诬的精力也没有了。所以在不得已而空手鼓舞民气时,尤必须同时设法增长国民的实力,还要永远这样的干下去。

因此,中国青年负担的烦重,就数倍于别国的青年了。因为我们的古人将心力大抵用到玄虚漂渺平稳圆滑上去了,便将艰难切实的事情留下,都待后人来补做,要一人兼做两三人,四五人,十百人的工作,现在可正到了试练的时候了。对手又是坚强的英人,正是他山的好石[12],大可以借此来磨练。假定现今觉悟的青年的平均年龄为二十,又假定照中国人易于衰老的计算,至少也还可以共同抗拒,改革,奋斗三十年。不够,就再一代,二代……。这样的数目,从个体看来,仿佛是可怕的,但倘若这一点就怕,便无药可救,只好甘心灭亡。因为在民族的历史上,这不过是一个极短时期,此外实没有更快的捷径。我们更无须迟疑,只是试练自己,自求生存,对谁也不怀恶意的干下去。

但足以破灭这运动的持续的危机,在目下就有三样:一是日夜偏注于表面的宣传,鄙弃他事;二是对同类太操切,稍有不合,便呼之为国贼,为洋奴;三是有许多巧人,反利用机会,来猎取自己目前的利益。

六月十一日。

十 一

1　急 不 择 言

"急不择言"的病源,并不在没有想的工夫,而在有工夫的时候没有想。

上海的英国捕头残杀市民之后,我们就大惊愤,大嚷道:伪文明人的真面目显露了!那么,足见以前还以为他们有些真文明。然而中国有枪阶级的焚掠平民,屠杀平民,却向来不很有人抗议。莫非因为动手的是"国货",所以连残杀也得欢迎;还是我们原是真野蛮,所以自己杀几个自家人就不足为奇呢?

自家相杀和为异族所杀当然有些不同。譬如一个人,自己打自己的嘴巴,心平气和,被别人打了,就非常气忿。但一个人而至于乏到自己打嘴巴,也就很难免为别人所打,如果世界上"打"的事实还没有消除。

我们确有点慌乱了,反基督教的叫喊[13]的尾声还在,而许多人已颇佩服那教士的对于上海事件的公证[14];并且还有去向罗马教皇诉苦[15]的。一流血,风气就会这样的转变。

2　一　致　对　外

甲:"喂,乙先生! 你怎么趁我忙乱的时候,又将我的东西拿走了? 现在拿出来,还我罢!"

乙:"我们要一致对外! 这样危急时候,你还只记得自己的东西么? 亡国奴!"

3　"同　胞　同　胞!"

我愿意自首我的罪名:这回除硬派的不算外,我也另捐了极少的几个钱,可是本意并不在以此救国,倒是为了看见那些老实的学生们热心奔走得可感,不好意思给他们碰钉子。

学生们在演讲的时候常常说,"同胞,同胞! ……"但你们可知道你们所有的是怎样的"同胞",这些"同胞"是怎样的心么?

不知道的。即如我的心,在自己说出之前,募捐的人们大概就不知道。

我的近邻有几个小学生,常常用几张小纸片,写些幼稚的宣传文,用他们弱小的腕,来贴在电杆或墙壁上。待到第二天,我每见多被撕掉了。虽然不知道撕的是谁,但未必是英国人或日本人罢。

"同胞,同胞! ……"学生们说。

我敢于说,中国人中,仇视那真诚的青年的眼光,有的比英国或日本人还凶险。为"排货"[16]复仇的,倒不一定是外国人！

要中国好起来，还得做别样的工作。

这回在北京的演讲和募捐之后，学生们和社会上各色人物接触的机会已经很不少了，我希望有若干留心各方面的人，将所见，所受，所感的都写出来，无论是好的，坏的，像样的，丢脸的，可耻的，可悲的，全给它发表，给大家看看我们究竟有着怎样的"同胞"。

明白以后，这才可以计画别样的工作。

而且也无须掩饰。即使所发见的并无所谓同胞，也可以从头创造的；即使所发见的不过完全黑暗，也可以和黑暗战斗的。

而且也无须掩饰了，外国人的知道我们，常比我们自己知道得更清楚。试举一个极近便的例，则中国人自编的《北京指南》，还是日本人做的《北京》精确！

4　断指和晕倒

又是砍下指头，又是当场晕倒。[17]

断指是极小部分的自杀，晕倒是极暂时中的死亡。我希望这样的教育不普及；从此以后，不再有这样的现象。

5　文学家有什么用？

因为沪案发生以后，没有一个文学家出来"狂喊"，就有人发了疑问了，曰："文学家究竟有什么用处？"[18]

今敢敬谨答曰：文学家除了诌几句所谓诗文之外，实在毫无用处。

中国现下的所谓文学家又作别论；即使是真的文学大家，然而却不是“诗文大全”，每一个题目一定有一篇文章，每一回案件一定有一通狂喊。他会在万籁无声时大呼，也会在金鼓喧阗中沉默。Leonardo da Vinci[19]非常敏感，但为要研究人的临死时的恐怖苦闷的表情，却去看杀头。中国的文学家固然并未狂喊，却还不至于如此冷静。况且有一首《血花缤纷》，不是早经发表了么？虽然还没有得到是否“狂喊”的定评。

文学家也许应该狂喊了。查老例，做事的总不如做文的有名。所以，即使上海和汉口的牺牲者[20]的姓名早已忘得干干净净，诗文却往往更久地存在，或者还要感动别人，启发后人。

这倒是文学家的用处。血的牺牲者倘要讲用处，或者还不如做文学家。

6　“到民间去”

但是，好许多青年要回去了。

从近时的言论上看来，旧家庭仿佛是一个可怕的吞噬青年的新生命的妖怪，不过在事实上，却似乎还不失为到底可爱的东西，比无论什么都富于摄引力。儿时的钓游之地，当然很使人怀念的，何况在和大都会隔绝的城乡中，更可以暂息大半年来努力向上的疲劳呢。

更何况这也可以算是“到民间去”[21]。

但从此也可以知道：我们的“民间”怎样；青年单独到民间

时，自己的力量和心情，较之在北京一同大叫这一个标语时又怎样？

将这经历牢牢记住，倘将来从民间来，在北京再遇到一同大叫这一个标语的时候，回忆起来，就知道自己是在说真还是撒谎。

那么，就许有若干人要沉默，沉默而苦痛，然而新的生命就会在这苦痛的沉默里萌芽。

7　魂灵的断头台

近年以来，每个夏季，大抵是有枪阶级的打架季节[22]，也是青年们的魂灵的断头台。

到暑假，毕业的都走散了，升学的还未进来，其余的也大半回到家乡去。各样同盟于是暂别，喊声于是低微，运动于是销沉，刊物于是中辍。好像炎热的巨刃从天而降，将神经中枢突然斩断，使这首都忽而成为尸骸。但独有狐鬼却仍在死尸上往来，从从容容地竖起它占领一切的大纛。

待到秋高气爽时节，青年们又聚集了，但不少是已经新陈代谢。他们在未曾领略过的首善之区[23]的使人健忘的空气中，又开始了新的生活，正如毕业的人们在去年秋天曾经开始过的新的生活一般。

于是一切古董和废物，就都使人觉得永远新鲜；自然也就觉不出周围是进步还是退步，自然也就分不出遇见的是鬼还是人。不幸而又有事变起来，也只得还在这样的世上，这样的人间，仍旧"同胞同胞"的叫喊。

8 还是一无所有

中国的精神文明,早被枪炮打败了,经过了许多经验,已经要证明所有的还是一无所有。讳言这"一无所有",自然可以聊以自慰;倘更铺排得好听一点,还可以寒天烘火炉一样,使人舒服得要打盹儿。但那报应是永远无药可医,一切牺牲全都白费,因为在大家打着盹儿的时候,狐鬼反将牺牲吃尽,更加肥胖了。

大概,人必须从此有记性,观四向而听八方,将先前一切自欺欺人的希望之谈全都扫除,将无论是谁的自欺欺人的假面全都撕掉,将无论是谁的自欺欺人的手段全都排斥,总而言之,就是将华夏传统的所有小巧的玩艺儿全都放掉,倒去屈尊学学枪击我们的洋鬼子,这才可望有新的希望的萌芽。

六月十八日。

*　　　*　　　*

〔1〕 本篇最初分两次发表于 1925 年 6 月 16 日《民众文艺周刊》第二十四号及同月二十三日《民众周刊》(《民众文艺周刊》改名)第二十五号。

〔2〕 指五卅惨案。1925 年 5 月 14 日,上海日商内外棉纱厂工人,为抗议资方无故开除工人,举行罢工。次日,该厂日籍职员枪杀工人顾正红(共产党员),打伤工人十余人,激起上海各界民众的公愤。30日,上海学生二千余人,在租界进行宣传,声援工人,号召收回租界,被公共租界巡捕逮捕一百余人。随后群众万余人集中在英租界南京路捕房前,要求释放被捕者,高呼"打倒帝国主义"等口号,英国巡捕开枪射

击,当即伤亡数十人。

〔3〕 洗刷牺牲者的罪名 指《京报》主笔邵振青(邵飘萍)关于五
卅惨案的文章。他在1925年6月5日《京报》"评坛"栏发表的《我国人
一致愤慨的情形之下,愿英日两国政府勿自蹈瓜分中国之嫌》一文中
说:英日帝国主义"用种种宣传政策,谓中国国民已与俄国同其赤化,英
日若不合力以压迫中国,行见中国赤化而后,美国亦大受其影响……然
中国之并未赤化,所谓赤化说乃纯属英日两国之虚伪政策……今次上
海之惨剧,乃世界伪文明之宣告破产,非中国之一单纯的外交问题。"他
又在同日该报发表的《外国绅士暴徒》一文中说:"'暴动学生'之一名
词,真乃可谓滑稽极矣,请问外国绅士,学生是否有手枪?是否有机关
枪?是否已因暴动杀死外国绅士多人?否否不然,多死者乃为学生,此
决非学生之自杀也。"

〔4〕 指希腊民族独立运动。1821年3月,希腊爆发了反对土耳
其统治的起义,次年1月宣布独立,经过几年的艰苦斗争,于1829年取
得胜利。

〔5〕《致中国国民宣言》 1925年6月6日,国际工人后援会从
柏林发来为五卅惨案致中国国民的宣言,其中说:"国际工人后援会共
有五百万会员,都是白种用手和用脑的工人,现在我们代表全体会员,
对于白种和黄种资本帝国主义的强盗这次残杀和平的中国学生和工人
的事情,同你们一致抗争。我们……对于掠夺中国人民并且亦就是掠
夺我们的那班东西毫无关系。他们在国外想欺凌你们这个民族,在国
内亦想压迫我们这个阶级。只有我们合起来同他们对敌,才可以保全
我们。……你们的敌人就是我们的敌人,你们的战争就是我们的战争,
你们将来的胜利就是我们的胜利。"文末署名的有英国的萧伯纳和法国
的巴比塞,他们都是该会中央委员会委员。

〔6〕 培那特萧(1856—1950) 通译萧伯纳,英国剧作家、批评

家。早期参加改良主义的政治组织"费边社",第一次世界大战爆发后曾谴责帝国主义战争,十月革命后同情社会主义。著有剧本《华伦夫人的职业》、《巴巴拉少校》、《真相毕露》等。

〔7〕 巴尔布斯(1873—1935) 通译巴比塞,法国作家。第一次世界大战后,他致力于反对帝国主义的斗争,拥护、支持苏联,1922 年加入法国共产党。著有长篇小说《火线》、《光明》及《斯大林传》等。

〔8〕 指上海工商学联合会提出的对外谈判条件。五卅惨案后,该会于 6 月 8 日发表宣言,提出谈判的先决条件四条及正式条件十三条,其中包括工人有组织工会及罢工的自由、取消领事裁判权、撤退驻沪英日海陆军等条款。后来负责这次对外交涉的总商会会长虞洽卿等,又删改了其中一些重要条款,成为委曲求全的十三条。

〔9〕 《顺天时报》 日本人在北京创办的中文报纸。创办人为中岛美雄,最初称《燕京时报》,1901 年 10 月创刊,1930 年 3 月停刊。

〔10〕 指《顺天时报》的《爱国的两说与爱国的两派》的社论。1923 年 1 月,北京大学学生因旅顺、大连租借期将满,向当时的国会请愿,要求收回旅大。北洋政府在舆论的压力下,于 3 月 10 日向日本帝国主义提出收回旅顺、大连和废除"二十一条"的要求,14 日遭到拒绝后,即爆发了规模几及全国各大城市的反日爱国运动。4 月 4 日《顺天时报》发表上述社论。其中说:"凡一国中兴之际。照例发生充实民力论及伸张国权论两派。试就中国之现状而论。亦明明有此二说可观。……国权论者常多为感情所支配。……民力论者多具理智之头脑。……故国权论者。可以投好广漠之爱国心。民力论者。必为多数人所不悦。于是高倡国权论容易。主张民力论甚难。"

〔11〕 "再而衰,三而竭" 语出《左传》庄公十年,春秋时鲁国武士曹刿的话:"夫战,勇气也:一鼓作气,再而衰,三而竭。"

〔12〕 他山的好石 语出《诗经·小雅·鹤鸣》:"它山之石,可以

攻玉。"

〔13〕 反基督教的叫喊　1922年初,世界基督教学生同盟曾决定在北京召开第十一次大会,引起中国一部分知识分子的不满,上海、北京先后成立"非基督教学生联盟"和"非基督教大同盟",予以抵制和反对。1925年4月3日《京报》载有北京非基督教大同盟的宣言,说明它的宗旨是"反对基督教及其在华之一切侵略活动"。该同盟又于4月15日创刊《科学与宗教》半月刊(《京报》临时增刊),当时很有影响,引起了普遍的反基督教的呼声。

〔14〕 这里说的教士的公证,指五卅惨案发生后,一些在中国的外国教士曾发表宣言,对中国学生的爱国斗争表示同情。

〔15〕 向罗马教皇诉苦　北京大学某些教授为五卅惨案于1925年6月13日致电罗马教皇,希望他"竭力发扬作为基督教的基础的友爱精神",幻想得到罗马教皇的"同情和支持"。

〔16〕 "排货"　指当时的抵制英国货和日本货。

〔17〕 断指和晕倒　1925年6月10日,北京民众为五卅惨案在天安门集会,据当时报载:参加者因过于激愤,曾有人演说时以利刃断指书写血字,又有人当场晕倒。

〔18〕 "文学家究竟有什么用处"　《妇女周刊》(《京报》的副刊之一)第二十七号(1925年6月17日)载有署名畹兰的《文学家究竟有什么用处》一文,其中说:"我真奇怪,自沪案发生后,在这样一个重大的刺激之下,为什么总不见有一个文学家出来狂喊?……于是我的问题出来了:'文学家究竟有什么用处?'"按畹兰即当时北京大学学生欧阳兰。他曾在《猛进》周刊第十五期(1925年6月12日)发表过《血花缤纷》一诗(副题为"悲悼沪案牺牲者")。

〔19〕 Leonardo da Vinci　莱奥那多·达·芬奇(1452—1519),文艺复兴时期的意大利画家、雕刻家和科学家。

〔20〕 汉口的牺牲者　五卅惨案发生后,汉口群众计划于 6 月 13 日召开大会,抗议英日等帝国主义者屠杀中国工人和学生。当时湖北督军萧耀南却于前两日(11 日)解散学生会,并枪杀学生四人;工人群众也在这天晚间遭英国海军陆战队射击,死伤多人。

〔21〕 "到民间去"　原是十九世纪六十至七十年代俄国民粹派的口号,号召青年到农村去,发动农民反对沙皇政府,组织村社以过渡到社会主义。"五四"以后,特别是在五卅运动高潮中,"到民间去"这个口号在我国知识分子中间也相当流行。

〔22〕 有枪阶级的打架季节　北洋军阀统治时期各地军阀的内战,如 1920 年的直皖战争,1921 年的湘鄂战争,1922 年的奉直战争,1924 年的江浙战争,都发生在夏季。

〔23〕 首善之区　指首都。《汉书·儒林传》载:"故教化之行也,建首善,自京师始。"这里指当时北洋政府的首都北京。

补　白^[1]

一

　　"公理战胜"的牌坊^[2],立在法国巴黎的公园里不知怎样,立在中国北京的中央公园里可实在有些希奇,——但这是现在的话。当时,市民和学生也曾游行欢呼过。

　　我们那时的所以入战胜之林者,因为曾经送去过很多的工人;大家也常常自夸工人在欧战的劳绩。现在不大有人提起了,战胜也忘却了,而且实际上是战败了^[3]。

　　现在的强弱之分固然在有无枪炮,但尤其是在拿枪炮的人。假使这国民是卑怯的,即纵有枪炮,也只能杀戮无枪炮者,倘敌手也有,胜败便在不可知之数了。这时候才见真强弱。

　　我们弓箭是能自己制造的,然而败于金,败于元,败于清。记得宋人的一部杂记里记有市井间的谐谑,将金人和宋人的事物来比较。譬如问金人有箭,宋有什么? 则答道,"有锁子甲"。又问金有四太子,宋有何人? 则答道,"有岳少保"。临末问,金人有狼牙棒(打人脑袋的武器),宋有什么? 却答道,"有天灵盖"!^[4]

自宋以来,我们终于只有天灵盖而已,现在又发现了一种"民气",更加玄虚飘渺了。

但不以实力为根本的民气,结果也只能以固有而不假外求的天灵盖自豪,也就是以自暴自弃当作得胜。我近来也颇觉"心上有杞天之虑"[5],怕中国更要复古了。瓜皮帽,长衫,双梁鞋,打拱作揖,大红名片,水烟筒,或者都要成为爱国的标征,因为这些都可以不费力气而拿出来,和天灵盖不相上下的。(但大红名片也许不用,以避"赤化"之嫌。)

然而我并不说中国人顽固,因为我相信,鸦片和扑克是不会在排斥之列的。况且爱国之士不是已经说过,马将牌已在西洋盛行,给我们复了仇么?

爱国之士又说,中国人是爱和平的。但我殊不解既爱和平,何以国内连年打仗? 或者这话应该修正:中国人对外国人是爱和平的。

我们仔细查察自己,不再说谎的时候应该到来了,一到不再自欺欺人的时候,也就是到了看见希望的萌芽的时候。

我不以为自承无力,是比自夸爱和平更其耻辱。

六月二十三日。

二

先前以"士人""上等人"自居的,现在大可以改称"平民"

了罢；在实际上，也确有许多人已经如此。彼一时，此一时，清朝该去考秀才，捐监生，[6]现在就只得进学校。"平民"这一个徽号现已日见其时式，地位也高起来了，以此自居，大概总可以从别人得到和先前对于"上等人"一样的尊敬，时势虽然变迁，老地位是不会失掉的。倘遇见这样的平民，必须恭维他，至少也得点头拱手陪笑唯诺，像先前下等人的对于贵人一般。否则，你就会得到罪名，曰："骄傲"，或"贵族的"。因为他已经是平民了。见平民而不格外趋奉，非骄傲而何？

清的末年，社会上大抵恶革命党如蛇蝎，南京政府[7]一成立，漂亮的士绅和商人看见似乎革命党的人，便亲密的说道："我们本来都是'草字头'，[8]一路的呵。"

徐锡麟[9]刺杀恩铭之后，大捕党人，陶成章[10]君是其中之一，罪状曰："著《中国权力史》，学日本催眠术。"（何以学催眠术就有罪，殊觉费解。）于是连他在家的父亲也大受痛苦；待到革命兴旺，这才被尊称为"老太爷"；有人给"孙少爷"去说媒。可惜陶君不久就遭人暗杀了，神主入祠的时候，捧香恭送的士绅和商人尚有五六百。直到袁世凯打倒二次革命[11]之后，这才冷落起来。

谁说中国人不善于改变呢？每一新的事物进来，起初虽然排斥，但看到有些可靠，就自然会改变。不过并非将自己变得合于新事物，乃是将新事物变得合于自己而已。

佛教初来时便大被排斥，一到理学先生谈禅，和尚做诗的时候，"三教同源"[12]的机运就成熟了。听说现在悟善社[13]里的神主已经有了五块：孔子，老子，释迦牟尼，耶稣基督，谟哈默德[14]。

中国老例，凡要排斥异己的时候，常给对手起一个诨名，——或谓之"绰号"。这也是明清以来讼师的老手段；假如要控告张三李四，倘只说姓名，本很平常，现在却道"六臂太岁张三"，"白额虎李四"，则先不问事迹，县官只见绰号，就觉得他们是恶棍了。

月球只一面对着太阳，那一面我们永远不得见。歌颂中国文明的也惟以光明的示人，隐匿了黑的一面。譬如说到家族亲旧，书上就有许多好看的形容词：慈呀，爱呀，悌呀，……又有许多好看的古典：五世同堂呀，礼门呀，义宗[15]呀，……至于诨名，却藏在活人的心中，隐僻的书上。最简单的打官司教科书《萧曹遗笔》[16]里就有着不少惯用的恶谥，现在钞一点在这里，省得自己做文章——

亲戚类

孽亲　枭亲　兽亲　鳄亲　虎亲　歪亲

尊长类

鳄伯　虎伯（叔同）　孽兄　毒兄　虎兄

卑幼类

悖男　恶侄　孽侄　悖孙　虎孙　枭甥

孽甥　悖妾　泼媳　枭弟　恶婿　凶奴

其中没有父母，那是例不能控告的，因为历朝大抵"以孝治天下"[17]。

这一种手段也不独讼师有。民国元年章太炎[18]先生在北京,好发议论,而且毫无顾忌地褒贬。常常被贬的一群人于是给他起了一个绰号,曰"章疯子"。其人既是疯子,议论当然是疯话,没有价值的了,但每有言论,也仍在他们的报章上登出来,不过题目特别,道:《章疯子大发其疯》。有一回,他可是骂到他们的反对党头上去了。那怎么办呢?第二天报上登出来的时候,那题目是:《章疯子居然不疯》。

往日看《鬼谷子》[19],觉得其中的谋略也没有什么出奇,独有《飞箝》中的"可箝而从,可箝而横,……可引而反,可引而覆。虽覆能复,不失其度"这一段里的一句"虽覆能复"很有些可怕。但这一种手段,我们在社会上是时常遇见的。

《鬼谷子》自然是伪书,决非苏秦张仪[20]的老师所作;但作者也决不是"小人",倒是一个老实人。宋的来鹄[21]已经说,"捭阖飞箝,今之常态,不读鬼谷子书者,皆得自然符契也。"人们常用,不以为奇,作者知道了一点,便笔之于书,当作秘诀,可见禀性纯厚,不但手段,便是心里的机诈也并不多。如果是大富翁,他肯将十元钞票嵌在镜屏里当宝贝么?

鬼谷子所以究竟不是阴谋家,否则,他还该说得吞吞吐吐些;或者自己不说,而钩出别人来说;或者并不必钩出别人来说,而自己永远阔不可言。这末后的妙法,知者不言,书上也未见,所以我不知道,倘若知道,就不至于老在灯下编《莽原》,做《补白》了。

但各种小纵横,我们总常要身受,或者目睹。夏天的忽而甲乙相打;忽而甲乙相亲,同去打丙;忽而甲丙相合,又同去打乙，忽而甲丙又互打起来，[22]就都是这"覆""复"作用；化数百元钱，请一回酒，许多人立刻变了色彩，也还是这顽意儿。然而真如来鹄所说，现在的人们是已经"是乃天授，非人力也"[23]的；倘使要看了《鬼谷子》才能，就如拿着文法书去和外国人谈天一样，一定要碰壁。

七月一日。[24]

三

离五卅事件的发生已有四十天，北京的情形就像五月二十九日一样。聪明的批评家大概快要提出照例的"五分钟热度"[25]说来了罢，虽然也有过例外：曾将汤尔和[26]先生的大门"打得擂鼓一般，足有十五分钟之久。"（见六月二十三日《晨报》）有些学生们也常常引这"五分热"说自诫，仿佛早经觉到了似的。

但是，中国的老先生们——连二十岁上下的老先生们都算在内——不知怎的总有一种矛盾的意见，就是将女人孩子看得太低，同时又看得太高。妇孺是上不了场面的；然而一面又拜才女，捧神童，甚至于还想借此结识一个阔亲家，使自己也连类飞黄腾达。什么木兰从军，缇萦救父[27]，更其津津乐道，以显示自己倒是一个死不挣气的瘟虫。对于学生也是一样，既要他们"莫谈国事"，又要他们独退番兵，退不了，就冷笑他们无用。

倘在教育普及的国度里，国民十之九是学生；但在中国，自然还是一个特别种类。虽是特别种类，却究竟是"束发小生"[28]，所以当然不会有三头六臂的大神力。他们所能做的，也无非是演讲，游行，宣传之类，正如火花一样，在民众的心头点火，引起他们的光焰来，使国势有一点转机。倘若民众并没有可燃性，则火花只能将自身烧完，正如在马路上焚纸人轿马，暂时引得几个人闲看，而终于毫不相干，那热闹至多也不过如"打门"之久。谁也不动，难道"小生"们真能自己来打枪铸炮，造兵舰，糊飞机，活擒番将，平定番邦么？所以这"五分热"是地方病，不是学生病。这已不是学生的耻辱，而是全国民的耻辱了；倘在别的有活力，有生气的国度里，现象该不至于如此的。外人不足责，而本国的别的灰冷的民众，有权者，袖手旁观者，也都于事后来嘲笑，实在是无耻而且昏庸！

但是，别有所图的聪明人又作别论，便是真诚的学生们，我以为自身却有一个颇大的错误，就是正如旁观者所希望或冷笑的一样：开首太自以为有非常的神力，有如意的成功。幻想飞得太高，堕在现实上的时候，伤就格外沉重了；力气用得太骤，歇下来的时候，身体就难于动弹了。为一般计，或者不如知道自己所有的不过是"人力"，倒较为切实可靠罢。

现在，从读书以至"寻异性朋友讲情话"，似乎都为有些有志者所诟病了。但我想，责人太严，也正是"五分热"的一个病源。譬如自己要择定一种口号——例如不买英日货——来履行，与其不饮不食的履行七日或痛哭流涕的履行一月，倒不如也看书也履行至五年，或者也看戏也履行至十年，或者也寻异性朋友也履行至五十年，或者也讲情话也履行至一百年。记得韩非子曾经教人以竞马的要妙，其一是"不耻最后"〔29〕。即使慢，驰而不息，纵令落后，纵令失败，但一定可以达到他所向的目标。

七月八日。

＊　　　＊　　　＊

〔1〕　本篇最初分三次发表于 1925 年 6 月 26 日出版的《莽原》周刊第十期、7 月 3 日出版的十一期及同月 10 日出版的第十二期。

〔2〕　"公理战胜"的牌坊　1918 年第一次世界大战结束之后，以英法为首的协约国宣扬他们打败德奥等同盟国是"公理战胜强权"，战胜国都立碑纪念。中国北洋政府曾于 1917 年 8 月参加协约国一方，也在北京中央公园（即今中山公园）建立了"公理战胜"的牌坊（1953 年已将"公理战胜"四字改为"保卫和平"）。

〔3〕　第一次世界大战后，1919 年 1 月至 6 月，英、法、美等国操纵巴黎和会，无视中国的主权和"战胜国"地位，非法决定让日本继承战前德国在山东的特权；同年五四运动爆发，迫使当时中国代表团拒绝在和约上签字。"实际上是战败了"，是就巴黎和会侵犯我国主权这一情况而说的。

〔4〕　关于"天灵盖"的谐谑，见宋代张知甫的《可书》："金人自侵中国，惟以敲棒击人脑而毙。绍兴间有伶人作杂戏云：'若要胜其金人，须是我中国一件件相敌乃可。且如金国有粘罕，我国有韩少保；金国有柳叶枪，我国有凤凰弓；金国有凿子箭，我国有锁子甲；金国有敲棒，我国有天灵盖。'人皆笑之。"粘罕，即完颜宗翰，金军统帅；韩少保，即韩世忠，南宋抗金名将。鲁迅文中说的"四太子"是金太祖的第四子完颜宗弼，本名兀术；岳少保即岳飞。

〔5〕　"心上有杞天之虑"　　杨荫榆《对于暴烈学生之感言》中的话（参看本书《"碰壁"之后》及其注〔10〕）。这是掉弄成语"杞人忧天"而成的文言用语。原来的故事见《列子·天瑞》："杞国有人忧天地崩坠,身亡所寄,废寝食者。"

〔6〕　秀才　　按明清科举制度,童生经过县考初试,府考复试,再参加学政主持的院考(道考),考取的就是秀才。监生,国子监生员的简称。国子监原是封建时代中央最高学府,清代乾隆以后可以援例捐资取得监生名义,不一定在监读书。

〔7〕　南京政府　　指1912年1月1日在南京成立的中华民国临时政府。

〔8〕　"草字头"　　一种隐语,因"革"字与"草"字的起头相似,所以当时一般人称革命党为"草字头"。这里所说的"革命党"系指兴中会、光复会、同盟会及其他一些反清革命组织。

〔9〕　徐锡麟(1873—1907)　　字伯荪,浙江绍兴人,清末革命团体光复会的重要成员。1907年,与秋瑾准备在浙皖两省同时起义,7月6日,他以安徽巡警处会办兼巡警学堂监督身份为掩护,乘学堂举行毕业典礼之机,刺死安徽巡抚恩铭,率领学生攻占军械局,弹尽被捕,当日惨遭杀害。

〔10〕　陶成章(1878—1912)　　字希道,号焕卿,别署会稽山人,浙江绍兴人,清末革命家,光复会领袖之一。1912年1月14日被沪军都督陈其美派蒋介石暗杀于上海广慈医院。著有《中国民族权力消长史》、《浙案纪略》及《催眠术讲义》等。

〔11〕　袁世凯(1859—1916)　　字慰亭,河南项城人。原任清朝直隶总督兼北洋大臣、内阁总理大臣,辛亥革命后攫取中华民国临时大总统、大总统职位,迫害革命党人。1916年1月复辟帝制,自称"洪宪"皇帝,6月在国人声讨中病卒。二次革命,1913年3月国民党代理事长宋

教仁被刺杀后,孙中山于 7 月发动讨伐袁世凯的战争,9 月被打败。因对 1911 年的辛亥革命而言,故称二次革命。

〔12〕 "三教同源" "三教"指儒、释、道。自东汉以后,这三家时有对抗和冲突,但往往也互相渗透。到了宋代,由于程颢、程颐、朱熹等理学家吸收了佛、老的思想,形成"三教"思想的调和。这里所说"'三教同源'的机运就成熟了"即指这种调和现象。

〔13〕 悟善社 一种封建迷信的道门组织。

〔14〕 孔子(前 551—前 479) 名丘,字仲尼,儒家创始人。老子(约前 571—?),姓李名耳,字聃,道家创始人。释迦牟尼(约 565—前 486),佛教创始人。耶稣基督(约前 4—30),基督教创始人。基督,即救世主。谟哈默德(约 570—632),通译穆罕默德,伊斯兰教创始人。

〔15〕 五世同堂 即五代同居,指自高祖至玄孙五代并存同居。礼门、义宗,即所谓笃守礼义的门庭和宗族。在封建社会里,这些都被认为是可称颂和表彰的事情。

〔16〕《萧曹遗笔》 清代竹林浪叟辑,共四卷。一种供讼师写状纸用的参考书,假托是汉代萧何、曹参的著作。

〔17〕 "以孝治天下" 语出《孝经·孝治章》:"昔者明王以孝治天下也……得万国之欢心,以事其先王。"

〔18〕 章太炎(1869—1936) 名炳麟,字枚叔,号太炎,浙江余杭人,清末革命家和学者。他因为鼓吹并实际参加反对清政府的革命活动,曾被毁谤为疯癫。辛亥革命后,他也常有反对袁世凯等军阀统治的言论,又曾被毁谤为"章疯子"。

〔19〕《鬼谷子》 相传为战国时鬼谷子所著,实为后人伪托,共三卷。《飞箝》是其中的一篇。据南朝梁陶弘景注:"'飞'谓作声誉以飞扬之,'箝'谓牵持缄束,令不得脱也;言取人之道,先作声誉以飞扬之,彼必露情竭志而无隐,然后因有所好,牵持缄束,不得转移。""虽覆能复",

据陶弘景注:"虽有覆败,必能复振,不失其节度,此箝之终也。"

〔20〕　苏秦张仪　战国时纵横家。苏秦(?—前284),东周洛阳(在今河南洛阳东)人,曾游说六国联合抗拒秦国。张仪(?—前310),魏国贵族后裔。曾游说六国归顺秦国,后入秦为秦相。据《史记》的《苏秦列传》和《张仪列传》说,他们两人"俱事鬼谷子先生学术"。

〔21〕　来鹄　据《全唐文》卷八百十一《来鹄》条:"鹄,豫章人,咸通(按为唐懿宗年号)举进士不第。"这里所引的话,见宋代晁公武《郡斋读书志》的《鬼谷子》条:"来鹄亦曰:'鬼谷子昔教人诡绐、激讦、揣测、恔猾之术,悉备于章,学之者惟仪、秦而已。如捭阖、飞箝,实今之常态,是知渐漓之后,不读鬼谷子书者,其行事皆得自然符契也。'"

〔22〕　指当时各地军阀的内战。参看本书《忽然想到》之十一及其注〔22〕。

〔23〕　"是乃天授,非人力也"　这是汉代韩信称颂刘邦的话。见《史记·淮阴侯传》:"且陛下所谓天授,非人力也。"

〔24〕　本节发表时没有注明写作时间,"七月一日"是作者在结集时补上的。

〔25〕　"五分钟热度"　梁启超在1925年5月7日《晨报》"勿忘国耻"栏发表的《第十度的"五七"》一文中说:"我不怕说一句犯众怒的话:'国耻纪念'这个名词,不过靠'义和团式'的爱国心而存在罢了! 义和团式的爱国本质好不好另属一问题。但他的功用之表现,当然是靠'五分钟热度',这种无理性的冲动能有持续性,我绝对不敢相信。"

〔26〕　汤尔和(1878—1940)　名栖,字尔和,浙江杭县(今余杭)人。曾任北洋政府教育总长,抗日战争期间出任日伪临时政府行政委员会委员长兼教育总长等职。关于五卅事件,他在《晨报》的"时论"栏发表《不善导的忠告》一文,其中充满侮辱爱国民众,取媚英日帝国主义的言论,这里所引的话即见于该文:"前天某学校以跳舞会的名义来募

捐,我家的佣工,告诉他说是捐的次数太多了,家里没有钱。来人说你们主人做过什么长,还会没钱吗? 把大门打得擂鼓一般,足有十五分钟之久,再三央告,始怫然而去。"

〔27〕　木兰从军　见南北朝时的叙事诗《木兰诗》。内容是说木兰女扮男装,代父从军,出征十二年,立功还乡。缇萦救父,见《史记·仓公传》。缇萦是汉代淳于意(即仓公)的幼女,因父亲犯罪,上书汉文帝,表示自己情愿做一名官婢,代父赎罪。

〔28〕　"束发小生"　1925 年,章士钊因禁止学生纪念"五七"国耻而遭到反对,他在给段祺瑞的辞呈中说:"夫束发小生。千百成群。至以本管长官之进退。形诸条件。"束发,我国古代男孩到成童的年龄时束发成髻,故以束发代指成童。章士钊说的"束发小生"含有轻视之意,近似俗语"毛头小子"。

〔29〕　韩非子　即韩非(约前 280—前 233),战国时韩国人,古代思想家和政治家。他的著作流传至今的有《韩非子》二十卷,计五十五篇。《韩非子》中没有"不耻最后"的话,在《淮南子·诠言训》中有类似的记载:"驰者不贪最先,不恐独后;缓急调乎手,御心调乎马,虽不能必先哉,马力必尽矣。"驰,赛马。

答 K S 君^{〔1〕}

KS兄：

我很感谢你的殷勤的慰问，但对于你所愤慨的两点和几句结论，我却并不谓然，现在略说我的意见——

第一，章士钊将我免职，^{〔2〕}我倒并没有你似的觉得诧异，他那对于学校的手段，我也并没有你似的觉得诧异，因为我本就没有预期章士钊能做出比现在更好的事情来。我们看历史，能够据过去以推知未来，看一个人的已往的经历，也有一样的效用。你先有了一种无端的迷信，将章士钊当作学者或智识阶级的领袖看，于是从他的行为上感到失望，发生不平，其实是作茧自缚；他这人本来就只能这样，有着更好的期望倒是你自己的误谬。使我较为感到有趣的倒是几个向来称为学者或教授的人们，居然也渐次吞吞吐吐地来说微温话了，什么"政潮"咧，"党"咧，仿佛他们都是上帝一样，超然象外，十分公平似的。谁知道人世上并没有这样一道矮墙，骑着而又两脚踏地，左右稳妥，所以即使吞吞吐吐，也还是将自己的魂灵枭首通衢，挂出了原想竭力隐瞒的丑态。丑态，我说，倒还没有什么丢人，丑态而蒙着公正的皮，这才催人呕吐。但终于使我觉得有趣的是蒙着公正的皮的丑态，又自己开出帐来发表了。仿佛世界上还有光明，所以即便费尽心机，结果仍然是一个瞒不住。

　　第二，你这样注意于《甲寅周刊》[3]，也使我莫明其妙。《甲寅》第一次出版时，我想，大约章士钊还不过熟读了几十篇唐宋八大家[4]文，所以模仿吞剥，看去还近于清通。至于这一回，却大大地退步了，关于内容的事且不说，即以文章论，就比先前不通得多，连成语也用不清楚，如"每下愈况"[5]之类。尤其害事的是他似乎后来又念了几篇骈文，没有融化，而急于捋撦[6]，所以弄得文字庞杂，有如泥浆混着沙砾一样。即如他那《停办北京女子师范大学呈文》[7]中有云，"钊念儿女乃家家所有良用痛心为政而人人悦之亦无是理"，旁加密圈，想是得意之笔了。但比起何栻《齐姜醉遣晋公子赋》[8]的"公子固翩翩绝世未免有情少年而碌碌因人安能成事"来，就显得字句和声调都怎样陋弱可哂。何栻比他高明得多，尚且不能入作者之林，章士钊的文章更于何处讨生活呢？况且，前载公文，接着就是通信，精神虽然是自己广告性的半官报，形式却成了公报尺牍合璧了，我中国自有文字以来，实在没有过这样滑稽体式的著作。这种东西，用处只有一种，就是可以借此看看社会的暗角落里，有着怎样灰色的人们，以为现在是攀附显现的时候了，也都吞吞吐吐的来开口。至于别的用处，我委实至今还想不出来。倘说这是复古运动的代表，那可是只见得复古派的可怜，不过以此当作讣闻，公布文言文的气绝罢了。

　　所以，即使真如你所说，将有文言白话之争，我以为也该是争的终结，而非争的开头，因为《甲寅》不足称为敌手，也无所谓战斗。倘要开头，他们还得有一个更通古学，更长古文的人,才能胜对垒之任,单是现在似的每周印一回公牍和游谈的堆积,纸张虽白,圈点虽多,是毫无用处的。

鲁迅。八月二十日。

＊　　　＊　　　＊

〔1〕 本篇最初发表于 1925 年 8 月 28 日《莽原》周刊第十九期。

〔2〕 章士钊(1881—1973) 字行严,笔名孤桐等,湖南善化(今属长沙)人。辛亥革命前曾参加反清活动,民国后任北京大学教授、广东军政府秘书长等职。1924 年至 1926 年间任段祺瑞执政府司法总长兼教育总长;同时创办《甲寅》周刊,提倡尊孔读经,反对新文化运动。1925 年女师大风潮发生后,由于鲁迅反对章士钊压迫学生的行动和解散女师大的措施,章便于 8 月 12 日呈请段祺瑞罢免鲁迅的教育部佥事职务,次日公布。8 月 22 日鲁迅在平政院控诉章士钊,结果胜诉,1926 年 1 月 17 日复职。章士钊后来转向同情革命。

〔3〕 《甲寅周刊》 章士钊主编的杂志。章曾于 1914 年 5 月在日本东京发行《甲寅》月刊,两年后出至第十期停刊。《甲寅》周刊是他任教育总长之后,1925 年 7 月在北京出版的,至 1927 年 2 月停刊,共出四十五期。该刊坚持用文言文,内容杂载公文、通讯,鲁迅说它是“自己广告性的半官报”。

〔4〕 唐宋八大家 指唐代的韩愈、柳宗元和宋代的欧阳修、苏洵、苏轼、苏辙、王安石、曾巩八位散文名家。明代茅坤曾选辑他们的作品为《唐宋八大家文钞》,因有此称。

〔5〕 “每下愈况” 语出《庄子·知北游》:“正获之问于监市履狶也,每下愈况。”章太炎《新方言·释词》:“愈况,犹愈甚也。”章士钊在《甲寅》周刊第一卷第三号(1925 年 8 月 1 日)的《孤桐杂记》中,将这个成语

121

用为"每况愈下":"尝论明清相嬗。士气骤衰。……民国承清。每况愈下。"

〔6〕 捋摭 意思是摘取和撕扯。一般指剽窃别人的词句。摭，扯的异体字。

〔7〕《停办北京女子师范大学呈文》 这篇呈文曾刊载《甲寅》周刊第一卷第四号(1925年8月8日)，其中有一部分字句，旁加密圈。

〔8〕 何栻(1816—1872) 字廉昉，号悔庵，江苏江阴人。清道光时进士，曾任吉安府知府。著有《悔余庵诗稿》、《悔余庵文稿》等。《齐姜醉遣晋公子赋》见《悔余庵文稿》卷二。

"碰壁"之余[1]

女师大事件在北京似乎竟颇算一个问题,号称"大报"如所谓《现代评论》者,居然也"评论"了好几次。据我所记得的,是先有"一个女读者"[2]的一封信,无名小婢,不在话下。此后是两个作者的"评论"了:陈西滢先生在《闲话》之间评为"臭毛厕",李仲揆先生的《在女师大观剧的经验》里则比作戏场[3]。我很吃惊于同是人,而眼光竟有这么不同;但究竟同是人,所以意见也不无符合之点:都不将学校看作学校。这一点,也可以包括杨荫榆女士的"学校犹家庭"和段祺瑞执政的"先父兄之教"[4]。

陈西滢先生是"久已夫非一日矣"[5]的《闲话》作家,那大名我在报纸的广告上早经看熟了,然而大概还是一位高人,所以遇有不合自意的,便一气呵成屎橛,而世界上蛆虫也委实太多。至于李仲揆先生其人也者,我在《女师风潮纪事》[6]上才识大名,是八月一日拥杨荫榆女士攻入学校的三勇士之一;到现在,却又知道他还是一位达人了,庸人以为学潮的,到他眼睛里就等于"观剧":这是何等逍遥自在。

据文章上说,这位李仲揆先生是和杨女士"不过见面两次",但却被用电话邀去看"名振一时的文明新戏"去了,幸而李先生自有脚踏车,否则,还要用汽车来迎接哩。我真自恨福薄,一直活到现在,寿命已不可谓不长,而从没有遇见过一个不大认识的女士来邀"观剧";对于女师大的事说了几句话,尚且因为不过是教一两点功课的讲师,"碰壁之后",还很恭听了些高仁山先生在《晨报》上所发表的伟论[7]。真的,世界上实在又有各式各样的运气,各式各样的嘴,各式各样的眼睛。

接着又是西滢先生的《闲话》[8]:"现在一部分报纸的篇幅,几乎全让女师风潮占去了。现在大部分爱国运动的青年的时间,也几乎全让女师风潮占去了。……女师风潮实在是了不得的大事情,实在有了不得的大意义。"临末还有颇为俏皮的结论道:"外国人说,中国人是重男轻女的。我看不见得吧。"

我看也未必一定"见得"。正如人们有各式各样的眼睛一样,也有各式各样的心思,手段。便是外国人的尊重一切女性的事,倘使好讲冷话的人说起来,也许以为意在于一个女性。然而侮蔑若干女性的事,有时也就可以说意在于一个女性。偏执的弗罗特[9]先生宣传了"精神分析"之后,许多正人君子的外套都被撕碎了。但撕下了正人君子的外套的也不一定就是"小人",只要并非自以为还钻在外套里的不显本相的脚色。

我看也未必一定"见得"。中国人是"圣之时者也"[10]教徒,况且活在二十世纪了,有华道理,有洋道理,轻重当然是都随意而无不合于道的:重男轻女也行,重女轻男也行,为了一个女性而重一切女性或轻若干女性也行,为了一个男人而轻若干女性或男性也行……。所可惜的是自从西滢先生看出底细之后,除了哑吧或半阴阳,就都坠入弗罗特先生所掘的陷坑里去了。

自己坠下去的是自作自受,可恨者乃是还要带累超然似的局外人。例如女师大——对不起,又是女师大——风潮,从有些眼睛看来,原是不值得提起的,但因为竟占去了许多可贵的东西,如"报纸的篇幅""青年的时间"之类,所以,连《现代评论》的"篇幅"和西滢先生的时间也被拖累着占去一点了,而尤其罪大恶极的是触犯了什么"重男轻女"重女轻男这些大秘密。倘不是西滢先生首先想到,提出,大概是要被含胡过去了的。

我看,奥国的学者实在有些偏激,弗罗特就是其一,他的分析精神,竟一律看待,不让谁站在超人间的上帝的地位上。还有那短命的 Otto Weininger[11],他的痛骂女人,不但不管她是校长,学生,同乡,亲戚,爱人,自己的太太,太太的同乡,简直连自己的妈都骂在内。这实在和弗罗特说一样,都使人难于利用。不知道咱们的教授或学者们,可有方法补救没有?但是,我要先报告一个好消息:Weininger 早用手枪自杀了。这已经有刘百昭率领打手痛打女师大——对不起,又是女师大——的"毛丫头"[12]一般"痛快",他的话也就大可置之不理了罢。

还有一个好消息。"毛丫头"打出之后,张崧年先生引"罗素之所信"[13]道,"因世人之愚,许多问题或终于不免只有武力可以解决也!"(《京副》二五〇号)又据杨荫榆女士章士钊总长者流之所说,则捣乱的"毛丫头"是极少数,可见中国的聪明人还多着哩，这是大可以乐观的。

　　忽而想谈谈我自己的事了。

　　我今年已经有两次被封为"学者"，而发表之后，也就即刻取消。第一次是我主张中国的青年应当多看外国书，少看，或者竟不看中国书的时候，便有论客以为素称学者的鲁迅不该如此，而现在竟至如此，则不但决非学者，而且还有洋奴的嫌疑。第二次就是这回佥事免职之后，我在《莽原》上发表了答KS君信，论及章士钊的脚色和文章的时候，又有论客以为因失了"区区佥事"而反对章士钊，确是气量狭小，没有"学者的态度"；而且，岂但没有"学者的态度"而已哉，还有"人格卑污"的嫌疑云。

　　其实，没有"学者的态度"，那就不是学者喽，而有些人偏要硬派我做学者。至于何时封赠，何时考定，却连我自己也一点不知道。待到他们在报上说出我是学者，我自己也借此知道了原来我是学者的时候，则已经同时发表了我的罪状，接着就将这体面名称革掉了，虽然总该还要恢复，以便第三次的借口。

　　据我想来，佥事——文士诗人往往误作签事，今据官书正定——这一个官儿倒也并不算怎样"区区"，只要看我免职之后，就颇有些人在那里钻谋补缺，便是一个老大的证据。至于又有些人以为无足重轻者，大约自己现在还不过做几句"说不出"的诗文〔14〕，所以不知不觉地就来"慷他人之慨"了罢，因为人的将来是想不到的。然而，惭愧我还不是"臣罪当诛兮天王

圣明"〔15〕式的理想奴才,所以竟不能"尽如人意",已经在平政
院〔16〕对章士钊提起诉讼了。

　　提起诉讼之后,我只在答 KS 君信里论及一回章士钊,但
听说已经要"人格卑污"了。然而别一论客却道是并不大骂,
所以鲁迅究竟不足取。我所经验的事委实有点希奇,每有"碰
壁"一类的事故,平时回护我的大抵愿我设法应付,甚至于暂
图苟全。平时憎恶我的却总希望我做一个完人,即使敌手用
了卑劣的流言和阴谋,也应该正襟危坐,毫无愤怨,默默地吃
苦;或则戟指嚼舌,喷血而亡。为什么呢? 自然是专为顾全我
的人格起见喽。

　　够了,我其实又何尝"碰壁",至多也不过遇见了"鬼打墙"
罢了。

九月十五日。

　　＊　　　＊　　　＊

　　〔1〕　本篇最初发表于 1925 年 9 月 21 日《语丝》周刊第四十五期。
　　〔2〕　"一个女读者"　参看本卷第 84 页注〔5〕。下文的"婑"是作
者自造的字,即女性的"卒"。
　　〔3〕　李仲揆(1889—1971)　改名四光,字福生,湖北黄冈人,地质
学家。曾留学英国,当时任北京大学教授。他在《现代评论》第二卷第
三十七期(1925 年 8 月 22 日)发表《在北京女师大观剧的经验》一文,其
中说:"有一天晚上(按为 1925 年 7 月 31 日),已经被学生驱逐了的校长
杨荫榆先生打来一次电话,她大致说:'女师大的问题现在可以解决。
明早有几位朋友到学校参观,务必请你也来一次。……我并预备叫一
辆汽车来接你。'我当时想到,杨先生和我不过见面两次,……又想到如

127

若杨先生的话属实,名振一时的文明新戏也许演到最后一幕。时乎不再来,为什么不学北京大爷们的办法去得一点经验?所以我快快的应允了杨先生,并且声明北京的汽车向来与我们骑自转车的人是死对头,千万不要客气。"

〔4〕　段祺瑞(1865—1936)　字芝泉,安徽合肥人,北洋军阀皖系首领。曾随袁世凯创建北洋军,历任北洋政府陆军总长、国务总理。1924年任北洋政府"临时执政",1926年屠杀北京爱国群众,造成三一八惨案。同年4月被冯玉祥的国民军驱逐下台。1925年8月25日,段祺瑞发布"整顿学风令",其中说:"迩来学风不靖。屡次变端。一部分不职之教职员。与旷课滋事之学生。交相结托。破坏学纪。……倘有故酿风潮。蔑视政令。则火烈水懦之喻。孰杀谁嗣之谣。前例具存。所宜取则。本执政敢先父兄之教。不博宽大之名。依法从事。决不姑贷。""先父兄之教",语出汉代司马相如的《谕巴蜀檄》:"父兄之教不先,子弟之率不谨,寡廉鲜耻,而俗不长厚也;其被刑戮,不亦宜乎!"

〔5〕　"久已夫非一日矣"　语出清代梁章巨《制义丛话》卷二十四,原作"久矣夫千百年来已非一日矣",是梁所举叠床架屋的八股文滥调的例句。

〔6〕　《女师风潮纪事》　载《妇女周刊》第三十六、三十七两期(1925年8月19、26日),题为《女师大风潮纪事》,作者署名晚愚。其中说及8月1日的事:"八一晨,全校突布满武装军警,各室封锁,截断电话线,停止伙食,断绝交通。同学相顾失色。继而杨氏率打手及其私党……凶拥入校,旋即张贴解散四班学生之布告。"

〔7〕　高仁山(1894—1928)　江苏江阴人,曾留学日本、美国,当时任北京大学教育系教授。后被奉系军阀杀害。他在1925年5月31日《晨报》"时论"栏发表的《大家不管的女师大》一文中说:"最奇怪的就是女师大的专任及主任教授都那里去了?学校闹到这样地步,何以大

家不出来设法维持？诸位专任及主任教授,顶好同学生联合起来,商议维持学校的办法,不要让教一点两点钟兼任教员来干涉你们诸位自己学校的事情。"

〔8〕 陈西滢这篇《闲话》载《现代评论》第二卷第三十八期(1925年8月29日)。他先说五卅惨案、沙面惨案还没有解决,又造谣说"苏俄无故的逮捕了多少中国人,监禁在黑黯的牢狱里",也没有人"反抗",然后即说到"女师风潮",讲了鲁迅所摘引的那些话。

〔9〕 弗罗特(S.Freud,1856—1939) 通译弗洛伊德,奥地利精神病学家,精神分析学说的创立者。这种学说认为文学、艺术、哲学、宗教等一切精神现象,都是人们因受压抑而潜伏在下意识里的某种"生命力"(Libido),特别是性欲的潜力所产生的。

〔10〕 "圣之时者也" 孟子赞美孔子的话,语出《孟子·万章(下)》:"孔子,圣之时者也。"据宋代孙奭疏,时者是"惟时适变"之意。

〔11〕 Otto Weininger 华宁该尔(1880—1903),奥地利哲学家。他曾于1903年出版《性与性格》一书,认为妇女的地位应该低于男子。

〔12〕 刘百昭(1893—?) 字可亭,湖南武冈人,曾留学德国,当时任教育部专门教育司司长兼北京艺术专门学校校长。1925年8月6日,章士钊在国务会议上提请停办女师大,当即通过,十日由教育部下令执行。学生闻讯后即开会决议,坚决反对,并在教员中公举九人,学生中公举十二人,组织校务维持会负责校务,于8月10日正式成立。8月17日,章士钊又决定在女师大校址另立所谓"女子大学",于19日派刘百昭前往筹办。刘到校后即禁止校务维持会活动,并于22日雇用打手、女仆殴曳学生出校,将她们禁闭在报子街补习科中。"毛丫头"一语,见1925年8月24日《京报》吴稚晖关于女师大问题的《答大同晚报》。该文篇末说:"言止于此。我不愿在这国家存亡即在呼吸的时候,经天纬地,止经纬到几个毛丫头身上去也。"陈西滢在8月29日《现代

评论》第三十八期的《闲话》中也说：章士钊"险些弄不过二三十个'毛丫头'"。

〔13〕　张崧年（1893—1986）　河北献县人，当时教育部的编译员。他在 1925 年 8 月 26 日《京报副刊》发表的关于女师大问题的通信中说："此所以使我日益相信，如罗素之所信，因世人之愚，许多问题或终于不免只有武力可以解决也！"罗素（B. Russell，1872—1970），英国哲学家。1920 年 10 月曾来我国讲学。

〔14〕　"说不出"的诗文　这是作者对当时某些随意抹杀别人作品，而自己的创作水平低下的文人的讽刺。参看《集外集·"说不出"》。

〔15〕　"臣罪当诛兮天王圣明"　唐代韩愈《拘幽操——文王羑里作》中的句子。据《史记·周本纪》："崇侯虎谮西伯（按即周文王）于殷纣曰：'西伯积善累德，诸侯皆向之，将不利于帝。'帝纣乃囚西伯于羑里。"《拘幽操》是韩愈模拟文王的口气写的一首诗。

〔16〕　平政院　北洋政府的官署名称，1914 年置，直属于总统，是审理及纠弹官吏违法行为的机构。

并 非 闲 话(二)[1]

向来听说中国人具有大国民的大度,现在看看,也未必然。但是我们要说得好,那么,就说好清净,有志气罢。所以总愿意自己是第一,是唯一,不爱见别的东西共存。行了几年白话,弄古文的人们讨厌了;做了一点新诗,吟古诗的人们憎恶了;做了几首小诗,做长诗的人们生气了;出了几种定期刊物,连别的出定期刊物的人们也来诅咒了:太多,太坏,只好做将来被淘汰的资料。

中国有些地方还在"溺女",就因为豫料她们将来总是没出息的。可惜下手的人们总没有好眼力,否则并以施之男孩,可以减少许多单会消耗食粮的废料。

但是,歌颂"淘汰"别人的人也应该先行自省,看可有怎样不灭的东西在里面,否则,即使不肯自杀,似乎至少也得自己打几个嘴巴。然而人是总是自以为是的,这也许正是逃避被淘汰的一条路。相传曾经有一个人,一向就以"万物不得其所"为宗旨的,平生只有一个大愿,就是愿中国人都死完,但要留下他自己,还有一个女人和一个卖食物的。现在不知道他怎样,久没有听到消息了,那默默无闻的原因,或者就因为中国人还没有死完的缘故罢。

据说,张歆海[2]先生看见两个美国兵打了中国的车夫和巡警,于是三四十个人,后来就有百余人,都跟在他们后面喊"打!打!",美国兵却终于安然的走到东交民巷口了,还回头"笑着嚷道:'来呀!来呀!'说也奇怪,这喊打的百余人不到两分钟便居然没有影踪了!"

西滢先生于是在《闲话》中斥之曰:"打!打!宣战!宣战!这样的中国人,呸!"

这样的中国人真应该受"呸!"他们为什么不打的呢,虽然打了也许又有人来说是"拳匪"[3]。但人们那里顾忌得许多,终于不打,"怯"是无疑的。他们所有的不是拳头么?

但不知道他们可曾等候美国兵走进了东交民巷之后,远远地吐了唾沫?《现代评论》上没有记载,或者虽然"怯",还不至于"卑劣"到那样罢。

然而美国兵终于走进东交民巷口了,毫无损伤,还笑嚷着"来呀来呀"哩!你们还不怕么?你们还敢说"打!打!宣战!宣战!"么?这百余人,就证明着中国人该被打而不作声!

"这样的中国人,呸!呸!!!"

更可悲观的是现在"造谣者的卑鄙龌龊更远过于章炳麟",真如《闲话》所说,而且只能"匿名的在报上放一两枝冷箭"。而且如果"你代被群众专制所压迫者说了几句公平话,那么你不是与那人有'密切的关系',便是吃了他或她的酒饭。在这样的社会里,一个报不顾利害的专论是非,自然免不了诽谤丛生,谣诼蜂起。"[4]这确是近来的实情。即如女师大风潮,西滢先生就听到关于我们的"流言",而我竟不知道是怎样的"流言",是那几个"卑鄙龌龊更远过于章炳麟"者所造。还有女生的罪状,已见于章士钊的呈文[5],而那些作为根据的"流言",也不知道是那几个"卑鄙龌龊"且至于远不如畜类者所造。但是学生却都被打出了,其时还有人在酒席上得意。——但这自然也是"谣诼"。

可是我倒也并不很以"流言"为奇,如果要造,就听凭他们去造去。好在中国现在还不到"群众专制"的时候,即使有几十个人,只要"无权势"者[6]叫一大群警察,雇些女流氓,一打,就打散了,正无须乎我来为"被压迫者"说什么"公平话"。即使说,人们也未必尽相信,因为"在这样的社会里",有些"公平话"总还不免是"他或她的酒饭"填出来的。不过事过境迁,"酒饭"已经消化,吸收,只剩下似乎毫无缘故的"公平话"罢了。倘使连酒饭也失了效力,我想,中国也还要光明些。

但是,这也不足为奇的。不是上帝,那里能够超然世外,真下公平的批评。人自以为"公平"的时候,就已经有些醉意了。世间都以"党同伐异"为非,可是谁也不做"党异伐同"的事。现在,除了疯子,倘使有谁要来接吻,人大约总不至于倒给她一个嘴巴的罢。

九月十九日。

*　　　*　　　*

〔1〕 本篇最初发表于1925年9月25日《猛进》周刊第三十期。

〔2〕 张歆海(1898—1972) 浙江海盐人,早年留学美国,曾任华

盛顿会议中国代表团随员,当时是清华大学英文教授。这里所说关于他见美国兵打中国车夫和巡警的事,见《现代评论》第二卷第三十八期(1925 年 8 月 29 日)陈西滢的《闲话》。该文除转述张歆海的话以外,还有诬辱五卅爱国运动的言论。

〔3〕 "拳匪" 旧时对义和团的蔑称。参看本卷第 312 页注〔10〕。清光绪二十六年五月十七日(1900 年 6 月 13 日)上谕中始称"拳匪",此前上谕称"义和拳会"。陈西滢在《现代评论》第二卷第二十九期(1925 年 6 月 27 日)的《闲话》中针对五卅运动和爱国群众说:"我是不赞成高唱宣战的。……我们不妨据理力争。""中国许多人自从庚子以来,一听见外国人就头痛,一看见外国人就胆战。这与拳匪的一味横蛮通是一样的不得当。"

〔4〕 这里的引文都见于陈西滢在《现代评论》第二卷第四十期(1925 年 9 月 12 日)发表的《闲话》。陈西滢为了掩饰自己散布流言而诬蔑别人造谣,在文中说:"高风亮节如吴稚晖先生尚且有章炳麟诬蔑他报密清廷,其他不如吴先生的人,污辱之来,当然更不能免。何况造谣者的卑鄙龌龊更远过于章炳麟,因为章炳麟还敢负造谣之责,他们只能在黑暗中施些鬼蜮伎俩,顶多匿名的在报上放一两支冷箭。"对他自己祖护章士钊、杨荫榆压迫女师大师生的言论,则说成是"代被群众专制所压迫者说了几句公平话"。参看本书《并非闲话》。

〔5〕 章士钊的呈文 指《停办北京女子师范大学呈文》。其中有"不受检制。竟体忘形。啸聚男生。蔑视长上。家族不知所出。浪士从而推波。……谨愿者尽丧所守。狡黠者毫无忌惮。学纪大紊。礼教全荒。为吾国今日女学之可悲叹者也。"等语。

〔6〕 "无权势"者 指章士钊。1925 年 9 月初,北京大学评议会在讨论宣布脱离教育部议案时,有人担心由此教育部将停拨经费,有人认为可直接向财政部领取。陈西滢为此事在《现代评论》第二卷第四十

期(1925 年 9 月 12 日)的《闲话》中说:"否认一个无权势的'无耻政客'却去巴结奉承五六个有权势的一样的无耻政客(按指财政部总长等),又怎样的可羞呢?"

十四年的"读经"[1]

自从章士钊主张读经[2]以来,论坛上又很出现了一些论议,如谓经不必尊,读经乃是开倒车之类。我以为这都是多事的,因为民国十四年的"读经",也如民国前四年,四年,或将来的二十四年一样,主张者的意思,大抵并不如反对者所想像的那么一回事。

尊孔,崇儒,专经,复古,由来已经很久了。皇帝和大臣们,向来总要取其一端,或者"以孝治天下",或者"以忠诏天下",而且又"以贞节励天下"。但是,二十四史不现在么?其中有多少孝子,忠臣,节妇和烈女?自然,或者是多到历史上装不下去了;那么,去翻专夸本地人物的府县志书[3]去。我可以说,可惜男的孝子和忠臣也不多的,只有节烈的妇女的名册却大抵有一大卷以至几卷。孔子之徒的经,真不知读到那里去了;倒是不识字的妇女们能实践。还有,欧战时候的参战[4],我们不是常常自负的么?但可曾用《论语》感化过德国兵,用《易经》咒翻了潜水艇呢?[5]儒者们引为劳绩的,倒是那大抵目不识丁的华工[6]!

所以要中国好,或者倒不如不识字罢,一识字,就有近乎读经的病根了。"瞰亡往拜""出疆载质"[7]的最巧玩艺儿,经上都有,我读熟过的。只有几个胡涂透顶的笨牛,真会诚心诚意地来主张读经。而且这样的脚色,也不消和他们讨论。他们虽说什么经,什么古,实在不过是空嚷嚷。问他们经可是要读到像颜回,子思,孟轲,朱熹,秦桧(他是状元),王守仁,徐世昌,曹锟;[8]古可是要复到像清(即所谓"本朝"[9]),元,金,唐,汉,禹汤文武周公[10],无怀氏,葛天氏[11]?他们其实都没有定见。他们也知不清颜回以至曹锟为人怎样,"本朝"以至葛天氏情形如何;不过像苍蝇们失掉了垃圾堆,自不免嗡嗡地叫。况且既然是诚心诚意主张读经的笨牛,则决无钻营,取巧,献媚的手段可知,一定不会阔气;他的主张,自然也决不会发生什么效力的。

至于现在的能以他的主张,引起若干议论的,则大概是阔人。阔人决不是笨牛,否则,他早已伏处牖下,老死田间了。现在岂不是正值"人心不古"的时候么?则其所以得阔之道,居然可知。他们的主张,其实并非那些笨牛一般的真主张,是所谓别有用意;反对者们以为他真相信读经可以救国[12],真是"谬以千里"[13]了!

我总相信现在的阔人都是聪明人;反过来说,就是倘使老实,必不能阔是也。至于所挂的招牌是佛学,是孔道,那倒没有什么关系。总而言之,是读经已经读过了,很悟到一点玩意儿,这种玩意儿,是孔二先生的先生老聃的大著作里就有的,[14]此后的书本子里还随时可得。所以他们都比不识字的节妇,烈女,华工聪明;甚而至于比真要读经的笨牛还聪明。何也?曰:"学而优则仕"[15]故也。倘若"学"而不"优",则以笨牛没世,其读经的主张,也不为世间所知。

孔子岂不是"圣之时者也"么，而况"之徒"呢？现在是主张"读经"的时候了。武则天[16]做皇帝，谁敢说"男尊女卑"？多数主义[17]虽然现称过激派，如果在列宁治下，则共产之合于葛天氏，一定可以考据出来的。但幸而现在英国和日本的力量还不弱，所以，主张亲俄者，是被卢布换去了良心[18]。

我看不见读经之徒的良心怎样，但我觉得他们大抵是聪明人，而这聪明，就是从读经和古文得来的。我们这曾经文明过而后来奉迎过蒙古人满洲人大驾了的国度里，古书实在太多，倘不是笨牛，读一点就可以知道，怎样敷衍，偷生，献媚，弄权，自私，然而能够假借大义，窃取美名。再进一步，并可以悟出中国人是健忘的，无论怎样言行不符，名实不副，前后矛盾，撒谎造谣，蝇营狗苟，都不要紧，经过若干时候，自然被忘得干干净净；只要留下一点卫道模样的文字，将来仍不失为"正人君子"。况且即使将来没有"正人君子"之称，于目下的实利又何损哉？

这一类的主张读经者，是明知道读经不足以救国的，也不希望人们都读成他自己那样的；但是，耍些把戏，将人们作笨牛看则有之，"读经"不过是这一回耍把戏偶尔用到的工具。抗议的诸公倘若不明乎此，还要正经老实地来评道理，谈利害，那我可不再客气，也要将你们归入诚心诚意主张读经的笨牛类里去了。

以这样文不对题的话来解释"俨乎其然"的主张，我自己也知道有不恭之嫌，然而我又自信我的话，因为我也是从"读经"得来的。我几乎读过十三经[19]。

衰老的国度大概就免不了这类现象。这正如人体一样，年事老了，废料愈积愈多，组织间又沉积下矿质，使组织变硬，易就于灭亡。一面，则原是养卫人体的游走细胞（Wanderzelle）渐次变性，只顾自己，只要组织间有小洞，它便钻，蚕食各组织，使组织耗损，易就于灭亡。俄国有名的医学者梅契尼珂夫（Elias Metschnikov）[20]特地给他别立了一个名目：大嚼细胞（Fresserzelle）。据说，必须扑灭了这些，人体才免于老衰；要扑灭这些，则须每日服用一种酸性剂。他自己就实行着。

古国的灭亡，就因为大部分的组织被太多的古习惯教养得硬化了，不再能够转移，来适应新环境。若干分子又被太多的坏经验教养得聪明了，于是变性，知道在硬化的社会里，不妨妄行。单是妄行的是可与论议的，故意妄行的却无须再与谈理。惟一的疗救，是在另开药方：酸性剂，或者简直是强酸剂。

不提防临末又提到了一个俄国人，怕又有人要疑心我收到卢布了罢。我现在郑重声明：我没有收过一张纸卢布。因为俄国还未赤化之前，他已经死掉了，是生了别的急病，和他那正在实验的药的有效与否这问题无干。

十一月十八日。

*　　　*　　　*

〔1〕 本篇最初发表于 1925 年 11 月 27 日《猛进》周刊第三十九期。

十四年,指民国十四年,即 1925 年。

〔2〕 章士钊主张读经 1925 年 11 月 2 日由章士钊主持的教育部部务会议议决,小学自初小四年级起开始读经,每周一小时,至高小毕业止。

〔3〕 府县志书 记载一府、一县的历史沿革及其政治、经济、地理、文化、风俗、人物的书。

〔4〕 欧战 指 1914 年至 1918 年的第一次世界大战。北洋政府于 1917 年 8 月 14 日宣布加入英法等协约国对德奥宣战。

〔5〕《论语》 记录孔子言行的书;《易经》,即《周易》,大约产生于殷周时代,是古代记载占卜的书。旧时一部分读书人认为经书有驱邪却敌的神力,所以这里如此说。

〔6〕 华工 指在第一次世界大战期间,被派去参加协约国对同盟国作战的中国工人。参看本书《补白》第一节。

〔7〕"瞰亡往拜" 语出《论语·阳货》:"阳货欲见孔子,孔子不见;归孔子豚,孔子时其亡也,而往拜之。"意思是孔子不愿见阳货,便有意乘阳货不在的时候去拜望他。"出疆载质",语出《孟子·滕文公(下)》:"孔子三月无君,则皇皇如也;出疆必载质。"意思是孔子如果三个月没有君主任用他,他就焦急不安,一定要带了礼物出国(去见别国的君主)。

〔8〕 颜回(前 521—前 490) 孔子的弟子。子思(约前 483—前402),孔子的孙子。孟轲(约前 372—前 289),战国中期儒家主要代表。朱熹(1130—1200),宋代理学家。王守仁(1472—1529),明代理学家。徐世昌(1855—1939),清末的大官僚;曹锟(1862—1938),北洋直系军阀。徐、曹又都曾任北洋政府的总统。

〔9〕"本朝" 辛亥革命后,一般遗老仍称前清为"本朝"。

〔10〕 禹汤文武周公 禹,夏朝的建立者。汤,商代的第一个君

主。文,即周文王,商末周族领袖,周代尊称为文王。武,即周武王,周代的第一个君主。周公,武王之弟,成王时曾由他摄政。

〔11〕 无怀氏,葛天氏　都是传说中我国上古时代的帝王。据说无怀氏时,其民安居甘食,老死不相往来;葛天氏时,其治不言而自信,不化而自行,是自然淳朴之世。

〔12〕 读经可以救国　这是章士钊等人的一种论调。《甲寅》周刊第一卷第九号(1925年9月12日)发表章士钊和孙师郑关于"读经救国"的通信,孙说:"拙著读经救国论。与先生政见。乃多暗合";章则赞赏说:"读经救国论。略诵一过。取材甚为精当。比附说明。应有尽有。不图今世。犹见斯文。"

〔13〕 "谬以千里"　语出《汉书·司马迁传》:"差以毫厘,谬以千里。"

〔14〕 孔二先生　孔子名丘字仲尼,即表明排行第二。据《孔子家语·本姓解》,孔丘有兄名孟皮。老聃,即老子,相传孔子曾向他问礼,所以后来有人说他是孔子的先生。"大著作",指《道德经》(即《老子》),是道家的主要经典,其中有"将欲歙之,必固张之;将欲弱之,必固强之;将欲废之,必固兴之;将欲夺之,必固与之"一类的话,旧时有人认为老子崇尚阴谋权术。

〔15〕 "学而优则仕"　语出《论语·子张》:"仕而优则学,学而优则仕。"宋代朱熹《论语集注》:"优,有余力也。"

〔16〕 武则天(624—705)　名曌,并州文水(今山西文水)人,唐高宗(李治)的皇后。高宗死后,她自立为皇帝,改国号曰周;退位后称"则天大圣皇帝"。

〔17〕 多数主义　指俄国布尔什维克主义。布尔什维克,俄语Большевик的音译,意即多数派。

〔18〕 卢布换去了良心　当时报刊上常有此类言论,如1925年10

月 8 日《晨报副刊》刊登的《苏俄究竟是不是我们的朋友?》一文说:"帝国主义的国家仅仅吸取我们的资财,桎梏我们的手足,苏俄竟然收买我们的良心,腐蚀我们的灵魂。"

　〔19〕　十三经　指十三部儒家经典,即《诗》、《书》、《易》、《周礼》、《礼记》、《仪礼》、《公羊传》、《穀梁传》、《左传》、《孝经》、《论语》、《尔雅》和《孟子》。

　〔20〕　梅契尼珂夫(И.И.Мечников,1845—1916)　俄国生物学家,免疫学的创始人之一。著有《传染病的免疫问题》等。

评 心 雕 龙 [1]

甲　A－a－a－ch！[2]

乙　你搬到外国去！并且带了你的家眷！[3]你可是黄帝子孙？中国话里叹声尽多，你为什么要说洋话？敝人是不怕的，敢说：要你搬到外国去！

丙　他是在骂中国，奚落中国人，替某国间接宣传咱们中国的坏处。他的表兄的侄子的太太就是某国人。

丁　中国话里这样的叹声倒也有的，他不过是自然地喊。但这就证明了他是一个死尸！现在应该用表现法；除了表现地喊，一切声音都不算声音。这"A－a－a"倒也有一点成功了，但那"ch"就没有味。——自然，我的话也许是错的；但至少我今天相信我的话并不错。

戊　那么，就须说"嗟"，用这样"引车卖浆者流"[4]的话，是要使自己的身分成为下等的。况且现在正要读经了……。

己　胡说！说"唉"也行。但可恨他竟说过好几回，将"唉"都"垄断"了去，使我们没有来说的余地了。

庚　曰"唉"乎？予蔑闻之。何也？噫嘻吗呢为之障也[5]。

辛　然哉！故予素主张而文言者也。

壬　嗟夫！余曩者之曾为白话，盖痰迷心窍者也，而今悔

143

之矣。

　　癸　他说"吓"么？这是人格已经破产了！我本就看不起他，正如他的看不起我。现在因为受了庚先生几句抢白，便"吓"起来；非人格破产是甚么？我并非赞成庚先生，我也批评过他的。可是他不配"吓"庚先生。我就是爱说公道话。

　　子　但他是说"嗳"。

　　丑　你是他一党！否则，何以替他来辩？我们是青年，我们就有这个脾气，心爱吹毛求疵。他说"吓"或说"嗳"，我固然没有听到；但即使他说的真是"嗳"，又何损于癸君的批评的价值呢。可是你既然是他的一党，那么，你就也人格破产了！

　　寅　不要破口就骂。满口谩骂，不成其为批评，Gentleman 决不如此。至于说批评全不能骂，那也不然。应该估定他的错处，给以相当的骂，像塾师打学生的手心一样，要公平。骂人，自然也许要得到回报的，可是我们也须有这一点不怕事的胆量：批评本来是"精神的冒险"呀！[6]

　　卯　这确是一条烹微翠朴的硬汉！王九妈妈的峻嶒小提囊，杜鹃叫道"行不得也哥哥"儿。瀚然"哀哈"之蓝缕的蒺藜，劣马样儿。这口风一滑溜，凡有绯刚的评论都要逼得翘辫儿了。[7]

　　辰　并不是这么一回事。他是窃取着外国人的声音，翻译着。喂！你为什么不去创作？

　　巳　那么，他就犯了罪了！研究起来，字典上只有"Ach"，没有什么"A-a-a-ch"。我实在料不到他竟这样杜撰。所以我说：你们都得买一本字典[8]，坐在书房里看看，这才免得为这类脚色所欺。

午　他不再往下说，他的话流产了。

未　夫今之青年何其多流产[9]也，岂非因为急于出风头之故么？所以我奉劝今之青年，安分守己，切莫动弹，庶几可以免于流产，……

申　夫今之青年何其多误译也，还不是因为不买字典之故么？且夫……

酉　这实在"唉"得不行！中国之所以这样"世风日下"，就是他说了"唉"的缘故。但是诸位在这里，我不妨明说，三十年前，我也曾经"唉"过的，我何尝是木石，我实在是开风气之先[10]。后来我觉得流弊太多了，便绝口不谈此事，并且深恶而痛绝之。并且到了今年，深悟读经之可以救国，并且深信白话文之应该废除。但是我并不说中国应该守旧……。

戌　我也并且到了今年，深信读经之可以救国……。

亥　并且深信白话文之应当废除……。

十一月十八日。

*　　　*　　　*

〔1〕　本篇最初发表于 1925 年 11 月 27 日《莽原》周刊第三十二期。

"雕龙"一语，见于《史记·孟子荀卿列传》："雕龙奭"。据南朝宋裴骃集解引刘向《别录》："驺奭修衍（驺衍）之文，饰若雕镂龙文，故曰'雕龙'。"南朝梁刘勰曾采用这个意思，把他的一部文学批评著作题为《文心雕龙》。本篇的题目即套用《文心雕龙》，意在讥讽当时文化界一些人的言论。

〔2〕 A－a－a－ch 即 Ach,德语感叹词,读如"啊喝"。

〔3〕 关于"搬到外国去"的话,参看本卷第 90 页注〔2〕。

〔4〕 "引车卖浆者流" 1919 年 3 月林琴南在致蔡元培的公开信中攻击白话文说:"若尽废古书,行用土语为文字,则都下引车卖浆之徒所操之语,按之皆有文法,……据此则凡京津之稗贩,均可用为教授矣。"(见 1919 年 3 月 18 日北京《公言报》)

〔5〕 噫嘻吗呢 章士钊在《甲寅》周刊第一卷第二号(1925 年 7 月 25 日)《孤桐杂记》中说:"陈君(按指陈西滢)……喜作流行恶滥之白话文。致失国文风趣。……屡有佳文。愚摈弗读。读亦弗卒。即噫(原文作嘻)嘻吗呢为之障也。"

〔6〕 关于批评与谩骂的话,可能是针对《现代评论》第一卷第二期(1924 年 12 月 20 日)西林的《批评与骂人》一文而发的。该文有如下一些议论:"批评的时候,虽可以骂人,骂人却不就是批评。两个洋车相撞,车夫回过头来,你一句,我一句,那是骂人,那不是批评……我决不赞成一个人乱骂人,因而丢了自己的脸。""讲到批评的时候免不了骂人……我们都不能不承认'不通','胡说','糟踏纸张笔墨',是骂人;我们都不能不承认在相当的情形之下,这些话是最恰当的批评"。"新近报纸上常引法国大文学家法朗士的话,说:批评是'灵魂的冒险'。既是一个'灵魂','冒险',还能受什么范围?"Gentleman,英语:绅士。"精神的冒险",也译作"灵魂的冒险"。法国作家法朗士在《文学生活》一书中说过文学批评是"灵魂在杰作中的冒险"的话。

〔7〕 这一节是模仿徐志摩的文字。参看《集外集·"音乐"?》。

〔8〕 买一本字典 胡适在《现代评论》第一卷第二十一期(1925 年 5 月 2 日)的《胡说(一)》中,说"近来翻译家犯的罪过确也不少了",他指责王统照在翻译美国诗人朗费罗的长诗《克司台凯莱的盲女》时不

查字典,"捏造谬解","完全不通"。并说:"我常对我的翻译班学生说,'你们宁可少进一年学堂,千万省下几个钱来买一部好字典。那是你们的真先生,终身可以跟你们跑。'"

〔9〕 青年何其多流产 当时有些人把青年作者发表不够成熟的作品斥为"流产"。《现代评论》第二卷第三十期(1925 年 7 月 4 日)刊登江绍原《黄狗与青年作者》一文,认为由于报刊的编辑者不知选择,只要稿子,青年作者"就天天生产——生产出许多先天不足,月分不足的小家伙们。"随后徐志摩等人也发表文章应和。同年 10 月 5 日徐志摩主编的《晨报副刊》发表奚若的《副刊殃》一文,指责青年作者"藉副刊作出风头的场所,更属堕志"。鲁迅对这种论调的批评,可参看本书《这个与那个》第四节。

〔10〕 开风气之先 1925 年章士钊在他主编的《甲寅》周刊上激烈反对白话文。胡适在《国语》周刊十二期(1925 年 8 月 30 日)发表《老章又反叛了》一文,其中说到章士钊也是很早就写过白话诗的,"同是曾开风气人"。章即在《甲寅》周刊一卷八号(1925 年 9 月 5 日)发表《答适之》,其中也说:"二十年前。吾友林少泉好谈此道。愚曾试为而不肖。十年前复为之。仍不肖。五年前又为之。更不肖。愚自是阁笔。"

这个与那个[1]

一　读经与读史

　　一个阔人说要读经[2],嗡的一阵一群狭人也说要读经。岂但"读"而已矣哉,据说还可以"救国"哩。"学而时习之,不亦说乎?"[3]那也许是确凿的罢,然而甲午战败了,——为什么独独要说"甲午"呢,是因为其时还在开学校,废读经[4]以前。

　　我以为伏案还未功深的朋友,现在正不必埋头来哼线装书。倘其咿唔日久,对于旧书有些上瘾了,那么,倒不如去读史,尤其是宋朝明朝史,而且尤须是野史;或者看杂说。

　　现在中西的学者们,几乎一听到"钦定四库全书"[5]这名目就魂不附体,膝弯总要软下来似的。其实呢,书的原式是改变了,错字是加添了,甚至于连文章都删改了,最便当的是《琳琅秘室丛书》[6]中的两种《茅亭客话》[7],一是宋本,一是四库本,一比较就知道。"官修"而加以"钦定"的正史也一样,不但本纪咧,列传咧,要摆"史架子";里面也不敢说什么。据说,字里行间是也含着什么褒贬的,但谁有这么多的心眼儿来猜闷壶卢。至今还道"将平生事迹宣付国史馆立传",还是算了罢。

　　野史和杂说自然也免不了有讹传,挟恩怨,但看往事却可以较分明,因为它究竟不像正史那样地装腔作势。看宋事,

《三朝北盟汇编》[8]已经变成古董,太贵了,新排印的《宋人说部丛书》[9]却还便宜。明事呢,《野获编》[10]原也好,但也化为古董了,每部数十元;易于入手的是《明季南北略》[11],《明季稗史汇编》[12],以及新近集印的《痛史》[13]。

史书本来是过去的陈帐簿,和急进的猛士不相干。但先前说过,倘若还不能忘情于咿唔,倒也可以翻翻,知道我们现在的情形,和那时的何其神似,而现在的昏妄举动,胡涂思想,那时也早已有过,并且都闹糟了。

试到中央公园去,大概总可以遇见祖母带着她孙女儿在玩的。这位祖母的模样,就预示着那娃儿的将来。所以倘有谁要预知令夫人后日的丰姿,也只要看丈母。不同是当然要有些不同的,但总归相去不远。我们查帐的用处就在此。

但我并不说古来如此,现在遂无可为,劝人们对于"过去"生敬畏心,以为它已经铸定了我们的运命。Le Bon[14]先生说,死人之力比生人大,诚然也有一理的,然而人类究竟进化着。又据章士钊总长说,则美国的什么地方已在禁讲进化论[15]了,这实在是吓死我也,然而禁只管禁,进却总要进的。

总之:读史,就愈可以觉悟中国改革之不可缓了。虽是国民性,要改革也得改革,否则,杂史杂说上所写的就是前车。一改革,就无须怕孙女儿总要像点祖母那些事,譬如祖母的脚是三角形,步履维艰的,小姑娘的却是天足,能飞跑;丈母老太太出过天花,脸上有些缺点的,令夫人却种的是牛痘,所以细皮白肉:这也就大差其远了。

十二月八日。

二 捧 与 挖

中国的人们，遇见带有会使自己不安的朕兆的人物，向来就用两样法：将他压下去，或者将他捧起来。

压下去就用旧习惯和旧道德，或者凭官力，所以孤独的精神的战士，虽然为民众战斗，却往往反为这"所为"而灭亡。到这样，他们这才安心了。压不下时，则于是乎捧，以为抬之使高，餍之使足，便可以于己稍稍无害，得以安心。

伶俐的人们，自然也有谋利而捧的，如捧阔老，捧戏子，捧总长之类；但在一般粗人，——就是未尝"读经"的，则凡有捧的行为的"动机"，大概是不过想免害。即以所奉祀的神道而论，也大抵是凶恶的，火神瘟神不待言，连财神也是蛇呀刺蝟呀似的骇人的畜类；观音菩萨倒还可爱，然而那是从印度输入的，并非我们的"国粹"。要而言之：凡是被捧者，十之九不是好东西。

既然十之九不是好东西，则被捧而后，那结果便自然和捧者的希望适得其反了。不但能使不安，还能使他们很不安，因为人心本来不易餍足。然而人们终于至今没有悟，还以捧为苟安之一道。

记得有一部讲笑话的书，名目忘记了，也许是《笑林广记》[16]罢，说，当一个知县的寿辰，因为他是子年生，属鼠的，属员们便集资铸了一个金老鼠去作贺礼。知县收受之后，另寻了机会对大众说道：明年又恰巧是贱内的整寿；她比我小一岁,是属牛的。其实,如果大家先不送金老鼠,他决不敢想金牛。一送开手,可就难于收拾了,无论金牛无力致送,即使送了,怕他的姨太太也会属象。象不在十二生肖之内,似乎不近情理罢,但这是我替他设想的法子罢了,知县当然别有我们所莫测高深的妙法在。

民元革命时候,我在 S 城,来了一个都督。[17]他虽然也出身绿林大学,未尝“读经”(?),但倒是还算顾大局,听舆论的,可是自绅士以至于庶民,又用了祖传的捧法群起而捧之了。这个拜会,那个恭维,今天送衣料,明天送翅席,捧得他连自己也忘其所以,结果是渐渐变成老官僚一样,动手刮地皮。

最奇怪的是北几省的河道,竟捧得河身比屋顶高得多了。当初自然是防其溃决,所以壅上一点土;殊不料愈壅愈高,一旦溃决,那祸害就更大。于是就“抢堤”咧,“护堤”咧,“严防决堤”咧,花色繁多,大家吃苦。如果当初见河水泛滥,不去增堤,却去挖底,我以为决不至于这样。

有贪图金牛者,不但金老鼠,便是死老鼠也不给。那么,此辈也就连生日都未必做了。单是省却拜寿,已经是一件大快事。

中国人的自讨苦吃的根苗在于捧,“自求多福”[18]之道却在于挖。其实,劳力之量是差不多的,但从惰性太多的人们看来,却以为还是捧省力。

十二月十日。

三 最先与最后

《韩非子》说赛马的妙法,在于"不为最先,不耻最后"。[19]这虽是从我们这样外行的人看起来,也觉得很有理。因为假若一开首便拚命奔驰,则马力易竭。但那第一句是只适用于赛马的,不幸中国人却奉为人的处世金鍼了。

中国人不但"不为戎首","不为祸始",甚至于"不为福先"。[20]所以凡事都不容易有改革;前驱和闯将,大抵是谁也怕得做。然而人性岂真能如道家所说的那样恬淡;欲得的却多。既然不敢径取,就只好用阴谋和手段。以此,人们也就日见其卑怯了,既是"不为最先",自然也不敢"不耻最后",所以虽是一大堆群众,略见危机,便"纷纷作鸟兽散"了。如果偶有几个不肯退转,因而受害的,公论家便异口同声,称之曰傻子。对于"锲而不舍"[21]的人们也一样。

我有时也偶尔去看看学校的运动会。这种竞争,本来不像两敌国的开战,挟有仇隙的,然而也会因了竞争而骂,或者竟打起来。但这些事又作别论。竞走的时候,大抵是最快的三四个人一到决胜点,其余的便松懈了,有几个还至于失了跑完豫定的圈数的勇气,中途挤入看客的群集中;或者佯为跌倒,使红十字队用担架将他抬走。假若偶有虽然落后,却尽跑,尽跑的人,大家就嗤笑他。大概是因为他太不聪明,"不耻最后"的缘故罢。

所以中国一向就少有失败的英雄,少有韧性的反抗,少有敢单身鏖战的武人,少有敢抚哭叛徒的吊客;见胜兆则纷纷聚集,见败兆则纷纷逃亡。战具比我们精利的欧美人,战具未必比我们精利的匈奴蒙古满洲人,都如入无人之境。"土崩瓦解"这四个字,真是形容得有自知之明。

多有"不耻最后"的人的民族,无论什么事,怕总不会一下子就"土崩瓦解"的,我每看运动会时,常常这样想:优胜者固然可敬,但那虽然落后而仍非跑至终点不止的竞技者,和见了这样竞技者而肃然不笑的看客,乃正是中国将来的脊梁。

四　流　产　与　断　种

近来对于青年的创作,忽然降下一个"流产"的恶谥,哄然应和的就有一大群。我现在相信,发明这话的是没有什么恶意的,不过偶尔说一说;应和的也是情有可原的,因为世事本来大概就这样。

我独不解中国人何以于旧状况那么心平气和,于较新的机运就这么疾首蹙额;于已成之局那么委曲求全,于初兴之事就这么求全责备?

智识高超而眼光远大的先生们开导我们:生下来的倘不是圣贤,豪杰,天才,就不要生;写出来的倘不是不朽之作,就不要写;改革的事倘不是一下子就变成极乐世界,或者,至少能给我(!)有更多的好处,就万万不要动!……

那么,他是保守派么? 据说:并不然的。他正是革命家。

惟独他有公平,正当,稳健,圆满,平和,毫无流弊的改革法;现下正在研究室里研究着哩,——只是还没有研究好。

什么时候研究好呢? 答曰:没有准儿。

孩子初学步的第一步,在成人看来,的确是幼稚,危险,不成样子,或者简直是可笑的。但无论怎样的愚妇人,却总以恳切的希望的心,看他跨出这第一步去,决不会因为他的走法幼稚,怕要阻碍阔人的路线而"逼死"他;也决不至于将他禁在床上,使他躺着研究到能够飞跑时再下地。因为她知道:假如这么办,即使长到一百岁也还是不会走路的。

古来就这样,所谓读书人,对于后起者却反而专用彰明较著的或改头换面的禁锢。近来自然客气些,有谁出来,大抵会遇见学士文人们挡驾:且住,请坐。接着是谈道理了:调查,研究,推敲,修养,……结果是老死在原地方。否则,便得到"捣乱"的称号。我也曾有如现在的青年一样,向已死和未死的导师们问过应走的路。他们都说:不可向东,或西,或南,或北。但不说应该向东,或西,或南,或北。我终于发见他们心底里的蕴蓄了:不过是一个"不走"而已。

坐着而等待平安,等待前进,倘能,那自然是很好的,但可虑的是老死而所等待的却终于不至;不生育,不流产而等待一个英伟的宁馨儿[22],那自然也很可喜的,但可虑的是终于什么也没有。

倘以为与其所得的不是出类拔萃的婴儿,不如断种,那就无话可说。但如果我们永远要听见人类的足音,则我以为流产究竟比不生产还有望,因为这已经明明白白地证明着能够生产的了。

十二月二十日。

＊　　　＊　　　＊

〔1〕 本篇最初分三次发表于 1925 年 12 月 10 日、12 日、22 日北京《国民新报副刊》。

〔2〕 一个阔人 指章士钊。关于读经"救国",参看本卷第 141 页注〔12〕。

〔3〕 "学而时习之,不亦说乎" 语出《论语·学而》。孔子语,"说"同"悦"。

〔4〕 开学校,废读经 清政府在 1894 年(光绪二十年,甲午)中日战争中战败后,曾采取了一些改良主义的办法。戊戌变法(1898)期间,光绪帝于七月六日下诏普遍设立中小学,改书院为学堂;六月二十日曾诏令在科举考试中废止八股,"向用四书文者,一律改试策论"。变法失败后,清廷于 1902 年(光绪二十八年)颁布《钦定学堂章程》,开始兴办学堂;1905 年又下诏停科举,自此废止读经。

〔5〕 "钦定四库全书" 清乾隆三十八年(1773)设立四库全书馆,把宫中所藏和民间所献书籍,命馆臣分别加以选择、钞录,费时十年,共选录书籍三千五百零三种,分经、史、子、集四部,即所谓"钦定四库全书"。它在一定程度上起了保存和整理文献的作用;但这也是清政府文化统制的具体措施之一,凡被认为"违碍"的书,或遭"全毁"、"抽毁",或被加以篡改,使后来无可依据。

〔6〕 《琳琅秘室丛书》 清代胡珽校刊,共五集,计三十六种。所收主要是掌故、说部、释道方面的书。

〔7〕 《茅亭客话》 宋代黄休复著,共十卷。内容是记录从五代到宋代真宗时(约当公元十世纪)的蜀中杂事。

〔8〕 《三朝北盟汇编》 宋代徐梦莘编,共二百五十卷。书中汇辑从宋徽宗政和七年(1117)到高宗绍兴三十一年(1161)间宋金和战的史料。

〔9〕 《宋人说部丛书》 指商务印书馆印行的"宋人说部书"(都是笔记小说),夏敬观编校,共出二十余种。

〔10〕 《野获编》 即《万历野获编》,明代沈德符著,三十卷,补遗四卷。记载明代开国至神宗万历间的典章制度和街谈巷语。

〔11〕 《明季南北略》 指《明季北略》和《明季南略》。清代计六奇编。《北略》二十四卷,记载万历四十四年(1616)至崇祯十七年(1644)间事;《南略》十八卷,与《北略》相衔接,记至清康熙元年(1662)南明永历帝被害止。

〔12〕 《明季稗史汇编》 清代留云居士辑,共二十七卷,汇刊稗史十六种。各书所记都是明末的遗事。有都城留云居排印本。

〔13〕 《痛史》 乐天居士编,共三集。辛亥革命后由上海商务印书馆汇印,收明末清初野史二十余种。

〔14〕 Le Bon 勒朋(1841—1931),法国社会心理学家。他在《民族进化的心理定律》一书中说:"欲了解种族之真义必将之同时伸长于过去与将来,死者较之生者是无限的更众多,也是较之他们更强有力。"(张公表译,商务印书馆版)参看《热风·随感录三十八》。

〔15〕 关于美国禁讲进化论,章士钊在《甲寅》周刊第一卷第十七号(1925 年 11 月 7 日)的《再疏解辟义》中说:"田芮西州 Tennessee。尊崇耶教较笃者也。曾于州宪订明。凡学校教科书。理与圣经相牾。应行禁制。州有市曰堞塘 Dayton。其小学校中。有教员曰师科布 John Thomas Scopes。以进化论授于徒。州政府大怒。谓其既违教义。复触宪纲。因名捕师氏。下法官按问其罪。"后来因"念其文士。罚镪百元"。进化论,英国生物学家达尔文(1809—1882)在《物种起源》等著作

中提出的以自然选择为基础的进化学说。它揭示了生物的起源、变异和发展的规律,对近代生物科学产生了巨大影响。

〔16〕《笑林广记》 明代冯梦龙编有《广笑府》十三卷,至清代被禁止,后来书坊改编为《笑林广记》,共十二卷,编者署名游戏主人。关于金老鼠的笑话,见该书卷一(亦见《广笑府》卷二)。

〔17〕 民元革命 即辛亥革命。S 城,指绍兴;都督,指王金发(1883—1915),浙江嵊县人。曾留学日本,加入光复会。辛亥革命后任绍兴军政分府都督。后被督理浙江军务朱瑞杀害。参看《朝花夕拾·范爱农》及其有关注释。王金发曾领导浙东洪门会党平阳党,号称万人,故作者戏称他"出身绿林大学"。

〔18〕 "自求多福" 语出《诗经·大雅·文王》:"永言配命,自求多福。"意思是只要顺天命而行,则福禄自来。

〔19〕 "不为最先,不耻最后" 参看本卷第 118 页注〔29〕。

〔20〕 "不为戎首" 语出《礼记·檀弓》:"毋为戎首,不亦善乎?"据汉代郑玄注:"为兵主来攻伐曰戎首"。"不为祸始"、"不为福先",语出《庄子·刻意》:"不为福先,不为祸始;感而后应,迫而后动,不得已而后起。"

〔21〕 "锲而不舍" 语出《荀子·劝学》:"锲而不舍,金石可镂。"锲,雕刻的意思。

〔22〕 宁馨儿 晋宋时代俗语。《晋书·王衍传》:"何物老妪,生宁馨儿。"宁馨儿是"这样的孩子"的意思。宁,这样;馨,语助词。

并 非 闲 话 (三)[1]

西滢先生这回是义形于色,在《现代评论》四十八期的《闲话》里很为被书贾擅自选印作品,因而受了物质上损害的作者抱不平。而且贱名也忝列于作者之列:惶恐透了。吃饭之后,写一点自己的所感罢。至于捏笔的"动机",那可大概是"不纯洁"的。[2]记得幼小时候住在故乡,每看见绅士将一点骗人的自以为所谓恩惠,颁给下等人,而下等人不大感谢时,则斥之曰"不识抬举!"我的父祖是读书的,总该可以算得士流了,但不幸从我起,不知怎的就有了下等脾气,不但恩惠,连吊慰都不很愿意受,老实说罢:我总疑心是假的。这种疑心,大约就是"不识抬举"的根苗,或者还要使写出来的东西"不纯洁"。

我何尝有什么白刃在前,烈火在后,还是钉住书桌,非写不可的"创作冲动"[3];虽然明知道这种冲动是纯洁,高尚,可贵的,然而其如没有何。前几天早晨,被一个朋友怒视了两眼,倒觉得脸有点热,心有点酸,颇近乎有什么冲动了,但后来被深秋的寒风一吹拂,脸上的温度便复原,——没有创作。至于已经印过的那些,那是被挤出来的。这"挤"字是挤牛乳之"挤";这"挤牛乳"是专来说明"挤"字的,并非故意将我的作品比作牛乳,希冀装在玻璃瓶里,送进什么"艺术之宫"。倘用现在突然流行起来了的论调,将青年的急于发表未熟的作品称为"流产",则我的便是"打胎";或者简直不是胎,是狸猫充太子[4]。所以一写完,便完事,管他妈的,书贾怎么偷,文士怎么说,都不再来提心吊胆。但是,如果有我所相信的人愿意看,称赞好,我终于是欢喜的。后来也集印了,为的是还想卖几文钱,老实说。

那么,我在写的时候没有虔敬的心么？答曰:有罢。即使没有这种冠冕堂皇的心,也决不故意耍些油腔滑调。被挤着,还能嬉皮笑脸,游戏三昧[5]么？倘能,那简直是神仙了。我并没有在吕纯阳[6]祖师门下投诚过。

但写出以后,却也不很爱惜羽毛,有所谓"敝帚自珍"的意思,因为,已经说过,其时已经是"便完事,管他妈的"了。谁有心肠来管这些无聊的后事呢？所以虽然有什么选家在那里放出他那伟大的眼光,选印我的作品,我也照例给他一个不管。其实,要管也无从管起的。我曾经替人代理过一回收版税的译本,打听得卖完之后,向书店去要钱,回信却道,旧经理人已经辞职回家了,你向他要去罢;我们可是不知道。这书店在上海,我怎能趁了火车去向他坐索,或者打官司？但我对于这等选本,私心却也有"窃以为不然"的几点,一是原本上的错字,虽然一见就明知道是错的,他也照样错下去;二是他们每要发几句伟论,例如什么主义咧,什么意思咧之类,[7]大抵是我自己倒觉得并不这样的事。自然,批评是"精神底冒险",批评家的精神总比作者会先一步的,但在他们的所谓死尸上,我却分明听到心搏,这真是到死也说不到一块儿。此外,倒也没有什么大怨气了。

　　这虽然似乎是东方文明式的大度,但其实倒怕是因为我不靠卖文营生。在中国,骈文寿序的定价往往还是每篇一百两,然而白话不值钱;翻译呢,听说是自己不能创作而嫉妒别人去创作的坏心肠人所提倡的,将来文坛一进步,当然更要一文不值。我所写出来的东西,当初虽然很碰过许多大钉子,现在的时价是每千字一至二三元,但是不很有这样好主顾,常常只好尽些不知何自而来的义务。有些人以为我不但用了这些稿费或版税造屋,买米,而且还靠它吸烟卷,吃果糖。殊不知那些款子是另外骗来的;我实在不很擅长于先装鬼脸去吓书坊老板,然后和他接洽。我想,中国最不值钱的是工人的体力了,其次是咱们的所谓文章,只有伶俐最值钱。倘真要直直落落,借文字谋生,则据我的经验,卖来卖去,来回至少一个月,多则一年余,待款子寄到时,作者不但已经饿死,倘在夏天,连筋肉也都烂尽了,那里还有吃饭的肚子。

　　所以我总用别的道儿谋生;至于所谓文章也者,不挤,便不做。挤了才有,则和什么高超的"烟士披离纯"〔8〕呀,"创作感兴"呀之类不大有关系,也就可想而知。倘说我假如不必用别的道儿谋生,则心志一专,就会有"烟士披离纯"等类,而产生较伟大的作品,至少,也可以免于献出剥皮的狸猫罢,那可是也未必。三家村的冬烘先生,一年到头,一早到夜教村童,不但毫不"时时想政治活动",简直并不很"干着种种无聊的事"〔9〕,但是他们似乎并没有《教育学概论》或"高头讲章"〔10〕的待定稿,藏之名山〔11〕。而马克思的《资本论》〔12〕,陀思妥夫斯奇的《罪与罚》〔13〕等,都不是啜末加〔14〕加啡,吸埃及烟卷之后所写的。除非章士钊总长治下的"有些天才"的编译馆[15]人员，以及讨得官僚津贴或银行广告费的"大报"[16]作者，于谋成事遂，睡足饭饱之余，三月炼字，半年锻句，将来会做出超伦轶群的古奥漂亮作品。总之，在我，是肚子一饱，应酬一少，便要心平气和，关起门来，什么也不写了；即使还写，也许不过是温暾之谈，两可之论，也即所谓执中之说，公允之言，其实等于不写而已。

所以上海的小书贾化作蚊子，吸我的一点血，自然是给我物质上的损害无疑，而我却还没有什么大怨气，因为我知道他们是蚊子，大家也都知道他们是蚊子。我一生中，给我大的损害的并非书贾，并非兵匪，更不是旗帜鲜明的小人：乃是所谓"流言"。即如今年，就有什么"鼓动学潮"呀，"谋做校长"呀，"打落门牙"[17]呀这些话。有一回，竟连现在为我的著作权受损失抱不平的西滢先生也要相信了，也就在《现代评论》（第二十五期）的照例的《闲话》上发表出来；[18]它的效力就可想。譬如一个女学生，与其被若干卑劣阴险的文人学士们暗地里散布些关于品行的谣言，倒不如被土匪抢去一条红围巾——物质。但这种"流言"，造的是一个人还是多数人？姓甚，名谁？我总是查不出；后来，因为没有多工夫，也就不再去查考了，仅为便于述说起见，就总称之曰畜生。

虽然分了类，但不幸这些畜生就杂在人们里，而一样是人头，实际上仍然无从辨别。所以我就多疑，不大要听人们的说话；又因为无话可说，自己也就不大愿意做文章。有时候，甚至于连真的义形于色的公话也会觉得古怪，珍奇，于是乎而下等脾气的"不识抬举"遂告成功，或者会终于不可救药。

平心想起来，所谓"选家"这一流人物，虽然因为容易联想到明季的制艺的选家[19]的缘故，似乎使人厌闻，但现在倒是应该有几个。这两三年来，无名作家何尝没有胜于较有名的作者的作品，只是谁也不去理会他，一任他自生自灭。去年，我曾向 DF[20]先生提议过，以为该有人搜罗了各处的各种定期刊行物，仔细评量，选印几本小说集，来绍介于世间；至于已有专集者，则一概不收，"再拜而送之大门之外"。但这话也不过终于是空话，当时既无定局，后来也大家走散了。我又不能做这事业，因为我是偏心的。评是非时我总觉得我的熟人对，读作品是异己者的手腕大概不高明。在我的心里似乎是没有所谓"公平"，在别人里我也没有看见过，然而还疑心什么地方也许有，因此就不敢做那两样东西了：法官，批评家。

现在还没有专门的选家时，这事批评家也做得，因为批评家的职务不但是剪除恶草，还得灌溉佳花，——佳花的苗。譬如菊花如果是佳花，则他的原种不过是黄色的细碎的野菊，俗名"满天星"的就是。但是，或者是文坛上真没有较好的作品之故罢，也许是一做批评家，眼界便极高卓，所以我只见到对于青年作家的迎头痛击，冷笑，抹杀，却很少见诱掖奖劝的意思的批评。有一种所谓"文士"而又似批评家的，则专是一个人的御前侍卫，托尔斯泰呀，托她斯泰呀，指东画西的，就只为一人做屏风。其甚者竟至于一面暗护此人，一面又中伤他人，却又不明明白白地举出姓名和实证来，但用了含沙射影的口气，使那人不知道说着自己，却又另用口头宣传以补笔墨所不及,使别人可以疑心到那人身上去。这不但对于文字,就是女人们的名誉,我今年也看见有用了这畜生道的方法来毁坏的。古人常说"鬼蜮技俩",其实世间何尝真有鬼蜮,那所指点的,不过是这类东西罢了。这类东西当然不在话下,就是只做侍卫的,也不配评选一言半语,因为这种工作,做的人自以为不偏而其实是偏的也可以,自以为公平而其实不公平也可以,但总不可"别有用心"于其间的。

书贾也像别的商人一样,惟利是图;他的出版或发议论的"动机",谁也知道他"不纯洁",决不至于和大学教授的来等量齐观的。但他们除惟利是图之外,别的倒未必有什么用意,这就是使我反而放心的地方。自然,倘是向来没有受过更奇特而阴毒的暗箭的福人,那当然即此一点也要感到痛苦。

这也算一篇作品罢,但还是挤出来的,并非围炉煮茗时中的闲话,临了,便回上去填作题目,纪实也。

十一月二十二日。

＊　　　＊　　　＊

〔1〕 本篇最初发表于 1925 年 12 月 7 日《语丝》周刊第五十六期。

〔2〕 关于版权和创作动机问题,陈西滢在《现代评论》第二卷第四十八期(1925 年 11 月 7 日)的《闲话》里说:"有一种是取巧的窃盗他家的版权。……鲁迅,郁达夫,叶绍钧,落华生诸先生都各人有自己出版的创作集,现在有人用什么小说选的名义,把那里的小说部分或全部摽窃了去,自然他们自己书籍的销路大受影响了。"又说:"一件艺术品的产生,除了纯粹的创造冲动,是不是常常还夹杂着别的动机?是不是

应当夹杂着别种不纯洁的动机？……可是,看一看古今中外的各种文艺美术品,我们不能不说它们的产生的动机大都是混杂的。"

〔3〕 "创作冲动"　陈西滢在《现代评论》第二卷第四十八期的《闲话》中说:"他们有时创造的冲动来时,不工作便吃饭睡觉都不成,可是有时也懒懒的让它过去了。"又说:"一到创作的时候,真正的艺术家又忘却了一切,他只创造他心灵中最美最真实的东西,断不肯放低自己的标准,去迎合普通读者的心理。"

〔4〕 狸猫充太子　这是从《宋史·李宸妃传》所载宋仁宗(赵祯)生母李宸妃不敢认子的故事演变而来的传说。清代石玉崐编述的公案小说《三侠五义》有这样的情节:宋真宗无子,刘、李二妃皆怀孕,刘妃为争立皇后,与太监密谋,在李妃生子时,用一只剥皮的狸猫将小孩换下来,以以构陷李妃。

〔5〕 游戏三昧　佛家语。这里是无挂无碍、心神平静的意思。《景德传灯录》卷八:"(普愿)扣大寂之室,顿然忘筌,得游戏三昧。"三昧,梵文 Samādhi 的音译,指心意专注于一境而无杂念的"定"的状态。

〔6〕 吕纯阳(798—?)　即吕洞宾,名岩,号纯阳子,相传为唐末京兆(今陕西长安)人,隐居终南山。民间传说他后来得道成仙,为"八仙"之一。他游戏人间的故事如"三醉岳阳楼"、"三戏白牡丹"等在民间很流行。

〔7〕 当时有些出版商任意编选作品牟利,编校工作往往十分粗疏,又好妄加评论。如 1922 年由鲁庄云奇编辑、小说研究社发行的《小说年鉴》,其中收有鲁迅的《兔和猫》、《鸭的喜剧》等,在评论中竟说《兔和猫》是"进化论的缩写",对这篇小说在《晨报副刊》发表时的排校错误不仅未予改正,还添了新的错误,如将"我说不然"排成"说我不然"等。

〔8〕 "烟士披离纯"　英语 Inspiration 的音译,"灵感"的意思。

〔9〕 "干着种种无聊的事"等语,也见于陈西滢在《现代评论》第

二卷第四十八期的《闲话》:"一个靠教书吃饭而时时想政治活动的人不大会是好教员,一个靠政治活动吃饭而教几点钟书的人也不大会是好教员……我每看见一般有些天才而自愿著述终身的朋友在干着种种无聊的事情,只好为著作界的损失一叹了。"

〔10〕 "高头讲章" 在经书正文上端留有较宽空白,刊印讲解文字,这些文字称为"高头讲章"。后来泛指这类格式的经书。

〔11〕 藏之名山 语出司马迁《报任少卿书》:"藏诸名山,传之其人。"

〔12〕《资本论》 马克思(1818—1883)的主要著作,政治经济学文献,共三卷。第一卷于 1867 年出版,第二、三卷在他逝世后由恩格斯整理,分别于 1885 年和 1894 年出版。

〔13〕 陀思妥夫斯奇(Ф.М.Достоевский,1821—1881) 通译陀思妥耶夫斯基,俄国作家。《罪与罚》是他的长篇小说,1886 年出版。

〔14〕 末加(Mokha) 通译穆哈,阿拉伯也门共和国的海口,著名的咖啡产地。

〔15〕 编译馆 指当时的国立编译馆,由章士钊呈请创办,1925 年 10 月成立。

〔16〕 讨得官僚津贴或银行广告费的"大报" 指《现代评论》。《猛进》周刊第三十一期(1925 年 10 月 2 日)刊有署名蔚麟的通信:"《现代评论》因为受了段祺瑞、章士钊的几千块钱,吃着人的嘴软,拿着人的手软,对于段祺瑞、章士钊的一切胡作非为,绝不敢说半个不字。"又《现代评论》自第一卷第十六期(1925 年 3 月 28 日)起,每期封底都整面刊登当时金城银行的广告。

〔17〕 "打落门牙" 1925 年 10 月 26 日,段祺瑞政府邀请英、美、法等十二国在北京召开所谓"关税特别会议",企图与各帝国主义国家成立新的关税协定。北京各学校、各团体五万余人当日在天安门集会

反对,主张关税自主;赴会群众遭到大批武装警察阻止和殴打,受伤十余人,被捕数人。次日,《社会日报》等登载不符事实的消息说:"周树人(北大教员)齿受伤,脱落门牙二"(参看《坟·从胡须说到牙齿》)。

〔18〕 "鼓动学潮"等语,参看本书《并非闲话》及其注〔8〕。

〔19〕 制艺的选家 明代以八股文(制艺)取士,选家应运而生;他们的八股文选本所收的大都是陈词滥调之作。

〔20〕 Ｄ Ｆ 指郁达夫(1896—1945),浙江富阳人,作家,创造社成员。著有短篇小说集《沉沦》、中篇小说《她是一个弱女子》、游记散文集《屐痕处处》等。他在1927年1月30日给北京《世界日报副刊》编者的信中说:"前三四年,我在北京,屡次和鲁迅先生谈起,想邀集几个人起来,联合着来翻阅那些新出版的小刊物,中间有可取的作品,就马上为他们表扬出来,介绍给大家,可以使许多未成名的青年作家,得着些安慰,而努力去创作,后来以事去北京,此议就变成了水泡。"

我 观 北 大 [1]

因为北大学生会的紧急征发,我于是总得对于本校的二十七周年纪念来说几句话。

据一位教授[2]的名论,则"教一两点钟的讲师"是不配与闻校事的,而我正是教一点钟的讲师。但这些名论,只好请恕我置之不理;——如其不恕,那么,也就算了,人那里顾得这些事。

我向来也不专以北大教员自居,因为另外还与几个学校有关系。然而不知怎的,——也许是含有神妙的用意的罢,今年忽而颇有些人指我为北大派。我虽然不知道北大可真有特别的派,但也就以此自居了。北大派么?就是北大派!怎么样呢?

但是,有些流言家幸勿误会我的意思,以为谣我怎样,我便怎样的。我的办法也并不一律。譬如前次的游行,报上谣我被打落了两个门牙,我可决不肯具呈警厅,吁请补派军警,来将我的门牙从新打落。我之照着谣言做去,是以专检自己所愿意者为限的。

我觉得北大也并不坏。如果真有所谓派,那么,被派进这派里去,也还是也就算了。理由在下面:

既然是二十七周年,则本校的萌芽,自然是发于前清的,但我并民国初年的情形也不知道。惟据近七八年的事实看

167

来,第一,北大是常为新的,改进的运动的先锋,要使中国向着好的,往上的道路走。虽然很中了许多暗箭,背了许多谣言;教授和学生也都逐年地有些改换了,而那向上的精神还是始终一贯,不见得弛懈。自然,偶尔也免不了有些很想勒转马头的,可是这也无伤大体,"万众一心",原不过是书本子上的冠冕话。

第二,北大是常与黑暗势力抗战的,即使只有自己。自从章士钊提了"整顿学风"[3]的招牌来"作之师"[4],并且分送金款[5]以来,北大却还是给他一个依照彭允彝[6]的待遇。现在章士钊虽然还伏在暗地里做总长[7],本相却已显露了;而北大的校格也就愈明白。那时固然也曾显出一角灰色,但其无伤大体,也和第一条所说相同。

我不是公论家,有上帝一般决算功过的能力。仅据我所感得的说,则北大究竟还是活的,而且还在生长的。凡活的而且在生长者,总有着希望的前途。

今天所想到的就是这一点。但如果北大到二十八周年而仍不为章士钊者流所谋害[8],又要出纪念刊,我却要预先声明:不来多话了。一则,命题作文,实在苦不过;二则,说起来大约还是这些话。

十二月十三日。

＊　　　＊　　　＊

〔1〕　本篇最初发表于1925年12月17日《北大学生会周刊》创刊号。

〔2〕 指高仁山。参看本卷第 128 页注〔7〕。

〔3〕 "整顿学风" 1925 年 8 月章士钊起草"整顿学风"的命令，由段祺瑞发布。参看本卷第 128 页注〔4〕。

〔4〕 "作之师" 语出《尚书·泰誓》："天佑下民，作之君，作之师。"

〔5〕 金款 第一次世界大战后，法国因法郎贬值，坚持中国对法国的庚子赔款要以金法郎支付。1925 年春，段祺瑞政府不顾各界的反对，同意了法方的无理要求，从作为赔款抵押的中国盐税中付给债款后，收回余额一千多万元，这笔款被称为"金款"。其中大部充作北洋政府的军政开支，还拨出一百五十万元作为教育经费。当时一些私立大学曾提出分享这笔钱，章士钊则坚持用于清理国立八校的积欠，"分送金款"即指此事。

〔6〕 彭允彝(1878—1943) 字静仁，湖南湘潭人。1923 年他任北洋政府教育总长时，北京大学为了反对他，曾一度与教育部脱离关系，彭被迫于同年 9 月辞职。1925 年 8 月，北京大学又因章士钊"思想陈腐，行为卑鄙"，也宣言反对他担任教育总长，与教育部脱离关系。所以这里说"还是给他一个依照彭允彝的待遇"。

〔7〕 暗地里做总长 1925 年 11 月 28 日，北京市群众为要求关税自主，举行示威游行，提出"驱逐段祺瑞"、"打死朱深、章士钊"等口号。章士钊即潜逃天津，并在《甲寅》周刊第一卷第二十一号(1925 年 12 月 5 日)上宣称："幸天相我。局势顿移。所谓鸟官也者。已付之自然淘汰。"其实那时段祺瑞并未下台，章士钊也仍在暗中管理部务，至 12 月 31 日才免职。

〔8〕 章士钊当时一再压迫北京大学，如北大宣布脱离教育部后，《甲寅》周刊即制造解散北大的舆论，进行威胁；1925 年 9 月 5 日，段祺瑞政府内阁会议决定，停发北大经费。

碎　话[1]

　　如果只有自己,那是都可以的:今日之我与昨日之我战也好,今日这么说明日那么说也好。但最好是在自己的脑里想,在自己的宅子里说;或者和情人谈谈也不妨,横竖她总能以"阿呀"表示其佩服,而没有第三者与闻其事。只是,假使不自珍惜,陆续发表出来,以"领袖""正人君子"自居,而称这些为"思想"或"公论"之类,却难免有多少老实人遭殃。自然,凡有神妙的变迁,原是反足以见学者文人们进步之神速的;况且文坛上本来就"只许州官放火不准百姓点灯"[2],既不幸而为庸人,则给天才做一点牺牲,也正是应尽的义务。谁叫你不能研究或创作的呢?亦惟有活该吃苦而已矣!

　　然而,这是天才,或者是天才的奴才的崇论宏议。从庸人一方面看起来,却不免觉得此说虽合乎理而反乎情;因为"蝼蚁尚且贪生"[3],也还是古之明训。所以虽然是庸人,总还想活几天,乐一点。无奈爱管闲事是他们吃苦的根苗,坐在家里好好的,却偏要出来寻导师,听公论了。学者文人们正在一日千变地进步,大家跟在他后面;他走的是小弯,你走的是大弯,他在圆心里转,你却必得在圆周上转,汗流浃背而终于不知所以,那自然是不待数计龟卜而后知的。

　　什么事情都要干,干,干!那当然是名言,但是倘有傻子

170

真去买了手枪,就必要深悔前非,更进而悟到救国必先求学。[4]这当然也是名言,何用多说呢,就遵谕钻进研究室去。待到有一天,你发见了一颗新彗星[5],或者知道了刘歆并非刘向的儿子[6]之后,跳出来救国时,先觉者可是"杳如黄鹤"了,寻来寻去,也许会在戏园子里发见。你不要再菲薄那"小东人嗯嗯！哪,唉唉唉！"[7]罢:这是艺术。听说"人类不仅是理智的动物",必须"种种方面有充分发达的人,才可以算完人"呀,学者之在戏园,乃是"在感情方面求种种的美"。[8]"束发小生"变成先生,从研究室里钻出,救国的资格也许有一点了,却不料还是一个精神上种种方面没有充分发达的畸形物,真是可怜可怜。

那么,立刻看夜戏,去求种种的美去,怎么样？谁知道呢。也许学者已经出戏园,学说也跟着长进(俗称改变,非也)了。

叔本华先生以厌世名一时,近来中国的绅士们却独独赏识了他的《妇人论》[9]。的确,他的骂女人虽然还合绅士们的脾胃,但别的话却实在很有些和我们不相宜的。即如《读书和书籍》那一篇里,就说,"我们读着的时候,别人却替我们想。我们不过反复了这人的心的过程。……然而本来底地说起来,则读书时,我们的脑已非自己的活动地。这是别人的思想的战场了。"但是我们的学者文人们却正需要这样的战场——未经老练的青年的脑髓。但也并非在这上面和别的强敌战斗,乃是今日之我打昨日之我,"道义"之手批"公理"之颊——说得俗一点:自己打嘴巴。作了这样的战场者,怎么还能明白是怎么一回事。

　　这一月来,不知怎的又有几个学者文人或批评家亡魂失魄了,仿佛他们在上月底才从娘胎钻出,毫不知道民国十四年十二月以前的事似的。女师大学生一归她们被占的本校,就有人引以为例,说张胡子或李胡子可以"派兵送一二百学生占据了二三千学生的北大"〔10〕。如果这样,北大学生确应该群起而将女师大扑灭,以免张胡或李胡援例,确保母校的安全。但我记得北大刚举行过二十七周年纪念,那建立的历史,是并非由章士钊将张胡或李胡将要率领的二百学生拖出,然后改立北大,招生三千,以掩人耳目的。这样的比附,简直是在青年的脑上打滚。夏间,则也可以称为"挑剔风潮"。但也许批评界有时也是"只许州官放火不准百姓点灯",正如天才之在文坛一样的。

　　学者文人们最好是有这样的一个特权,月月,时时,自己和自己战,——即自己打嘴巴。免得庸人不知,以常人为例,误以为连一点"闲话"也讲不清楚。

十二月二十二日。

＊　　　　＊　　　　＊

　　〔1〕　本篇最初发表于1926年1月8日《猛进》周刊第四十四期。

　　〔2〕　"只许州官放火不准百姓点灯"　据宋代陆游《老学庵笔记》卷五:"田登作郡,自讳其名,触者必怒,吏卒多被榜笞;于是举州皆谓灯为火。上元放灯,许人入州治游观,吏人遂书榜揭于市曰:本州依例放火三日。"

　　〔3〕　"蝼蚁尚且贪生"　古谚语,元代马致远《荐神碑》第三折:

"蝼蚁尚知贪生,为人何不惜命。"

〔4〕 这些"名言"都是胡适说的。他在《新青年》第九卷第二号(1921年6月)《四烈士塚上的没字碑歌》一诗中,歌颂"炸弹!炸弹!"和"干!干!干!";但在五卅运动后,他在《现代评论》第二卷第三十九期(1925年9月5日)发表的《爱国运动与求学》一文中,又提出救国必先求学,说救国"非短时间所能解决","真正救国的预备"在于求学,引导学生脱离爱国运动。

〔5〕 发见了一颗新彗星　 这也是对胡适所说的话而发的。胡适在1919年8月16日所作《论国故学》一文中曾说过:"发明一个字的古义,与发现一颗恒星,都是一大功绩。"(据《胡适文存》卷二)

〔6〕 刘向(约前77—前6)、刘歆(?—23),父子二人都是汉代学者。这里说"刘歆并非刘向的儿子",是讽刺当时一些毫无根据地乱下判断的考据家。

〔7〕 这是京剧《三娘教子》中老仆薛保的唱词。"小东人"指小主人薛倚。

〔8〕 这些都是陈西滢的话。他在《现代评论》第一卷第二十五期(1925年5月30日)的《闲话》中说:"人类不仅仅是理智的动物,他们在体格方面就求康健强壮,在社会方面就求同情,在感情方面就求种种的美。种种方面有充分的发达的人,才可以算完人。"

〔9〕 《妇人论》　 叔本华的一篇关于妇女的文章,曾由张慰慈译为中文,题为《妇女论》,载于1925年10月14、15日《晨报副刊》。在译文前,还有徐志摩的评介文章《叔本华与叔本华的〈妇女论〉》。

〔10〕 女师大学生于1925年8月19日被章士钊、刘百昭雇人殴曳出校以后,即于22日另在宗帽胡同赁屋上课,原址则由章士钊另立女子大学。11月末章士钊避居天津,女师大学生即迁回原址。陈西滢在《现代评论》第三卷第五十四期(1925年12月19日)的《闲话》中说:"女

大有三百五十学生，女师大有四十余学生，无论分立或合并，学生人数过八倍多的女大断没有把较大的校舍让给女师大的道理。"他指责女师大学生的回校，是"用暴力去占据"女大校舍，并说："要是有一天，什么张胡子或李胡子占有了北京，他派兵送一二百学生来占据了二三千学生的北大，他说这不过学你们教育界自己发明的方法，你们又怎样说？"

"公理"的把戏[1]

自从去年春间,北京女子师范大学有了反对校长杨荫榆事件以来,于是而有该校长在太平湖饭店[2]请客之后,任意将学生自治会员六人除名的事;有引警察及打手蜂拥入校的事;迨教育总长章士钊复出[3],遂有非法解散学校的事;有司长刘百昭雇用流氓女丐殴曳学生出校,禁之补习所空屋中的事;有手忙脚乱,急挂女子大学招牌以掩天下耳目的事;有胡敦复[4]之趁火打劫,攫取女大校长饭碗,助章士钊欺罔世人的事。女师大的许多教职员,——我敢特地声明:并不是全体!——本极以章杨的措置为非,复痛学生之无辜受戮,无端失学,而校务维持会[5]之组织,遂愈加严固。我先是该校的一个讲师,于黑暗残虐情形,多曾目睹;后是该会的一个委员,待到女师大在宗帽胡同自赁校舍,而章士钊尚且百端迫压的苦痛,也大抵亲历的。当章氏势焰熏天时,我也曾环顾这首善之区,寻求所谓"公理""道义"之类而不得;而现在突起之所谓"教育界名流"者,那时则鸦雀无声;甚且捧献肉麻透顶的呈文[6],以歌颂功德。但这一点,我自然也判不定是因为畏章氏有嗾使兵警痛打之威呢,还是贪图分润金款之利[7],抑或真以他为"公理"或"道义"等类的具象的化身?但是,从章氏逃走,女师大复校以后,所谓"公理"等件,我却忽而间接地从

175

女子大学在撷英馆宴请"北京教育界名流及女大学生家长"的席上找到了。

据十二月十六日的《北京晚报》说,则有些"名流"即于十四日晚六时在那个撷英番菜馆开会。请吃饭的,去吃饭的,在中国一天不知道有多多少少,本不与我相干,虽然也令我记起杨荫榆也爱在太平湖饭店请人吃饭的旧事。但使我留心的是,从这饭局里产生了"教育界公理维持会"[8],从这会又变出"国立女子大学后援会",从这会又发出"致国立各校教职员联席会议函",声势浩大,据说是"而于该校附和暴徒,自堕人格之教职员,即不能投畀豺虎,亦宜屏诸席外,勿与为伍"云。他们之所谓"暴徒",盖即刘百昭之所谓"土匪"[9],官僚名流,口吻如一,从局外人看来,不过煞是可笑而已。而我是女师大维持会员之一,又是女师大教员,人格所关,当然有抗议的权利。岂但抗议?"投虎""割席","名流"的熏灼之状,竟至于斯,则虽报以恶声,亦不为过。但也无须如此,只要看一看这些"名流"究竟是什么东西,就尽够了。报上和函上有名单:

除了万里鸣是太平湖饭店掌柜,以及董子鹤辈为我所不知道的不计外,陶昌善[10]是农大教务长,教长兼农大校长章士钊的替身;石志泉是法大教务长;查良钊是师大教务长;李顺卿,王桐龄是师大教授;萧友梅是前女师大而今女大教员;蹇华芬是前女师大而今女大学生;马寅初是北大讲师,又是中国银行的什么,也许是"总司库",这些名目我记不清楚了;燕树棠,白鹏飞,陈源即做《闲话》的西滢,丁燮林即做过《一只马蜂》的西林,周鲠生即周览,皮宗石,高一涵,李仲揆即李四光曾有一篇杨荫榆要用汽车迎他"观剧"的作品登在《现代评论》上的,都是北大教授,又大抵原住在东吉祥胡同,又大抵是先前反对北大对章士钊独立的人物,所以当章士钊炙手可热之际,《大同晚报》曾称他们为"东吉祥派的正人君子"[11],虽然他们那时并没有开什么"公理"会。但他们的住址,今年新印的《北大职员录》上可很有些函胡了,我所依据的是民国十一年的本子。

日本人学了中国人口气的《顺天时报》,即大表同情于女子大学,据说多人的意见,以为女师大教员多系北大兼任,有附属于北大之嫌。亏它征得这么多人的意见。然而从上列的名单看来,那观察是错的。女师大向来少有专任教员,正是杨荫榆的狡计,这样,则校长即可以独揽大权;当我们说话时,高仁山即以讲师不宜与闻校事来箝制我辈之口。况且女师大也决不因为中有北大教员,即精神上附属于北大,便是北大教授,正不乏有当学生反对杨荫榆的时候,即协力来歼灭她们的人。即如八月七日的《大同晚报》,就有"某当局……谓北大教授中,如东吉祥派之正人君子,亦主张解散"等语。《顺天时报》的记者倘竟不知,可谓昏瞀,倘使知道而故意淆乱黑白,那就有挑拨对于北大怀着恶感的人物,将那恶感蔓延于女师大之嫌,居心可谓卑劣。但我们国内战争,尚且常有日本浪人[12]从中作祟,使良民愈陷于水深火热之中,更何况一校女生和几个教员之被诬蔑。我们也只得自责国人之不争气,竟任这样的报纸跳梁!

北大教授王世杰[13]在撷英馆席上演说,即云"本人决不主张北大少数人与女师大合作”，就可以证明我前言的不诬。至又谓“照北大校章教职员不得兼他机关主要任务然而现今北大教授在女师大兼充主任者已有五人实属违法应加以否认云云”，则颇有语病。北大教授兼国立京师图书馆副馆长月薪至少五六百元的李四光，不也是正在坐中“维持公理”，而且演说的么？使之何以为情？李教授兼副馆长的演说辞，报上却不载；但我想，大概是不赞成这个办法的。

　　北大教授燕树棠谓女大学生极可佩服，而对于“形同土匪破坏女大的人应以道德上之否认加之”，则竟连所谓女大教务长萧纯锦的自辩女大当日所埋伏者是听差而非流氓的启事〔14〕也没有见，却已一口咬定，嘴上忽然跑出一个“道德”来了。那么，对于形同鬼蜮破坏女师大的人，应以什么上之否认加之呢？

　　“公理”实在是不容易谈，不但在一个维持会上，就要自相矛盾，有时竟至于会用了“道义”上之手，自批“公理”上之脸的嘴巴。西滢是曾在《现代评论》（三十八）的《闲话》里冷嘲过援助女师大的人们的：“外国人说，中国人是重男轻女的。我看不见得吧。”现在却签名于什么公理会上了，似乎性情或体质有点改变。而且曾经感慨过：“你代被群众专制所压迫者说了几句公平话，那么你不是与那人有‘密切的关系’便是吃了他或她的酒饭。”（《现代》四十）然而现在的公理什么会上的言论和发表的文章上，却口口声声，侧重多数了〔15〕；似乎主张又颇有些参差，只有“吃饭”的一件事还始终如一。在《现代评论》（五十三）上，自诩是“所有的批评都本于学理和事实，绝不肆口嫚骂"[16]，而忘却了自己曾称女师大为"臭毛厕"，并且署名于要将人"投畀豺虎"的信尾曰：陈源。陈源不就是西滢么？半年的事，几个的人，就这么矛盾支离，实在可以使人悯笑。但他们究竟是聪明的，大约不独觉得"公理"歪邪，而且连自己们的"公理维持会"也很有些歪邪了罢，所以突然一变而为"女子大学后援会"了，这是的确的，后援，就是站在背后的援助。

但是十八日《晨报》上所载该后援会开会的记事，却连发言的人的名姓也没有了，一律叫作"某君"。莫非后来连对于自己的姓名也觉得可羞，真是"内愧于心"了？还是将人"投畀豺虎"之后，豫备归过于"某君"，免得自己负责任，受报复呢？虽然报复的事，并为"正人君子"们所反对，但究竟还不如先使人不知道"后援"者为谁的稳当，所以即使为着"道义"，而坦白的态度，也仍为他们所不取罢。因为明白地站出来，就有些"形同土匪"或"暴徒"，怕要失了专在背后，用暗箭的聪明人的人格。

其实，撷英馆里和后援会中所啸聚的一彪人马，也不过是各处流来的杂人，正如我一样，到北京来骗一口饭[17]，岂但"投畀豺虎"，简直是已经"投畀有北"[18]的了。这算得什么呢？以人论，我与王桐龄，李顺卿虽曾在西安点首谈话，却并不当作朋侪；与陈源虽尝在给泰戈尔[19]祝寿的戏台前一握手，而早已视为异类，又何至于会有和他们连席之意？而况于不知什么东西的杂人等辈也哉！以事论，则现在的教育界中实无豺虎，但有些城狐社鼠[20]之流，那是当然不能免的。不幸十余年来，早见得不少了；我之所以对于有些人的口头的鸟

"公理"而不敬者,即大抵由于此。

十二月十八日。

＊　　　＊　　　＊

〔1〕　本篇最初发表于 1925 年 12 月 24 日《国民新报副刊》。

〔2〕　太平湖饭店　应为西安饭店。参看本书《后记》。

〔3〕　章士钊复出　1925 年 5 月 7 日,章士钊因禁止学生纪念"五七"国耻的爱国运动,引起学生反对,逃往天津暂避;6 月间,他又重返教育部,于 8 月 19 日派武装警察强行解散女师大。

〔4〕　胡敦复(1886—1978)　江苏无锡人,早年留学美国,1912 年创办上海大同大学并任校长。他曾将大同大学在五卅惨案后禁止学生参加爱国运动的通告,寄给章士钊主办的《甲寅》周刊发表。通告中有"许(学生)以奋学救国,决不许以废学出位救国"的话,章士钊对此嘉许说:"此语不图于今日闻之",并称赞他办的大同大学"成绩为公私诸校冠"(1925 年 8 月 15 日《甲寅》第一卷第五号)。章士钊在解散女师大以后,便叫胡敦复担任女子大学校长。胡在 1925 年 9 月就任,同年 12 月去职。

〔5〕　校务维持会　1925 年 8 月 10 日章士钊下令解散女师大,同日,该校教员及学生即行组织校务维持会,负责校内外一切事务。鲁迅于 13 日被推举为委员。该会在女师大复校后,于 1926 年 1 月 13 日交卸职务。

〔6〕　肉麻透顶的呈文　指女师大风潮中及北大宣布脱离教育部后,北京朝阳、民国、中国、华北、平民五所私立大学联名给段祺瑞政府的呈文。该呈文吹捧段祺瑞政府,诋毁学生运动,要求整顿教育,以消隐患。《甲寅》周刊第一卷第九号(1925 年 9 月 12 日)"时评"中称赞"其功固不在禹下,甚冀长此保持光明严正之态度"。

〔**7**〕 分润金款之利 当时朝阳、民国等五所私立大学曾派代表"谒见"段祺瑞,要求分享金款;段内阁会议决定另拨三十余万元给这五所大学。金款,参看本卷第 169 页注〔5〕。

〔**8**〕 "教育界公理维持会" 1925 年 12 月 14 日由陈西滢、王世杰、燕树棠等人组成,旨在声援章士钊创办的女子大学,反对女师大复校,压迫该校学生和教育界进步人士。该会成立的次日改名为"国立女子大学后援会",16 日发出《致北京国立各校教职员联席会议函》,其中说:"此次国立女子大学,于十二月一日,有人乘京中秩序紊乱之际,率领暴徒拦入校内,强力霸占,将教职员驱逐,且将该校教务长围困威胁,诋辱百端……同人等以为女师大应否恢复,目的如何,另属一问题,而少数人此种横暴行为,理应在道德上加以切实否认,而主张此等暴行之人,尤应力予贬斥,以清士流。"又说:"对于此次女师大非法之恢复,决不能迁就事实,予以正式之承认,而于该校附和暴徒,自堕人格之教职员,即不能投畀豺虎,亦宜屏诸席外,勿与为伍。"

〔**9**〕 "土匪" 1925 年 10 月间刘百昭在女子大学演说时,曾辱骂反对章士钊的人为"土匪"。

〔**10**〕 陶昌善(1879—?) 浙江嘉兴人,曾留学日本,时任北京大学农学院教务长。下文的石志泉(1885—1960),湖北孝感人,曾留学日本,时任北京法政大学教务长。查良钊(1897—1982),浙江海宁人,曾留学美国,时任北京师范大学教务长。李顺卿(1894—1969),名干臣,字顺卿,山东海阳人,曾留学美国,时任北京师范大学教授、生物系主任。王桐龄(1877—1953),河北任丘人,曾留学日本,时任北京师范大学历史系教授。萧友梅(1884—1940),广东中山人,曾留学日本、德国,时任北京女子大学教授。马寅初(1882—1982),浙江嵊县人,曾留学美国,时任北京大学教授、中国银行发行部主任。燕树棠(1892—?),河北定县人,曾留学美国,时任北京大学教授。白鹏飞(1870—1943),广西

桂林人,曾留学日本,时任北京大学法律系教授。丁西林,参看本卷第208页注〔32〕。周鲠生(1889—1971),原名周览,湖南长沙人,曾留学英、法,时任北京大学教授、政治系主任。皮宗石(1887—1954),湖南长沙人,曾留学日、英,时任北京大学政治系教授。高一涵,参看本卷第402页注〔7〕。

〔11〕 "东吉祥派的正人君子" 章士钊解散女师大的行动,引起北京教育界和广大学生的反对。北京大学评议会于1925年8月18日召集会议,通过与教育部脱离关系的议案,宣布独立。但胡适、陈西滢、王世杰、燕树棠等十七人却以北大"应该早日脱离一般的政潮与学潮,努力向学问的路上走"为借口,表示坚决反对。他们向评议会提抗议书,又要求学校当局召集教务会议与评议会举行联席会议,复议此案。在几次会议上,他们或以"退席"相要挟(如胡适等),或声明无表决权(如王世杰等);虽终未能推翻原案,却声援了政府当局。所以章士钊在《甲寅》周刊第一卷第七号(1925年8月29日)的《说轫》一文中称赞他们的举动是"表扬学术独立之威重,诚其盛举";1925年8月7日《大同晚报》的报导中称他们为"东吉祥派之正人君子"。

〔12〕 日本浪人 日本幕府时代失去禄位、四处流浪的武士。江户时代(1603—1867),随着幕府体制的瓦解,浪人不断增加。他们无固定职业,常受雇于人,从事各种好勇斗狠的活动,后来日本帝国主义常用这些人从事各种侵略活动。

〔13〕 王世杰(1891—1981) 湖北崇阳人,曾留学英、法,时任北京大学教授,现代评论派成员。后任国民党政府教育部长、外交部长等职。

〔14〕 萧纯锦的启事,刊登于1925年12月3日《京报》。女师大于11月30日迁回石驸马大街原址后,次日开会向各界代表报告经过情形,萧纯锦曾到场,并派人扰乱会议,但他在启事中却说:"鄙人以善意

列席旁听,横被威胁,迫令手书辞去教务长职权,本校学生职员见势危急,在场外大呼不得用武,即诬指为流氓,旋将全校办公处所一一封闭,驱逐职员,校务即时停顿。"萧纯锦(1893—1968),江西永新人,早年留学美国,时任北京女子师范大学教务长。

〔15〕 陈西滢关于"多数"的议论,参看下篇《这回是"多数"的把戏》及其注〔8〕。

〔16〕 "批评都本于学理和事实" 这是陈西滢为纪念《现代评论》创刊一周年所作的《闲话》中的话,见该刊第三卷第五十三期(1925年12月12日)。

〔17〕 骗一口饭 这里指教书而言。林骙在1925年2月1日《晨报副刊》发表的《致北京农大校长公开信》中说:"今日身当教员之人,果有几人真肯为教育牺牲?大多数不外以教习为糊口之职业,而存心借此骗一口饭而已。"

〔18〕 "投畀豺虎"、"投畀有北" 语出《诗经·小雅·巷伯》:"取彼谮人,投畀豺虎;豺虎不食,投畀有北。"据唐代孔颖达疏:"有北,太阴之乡,使冻杀之。"谮人,造谣的人。

〔19〕 泰戈尔(R.Tagore,1861—1941) 印度诗人。1924年4月曾来华访问,并在中国度过他的六十四岁生日。

〔20〕 城狐社鼠 比喻依势作恶的小人。据《晋书·谢鲲传》,王敦欲除刘隗,谢鲲说:"隗诚始祸,然城狐社鼠也。"意思是刘隗在皇帝身边,就像狐狸、老鼠藏身城墙和土地庙(社),要铲除它们,又怕损坏城、社。

这回是"多数"的把戏[1]

《现代评论》五五期《闲话》的末一段是根据了女大学生的宣言[2]，说女师大学生只有二十个，别的都已进了女大，就深悔从前受了"某种报纸的催眠"。幸而见了宣言，这才省悟过来了，于是发问道："要是二百人（按据云这是未解散前的数目）中有一百九十九人入了女大便怎样？要是二百人都入了女大便怎样？难道女师大校务维持会招了几个新生也去恢复么？我们不免要奇怪那维持会维持的究竟是谁呢？他们的目的究竟是什么呢？"[3]

这当然要为夏间并不维持女师大而现在则出而维持"公理"的陈源教授所不解的。我虽然是女师大维持会的一个委员，但也知道别一种可解的办法——

二十人都往多的一边跑，维持会早该趋奉章士钊！

我也是"四五十岁的人爱说四五岁的孩子话"[4]，而且爱学奴才话的，所以所说的也许是笑话。但是既经说开，索性再说几句罢：要是二百人中有二百另一人入了女大便怎样？要是维持会员也都入了女大便怎样？要是一百九十九人入了女大，而剩下的一个人偏不要维持便怎样？……

我想这些妙问，大概是无人能答的。这实在问得太离奇，虽是四五岁的孩子也不至于此，——我们不要小觑了孩子。

人也许能受"某种报纸的催眠",但也因人而异,"某君"只限于"某种";即如我,就决不受《现代评论》或"女大学生某次宣言"的催眠。假如,倘使我看了《闲话》之后,便抚心自问:"要是二百人中有一百九十九人入了女大便怎样?……维持会维持的究竟是谁呢?……"那可真要连自己也奇怪起来,立刻对章士钊的木主[5]肃然起敬了。但幸而连陈源教授所据为典要的《女大学生二次宣言》也还说有二十人,所以我也正不必有什么"杞天之虑"。

记得"公理"时代(可惜这黄金时代竟消失得那么快),不是有人说解散女师大的是章士钊,女大乃另外设立,所以石驸马大街的校址是不该归还的么?自然,或者也可以这样说。但我却没有被其催眠,反觉得这道理比满洲人所说的"亡明者闯贼也,我大清天下,乃得之于闯贼,非取之于明"[6]的话还可笑。从表面上看起来,满人的话,倒还算顺理成章,不过也只能骗顺民,不能骗遗民和逆民,因为他们知道此中的底细。我不聪明,本也很可以相信的,然而竟不被骗者,因为幸而目睹了十四年前的革命,自己又是中国人。

然而"要是"女师大学生竟一百九十九人都入了女大,又怎样呢?其实,"要是"章士钊再做半年总长,或者他的走狗们作起祟来,宗帽胡同的学生纵不至于"都入了女大",但可以被迫胁到只剩一个或不剩一个,也正是意中事。陈源教授毕竟是"通品"[7],虽是理想也未始没有实现的可能。那么,怎么办呢?我想,维持。那么,"目的究竟是什么呢?"我想,就用一句《闲话》来答复:"代被群众专制所压迫者说几句公平话"。

可惜正如"公理"的忽隐忽现一样,"少数"的时价也四季不同的。杨荫榆时候多数不该"压迫"少数,现在是少数应该服从多数了。[8]你说多数是不错的么,可是俄国的多数主义现在也还叫作过激党,为大英大日本和咱们中华民国的绅士们所"深恶而痛绝之"。这真要令我莫名其妙。或者"暴民"是虽然多数,也得算作例外的罢。

"要是"帝国主义者抢去了中国的大部分,只剩了一二省,我们便怎样? 别的都归了强国了,少数的土地,还要维持么?! 明亡以后,一点土地也没有了,却还有窜身海外,志在恢复的人[9]。凡这些,从现在的"通品"看来,大约都是谬种,应该派"在德国手格盗匪数人"[10],立功海外的英雄刘百昭去剿灭他们的罢。

"要是"真如陈源教授所言,女师大学生只有二十了呢? 但是究竟还有二十人。这足可使在章士钊门下暗作走狗而脸皮还不十分厚的教授文人学者们愧死!

十二月二十八日。

* 　　　* 　　　*

〔1〕　本篇最初发表于 1925 年 12 月 31 日《国民新报副刊》。

〔2〕　女大学生的宣言　即下文的《女大学生二次宣言》,刊载于1925 年 12 月 24 日《晨报》。其中说:"女师大学生,原来不满二百人,而转入女大者,有一百八十人……女师大之在宗帽胡同者,其数不过二十人。"

〔3〕　陈西滢在《现代评论》第三卷第五十五期(1925 年 12 月 26

日)的《闲话》里说:"我们还是受了某种报纸(按指《京报》)的催眠,以为女大的学生大半是招来的新生,女师大的学生转入女大的很少。今天看到女大学生第二次宣言,她们说女师大的旧学生不满二百人,却有一百八十人转入女大,让几位外界名流维持的'不过二十人'……如此说来,女大和女师大之争,还是这一百八十人和二十人之争。"接着就是引在这里的"发问"的话。

〔4〕 这句话见《现代评论》第三卷第五十四期(1925 年 12 月 19日)陈西滢所作《闲话》:"四五十岁的人爱说四五岁的孩子话,那自然是各人的自由。"

〔5〕 木主 也叫神主,写有死者姓名当作供奉神位的木牌。当时章士钊已卸去教育总长职务,所以这里用这个词。

〔6〕 这是清初摄政王多尔衮致明臣史可法信中的话,原作:"国家(按指清朝)之抚定燕都,乃得之于闯贼,非取之于明朝也。"

〔7〕 "通品" 章士钊称赞陈西滢的话。参看本卷第 6 页注〔5〕。

〔8〕 陈西滢在《闲话》里谈到多数与少数的问题时,常表示反对多数的意见。如《现代评论》第二卷第二十九期(1925 年 6 月 27 日)关于五卅惨案的《闲话》说:"我向来就不信多数人的意思总是对的。我可以说多数人的意思是常常错的。"在同卷第四十期(1925 年 9 月 12 日)的《闲话》里,他又把"多数"说成是"群众专制"。但当女子大学学生不愿退出女师大原址而发生纷争时,他却又说少数应该服从多数。

〔9〕 指明亡以后坚持抗清的郑成功(1624—1662)、张煌言(1620—1664)、朱之瑜(1600—1682)等人。

〔10〕 "在德国手格盗匪数人" 1925 年 8 月 19 日,刘百昭至女师大校址筹设女子大学,与女师大学生发生冲突,他在当日给章士钊的呈文中诬蔑学生说:"有三四暴生。迁怒百昭为解散女师大之主使者。即实行哄拉百昭出校。当谓男女授受不亲。诸生不得如此无礼。而诸生

不顾。仍哄拉如故。……同时有男子二十余人前来。……当持各校沪案后援会名片。请百昭往会客厅谈话。……有数男子拍案叫骂。势将动武。百昭正色。告以……本人稍娴武术。在德时曾徒手格退盗贼多人。诸君若以武力相加。则本人势必自卫。该男女等恃其人众。仍欲合围丛击。"

后　记

本书中至少有两处，还得稍加说明——

一，徐旭生先生第一次回信中所引的话，是出于ＺＭ君登在《京报副刊》（十四年三月八日）上的一篇文章[1]的。其时我正因为回答"青年必读书"，说"不能作文算什么大不了的事"，很受着几位青年的攻击。[2]ＺＭ君便发表了我在讲堂上口说的话，大约意在申明我的意思，给我解围。现在就钞一点在下面——

"读了许多名人学者给我们开的必读书目，引起不少的感想；但最打动我的是鲁迅先生的两句附注，……因这几句话，又想起他所讲的一段笑话来。他似乎这样说：

"'讲话和写文章，似乎都是失败者的征象。正在和运命恶战的人，顾不到这些；真有实力的胜利者也多不做声。譬如鹰攫兔子，叫喊的是兔子不是鹰；猫捕老鼠，啼呼的是老鼠不是猫……。又好像楚霸王[3]……追奔逐北的时候，他并不说什么；等到摆出诗人面孔，饮酒唱歌，那已经是兵败势穷，死日临头了。最近像吴佩孚[4]名士的"登彼西山，赋彼其诗"，齐燮元[5]先生的"放下枪枝，拿起笔干"，更是明显的例了。'"

二，近几年来，常听到人们说学生嚣张，不单是老先生，连

刚出学校而做了小官或教员的也往往这么说。但我却并不觉
得这样。记得革命以前，社会上自然还不如现在似的憎恶学
生，学生也没有目下一般驯顺，单是态度，就显得桀傲，在人丛
中一望可知。现在却差远了，大抵长袍大袖，温文尔雅，正如
一个古之读书人。我也就在一个大学的讲堂上提起过，临末
还说：其实，现在的学生是驯良的，或者竟可以说是太驯良
了……。武者君登在《京报副刊》（约十四年五月初）上的一篇
《温良》中，所引的就是我那时所说的这几句话。我因此又写
了《忽然想到》第七篇，其中所举的例，一是前几年被称为"卖
国贼"者的子弟曾大受同学唾骂，二是当时女子师范大学的学
生正被同性的校长使男职员威胁。我的对于女师大风潮说
话，这是第一回，过了十天，就"碰壁"；又过了十天，陈源教授
就在《现代评论》上发表"流言"，过了半年，据《晨报副刊》（十
五年一月三十日）所发表的陈源教授给徐志摩"诗哲"的
信[6]，则"捏造事实传布流言"的倒是我了。真是世事白云苍
狗[7]，不禁感慨系之矣！

又，我在《"公理"的把戏》中说杨荫榆女士"在太平湖饭店
请客之后，任意将学生自治会员六人除名"，那地点是错误的，
后来知道那时的请客是西长安街的西安饭店。等到五月二十
一日即我们"碰壁"的那天，这才换了地方，"由校特请全体主
任专任教员评议会会员在太平湖饭店开校务紧急会议，解决
种种重要问题。"请客的饭馆是那一个，和紧要关键原没有什
么大相干，但从"所有的批评都本于学理和事实"的所谓"文
士"学者之流看来，也许又是"捏造事实"，而且因此就证明了

凡我所说,无一句真话,甚或至于连杨荫榆女士也本无其人,都是我凭空结撰的了。这于我是很不好的,所以赶紧订正于此,庶几"收之桑榆"〔8〕云。

一九二六年二月十五日校毕记。仍在绿林书屋之东壁下。

*　　　*　　　*

〔1〕　ZM的文章题为《鲁迅先生的笑话》,参看《集外集拾遗补编·通讯(复孙伏园)》。ZM,当时北京师范大学学生。

〔2〕　关于"青年必读书"的问题,参看作者当时所写的《聊答"……"》、《报"奇哉所谓……"》等文(收入《集外集拾遗》)。

〔3〕　楚霸王　即项羽。据《史记·项羽本纪》,项羽被刘邦围困于垓下的时候,"夜起,饮帐中……悲歌慷慨,自为诗曰:'力拔山兮气盖世,时不利兮骓不逝。骓不逝兮可奈何,虞兮虞兮奈若何。'"随后就败退乌江,自刎而死。

〔4〕　吴佩孚(1873—1939)　字子玉,山东蓬莱人,北洋军阀直系首领。他原是清代的秀才,在当时报刊上,常有诗作发表,所以这里称之为"名士"。在鲁迅发表这谈话之前不久(1925年1月间),吴佩孚正因在奉直战争中失败,暂时隐居湖北武昌西山的庙中。(据1925年1月7日《京报》)

〔5〕　齐燮元(1879—1946)　直隶宁河(今属天津)人,北洋直系军阀。抗日战争时期曾任日伪华北政务委员会治安总署督办和华北绥靖军总司令等职。他也是秀才出身。1925年1月间,他在与皖系军阀卢永祥作战失败后,避居日本别府。他在那里对记者说:"不图数载之间,竟将军人生活达到止境,然予一方面犹可为文人,今后将以数年光阴费

于著述之上,故特借日本之山水,抒予心气。"(据 1925 年 2 月 4 日《京报》)

〔6〕 陈源教授给徐志摩"诗哲"的信 指 1926 年 1 月 30 日《晨报副刊》所载《闲话的闲话之闲话引出来的几封信》之九《西滢致志摩》。其中充满对鲁迅的诋毁。参看《华盖集续编·不是信》。徐志摩(1897—1931),名章垿,字志摩,浙江海宁人。先后留学欧美,曾任北京大学教授,《晨报副刊》编辑,是新月派诗人,现代评论派主要成员之一。著有《志摩的诗》《猛虎集》等。1924 年印度诗人泰戈尔来华时,有人称他为"诗圣";徐志摩陪同泰戈尔,当时也有人称徐为"诗哲"。

〔7〕 白云苍狗 唐代杜甫《可叹》诗:"天上浮云如白衣,斯须改变如苍狗。"变幻无常的意思。

〔8〕 "收之桑榆" 语出《后汉书·冯异传》:"可谓失之东隅,收之桑榆。"东隅,指日出处;桑榆,指日落时余光照耀处。这两句话比喻起初虽有所失,但终于得到了补救。

华盖集续编

本书收作者1926年所作杂文三十二篇,另1927年所作一篇。1927年5月北京北新书局初版。作者生前印行六版次。

小　　引[1]

　　还不满一整年,所写的杂感的分量,已有去年一年的那么多了。秋来住在海边,目前只见云水,听到的多是风涛声,几乎和社会隔绝。如果环境没有改变,大概今年不见得再有什么废话了罢。灯下无事,便将旧稿编集起来;还豫备付印,以供给要看我的杂感的主顾们。

　　这里面所讲的仍然并没有宇宙的奥义和人生的真谛。不过是,将我所遇到的,所想到的,所要说的,一任它怎样浅薄,怎样偏激,有时便都用笔写了下来。说得自夸一点,就如悲喜时节的歌哭一般,那时无非借此来释愤抒情,现在更不想和谁去抢夺所谓公理或正义。你要那样,我偏要这样是有的;偏不遵命,偏不磕头是有的;偏要在庄严高尚的假面上拨它一拨也是有的,此外却毫无什么大举。名副其实,"杂感"而已。

　　从一月以来的,大略都在内了;只删去了一篇[2]。那是因为其中开列着许多人,未曾,也不易遍征同意,所以不好擅自发表。

　　书名呢?年月是改了,情形却依旧,就还叫《华盖集》。然而年月究竟是改了,因此只得添上两个字:"续编"。

　　一九二六年十月十四日,鲁迅记于厦门。

＊　　　＊　　　＊

〔1〕 本篇最初发表于 1926 年 11 月 16 日《语丝》周刊第一〇四期。

〔2〕 指《大衍发微》,后收入《而已集》作附录。

一九二六年

杂论管闲事·做学问·灰色等[1]

1

听说从今年起,陈源(即西滢)[2]教授要不管闲事了;这豫言就见于《现代评论》[3]五十六期的《闲话》里。惭愧我没有拜读这一期,因此也不知其详。要是确的呢,那么,除了用那照例的客套说声"可惜"[4]之外,真的倒实在很诧异自己之胡涂:年纪这么大了,竟不知道阳历的十二月三十一日和一月一日之交在别人是可以发生这样的大变动。我近来对于年关颇有些神经过钝了,全不觉得怎样。其实,倘要觉得罢,可是也不胜其觉得。大家挂上五色旗[5],大街上搭起几坐彩坊,中间还有四个字道:"普天同庆",据说这算是过年。大家关了门,贴上门神,爆竹毕剥砰磅的放起来,据说这也是过年。要是言行真跟着过年为转移,怕要转移不迭,势必至于成为转圈子。所以,神经过钝虽然有落伍之虑,但有弊必有利,却也很占一点小小的便宜的。

但是,还有些事我终于想不明白:即如天下有闲事,有人管闲事之类。我现在觉得世上是仿佛没有所谓闲事的,有人来管，便都和自己有点关系；即便是爱人类，也因为自己是人。假使我们知道了火星里张龙和赵虎打架，便即大有作为，请酒开会，维持张龙，或否认赵虎，[6]那自然是颇近于管闲事了。然而火星上事，既然能够"知道"，则至少必须已经可以通信，关系也密切起来，算不得闲事了。因为既能通信，也许将来就能交通，他们终于会在我们的头顶上打架。至于咱们地球之上，即无论那一处，事事都和我们相关，然而竟不管者，或因不知道，或因管不着，非以其"闲"也。譬如英国有刘千昭雇了爱尔兰老妈子在伦敦拉出女生，[7]在我们是闲事似的罢，其实并不，也会影响到我们这里来。留学生不是多多，多多了么？倘有合宜之处，就要引以为例，正如在文学上的引用什么莎士比亚呀，塞文狄斯呀，芮恩施[8]呀一般。

（不对，错了。芮恩施是美国的驻华公使，不是文学家。我大约因为在讲什么文艺学术的一篇论文上见过他的名字，所以一不小心便带出来了。合即订正于此，尚希读者谅之。）

即使是动物，也怎能和我们不相干？青蝇的脚上有一个霍乱菌，蚊子的唾沫里有两个疟疾菌，就说不定会钻进谁的血里去。管到"邻猫生子"[9]，很有人以为笑谈，其实却正与自己大有相关。譬如我的院子里，现在就有四匹邻猫常常吵架了，倘使这些太太们之一又诞育四匹，则三四月后，我就得常听到八匹猫们常常吵闹，比现在加倍地心烦。

所以我就有了一种偏见，以为天下本无所谓闲事，只因为没有这许多遍管的精神和力量，于是便只好抓一点来管。为什么独抓这一点呢？自然是最和自己相关的，大则因为同是人类,或是同类,同志;小则,因为是同学,亲戚,同乡,——至少,也大概叨光过什么,虽然自己的显在意识上并不了然,或者其实了然,而故意装痴作傻。

但陈源教授据说是去年却管了闲事了,要是我上文所说的并不错,那就确是一个超人。今年不问世事,也委实是可惜之至,真是斯人不管,"如苍生何"〔10〕了。幸而阴历的过年又快到了,除夕的亥时一过,也许又可望心回意转的罢。

2

昨天下午我从沙滩〔11〕回家的时候,知道大琦〔12〕君来访过我了。这使我很高兴,因为我是猜想他进了病院的了,现在知道并没有。而尤其使我高兴的是他还留赠我一本《现代评论增刊》,只要一看见封面上画着的一枝细长的蜡烛,便明白这是光明之象,更何况还有许多名人学者的著作,更何况其中还有陈源教授的一篇《做学问的工具》呢? 这是正论,至少可以赛过"闲话"的;至少,是我觉得赛过"闲话",因为它给了我许多东西。

我现在才知道南池子的"政治学会图书馆"去年"因为时局的关系,借书的成绩长进了三至七倍"了,但他"家翰笙"〔13〕却还"用'平时不烧香,临时抱佛脚'十个字形容当今学术界大部分的状况"。这很改正了我许多误解。我先已说过,现在的留学生是多多,多多了,但我总疑心他们大部分是在外国租了房子,关起门来燉牛肉吃的,而且在东京实在也看见过。那时我想：燉牛肉吃，在中国就可以，何必路远迢迢，跑到外国来呢？虽然外国讲究畜牧，或者肉里面的寄生虫可以少些，但燉烂了，即使多也就没有关系。所以，我看见回国的学者，头两年穿洋服，后来穿皮袍，昂头而走的，总疑心他是在外国亲手燉过几年牛肉的人物，而且即使有了什么事，连"佛脚"也未必肯抱的。现在知道并不然，至少是"留学欧美归国的人"并不然。但可惜中国的图书馆里的书太少了，据说北京"三十多个大学，不论国立私立，还不及我们私人的书多"云。这"我们"里面，据说第一要数"溥仪先生的教师庄士敦[14]先生"，第二大概是"孤桐先生"即章士钊[15]，因为在德国柏林时候，陈源教授就亲眼看见他两间屋里"几乎满床满架满桌满地，都是关于社会主义的德文书"。[16]现在呢，想来一定是更多的了。这真教我欣羡佩服。记得自己留学时候，官费每月三十六元，支付衣食学费之外，简直没有赢余，混了几年，所有的书连一壁也遮不满，而且还是杂书，并非专而又专，如"都是关于社会主义的德文书"之类。

但是很可惜，据说当民众"再毁"这位"孤桐先生"的"寒家"时，"好像他们夫妇两位的藏书都散失了"。想那时一定是拉了几十车，向各处走散，可惜我没有去看，否则倒也是一个壮观。

所以"暴民"之为"正人君子"所深恶痛绝，也实在有理由，即如这回之"散失"了"孤桐先生"夫妇的藏书，其加于中国的损失，就在毁坏了三十多个国立及私立大学的图书馆之上。和这一比较，刘百昭司长的失少了家藏的公款八千元，[17]要算小事件了,但我们所引为遗憾的是偏是章士钊刘百昭有这么多的储藏,而这些储藏偏又全都遭了劫。

在幼小时候曾有一个老于世故的长辈告诫过我:你不要和没出息的担子或摊子为难,他会自己摔了,却诬赖你,说不清,也赔不完。这话于我似乎到现在还有影响,我新年去逛火神庙[18]的庙会时,总不敢挤近玉器摊去,即使它不过摆着寥寥的几件。怕的是一不小心,将它碰倒了,或者摔碎了一两件,就要变成宝贝,一辈子赔不完,那罪孽之重,会在毁坏一坐博物馆之上。而且推而广之,连热闹场中也不大去了,那一回的示威运动时,虽有"打落门牙"[19]的"流言",其实却躺在家里,托福无恙。但那两屋子"关于社会主义的德文书"以及其他从"孤桐先生"府上陆续散出的壮观,却也因此"交臂失之"[20]了。这实在也就是所谓"有一利必有一弊",无法两全的。

现在是收藏洋书之富,私人要数庄士敦先生,公团要推"政治学会图书馆"了,只可惜一个是外国人,一个是靠着美国公使芮恩施竭力提倡出来的[21]。"北京国立图书馆"将要扩张,实在是再好没有的事,但听说所依靠的还是美国退还的赔款[22],常年经费又不过三万元,每月二千余。要用美国的赔款,也是非同小可的事,第一,馆长就必须学贯中西,世界闻名的学者。据说,这自然只有梁启超[23]先生了,但可惜西学不大贯,所以配上一个北大教授李四光先生做副馆长,凑成一个中外兼通的完人。然而两位的薪水每月就要一千多,所以此后也似乎不大能够多买书籍。这也就是所谓"有利必有弊"

罢,想到这里,我们就更不能不痛切地感到"孤桐先生"独力购置的几房子好书惨遭散失之可惜了。

总之,在近几年中,是未必能有较好的"做学问的工具"的,学者要用功,只好是自己买书读,但又没有钱。听说"孤桐先生"倒是想到了这一节,曾经发表过文章,然而下台了,很可惜。[24]学者们另外还有什么法子呢,自然"也难怪他们除了说说'闲话'便没有什么可干",虽然北京三十多个大学还不及他们"私人的书多"。为什么呢?要知道做学问不是容易事,"也许一个小小的题目得参考百十种书",连"孤桐先生"的藏书也未必够用。陈源教授就举着一个例:"就以'四书'[25]来说"罢,"不研究汉宋明清许多儒家的注疏理论,'四书'的真正意义是不易领会的。短短的一部'四书',如果细细的研究起来,就得用得了几百几千种参考书"。

这就足见"学问之道,浩如烟海"了,那"短短的一部'四书'",我是读过的,至于汉人的"四书"注疏或理论,却连听也没有听到过。陈源教授所推许为"那样提倡风雅的封藩大臣"之一张之洞先生在做给"束发小生"们看的《书目答问》上曾经说:"'四书',南宋以后之名。"[26]我向来就相信他的话,此后翻翻《汉书艺文志》,《隋书经籍志》[27]之类,也只有"五经","六经","七经","六艺",[28]却没有"四书",更何况汉人所做的注疏和理论。但我所参考的,自然不过是通常书,北京大学的图书馆里就有,见闻寡陋,也未可知,然而也只得这样就算了,因为即使要"抱",却连"佛脚"都没有。由此想来,那能"抱佛脚"的,肯"抱佛脚"的,的确还是真正的福人,真正的学者了。他"家翰笙"还慨乎言之,大约是"《春秋》责备贤者"〔29〕之意罢。

完

现在不高兴写下去了,只好就此完结。总之:将《现代评论增刊》略翻一遍,就觉得五光十色,正如看见有一回广告上所开列的作者的名单。例如李仲揆教授的《生命的研究》呀,胡适〔30〕教授的《译诗三首》呀,徐志摩〔31〕先生的译诗一首呀,西林〔32〕氏的《压迫》呀,陶孟和〔33〕教授的要到二〇二五年才发表而必须我们的玄孙才能全部拜读的大著作的一部分呀……。但是,翻下去时,不知怎的我的眼睛却看见灰色了,于是乎抛开。

现在的小学生就能玩七色板,将七种颜色涂在圆板上,停着的时候,是好看的,一转,便变成灰色,——本该是白色的罢,可是涂得不得法,变成灰色了。收罗许多著名学者的大著作的大报,自然是光怪陆离,但也是转不得,转一周,就不免要显出灰色来,虽然也许这倒正是它的特色。

一月三日。

*   *   *

〔1〕 本篇最初发表于 1926 年 1 月 18 日《语丝》周刊第六十二期。

〔2〕 陈源 笔名西滢,参看本卷第 85 页注〔8〕。

〔3〕 《现代评论》 参看本卷第 84 页注〔4〕。陈西滢在《现代评

论》第三卷第五十六期(1926 年 1 月 2 日)发表的《闲话》中称:"我们新年的决心,不如就说以后永远的不管人家的闲事吧。"因为,据他说,"中国爱管闲事的人太少",所以像他这样爱"代人抱不平",遇到"许多看不过眼的事情,不得不说两句话"的人,"就常常惹了祸了"。这是他为自己前一年帮助章士钊和杨荫榆迫压学生的种种言行所作的辩护。

〔4〕 "可惜" 此语原为陈西滢对于鲁迅等七教员关于北京女子师范大学风潮的宣言的讥评。陈在《现代评论》第一卷第二十五期(1925 年 5 月 30 日)发表的《闲话》中说:"这个宣言语气措词,我们看来,未免过于偏袒一方,不大公允,看文中最精彩的几句就知道了。……这是很可惜的。"

〔5〕 五色旗 民国成立后至 1927 年这一时期中国的国旗,红黄蓝白黑五色横列。

〔6〕 请酒开会 在女师大风潮中,杨荫榆曾一再利用宴会方式,笼络教员,策划压迫学生。在章士钊解散女师大另办女子大学后,女师大部分师生另在宗帽胡同租屋上课,后于 1925 年 11 月 30 日返回原校址复校。12 月 14 日,女子大学也用宴会方式宴请反对学潮的"教育界名流"。陈西滢、王世杰、燕树棠等人在席上成立"教育界公理维持会"(次日改名"国立女子大学后援会"),于 12 月 16 日在《致北京国立各校教职员联席会议函》中说:"同人等以为女师大应否恢复,目的如何,另属一问题,而少数人此种横暴行为,理应在道德上加以切实否认。"

〔7〕 1925 年 8 月,章士钊决定在女师大校址另立女子大学,19 日派专门教育司司长刘百昭前往筹备。刘于 22 日在军警配合下雇用打手、女仆等殴曳学生出校。

〔8〕 塞文狄斯(M. de Cervantes,1547—1616),通译塞万提斯,欧洲文艺复兴时期西班牙作家,著有长篇小说《堂吉诃德》等。芮恩施(P.S.Reinsch,1869—1923),曾任美国威斯康星大学教授,1913 年至 1919

年任美国驻华公使。罗家伦在《新潮》第一卷第一号(1919年1月)发表的《今日中国之小说界》中,曾引芮恩施的话来作为"外国人之中国人译外国小说观"的论据,并称他"是美国一位很大的学者"。这里所说的"因为在讲什么文艺学术的一篇论文上见过他的名字",即指罗家伦的这篇论文。

〔9〕 "邻猫生子" 指梁启超在《中国史界革命案》中引英国斯宾塞的话:"或有告者曰:邻家之猫,昨日产一子,以云事实,诚事实也;然谁不知为无用之事实乎? 何也? 以其与他事毫无关涉,于吾人生活上之行为,毫无影响也。"

〔10〕 "如苍生何" 语出《世说新语·排调》:谢安"屡违朝旨,高卧东山,诸人每相与言:安石(按谢安的字)不肯出,将如苍生何!"后常用作"斯人不出,如苍生何!"

〔11〕 沙滩 北京地名,当时北京大学第一院所在地。下文的南池子,也是北京地名。

〔12〕 大琦 即王品青(? —1927),河南济源人,北京大学毕业,《语丝》撰稿人。曾任北京孔德学校教员。下文所说他留赠作者的《现代评论增刊》,即《〈现代评论〉第一周年纪念增刊》(1926年1月1日)。

〔13〕 他"家翰笙" 指陈翰笙(1897—2004),江苏无锡人,社会学家,当时任北京大学教授。他曾在《现代评论》第三卷第五十三期(1925年12月12日)发表《临时抱佛脚》一文,说北京政治学会图书馆藏书在一万册以上,"会员里十九是留学欧美归国的人";他根据馆内借书统计表,指出1925年因有"沪案(按即五卅惨案)和关会(按即关税会议)两个热闹的时务题目",借书的人数较前一年大为增多;因而他用"临时抱佛脚"这句俗谚来形容当时学术界大部分人平时的"懒惰"。陈西滢在《〈现代评论〉第一周年纪念增刊》发表的《做学问的工具》一文中引用陈翰笙的话,称他为"'吾家'翰笙"。

〔14〕 溥仪 爱新觉罗溥仪(1906—1967),清朝末代皇帝宣统。庄士敦(1874—1938),英国人。曾任威海卫"英国租借地行政长官",1919年起,任溥仪的英文教师,以后即长期和溥仪保持密切关系。1924年春夏间,曾与金梁、康有为等密谋复辟;同年11月溥仪被逐出宫后,他又与郑孝胥等于12月护送溥仪逃往日本使馆。

〔15〕 章士钊早年署名青桐,后改秋桐,自1925年7月创办《甲寅》周刊时起,又改署孤桐(见《甲寅》周刊第一号《字说》)。陈西滢在文章中常称他为"孤桐先生"。

〔16〕 1925年11月28日,北京民众为要求关税自主和反对段祺瑞政府举行示威游行。群众对于段祺瑞及其下属如章士钊、朱深等人深为愤恨,游行时曾到他们的住宅示威;事后,章士钊即写了一篇《寒家再毁记》(按同年5月7日,因章士钊禁止学生纪念国耻,学生曾赴章宅质问,发生冲突,因此他称这次为"再毁"),说他"家中所有。以中西书籍为第一项。……西籍为愚历年续续购办。哲学政计诸门差完。……最后一批。乃两年前在柏林所得。甚称富有。"又说当日群众"一拥而入。遇物即毁。……自插架以至案陈。凡书之属无完者。"(见1925年12月5日《甲寅》周刊第一卷第二十一号)接着,陈西滢在《做学问的工具》一文里又附和说:"孤桐先生在英国德国买的书是我亲自看见的。他柏林寓中两间屋,几乎满床满架满桌满地,都是关于社会主义的德文书。我不知道这些书都在北京否。从《寒家再毁记》看来,好像他们夫妇两位的藏书都散失了。这真是很可惜的。"

〔17〕 刘百昭在章士钊任教育总长时期任教育部专门教育司司长兼北京艺术专门学校校长。1925年11月28日北京民众因要求关税自主示威游行时,刘的住宅也受到冲击,他便乘机吞没存放家中的艺专公款八千元,捏词呈报教育部说公款全数被劫,无法赔垫。

〔18〕 火神庙 在北京琉璃厂。旧时每年夏历正月初一至十五庙

会期间,设有很多临时性的古玩玉器摊。

〔**19**〕 "打落门牙" 参看本卷第 165 页注〔17〕。

〔**20**〕 "交臂失之" 语出《庄子·田子方》:"吾终身与汝交一臂而失之。"

〔**21**〕 陈西滢在《做学问的工具》里颂扬芮恩施说:"我想着要是那时美国公使莱恩施没有竭力的提倡,组织什么政治学会,办什么图书馆,那么今年不要说有了两个热闹的时务题目,就有了二十个热闹的时务题目,也就要借书也无从借起了。"

〔**22**〕 美国退还的赔款 指 1901 年《辛丑条约》规定的"庚子赔款"中尚未付给美国的部分。美国在所谓"资助"我国教育文化事业的名义下,于 1908 年第一次将赔款中的一部分退还我国;1924 年又决定将余款全数退还。这里所说用以扩充北京图书馆的经费,即在第二次退款之内。

〔**23**〕 梁启超(1873—1929) 字卓如,号任公,广东新会人。清末与康有为同为戊戌维新运动的主要领导人,失败后逃亡日本。1902 年在东京创办《新民丛报》,鼓吹君主立宪,反对孙中山领导的民主革命运动。辛亥革命后,历任北洋政府司法、财政总长,清华学校研究院教授。著有《饮冰室文集》等。

〔**24**〕 陈西滢在《做学问的工具》里说过这样的话:"要学者去弄他们的学问,最重要的,第一,便是学者能有固定的收入,不至于镇天的忧柴愁米;第二,便是供给他们比较完善的做学问的工具。……孤桐先生在他未下台以前,曾经发表了两篇文章。他对于学者宜有固定收入是看得很清楚的,然而第二种要求他似乎没看到。"参看本书《不是信》第六段。

〔**25**〕 "四书" 参看本卷第 39 页注〔6〕。自南宋朱熹将《礼记》中的《大学》、《中庸》两篇和《论语》、《孟子》合在一起,撰写《四书章句集

注》,才有了"四书"这个名称。

〔26〕 张之洞(1837—1909) 字孝达,河北南皮人,清末提倡"洋务运动"的大臣。曾任四川学政、湖广总督。"提倡风雅的封疆大臣",是陈西滢在《做学问的工具》里推崇他的话。《书目答问》,张之洞在四川学政任内所著,成于 1875 年(清光绪元年),一说为缪荃孙代笔。"'四书',南宋以后之名",见该书经部第二。"束发小生",当时章士钊对青年学生常用的蔑称,参看本卷第 118 页注〔28〕。

〔27〕 《汉书艺文志》 《汉书》,东汉班固撰。其中《艺文志》是当时所存各种书籍名目的汇编,为我国最早的书目。《隋书经籍志》,《隋书》,唐代魏徵等撰。其中《经籍志》性质和《汉书艺文志》同。

〔28〕 "五经" 指《诗》、《书》、《礼》、《易》、《春秋》。"六经","五经"加上《乐经》。"七经","五经"加上《论语》、《孝经》。"六艺",这里指"六经"。

〔29〕 "《春秋》责备贤者" 语出《新唐书·太宗本纪》:"《春秋》之法,常责备于贤者。"这里是求全责备的意思。

〔30〕 胡适(1891—1962) 字适之,安徽绩溪人。早年留学美国,归国后倡导新文化运动。当时任北京大学教授,是现代评论派主要成员之一。他发表在《〈现代评论〉第一周年纪念增刊》上的《译诗三首》,是英国诗人勃朗宁的《清晨的分别》、雪莱的《给——》、哈代的《月光里》。

〔31〕 徐志摩 参看本卷第 192 页注〔6〕。他发表在《〈现代评论〉第一周年纪念增刊》上的"译诗一首",是英国诗人罗赛蒂的《图尔的约翰》。

〔32〕 西林 丁燮林(1893—1974),字巽甫,笔名西林,江苏泰兴人,物理学家、剧作家。早年留学英国,当时任北京大学教授。《压迫》是他所作的一个独幕剧。

〔**33**〕　陶孟和(1888—1960)　名履恭,字孟和,天津人,社会学家。当时任北京大学教授,《现代评论》的经常撰稿人。他在该刊《第一周年纪念增刊》上曾发表《现代教育界的特色》一文,题下自注:"这是要到二〇二五年才可以发表——假使当时的状况允许——的一部著作里的几节。"

有 趣 的 消 息^[1]

　　虽说北京像一片大沙漠，青年们却还向这里跑；老年们也不大走，即或有到别处去走一趟的，不久就转回来了，仿佛倒是北京还很有什么可以留恋。厌世诗人的怨人生，真是"感慨系之矣"，然而他总活着；连祖述释迦牟尼先生的哲人屠本华尔也不免暗地里吃一种医治什么病症的药，不肯轻易"涅槃"^[2]。俗语说："好死不如恶活"，这当然不过是俗人的俗见罢了，可是文人学者之流也何尝不这样。所不同的，只是他总有一面辞严义正的军旗，还有一条尤其义正辞严的逃路。真的，倘不这样，人生可真要无聊透顶，无话可说了。

　　北京就是一天一天地百物昂贵起来；自己的"区区金事"，又因为"妄有主张"^[3]，被章士钊先生革掉了。向来所遭遇的呢，借了安特来夫的话来说，是"没有花，没有诗"^[4]，就只有百物昂贵。然而也还是"妄有主张"，没法回头；倘使有一个妹子，如《晨报副刊》^[5]上所艳称的"闲话先生"的家事似的，叫道："阿哥！"那声音正如"银铃之响于幽谷"，向我求告，"你不要再做文章得罪人家了，好不好？"我也许可以借此拨转马头，躲到别墅里去研究汉朝人所做的"四书"注疏和理论去。然而，惜哉，没有这样的好妹子；"女媭之婵媛兮，申申其詈予，曰：鲧婞直以亡身兮，终然夭乎羽之野。"连有一个那样凶姊姊的幸福也不及屈灵均[6]。我的终于"妄有主张",或者也许是无可推托之故罢。然而这关系非同小可,将来怕要遭殃了,因为我知道,得罪人是要得到报应的。

话要回到释迦先生的教训去了,据说:活在人间,还不如下地狱的稳妥。做人有"作"就是动作(=造孽),下地狱却只有"报"(=报应)了;所以生活是下地狱的原因,而下地狱倒是出地狱的起点。这样说来,实在令人有些想做和尚,但这自然也只限于"有根"[7](据说,这是"一句天津话")的大人物,我却不大相信这一类鬼画符。活在沙漠似的北京城里,枯燥当然是枯燥的,但偶然看看世态,除了百物昂贵之外,究竟还是五花八门,创造艺术的也有,制造流言的也有,肉麻的也有,有趣的也有……这大概就是北京之所以为北京的缘故,也就是人们总还要奔凑聚集的缘故。可惜的是只有一些小玩意,老实一点的朋友就难于给自己竖起一杆辞严义正的军旗来。

我一向以为下地狱的事,待死后再对付,只有目前的生活的枯燥是最可怕的,于是便不免于有时得罪人,有时则寻些小玩意儿来开开笑口,但这也就是得罪人。得罪人当然要受报,那也只好准备着,因为寻些小玩意儿来开开笑口的是更不能竖起辞严义正的军旗来的。其实,这里也何尝没有国家大事的消息呢,"关外战事不日将发生"呀,"国军一致拥段"[8]哪,有些报纸上都用了头号字煌煌地排印着,可以刺得人们头昏,但于我却都没有什么鸟趣味。人的眼界之狭是不大有药可救的,我近来觉得有趣的倒要算看见那在德国手格盗匪若干人,在北京率领三河县老妈子一大队的武士刘百昭校长居然做骈文，大有偃武修文之意了；而且"百昭海邦求学，教部备员，多艺之誉愧不如人，审美之情差堪自信"，还是一位文武全才，我先前实在没有料想到。[9]第二，就是去年肯管闲事的"学者"，今年不管闲事了，在年底结清帐目的办法，原来不止是掌柜之于流水簿，也可以适用于"正人君子"的行为的。或者，"阿哥！"这一声叫，正在中华民国十四年十二月卅一日的夜间十二点钟罢。

但是，这些趣味，刹那间也即消失了，就是我自己的思想的变动，也诚然是可恨。我想，照着境遇，思想言行当然要迁移，一迁移，当然会有所以迁移的道理。况且世界上的国庆很不少，古今中外名流尤其多，他们的军旗，是全都早经竖定了的。前人之勤，后人之乐，要做事的时候可以援引孔丘墨翟，不做事的时候另外有老聃，[10]要被杀的时候我是关龙逄，要杀人的时候他是少正卯，[11]有些力气的时候看看达尔文赫胥黎的书，要人帮忙就有克鲁巴金的《互助论》，[12]勃朗宁夫妇[13]岂不是讲恋爱的模范么，勖本华尔和尼采[14]又是咒诅女人的名人，……归根结蒂，如果杨荫榆或章士钊可以比附到犹太人特莱孚斯去，则他的笺片就可以等于左拉等辈了。这个时候，可怜的左拉要被中国人背出来；幸而杨荫榆或章士钊是否等于特莱孚斯，也还是一个大疑问。[15]

然而事情还没有这么简单，中国的坏人（如水平线下的文人和学棍学匪之类[16]），似乎将来要大吃其苦了，虽然也许要在身后，像下地狱一般。但是，深谋远虑的人，总还以从此小心,不要多说为稳妥。你以为"闲话先生"真是不管闲事了么?并不然的。据说他是要"到那天这班出锋头的人们脱尽了锐气的日子,我们这位闲话先生正在从容的从事他那'完工的拂拭'(The finishing touch),笑吟吟的擎着他那枝从铁杠磨成的绣针,讽刺我们情急是多么不经济的一个态度,反面说只有无限的耐心才是天才唯一的凭证"。[17]《晨报副刊》一四二三)

后出者胜于前者,本是天下的平常事情,但除了堕落的民族。即以衣服而论,也是由裸体而用会阴带或围裙,于是有衣裳,衮冕。我们将来的天才却特异的,别人系了围裙狂跳时,他却躲在绣房里刺绣,——不,磨绣针。待到别人的围裙全数破旧,他却穿了绣花衫子站出来了。大家只好说道"阿!"可怜的性急的野蛮人,竟连围裙也不知道换一条,怪不得锐气终于脱尽;脱尽犹可,还要看那"笑吟吟"的"讽刺"的"天才"脸哩,这实在是对于灵魂的鞭责,虽说还在辽远的将来。

还有更可怕的,是我们风闻二〇二五年一到,陶孟和教授要发表一部著作。内容如何,只有百年后的我们的曾孙或玄孙们知道罢了,但幸而在《现代评论增刊》上提前发表了几节,所以我们竟还能"管中窥豹"[18]似的,略见这一部新书的大概。那是讲"现代教育界的特色"的,连教员的"兼课"之多也说在内。[19]他问:"我的议论太悲观,太刻薄,太荒诞吗?我深愿受这个批评,假使事实可以证明。"这些批评我们且俟之百年之后,虽然那时也许无从知道事实;典籍呢,大概也只有"笑吟吟的"佳作留传。要是当真这样,那大半是"英雄所见略同"的,后人总不至于以为刻薄罢。但我们也难于悬揣,不过就今论今,似乎颇有些"孔子作《春秋》,而乱臣贼子惧"[20]之意了。人们不逢如此盛事者,盖已将二千四百年云。

总之:百年以内,将有陈源教授的许多(?)书,百年以后,将有陶孟和教授的一部书出现。内容虽然不知道怎样,但据目下所走漏的风声看起来,大概总是讽刺"那班出锋头的人们",或"驰驱九城"的教授的。

我常常感叹,印度小乘教[21]的方法何等厉害:它立了地狱之说,借着和尚,尼姑,念佛老妪的嘴来宣扬,恐吓异端,使心志不坚定者害怕。那诀窍是在说报应并非眼前,却在将来百年之后,至少也须到锐气脱尽之时。这时候你已经不能动弹了,只好听别人摆布,流下鬼泪,深悔生前之妄出锋头;而且这时候,这才认识阎罗大王的尊严和伟大。

这些信仰,也许是迷信罢,但神道设教,于"挽世道而正人心"的事,或者也还是不无裨益。况且,未能将坏人"投畀豺虎"[22]于生前,当然也只好口诛笔伐之于身后,孔子一车两马,倦游各国以还,抽出钢笔来作《春秋》,盖亦此志也。

但是,时代迁流了,到现在,我以为这些老玩意,也只好骗骗极端老实人。连闹这些玩意儿的人们自己尚且未必信,更何况所谓坏人们。得罪人要受报应,平平常常,并不见得怎样奇特,有时说些宛转的话,是姑且客气客气的,何尝想借此免于下地狱。这是无法可想的,在我们不从容的人们的世界中,实在没有那许多工夫来摆臭绅士的臭架子了,要做就做,与其说明年喝酒,不如立刻喝水;待廿一世纪的剖拨戮尸,倒不如马上就给他一个嘴巴。至于将来,自有后起的人们,决不是现

在人即将来所谓古人的世界,如果还是现在的世界,中国就会
完!

一月十四日。

*　　　　*　　　　*

〔1〕　本篇最初发表于 1926 年 1 月 19 日《国民新报副刊》。

〔2〕　**勖本华尔**　即叔本华。这里说他"祖述释迦牟尼",是因为
他的思想曾部分地受了印度佛教哲学的影响。他死后,从他的书籍里
曾发现医治梅毒的药方,这里说他"暗地里吃一种医治什么病症的药",
即指此事。

〔3〕　**"区区金事"**　作者在 1912 年 8 月被任命为教育部金事。
1925 年,因支持女师大学潮,于 8 月中被章士钊非法免职,为此他向平
政院提出控告。当时有人借此攻击他因为失去"区区金事",所以反对
章士钊,没有"学者的态度"。参看《华盖集·"碰壁"之余》。"妄有主
张",是章士钊在给平政院答辩书中指责作者的话。

〔4〕　**安特来夫**(Л.Н.Андреев,1871—1919)　通译安德列耶夫,
俄国作家。十月革命后流亡国外。"没有花,没有诗",出自他的小说
《红的笑》:"你知道地球已发狂了,已没有花与歌在地球上了。"(据梅川
译文)

〔5〕　**《晨报副刊》**　研究系机关报《晨报》的副刊。《晨报》创刊于
1916 年 8 月,在北京出版,初名《晨钟报》,1918 年 12 月易名为《晨报》。
它的第七版专登文艺类作品,1921 年 10 月 12 日改名为《晨报副镌》(报
眉题为《晨报副刊》)独立出版,曾是新文化运动的重要刊物之一。1921
年秋至 1924 年冬约三年间,由孙伏园编辑。鲁迅经常为该刊写稿。从
1925 年 10 月起,由现代评论派徐志摩编辑。徐志摩在 1926 年 1 月 13
日《晨报副刊》发表一篇《"闲话"引出来的闲话》,盛赞陈西滢在《现代评

215

论》第三卷第五十七期(1926年1月9日)谈法朗士的《闲话》,是"一篇可羡慕的妩媚的文章"。因而希望"上帝保佑他以后只说闲话,不再管闲事!"文中曾讲述了一件关于陈西滢的"家事":"'阿哥',他的妹妹一天对他求告,'你不要再作文章得罪人家了,好不好?回头人家来烧我们的家,怎么好?''你趁早把自己的东西,'闲话先生回答说,'清点了开一个单子给我,省得出了事情以后你倒来向我阿哥报虚帐!'"

〔6〕 "女嬃之婵媛兮"等语,见屈原《离骚》。女嬃,一般以为是屈原对其姊的称谓。《说文》:"楚人谓姊为嬃。"鲧,夏禹的父亲,相传他因治水无功,被舜杀于羽山。屈灵均,即屈原(约前340—约前278),战国时楚国诗人。

〔7〕 "有根" 这是徐志摩称赞陈西滢的话,见他所作《"闲话"引出来的闲话》。参看本书《无花的蔷薇》第七节。

〔8〕 "关外战事不日将发生" 1925年11月,奉系将领郭松龄秘密和冯玉祥国民军联合,反对张作霖;不久在日本帝国主义的武装干涉下兵败被杀。但驻守榆关的郭松龄部炮兵旅长魏益三于次年1月3日宣布与国民军合作,改称国民军第四军,继续与张作霖对峙,战争处于一触即发之势。故报上说"关外战事不日将发生"。"国军一致拥段",1926年1月9日,段祺瑞在直奉等军阀的压力下被迫通电辞职。国民军为了暂时维持现状,曾表示挽留,故报上有"国军一致拥段"之说。这两则新闻标题,《京报》等均以头号字排印。

〔9〕 刘百昭于1925年8月19日,奉章士钊命令接收女师大时,与学生发生冲突,他恐吓学生说:"本人稍娴武术,在德时曾徒手格退盗贼多人。"22日,他又雇用女仆、打手百余人随同巡警将女师大学生殴曳出校。1925年9月至次年1月间,他兼任北京艺术专门学校校长;这里所引的骈文是他为《艺专旬刊》所作的《发刊词》中的句子。按当时北京女佣以河北三河县籍为多,故被泛称为"三河县老妈子"。

〔10〕 孔丘 即孔子,儒家创始人。墨翟(约前 468—前 376),即墨子,墨家创始人。老聃,即老子,道家创始人。过去一般认为,在对待现实生活的态度上,儒家、墨家都是主张"有所为"的,他们各自提出一套治理国家的学说,而道家则是主张"无为"而治的。

〔11〕 关龙逄 夏桀的臣子,因谏桀作酒池被杀。少正卯,春秋时鲁国大夫。据说他聚徒讲学,使"孔子之门三盈三虚"(据东汉王充《论衡·讲瑞》),孔子任鲁国司寇时,以"乱政"的罪名将他杀害。

〔12〕 达尔文(C. R. Darwin,1809—1882) 英国生物学家,进化论的奠基人。主要著作有《物种起源》等。赫胥黎(T. H. Huxley,1825—1895),英国生物学家,达尔文学说的积极支持者和宣传者。主要著作有《人类在自然界中的位置》等。他们认为生物在进化过程中必然要经历剧烈的生存斗争。克鲁巴金(П. А. Кропоткин,1842—1921),通译克鲁泡特金,俄国无政府主义者。他在所著《互助论》中,认为生物进化和人类发展,都有赖于互助,主张用互助的办法来解决社会矛盾。

〔13〕 勃朗宁夫妇 勃朗宁(R. Browning,1812—1889)和勃朗宁夫人(E. Browning,1806—1861),都是英国诗人。他们曾不顾勃朗宁夫人父亲的反对,秘密结婚并脱离家庭远走意大利。

〔14〕 尼采(F. Nietzsche,1844—1900) 德国哲学家。唯意志论者。他和叔本华都反对妇女解放。叔本华在《妇女论》中诬蔑妇女虚伪、虚荣、无知、缺乏思想,是"本来不配做什么伟大的工作"的人;尼采在《扎拉图斯特拉如是说》中说,"妇女必须服从","你到女人那里去的时候,不要忘记带一根鞭子"。

〔15〕 特莱孚斯(A. Dreyfus) 法国犹太籍军官。他在 1894 年受到军事当局诬告,以泄漏军事机密罪被判处终身苦役。此事曾引起各界进步人士的不满。1897 年经人查明真相,要求复审,又未获准。左拉

(É. Zola,1840—1902),法国作家,著有长篇小说《萌芽》、《崩溃》、《娜娜》等。他在1897年对此案的材料作了研究后,确信特莱孚斯是无辜的,就给法国总统佛尔写了一封《我控诉》的公开信,控诉法国政府、法庭和总参谋部违反法律和人权。结果左拉被判一年徒刑和罚金,被迫逃往英国伦敦。此案因而引起很大的反响,终于在1906年撤销前判,特莱孚斯仍复军职。陈西滢在《现代评论》第三卷第五十六期(1926年1月2日)发表的那篇声明"不管闲事"的《闲话》里,把杨荫榆、章士钊比附为特莱孚斯而隐以左拉自况。篾片,豪门帮闲的俗称。

〔16〕 水平线下 当时现代评论社在《现代丛书》广告中,自称他们出版的作品"不会有一本无价值的书,一本读不懂的书,一本在水平线下的书"。学棍学匪,参看本书《学界的三魂》及其注〔1〕、〔2〕。当时现代评论派一些人也对鲁迅进行类似的攻击。

〔17〕 这一段也是徐志摩在《"闲话"引出来的闲话》中称赞陈西滢的话。

〔18〕 "管中窥豹" 语出《晋书·王献之传》:"管中窥豹,时见一斑。"

〔19〕 陶孟和在《现代教育界的特色》一文中说,当时教育界的特色之一是"教育的商业化"。"一种是以授课为营业,……便是俗所谓兼课。……这个时代,学校太多,学者太少,这个僧少粥多的状况,不得不稍牺牲大学者的光阴。所以除了那些蠢笨无学识的,不得不只依赖一个学校收入吃饭的以外,硕学醇儒便不得不在一星期里驰驱——如在北京——于九城之中。"这里的"驰驱于九城"即奔走于北京全城的意思。北京有正阳、崇文、宣武、安定、德胜、东直、西直、朝阳、阜成等九座城门,故以"九城"统称北京全城。

〔20〕 "孔子作《春秋》,而乱臣贼子惧" 语出《孟子·滕文公(下)》:"世衰道微,邪说暴行有作,臣弑其君者有之,子弑其父者有之。

孔子惧,作《春秋》……孔子成《春秋》,而乱臣贼子惧。"

〔21〕 小乘教 早期佛教的主要流派,注重个人的修行持戒,自我解脱,自认为是佛教的正统派。它宣传人死后"神不灭"、轮回、因果报应等等,旧时影响很大。

〔22〕 "投畀豺虎" 语出《诗经·小雅·巷伯》:"取彼谮人,投畀豺虎。""国立女子大学后援会"在《致北京国立各校教职员联席会议函》中曾用此语咒骂支持学潮的女师大教员。参看本卷第181页注〔8〕。

学 界 的 三 魂^[1]

从《京报副刊》上知道有一种叫《国魂》^[2]的期刊,曾有一篇文章说章士钊固然不好,然而反对章士钊的"学匪"们也应该打倒。我不知道大意是否真如我所记得?但这也没有什么关系,因为不过引起我想到一个题目,和那原文是不相干的。意思是,中国旧说,本以为人有三魂六魄,或云七魄;国魂也该这样。而这三魂之中,似乎一是"官魂",一是"匪魂",还有一个是什么呢?也许是"民魂"罢,我不很能够决定。又因为我的见闻很偏隘,所以未敢悉指中国全社会,只好缩而小之曰"学界"。

中国人的官瘾实在深,汉重孝廉而有埋儿刻木,^[3]宋重理学^[4]而有高帽破靴,清重帖括^[5]而有"且夫""然则"。总而言之:那魂灵就在做官,——行官势,摆官腔,打官话。顶着一个皇帝做傀儡,得罪了官就是得罪了皇帝,于是那些人就得了雅号曰"匪徒"。学界的打官话是始于去年,凡反对章士钊的都得了"土匪","学匪","学棍"的称号,但仍然不知道从谁的口中说出,所以还不外乎一种"流言"。

但这也足见去年学界之糟了,竟破天荒的有了学匪。以大点的国事来比罢,太平盛世,是没有匪的;待到群盗如毛时,看旧史,一定是外戚,宦官,奸臣,小人当国,即使大打一通官话,那结果也还是"呜呼哀哉"。当这"呜呼哀哉"之前,小民便大抵相率而为盗,所以我相信源增[6]先生的话:"表面上看只是些土匪与强盗,其实是农民革命军。"(《国民新报副刊》四三)那么,社会不是改进了么? 并不,我虽然也是被谥为"土匪"之一,却并不想为老前辈们饰非掩过。农民是不来夺取政权的,源增先生又道:"任三五热心家将皇帝推倒,自己过皇帝瘾去。"但这时候,匪便被称为帝,除遗老外,文人学者却都来恭维,又称反对他的为匪了。

所以中国的国魂里大概总有这两种魂:官魂和匪魂。这也并非硬要将我辈的魂挤进国魂里去,贪图与教授名流的魂为伍,只因为事实仿佛是这样。社会诸色人等,爱看《双官诰》[7],也爱看《四杰村》[8],望偏安巴蜀的刘玄德成功,也愿意打家劫舍的宋公明[9]得法;至少,是受了官的恩惠时候则艳羡官僚,受了官的剥削时候便同情匪类。但这也是人情之常;倘使连这一点反抗心都没有,岂不就成为万劫不复的奴才了?

然而国情不同,国魂也就两样。记得在日本留学时候,有些同学问我在中国最有大利的买卖是什么,我答道:"造反。"他们便大骇怪。在万世一系的国度里,那时听到皇帝可以一脚踢落,就如我们听说父母可以一棒打杀一般。为一部分士女所心悦诚服的李景林[10]先生,可就深知此意了,要是报纸上所传非虚。今天的《京报》即载着他对某外交官的谈话道:"予预计于旧历正月间,当能与君在天津晤谈;若天津攻击竟至失败,则拟俟三四月间卷土重来,若再失败,则暂投土匪,徐养兵力,以待时机"云。但他所希望的不是做皇帝,那大概是因为中华民国之故罢。

所谓学界,是一种发生较新的阶级,本该可以有将旧魂灵略加涤洗之望了,但听到"学官"的官话,和"学匪"的新名,则似乎还走着旧道路。那末,当然也得打倒的。这来打倒他的是"民魂",是国魂的第三种。先前不很发扬,所以一闹之后,终不自取政权,而只"任三五热心家将皇帝推倒,自己过皇帝瘾去"了。

惟有民魂是值得宝贵的,惟有他发扬起来,中国才有真进步。但是,当此连学界也倒走旧路的时候,怎能轻易地发挥得出来呢? 在乌烟瘴气之中,有官之所谓"匪"和民之所谓匪;有官之所谓"民"和民之所谓民;有官以为"匪"而其实是真的国民,有官以为"民"而其实是衙役和马弁。所以貌似"民魂"的,有时仍不免为"官魂",这是鉴别魂灵者所应该十分注意的。

话又说远了,回到本题去。去年,自从章士钊提了"整顿学风"[11]的招牌,上了教育总长的大任之后,学界里就官气弥漫,顺我者"通"[12],逆我者"匪",官腔官话的余气,至今还没有完。但学界却也幸而因此分清了颜色;只是代表官魂的还不是章士钊,因为上头还有"减膳"执政[13]在,他至多不过做了一个官魄;现在是在天津"徐养兵力,以待时机"了。[14]我不看《甲寅》[15],不知道说些什么话:官话呢,匪话呢,民话呢,衙役马弁话呢? ……

一月二十四日。

＊　　　＊　　　＊

〔1〕　本篇最初发表于 1926 年 2 月 1 日《语丝》周刊第六十四期。

本文发表时篇末有作者的《附记》如下："今天到东城去教书,在新潮社看见陈源教授的信,在北京大学门口看见《现代评论》,那《闲话》里正议论着章士钊的《甲寅》,说'也渐渐的有了生气了。可见做时事文章的人官实在是做不得的,……自然有些"土匪"不妨同时做官僚,……'这么一来,我上文的'逆我者"匪"','官腔官话的余气'云云,就又有了'放冷箭'的嫌疑了。现在特地声明:我原先是不过就一般而言,如果陈教授觉得痛了,那是中了流弹。要我在'至今还没有完'之后,加一句'如陈源等辈就是',自然也可以。至于'顺我者"通"'的通字,却是此刻所改的,那根据就在章士钊之曾称陈源为'通品'。别人的褒奖,本不应拿来讥笑本人,然而陈源现就用着'土匪'的字样。有一回的《闲话》(《现代评论》五十)道:'我们中国的批评家实在太宏博了。他们……在地上找寻窃贼,以致整大本的剽窃,他们倒往往视而不见。要举个例么? 还是不说吧,我实在不敢再开罪"思想界的权威"。'按照他这回的慷慨激昂例,如果要免于'卑劣'且有'半分人气',是早应该说明谁是土匪,积案怎样,谁是剽窃,证据如何的。现在倘有记得那括弧中的'思想界的权威'六字,即曾见于《民报副刊》广告上的我的姓名之上,就知道这位陈源教授的'人气'有几多。

"从此,我就以别人所说的'东吉祥派'、'正人君子'、'通品'等字样,加于陈源之上了,这回是用了一个'通'字;我要'以眼还眼以牙还牙',或者以半牙,以两牙还一牙,因为我是人,难于上帝似的铢两悉称。如果我没有做,那是我的无力,并非我大度,宽恕了加害于我的敌人。还有,有些下贱东西,每以秽物掷人,以为人必不屑较,一计较,倒是你自己失了人格。我可要照样的掷过去,要是他掷来。但对于没有这样举动的人,我却不肯先动手;而且也以文字为限,'捏造事实'和'散布

"流言"'的鬼蜮的长技,自信至今还不屑为。在马弁们的眼里虽然是
'土匪',然而'盗亦有道'的。记起一件别的事来了。前几天九校'索
薪'的时候,我也当作一个代表,因此很会见了几个前'公理维持会'即
'女大后援会'中人。幸而他们倒并不将我捆送三贝子花园或运入深
山,'投畀豺虎',也没有实行'割席',将板凳锯开。终于'学官''学匪',
都化为'学丐',同聚一堂,大讨其欠账,——自然是讨不来。记得有一
个洋鬼子说过:中国先是官国,后来是土匪国,将来是乞丐国。单就学
界而论,似乎很有点上这轨道了。想来一定有些人要后悔,去年竟抱了
'有奶不是娘'主义,来反对章士钊的罢。

　　　　　　　　　　　　　　　　一月二十五日东壁灯下写。"

　〔2〕 《国魂》 国家主义派所办的一种旬刊,1925 年 10 月在北京
创刊,次年 1 月改为周刊。该刊第九期(1925 年 12 月 30 日)载有姜华
的《学匪与学阀》一文,主要意思是煽动北京的学生起来打倒马裕藻一
派的所谓"学匪"(按马裕藻是当时反对章士钊、杨荫榆的女师大教员之
一);但也故作公正地小骂了章士钊几句。这里说到《京报副刊》,是因
为 1926 年 1 月 10 日该刊载有何曾亮(即周作人)驳斥姜华的《国魂之学
匪观》一文。

　〔3〕 汉朝选用人材的制度中,有推举"孝子"和"廉士"做官的办
法,因此社会上产生了许多虚伪矫情的事情。《太平御览》卷四一一引
刘向《孝子图》记郭巨埋儿的事说:"郭巨,河内温人。甚富,父没,分财
二千万为两,分与两弟,己独取母供养。……妻产男,虑养之则妨供养,
乃令妻抱儿,欲掘地埋之。于土中得金一釜,上有铁券云:'赐孝子郭
巨。'……遂得兼养儿。"又卷四八二引干宝《搜神记》记丁兰刻木的事
说:"丁兰,河内野王人。年十五,丧母,乃刻木作母事之,供养如生。邻
人有所借,木母颜和则与,不和不与。后邻人忿兰,盗斫木母,应刀血
出。兰乃殡殓,报仇。汉宣帝嘉之,拜中大夫。"

〔4〕 **理学** 亦称道学,即宋代程颢、程颐、朱熹等人阐释儒家学说而形成的思想体系。当时那些理学家在服装上也往往和一般人不同,如《程氏外书》记程颐的服装说:"先生常服茧袍,高帽檐劣半寸,系绦。曰:此野人之服也。"

〔5〕 **帖括** 科举考试文体之名。唐代考试制度,明经科以"帖经"试士。《文献通考·选举二》:"凡举司课试之法:帖经者,以所习之经,掩其两端,中间惟开一行,裁纸为帖。"后考生因帖经难记,就总括经文编成歌诀,叫帖括。后世因称科举应试的文章为帖括;这里是指清代的制义,即八股文。"且夫"、"然则",是这一类文字中的滥调。

〔6〕 **源增** 姓谷,山东文登人,北京大学法文系学生。1926年1月20日《国民新报副刊》载有他翻译的《帝国主义与帝国主义国家的工人阶级》一文,这里的引文即见于该文译后记中。

〔7〕 **《双官诰》** 戏曲名。明代杨善之著有传奇《双官诰》。后来京剧中也有此剧,内容是:薛广出外经商,讹传已死,他的第二妾王春娥守节抚养儿子薛倚。后来薛广做了高官回家,薛倚也及第还乡,由此王春娥便得了双重的官诰。京剧《三娘教子》亦演此故事。

〔8〕 **《四杰村》** 京剧名。故事出自清代无名氏著《绿牡丹》。内容是:骆宏勋被历城县知县贺世赖诬为强盗,在解往京城途中,又被四杰村恶霸朱氏兄弟将囚车夺去,欲加杀害,幸为几个绿林好汉救出,并放火烧了四杰村。

〔9〕 **刘玄德**(161—223) 名备,字玄德,涿郡涿县(今河北涿州)人,三国时在西蜀称帝。长篇小说《三国演义》以他作为主要人物之一。宋公明,长篇小说《水浒传》中的主要人物宋江,其原型是北宋末山东一带农民起义的领袖。

〔10〕 **李景林**(1884—1931) 字芳岑,河北枣强人,奉系军阀,曾任直隶保安司令兼直隶省长等职。1925年冬,奉军郭松龄倒戈与张作

霖作战，冯玉祥国民军也乘机对李景林发动攻击，占领天津。李逃匿租界，后于 1926 年 1 月到济南收拾残部，与张宗昌联合，组成直鲁联军，任副总司令，伺机反攻。他对某外交官的谈话，就是这时发表的。

〔11〕 "整顿学风" 1925 年 8 月 25 日，段祺瑞政府内阁会议通过章士钊草拟的"整顿学风令"，并由执政府明令发表。参看本卷第 128 页注〔4〕。

〔12〕 顺我者"通" 这是对章士钊、陈西滢等人的讽刺。参看本卷第 6 页注〔5〕。

〔13〕 "减膳"执政 指段祺瑞。1925 年 5 月，北京学生因章士钊禁止纪念"五七"国耻，于 9 日向北洋政府临时执政段祺瑞提出罢免章士钊的要求；章即采取以退为进的手段，于十一日向段祺瑞辞职，并在辞呈中向段献媚说："钊诚举措失当。众怒齐撄。一人之祸福安危。自不足计。万一钧座因而减膳。时局为之不宁。……钊有百身。亦何能赎。"

〔14〕 1925 年 11 月 28 日，北京群众为反对关税会议要求关税自主举行游行示威，提出"驱逐段祺瑞"、"打死朱深、章士钊"等口号，章士钊即避居天津。

〔15〕 《甲寅》 指《甲寅》周刊。参看本卷第 121 页注〔3〕。

古书与白话^[1]

记得提倡白话那时,受了许多谣诼诬谤,而白话终于没有跌倒的时候,就有些人改口说:然而不读古书,白话是做不好的。我们自然应该曲谅这些保古家的苦心,但也不能不悯笑他们这祖传的成法。凡有读过一点古书的人都有这一种老手段:新起的思想,就是"异端"^[2],必须歼灭的,待到它奋斗之后,自己站住了,这才寻出它原来与"圣教同源";外来的事物,都要"用夷变夏"^[3],必须排除的,但待到这"夷"入主中夏,却考订出来了,原来连这"夷"也还是黄帝的子孙。这岂非出人意料之外的事呢?无论什么,在我们的"古"里竟无不包函了!

用老手段的自然不会长进,到现在仍是说非"读破几百卷书者"即做不出好白话文,于是硬拉吴稚晖^[4]先生为例。可是竟又会有"肉麻当有趣",述说得津津有味的,天下事真是千奇百怪。其实吴先生的"用讲话体为文",即"其貌"也何尝与"黄口小儿所作若同"。不是"纵笔所之,辄万数千言"么?^[5]其中自然有古典,为"黄口小儿"所不知,尤有新典,为"束发小生"^[6]所不晓。清光绪末,我初到日本东京时,这位吴稚晖先生已在和公使蔡钧大战了,^[7]其战史就有这么长,则见闻之多,自然非现在的"黄口小儿"所能企及。所以他的遣辞用典,有许多地方是惟独熟于大小故事的人物才能够了然,从青年看来,第一是惊异于那文辞的滂沛。这或者就是名流学者们所认为长处的罢,但是,那生命却不在于此。甚至于竟和名流学者们所拉拢恭维的相反,而在自己并不故意显出长处,也无法灭去名流学者们的所谓长处;只将所说所写,作为改革道中的桥梁,或者竟并不想到作为改革道中的桥梁。

愈是无聊赖,没出息的脚色,愈想长寿,想不朽,愈喜欢多照自己的照相,愈要占据别人的心,愈善于摆臭架子。但是,似乎"下意识"〔8〕里,究竟也觉得自己之无聊的罢,便只好将还未朽尽的"古"一口咬住,希图做着肠子里的寄生虫,一同传世;或者在白话文之类里找出一点古气,反过来替古董增加宠荣。如果"不朽之大业"〔9〕不过这样,那未免太可怜了罢。而且,到了二九二五年〔10〕,"黄口小儿"们还要看什么《甲寅》之流,也未免过于可惨罢,即使它"自从孤桐先生下台之后,……也渐渐的有了生气了"〔11〕。

菲薄古书者,惟读过古书者最有力,这是的确的。因为他洞知弊病,能"以子之矛攻子之盾"〔12〕,正如要说明吸雅片的弊害,大概惟吸过雅片者最为深知,最为痛切一般。但即使"束发小生",也何至于说,要做戒绝雅片的文章,也得先吸尽几百两雅片才好呢。

古文已经死掉了;白话文还是改革道上的桥梁,因为人类还在进化。便是文章,也未必独有万古不磨的典则。虽然据说美国的某处已经禁讲进化论了,〔13〕但在实际上,恐怕也终于没有效的。

一月二十五日。

＊　　　＊　　　　＊

〔1〕　本篇最初发表于 1926 年 2 月 2 日《国民新报副刊》。

〔2〕　"异端"　语出《论语·为政》："子曰:攻乎异端,斯害也已。"

〔3〕　"用夷变夏"　语出《孟子·滕文公(上)》："吾闻用夏变夷者,未闻变于夷者也。"这里指用外来文化同化中国的意思。夷,古人对少数民族或外国的蔑称;夏,即华夏,中国或中华民族的古称。

〔4〕　吴稚晖(1865—1953)　名敬恒,江苏武进人。他原是清末举人,曾先后留学日本、英国。1905 年参加同盟会,后任国民党中央监察委员、中央政治会议委员等职。

〔5〕　这里的引文都见于章士钊在《甲寅》周刊第一卷第二十七号(1926 年 1 月 16 日)发表的《再答稚晖先生》,其中说:"先生近用讲话体为文。纵笔所之。辄万数千言。其貌与黄口小儿所作若同。而其神则非读破几百卷书者。不能道得只字。"陈西滢在《现代评论》第三卷第五十九期(1926 年 1 月 23 日)的《闲话》中,特别将这一段引出,说"很有趣",并说吴稚晖三十岁前在南菁书院把那里的书"都看了一遍",而"近十年随便涉览和参考的汉文书籍至少总可以抵得三四个区区的毕生所读的线装书"。以此来为章士钊的文章作证。这里所说"竟又会有'肉麻当有趣',述说得津津有味的",即指陈西滢的这番话。

〔6〕　"束发小生"　章士钊轻蔑青年学生的用语。参看本卷第 118 页注〔28〕。

〔7〕　1902 年(清光绪二十八年)夏,我国留日自费学生九人,志愿入成城学校(相当于士官预备学校)肄业;由于清政府对陆军学生顾忌很大,所以驻日公使蔡钧坚决拒绝保送。当时有留日学生二十余人(吴稚晖在内)前往公使馆代为交涉,蔡钧始终不允,双方因而发生争吵。

〔8〕　"下意识"　陈西滢在《现代评论》第三卷第五十九期(1926 年 1 月 23 日)发表的《闲话》中谈到吴稚晖时说:"他自己也说过:'我的

脑筋极新,我的手段极旧'。……要是这句话还不能表示实在的情形,那么我们只好采用心理学的名词,说他的意识极新,下意识极旧,意识是西洋的物质主义者,下意识却是纯粹中国的儒者。"

〔9〕 "不朽之大业" 语出曹丕《典论·论文》:"盖文章经国之大业,不朽之盛事。"

〔10〕 二九二五年 陶孟和曾说,他有一部"要到二〇二五年才可以发表"的著作。参看本卷第209页注〔33〕。

〔11〕 陈西滢在《现代评论》第三卷第五十九期(1926年1月23日)的《闲话》中为章士钊和他所主办的《甲寅》周刊吹嘘并讥讽鲁迅说:"自从孤桐先生下台之后,《甲寅》虽然还没有恢复十年前的精神,也渐渐的有了生气了。可见做时事文章的人官实在是做不得的,至少做了官还是不论时事的好。自然有些'土匪'不妨同时做官僚,官僚也同时可以做'青年叛徒的领袖',可是这也得需要特别的天才,不是人人能干的事业,总之,孤桐先生还没有这样的才具。……近来可渐渐的不同了,时评和论文里的讽趣,好像一阵新鲜空气,把《甲寅》吹得有些苏甦了。"接着他便举章士钊在《甲寅》周刊发表的《再答稚晖先生》来作为这"有了生气"的例证。

〔12〕 "以子之矛攻子之盾" 这是《韩非子·难势》中的一个寓言:"人有鬻矛与盾者,誉其盾之坚,物莫能陷也;俄而又誉其矛,曰:'吾矛之利,物无不陷也。'人应之曰:'以子之矛,陷子之盾,何如'? 其人弗能应也。"

〔13〕 章士钊在《甲寅》周刊第一卷第十七号(1925年11月7日)发表《再疏解辟义》一文,借评述1925年7月美国田纳西州小学教员师科科因讲授进化论被控的事,为他自己的种种"开倒车"的言行辩解。参看本卷第156页注〔15〕。按章士钊在《甲寅》周刊第一卷第七号(1925年8月29日)先已发表过一篇《说辟》,其中说:"辟者还也。车相

避也。相避者又非徒相避也。乃乍还以通其道。旋乃复进也。……今谚有所谓开倒车者。时人谈及。以谓有背进化之通义。辄大病之。是全不明夫辂义者也。"

一 点 比 喻 [1]

在我的故乡不大通行吃羊肉,阖城里,每天大约不过杀几匹山羊。北京真是人海,情形可大不相同了,单是羊肉铺就触目皆是。雪白的群羊也常常满街走,但都是胡羊,在我们那里称绵羊的。山羊很少见;听说这在北京却颇名贵了,因为比胡羊聪明,能够率领羊群,悉依它的进止,所以畜牧家虽然偶而养几匹,却只用作胡羊们的领导,并不杀掉它。

这样的山羊我只见过一回,确是走在一群胡羊的前面,脖子上还挂着一个小铃铎,作为智识阶级的徽章。通常,领的赶的却多是牧人,胡羊们便成了一长串,挨挨挤挤,浩浩荡荡,凝着柔顺有余的眼色,跟定他匆匆地竞奔它们的前程。我看见这种认真的忙迫的情形时,心里总想开口向它们发一句愚不可及的疑问——

"往那里去?!"

人群中也很有这样的山羊,能领了群众稳妥平静地走去,直到他们应该走到的所在。袁世凯[2]明白一点这种事,可惜用得不大巧,大概因为他是不很读书的,所以也就难于熟悉运用那些的奥妙。后来的武人可更蠢了,只会自己乱打乱割,乱得哀号之声,洋洋盈耳,结果是除了残虐百姓之外,还加上轻视学问,荒废教育的恶名。然而"经一事,长一智",二十世纪已过了四分之一,脖子上挂着小铃铎的聪明人是总要交到红运的,虽然现在表面上还不免有些小挫折。

那时候,人们,尤其是青年,就都循规蹈矩,既不嚣张,也不浮动,一心向着"正路"前进了,只要没有人问——

"往那里去?!"

君子若曰:"羊总是羊,不成了一长串顺从地走,还有什么别的法子呢?君不见夫猪乎?拖延着,逃着,喊着,奔突着,终于也还是被捉到非去不可的地方去,那些暴动,不过是空费力气而已矣。"

这是说:虽死也应该如羊,使天下太平,彼此省力。

这计划当然是很妥帖,大可佩服的。然而,君不见夫野猪乎?它以两个牙,使老猎人也不免于退避。这牙,只要猪脱出了牧豕奴所造的猪圈,走入山野,不久就会长出来。

Schopenhauer[3]先生曾将绅士们比作豪猪,我想,这实在有些失体统。但在他,自然是并没有什么别的恶意的,不过拉扯来作一个比喻。《Parerga und Paralipomena》里有着这样意思的话:有一群豪猪,在冬天想用了大家的体温来御寒冷,紧靠起来了,但它们彼此即刻又觉得刺的疼痛,于是乎又离开。然而温暖的必要,再使它们靠近时,却又吃了照样的苦。但它们在这两种困难中,终于发见了彼此之间的适宜的间隔,以这距离,它们能够过得最平安。人们因为社交的要求,聚在一处,又因为各有可厌的许多性质和难堪的缺陷,再使他们分离。他们最后所发见的距离，——使他们得以聚在一处的中庸的距离，就是"礼让"和"上流的风习"。有不守这距离的，在英国就这样叫，"Keep your distance!"[4]

但即使这样叫，恐怕也只能在豪猪和豪猪之间才有效力罢，因为它们彼此的守着距离，原因是在于痛而不在于叫的。假使豪猪们中夹着一个别的，并没有刺，则无论怎么叫，它们总还是挤过来。孔子说：礼不下庶人[5]。照现在的情形看，该是并非庶人不得接近豪猪，却是豪猪可以任意刺着庶人而取得温暖。受伤是当然要受伤的，但这也只能怪你自己独独没有刺，不足以让他守定适当的距离。孔子又说：刑不上大夫。这就又难怪人们的要做绅士。

这些豪猪们，自然也可以用牙角或棍棒来抵御的，但至少必须拚出背一条豪猪社会所制定的罪名："下流"或"无礼"。

一月二十五日。

＊　　　＊　　　＊

〔1〕 本篇最初发表于1926年2月25日《莽原》半月刊第四期。

〔2〕 袁世凯　参看本卷第115页注〔11〕。袁在复辟帝制的阴谋活动中，曾指使杨度、孙毓筠、刘师培等所谓"六君子"于1915年8月组织筹安会，公开鼓吹帝制，遭到国人强烈反对。所以这里说袁世凯"用得不大巧"。

〔3〕 Schopenhauer　叔本华。下文的《Parerga und Paralipomena》（《副业和补遗》），叔本华1851年出版的一本杂文集。

〔4〕 "Keep your distance!"　英语："保持你的距离！"即不要太亲近的意思。

〔５〕　"礼不下庶人"和下文的"刑不上大夫"二句,见《礼记·曲礼（上）》:"礼不下庶人,刑上不大夫,刑人不在君侧。"

不　是　信^[1]

一个朋友忽然寄给我一张《晨报副刊》，我就觉得有些特别，因为他是知道我懒得看这种东西的。但既然特别寄来了，姑且看题目罢：《关于下面一束通信告读者们》。署名是：志摩。哈哈，这是寄来和我开玩笑的，我想；赶紧翻转，便是几封信，这寄那，那寄这，看了几行，才知道似乎还是什么"闲话……闲话"问题^[2]。这问题我仅知道一点儿，就是曾在新潮社^[3]看见陈源教授即西滢先生的信^[4]，说及我"捏造的事实，传布的'流言'，本来已经说不胜说"。不禁好笑；人就苦于不能将自己的灵魂砍成酱，因此能有记忆，也因此而有感慨或滑稽。记得首先根据了"流言"，来判决杨荫榆事件即女师大风潮的，正是这位西滢先生，那大文便登在去年五月三十日发行的《现代评论》上。我不该生长"某籍"又在"某系"教书，所以也被归入"暗中挑剔风潮"^[5]者之列，虽然他说还不相信，不过觉得可惜。在这里声明一句罢，以免读者的误解："某系"云者，大约是指国文系，不是说研究系。那时我见了"流言"字样，曾经很愤然，立刻加以驳正，虽然也很自愧没有"十年读书十年养气的工夫"^[6]。不料过了半年，这些"流言"却变成由我传布的了，自造自己的"流言"，这真是自己掘坑埋自己，不必说聪明人，便是傻子也想不通。倘说这回的所谓"流言"，并非关于"某籍某系"的，乃是关于不信"流言"的陈源教授的了，则我实在不知道陈教授有怎样的被捏造的事实和流言在社会上传布。说起来惭愧煞人，我不赴宴会，很少往来，也不奔走，也不结什么文艺学术的社团，实在最不合式于做捏造事实和传布流言的枢纽。只是弄弄笔墨是在所不免的，但也不肯以流言为根据，故意给它传布开来，虽然偶有些"耳食之言"[7]，又大抵是无关大体的事；要是错了，即使月久年深，也决不惜追加订正，例如对于汪原放先生"已作古人"一案[8]，其间竟隔了几乎有两年。——但这自然是只对于看过《热风》的读者说的。

　　这几天，我的"捏……言"罪案，仿佛只等于昙花一现了，《一束通信》的主要部分中，似乎也承情没有将我"流"进去，不过在后屁股的《西滢致志摩》是附带的对我的专论，虽然并非一案，却因为亲属关系而灭族，或文字狱的株连一般。灭族呀，株连呀，又有点"刑名师爷"[9]口吻了，其实这是事实，法家不过给他起了一个名，所谓"正人君子"是不肯说的，虽然不妨这样做。此外如甲对乙先用流言，后来却说乙制造流言这一类事，"刑名师爷"的笔下就简括到只有两个字："反噬"。呜呼，这实在形容得痛快淋漓。然而古语说，"察见渊鱼者不祥"[10]，所以"刑名师爷"总没有好结果，这是我早经知道的。

　　我猜想那位寄给我《晨报副刊》的朋友的意思了：来刺激我，讥讽我，通知我的，还是要我也说几句话呢？终于不得而知。好，好在现在正须还笔债，就用这一点事来搪塞一通罢，说话最方便的题目是《鲁迅致□□》，既非根据学理和事实[11]

的论文，也不是"笑吟吟"的天才的讽刺[12]，不过是私人通信而已，自己何尝愿意发表；无论怎么说，粪坑也好，毛厕[13]也好，决定与"人气"[14]无关。即不然，也是因为生气发热[15]，被别人逼成的，正如别的副刊将被《晨报副刊》"逼死"[16]一样。我的镜子真可恨，照出来的总是要使陈源教授呕吐的东西，但若以赵子昂[17]——"是不是他?"——画马为例，自然恐怕正是我自己。自己是没有什么要紧的，不过总得替□□想一想。现在不是要谈到《西滢致志摩》么，那可是极其危险的事，一不小心就要跌入"泥潭中"，遇到"悻悻的狗"[18]，暂时再也看不见"笑吟吟"。至少，一关涉陈源两个字，你总不免要被公理家认为"某籍"，"某系"，"某党"，"喽罗"，"重女轻男"[19]……等；而且还得小心记住，倘有人说过他是文士，是法兰斯，你便万不可再用"文士"或"法兰斯"[20]字样，否则，——自然，当然又有"某籍"……等等的嫌疑了，我何必如此陷害无辜，《鲁迅致□□》决计不用，所以一直写到这里，还没有题目，且待写下去看罢。

我先前不是刚说我没有"捏造事实"么？那封信里举的却有。说是我说他"同杨荫榆女士有亲戚朋友的关系，并且吃了她许多酒饭"了，其实都不对。杨荫榆女士的善于请酒，我说过的，或者别人也说过，并且偶见于新闻上。现在的有些公论家，自以为中立，其实却偏，或者和事主倒有亲戚，朋友，同学，同乡，……等等关系，甚至于叨光了酒饭，我也说过的。这不是明明白白的么，报社收津贴，连同业中也互讦过，但大家仍都自称为公论。至于陈教授和杨女士是亲戚而且吃了酒饭，那是陈教授自己连结起来的,我没有说曾经吃酒饭,也不能保证未曾吃酒饭,没有说他们是亲戚,也不能保证他们不是亲戚,大概不过是同乡罢,但只要不是"某籍",同乡有什么要紧呢。绍兴有"刑名师爷",绍兴人便都是"刑名师爷"的例,是只适用于绍兴的人们的。

我有时泛论一般现状,而无意中触着了别人的伤疤,实在是非常抱歉的事。但这也是没法补救,除非我真去读书养气,一共廿年,被人们骗得老死牖下;或者自己甘心倒掉;或者遭了阴谋。即如上文虽然说明了他们是亲戚并不是我说的话,但因为列举的名词太多了,"同乡"两字,也足以招人"生气",只要看自己愤然于"流言"中的"某籍"两字,就可想而知。照此看来,这一回的说"叭儿狗"[21](《莽原半月刊》第一期),怕又有人猜想我是指着他自己,在那里"悻悻"了。其实我不过是泛论,说社会上有神似这个东西的人,因此多说些它的主人:阉人,太监,太太,小姐。本以为这足见我是泛论了,名人们现在那里还有肯跟太监的呢,但是有些人怕仍要忽略了这一层,各各认定了其中的主人之一,而以"叭儿狗"自命。时势实在艰难,我似乎只有专讲上帝,才可以免于危险,而这事又非我所长。但是,倘使所有的只是暴戾之气,还是让它尽量发出来罢,"一群悻悻的狗",在后面也好,在对面也好。我也知道将什么之气都放在心里,脸上笔下却全都"笑吟吟",是极其好看的;可是掘不得,小小的挖一个洞,便什么之气都出来了。但其实这倒是真面目。

第二种罪案是"近一些的一个例",陈教授曾"泛论图书馆的重要"，"说孤桐先生在他未下台以前发表的两篇文章里，这一层'他似乎没看到'。"我却轻轻地改为"听说孤桐先生倒是想到了这一节，曾经发表过文章，然而下台了，很可惜"了。而且还问道："你看见吗，那刀笔吏[22]的笔尖?""刀笔吏"是不会有漏洞的，我却与陈教授的原文不合，所以成了罪案，或者也就不成其为"刀笔吏"了罢。《现代评论》早已不见，全文无从查考，现在就据这一回的话，敬谨改正，为"据说孤桐先生在未下台以前发表的文章里竟也没想到;现在又下了台，目前无法补救了，很可惜"罢。这里附带地声明，我的文字中，大概是用别人的原文用引号，举大意用"据说"，述听来的类似"流言"的用"听说"，和《晨报》大将文例不相同。

第三种罪案是关于我说"北大教授兼京师图书馆副馆长月薪至少五六百元的李四光"的事，据说已告了一年的假，假期内不支薪，副馆长的月薪又不过二百五十元。别一张《晨副》上又有本人的声明，话也差不多，不过说月薪确有五百元，只是他"只拿二百五十元"，其余的"捐予图书馆购买某种书籍"了。此外还给我许多忠告，这使我非常感谢，但愿意奉还"文士"的称号[23]，我是不属于这一类的。只是我以为告假和辞职不同，无论支薪与否，教授也仍然是教授，这是不待"刀笔吏"才能知道的。至于图书馆的月薪，我确信李教授（或副馆长）现在每月"只拿二百五十元"的现钱，是美国那面的;中国这面的一半，真说不定要拖欠到什么时候才有。但欠帐究竟也是钱，别人的兼差，大抵多是欠帐，连一半现钱也没有，可是早成了有些论客的口实了，虽然其缺点是在不肯及早捐出去。

我想，如果此后每月必发，而以学校欠薪作比例，中国的一半是明年的正月间会有的，倘以教育部欠俸作比例，则须十七年正月间才有，那时购买书籍来，我一定就更正，只要我还在做"官僚"，因为这容易得知，我也自信还有这样的记性，不至于今年忘了去年事。但是，倘若又被章士钊们革掉，那就莫明其妙，更正的事也只好作罢了。可是我所说的职衔和钱数，在今日却是事实。

第四种的罪案是……。陈源教授说，"好了，不举例了。"为什么呢？大约是因为"本来已经说不胜说"，或者是在矫正"打笔墨官司的时候，谁写得多，骂得下流，捏造得新奇就是谁的理由大"的恶习之故罢，所以就用三个例来概其全般，正如中国戏上用四个兵卒来象征十万大军一样。此后，就可以结束，漫骂——"正人君子"一定另有名称，但我不知道，只好暂用这加于"下流"人等的行为上的话——了。原文很可以做"正人君子"的真相的标本，删之可惜，扯下来粘在后面罢——

　　"有人同我说，鲁迅先生缺乏的是一面大镜子，所以永远见不到他的尊容。我说他说错了。鲁迅先生的所以这样，正因为他有了一面大镜子。你听见过赵子昂——是不是他？——画马的故事罢？他要画一个姿势，就对镜伏地做出那个姿势来。鲁迅先生的文章也是对了他的大镜子写的，没有一句骂人的话不能应用在他自己的身上。要是你不信，我可以同你打一个赌。"

这一段意思很了然，犹言我写马则自己就是马，写狗自己就是狗，说别人的缺点就是自己的缺点，写法兰斯自己就是法兰斯,说"臭毛厕"自己就是臭毛厕,说别人和杨荫榆女士同乡,就是自己和她同乡。赵子昂也实在可笑,要画马,看看真马就够了,何必定作畜生的姿势;他终于还是人,并不沦入马类,总算是侥幸的。不过赵子昂也是"某籍",所以这也许还是一种"流言",或自造,或那时的"正人君子"所造都说不定。这只能看作一种无稽之谈。倘若陈源教授似的信以为真,自己也照样做,则写法兰斯的时候坐下做一个法姿势,讲"孤桐先生"的时候立起作一个孤姿势,倒还堂哉皇哉;可是讲"粪车"〔24〕也就得伏地变成粪车,说"毛厕"即须翻身充当便所,未免连臭架子也有些失掉罢,虽然肚子里本来满是这样的货色。

"不是有一次一个报馆访员称我们为'文士'吗?鲁迅先生为了那名字几乎笑掉了牙。可是后来某报天天鼓吹他是'思想界的权威者'他倒又不笑了。

"他没有一篇文章里不放几枝冷箭,但是他自己常常的说人'放冷箭',并且说'放冷箭'是卑劣的行为。

"他常常'散布流言'和'捏造事实',如上面举出来的几个例,但是他自己又常常的骂人'散布流言''捏造事实',并且承认那样是'下流'。

"他常常的无故骂人,要是那人生气,他就说人家没有'幽默'。可是要是有人侵犯了他一言半语,他就跳到半天空,骂得你体无完肤——还不肯罢休。"

这是根据了三条例和一个赵子昂故事的结论。其实是称别个为"文士"我也笑,称我为"思想界的权威者"〔25〕我也笑,但牙却并非"笑掉",据说是"打掉"的,这较可以使他们快意些。至于"思想界的权威者"等等，我连夜梦里也没有想做过，无奈我和"鼓吹"的人不相识，无从劝止他，不像唱双簧的朋友，可以彼此心照；况且自然会有"文士"来骂倒，更无须自己费力。我也不想借这些头衔去发财发福，有了它于实利上是并无什么好处的。我也曾反对过将自己的小说采入教科书，怕的是教错了青年，记得曾在报上发表；[26]不过这本不是对上流人说的，他们当然不知道。冷箭呢，先是不肯的，后来也放过几枝，但总是对于先"放冷箭"用"流言"的如陈源教授之辈，"请君入瓮"[27]，也给他尝尝这滋味。不过虽然对于他们，也还是明说的时候多，例如《语丝》上的《音乐》[28]就说明是指徐志摩先生，《我的籍和系》和《并非闲话》也分明对西滢即陈源教授而发；此后也还要射，并无悔祸之心。至于署名，则去年以来只用一个，就是陈教授之所谓"鲁迅，即教育部佥事周树人"[29]就是。但在下半年，应将"教育部佥事"五字删去，因为被"孤桐先生"所革；今年却又变了"暂署佥事"[30]了，还未去做，然而豫备去做的，目的是在弄几文俸钱，因为我祖宗没有遗产，老婆没有奁田，文章又不值钱，只好以此暂且糊口。还有一个小目的，是在对于以我去年的免官为"痛快"者，给他一个不舒服，使他恨得扒耳搔腮，忍不住露出本相。至于"流言"，则先已说过，正是陈源教授首先发明的专卖品，独有他听到过许多；在我呢，心术是看不见的东西，且勿说，我的躲在家里的生活即不利于作"捏……言"的枢纽。剩下的只有"幽默"问题了，我又没有说过这些话，也没有主张过"幽默"，也许将这两字连写，今天还算第一回。我对人是"骂人"，人对我是

"侵犯了一言半语",这真使我记起我的同乡"刑名师爷"来,而且还是弄着不正经的"出重出轻"的玩意儿的时候。这样看来,一面镜子确是该有的,无论生在那一县。还有罪状哩——

> "他常常挖苦别人家抄袭。有一个学生钞了沫若的几句诗,他老先生骂得刻骨镂心的痛快,可是他自己的《中国小说史略》,却就是根据日本人盐谷温的《支那文学概论讲话》里面的'小说'一部分。其实拿人家的著述做你自己的蓝本,本可以原谅,只要你在书中有那样的声明,可是鲁迅先生就没有那样的声明。在我们看来,你自己做了不正当的事也就罢了,何苦再去挖苦一个可怜的学生,可是他还尽量的把人家刻薄。'窃钩者诛,窃国者侯',本是自古已有的道理。"

这"流言"早听到过了;后来见于《闲话》,说是"整大本的摞窃",但不直指我,而同时有些人的口头上,却相传是指我的《中国小说史略》。[31]我相信陈源教授是一定会干这样勾当的。但他既不指名,我也就只回敬他一通骂街,这可实在不止"侵犯了他一言半语"。这回说出来了;我的"以小人之心"也没有猜错了"君子之腹"。但那罪名却改为"做你自己的蓝本"了,比先前轻得多,仿佛比自谦为"一言半语"的"冷箭"钝了一点似的。盐谷氏[32]的书,确是我的参考书之一,我的《小说史略》二十八篇的第二篇,是根据它的,还有论《红楼梦》[33]的几点和一张《贾氏系图》,也是根据它的,但不过是大意,次序和意见就很不同。其他二十六篇,我都有我独立的准备,证据是和他的所说还时常相反。例如现有的汉人小说,他以为真,我以为假；唐人小说的分类他据森槐南[34]，我却用我法。六朝小说他据《汉魏丛书》[35]，我据别本及自己的辑本，这工夫曾经费去两年多，稿本有十册在这里[36]；唐人小说他据谬误最多的《唐人说荟》[37]，我是用《太平广记》[38]的，此外还一本一本搜起来……。其余分量，取舍，考证的不同，尤难枚举。自然，大致是不能不同的，例如他说汉后有唐，唐后有宋，我也这样说，因为都以中国史实为"蓝本"。我无法"捏造得新奇"，虽然塞文狄斯的事实和"四书"合成的时代也不妨创造。[39]但我的意见，却以为似乎不可，因为历史和诗歌小说是两样的。诗歌小说虽有人说同是天才即不妨所见略同，所作相像，[40]但我以为究竟也以独创为贵；历史则是纪事，固然不当偷成书，但也不必全两样。说诗歌小说相类不妨，历史有几点近似便是"摽窃"，那是"正人君子"的特别意见，只在以"一言半语""侵犯""鲁迅先生"时才适用的。好在盐谷氏的书听说(!)已有人译成(?)中文，两书的异点如何，怎样"整大本的摽窃"，还是做"蓝本"，不久(?)就可以明白了。在这以前，我以为恐怕连陈源教授自己也不知道这些底细，因为不过是听来的"耳食之言"。不知道对不对？（盐谷教授的《支那文学概论讲话》的译本，今年夏天看见了，将五百余页的原书，译成了薄薄的一本，那小说一部分，和我的也无从对比了。广告上却道"选译"[41]。措辞实在聪明得很。十月十四日补记。）

　　但我还要对于"一个学生钞了沫若的几句诗"[42]这事说几句话；"骂得刻骨镂心的痛快"的，似乎并不是我。因为我于诗向不留心，所以也没有看过"沫若的诗"，因此即更不知道别人的是否钞袭。陈源教授的那些话，说得坏一点，就是"捏造事实"，故意挑拨别人对我的恶感，真可以说发挥着他的真本领。说得客气一点呢，他自说写这信时是在"发热"，那一定是热度太高，发了昏，忘记装腔了，不幸显出本相；并且因为自己爬着，所以觉得我"跳到半天空"，自己抓破了皮肤或者一向就破着，却以为被我"骂"破了。——但是，我在有意或无意中碰破了一角纸糊绅士服，那也许倒是有的；此后也保不定。彼此迎面而来，总不免要挤擦，碰磕，也并非"还不肯罢休"。

绅士的跳踉丑态，实在特别好看，因为历来隐藏蕴蓄着，所以一来就比下等人更浓厚。因这一回的放泄，我才悟到陈源教授大概是以为揭发叔华女士的剽窃小说图画的文章，也是我做的，[43]所以早就将"大盗"两字挂在"冷箭"上，射向"思想界的权威者"。殊不知这也不是我做的，我并不看这些小说。"琵亚词侣"的画，我是爱看的，但是没有书，直到那"剽窃"问题发生后，才刺激我去买了一本 Art of A. Beardsley 来，化钱一元七。可怜教授的心目中所看见的并不是我的影，叫跳竟都白费了。遇见的"粪车"，也是境由心造的，正是自己脑子里的货色，要吐的唾沫，还是静静的咽下去罢。

太费纸张了，虽然我不至于娇贵到会发热，但也得赶紧的收梢。然而还得粘上一段大罪状——

"据他自己的自传，他从民国元年便做了教育部的官，从没脱离过。所以袁世凯称帝，他在教育部，曹锟贿选[44]，他在教育部，'代表无耻的彭允彝'[45]做总长，他也在教育部，甚而至于'代表无耻的章士钊'免了他的职后,他还大嚷'金事这一个官儿倒也并不算怎样的"区区"',怎样有人在那里钻谋补他的缺,怎样以为无足轻重的人是'慷他人之慨',如是如是,这样这样……这像'青年叛徒的领袖'吗?

"其实一个人做官也不大要紧,做了官再装出这样的面孔来可叫人有些恶心吧了。

"现在又有人送他'土匪'的名号了。好一个'土匪'。"

苦心孤诣给我加了上去的"土匪"的恶名,这一回忽又否认了,可见唾沫还是静静的咽下去好,免得后来自己舐回去。但是,"文士"别有慧心,那里会给我便宜呢,自然即代以自"袁世凯称帝"以来的罪恶,仿佛"称帝""贿选"那类事,我既在教育部,即等于全由我一手包办似的。这是真的,从那时以来,我确没有带兵独立过,但我也没有冷笑云南起义[46],也没有希望国民军[47]失败;对于教育部,其实是脱离过两回,一是张勋复辟[48]时,一就是章士钊长部时,前一回以教授的一点才力自然不知道,后一回却忘却得有些离奇。我向来就"装出这样的面孔",不但毫不顾忌陈源教授可"有些恶心",对于"孤桐先生"也一样。要在我的面孔上寻出些有趣来,本来是没头脑的妄想,还是去看别的面孔罢。

这类误解似乎不止陈源教授,有些人也往往如此,以为教员清高,官僚是卑下的。真所谓"得意忘形","官僚官僚"的骂着。可悲的就在此,现在的骂官僚的人里面,到外国去炸大[49]过一回而且做教员的就很多:所谓"钻谋补他的缺"的也就是这一流，那时我说"佥事这一个官儿倒也并不算怎样的'区区'"，就为此人的乘机想做官而发，刺他一针，聊且快意，不提防竟又被陈教授"刻骨镂心"的记住了，也许又疑心我向他在"放冷箭"了罢。

我并非因为自己是官僚，定要上侪于清高的教授之列，官僚的高下也因人而异，如所谓"孤桐先生"，做官时办《甲寅》，佩服的人就很多，下台之后，听说更有生气了。而我"下台"时所做的文章，岂不是不但并不更有生气，还招了陈源教授的一顿"教训"〔50〕，而且罪孽深重，延祸"面孔"了么？这是以文才和面孔言；至于从别一方面看，则官僚与教授就有"一丘之貉"之叹，这就是说：钱的来源。国家行政机关的事务官所得的所谓俸钱，国立学校的教授所得的所谓薪水，还不是同一来源，出于国库的么？在曹锟政府下做国立学校的教员，和做官的没有大区别。难道教员的是捐给了学校，所以特别清高了？袁世凯称帝时代，陈源教授或者还在外国的研究室里，是到了曹锟贿选前后才做教授的，比我到北京迟得多，福气也比我好得多。曹锟贿选，他做教授，"代表无耻的彭允彝做总长"，他做教授，"甚而至于'代表无耻的章士钊'做总长"，他自然做教授，我可是被革掉了，甚而至于待到那"甚而至于'代表无耻的章士钊'"不做总长了，他自然还做教授，归国以来，一帆风顺，一个小钉子也没有碰。这当然是因为有适宜的面孔，不"叫人有些恶心"之故喽。看他脸上既无我一样的可厌的"八字胡子"，也可以说没有"官僚的神情"，所以对于他的面孔，却连我也并没有什么大"恶心"，而且仿佛还觉得有趣。这一类的面孔,只要再白胖一点,也许在中国就不可多得了。

　　不免招我说几句费话的不过是他对镜装成的姿势和"爆发"出来的蕴蓄,但又即刻掩了起来,关上大门,据说"大约不再打这样的笔墨官司"了。前面的香车既经杳然,我且不做叫门的事,因为这些时候所遇到的大概不过几个家丁;而且已是往"国立北京女子师范大学复校纪念会"的时候了,就这样的算收束。

　　　　　　　　　　　　　　　　　　二月一日。

　　※　　　　※　　　　※

　　〔1〕　本篇最初发表于1926年2月8日《语丝》周刊第六十五期。

　　〔2〕　1925年女师大风潮中,章士钊在《停办北京女子师范大学呈文》中诬蔑女学生"不受检制。竟体忘形。啸聚男生。蔑视长上。"这期间陈西滢也曾在口头上侮辱女学生。而徐志摩在1926年1月13日《晨报副刊》发表的《"闲话"引出来的闲话》一文,却恭维陈说:"西滢是分明私淑法朗士的,也不止写文章一件事——除了他对女性的态度,那是太忠贞了。"这就引起岂明(周作人)在同月20日《晨报副刊》发表《闲话的闲话之闲话》一文,针对徐志摩说陈西滢"忠贞"于女性一点,揭发了陈侮辱女学生的话:"我知道在北京有两位新文化新文学的名人名教授,因为愤女师前途之棘,先章士钊,后杨荫榆而扬言于众曰:'现在的女学生都可以叫局。'"于是在1月30日《晨报副刊》上就发表有徐志摩的《关于下面一束通信告读者们》和陈西滢《闲话的闲话之闲话引出来的几封信》,共同对鲁迅进行攻击和诽谤。在陈西滢的《几封信》中有两封《致岂明》的信,其中他自己承认"疑心先生骂的有我在里面",一面又加以辩解,并且一再说"先生兄弟两位"或"令兄鲁迅先生",把鲁迅也拉在

一起。此外,在他的这《几封信》中还有一封题为《致志摩》的长信,内容全是对鲁迅的诋毁,因此鲁迅写了这篇文章。

〔3〕 新潮社 北京大学部分学生和教员组织的社团。1918 年 11 月成立。主要成员有傅斯年、罗家伦、杨振声、周作人、叶绍钧等,曾出版《新潮》月刊(1919 年 1 月创刊,1922 年 3 月出至三卷二期停刊)及《新潮丛书》、《新潮社文艺丛书》。后来,由于主要成员的变化,于 1927 年解体。

〔4〕 指陈西滢给岂明的两封信中的第一信。参看本卷第 223 页注〔1〕。

〔5〕 "暗中挑剔风潮" 陈西滢攻击鲁迅等人的一句不通的话。参看本卷第 85 页注〔8〕。

〔6〕 "十年读书十年养气的工夫" 这是李四光给《晨报副刊》编者徐志摩的信中所说的话。详见本篇注〔23〕。

〔7〕 "耳食之言" 即传闻的话。语出《史记·六国年表序》:"学者牵于所闻,见秦在帝位日浅,不察其终始,因举而笑之,不敢道。此与以耳食无异。"

〔8〕 汪原放先生"已作古人"一案 鲁迅在 1924 年 1 月 28 日《晨报副刊》上发表《望勿"纠正"》一文。其中说古书的标点者"汪原放君已经成了古人了"。后知汪还健在,1925 年 9 月 24 日在将该文编入《热风》时,特于篇末作了订正。汪原放,参看本卷第 323 页注〔6〕。

〔9〕 "刑名师爷" 清代官署中承办刑事判牍的幕僚。他们善于舞文弄法,往往能左右人的祸福。当时绍兴籍的幕僚较多,因有"绍兴师爷"之称。陈西滢曾在《致志摩》中攻击鲁迅"是做了十几年官的刑名师爷"。

〔10〕 "察见渊鱼者不祥" 语出《列子·说符》:"周谚有言:察见渊鱼者不祥;智料隐匿者有殃。"察见渊鱼,比喻窥见别人心中的"隐匿";

不祥,是指容易招来猜忌和祸患。

〔11〕　学理和事实　这是陈西滢自我标榜的话。参看本卷第183页注〔16〕。

〔12〕　"笑吟吟"的天才的讽刺　这是对徐志摩称赞陈西滢的话所作的概括。参看本书《有趣的消息》及其注〔17〕。

〔13〕　毛厕　这是陈西滢在1925年5月30日《现代评论》第一卷第二十五期发表的《闲话》中诬蔑女师大的话。参看本卷第85页注〔10〕。

〔14〕　"人气"　岂明在《闲话的闲话之闲话》里曾针对陈西滢侮辱女学生的话说:"许多所谓绅士压根儿就没有一点人气,还亏他们恬然自居于正人之列。"陈西滢随即在《致岂明》中加以辩解,其中有"如果先生还有半分'人气'"这样的话。

〔15〕　发热　陈西滢在《致志摩》的末尾说:"昨晚因为写另一篇文章,睡迟了,今天似乎有些发热。今天写了这封信,已经疲乏了。"

〔16〕　"逼死"　1925年10月1日,徐志摩接编《晨报副刊》。当天他就发表了一篇《我为什么来办我想怎么办》,文内说到陈西滢本来是最厌恶副刊的;但"为要处死副刊",反而赞成徐志摩来编《晨报副刊》,以便"第一步逼死别家的副刊,第二步掐死自己的副刊,从此人类可永免副刊的灾殃"。

〔17〕　赵子昂(1254—1322)　名孟頫,字子昂,浙江吴兴(今湖州)人,元代书画家,以画马著称。关于他画马的故事,清代吴升《大观录》卷十六王穉登题赵孟頫《浴马图卷》中有这样的记载:"(赵孟頫)尝据床学马滚尘状,管夫人自牖中窥之,政见一匹滚尘马。"

〔18〕　"悻悻的狗"　陈西滢在《致志摩》中攻击鲁迅说:"说起画像,忽然想起本月二十三日《京报副刊》里林玉堂先生画的《鲁迅先生打叭儿狗图》。……你看他面上八字胡子,头上皮帽,身上厚厚的一件

大髦,很可以表出一个官僚的神情来。不过林先生的打叭儿狗的想像好像差一点。我以为最好的想像是鲁迅先生张着嘴立在泥潭中,后面立着一群悻悻的狗,'一犬吠影,百犬吠声',不是俗语吗?"

〔19〕 "重女轻男" 陈西滢在《现代评论》第二卷第三十八期(1925年8月29日)的《闲话》中谈到女师大风潮时说:"现在一部分报纸的篇幅,几乎全让女师风潮占去了","外国人说,中国人是重男轻女的。我看不见得吧。"

〔20〕 法兰斯 通译法朗士。参看本卷第70页注〔13〕。陈西滢在《现代评论》第三卷第五十七、五十八期(1926年1月9日、16日)连续发表两篇谈法朗士的《闲话》;徐志摩看到第一篇后,便在1月13日《晨报副刊》发表《"闲话"引出来的闲话》一文,称赞陈的文章和法朗士的文章同样"妩媚",又说他学法朗士已经"有根"了。参看本书《无花的蔷薇》第七节。

〔21〕 指《论"费厄泼赖"应该缓行》一文,后收入《坟》。

〔22〕 刀笔吏 古代书吏在办理文书时,经常要使用刀和笔两种工具(用笔写在竹简或木札上,有误则用刀削去),所以秦汉时的书吏被称为刀笔吏;后来成为对舞文弄法的讼师的通称。陈西滢曾在《致志摩》中攻击鲁迅为"刀笔吏"。

〔23〕 李四光在1926年2月1日《晨报副刊》发表一封给徐志摩的信,内容是关于京师图书馆副馆长月薪一事的声明。信末说:"我听说鲁迅先生是当代比较有希望的文士……暗中希望有一天他自己查清事实,知道天下人不尽像鲁迅先生的镜子里照出来的模样。到那个时候,也许这个小小的动机,可以促鲁迅先生作十年读书,十年养气的工夫。也许中国因此可以产生一个真正的文士。"

〔24〕 "粪车" 陈西滢在《致志摩》中说,他发表这几封信,"总算是半年来朝晚被人攻击的一点回响,也可以证明我的容忍还没有到

家。……现在忍不住的爆发了。譬如在一条又长又狭的胡同里，你的车跟着一辆粪车在慢慢的走，你虽然掩住了口鼻，还少不得心中要作恶，一到空旷的地方，你少不得唾两口口涎，呼两口气。我现在的情景正是那样。"

〔25〕 "思想界的权威者"　1925 年 8 月初，北京《民报》在《京报》、《晨报》刊登广告，宣传该报的"十二大特色"，其中之一为"增加副刊"，其中有"本报自 8 月 5 日起增加副刊一张，专登学术思想及文艺等，并特约中国思想界之权威者鲁迅……诸先生随时为副刊撰著"等语。

〔26〕 秋士（孙伏园）在 1924 年 1 月 12 日《晨报副刊》发表的《关于鲁迅先生》一文中说："鲁迅先生所以对于《呐喊》再版迟迟不准许的原因有数端。一，听说有几个中学堂的教师竟在那里用《呐喊》做课本，甚至有给高小学生读的。这是他所极不愿意的。最不愿意的是竟有人给小孩读《狂人日记》。……他说他虽然悲观，但到今日的中小学生长大了的时代，也许不至于'吃人'了，那么这种凶险的印象给他们做什么！他说他一听到《呐喊》在那儿给中小学生读以后，见了《呐喊》便讨厌，非但没有再版的必要，简直有让它绝版的必要，也有不再做这一类小说的必要。"

〔27〕 "请君入瓮"　唐代酷吏周兴的故事。《资治通鉴》唐则天后天授二年载："或告文昌右丞周兴与丘神勣通谋，太后命来俊臣鞫之。俊臣与兴方推事对食，谓兴曰：'囚多不承，当为何法？'兴曰：'此甚易耳！取大瓮，以炭四周炙之，令囚入中，何事不承！'俊臣乃索大瓮，火围如兴法，因起谓兴曰：'有内状推兄，请兄入此瓮！'兴惶恐叩头服罪。"

〔28〕《音乐》　即《"音乐"？》，原载《语丝》第五期（1924 年 12 月 15 日），后收入《集外集》；系针对《语丝》第三期（1924 年 12 月 1 日）徐志摩在他翻译的波特莱尔《死尸》一诗前所发的议论而作。

〔29〕 陈西滢在《致志摩》中说："前面几封信里说起了几次周岂明

先生的令兄:鲁迅,即教育部佥事周树人先生的名字。"

〔30〕 "暂署佥事" 1926 年 1 月 17 日,教育部令鲁迅复佥事职。因为由教育部呈请北洋政府核准的命令在当时还未发表,所以是"暂署佥事"。后于 3 月 31 日国务总理费德耀"训令"教育部执行。

〔31〕 陈西滢在《现代评论》第二卷第五十期(1925 年 11 月 21 日)的《闲话》里,说当时著述界盛行"剽窃"或"抄袭",含沙射影地诬蔑作者说:"很不幸的,我们中国的批评家有时实在太宏博了。他们俯伏了身躯,张大了眼睛,在地面上寻找窃贼,以致整大本的剽窃,他们倒往往视而不见。要举个例么? 还是不说吧,我实在不敢再开罪'思想界的权威'。"在《致志摩》里,他便明白地说作者的《中国小说史略》是抄袭日本盐谷温的《支那文学概论讲话》的。下文的"回敬他一通骂街",参看本卷第 223 页注〔1〕。

〔32〕 盐谷氏 指盐谷温(1878—1962),日本汉文学研究者,当时任东京大学教授。

〔33〕 《红楼梦》 长篇小说,一百二十回,前八十回清代曹雪芹作,后四十回一般认为高鹗续作。

〔34〕 森槐南(1863—1911) 日本汉文学研究者。他对唐人小说的分类,据盐谷温《支那文学概论讲话》第六章所述,共为三类:一、别传;二、异闻琐语;三、杂事。盐谷温则根据他所分类的第一类,再细分为别传、剑侠、艳情、神怪四种。

〔35〕 《汉魏丛书》 明代何镗辑,内收汉魏六朝间遗书百种。现在通行的有清代王谟刻本八十六种。

〔36〕 指《古小说钩沉》。内收自周至隋散佚小说三十六种,是研究中国小说史的重要资料。

〔37〕 《唐人说荟》 小说笔记丛书,共二十卷。旧有桃源居士辑本,凡一百四十四种;清代乾隆时山阴陈莲塘又从《说郛》等书中采入二

十种,合为一百六十四种。内多小说,但删节和谬误很多,坊刻本又改名为《唐代丛书》。

〔38〕　《太平广记》　类书,共五百卷。宋代李昉等奉敕纂辑。书成于太平兴国三年(978),内收六朝至宋代初年的小说、野史很多,引用书四百七十余种。

〔39〕　塞文狄斯　通译塞万提斯。陈西滢在《现代评论》第二卷第四十八期(1925 年 11 月 7 日)的《闲话》里说:“有人游历西班牙,他的引导指了一个乞丐似的老人说,那就是写 Don Quixote 的 Cervantes(按即写《堂吉诃德》的塞万提斯)。听者惊诧道:塞文狄斯么? 怎样你们的政府让他这样的穷困? 引导者道:要是政府养了他,他就不写 Don Quixote 那样的作品了。”按在英国华兹(H. E. Watts)所著的《塞万提斯评传》第十二章中,曾说及西班牙人托勒斯(M. Torres)所记述的一个故事:1615年 2 月,托勒斯会见一些喜爱塞万提斯著作的法国人,他愿意引导他们去看那个作者。他告诉他们说,塞万提斯年老了,很穷;于是一个人问道:西班牙为什么不用公款资助这样的人,使他富有些呢? 又一个人说道:若是穷困逼迫他著书,那么愿上帝不要使他富有,他自己虽穷困,却可以用他的著作使世界富有。但托勒斯并未真的引导那些法国人去见塞万提斯。陈西滢关于塞万提斯的话是道听途说。“四书”合成于南宋,参看本卷第 39 页注〔6〕。陈西滢曾在《〈现代评论〉第一周年增刊》(1926 年 1 月 1 日)发表的《做学问的工具》中称要研究汉代人的“四书”注疏理论。参看本书《杂论管闲事·做学问·灰色等》第二节。

〔40〕　陈西滢在凌叔华的抄袭行为被揭发以后,曾在《现代评论》第二卷第五十期的《闲话》里隐约地为她辩解说:“至于文学,界限就不能这样的分明了。许多情感是人类所共有的,他们情之所至,发为诗歌,也免不了有许多共同之点。……难道一定要说谁抄袭了谁才称心吗?”“‘剽窃’‘抄袭’的罪名,在文学里,我以为只可以压倒一般蠢才,却

不能损伤天才作家的。……至于伟大的天才,有几个不偶然的剽窃?不用说广义的他们心灵受了过去大作家的陶养,头脑里充满了过去大作家的思想,就狭义的说,举起例来也举不胜举。"

〔41〕 指陈彬龢的节译本,1926年3月朴社出版(以后另有孙俍工的全译本,开明书店出版)。

〔42〕 沫若 即郭沫若(1892—1978),四川乐山人,文学家、史学家,创造社主要成员。1925年初曾有人揭发欧阳兰抄袭郭沫若所译的雪莱诗,参看本卷第84页注〔6〕。

〔43〕 关于凌叔华剽窃小说图画的问题,《晨报副刊》自1925年10月1日起,由徐志摩主编,报头用了一幅敞胸半裸的西洋女人黑白画像,无署名,徐志摩在开场白《我为什么来办我想怎么办》中也未声明画的来源;只是在同日刊载的凌叔华所作小说《中秋晚》后的附记中,顺便说"副刊篇首广告的图案也都是凌女士的。"10月8日,《京报副刊》上登载了署名重余(陈学昭)的《似曾相识的〈晨报副刊〉篇首图案》,指出该画是剽窃英国画家琵亚词侣的。不久,《现代评论》第二卷第四十八期(1925年11月7日)发表了凌叔华的小说《花之寺》,11月14日《京报副刊》又发表了署名晨牧的《零零碎碎》一则,暗指凌叔华的《花之寺》说:"挽近文学界抄袭手段日愈发达,……现在某女士竟把柴霍甫的《在消夏别墅》抄窜来了。……这样换汤不换药的小说,瞒得过世人的吗?"陈西滢疑心这两篇文章都是鲁迅所作。凌叔华(1904—1990),名瑞棠,笔名淑华,广东番禺人,小说家。陈西滢之妻。下文的琵亚词侣,又译毕亚兹莱(A. Beardsley,1872—1898),英国画家。多用图案性的黑白线条描绘社会生活。鲁迅曾于1929年选印他的画集《比亚兹莱画选》(《艺苑朝华》第四辑)。

〔44〕 曹锟贿选 参看本卷第69页注〔8〕。

〔45〕 彭允彝 参看本卷第169页注〔6〕。"代表无耻",是当时北

京大学教授胡适抨击他的话(1923 年 1 月 28 日《努力》周报第三十九期)："彭允彝是不能不去的,这一个无耻政客本不值得教育界全体的攻击,……彭允彝代表'无耻'。"1925 年 8 月,北京大学反对章士钊为教育总长,也宣布与教育部脱离关系;北大十七教授在《致本校同事公函》中,曾说章士钊"是彭允彝一样的无耻政客"。另周作人在 1926 年 1 月 9 日《京报副刊》发表的《八千元》(署名何曾亮)一文中亦称"章(士钊)刘(百昭)这些东西本是代表无耻者"。

〔46〕　云南起义　蔡锷等为反对袁世凯称帝,在云南组织护国军,于 1915 年 12 月 25 日发动讨袁起义,很快得到全国各省的响应,袁被迫于 1916 年 3 月 22 日取消帝制。

〔47〕　国民军　当时冯玉祥统率的倾向进步的军队。冯原属北洋军阀中直系吴佩孚的一系;1924 年 10 月第二次直奉战争中,他在前线与奉军妥协,通电主张停战,回师北京,举行"北京政变",囚禁总统曹锟,并将所部军队改组为国民军。

〔48〕　张勋复辟　张勋(1854—1923),字绍轩,江西奉新人,北洋军阀之一,时任安徽督军。1917 年 6 月,他带兵五千从徐州到北京,7 月 1 日与康有为等拥清废帝溥仪进行复辟。同月 12 日即告失败。作者于 7 月 3 日与教育部几个部员同时愤而离职,乱平后于 16 日返部。

〔49〕　炸大　形容出国留学"镀金"后身价百倍。刘半农在《奉答陈通伯先生兼答 SSS 君及其前辈》(1926 年 2 月 1 日《语丝》第六十四期)中说:"吴稚晖先生说过,留学生好比是面筋,到西洋那大油锅里去一泡,马上就蓬蓬勃勃涨得其大无外。"

〔50〕　"教训"　陈西滢在《致岂明》的第二封信中兼指鲁迅说:"因为先生们太不自量,更加得意忘形起来,所以给先生一个小小的教训。"

我还不能"带住"[1]

　　一月三十日《晨报副刊》上满载着一些东西,现在有人称它为"攻周专号"[2],真是些有趣的玩意儿,倒可以看见绅士的本色。不知怎的,今天的《晨副》忽然将这事结束,照例用通信,李四光教授开场白,徐志摩"诗哲"接后段,一唱一和,说道"带住! 让我们对着混斗的双方猛喝一声,带住!"[3]了。还"声明一句,本刊此后不登载对人攻击的文字"云。

　　他们的什么"闲话……闲话"问题,本与我没有什么鸟相干,"带住"也好,放开也好,拉拢也好,自然大可以随便玩把戏。但是,前几天不是因为"令兄"关系,连我的"面孔"都攻击过了么? 我本没有去"混斗",倒是株连了我。现在我还没有怎样开口呢,怎么忽然又要"带住"了? 从绅士们看来,这自然不过是"侵犯"了我"一言半语",正无须"跳到半天空",然而我其实也并没有"跳到半天空",只是还不能这样地谨听指挥,你要"带住"了,我也就"带住"。

　　对不起,那些文字我无心细看,"诗哲"所说的要点,似乎是这样闹下去,要失了大学教授的体统,丢了"负有指导青年重责的前辈"的丑,使学生不相信,青年不耐烦了。可怜可怜,有臭赶紧遮起来。"负有指导青年重责的前辈",有这么多的丑可丢,有那么多的丑怕丢么? 用绅士服将"丑"层层包裹,装着好面孔,就是教授,就是青年的导师么? 中国的青年不要高帽皮袍,装腔作势的导师;要并无伪饰,——倘没有,也得少有伪饰的导师。倘有戴着假面,以导师自居的,就得叫他除下来,否则,便将它撕下来,互相撕下来。撕得鲜血淋漓,臭架子打得粉碎,然后可以谈后话。这时候,即使只值半文钱,却是真价值;即使丑得要使人"恶心",却是真面目。略一揭开,便又赶忙装进缎子盒里去,虽然可以使人疑是钻石,也可以猜作粪土,纵使外面满贴着好招牌,法兰斯呀,萧伯讷^{〔4〕}呀,……毫不中用的!

李四光教授先劝我"十年读书十年养气"。还一句绅士话罢:盛意可感。书是读过的,不止十年,气也养过的,不到十年,可是读也读不好,养也养不好。我是李教授所早认为应当"投畀豺虎"者之一,^{〔5〕}此时本已不必温言劝谕,说什么"弄到人家无故受累",难道真以为自己是"公理"的化身,判我以这样巨罚之后,还要我叩谢天恩么? 还有,李教授以为我"东方文学家的风味,似乎格外的充足,……所以总要写到露骨到底,才尽他的兴会。"我自己的意见却绝不同。我正因为生在东方,而且生在中国,所以"中庸""稳妥"的余毒,还沦肌浃髓,比起法国的勃罗亚^{〔6〕}——他简直称大报的记者为"蛆虫"——来,真是"小巫见大巫",使我自惭究竟不及白人之毒辣勇猛。即以李教授的事为例罢:一,因为我知道李教授是科学家,不很"打笔墨官司"的,所以只要可以不提,便不提;只因为要回敬贵会友^{〔7〕}一杯酒,这才说出"兼差"的事来。二,关于兼差和薪水一节,已在《语丝》(六五)^{〔8〕}上答复了,但也还没有"写到露骨到底"。

我自己也知道,在中国,我的笔要算较为尖刻的,说话有时也不留情面。但我又知道人们怎样地用了公理正义的美名,正人君子的徽号,温良敦厚的假脸,流言公论的武器,吞吐曲折的文字,行私利己,使无刀无笔的弱者不得喘息。倘使我没有这笔,也就是被欺侮到赴诉无门的一个;我觉悟了,所以要常用,尤其是用于使麒麟皮下露出马脚。万一那些虚伪者居然觉得一点痛苦,有些省悟,知道技俩也有穷时,少装些假面目,则用了陈源教授的话来说,就是一个"教训"。只要谁露出真价值来,即使只值半文,我决不敢轻薄半句。但是,想用了串戏的方法来哄骗,那是不行的;我知道的,不和你们来敷衍。

"诗哲"为援助陈源教授起见,似乎引过罗曼罗兰的话,大意是各人的身上都有鬼,但人却只知道打别人身上的鬼。[9]没有细看,说不清了,要是差不多,那就是一并承认了陈源教授的身上也有鬼,李四光教授自然也难逃。他们先前是自以为没有鬼的。假使真知道了自己身上也有鬼,"带住"的事可就容易办了。只要不再串戏,不再摆臭架子,忘却了你们的教授的头衔,且不做指导青年的前辈,将你们的"公理"的旗插到"粪车"上去,将你们的绅士衣装抛到"臭毛厕"里去,除下假面具,赤条条地站出来说几句真话就够了!

二月三日。

*   *   *

〔1〕 本篇最初发表于 1926 年 2 月 7 日北京《京报副刊》。

〔2〕 "攻周专号" 1926 年 1 月 30 日《晨报副刊》的全部篇幅,只刊载徐志摩的《关于下面一束通信告读者们》和陈源的《闲话的闲话之闲话引出来的几封信》,所以 2 月 2 日《京报副刊》上发表署名杨丹初的《问陈源》一文中,称它为"陈源同徐志摩两个人凑成的攻周的专号"。

〔3〕 "带住" 1926 年 2 月 3 日《晨报副刊》以"结束闲话,结束废话!"为题,发表了李四光和徐志摩的通信。李四光在通信中说鲁迅"东方文学家的风味,他似乎格外的充足,所以他拿起笔来,总要写到露骨到底,才尽他的兴会,弄到人家无故受累,他也管不着。"同时他又慨叹"指导青年的人,还要彼此辱骂,制成一个恶劣的社会"。徐志摩则说:"大学的教授们","负有指导青年重责的前辈",是不该这样"混斗"的。因为"这不仅是绅士不绅士的问题,这是像受教育人不像的问题。……学生们看做他们先生的这样丢丑,忍不住开口说话了。绝对没关系人看了这情形也不耐烦了。""让我们对着混斗的双方猛喝一声:带住! 让我们对着我们自己不十分上流的根性猛喝一声:带住!"

〔4〕 陈西滢在《现代评论》第一卷第十八期(1925 年 4 月 11 日)《中山先生大殡给我的感想》,和同刊第二卷第四十八期(1925 年 11 月 7 日)的《闲话》中,曾一再说到 1921 年夏天他在伦敦访问萧伯纳的事。

〔5〕 李四光的"十年读书十年养气"的话,参看本卷第 252 页注〔23〕。李四光是当时"国立女子大学后援会"成员之一。

〔6〕 勃罗亚(L.Bloy,1846—1917) 法国作家,著有《一个专事拆毁的工程师的话》、《失望者》等。他常在文章中用极端的语言攻击当时文学界和新闻界的著名人物。

〔7〕 指王世杰,他也是"教育界公理维持会"(后改名"国立女子大学后援会")的成员。他曾说"北大教授在女师大兼充主任者已有五人,实属违法,应加以否认"。对此,鲁迅指出:"北大教授兼国立京师图书馆副馆长月薪至少五六百元的李四光,不也是正在坐中'维持公理',

而且演说的么？使之何以为情？"（见《华盖集·"公理"的把戏》）

〔8〕 指本书《不是信》一文。

〔9〕 徐志摩在1926年1月20日《晨报副刊》发表的《再添几句闲话乘便妄想解围》中说："我真的觉得没有一件事情你可以除外你自己专骂旁人的。……我们心里的心里，你要是有胆量望里看的话，那一种可能的恶、孽、罪，不曾犯过？谁也不能比谁强得了多少，老实说。……引申这个意义，我们就可以懂得罗曼罗兰'Above the Battle-field'的喊声。鬼是可怕的；他不仅附在你敌人的身上，那是你瞅得见的，他也附在你自己的身上，这你往往看不到。要打鬼的话，你就得连你自己身上的一起打了去，才是公平。"罗曼罗兰（Romain Rolland，1866—1944），法国作家、社会活动家。著有长篇小说《约翰·克里斯朵夫》、剧本《爱与死的搏斗》等。"Above the Battlefield"，英语，意为"在战场上"；这是徐志摩对罗曼罗兰在第一次世界大战期中反对帝国主义战争的文集《超乎混战之上》一书书名不准确的英译。

送 灶 日 漫 笔 [1]

　　坐听着远远近近的爆竹声,知道灶君先生们都在陆续上天,向玉皇大帝讲他的东家的坏话去了,[2]但是他大概终于没有讲,否则,中国人一定比现在要更倒楣。

　　灶君升天的那日,街上还卖着一种糖,有柑子那么大小,在我们那里也有这东西,然而扁的,像一个厚厚的小烙饼。那就是所谓"胶牙饧"了。本意是在请灶君吃了,粘住他的牙,使他不能调嘴学舌,对玉帝说坏话。我们中国人意中的神鬼,似乎比活人要老实些,所以对鬼神要用这样的强硬手段,而于活人却只好请吃饭。

　　今之君子往往讳言吃饭,尤其是请吃饭。那自然是无足怪的,的确不大好听。只是北京的饭店那么多,饭局那么多,莫非都在食蛤蜊,谈风月,"酒酣耳热而歌呜呜"[3]么?不尽然的,的确也有许多"公论"从这些地方播种,只因为公论和请帖之间看不出蛛丝马迹,所以议论便堂哉皇哉了。但我的意见,却以为还是酒后的公论有情。人非木石,岂能一味谈理,碍于情面而偏过去了,在这里正有着人气息。况且中国是一向重情面的。何谓情面?明朝就有人解释过,曰:"情面者,面情之谓也。"[4]自然不知道他说什么,但也就可以懂得他说什么。在现今的世上,要有不偏不倚的公论,本来是一种梦想;

即使是饭后的公评，酒后的宏议，也何尝不可姑妄听之呢。然而，倘以为那是真正老牌的公论，却一定上当，——但这也不能独归罪于公论家，社会上风行请吃饭而讳言请吃饭，使人们不得不虚假，那自然也应该分任其咎的。

记得好几年前，是"兵谏"[5]之后，有枪阶级专喜欢在天津会议的时候，有一个青年愤愤地告诉我道：他们那里是会议呢，在酒席上，在赌桌上，带着说几句就决定了。他就是受了"公论不发源于酒饭说"之骗的一个，所以永远是愤然，殊不知他那理想中的情形，怕要到二九二五年才会出现呢，或者竟许到三九二五年。

然而不以酒饭为重的老实人，却是的确也有的，要不然，中国自然还要坏。有些会议，从午后二时起，讨论问题，研究章程，此问彼难，风起云涌，一直到七八点，大家就无端觉得有些焦躁不安，脾气愈大了，议论愈纠纷了，章程愈渺茫了，虽说我们到讨论完毕后才散罢，但终于一哄而散，无结果。这就是轻视了吃饭的报应，六七点钟时分的焦躁不安，就是肚子对于本身和别人的警告，而大家误信了吃饭与讲公理无关的妖言，毫不瞅睬，所以肚子就使你演说也没精采，宣言也——连草稿都没有。

但我并不说凡有一点事情，总得到什么太平湖饭店，撷英番菜馆之类里去开大宴；我于那些店里都没有股本，犯不上替他们来拉主顾，人们也不见得都有这么多的钱。我不过说，发议论和请吃饭，现在还是有关系的；请吃饭之于发议论，现在也还是有益处的；虽然，这也是人情之常，无足深怪的。

　　顺便还要给热心而老实的青年们进一个忠告,就是没酒没饭的开会,时候不要开得太长,倘若时候已晚了,那么,买几个烧饼来吃了再说。这么一办,总可以比空着肚子的讨论容易有结果,容易得收场。

　　胶牙饧的强硬办法,用在灶君身上我不管它怎样,用之于活人是不大好的。倘是活人,莫妙于给他醉饱一次,使他自己不开口,却不是胶住他。中国人对人的手段颇高明,对鬼神却总有些特别,二十三夜的捉弄灶君即其一例,但说起来也奇怪,灶君竟至于到了现在,还仿佛没有省悟似的。

　　道士们的对付"三尸神"[6],可是更利害了。我也没有做过道士,详细是不知道的,但据"耳食之言",则道士们以为人身中有三尸神,到有一日,便乘人熟睡时,偷偷地上天去奏本身的过恶。这实在是人体本身中的奸细,《封神传演义》[7]常说的"三尸神暴躁,七窍生烟"的三尸神,也就是这东西。但据说要抵制他却不难,因为他上天的日子是有一定的,只要这一日不睡觉,他便无隙可乘,只好将过恶都放在肚子里,再看明年的机会了。连胶牙饧都没得吃,他实在比灶君还不幸,值得同情。

　　三尸神不上天,罪状都放在肚子里;灶君虽上天,满嘴是糖,在玉皇大帝面前含含胡胡地说了一通,又下来了。对于下界的情形,玉皇大帝一点也听不懂,一点也不知道,于是我们今年当然还是一切照旧,天下太平。

　　我们中国人对于鬼神也有这样的手段。

　　我们中国人虽然敬信鬼神;却以为鬼神总比人们傻,所以就用了特别的方法来处治他。至于对人,那自然是不同的了,但还是用了特别的方法来处治,只是不肯说;你一说,据说你就是卑视了他了。诚然,自以为看穿了的话,有时也的确反不免于浅薄。

二月五日。

*　　*　　*

〔1〕　本篇最初发表于 1926 年 2 月 11 日《国民新报副刊》。

〔2〕　灶君　即灶神。《礼记·礼器》唐代孔颖达疏:"颛顼氏有子曰黎,为祝融,祀以为灶神。"又晋代葛洪《抱朴子·微旨》:"月晦之夜,灶神亦上天白人罪状。"旧俗以夏历十二月二十四日为灶神升天的日子,在这一天或前一天祭送灶神,称为送灶。

〔3〕　食蛤蜊　见《南史·王弘传》:"(融)初为司徒法曹,诣王僧祐,因遇沈昭略,未相识。昭略屡顾盼,谓主人曰:'是何年少?'融殊不平,谓曰:'仆出于扶桑,入于汤谷,照耀天下,谁云不知,而卿此问!'昭略云:'不知许事,且食蛤蜊。'"谈风月,见《梁书·徐勉传》,勉为吏部尚书,"常与门人夜集,客有虞暠求詹事五官。勉正色答云:'今夕止可谈风月,不宜及公事。'""酒酣耳热而歌呜呜",语出《汉书·杨恽传》,恽报孙会宗书:"田家作苦,岁时伏腊,烹羊炮羔,斗酒自劳。……酒后耳热,仰天拊缶而呼呜呜。"

〔4〕　"情面者,面情之谓也。"　这是明代周道登(崇祯初年的礼部尚书兼东阁大学士)对崇祯皇帝说的话,见竹坞遗民(文秉)著《烈皇小识》卷一:"上(崇祯)又问阁臣:'近来诸臣奏内,多有情面二字,何谓情面?'周道登对曰:'情面者,面情之谓也。'左右皆匿笑。"

〔5〕　"兵谏"　1917 年第一次世界大战期间,北洋政府在参战问

题上,总统黎元洪和总理段祺瑞发生分歧。5月,段提出的对德宣战案未得国会通过,且被黎元洪免职。于是在段的指使下,安徽省长倪嗣冲首先通电独立,奉、鲁、闽、豫、浙、陕、直等省督军相继响应,皖督张勋也用"十三省省区联合会"(即所谓督军团)的名义电请黎元洪退职,他们自称这种行动为"兵谏"。

〔6〕 "三尸神" 道教称在人体内作祟的"神"。据《太上三尸中经》说:"上尸名彭倨,在人头中;中尸名彭质,在人腹中;下尸名彭矫,在人足中。"又说每逢庚申那天,三尸神便上天去向天帝陈说人的罪恶;但只要人们"守庚申",即在这天晚上通宵不眠,便可避免。

〔7〕 《封神传演义》 即《封神演义》,长篇小说,明代许仲琳(一说陆西星)著,共一百回。

谈　皇　帝^{〔1〕}

　　中国人的对付鬼神，凶恶的是奉承，如瘟神和火神之类，老实一点的就要欺侮，例如对于土地或灶君。待遇皇帝也有类似的意思。君民本是同一民族，乱世时"成则为王败则为贼"，平常是一个照例做皇帝，许多个照例做平民；两者之间，思想本没有什么大差别。所以皇帝和大臣有"愚民政策"，百姓们也自有其"愚君政策"。

　　往昔的我家，曾有一个老仆妇，告诉过我她所知道，而且相信的对付皇帝的方法。她说——

　　"皇帝是很可怕的。他坐在龙位上，一不高兴，就要杀人；不容易对付的。所以吃的东西也不能随便给他吃，倘是不容易办到的，他吃了又要，一时办不到；——譬如他冬天想到瓜，秋天要吃桃子，办不到，他就生气，杀人了。现在是一年到头给他吃波菜，一要就有，毫不为难。但是倘说是波菜，他又要生气的，因为这是便宜货，所以大家对他就不称为波菜，另外起一个名字，叫作'红嘴绿鹦哥'。"

　　在我的故乡，是通年有波菜的，根很红，正如鹦哥的嘴一样。

　　这样的连愚妇人看来，也是呆不可言的皇帝，似乎大可以不要了。然而并不，她以为要有的，而且应该听凭他作威作福。至于用处，仿佛在靠他来镇压比自己更强梁的别人，所以随便杀人，正是非备不可的要件。然而倘使自己遇到，且须侍奉呢？可又觉得有些危险了，因此只好又将他练成傻子，终年耐心地专吃着"红嘴绿鹦哥"。

其实利用了他的名位，"挟天子以令诸侯"[2]的，和我那老仆妇的意思和方法都相同，不过一则又要他弱，一则又要他愚。儒家的靠了"圣君"来行道也就是这玩意，因为要"靠"，所以要他威重，位高；因为要便于操纵，所以又要他颇老实，听话。

皇帝一自觉自己的无上威权，这就难办了。既然"普天之下，莫非皇土"[3]，他就胡闹起来，还说是"自我得之，自我失之，我又何恨"[4]哩！于是圣人之徒也只好请他吃"红嘴绿鹦哥"了，这就是所谓"天"。据说天子的行事，是都应该体帖天意，不能胡闹的；而这"天意"也者，又偏只有儒者们知道着。

这样，就决定了：要做皇帝就非请教他们不可。

然而不安分的皇帝又胡闹起来了。你对他说"天"么，他却道，"我生不有命在天?!"[5]岂但不仰体上天之意而已，还逆天，背天，"射天"[6]，简直将国家闹完，使靠天吃饭的圣贤君子们，哭不得，也笑不得。

于是乎他们只好去著书立说，将他骂一通，豫计百年之后，即身殁之后，大行于时，自以为这就了不得。

但那些书上，至多就止记着"愚民政策"和"愚君政策"全都不成功。

二月十七日。

* * *

〔1〕 本篇最初发表于 1926 年 3 月 9 日《国民新报副刊》。

〔2〕 "挟天子以令诸侯" 语出《三国志·诸葛亮传》。诸葛亮在隆中对刘备评论曹操时说:"今操已拥百万之众,挟天子以令诸侯,此诚不可与争锋。"

〔3〕 "普天之下,莫非皇土" 语出《诗经·小雅·北山》:"溥天之下,莫非王土;率土之滨,莫非王臣。"《春秋左传》昭公七年引此诗"溥"作"普"。

〔4〕 "自我得之,自我失之,我又何恨" 语出《梁书·邵陵王纶传》。太清三年(549)三月,侯景陷建康,"高祖(梁武帝萧衍)叹曰:自我得之,自我失之,亦复何恨!"

〔5〕 "我生不有命在天" 语出《尚书·西北戡黎》:"王(商纣王)曰:呜呼! 我生不有命在天?"

〔6〕 "射天" 见《史记·殷本纪》:"帝武乙无道,为偶人,谓之天神。与之博,令人为行。天神不胜,乃僇辱之。为革囊,盛血,卬(仰)而射之,命曰'射天'。"

无 花 的 蔷 薇 [1]

1

又是 Schopenhauer 先生的话——

"无刺的蔷薇是没有的。——然而没有蔷薇的刺却很多。"[2]

题目改变了一点,较为好看了。

"无花的蔷薇"也还是爱好看。

2

去年,不知怎的这位叔本华尔先生忽然合于我们国度里的绅士们的脾胃了,便拉扯了他的一点《女人论》[3];我也就夹七夹八地来称引了好几回,可惜都是刺,失了蔷薇,实在大煞风景,对不起绅士们。

记得幼小时候看过一出戏,名目忘却了,一家正在结婚,而勾魂的无常鬼已到,夹在婚仪中间,一同拜堂,一同进房,一同坐床……实在大煞风景,我希望我还不至于这样。

3

有人说我是"放冷箭者"[4]。

我对于"放冷箭"的解释,颇有些和他们一流不同,是说有人受伤,而不知这箭从什么地方射出。所谓"流言"者,庶几近之。但是我,却明明站在这里。

但是我,有时虽射而不说明靶子是谁,这是因为初无"与众共弃"之心,只要该靶子独自知道,知道有了洞,再不要面皮鼓得急绷绷,我的事就完了。

4

蔡子民[5]先生一到上海,《晨报》就据国闻社电报郑重地发表他的谈话,而且加以按语,以为"当为历年潜心研究与冷眼观察之结果,大足诏示国人,且为知识阶级所注意也。"

我很疑心那是胡适之先生的谈话,国闻社的电码有些错误了。

5

豫言者,即先觉,每为故国所不容,也每受同时人的迫害,大人物也时常这样。他要得人们的恭维赞叹时,必须死掉,或者沉默,或者不在面前。

总而言之,第一要难于质证。

如果孔丘,释迦,耶稣基督还活着,那些教徒难免要恐慌。对于他们的行为,真不知道教主先生要怎样慨叹。

所以,如果活着,只得迫害他。

待到伟大的人物成为化石,人们都称他伟人时,他已经变了傀儡了。

有一流人之所谓伟大与渺小,是指他可给自己利用的效果的大小而言。

6

法国罗曼罗兰先生今年满六十岁了。晨报社为此征文,徐志摩先生于介绍之余,发感慨道:"……但如其有人拿一些时行的口号,什么打倒帝国主义等等,或是分裂与猜忌的现象,去报告罗兰先生说这是新中国,我再也不能预料他的感想了。"[6](《晨副》一二九九)

他住得远,我们一时无从质证,莫非从"诗哲"的眼光看来,罗兰先生的意思,是以为新中国应该欢迎帝国主义的么?

"诗哲"又到西湖看梅花去了,一时也无从质证。不知孤山的古梅,著花也未,可也在那里反对中国人"打倒帝国主义"?

7

志摩先生曰:"我很少夸奖人的。但西滢就他学法郎士的文章说,我敢说,已经当得起一句天津话:'有根'了。"而且"像西滢这样,在我看来,才当得起'学者'的名词。"[7](《晨副》一四二三)

西滢教授曰:"中国的新文学运动,方在萌芽,可是稍有贡献的人,如胡适之,徐志摩,郭沫若,郁达夫,丁西林,周氏兄弟等等都是曾经研究过他国文学的人。尤其是志摩他非但在思

想方面,就是在体制方面,他的诗及散文,都已经有一种中国文学里从来不曾有过的风格。"〔8〕(《现代》六三)

虽然抄得麻烦,但中国现今"有根"的"学者"和"尤其"的思想家及文人,总算已经互相选出了。

8

志摩先生曰:"鲁迅先生的作品,说来大不敬得很,我拜读过很少,就只《呐喊》集里两三篇小说,以及新近因为有人尊他是中国的尼采他的《热风》集里的几页。他平常零星的东西,我即使看也等于白看,没有看进去或是没有看懂。"〔9〕(《晨副》一四三三)

西滢教授曰:"鲁迅先生一下笔就构陷人家的罪状。……可是他的文章,我看过了就放进了应该去的地方——说句体己话,我觉得它们就不应该从那里出来——手边却没有。"〔10〕(同上)

虽然抄得麻烦,但我总算已经被中国现在"有根"的"学者"和"尤其"的思想家及文人协力踏倒了。

9

但我愿奉还"曾经研究过他国文学"的荣名。"周氏兄弟"之一,一定又是我了。我何尝研究过什么呢,做学生时候看几本外国小说和文人传记,就能算"研究过他国文学"么?

该教授——恕我打一句"官话"——说过,我笑别人称他们为"文士",而不笑"某报天天鼓吹"我是"思想界的权威者"。

现在不了,不但笑,简直唾弃它。

10

其实呢,被毁则报,被誉则默,正是人情之常。谁能说人的左颊既受爱人接吻而不作一声,就得援此为例,必须默默地将右颊给仇人咬一口呢?

我这回的竟不要那些西滢教授所颁赏陪衬的荣名,"说句体己话"罢,实在是不得已。我的同乡不是有"刑名师爷"的么?他们都知道,有些东西,为要显示他伤害你的时候的公正,在不相干的地方就称赞你几句,似乎有赏有罚,使别人看去,很像无私……。

"带住!"又要"构陷人家的罪状"了。只是这一点,就已经够使人"即使看也等于白看",或者"看过了就放进了应该去的地方"了。

二月二十七日。

*　　　*　　　*

〔1〕 本篇最初发表于 1926 年 3 月 8 日《语丝》周刊第六十九期。

〔2〕 Schopenhauer 叔本华。这里的引文据 1916 年德文版《叔本华全集》第六卷《比喻·隐喻和寓言》,可译为:"没有无刺的蔷薇。——但不是蔷薇的刺却很多。"

〔3〕 《女人论》 即《妇人论》,叔本华关于妇女的一篇文章。参看本卷第 173 页注〔9〕。

〔4〕 "放冷箭者" 陈西滢在 1926 年 1 月 30 日《晨报副刊》发表

的《致志摩》中攻击鲁迅说:"他没有一篇文章里不放几枝冷箭"。

〔5〕 蔡孑民(1868—1940) 名元培,字鹤卿,号孑民,浙江绍兴人,清光绪进士,曾任翰林院编修。近代教育家。1904 年与章太炎等组织光复会,任会长,1905 年参加同盟会。历任北洋政府教育总长、北京大学校长、国民党政府中央研究院院长等职;"五四"时期,他赞成和支持新文化运动。1926 年 2 月 3 日,他由欧洲回抵上海,对国闻社记者发表关于国内政治教育等问题的谈话,说"对政制赞可联省自治。对学生界现象极不满。谓现实问题,固应解决,尤须有人埋头研究,以规将来"等等(见 1926 年 2 月 5 日北京《晨报》),这与胡适的主张相似,鲁迅在这里说"疑心那是胡适之先生的谈话",是对蔡的一种比较委婉的批评。

〔6〕 此段文字引自徐志摩在 1925 年 10 月 31 日《晨报副刊》发表的《罗曼罗兰》一文。文中说印度加尔各答大学教授卡立大斯拉格(Kalidas Nag)"专为法国罗曼罗兰明年六十整寿征文"写信给他,说"罗曼罗兰先生自己极想望从'新中国'听到他思想的回响"。

〔7〕 此段引自徐志摩在 1926 年 1 月 13 日《晨报副刊》发表的《"闲话"引出来的闲话》。

〔8〕 此段引自陈西滢在《现代评论》第三卷第六十三期(1926 年 2月 20 日)发表的《闲话》。

〔9〕 此段引自徐志摩在 1926 年 1 月 30 日《晨报副刊》发表的《关于下面一束通信告读者们》。

〔10〕 此段引自陈西滢的《致志摩》。

无花的蔷薇之二[1]

1

英国勃尔根[2]贵族曰："中国学生只知阅英文报纸,而忘却孔子之教。英国之大敌,即此种极力诅咒帝国而幸灾乐祸之学生。……中国为过激党之最好活动场……。"(一九二五年六月三十日伦敦路透电。)

南京通信云："基督教城中会堂聘金大教授某神学博士讲演,中有谓孔子乃耶稣之信徒,因孔子吃睡时皆祷告上帝。当有听众……质问何所据而云然;博士语塞。时乃有教徒数人,突紧闭大门,声言'发问者,乃苏俄卢布买收来者'。当呼警捕之。……"(三月十一日《国民公报》。)

苏俄的神通真是广大,竟能买收叔梁纥[3],使生孔子于耶稣之前,则"忘却孔子之教"和"质问何所据而云然"者,当然都受着卢布的驱使无疑了。

2

西滢教授曰："听说在'联合战线'中,关于我的流言特别多,并且据说我一个人每月可以领到三千元。'流言'是在口上流的,在纸上到也不大见。"〔4〕(《现代》六十五。)

该教授去年是只听到关于别人的流言的,却由他在纸上发表;据说今年却听到关于自己的流言了,也由他在纸上发表。"一个人每月可以领到三千元",实在特别荒唐,可见关于自己的"流言"都不可信。但我以为关于别人的似乎倒是近理者居多。

3

据说"孤桐先生"下台之后,他的什么《甲寅》居然渐渐的有了活气了。可见官是做不得的。〔5〕

然而他又做了临时执政府秘书长了,不知《甲寅》可仍然还有活气? 如果还有,官也还是做得的……。

4

已不是写什么"无花的蔷薇"的时候了。

虽然写的多是刺,也还要些和平的心。

现在,听说北京城中,已经施行了大杀戮了。〔6〕当我写出上面这些无聊的文字的时候,正是许多青年受弹饮刃的时候。呜呼,人和人的魂灵,是不相通的。

5

中华民国十五年三月十八日,段祺瑞政府使卫兵用步枪大刀,在国务院门前包围虐杀徒手请愿,意在援助外交之青年男女,至数百人之多。还要下令,诬之曰"暴徒"!

如此残虐险狠的行为，不但在禽兽中所未曾见，便是在人类中也极少有的，除却俄皇尼古拉二世使可萨克兵击杀民众的事[7]，仅有一点相像。

6

中国只任虎狼侵食，谁也不管。管的只有几个年青的学生，他们本应该安心读书的，而时局漂摇得他们安心不下。假如当局者稍有良心，应如何反躬自责，激发一点天良？

然而竟将他们虐杀了！

7

假如这样的青年一杀就完，要知道屠杀者也决不是胜利者。

中国要和爱国者的灭亡一同灭亡。屠杀者虽然因为积有金资，可以比较长久地养育子孙，然而必至的结果是一定要到的。"子孙绳绳"[8]又何足喜呢？灭亡自然较迟，但他们要住最不适于居住的不毛之地，要做最深的矿洞的矿工，要操最下贱的生业……。

8

如果中国还不至于灭亡，则已往的史实示教过我们，将来的事便要大出于屠杀者的意料之外——

这不是一件事的结束，是一件事的开头。

墨写的谎说，决掩不住血写的事实。

血债必须用同物偿还。拖欠得愈久，就要付更大的利息！

9

以上都是空话。笔写的,有什么相干?

实弹打出来的却是青年的血。血不但不掩于墨写的谎语,不醉于墨写的挽歌;威力也压它不住,因为它已经骗不过,打不死了。

三月十八日,民国以来最黑暗的一天,写。

*　　　*　　　*

〔1〕 本篇最初发表于 1926 年 3 月 29 日《语丝》周刊第七十二期。

〔2〕 勃尔根　当时英国的印度内务部部长。这里引的是他在伦敦中央亚洲协会演说中的话(见 1925 年 7 月 2 日《京报》)。

〔3〕 叔梁纥　春秋时鲁国人,孔子的父亲。按孔子生于公元前 551 年,比耶稣生年早五百多年。

〔4〕 关于《现代评论》收受津贴一事,《猛进》周刊第三十一期(1925 年 10 月 2 日)曾有一篇署名蔚麟的通信,其中说:"《现代评论》因为受了段祺瑞、章士钊的几千块钱,吃着人的嘴软,拿着人的手软,对于段祺瑞、章士钊的一切胡作非为,绝不敢说半个不字。"又章川岛在《语丝》第六十八期(1926 年 3 月 1 日)的一篇通信里也曾说到这津贴问题:"据说现代评论社开办时,确曾由章士钊经手弄到一千元,大概不是章士钊自己掏腰包的,来路我也不明。……然而这也许是流言,正如西滢之捧章士钊是否由于大洋,我概不确知。"这两篇通信都揭露了当时《现代评论》收受津贴的事实;对于这两篇通信,陈西滢在《现代评论》第三卷第六十五期(1926 年 3 月 6 日)的《闲话》里曾经加以辩解,说他个人并未"每月领到三千元",只要有人能够证明他"领受过三百元,三十元,

三元,三毛,甚而至于三个铜子",那他"就不再说话"。但对于《现代评论》收受过段祺瑞津贴的事实,则避而不答。又,这里的"联合战线"一语,最初出自《莽原》周刊第二十期(1925 年 9 月 4 日)霉江致鲁迅的信中:"我今天上午着手草《联合战线》一文,致猛进社、语丝社、莽原社同人及全国的叛徒们的,目的是将三社同人及其他同志联合起来,印行一种刊物,注全力进攻我们本阶级的恶势力的代表:一系反动派的章士钊的《甲寅》,一系与反动派朋比为奸的《现代评论》。"

〔5〕 这是陈西滢的话,参看本卷第 230 页注〔11〕。

〔6〕 指三一八惨案。1926 年 3 月,在冯玉祥国民军与奉系军阀张作霖、李景林等作战期间,日本帝国主义者因见奉军战事失利,便公开出面援助,于 12 日以军舰两艘驶进大沽口,炮击国民军守军,国民军亦开炮还击,于是日本便向段祺瑞政府提出抗议,并联合英、美、法、意、荷、比、西等国,借口维护《辛丑条约》,于 3 月 16 日以八国名义提出最后通牒,要求停止津沽间的军事行动和撤除防务等等,并限于四十八小时以内答复,否则,"关系各国海军当局,决采所认为必要之手段"。北京各界民众为反对日本帝国主义这种侵犯中国主权的行为,于 3 月 18 日在天安门集会抗议,会后结队赴段祺瑞执政府请愿;不料在国务院门前,段祺瑞竟命令卫队开枪射击,并用大刀铁棍追打砍杀,当场和事后因重伤而死者四十七人,伤者一百五十余人,造成了帝国主义和封建军阀互相勾结屠杀中国民众的大惨案。

〔7〕 1905 年 1 月 22 日(俄历一月九日),彼得堡工人因反对开除工人和要求改善生活,带着眷属到冬宫请愿;俄皇尼古拉二世却命令士兵开枪。结果,有一千多人被击毙,两千多人受伤。这天是星期日,史称"流血的星期日"。

〔8〕 "子孙绳绳" 语出《诗经·大雅·抑》:"子孙绳绳,万民靡不承。"绳绳,相承不绝的样子。

"死　地"[1]

　　从一般人,尤其是久受异族及其奴仆鹰犬的蹂躏的中国人看来,杀人者常是胜利者,被杀者常是劣败者。而眼前的事实也确是这样。

　　三月十八日段政府惨杀徒手请愿的市民和学生的事,本已言语道断[2],只使我们觉得所住的并非人间。但北京的所谓言论界,总算还有评论,虽然纸笔喉舌,不能使洒满府前的青年的热血逆流入体,仍复苏生转来。无非空口的呼号,和被杀的事实一同逐渐冷落。

　　但各种评论中,我觉得有一些比刀枪更可以惊心动魄者在。这就是几个论客,以为学生们本不应当自蹈死地[3],前去送死的。倘以为徒手请愿是送死,本国的政府门前是死地,那就中国人真将死无葬身之所,除非是心悦诚服地充当奴子,"没齿而无怨言"[4]。不过我还不知道中国人的大多数人的意见究竟如何。假使也这样,则岂但执政府前,便是全中国,也无一处不是死地了。

　　人们的苦痛是不容易相通的。因为不易相通,杀人者便以杀人为唯一要道,甚至于还当作快乐。然而也因为不容易相通,所以杀人者所显示的"死之恐怖",仍然不能够儆戒后来,使人民永远变作牛马。历史上所记的关于改革的事,总是先仆后继者,大部分自然是由于公义,但人们的未经"死之恐怖",即不容易为"死之恐怖"所慑,我以为也是一个很大的原因。

但我却恳切地希望:"请愿"的事,从此可以停止了。倘用了这许多血,竟换得一个这样的觉悟和决心,而且永远纪念着,则似乎还不算是很大的折本。

世界的进步,当然大抵是从流血得来。但这和血的数量,是没有关系的,因为世上也尽有流血很多,而民族反而渐就灭亡的先例。即如这一回,以这许多生命的损失,仅博得"自蹈死地"的批判,便已将一部分人心的机微示给我们,知道在中国的死地是极其广博。

现在恰有一本罗曼罗兰的《Le Jeu de L'Amour et de La Mort》[5]在我面前,其中说:加尔是主张人类为进步计,即不妨有少许污点,万不得已,也不妨有一点罪恶的;但他们却不愿意杀库尔跋齐,因为共和国不喜欢在臂膊上抱着他的死尸,因为这过于沉重。

会觉得死尸的沉重,不愿抱持的民族里,先烈的"死"是后人的"生"的唯一的灵药,但倘在不再觉得沉重的民族里,却不过是压得一同沦灭的东西。

中国的有志于改革的青年,是知道死尸的沉重的,所以总是"请愿"。殊不知别有不觉得死尸的沉重的人们在,而且一并屠杀了"知道死尸的沉重"的心。

死地确乎已在前面。为中国计,觉悟的青年应该不肯轻死了罢。

三月二十五日。

*　　　*　　　*

〔1〕　本篇最初发表于1926年3月30日《国民新报副刊》。

〔2〕　言语道断　佛家语。《璎珞经》:"言语道断,心行处灭。""言语道断",原意是不可言说,这里表示悲愤到无话可说。

〔3〕　死地　三一八惨案发生后,3月20日《晨报》"时论"栏发表林学衡的《为青年流血问题敬告全国国民》一文,诬称爱国青年"激于意气,挺(铤)而走险,乃陷入奸人居间利用之彀中",指责徐谦等"驱千百珍贵青年为孤注一掷……必欲置千百珍贵青年于死地",同时该文还攻击"共产派诸君故杀青年,希图利己"。3月22日,《晨报》又发表陈渊泉写的题为《群众领袖安在》的社论说:"纯洁爱国之百数十青年即间接死于若辈(按即他所谓"群众领袖")之手"。

〔4〕　"没齿而无怨言"　语出《论语·宪问》:管仲"夺伯氏骈邑三百,饭疏食,没齿无怨言。"没齿,终身之意。

〔5〕　《Le Jeu de L'Amour et de La Mort》　《爱与死的搏斗》,罗曼罗兰以法国大革命为题材的剧本之一,作于1924年。其中有这样的情节:国约议会议员库尔跋齐因反对罗伯斯庇尔捕杀丹东,在议会投票判决丹东死刑时,他放弃投票,并中途退出会场;同时他的妻子又在家中接待一个被通缉的吉隆德派分子(她的情人),被人告发。他的朋友政治委员会委员加尔来到他家,告以委员会要他公开宣布对被通缉者的态度;在他拒绝以后,加尔便给予两张事先准备好的假名假姓的护照,劝他带着妻子一同逃走,并告诉他已得到罗伯斯庇尔的默许。鲁迅这里所举的是加尔在这时候对库尔跋齐所说的话。

可 惨 与 可 笑 [1]

三月十八日的惨杀事件,在事后看来,分明是政府布成的罗网,纯洁的青年们竟不幸而陷下去了,死伤至于三百多人[2]。这罗网之所以布成,其关键就全在于"流言"的奏了功效。

这是中国的老例,读书人的心里大抵含着杀机,对于异己者总给他安排下一点可死之道。就我所眼见的而论,凡阴谋家攻击别一派,光绪年间用"康党"[3],宣统年间用"革党"[4],民二以后用"乱党"[5],现在自然要用"共产党"了。其实,去年有些"正人君子"们称别人为"学棍""学匪"的时候,就有杀机存在,因为这类诨号,和"臭绅士""文士"之类不同,在"棍""匪"字里,就藏着可死之道的。但这也许是"刀笔吏"式的深文周纳[6]。

去年,为"整顿学风"计,大传播学风怎样不良的流言,学匪怎样可恶的流言,居然很奏了效。今年,为"整顿学风"[7]计,又大传播共产党怎样活动,怎样可恶的流言,又居然很奏了效。于是便将请愿者作共产党论,三百多人死伤了,如果有一个所谓共产党的首领死在里面,就更足以证明这请愿就是"暴动"。

可惜竟没有。这该不是共产党了罢。据说也还是的,但他们全都逃跑了,所以更可恶。而这请愿也还是暴动,做证据的有一根木棍,两支手枪,三瓶煤油。姑勿论这些是否群众所携去的东西;即使真是,而死伤三百多人所携的武器竟不过这一点,这是怎样可怜的暴动呵!

但次日,徐谦,李大钊,李煜瀛,易培基,顾兆熊的通缉令[8]发表了。因为他们"啸聚群众",像去年女子师范大学生的"啸聚男生"(章士钊解散女子师范大学呈文语)一样,"啸聚"了带着一根木棍,两支手枪,三瓶煤油的群众。以这样的群众来颠覆政府,当然要死伤三百多人;而徐谦们以人命为儿戏到这地步,那当然应该负杀人之罪了;而况自己又不到场,或者全都逃跑了呢?

以上是政治上的事,我其实不很了然。但从别一方面看来,所谓"严拿"者,似乎倒是赶走;所谓"严拿"暴徒者,似乎不过是赶走北京中法大学校长兼清室善后委员会[9]委员长(李),中俄大学校长(徐),北京大学教授(李大钊),北京大学教务长(顾),女子师范大学校长(易);其中的三个又是俄款委员会[10]委员:一共空出九个"优美的差缺"[11]也。

同日就又有一种谣言,便是说还要通缉五十多人;但那姓名的一部分,却至今日才见于《京报》。[12]这种计画,在目下的段祺瑞政府的秘书长章士钊之流的脑子里,是确实会有的。国事犯多至五十余人,也是中华民国的一个壮观;而且大概多是教员罢,倘使一同放下五十多个"优美的差缺",逃出北京,在别的地方开起一个学校来,倒也是中华民国的一件趣事。

那学校的名称,就应该叫作"啸聚"学校。

三月二十六日。

＊　　　＊　　　＊

〔1〕 本篇最初发表于 1926 年 3 月 28 日《京报副刊》。

〔2〕 三一八惨案死伤应为二百多人。参看本卷第 281 页注〔6〕。

〔3〕 "康党" 指清末参加和赞同康有为等变法维新的人。

〔4〕 "革党" 指参加和赞同孙中山领导的推翻清朝统治的民主革命运动的人。

〔5〕 "乱党" 1913 年,孙中山领导的讨袁战争(二次革命)失败后,袁世凯就把国民党作为"乱党"取缔。

〔6〕 深文周纳 歪曲或苛刻地援用法律条文,罗织罪名,陷人于罪。《汉书·路温舒传》:"上奏畏却,则锻炼而周内(纳)之。"

〔7〕 "整顿学风" 指 1926 年 3 月 6 日,西北边防督办张之江致电执政段祺瑞和总理贾德耀,说当时"学风日窳,士习日偷……现已(男女)合校,复欲共妻","江窃以为中国之可虑者,不在内忧,不在外患,惟此邪说诐行,甚于洪水猛兽。"请段祺瑞"设法抑制","整顿学风"。段祺瑞接到电报后,除令秘书长章士钊复电"嘉许"外,并将原电通知国务院,责成教育部会同军警机关,切实整顿学风。去年的"整顿学风",参看本卷第 128 页注〔4〕。

〔8〕 通缉令 三一八惨案发生后,段祺瑞政府下令通缉徐谦等五人,说他们"假借共产学说,啸聚群众,屡肇事端。本日徐谦以共产党执行委员会名义,散布传单,率领暴徒数百人,阒袭国务院,泼灌火油,抛掷炸弹,手枪木棍,丛击军警。……徐谦等并着京内外一体严拿,尽法惩办,用儆效尤。"徐谦(1871—1940),字季龙,安徽歙县人。李大钊(1889—1927),参看本卷第 69 页注〔9〕。李煜瀛(1881—1973),字石曾,河北高阳人。易培基(1880—1973),字寅村,湖南长沙人。顾兆熊(1888—1972),字孟余,河北宛平(今属北京)人。

〔9〕 清室善后委员会 1924 年 11 月冯玉祥国民军驱逐溥仪出

宫后,北洋政府为办理清室善后事宜和接收故宫文物而设的机构。

〔10〕 俄款委员会　即俄国退还庚子赔款委员会。1917年俄国十月革命成功后,苏俄政府于1919年7月25日发表《告中国人民和南北政府宣言》,宣布放弃帝俄在中国的一切特权,包括退还庚子赔款中尚未付给的部分。1924年5月,两国签订《中俄协定》,其中规定退款用途,除偿付中国政府业经以俄款为抵押品的各项债务外,余数全用于中国教育事业,由中苏两国派员合组一基金委员会(俄国退还庚子赔款委员会)负责处理。这里所说的三个委员,即李煜瀛、徐谦、顾兆熊。

〔11〕 "优美的差缺"　这是引用陈西滢的话。他在《现代评论》第三卷第六十五期(1926年3月6日)的《闲话》里说:"在北京学界一年来的几次风潮中,一部分强有力者的手段和意见,常常不为另一部分人所赞同,这一部分强有力者就加不赞成他们的人们一个'捧章'的头衔。然而这成了问题了。……不'捧章'而捧反章者,既然可以得到许多优美的差缺,而且可以受好几个副刊小报的拥戴,为什么还要去'捧章'呢?"

〔12〕 1926年3月26日《京报》登载消息说:"该项通缉令所罗织之罪犯闻竟有五十人之多,如……周树人(原注:即鲁迅)、许寿裳、马裕藻……等,均包括在内。"

记念刘和珍君[1]

一

中华民国十五年三月二十五日,就是国立北京女子师范大学为十八日在段祺瑞执政府前遇害的刘和珍杨德群[2]两君开追悼会的那一天,我独在礼堂外徘徊,遇见程君[3],前来问我道,"先生可曾为刘和珍写了一点什么没有?"我说"没有"。她就正告我,"先生还是写一点罢;刘和珍生前就很爱看先生的文章。"

这是我知道的,凡我所编辑的期刊,大概是因为往往有始无终之故罢,销行一向就甚为寥落,然而在这样的生活艰难中,毅然预定了《莽原》[4]全年的就有她。我也早觉得有写一点东西的必要了,这虽然于死者毫不相干,但在生者,却大抵只能如此而已。倘使我能够相信真有所谓"在天之灵",那自然可以得到更大的安慰,——但是,现在,却只能如此而已。

可是我实在无话可说。我只觉得所住的并非人间。四十多个青年的血,洋溢在我的周围,使我艰于呼吸视听,那里还能有什么言语?长歌当哭,是必须在痛定之后的。而此后几个所谓学者文人的阴险的论调,尤使我觉得悲哀。我已经出离愤怒了。我将深味这非人间的浓黑的悲凉;以我的最大哀痛显示于非人间，使它们快意于我的苦痛，就将这作为后死者的菲薄的祭品，奉献于逝者的灵前。

二

真的猛士，敢于直面惨淡的人生，敢于正视淋漓的鲜血。这是怎样的哀痛者和幸福者？然而造化又常常为庸人设计，以时间的流驶，来洗涤旧迹，仅使留下淡红的血色和微漠的悲哀。在这淡红的血色和微漠的悲哀中，又给人暂得偷生，维持着这似人非人的世界。我不知道这样的世界何时是一个尽头！

我们还在这样的世上活着；我也早觉得有写一点东西的必要了。离三月十八日也已有两星期，忘却的救主快要降临了罢，我正有写一点东西的必要了。

三

在四十余被害的青年之中，刘和珍君是我的学生。学生云者，我向来这样想，这样说，现在却觉得有些踌躇了，我应该对她奉献我的悲哀与尊敬。她不是"苟活到现在的我"的学生，是为了中国而死的中国的青年。

她的姓名第一次为我所见，是在去年夏初杨荫榆女士做女子师范大学校长，开除校中六个学生自治会职员的时候。[5]其中的一个就是她；但是我不认识。直到后来，也许已经是刘百昭率领男女武将,强拖出校之后了,才有人指着一个学生告诉我,说:这就是刘和珍。其时我才能将姓名和实体联合起来,心中却暗自诧异。我平素想,能够不为势利所屈,反抗一广有羽翼的校长的学生,无论如何,总该是有些桀骜锋利的,但她却常常微笑着,态度很温和。待到偏安于宗帽胡同[6],赁屋授课之后,她才始来听我的讲义,于是见面的回数就较多了,也还是始终微笑着,态度很温和。待到学校恢复旧观[7],往日的教职员以为责任已尽,准备陆续引退的时候,我才见她虑及母校前途,黯然至于泣下。此后似乎就不相见。总之,在我的记忆上,那一次就是永别了。

四

我在十八日早晨,才知道上午有群众向执政府请愿的事;下午便得到噩耗,说卫队居然开枪,死伤至数百人,而刘和珍君即在遇害者之列。但我对于这些传说,竟至于颇为怀疑。我向来是不惮以最坏的恶意,来推测中国人的,然而我还不料,也不信竟会下劣凶残到这地步。况且始终微笑着的和蔼的刘和珍君,更何至于无端在府门前喋血呢?

然而即日证明是事实了,作证的便是她自己的尸骸。还有一具,是杨德群君的。而且又证明着这不但是杀害,简直是虐杀,因为身体上还有棍棒的伤痕。

但段政府就有令,说她们是"暴徒"!

但接着就有流言,说她们是受人利用的。

惨象,已使我目不忍视了;流言,尤使我耳不忍闻。我还有什么话可说呢?我懂得衰亡民族之所以默无声息的缘由了。沉默呵,沉默呵!不在沉默中爆发,就在沉默中灭亡。

五

但是,我还有要说的话。

我没有亲见;听说,她,刘和珍君,那时是欣然前往的。自然,请愿而已,稍有人心者,谁也不会料到有这样的罗网。但竟在执政府前中弹了,从背部入,斜穿心肺,已是致命的创伤,只是没有便死。同去的张静淑[8]君想扶起她,中了四弹,其一是手枪,立仆;同去的杨德群君又想去扶起她,也被击,弹从左肩入,穿胸偏右出,也立仆。但她还能坐起来,一个兵在她头部及胸部猛击两棍,于是死掉了。

始终微笑的和蔼的刘和珍君确是死掉了,这是真的,有她自己的尸骸为证;沉勇而友爱的杨德群君也死掉了,有她自己的尸骸为证;只有一样沉勇而友爱的张静淑君还在医院里呻吟。当三个女子从容地转辗于文明人所发明的枪弹的攒射中的时候,这是怎样的一个惊心动魄的伟大呵!中国军人的屠戮妇婴的伟绩,八国联军的惩创学生的武功,不幸全被这几缕血痕抹杀了。

但是中外的杀人者却居然昂起头来,不知道个个脸上有着血污……。

六

时间永是流驶,街市依旧太平,有限的几个生命,在中国是不算什么的,至多,不过供无恶意的闲人以饭后的谈资,或者给有恶意的闲人作"流言"的种子。至于此外的深的意义,我总觉得很寥寥,因为这实在不过是徒手的请愿。人类的血战前行的历史,正如煤的形成,当时用大量的木材,结果却只是一小块,但请愿是不在其中的,更何况是徒手。

然而既然有了血痕了,当然不觉要扩大。至少,也当浸渍了亲族,师友,爱人的心,纵使时光流驶,洗成绯红,也会在微漠的悲哀中永存微笑的和蔼的旧影。陶潜[9]说过,"亲戚或余悲,他人亦已歌,死去何所道,托体同山阿。"倘能如此,这也就够了。

七

我已经说过:我向来是不惮以最坏的恶意来推测中国人的。但这回却很有几点出于我的意外。一是当局者竟会这样地凶残,一是流言家竟至如此之下劣,一是中国的女性临难竟能如是之从容。

我目睹中国女子的办事,是始于去年的,虽然是少数,但看那干练坚决,百折不回的气概,曾经屡次为之感叹。至于这一回在弹雨中互相救助,虽殒身不恤的事实,则更足为中国女子的勇毅,虽遭阴谋秘计,压抑至数千年,而终于没有消亡的明证了。倘要寻求这一次死伤者对于将来的意义,意义就在此罢。

苟活者在淡红的血色中,会依稀看见微茫的希望;真的猛士,将更奋然而前行。

呜呼,我说不出话,但以此记念刘和珍君!

四月一日。

*　　　*　　　*

〔1〕 本篇最初发表于 1926 年 4 月 12 日《语丝》周刊第七十四期。

〔2〕 刘和珍(1904—1926) 江西南昌人,北京女子师范大学英文系学生。杨德群(1902—1926),湖南湘阴人,北京女子师范大学国文系预科学生。

〔3〕 程君 指程毅志,湖北孝感人,北京女子师范大学教育系学生。

〔4〕《莽原》 文艺刊物,鲁迅编辑,1925 年 4 月 24 日创刊于北京。初为周刊,附《京报》发行,同年 11 月 27 日出至第三十二期休刊。1926 年 1 月 10 日改为半月刊,未名社出版。1926 年 8 月鲁迅离开北京后,由韦素园接编,1927 年 12 月 25 日出至第四十八期停刊。这里所说的"毅然预定了《莽原》全年",指《莽原》半月刊。

〔5〕 在北京女子师范大学学生反对校长杨荫榆的风潮中,杨于1925 年 5 月 7 日借召开"国耻纪念会"之机,强行登台做主席,但当即为全场学生的嘘声所驱赶。下午,她在西安饭店召集若干教员宴饮,策划迫害学生。9 日,以评议会名义开除许广平、刘和珍、蒲振声、张平江、郑德音、姜伯谛等六个学生自治会职员的学籍。

〔6〕 偏安于宗帽胡同　反对杨荫榆的女师大学生被赶出学校后,在西城宗帽胡同租赁房屋作为临时校舍,于1925年9月21日开学。当时鲁迅和部分教师曾去义务授课,表示支持。

〔7〕 学校恢复旧观　女师大学生经过一年多的斗争,在社会进步力量的声援下,于1925年11月30日迁回宣武门内石驸马大街原址,宣告复校。

〔8〕 张静淑(1902—1978)　湖南长沙人,北京女子师范大学教育系学生。受伤后经医治,幸得不死。

〔9〕 陶潜　晋代诗人。参看本卷第78页注〔5〕。这里引用的是他所作《挽歌》中的四句。

空　谈[1]

一

请愿的事,我一向就不以为然的,但并非因为怕有三月十八日那样的惨杀。那样的惨杀,我实在没有梦想到,虽然我向来常以"刀笔吏"的意思来窥测我们中国人。我只知道他们麻木,没有良心,不足与言,而况是请愿,而况又是徒手,却没有料到有这么阴毒与凶残。能逆料的,大概只有段祺瑞,贾德耀[2],章士钊和他们的同类罢。四十七个男女青年的生命,完全是被骗去的,简直是诱杀。

有些东西——我称之为什么呢,我想不出——说:群众领袖应负道义上的责任[3]。这些东西仿佛就承认了对徒手群众应该开枪,执政府前原是"死地",死者就如自投罗网一般。群众领袖本没有和段祺瑞等辈心心相印,也未曾互相钩通,怎么能够料到这阴险的辣手。这样的辣手,只要略有人气者,是万万豫想不到的。

我以为倘要锻炼[4]群众领袖的错处,只有两点:一是还以请愿为有用;二是将对手看得太好了。

二

但以上也仍然是事后的话。我想,当这事实没有发生以前,恐怕谁也不会料到要演这般的惨剧,至多,也不过获得照例的徒劳罢了。只有有学问的聪明人能够先料到,承认凡请愿就是送死。

陈源教授的《闲话》说:"我们要是劝告女志士们,以后少加入群众运动,她们一定要说我们轻视她们,所以我们也不敢来多嘴。可是对于未成年的男女孩童,我们不能不希望他们以后不再参加任何运动。"(《现代评论》六十八)为什么呢?因为参加各种运动,是甚至于像这次一样,要"冒枪林弹雨的险,受践踏死伤之苦"的。

这次用了四十七条性命,只购得一种见识:本国的执政府前是"枪林弹雨"的地方,要去送死,应该待到成年,出于自愿的才是。

我以为"女志士"和"未成年的男女孩童",参加学校运动会,大概倒还不至于有很大的危险的。至于"枪林弹雨"中的请愿,则虽是成年的男志士们,也应该切切记住,从此罢休!

看现在竟如何。不过多了几篇诗文,多了若干谈助。几个名人和什么当局者在接洽葬地,由大请愿改为小请愿了。埋葬自然是最妥当的收场。然而很奇怪,仿佛这四十七个死者,是因为怕老来死后无处埋葬,特来挣一点官地似的。万生园多么近,而四烈士[5]坟前还有三块墓碑不镌一字,更何况僻远如圆明园。

死者倘不埋在活人的心中,那就真真死掉了。

三

改革自然常不免于流血,但流血非即等于改革。血的应用,正如金钱一般,吝啬固然是不行的,浪费也大大的失算。我对于这回的牺牲者,非常觉得哀伤。

但愿这样的请愿,从此停止就好。

请愿虽然是无论那一国度里常有的事,不至于死的事,但我们已经知道中国是例外,除非你能将"枪林弹雨"消除。正规的战法,也必须对手是英雄才适用。汉末总算还是人心很古的时候罢,恕我引一个小说上的典故:许褚赤体上阵,也就很中了好几箭。而金圣叹还笑他道:"谁叫你赤膊?"[6]

至于现在似的发明了许多火器的时代,交兵就都用壕堑战。这并非吝惜生命,乃是不肯虚掷生命,因为战士的生命是宝贵的。在战士不多的地方,这生命就愈宝贵。所谓宝贵者,并非"珍藏于家",乃是要以小本钱换得极大的利息,至少,也必须卖买相当。以血的洪流淹死一个敌人,以同胞的尸体填满一个缺陷,已经是陈腐的话了。从最新的战术的眼光看起来,这是多么大的损失。

这回死者的遗给后来的功德,是在撕去了许多东西的人相,露出那出于意料之外的阴毒的心,教给继续战斗者以别种方法的战斗。

四月二日。

＊　　　　＊　　　　＊

〔1〕　本篇最初发表于 1926 年 4 月 10 日《国民新报副刊》。

〔2〕　贾德耀（1880—1940）　安徽合肥人。毕业于日本士官学校，曾任北洋政府陆军总长，当时是段祺瑞临时执政府的国务总理兼代理陆军总长。

〔3〕　群众领袖应负道义上的责任　1926 年 3 月 22 日，《晨报》发表陈渊泉写的题为《群众领袖安在》的社论，诬蔑徐谦等“非迫群众至国务院不可，竟捏报府院卫队业已解除武装，此行绝无危险，故一群青年始相率而往”。并说：“吾人在纠弹政府之余，又不能不诘问所谓‘群众领袖’之责任。”陈西滢在《现代评论》第三卷第六十八期（1926 年 3 月 27 日）评论三一八惨案的《闲话》中，也企图把这次惨案的责任，推到他所说的“民众领袖”身上去，说他“遇见好些人”，都说“那天在天安门开会后，他们本来不打算再到执政府。因为他们听见主席宣布执政府的卫队已经解除了武装……所以又到执政府门前去瞧热闹。……我们不能不相信，至少有一部分人的死，是由主席的那几句话。要是主席明明知道卫队没有解除武装，他故意那样说，他的罪孽当然不下于开枪杀人者；要是他误听流言，不思索调查，便信以为真，公然宣布，也未免太不负民众领袖的责任。”

〔4〕　锻炼　罗织罪名，陷人于罪。参看本卷第 287 页注〔6〕。

〔5〕　四烈士　指辛亥革命时炸袁世凯的杨禹昌、张先培、黄之萌和炸良弼的彭家珍四人。他们合葬于北京西直门外约二里的万生园（即今北京动物园），在张、黄、彭三人的墓碑上都没有镌上一个字。圆明园在北京西直门外二十余里的海淀，是清朝皇帝避暑的地方，1860 年（清咸丰十年）被侵入北京的英法联军焚毁。三一八惨案后，被难者家属和北京一些团体、学校代表四十多人，于 27 日召开联席会议，由民国大学校长雷殷报告，他认为公葬地点以圆明园为宜，并说已非正式地与

内务总长屈映光商议，得到允诺等。会议遂决定成立"三一八殉难烈士公葬筹备处"，并拟葬各烈士于圆明园。

　〔6〕　许褚　三国时曹操部下名将。"赤体上阵"的故事，见小说《三国演义》第五十九回《许褚裸衣斗马超》。清初毛宗岗《三国演义》评本，卷首有假托为金圣叹所作的序，并有"圣叹外书"字样，每回前均附加评语，通常就都把这些评语认为是金圣叹所作。金圣叹（1608—1661），名人瑞，字圣叹，江苏吴县人，明末清初文人。曾批注《水浒》、《西厢记》等书，他把所加的序文、读法和评语等称为"圣叹外书"。

如 此 “讨 赤”[1]

京津间许多次大小战争,战死了不知多少人,为“讨赤”也;[2]执政府前开排枪,打死请愿者四十七,伤百余,通缉“率领暴徒”之徐谦等人五,为“讨赤”也;奉天飞机三临北京之空中[3]掷下炸弹,杀两妇人,伤一小黄狗,为“讨赤”也。

京津间战死之兵士和北京中被炸死之两妇人和被炸伤之一小黄狗,是否即“赤”,尚无“明令”,下民不得而知。至于府前枪杀之四十七人,则第一“明令”已云有“误伤”矣;京师地方检察厅公函又云“此次集会请愿宗旨尚属正当,又无不正之行为”矣;而国务院会议又将“从优拟恤”[4]矣。然则徐谦们所率领的“暴徒”那里去了呢?他们都有符咒,能避枪炮的么?

总而言之:“讨”则“讨”矣了,而“赤”安在呢?

而“赤”安在,姑且勿论。归根结蒂,“烈士”落葬,徐谦们逃亡,两个俄款委员会委员[5]出缺。六日《京报》云:“昨日九校教职员联席会议代表在法政大学开会,查良钊主席,先报告前日因俄款委员会改组事,与教长胡仁源接洽之情形;次某代表发言,略云,政府此次拟以外教财三部事务官接充委员,同人应绝对反对,并非反对该项人员人格,实因俄款数目甚大,中国教育界仰赖甚深……。”[6]

又有一条新闻,题目是:“五私大亦注意俄款委员会”云。

四十七人之死,有功于"中国教育界"良非浅尠也。"从优拟恤",谁曰不宜!？

而今而后,庶几"中国教育界"中,不至于再称异己者为"卢布党"欤？

四月六日。

*　　*　　*

〔1〕 本篇最初发表于 1926 年 4 月 10 日《京报副刊》。

〔2〕 指 1926 年春夏间,冯玉祥国民军与奉系军阀李景林、张宗昌所部直鲁联军在京津间的战争。当时奉系军阀称国民军为"赤化",称他们自己对国民军的进攻为"讨赤"。

〔3〕 奉天飞机三临北京之空中　1926 年 4 月,在国民军与奉军作战期间,国民军驻守北京,奉军飞机自 2 日起,连续三天飞临北京投弹(作者此文写于 4 月 6 日;此后奉军飞机还曾到北京投弹数次)。奉天,辽宁省的旧称,当时是奉系军阀张作霖盘踞的地方。

〔4〕 "从优拟恤"　段祺瑞执政府国务院于 1926 年 3 月 20 日开会后,发布"恤恤令"说:"此次徐谦等率领暴徒,实行扰乱,自属罪无可逭。惟当时群众复杂,互相攻击之时,或恐累及无辜,情属可悯。着内务部行知地方官厅,分别查明恤恤。"

〔5〕 两个俄款委员会委员　应为三人,参看本书《可惨与可笑》及其注〔10〕。

〔6〕 此段引自 1926 年 4 月 5 日《京报》(文中的"六日"应为"五日")发表的《九校代表对改组俄委会意见》的新闻。九校,指当时的北京大学、工业大学、农业大学、医科大学、法政大学、北京师范大学、北京女子师范大学、女子大学、艺术专门学校九所国立大学。引文中的胡仁源(1883—1942),浙江吴兴人,曾留学日本,1926 年 4 月至 5 月任教育总长。下文的五私大,指当时北京的朝阳、民国、中国、平民、华北等五所私立大学。

无花的蔷薇之三[1]

1

积在天津的纸张运不到北京，连印书也颇受战争的影响，我的旧杂感的结集《华盖集》付印两月了，排校还不到一半。可惜先登了一个预告，以致引出陈源教授的"反广告"来——

> "我不能因为我不尊敬鲁迅先生的人格，就不说他的小说好，我也不能因为佩服他的小说，就称赞他其余的文章。我觉得他的杂感，除了《热风》中二三篇外，实在没有一读之价值。"[2]（《现代评论》七十一，《闲话》。）

这多么公平！原来我也是"今不如古"了；《华盖集》的销路，比起《热风》来，恐怕要较为悲观。而且，我的作小说，竟不料是和"人格"无关的。"非人格"的一种文字，像新闻记事一般的，倒会使教授"佩服"，中国又仿佛日见其光怪陆离了似的，然则"实在没有一读之价值"的杂感，也许还要存在罢。

2

做那有名的小说《Don Quijote》的 M. de Cervantes 先生，穷则有之，说他像叫化子，可不过是一种特别流行于中国学者间的流言。他说 Don Quijote 看游侠小说看疯了,便自己去做侠客,打不平。他的亲人知道是书籍作的怪,就请了间壁的理发匠来检查;理发匠选出几部好的留下来,其余的便都烧掉了。[3]

大概是烧掉的罢,记不清楚了;也忘了是多少种。想来,那些入选的"好书"的作家们,当时看了这小说里的书单,怕总免不了要面红耳赤地苦笑的罢。

中国虽然似乎日见其光怪陆离了。然而,乌乎哀哉!我们连"苦笑"也得不到。

3

有人从外省寄快信来问我平安否。他不熟于北京的情形,上了流言的当了。

北京的流言报,是从袁世凯称帝,张勋复辟,章士钊"整顿学风"以还,一脉相传,历来如此的。现在自然也如此。

第一步曰:某方要封闭某校,捕拿某人某人了。这是造给某校某人看,恐吓恐吓的。

第二步曰:某校已空虚,某人已逃走了。这是造给某方看,煽动煽动的。

又一步曰:某方已搜检甲校,将搜检乙校了。这是恐吓乙校,煽动某方的。

"平生不作亏心事,夜半敲门不吃惊。"乙校不自心虚,怎能给恐吓呢?然而,少安毋躁罢。还有一步曰:乙校昨夜通宵达旦,将赤化书籍完全焚烧矣。

于是甲校更正,说并未搜检;乙校更正,说并无此项书籍云。

4

于是连卫道的新闻记者,圆稳的大学校长[4]也住进六国饭店,讲公理的大报也摘去招牌,学校的号房也不卖《现代评论》:大有"火炎昆冈,玉石俱焚"[5]之概了。

其实是不至于此的,我想。不过,谣言这东西,却确是造谣者本心所希望的事实,我们可以借此看看一部分人的思想和行为。

5

中华民国九年七月直皖战争开手;八月,皖军溃灭,徐树铮等九人避入日本公使馆。[6]这时还点缀着一点小玩意,是有一些正人君子——不是现在的一些正人君子——去游说直派武人,请他杀戮改革论者了。终于没有结果;便是这事也早从人们的记忆上消去。但试去翻那年八月的《北京日报》,还可以看见一个大广告,里面是什么大英雄得胜之后,必须廓清邪说,诛戮异端等类古色古香的名言。

那广告是有署名的,在此也无须提出。但是,较之现在专躲在暗中的流言家,却又不免令人有"今不如古"之感了。我想,百年前比现在好,千年前比百年前好,万年前比千年前好……特别在中国或者是确凿的。

6

在报章的角落里常看见对青年们的谆谆的教诫:敬惜字纸咧;留心国学咧;伊卜生[7]这样,罗曼罗兰那样咧。时候和文字是两样了,但含义却使我觉得很耳熟:正如我年幼时所听过的耆宿的教诫一般。

这可仿佛是"今不如古"的反证了。但是,世事都有例外,对于上一节所说的事,这也算作一个例外罢。

五月六日。

*   *   *

〔1〕 本篇最初发表于 1926 年 5 月 17 日《语丝》周刊第七十九期。

〔2〕 此段引自陈西滢在《现代评论》第三卷第七十一期(1926 年 4 月 17 日)发表的《闲话》。他在文中先举《呐喊》作为中国新文学运动最初十年间的短篇小说的代表作品,接着就攻击鲁迅的杂文。

〔3〕 见塞万提斯著《堂吉诃德》第五、六章。关于说塞万提斯"像叫化子"的话,参看本卷第 255 页注〔39〕。

〔4〕 卫道的新闻记者,圆稳的大学校长 指成舍我、蒋梦麟等人。据 1926 年 4 月 28 日上海《时事新报》和同年 5 月 1 日广州《向导》周报第一五一期报道,自标榜"扑灭赤化"的奉军及直鲁联军进占北京,并采取枪毙《京报》社长邵飘萍等严厉镇压手段后,北京报界和学界一片恐慌,《世界日报》成舍我、《中美晚报》宋发祥和"素号稳健的北大代理校长蒋梦麟"等均先后逃匿。蒋梦麟(1886—1964),浙江余姚人,早年留学美国,当时任北京大学校长。成舍我(1898—1991),湖南湘乡人。北京《世界日报》创办者。

〔5〕 "火炎昆冈,玉石俱焚" 语出《尚书·胤征》,好坏同归于尽的意思。昆冈,古代传说中的产玉之山。

〔6〕 指1920年7月北洋军阀直皖两系之间的战争。直系军阀以曹锟、吴佩孚等为首;皖系军阀以段祺瑞、徐树铮等为首。战事于7月中旬开始,不数日皖军溃败;北洋政府于7月底免去段祺瑞一切职务,并通缉徐树铮、曾毓隽、朱深、李思浩等十人。除李思浩外,其他九人都逃入日本公使馆。徐树铮(1880—1925),江苏萧县(今属安徽)人,直皖战争时任段祺瑞第一军参谋长。下文所说的广告,不见于《北京日报》;究系何报,未详。

〔7〕 伊卜生(H. Ibsen,1828—1906) 通译易卜生,挪威剧作家。主要作品有《玩偶之家》、《国民公敌》等,"五四"时期被介绍到中国。

新 的 蔷 薇[1]

——然而还是无花的

因为《语丝》[2]在形式上要改成中本了,我也不想再用老题目,所以破格地奋发,要写出"新的蔷薇"来。

——这回可要开花了?

——嗡嗡,——不见得罢。

我早有点知道:我是大概以自己为主的。所谈的道理是"我以为"的道理,所记的情状是我所见的情状。听说一月以前,杏花和碧桃都开过了。我没有见,我就不以为有杏花和碧桃。

——然而那些东西是存在的。——学者们怕要说。

——好!那么,由它去罢。——这是我敬谨回禀学者们的话。

有些讲"公理"的,说我的杂感没有一看的价值。那是一定的。其实,他来看我的杂感,先就自己失了魂了,——假如也有魂。我的话倘会合于讲"公理"者的胃口,我不也成了"公理维持会"会员了么?我不也成了他,和其余的一切会员了么?我的话不就等于他们的话了么?许多人和许多话不就等

308

于一个人和一番话了么？

公理是只有一个的。然而听说这早被他们拿去了，所以我已经一无所有。

这回"北京城内的外国旗"，大约特别地多罢，竟使学者为之愤慨："……至于东交民巷界线以外，无论中国人外国人，那就不能借插用外国国旗，以为保护生命财产的护符。"[3]

这是的确的。"保护生命财产的护符"，我们自有"法律"在。

如果还不放心呢，那么，就用一种更稳妥的旗子：红卍字旗[4]。介乎中外之间，超于"无耻"和有耻之外，——确是好旗子！

从清末以来，"莫谈国事"的条子帖在酒楼饭馆里，至今还没有跟着辫子取消。所以，有些时候，难煞了执笔的人。

但这时却可以看见一种有趣的东西，是：希望别人以文字得祸的人所做的文字。

聪明人的谈吐也日见其聪明了。说三月十八日被害的学生是值得同情的，因为她本不愿去而受了教职员的怂恿。[5]说"那些直接或间接用苏俄的金钱的人"是情有可原的，因为"他们自己可以挨饿，老婆子女却不能不吃饭呵！"[6]

推开了甲而陷没了乙，原谅了情而坐实了罪；尤其是他们的行动和主张，都见得一钱不值了。

然而听说赵子昂的画马,却又是镜中照出来的自己的形相哩。

因为"老婆子女却不能不吃饭",于是自然要发生"节育问题"了。但是先前山格夫人[7]来华的时候,"有些志士"[8]却又大发牢骚,说她要使中国人灭种。

独身主义现今尚为许多人所反对,节育也行不通。为赤贫的绅士计,目前最好的方法,我以为莫如弄一个有钱的女人做老婆。

我索性完全传授了这个秘诀罢:口头上,可必须说是为了"爱"。

"苏俄的金钱"十万元,这回竟弄得教育部和教育界发生纠葛了,因为大家都要一点。[9]

这也许还是因为"老婆子女"之故罢。但这批卢布和那批卢布却不一样的。这是归还的庚子赔款;是拳匪"扶清灭洋",各国联军入京的余泽。[10]

那年代很容易记:十九世纪末,一九〇〇年。二十六年之后,我们却"间接"用了拳匪的金钱来给"老婆子女"吃饭;如果大师兄[11]有灵,必将爽然若失者欤。

还有,各国用到中国来做"文化事业"的,也是这一笔款……。

五月二十三日。

＊　　　＊　　　＊

〔1〕 本篇最初发表于 1926 年 5 月 31 日《语丝》周刊第八十一期。

〔2〕 《语丝》 文艺性周刊,最初由孙伏园等编辑。1924 年 11 月
在北京创刊;1927 年被奉系军阀张作霖查禁,随后移至上海续刊;1930
年 3 月出至第五卷第五十二期停刊。鲁迅是主要撰稿者和支持者之
一,该刊在上海出版后一度担任编辑。参看《三闲集·我和〈语丝〉的始
终》。这里的"改成中本",指《语丝》从八十一期起由十六开本改为二十
开本。

〔3〕 《现代评论》第三卷第七十四期(1926 年 5 月 8 日)时事短评
栏有《北京城内的外国旗》一文,作者署名"召"(燕树棠),其中说到 1926
年春夏间国民军与奉军作战和段祺瑞执政府崩溃期间,北京"东交民巷
界线以外"有人挂外国旗的事。文中空谈"条约法律",把依附帝国主义
的军阀政客和普通民众不加区别地一概斥之为"托借外国国旗的势
力",说这是"无耻的社会心理"的表现。

〔4〕 红卍字旗 当时军阀王芝祥等用佛教慈善团体的名义所组
织的世界红卍字会的会旗。

〔5〕 陈西滢在《现代评论》第三卷第六十八期关于三一八惨案的
《闲话》中,谈到死难的女师大学生杨德群说:"杨女士湖南人,……平常
很勤奋,开会运动种种,总不大参与。三月十八日她的学校出了一张布
告,停课一日,叫学生们都去与会。杨女士还是不大愿意去,半路又回
转。一个教职员勉强她去,她不得已去了。卫队一放枪,杨女士也跟了
大众就跑,忽见友人某女士受伤,不能行动,她回身去救护她,也中弹
死。"但事实上,当日女师大并未"叫学生们都去与会",而是学生自治会
向教务处请准停课一日。《现代评论》第三卷第七十期(1926 年 4 月 10
日)登有女师大学生雷榆、李慧等五人给陈西滢的辩诬信,说明杨德群
平时"实际参与种种爱国运动及其他妇女运动",当日与同学们一同出

校,"沿途散发传单,意气很激昂",反驳了陈西滢的不实之词。

〔6〕 "直接或间接用苏俄的金钱"等,是陈西滢诬蔑当时文化教育界进步人士的话。他在《现代评论》第三卷第七十四期发表的讨论"节育问题"的《闲话》中说:"家累日重,需要日多,才智之士,也没法可想,何况一般普通人,因此,依附军阀和依附洋人便成了许多人唯一的路径。就是有些志士,也常常未能免俗。……他们自己可以挨饿,老婆子女却不能不吃饭呵! 就是那些直接或间接用苏俄金钱的人,也何尝不是如此。"

〔7〕 山格夫人(M. Sanger,1879—1966) 通译山额夫人,美国人。自1914年起提倡节制生育运动,1921年创立美国节制生育联盟,并任主席。1922年4月曾来我国从事宣传。

〔8〕 "有些志士" 指那些反对节育宣传的人。如1924年5月5日《晨报副刊》载署名怀素的《五千年之黄帝子孙从此绝矣》一文,曾引用安徽省立第二师范学校校长胡晋接的讲演辞,其中说:"最新潮流之结果,果如何乎。吾一推究之,不禁毛发森然,不寒而栗。盖其结果,乃一极凶之象,即'家破种灭国亡'是也。""而又有山额夫人之制育方法,制育药品,以为其助缘。此种新文化,如不能普及,则亦幸耳。多普及一人,即灭此一人之种。多普及一家,即灭此一家之种。若真普及于全国,恐五千年之黄帝子孙,从此绝矣。"

〔9〕 关于教育部和教育界为"苏俄的金钱"发生纠葛,1926年5月中旬,北洋政府教育部以首都教育经费困难,特向俄国退还庚子赔款委员会借拨十万元,并拟将此款按照预算平均分配给北京国立大学、公立中小学、教育部及其分设机关。而当时北京大学等国立九校教职员则反对这种分配方法,认为此款只能用于北京专门以上学校,因而和教育部发生纠葛。

〔10〕 清末,我国北方爆发以农民、手工业工人和城市贫民为主的

义和团运动。他们以设立拳坛,练习拳棒和其他迷信方式组织群众,初
以"反清灭洋"为口号,后改为"扶清灭洋",被清廷利用攻打外国使馆,
焚烧教堂,1900年(庚子)被俄、德、美、英、法、日、意、奥八国联军和清政
府共同镇压。八国联军攻占北京,迫使清王朝于1901年9月签订了卖
国的《辛丑条约》,索取四亿五千万两白银的巨额赔款,这就是所谓"庚
子赔款"。十月革命后,苏俄政府决定退还"庚子赔款"中尚未付给的部
分。参看本卷第288页注〔10〕。

〔11〕 大师兄 义和团练拳,约以二十五人为一团,每团设一头
领,称为大师兄。

再 来 一 次 [1]

去年编定《热风》时,还有绅士们所谓"存心忠厚"之意,很删削了好几篇。但有一篇,却原想编进去的,因为失掉了稿子,便只好从缺。现在居然寻出来了;待《热风》再版时,添上这篇,登一个广告,使迷信我的文字的读者们再买一本,于我倒不无裨益。但是,算了罢,这实在不很有趣。不如再登一次,将来收入杂感第三集,也就算作补遗罢。

这是关于章士钊先生的——

"两个桃子杀了三个读书人"

章行严先生在上海批评他之所谓"新文化"说,"二桃杀三士"怎样好,"两个桃子杀了三个读书人"便怎样坏,而归结到新文化之"是亦不可以已乎?"[2]

是亦大可以已者也!"二桃杀三士"并非僻典,旧文化书中常见的。但既然是"谁能为此谋? 相国齐晏子。"我们便看看《晏子春秋》[3]罢。

《晏子春秋》现有上海石印本,容易入手的了,这古典就在该石印本的卷二之内。大意是"公孙接田开疆古冶子事景公,以勇力搏虎闻,晏子过而趋,三子者不起,"于是晏老先生以为无礼,和景公说,要除去他们了。那方法

是请景公使人送他们两个桃子,说道,"你三位就照着功劳吃桃罢。"呵,这可就闹起来了:

"公孙接仰天而叹曰,'晏子,智人也,夫使公之计吾功者,不受桃,是无勇也。士众而桃寡,何不计功而食桃矣?接一搏狷而再搏虎,若接之功,可以食桃而无与人同矣。'援桃而起。

"田开疆曰,'吾仗兵而却三军者再。若开疆之功,可以食桃而无与人同矣。'援桃而起。

"古冶子曰,'吾尝从君济于河,鼋衔左骖以入砥柱之流。当是时也,冶少不能游,潜行逆流百步,顺流九里,得鼋杀之,左操骖尾,右挈鼋头,鹤跃而出。津人皆曰,河伯也;若冶视之,则大鼋之首。若冶之功,可以食桃而无与人同矣!二子何不反桃?'抽剑而起。"

钞书太讨厌。总而言之,后来那二士自愧功不如古冶子,自杀了;古冶子不愿独生,也自杀了:于是乎就成了"二桃杀三士"。

我们虽然不知道这三士于旧文化有无心得,但既然书上说是"以勇力闻",便不能说他们是"读书人"。倘使《梁父吟》[4]说是"二桃杀三勇士",自然更可了然,可惜那是五言诗,不能增字,所以不得不作"二桃杀三士",于是也就害了章行严先生解作"两个桃子杀了三个读书人"。

旧文化也实在太难解,古典也诚然太难记,而那两个旧桃子也未免太作怪：不但那时使三个读书人因此送命，到现在还使一个读书人因此出丑，"是亦不可以已乎"！

去年，因为"每下愈况"〔5〕问题，我曾经很受了些自以为公平的青年的教训，说是因为他革去了我的"签事"，我便那么奚落他。现在我在此只得特别声明：这还是一九二三年九月所作，登在《晨报副刊》上的。那时的《晨报副刊》，编辑尚不是陪过泰戈尔先生的"诗哲"，也还未负有逼死别人，掐死自己的使命，所以间或也登一点我似的俗人的文章；〔6〕而我那时和这位后来称为"孤桐先生"的，也毫无"睚眦之怨"〔7〕。那"动机"〔8〕，大概不过是想给白话的流行帮点忙。

在这样"祸从口出"之秋，给自己也辩护得周到一点罢。或者将曰，且夫这次来补遗，却有"打落水狗"之嫌，"动机"就很"不纯洁"了。然而我以为也并不。自然，和不多时以前，士钊秘长运筹帷幄，假公济私，谋杀学生，通缉异己之际，"正人君子"时而相帮讥笑着被缉诸人的逃亡，时而"孤桐先生""孤桐先生"叫得热剌剌地的时候一比较，目下诚不免有落寞之感。但据我看来，他其实并未落水，不过"安住"在租界里而已〔9〕：北京依旧是他所豢养过的东西在张牙舞爪，他所勾结着的报馆在颠倒是非，他所栽培成的女校在兴风作浪：依然是他的世界。

在"桃子"上给一下小打击，岂遂可与"打落水狗"同日而语哉？！

但不知怎的，这位"孤桐先生"竟在《甲寅》上辩起来了，以为这不过是小事。这是真的，不过是小事。〔10〕弄错一点，又何伤乎？即使不知道晏子，不知道齐国，于中国也无损。农民谁懂得《梁父吟》呢，农业也仍然可以救国的[11]。但我以为攻击白话的豪举，可也大可以不必了；将白话来代文言，即使有点不妥，反正也不过是小事情。

我虽然未曾在"孤桐先生"门下钻，没有看见满桌满床满地的什么德文书的荣幸，但偶然见到他所发表的"文言"，知道他于法律的不可恃，道德习惯的并非一成不变，文字语言的必有变迁，其实倒是懂得的。懂得而照直说出来的，便成为改革者；懂得而不说，反要利用以欺瞒别人的，便成为"孤桐先生"及其"之流"。他的保护文言，内骨子也不过是这样。

如果我的检验是确的，那么，"孤桐先生"大概也就染了《闲话》所谓"有些志士"的通病，为"老婆子女"所累了，此后似乎应该另买几本德文书，来讲究"节育"。

五月二十四日。

* * *

〔1〕 本篇最初发表于1926年6月10日《莽原》半月刊第十一期。

〔2〕 章士钊（行严）关于"二桃杀三士"的一段话，见他在1923年8月发表于上海《新闻报》的《评新文化运动》一文："夫语以耳辨。徒资口谈。文以目辨。更贵成诵。则其取音之繁简连截。有其自然。不可强混。如园有桃。笔之于书。词义俱完。今曰此于语未合也。必曰园里有桃子树。二桃杀三士。谱之于诗。节奏甚美。今曰此于白话无当也。必曰两个桃子杀了三个读书人。是亦不可以已乎。"

〔3〕 《晏子春秋》 撰人不详。内容是记载春秋时齐国大夫晏婴（平仲）的言行。这里所引的一段，见该书卷二《谏》下。

〔4〕 《梁父吟》 亦作《梁甫吟》,乐府楚调曲名。此篇系乐府古
辞(旧题诸葛亮作,不确),鲁迅上文所引"谁能为此谋?相国齐晏子。"
为诗中最末两句。"相国"一作"国相"。

〔5〕 "每下愈况" 语出《庄子·知北游》。参看本卷第 121 页
注〔5〕。

〔6〕 《"两个桃子杀了三个读书人"》一文,发表于 1923 年 9 月 14
日的《晨报副刊》(署名雪之),其时编辑为孙伏园;1925 年 10 月 1 日起
才由徐志摩(即文中说的"诗哲")编辑。关于"逼死别人,掐死自己"的
话,参看本卷第 251 页注〔16〕。

〔7〕 "睚眦之怨" 意即小小的仇恨。语出《史记·范雎传》:"一
饭之德必偿,睚眦之怨必报。"陈西滢在《现代评论》第三卷第七十期
(1926 年 4 月 10 日)发表《杨德群女士事件》一文,以答复女师大学生雷
榆等五人为三一八惨案烈士杨德群辩诬的信,其中暗指鲁迅说:"因为
那'杨女士不大愿意去'一句话,有些人在许多文章里就说我的罪状比
执政府卫队还大!比军阀还凶!……不错,我曾经有一次在生气的时
候揭穿过有些人的真面目,可是,难道四五十个死者的冤可以不雪,睚
眦之仇却不可不报吗?"

〔8〕 "动机" 陈西滢在《现代评论》第二卷第四十八期(1925 年
11 月 7 日)《闲话》中说:"一件艺术品的产生,除了纯粹的创作冲动,
是不是常常还夹杂着别种动机?是不是应当夹杂着别种不纯洁的动
机?……年轻的人,他们观看文艺美术是用十二分虔敬的眼光的,一定
不愿意承认创造者的动机是不纯粹的吧。可是,看一看古今中外的各
种文艺美术品,我们不能不说它们的产生的动机都是混杂的。"

〔9〕 1926 年春夏之交,冯玉祥国民军在直奉军阀的联合进攻下,
准备放弃北京。段祺瑞趁机阴谋与奉系军阀里应外合,赶走冯军。4 月
10 日凌晨,驻守北京的国民军包围段宅和执政府,段闻讯后即逃往东交

民巷外国使馆区,章士钊随之也避居天津租界。

〔10〕 章士钊在《甲寅》周刊第一卷第九号(1925年9月12日)上重新刊载他所作的《评新文化运动》一文,前面加了一段按语,其中说:"北京报纸。屡以文中士与读书人对举。为不合情实。意谓二桃之士。乃言勇士。非读书人。此等小节。宁关谋篇本旨。且不学曰学。其理彼乃蒙然。又可哂也。"

〔11〕 农业也仍然可以救国的 这是针对章士钊的农业救国论而说的。章曾一再鼓吹"农村立国",如在《甲寅》周刊第一卷第二十六号(1926年1月9日)发表的《农国辨》一文中说:"凡所剿袭于工国浮滥不切之诸法。不论有形无形。姑且放弃。返求诸农。先安国本。而后于以拙胜巧之中。徐图捍御外侮之道。庶乎其可。"

为半农题记《何典》后,作[1]

还是两三年前,偶然在光绪五年(1879)印的《申报馆书目续集》上看见《何典》[2]题要,这样说:

"《何典》十回。是书为过路人编定,缠夹二先生评,而太平客人为之序。书中引用诸人,有曰活鬼者,有曰穷鬼者,有曰活死人者,有曰臭花娘者,有曰畔房小姐者:阅之已堪喷饭。况阅其所记,无一非三家村俗语;无中生有,忙里偷闲。其言,则鬼话也;其人,则鬼名也;其事,则开鬼心,扮鬼脸,钓鬼火,做鬼戏,搭鬼棚也。语曰,'出于何典'?而今而后,有人以俗语为文者,曰'出于《何典》'而已矣。"

疑其颇别致,于是留心访求,但不得;常维钧[3]多识旧书肆中人,因托他搜寻,仍不得。今年半农[4]告我已在厂甸[5]庙市中无意得之,且将校点付印;听了甚喜。此后半农便将校样陆续寄来,并且说希望我做一篇短序,他知道我是至多也只能做短序的。然而我还很踌蹰,我总觉得没有这种本领。我以为许多事是做的人必须有这一门特长的,这才做得好。譬如,标点只能让汪原放[6],做序只能推胡适之,出版只能由亚东图书馆;刘半农,李小峰[7],我,皆非其选也。然而我却决定要写几句。为什么呢? 只因为我终于决定要写几句了。

还未开手,而躬逢战争,在炮声和流言当中,很不宁帖,没有执笔的心思。夹着是得知又有文士之徒在什么报上骂半农了,说《何典》广告[8]怎样不高尚,不料大学教授而竟堕落至于斯。这颇使我凄然,因为由此记起了别的事,而且也以为"不料大学教授而竟堕落至于斯"。从此一见《何典》,便感到苦痛,再也说不出一句话。

是的,大学教授要堕落下去。无论高的或矮的,白的或黑的,或灰的。不过有些是别人谓之堕落,而我谓之困苦。我所谓困苦之一端,便是失了身分。我曾经做过《论"他妈的!"》早有青年道德家乌烟瘴气地浩叹过了,还讲身分么?但是也还有些讲身分。我虽然"深恶而痛绝之"于那些戴着面具的绅士,却究竟不是"学匪"世家;见了所谓"正人君子"固然决定摇头,但和歪人奴子相处恐怕也未必融洽。用了无差别的眼光看,大学教授做一个滑稽的,或者甚而至于夸张的广告何足为奇?就是做一个满嘴"他妈的"的广告也何足为奇?然而呀,这里用得着然而了,我是究竟生在十九世纪的,又做过几年官,和所谓"孤桐先生"同部,官——上等人——气骤不易退,所以有时也觉得教授最相宜的也还是上讲台。又要然而了,然而必须有够活的薪水,兼差倒可以。这主张在教育界大概现在已经有一致赞成之望,去年在什么公理会上一致攻击兼差的公理维持家,今年也颇有一声不响地去兼差的了,不过"大报"上决不会登出来,自己自然更未必做广告。

半农到德法研究了音韵好几年,我虽然不懂他所做的法文书,只知道里面很夹些中国字和高高低低的曲线,但总而言之,书籍具在,势必有人懂得。所以他的正业,我以为也还是将这些曲线教给学生们。可是北京大学快要关门大吉了[9];他兼差又没有。那么,即使我是怎样的十足上等人,也不能反对他印卖书。既要印卖,自然想多销,既想多销,自然要做广告,既做广告,自然要说好。难道有自己印了书,却发广告说这书很无聊,请列位不必看的么?说我的杂感无一读之价值的广告,那是西滢(即陈源)做的。——顺便在此给自己登一个广告罢:陈源何以给我登这样的反广告的呢,只要一看我的《华盖集》就明白。主顾诸公,看呀!快看呀!每本大洋六角,北新书局发行。

想起来已经有二十多年了,以革命为事的陶焕卿[10],穷得不堪,在上海自称会稽先生,教人催眠术以糊口。有一天他问我,可有什么药能使人一嗅便睡去的呢?我明知道他怕施术不验,求助于药物了。其实呢,在大众中试验催眠,本来是不容易成功的。我又不知道他所寻求的妙药,爱莫能助。两三月后,报章上就有投书(也许是广告)出现,说会稽先生不懂催眠术,以此欺人。清政府却比这干鸟人灵敏得多,所以通缉他的时候,有一联对句道:"著《中国权力史》,学日本催眠术。"

《何典》快要出版了,短序也已经迫近交卷的时候。夜雨潇潇地下着,提起笔,忽而又想到用麻绳做腰带的困苦的陶焕卿,还夹杂些和《何典》不相干的思想。但序文已经迫近了交卷的时候,只得写出来,而且还要印上去。我并非将半农比附"乱党",——现在的中华民国虽由革命造成,但许多中华民国国民,都仍以那时的革命者为乱党,是明明白白的,——不过说，在此时，使我回忆从前，念及几个朋友，并感到自己的依然无力而已。

但短序总算已经写成，虽然不像东西，却究竟结束了一件事。我还将此时的别的心情写下，并且发表出去，也作为《何典》的广告。

五月二十五日之夜，碰着东壁下，书。

*　　　*　　　*

〔1〕 本篇最初发表于 1926 年 6 月 7 日《语丝》周刊第八十二期。

〔2〕《何典》 章回体小说，又名《十一才子鬼话连篇录》，共十回。借鬼语鬼事表现社会人情世态，间用苏南方言口语，带有讽刺而流于油滑。1878 年(清光绪四年)上海申报馆出版。编著者"过路人"原名张南庄，清代上海人，生活于乾隆、嘉庆年间；评者"缠夹二先生"原名陈得仁，清代长洲(今江苏吴县)人。1926 年 6 月，刘复(半农)将此书标点重印，鲁迅曾为作题记(后收入《集外集拾遗》)。

〔3〕 常维钧(1894—1985) 名惠，字维钧，河北宛平(今属北京)人，北京大学法文系毕业，曾任北大《歌谣》周刊编辑。

〔4〕 半农 刘复(1891—1934)，字半农，江苏江阴人，历任北京大学教授、北平大学女子文理学院院长等职。他曾参加《新青年》的编辑工作，是新文学运动初期重要作家之一。后留学法国，研究语音学。参看《且介亭杂文·忆刘半农君》。著有诗集《扬鞭集》、散文集《半农杂文》等。

〔5〕 厂甸 北京地名，位于和平门外琉璃厂。过去每年夏历正月初一至十五日传统的庙市期间，这里有许多临时摆设的旧书摊。

〔6〕 汪原放(1897—1980) 安徽绩溪人。"五四"以后，曾标点

《水浒传》等小说若干种,由上海亚东图书馆出版;每种前大抵都有胡适(适之)所作的序。

〔7〕 李小峰(1897—1971) 江苏江阴人,北京大学哲学系毕业,曾参加新潮社和语丝社,当时是上海北新书局主持者之一。

〔8〕 《何典》广告 载于《语丝》第七十至七十五期。前三期只刊登"放屁放屁,真正岂有此理"数语,未提《何典》书名。从七十三期(1926年4月5日)起,广告开头才是"吴稚晖先生的老师(《何典》)出版预告",其中引用了吴稚晖的一段话:"我止读他(按指《何典》)开头两句……从此便打破了要做阳湖派古文家的迷梦,说话自由自在得多。不曾屈我做那野蛮文学家,乃我生平之幸。他那开头两句,便是'放屁放屁,真正岂有此理'。用这种精神,才能得言论的真自由,享言论的真幸福。"

〔9〕 1926年春夏间,由于段祺瑞政府长期不发放教育经费,国立九所大学都未能开学。北京大学在3月15日召开教职员评议会,决定如不发一个月欠薪,生活无法维持,不能开课(见1926年3月17日《京报》)。后虽勉强开学,但教员请假者日必数十。不久,教务会议即议决,提前于6月1日举行学年考试,以便早日结课。这里说的"北京大学快要关门大吉",即指此。

〔10〕 陶焕卿 即陶成章。参看本卷第115页注〔10〕。

马　上　日　记[1]

豫　　序

在日记还未写上一字之前，先做序文，谓之豫序。

我本来每天写日记，是写给自己看的；大约天地间写着这样日记的人们很不少。假使写的人成了名人，死了之后便也会印出；看的人也格外有趣味，因为他写的时候不像做《内感篇》外冒篇[2]似的须摆空架子，所以反而可以看出真的面目来。我想，这是日记的正宗嫡派。

我的日记却不是那样。写的是信札往来，银钱收付，无所谓面目，更无所谓真假。例如：二月二日晴，得 A 信；B 来。三月三日雨，收 C 校薪水 X 元，复 D 信。一行满了，然而还有事，因为纸张也颇可惜，便将后来的事写入前一天的空白中。总而言之：是不很可靠的。但我以为 B 来是在二月一，或者二月二，其实不甚有关系，即便不写也无妨；而实际上，不写的时候也常有。我的目的，只在记上谁有来信，以便答复，或者何时答复过，尤其是学校的薪水，收到何年何月的几成几了，零零星星，总是记不清楚，必须有一笔帐，以便检查，庶几乎两不含胡，我也知道自己有多少债放在外面，万一将来收清之后，要成为怎样的一个小富翁。此外呢，什么野心也没有了。

吾乡的李慈铭[3]先生，是就以日记为著述的，上自朝章，中至学问，下迄相骂，都记录在那里面。果然，现在已有人将那手迹用石印印出了，每部五十元，在这样的年头，不必说学生，就是先生也无从买起。那日记上就记着，当他每装成一函的时候，早就有人借来借去的传钞了，正不必老远的等待"身后"。这虽然不像日记的正脉，但若有志在立言，意存褒贬，欲人知而又畏人知的，却不妨模仿着试试。什么做了一点白话，便说是要在一百年后发表的书里面的一篇，真是其蠢臭为不可及也。

我这回的日记，却不是那样的"有厚望焉"[4]的，也不是原先的很简单的，现在还没有，想要写起来。四五天以前看见半农，说是要编《世界日报》的副刊去，你得寄一点稿。[5]那自然是可以的喽。然而稿子呢？这可着实为难。看副刊的大抵是学生，都是过来人，做过什么"学而时习之不亦说乎论"或"人心不古议"的，一定知道做文章是怎样的味道。有人说我是"文学家"，其实并不是的，不要相信他们的话，那证据，就是我也最怕做文章。

然而既然答应了，总得想点法。想来想去，觉得感想倒偶尔也有一点的，平时接着一懒，便搁下，忘掉了。如果马上写出，恐怕倒也是杂感一类的东西。于是乎我就决计：一想到，就马上写下来，马上寄出去，算作我的画到簿。因为这是开首就准备给第三者看的，所以恐怕也未必很有真面目，至少，不利于己的事，现在总还要藏起来。愿读者先明白这一点。

如果写不出，或者不能写了，马上就收场。所以这日记要有多么长,现在一点不知道。

一九二六年六月二十五日,记于东壁下。

六月二十五日

晴。

生病。——今天还写这个,仿佛有点多事似的。因为这是十天以前的事,现在倒已经可以算得好起来了。不过余波还没有完,所以也只好将这作为开宗明义章第一。谨案才子立言,总须大嚷三大苦难:一曰穷,二曰病,三曰社会迫害我。那结果,便是失掉了爱人;若用专门名词,则谓之失恋。我的开宗明义虽然近似第二大苦难,实际上却不然,倒是因为端午节前收了几文稿费,吃东西吃坏了,从此就不消化,胃痛。我的胃的八字[6]不见佳,向来就担不起福泽的。也很想看医生。中医,虽然有人说是玄妙无穷,内科尤为独步,我可总是不相信。西医呢,有名的看资贵,事情忙,诊视也潦草,无名的自然便宜些,然而我总还有些踌躅。事情既然到了这样,当然只好听凭敝胃隐隐地痛着了。

自从西医割掉了梁启超的一个腰子以后,责难之声就风起云涌了,连对于腰子不很有研究的文学家[7]也都“仗义执言”。同时,“中医了不得论”也就应运而起;腰子有病,何不服黄蓍欤?什么有病,何不吃鹿茸欤?但西医的病院里确也常有死尸抬出。我曾经忠告过 G 先生:你要开医院,万不可收留些看来无法挽回的病人;治好了走出,没有人知道,死掉了抬出,就哄动一时了,尤其是死掉的如果是“名流”。我的本意是在设法推行新医学,但 G 先生却似乎以为我良心坏。这也未始不可以那么想,——由他去罢。

但据我看来,实行我所说的方法的医院可很有,只是他们的本意却并不在要使新医学通行。新的本国的西医又大抵模模胡胡,一出手便先学了中医一样的江湖诀,和水的龙胆丁几两日份八角;漱口的淡硼酸水每瓶一元。至于诊断学呢,我似的门外汉可不得而知。总之,西方的医学在中国还未萌芽,便已近于腐败。我虽然只相信西医,近来也颇有些望而却步了。

前几天和季黻〔8〕谈起这些事,并且说,我的病,只要有熟人开一个方就好,用不着向什么博士化冤钱。第二天,他就给我请了正在继续研究的 Dr. H.〔9〕来了。开了一个方,自然要用稀盐酸,还有两样这里无须说;我所最感谢的是又加些 Sirup Simpel〔10〕使我喝得甜甜的,不为难。向药房去配药,可又成为问题了,因为药房也不免有模模胡胡的,他所没有的药品,也许就替换,或者竟删除。结果是托 Fraeulein H.〔11〕远远地跑到较大的药房去。

这样一办,加上车钱,也还要比医院的药价便宜到四分之三。

胃酸得了外来的生力军,强盛起来,一瓶药还未喝完,痛就停止了。我决定多喝它几天。但是,第二瓶却奇怪,同一的药房,同一的药方,药味可是不同一了;不像前一回的甜,也不酸。我检查我自己,并不发热,舌苔也不厚,这分明是药水有些蹊跷。喝了两回,坏处倒也没有;幸而不是急病,不大要紧,便照例将它喝完。去买第三瓶时,却附带了严重的质问;那回答是：也许糖分少了一点罢。这意思就是说紧要的药品没有错。中国的事情真是稀奇，糖分少一点，不但不甜，连酸也不酸了，的确是"特别国情"〔12〕。

现在多攻击大医院对于病人的冷漠，我想，这些医院，将病人当作研究品，大概是有的，还有在院里的"高等华人"，将病人看作下等研究品，大概也是有的。不愿意的，只好上私人所开的医院去，可是诊金药价都很贵。请熟人开了方去买药呢，药水也会先后不同起来。

这是人的问题。做事不切实，便什么都可疑。吕端〔13〕大事不胡涂，犹言小事不妨胡涂点，这自然很足以显示我们中国人的雅量，然而我的胃痛却因此延长了。在宇宙的森罗万象中，我的胃痛当然不过是小事，或者简直不算事。

质问之后的第三瓶药水，药味就同第一瓶一样了。先前的闷胡卢，到此就很容易打破，就是那第二瓶里，是只有一日分的药，却加了两日分的水的，所以药味比正当的要薄一半。

虽然连吃药也那么蹭蹬，病却也居然好起来了。病略见好，H就攻击我头发长，说为什么不赶快去剪发。

这种攻击是听惯的，照例"着毋庸议"。但也不想用功，只是清理抽屉。翻翻废纸，其中有一束纸条，是前几年钞写的；这很使我觉得自己也日懒一日了，现在早不想做这类事。那时大概是想要做一篇攻击近时印书，胡乱标点之谬的文章的，废纸中就钞有很奇妙的例子。要塞进字纸篓里时，觉得有几条总还是爱不忍释，现在钞几条在这里，马上印出，以便"有目共赏"罢。其余的便作为换取火柴之助——

"国朝陈锡路黄嬭余话云。唐傅奕考覈道经众本。有项羽妾。本齐武平五年彭城人。开项羽妾冢。得之。"（上海进步书局石印本《茶香室丛钞》卷四第二叶。）

"国朝欧阳泉点勘记云。欧阳修醉翁亭。记让泉也。本集及滁州石刻。並同诸选本。作酿泉。误也。"（同上卷八第七叶。）

"袁石公典试秦中。后颇自悔。其少作诗文。皆粹然一出于正。"（上海士林精舍石印本《书影》卷一第四叶。）

"考……顺治中，秀水又有一陈忱，……著诚斋诗集，不出户庭，录读史随笔，同姓名录诸书。"（上海亚东图书馆排印本《水浒续集两种序》第七叶。）

标点古文，确是一种小小的难事，往往无从下笔；有许多处，我常疑心即使请作者自己来标点，怕也不免于迟疑。但上列的几条，却还不至于那么无从索解。末两条的意义尤显豁，而标点也弄得更聪明。[14]

六月二十六日

晴。

上午，得霁野[15]从他家乡寄来的信，话并不多，说家里有病人，别的一切人也都在毫无防备的将被疾病袭击的恐怖中；末尾还有几句感慨。

午后，织芳[16]从河南来，谈了几句，匆匆忙忙地就走了，放下两个包，说这是"方糖"[17]，送你吃的，怕不见得好。织芳这一回有点发胖,又这么忙,又穿着方马褂,我恐怕他将要做官了。

打开包来看时,何尝是"方"的,却是圆圆的小薄片,黄棕色。吃起来又凉又细腻,确是好东西。但我不明白织芳为什么叫它"方糖"?但这也就可以作为他将要做官的一证。

景宋[18]说这是河南一处什么地方的名产,是用柿霜做成的;性凉,如果嘴角上生些小疮之类,用这一搽,便会好。怪不得有这么细腻,原来是凭了造化的妙手,用柿皮来滤过的。可惜到他说明的时候,我已经吃了一大半了。连忙将所余的收起,豫备将来嘴角上生疮的时候,好用这来搽。

夜间,又将藏着的柿霜糖吃了一大半,因为我忽而又以为嘴角上生疮的时候究竟不很多,还不如现在趁新鲜吃一点。不料一吃,就又吃了一大半了。

六月二十八日

晴,大风。

上午出门,主意是在买药,看见满街挂着五色国旗;军警林立。走到丰盛胡同中段,被军警驱入一条小胡同中。少顷,看见大路上黄尘滚滚,一辆摩托车[19]驰过;少顷,又是一辆;少顷,又是一辆;又是一辆;又是一辆……。车中人看不分明,但见金边帽。车边上挂着兵,有的背着扎红绸的板刀;小胡同中人都肃然有敬畏之意。又少顷,摩托车没有了,我们渐渐溜出,军警也不作声。

溜到西单牌楼大街,也是满街挂着五色国旗,军警林立。

一群破衣孩子,各各拿着一把小纸片,叫道:欢迎吴玉帅[20]号外呀!一个来叫我买,我没有买。

将近宣武门口,一个黄色制服,汗流满面的汉子从外面走进来,忽而大声道:草你妈!许多人都对他看,但他走过去了,许多人也就不看了。走进宣武门城洞下,又是一个破衣孩子拿着一把小纸片,但却默默地将一张塞给我,接来一看,是石印的李国恒先生的传单,内中大意,是说他的多年痔疮,已蒙一个国手叫作什么先生的医好了。

到了目的地的药房时,外面正有一群人围着看两个人的口角;一柄浅蓝色的旧洋伞正挡住药房门。我推那洋伞时,斤量很不轻;终于伞底下回过一个头来,问我"干什么?"我答说进去买药。他不作声,又回头去看口角去了,洋伞的位置依旧。我只好下了十二分的决心,猛力冲锋;一冲,可就冲进去了。

药房里只有帐桌上坐着一个外国人,其余的店伙都是年青的同胞,服饰干净漂亮。不知怎地,我忽而觉得十年以后,他们便都要变为高等华人,而自己却现在就有下等人之感。于是乎恭恭敬敬地将药方和瓶子捧呈给一位分开头发的同胞。

"八毛五分。"他接了,一面走,一面说。

"喂!"我实在耐不住,下等脾气又发作了。药价八毛,瓶子钱照例五分,我是知道的。现在自己带了瓶子,怎么还要付五分钱呢?这一个"喂"字的功用就和国骂的"他妈的"相同,其中含有这么多的意义。

"八毛!"他也立刻懂得,将五分钱让去,真是"从善如流",有正人君子的风度。

我付了八毛钱,等候一会,药就拿出来了。我想,对付这一种同胞,有时是不宜于太客气的。于是打开瓶塞,当面尝了一尝。

"没有错的。"他很聪明,知道我不信任他。

"唔。"我点头表示赞成。其实是,还是不对,我的味觉不至于很麻木,这回觉得太酸了一点了,他连量杯也懒得用,那稀盐酸分明已经过量。然而这于我倒毫无妨碍的,我可以每回少喝些,或者对上水,多喝它几回。所以说"唔";"唔"者,介乎两可之间,莫明其真意之所在之答话也。

"回见回见!"我取了瓶子,走着说。

"回见。不喝水么?"

"不喝了。回见。"

我们究竟是礼教之邦的国民,归根结蒂,还是礼让。让出了玻璃门之后,在大毒日头底下的尘土中趱行,行到东长安街左近,又是军警林立。我正想横穿过去,一个巡警伸手拦住道:不成! 我说只要走十几步,到对面就好了。他的回答仍然是:不成! 那结果,是从别的道路绕。

绕到 L 君[21]的寓所前,便打门,打出一个小使来,说 L 君出去了,须得午饭时候才回家。我说,也快到这个时候了,我在这里等一等罢。他说:不成! 你贵姓呀? 这使我很狼狈,路既这么远,走路又这么难,白走一遭,实在有些可惜。我想了十秒钟,便从衣袋里挖出一张名片来,叫他进去禀告太太,说有这么一个人,要在这里等一等,可以不?约有半刻钟,他出来了,结果是:也不成!先生要三点钟才回来哩,你三点钟再来罢。

又想了十秒钟,只好决计去访C君,仍在大毒日头底下的尘土中趱行,这回总算一路无阻,到了。打门一问,来开门的答道:去看一看可在家。我想:这一次是大有希望了。果然,即刻领我进客厅,C君也跑出来。我首先就要求他请我吃午饭。于是请我吃面包,还有葡萄酒;主人自己却吃面。那结果是一盘面包被我吃得精光,虽然另有奶油,可是四碟菜也所余无几了。

吃饱了就讲闲话,直到五点钟。

客厅外是很大的一块空地方,种着许多树。一株频果树下常有孩子们徘徊;C君说,那是在等候频果落下来的;因为有定律:谁拾得就归谁所有。我很笑孩子们耐心,肯做这样的迂远事。然而奇怪,到我辞别出去时,我看见三个孩子手里已经各有一个频果了。

回家看日报,上面说:"……吴在长辛店留宿一宵。除上述原因外,尚有一事,系吴由保定启程后,张其锽曾为吴卜一课,谓二十八日入京大利,必可平定西北。二十七日入京欠佳。吴颇以为然。此亦吴氏迟一日入京之由来也。"[22]因此又想起我今天"不成"了大半天,运气殊属欠佳,不如也卜一课,以觇晚上的休咎罢。但我不明卜法,又无筮龟,实在无从措手。后来发明了一种新法,就是随便拉过一本书来,闭了眼睛,翻开,用手指指下去,然后张开眼,看指着的两句,就算是卜辞。

用的是《陶渊明集》,如法泡制,那两句是:"寄意一言外,兹契谁能别。"[23]详了一会,竟不知道是怎么一回事。

* * *

〔1〕 本篇最初连续发表于 1926 年 7 月 5 日、8 日、10 日、12 日北京《世界日报副刊》。

〔2〕 段祺瑞曾撰《二感篇》,发表在《甲寅》周刊第一卷第十八号(1925 年 11 月 14 日),分《内感》与《外感》两篇。"内感"是对国内时局的感想;"外感"是对国际时局的感想。在《内感》篇内,他大谈封建的"道德仁义",并语含杀机地说:"最奇特者。人之所无。而我更有澎湃之学潮。可谓新之又新。……不加裁制。胡可以安良善。郑子产曰。水懦民玩多死焉。故唐尧四凶之殛。孔子少正卯之诛。……不得已而出此。是必有故。"这里的"外冒篇"是对段祺瑞的讽刺。

〔3〕 李慈铭(1830—1894) 字怼伯,号莼客,浙江会稽(今绍兴)人,清末文学家。室名越缦堂,所著《越缦堂日记》,系按日记述的读书札记,始于 1853 年,止于 1889 年,内容涉及经史百家及时事。商务印书馆于 1920 年影印出版。

〔4〕 "有厚望焉" 1926 年 4 月中旬,段祺瑞在逃往天津前发出八道"命令"。第一道"严禁赤化"中说:"惟是共产之祸,举国非之,及今不图,何以为国,尚望各省军民长官,国内耆旧,设法消弭,勿任滋蔓,有厚望焉。"这里是顺笔对段的讽刺。

〔5〕 《世界日报》 成舍我主办,1925 年 2 月 1 日创刊于北京。1926 年 6 月中旬,该报请刘半农编辑副刊。据鲁迅日记,刘在 6 月 18 日访作者约稿。作者便自 6 月 25 日起为该刊写了《马上日记》等文。

〔6〕 八字 旧时用天干(甲乙丙丁戊己庚辛壬癸)地支(子丑寅卯辰巳午未申酉戌亥)相配,来记一个人出生的年、月、日、时,各得两字,合为"八字"。迷信认为根据这八个字可推算人的命运祸福。

〔7〕 对于腰子不很有研究的文学家 指陈西滢、徐志摩等人。1926年3月,梁启超因尿血症在北京协和医院诊治,由医生割去右肾后,不但血未全清,连病源也未查出。当时陈西滢为此写了两篇《闲话》(刊于5月15日、22日《现代评论》第三卷第七十五、七十六期),徐志摩也写过一篇《我们病了怎么办?》(5月29日《晨报副刊》),一起对手术的医生加以指责和嘲讽。陈西滢在《现代评论》第七十六期的《闲话》中说:"我们朋友的里面,曾经有过被西医所认为毫无希望,而一经中医医治,不半月便霍然病愈的人,而且不止一二位。"这里的"中医了不得论",即指此类言论。

〔8〕 季茀 许寿裳(1883—1948),字季茀,浙江绍兴人,教育家。作者留学日本弘文学院时的同学,其后又在教育部、北京女子师范大学、中山大学等处同事多年,与作者友情甚笃。抗日战争胜利后,在台湾大学任教,1948年2月18日深夜被刺杀于台北。著有《鲁迅年谱》、《亡友鲁迅印象记》、《我所认识的鲁迅》等。

〔9〕 Dr. H. 指许诗荃,许寿裳兄许铭伯之子。鲁迅1926年6月19日日记:"上午,季市、诗荃来,为立一方治胃病。"

〔10〕 Sirup Simpel 德语:纯糖浆。

〔11〕 Fraeulein H. 德语:H女士(即许广平)。参看本卷第389页注〔2〕。

〔12〕 "特别国情" 这是1915年袁世凯阴谋复辟帝制时,他的宪法顾问美国人古德诺散布的一种谬论。古德诺在该年8月10日的北京《亚细亚日报》发表《共和与君主论》一文,声称中国自有"特别国情","民智卑下之国,最难于建立共和",应恢复君主政体,为袁世凯称帝制

造舆论。这里借作对药房欺诈行为的讥讽。

〔13〕　吕端(933—998)　字易直,幽州安次(今属河北)人,宋太宗时为宰相。《宋史·吕端传》说:"太宗欲相端,或曰:'端为人糊涂。'太宗曰:'端小事糊涂,大事不糊涂。'决意相之。"

〔14〕　各条标点,应如下:

"国朝陈锡路《黄嬭余话》云:唐傅奕考覈道经众本,有项羽妾本;齐武平五年,彭城人开项羽妾冢,得之。"

"国朝欧阳泉《点勘记》云:欧阳修《醉翁亭记》'让泉也',本集及滁州石刻并同;诸选本作'酿泉',误也。"

"袁石公典试秦中后,颇自悔其少作;诗文皆粹然一出于正。"

"考……顺治中,秀水又有一陈忱,……著《诚斋诗集》、《不出户庭录》、《读史随笔》、《同姓名录》诸书。"

〔15〕　霁野　李霁野(1904—1997),安徽霍丘人,未名社成员,翻译家。译有剧本《往星中》(安特来夫)、小说《被侮辱与被损害的》(陀思妥耶夫斯基),著有短篇小说集《影》及《回忆鲁迅先生》等。

〔16〕　织芳　即荆有麟。参看本卷第79页注〔15〕。

〔17〕　"方糖"　即霜糖,河南开封地区的名产。当地的口音读"霜"为"方"。

〔18〕　景宋　许广平(1898—1968),笔名景宋,广东番禺人,北京女子师范大学毕业,鲁迅夫人。著有《欣慰的纪念》、《关于鲁迅的生活》、《遭难前后》、《鲁迅回忆录》等。

〔19〕　摩托车　这里指小汽车。

〔20〕　吴玉帅　指北洋直系军阀吴佩孚(字子玉)。1926年春他与奉系军阀张作霖联合进攻国民军,4月,国民军失败退出北京等地,他便在这时来到北京。

〔21〕　L君　指刘复(半农),参看本卷第323页注〔4〕。下文的C

君,指齐宗颐(寿山),参看本卷第 359 页注〔45〕。据鲁迅 1926 年 6 月 28 日日记载:"晴。……往信昌药房买药。访刘半农不值。访寿山。"

〔22〕 这一段报道见 1926 年 6 月 28 日《世界日报》所载的"本报特讯"。张其锽(1877—1927),广西临桂(今桂林)人,当时是吴佩孚的秘书长。

〔23〕 "寄意一言外,兹契谁能别。" 语出陶潜《癸卯岁十二月中作与从弟敬远》一诗。

马上支日记〔1〕

前几天会见小峰,谈到自己要在半农所编的副刊上投点稿,那名目是《马上日记》。小峰怃然曰,回忆归在《旧事重提》〔2〕中,目下的杂感就写进这日记里面去……。意思之间,似乎是说:你在《语丝》上做什么呢?——但这也许是我自己的疑心病。我那时可暗暗地想:生长在敢于吃河豚的地方的人,怎么也会这样拘泥?政党会设支部,银行会开支店,我就不会写支日记的么?因为《语丝》上须投稿,而这暗想马上就实行了,于是乎作支日记。

六月二十九日

晴。

早晨被一个小蝇子在脸上爬来爬去爬醒,赶开,又来;赶开,又来;而且一定要在脸上的一定的地方爬。打了一回,打它不死,只得改变方针:自己起来。

记得前年夏天路过 S 州〔3〕,那客店里的蝇群却着实使人惊心动魄。饭菜搬来时,它们先追逐着赏鉴;夜间就停得满屋,我们就枕,必须慢慢地,小心地放下头去,倘若猛然一躺,惊动了它们,便轰的一声,飞得你头昏眼花,一败涂地。到黎明,青年们所希望的黎明,那自然就照例地到你脸上来爬来爬去了。但我经过街上，看见一个孩子睡着，五六个蝇子在他脸上爬，他却睡得甜甜的，连皮肤也不牵动一下。在中国过活，这样的训练和涵养工夫是万不可少的。与其鼓吹什么"捕蝇"[4]，倒不如练习这一种本领来得切实。

什么事都不想做。不知道是胃病没有全好呢，还是缺少了睡眠时间。仍旧懒懒地翻翻废纸，又看见几条《茶香室丛钞》[5]式的东西。已经团入字纸篓里的了，又觉得"弃之不甘"，挑一点关于《水浒传》[6]的，移录在这里罢——

> 宋洪迈《夷坚甲志》[7]十四云："绍兴二十五年，吴傅朋说除守安丰军，自番阳遣一卒往呼吏士，行至舒州境，见村民穰穰，十百相聚，因弛担观之。其人曰，吾村有妇人为虎衔去，其夫不胜愤，独携刀往探虎穴，移时不反，今谋往救也。久之，民负死妻归，云，初寻迹至穴，虎牝牡皆不在，有二子戏岩窦下，即杀之，而隐其中以俟。少顷，望牝者衔一人至，倒身入穴，不知人藏其中也。吾急持尾，断其一足。虎弃所衔人，跟踌而窜；徐出视之，果吾妻也，死矣。虎曳足行数十步，堕涧中。吾复入窦伺，牡者俄咆跃而至，亦以尾先入，又如前法杀之。妻冤已报，无憾矣。乃邀邻里往视，舆四虎以归，分烹之。"案《水浒传》叙李逵沂岭杀四虎事，情状极相类，疑即本此等传说作之。《夷坚甲志》成于乾道初（1165），此条题云《舒民杀四虎》。

> 宋庄季裕《鸡肋编》[8]中云："浙人以鸭儿为大讳。北人但知鸭羹虽甚热，亦无气。后至南方，乃始知鸭若只一雄，则虽合而无卵，须二三始有子，其以为讳者，盖为是

耳,不在于无气也。"案《水浒传》叙郓哥向武大索麦稃,"武大道:'我屋里又不养鹅鸭,那里有这麦稃?'郓哥道:'你说没麦稃,怎地栈得肥腌腌地,便颠倒提起你来也不妨,煮你在锅里也没气?'武大道:'含鸟猢狲!倒骂得我好。我的老婆又不偷汉子,我如何是鸭?'……"鸭必多雄始孕,盖宋时浙中俗说,今已不知。然由此可知《水浒传》确为旧本,其著者则浙人;虽庄季裕,亦仅知鸭羹无气而已。《鸡肋编》有绍兴三年(1133)序,去今已将八百年。

元陈泰[9]《所安遗集》《江南曲序》云:"余童艸时,闻长老言宋江事,未究其详。至治癸亥秋九月十六日,过梁山泊,舟遥见一峰,嵚崟雄跨,问之篙师,曰,此安山也,昔宋江事处,绝湖为池,阔九十里,皆蕖荷菱芡,相传以为宋妻所植。宋之为人,勇悍狂侠,其党如宋者三十六人。至今山下有分赃台,置石座三十六所,俗所谓'去时三十六,归时十八双',意者其自誓之辞也。始予过此,荷花弥望,今无复存者,惟残香相送耳。因记王荆公诗云:'三十六陂春水,白头想见江南。'味其词,作《江南曲》以叙游历,且以慰宋妻种荷之意云。(原注:曲因蠹损无存。)"案宋江有妻在梁山泺中,且植芰荷,仅见于此;而谓江勇悍狂侠,亦与今所传性格绝殊,知《水浒》故事,宋元来异说多矣。泰字志同,号所安,茶陵人,延祐甲寅(1314),以《天马赋》中省试第十二名,会试赐乙卯科张起岩榜进士第,由翰林庶吉士改授龙南令,卒官。至曾孙朴,始集其遗文为一卷。成化丁未,来孙[10]铨等又并补遗重刊之。《江南曲》即在补遗中,而失其诗。近《涵芬楼秘笈》第十集收金侃[11]手写本,则并序失之矣。"舟遥见一峰"及"昔宋江事处"二句,当有脱误,未见别本,无以正之。

　　　　　七月一日

晴。

上午,空六[12]来谈;全谈些报纸上所载的事,真伪莫辨。许多工夫之后,他走了,他所谈的我几乎都忘记了,等于不谈。只记得一件:据说吴佩孚大帅在一处宴会的席上发表,查得赤化的始祖乃是蚩尤,因为"蚩""赤"同音,所以蚩尤即"赤尤","赤尤"者,就是"赤化之尤"的意思;[13]说毕,合座为之"欢然"云。

太阳很烈,几盆小草花的叶子有些垂下来了,浇了一点水。田妈忠告我:浇花的时候是每天必须一定的,不能乱;一乱,就有害。我觉得有理,便踌躇起来;但又想,没有人在一定的时候来浇花,我又没有一定的浇花的时候,如果遵照她的学说,那些小花可只好晒死罢了。即使乱浇,总胜于不浇;即使有害,总胜于晒死罢。便继续浇下去,但心里自然也不大踊跃。下午,叶子都直起来了,似乎不甚有害,这才放了心。

灯下太热,夜间便在暗中呆坐着,凉风微动,不觉也有些"欢然"。人倘能够"超然象外"[14],看看报章,倒也是一种清福。我对于报章,向来就不是博览家,然而这半年来,已经很遇见了些铭心绝品。远之,则如段祺瑞执政的《二感篇》,张之江督办的《整顿学风电》[15],陈源教授的《闲话》;近之,则如丁文江督办(？)的自称"书呆子"演说[16],胡适之博士的英国庚款答问[17],牛荣声先生的"开倒车"论(见《现代评论》七十八期)[18],孙传芳督军的与刘海粟先生论美术书[19]。但这些比起赤化源流考来,却又相去不可以道里计。今年春天,张之江督办明明有电报来赞成枪毙赤化嫌疑的学生,而弄到底自己还是逃不出赤化。这很使我莫明其妙;现在既知道蚩尤是赤化的祖师,那疑团可就冰释了。蚩尤曾打炎帝,炎帝也是"赤魁"。炎者,火德也,火色赤;帝不就是首领么？所以三一八惨案,即等于以赤讨赤,无论那一面,都还是逃不脱赤化的名称。

这样巧妙的考证天地间委实不很多,只记得先前在日本东京时,看见《读卖新闻》上逐日登载着一种大著作,其中有黄帝即亚伯拉罕的考据[20]。大意是日本称油为"阿蒲拉"(Abura),油的颜色大概是黄的,所以"亚伯拉"就是"黄"。至于"帝",是与"罕"形近,还是与"可汗"音近呢,我现在可记不真确了,总之:阿伯拉罕即油帝,油帝就是黄帝而已。篇名和作者,现在也都忘却,只记得后来还印成一本书,而且还只是上卷。但这考据究竟还过于弯曲,不深究也好。

七月二日

晴。

午后,在前门外买药后,绕到东单牌楼的东亚公司闲看。这虽然不过是带便贩卖一点日本书,可是关于研究中国的就已经很不少。因为或种限制,只买了一本安冈秀夫所作的《从小说看来的支那民族性》[21]就走了,是薄薄的一本书,用大红深黄做装饰的,价一元二角。

傍晚坐在灯下,就看看那本书,他所引用的小说有三十四种,但其中也有其实并非小说和分一部为几种的。蚊子来叮了好几口,虽然似乎不过一两个,但是坐不住了,点起蚊烟香来,这才总算渐渐太平下去。

安冈氏虽然很客气,在绪言上说,"这样的也不仅只支那人,便是在日本,怕也有难于漏网的。"但是,"一测那程度的高下和范围的广狭,则即使夸称为支那的民族性,也毫无应该顾忌的处所,"所以从支那人的我看来,的确不免汗流浃背。只要看目录就明白了:一,总说;二,过度置重于体面和仪容;三,安运命而肯罢休;四,能耐能忍;五,乏同情心多残忍性;六,个人主义和事大主义;七,过度的俭省和不正的贪财;八,泥虚礼而尚虚文;九,迷信深;十,耽享乐而淫风炽盛。

他似乎很相信 Smith 的《Chinese Characteristies》[22],常常引为典据。这书在他们,二十年前就有译本,叫作《支那人气质》;但是支那人的我们却不大有人留心它。第一章就是 Smith 说,以为支那人是颇有点做戏气味的民族,精神略有亢奋,就成了戏子样,一字一句,一举手一投足,都装模装样,出于本心的分量,倒还是撑场面的分量多。这就是因为太重体面了,总想将自己的体面弄得十足,所以敢于做出这样的言语动作来。总而言之,支那人的重要的国民性所成的复合关键,便是这"体面"。

我们试来博观和内省,便可以知道这话并不过于刻毒。相传为戏台上的好对联,是"戏场小天地,天地大戏场"。大家本来看得一切事不过是一出戏，有谁认真的，就是蠢物。但这也并非专由积极的体面，心有不平而怯于报复，也便以万事是戏的思想了之。万事既然是戏，则不平也非真，而不报也非怯了。所以即使路见不平，不能拔刀相助，也还不失其为一个老牌的正人君子。

我所遇见的外国人，不知道可是受了 Smith 的影响，还是自己实验出来的，就很有几个留心研究着中国人之所谓"体面"或"面子"。但我觉得，他们实在是已经早有心得，而且应用了，倘若更加精深圆熟起来，则不但外交上一定胜利，还要取得上等"支那人"的好感情。这时须连"支那人"三个字也不说，代以"华人"，因为这也是关于"华人"的体面的。

我还记得民国初年到北京时，邮局门口的扁额是写着"邮政局"的，后来外人不干涉中国内政的叫声高起来，不知道是偶然还是什么，不几天，都一律改了"邮务局"了。外国人管理一点邮"务"，实在和内"政"不相干，这一出戏就一直唱到现在。

向来，我总不相信国粹家道德家之类的痛哭流涕是真心，即使眼角上确有珠泪横流，也须检查他手巾上可浸着辣椒水或生姜汁。什么保存国故，什么振兴道德，什么维持公理，什么整顿学风……心里可真是这样想？一做戏，则前台的架子，总与在后台的面目不相同。但看客虽然明知是戏，只要做得像，也仍然能够为它悲喜，于是这出戏就做下去了；有谁来揭穿的，他们反以为扫兴。

中国人先前听到俄国的"虚无党"三个字，便吓得屁滚尿

流，不下于现在之所谓"赤化"。其实是何尝有这么一个"党"；只是"虚无主义者"或"虚无思想者"却是有的，是都介涅夫[23]（I. Turgeniev）给创立出来的名目，指不信神，不信宗教，否定一切传统和权威，要复归那出于自由意志的生活的人物而言。但是，这样的人物，从中国人看来也就已经可恶了。然而看看中国的一些人，至少是上等人，他们的对于神，宗教，传统的权威，是"信"和"从"呢，还是"怕"和"利用"？只要看他们的善于变化，毫无特操，是什么也不信从的，但总要摆出和内心两样的架子来。要寻虚无党，在中国实在很不少；和俄国的不同的处所，只在他们这么想，便这么说，这么做，我们的却虽然这么想，却是那么说，在后台这么做，到前台又那么做……。将这种特别人物，另称为"做戏的虚无党"或"体面的虚无党"以示区别罢，虽然这个形容词和下面的名词万万联不起来。

夜，寄品青[24]信，托他向孔德学校去代借《闾邱辨囿》[25]。

夜半，在决计睡觉之前，从日历上将今天的一张撕去，下面这一张是红印的。我想，明天还是星期六，怎么便用红字了呢？仔细看时，有两行小字道："马厂誓师再造共和纪念"[26]。我又想，明天可挂国旗呢？……于是，不想什么，睡下了。

七月三日

晴。

热极，上半天玩，下半天睡觉。

晚饭后在院子里乘凉，忽而记起万牲园[27]，因此说：那地方在夏天倒也很可看,可惜现在进不去了。田妈就谈到那管门的两个长人,说最长的一个是她的邻居,现在已经被美国人雇去,往美国了,薪水每月有一千元。

这话给了我一个很大的启示。我先前看见《现代评论》上保举十一种好著作,杨振声先生的小说《玉君》即是其中的一种,理由之一是因为做得"长"。〔28〕我于这理由一向总有些隔膜,到七月三日即"马厂誓师再造共和纪念"的晚上这才明白了:"长",是确有价值的。《现代评论》的以"学理和事实"并重自许,确也说得出,做得到。

今天到我的睡觉时为止,似乎并没有挂国旗,后半夜补挂与否,我不知道。

　　　　七月四日

晴。

早晨,仍然被一个蝇子在脸上爬来爬去爬醒,仍然赶不走,仍然只得自己起来。品青的回信来了,说孔德学校没有《闾邱辨囿》。

也还是因为那一本《从小说看来的支那民族性》。因为那里面讲到中国的肴馔,所以也就想查一查中国的肴馔。我于此道向来不留心,所见过的旧记,只有《礼记》里的所谓"八珍"〔29〕,《酉阳杂俎》〔30〕里的一张御赐菜帐和袁枚名士的《随园食单》〔31〕。元朝有和斯辉的《饮馔正要》〔32〕,只站在旧书店头翻了一翻,大概是元版的,所以买不起。唐朝的呢,有杨煜的《膳夫经手录》〔33〕,就收在《闾邱辨囿》中。现在这书既然借不到,只好拉倒了。

近年尝听到本国人和外国人颂扬中国菜,说是怎样可口,怎样卫生,世界上第一,宇宙间第 n。但我实在不知道怎样的是中国菜。我们有几处是嚼葱蒜和杂合面饼,有几处是用醋,辣椒,腌菜下饭;还有许多人是只能舐黑盐,还有许多人是连黑盐也没得舐。中外人士以为可口,卫生,第一而第 n 的,当然不是这些;应该是阔人,上等人所吃的肴馔。但我总觉得不能因为他们这么吃,便将中国菜考列一等,正如去年虽然出了两三位"高等华人",而别的人们也还是"下等"的一般。

安冈氏的论中国菜,所引据的是威廉士的《中国》[34](《Middle Kingdom by Williams》),在最末《耽享乐而淫风炽盛》这一篇中。其中有这么一段——

"这好色的国民,便在寻求食物的原料时,也大概以所想像的性欲底效能为目的。从国外输入的特殊产物的最多数,就是认为含有这种效能的东西。……在大宴会中,许多菜单的最大部分,即是想像为含有或种特殊的强壮剂底性质的奇妙的原料所做。……"

我自己想,我对于外国人的指摘本国的缺失,是不很发生反感的,但看到这里却不能不失笑。筵席上的中国菜诚然大抵浓厚,然而并非国民的常食;中国的阔人诚然很多淫昏,但还不至于将肴馔和壮阳药并合。"纣虽不善,不如是之甚也。"[35]研究中国的外国人,想得太深,感得太敏,便常常得到这样——比"支那人"更有性底敏感——的结果。

安冈氏又自己说——

"笋和支那人的关系,也与虾正相同。彼国人的嗜笋,可谓在日本人以上。虽然是可笑的话,也许是因为那挺然翘然的姿势,引起想像来的罢。"

会稽至今多竹。竹,古人是很宝贵的,所以曾有"会稽竹箭"[36]的话。然而宝贵它的原因是在可以做箭,用于战斗,并非因为它"挺然翘然"像男根。多竹,即多笋;因为多,那价钱就和北京的白菜差不多。我在故乡,就吃了十多年笋,现在回想,自省,无论如何,总是丝毫也寻不出吃笋时,爱它"挺然翘然"的思想的影子来。因为姿势而想像它的效能的东西是有一种的,就是肉苁蓉[37],然而那是药,不是菜。总之,笋虽然常见于南边的竹林中和食桌上,正如街头的电干和屋里的柱子一般,虽"挺然翘然",和色欲的大小大概是没有什么关系的。

然而洗刷了这一点,并不足证明中国人是正经的国民。要得结论,还很费周折罢。可是中国人偏不肯研究自己。安冈氏又说,"去今十余年前,有……称为《留东外史》[38]这一种不知作者的小说,似乎是记事实,大概是以恶意地描写日本人的性底不道德为目的的。然而通读全篇,较之攻击日本人,倒是不识不知地将支那留学生的不品行,特地费了力招供出来的地方更其多,是滑稽的事。"这是真的,要证明中国人的不正经,倒在自以为正经地禁止男女同学,禁止模特儿这些事件上。

我没有恭逢过奉陪"大宴会"的光荣,只是经历了几回中宴会,吃些燕窝鱼翅。现在回想,宴中宴后,倒也并不特别发生好色之心。但至今觉得奇怪的,是在燉,蒸,煨的烂熟的肴馔中间,夹着一盘活活的醉虾。据安冈氏说,虾也是与性欲有关系的;不但从他,我在中国也听到过这类话。然而我所以为奇怪的,是在这两极端的错杂,宛如文明烂熟的社会里,忽然分明现出茹毛饮血的蛮风来。而这蛮风,又并非将由蛮野进向文明,乃是已由文明落向蛮野,假如比前者为白纸,将由此开始写字,则后者便是涂满了字的黑纸罢。一面制礼作乐,尊孔读经,"四千年声明文物之邦",真是火候恰到好处了,而一面又坦然地放火杀人,奸淫掳掠,做着虽蛮人对于同族也还不肯做的事……全个中国,就是这样的一席大宴会!

我以为中国人的食物,应该去掉煮得烂熟,萎靡不振的;也去掉全生,或全活的。应该吃些虽然熟,然而还有些生的带着鲜血的肉类……。

正午,照例要吃午饭了,讨论中止。菜是:干菜,已不"挺然翘然"的笋干,粉丝,腌菜。对于绍兴,陈源教授所憎恶的是"师爷"和"刀笔吏的笔尖",我所憎恶的是饭菜。《嘉泰会稽志》[39]已在石印了,但还未出版,我将来很想查一查,究竟绍兴遇着过多少回大饥馑,竟这样地吓怕了居民,仿佛明天便要到世界末日似的,专喜欢储藏干物品。有菜,就晒干;有鱼,也晒干;有豆,又晒干;有笋,又晒得它不像样;菱角是以富于水分,肉嫩而脆为特色的,也还要将它风干……。听说探险北极的人,因为只吃罐头食物,得不到新东西,常常要生坏血病;倘若绍兴人肯带了干菜之类去探险,恐怕可以走得更远一点罢。

晚,得乔峰[40]信并丛芜所译的布宁[41]的短篇《轻微的欷歔》稿,在上海的一个书店里默默地躺了半年,这回总算设法讨回来了。

中国人总不肯研究自己。从小说来看民族性,也就是一个好题目。此外,则道士思想(不是道教,是方士)与历史上大事件的关系,在现今社会上的势力;孔教徒怎样使"圣道"变得和自己的无所不为相宜;战国游士说动人主的所谓"利""害"是怎样的,和现今的政客有无不同;中国从古到今有多少文字狱;历来"流言"的制造散布法和效验等等……可以研究的新方面实在多。

七月五日

晴。

晨,景宋将《小说旧闻钞》的一部分理清送来。自己再看了一遍,到下午才毕,寄给小峰付印。天气实在热得可以。

觉得疲劳。晚上,眼睛怕见灯光,熄了灯躺着,仿佛在享福。听得有人打门,连忙出去开,却是谁也没有,跨出门去根究,一个小孩子已在暗中逃远了。

关了门,回来,又躺下,又仿佛在享福。一个行人唱着戏文走过去,余音袅袅,道,"咿,咿,咿!"不知怎地忽然想起今天校过的《小说旧闻钞》里的强汝询[42]老先生的议论来。这位先生的书斋就叫作求有益斋,则在那斋中写出来的文章的内容,也就可想而知。他自己说,诚不解一个人何以无聊到要做小说,看小说。但于古小说的判决却从宽,因为他古,而且昔人已经著录了。

憎恶小说的也不只是这位强先生,诸如此类的高论,随在可以闻见。但我们国民的学问,大多数却实在靠着小说,甚至于还靠着从小说编出来的戏文。虽是崇奉关岳[43]的大人先生们,倘问他心目中的这两位"武圣"的仪表,怕总不免是细着眼睛的红脸大汉和五绺长须的白面书生,或者还穿着绣金的缎甲,脊梁上还插着四张尖角旗。

近来确是上下同心,提倡着忠孝节义了,新年到庙市上去看年画,便可以看见许多新制的关于这类美德的图。然而所画的古人,却没有一个不是老生,小生,老旦,小旦,末,外,花旦……。

七月六日

晴。

午后,到前门外去买药。配好之后,付过钱,就站在柜台前喝了一回份。其理由有三:一,已经停了一天了,应该早喝;二,尝尝味道,是否不错的;三,天气太热,实在有点口渴了。

不料有一个买客却看得奇怪起来。我不解这有什么可以奇怪的;然而他竟奇怪起来了,悄悄地向店伙道:

"那是戒烟药水罢?"

"不是的!"店伙替我维持名誉。

"这是戒大烟的罢?"他于是直接地问我了。

我觉得倘不将这药认作"戒烟药水",他大概是死不瞑目的。人生几何,何必固执,我便似点非点的将头一动,同时请出我那"介乎两可之间"的好回答来:

"唔唔……。"

这既不伤店伙的好意，又可以聊慰他热烈的期望，该是一帖妙药。果然，从此万籁无声，天下太平，我在安静中塞好瓶塞，走到街上了。

到中央公园[44]，径向约定的一个僻静处所，寿山[45]已先到，略一休息，便开手对译《小约翰》[46]。这是一本好书，然而得来却是偶然的事。大约二十年前，我在日本东京的旧书店头买到几十本旧的德文文学杂志，内中有着这书的绍介和作者的评传，因为那时刚译成德文。觉得有趣，便托丸善书店去买来了；想译，没有这力。后来也常常想到，但总为别的事情岔开；直到去年，才决计在暑假中将它译好，并且登出广告去，而不料那一暑假过得比别的时候还艰难。今年又记得起来，翻检一过，疑难之处很不少，还是没有这力。问寿山可肯同译，他答应了，于是开手；并且约定，必须在这暑假期中译完。

晚上回家，吃了一点饭，就坐在院子里乘凉。田妈告诉我，今天下午，斜对门的谁家的婆婆和儿媳大吵了一通嘴。据她看来，婆婆自然有些错，但究竟是儿媳妇太不合道理了。问我的意思，以为何如。我先就没有听清吵嘴的是谁家，也不知道是怎样的两个婆媳，更没有听到她们的来言去语，明白她们的旧恨新仇。现在要我加以裁判，委实有点不敢自信，况且我又向来并不是批评家。我于是只得说：这事我无从断定。

但是这句话的结果很坏。在昏暗中，虽然看不见脸色，耳朵中却听到：一切声音都寂然了。静，沉闷的静；后来还有人站起，走开。

我也无聊地慢慢地站起，走进自己的屋子里，点了灯，躺在床上看晚报；看了几行，又无聊起来了，便碰到东壁下去写日记，就是这《马上支日记》。

院子里又渐渐地有了谈笑声，说论声。

今天的运气似乎很不佳：路人冤我喝"戒烟药水"，田妈说我……。她怎么说，我不知道。但愿从明天起，不再这样。

*　　　*　　　*

〔1〕 本篇最初连续发表于1926年7月12日、26日，8月2日、16日《语丝》周刊第八十七、八十九、九十、九十二期。

〔2〕 《旧事重提》 鲁迅散文集《朝花夕拾》各篇最初在《莽原》半月刊上发表时的总名。

〔3〕 S州 指河南陕州（今三门峡）。1924年7、8月间，鲁迅曾应陕西教育厅和西北大学的邀请到西安讲学，往返都经过这里。

〔4〕 鼓吹什么"捕蝇" 当时北京有些团体和学校提倡捕蝇活动，有的举办捕蝇比赛会，有的出资以发动贫苦小孩捕蝇出卖。

〔5〕 《茶香室丛钞》 俞樾所著笔记，共四集，一〇六卷。俞樾（1821—1907），字荫甫，号曲园，浙江德清人，清代学者。

〔6〕 《水浒传》 长篇小说，明代施耐庵著。

〔7〕 洪迈（1123—1202） 字景庐，鄱阳（今江西波阳）人，宋代文学家。《夷坚甲志》，是他所著的笔记小说，原为正集、支集、三集、四集，共四二〇卷；现在留传下来的，以张元济校辑本二〇六卷为较完善。这里所引的一条，出正集甲志第十四卷。

〔8〕 庄季裕 名绰，字季裕，宋代山西清源（今属清徐）人。《鸡肋编》，是他所著的笔记，内容多述轶闻旧事，凡三卷。这里所引的一

条,出于该书卷中。

〔9〕 陈泰 字志同,号所安,元代茶陵(今属湖南)人,仁宗延祐年间曾官龙泉主簿等职。

〔10〕 来孙 玄孙的儿子。自本身下数为第六代。

〔11〕 《涵芬楼秘笈》 商务印书馆编印的一套丛书,共出十集。涵芬楼,商务印书馆存放善本图书的藏书楼名。金侃(约1635—1703),字亦陶,江苏苏州人,清代藏书家。

〔12〕 空六 即陈廷璠,陕西鄠县(今户县)人,北京大学毕业。当时任北京世界语专门学校教务主任。

〔13〕 蚩尤 我国古代传说中的九黎族酋长。《史记·五帝本纪》:"蚩尤作乱,不用帝命,于是黄帝乃征师诸侯,与蚩尤战于涿鹿之野,遂禽杀蚩尤。"1926年6月,北洋军阀吴佩孚为了宣传"讨赤",曾经在北京怀仁堂的一次宴会上发表谬论说:"赤化之源,为黄帝时之蚩尤,以蚩赤同音,蚩尤即赤化之祖。"(见《向导》周报第一六一期"寸铁"栏所载陈独秀〔署名"实"〕的《赤化过激都是国粹》一文。)

〔14〕 "超然象外" 语出唐代司空图《诗品》:"超以象外,得其环中。"原意是形容诗歌的"雄浑"的风格,这里是对人生社会漠不关心的意思。

〔15〕 张之江(1882—1966) 字紫珉,直隶盐山(今属河北)人,国民军将领。1926年冯玉祥通电下野后他任西北边防督办、西北军总司令。关于他的《整顿学风电》,参看本卷第287页注〔7〕。

〔16〕 丁文江(1887—1936) 字在君,江苏泰兴人,地质学家。曾任工商部地质研究所所长等职。1926年4月,孙传芳任命他为淞沪商埠总办;5月28日,他在上海各团体欢迎会上发表演说,其中有"鄙人为一书呆子,一大傻子,决不以做官而改变其面目"等语。(见1926年5月29日上海《新闻报》)

〔17〕 1926年6月19日,复旦通信社记者访问英国庚款委员会华方委员胡适,就英国退还庚款用途提出问题。记者问:"庚款用途已否决定?"胡答:"已经决定。"又问:"决定系作何项用途?"胡答:"此时不能宣布。"又问:"究竟于中国有无利益?"胡答:"以余个人之观察,甚觉满意。"等等。(见1926年6月20日北京《晨报》)

〔18〕 牛荣声 事迹不详。他在《现代评论》第三卷第七十八期(1926年6月5日)发表《"开倒车"》一文说:"今人说某人是'开倒车',某事是'开倒车',并不见得某人便真腐败,守旧,某事便真不合现代的潮流。也许是因为说话的人有了主观的偏见,也许是他太急进,也许是他的见解根本错误。即如现在急进派骂稳健派为'开倒车',照他们的主张,必须把知识阶级打倒,把一切社会制度根本推翻,方不是'开倒车'。"

〔19〕 孙传芳(1885—1935) 字馨远,山东历城人,北洋直系军阀。曾任浙江督军,1926年夏他盘踞苏浙等地时,曾下令禁止上海美术专门学校西洋画系用模特,并一再写信给该校校长刘海粟,以为模特有违中国的"衣冠礼教",必须严禁。如他在6月3日的一封信中说:"生人模型,东西洋固有此式,惟中国则素重礼教,四千年前,轩辕衣裳而治,即以裸裎袒裼为鄙野。……模特儿止为西洋画之一端,是西洋画之范围必不以缺此一端而有所不足,……亦何必求全召毁,俾淫画淫剧易于附会。"(见1926年6月10日上海《新闻报》)刘海粟(1896—1994),字季芳,江苏武进人,美术家。1919年创办中国第一所美术学校上海图画美术院,实行男女同校,在教学中推行人体模特写生。

〔20〕 亚伯拉罕(Abraham) 犹太族的始祖,约当公元前2000年自迦勒底迁居迦南(见《旧约·创世记》)。这里所说黄帝即亚伯拉罕的考据,是日本佐佐木照山在一篇关于《穆天子传》的文章中所发的怪论。

〔21〕 《从小说看来的支那民族性》 1926年4月东京聚芳阁出

版,是一本贬损中华民族的书。

〔22〕 Smith 斯密斯(1845—1932),通译阿瑟·亨·史密斯,中文名明恩溥,美国传教士,1872 年(同治十一年)来华,居留五十余年。他所著的《中国人气质》一书,1894 年由美国佛莱明公司在纽约出版,日本澁江保译本,1896 年东京博文馆出版。

〔23〕 都介涅夫(И.С.Тургенев,1818—1883) 通译屠格涅夫,俄国作家。这里是指他的长篇小说《父与子》中的巴扎洛夫类型的人物。

〔24〕 品青 即王品青。参看本卷第 205 页注〔12〕。

〔25〕 《闰邱辨囿》 丛书名。清代顾嗣立辑,共收书十种。

〔26〕 "马厂誓师再造共和纪念" 1917 年 7 月张勋扶持溥仪复辟,事前曾得到段祺瑞的默契。段祺瑞原想利用张勋来解散国会,推倒总统黎元洪;但复辟事起,全国人民一致反对,他便转而以拥护共和为名,于 7 月 3 日在天津西南面的马厂誓师,出兵讨伐张勋。张勋失败后,北洋政府曾规定这天为"马厂誓师再造共和纪念日"。

〔27〕 万牲园 清光绪末年,农商部在北京西直门外三贝子花园原址建立农事试验场,内设动物园,俗称万牲园(亦作万生园),即今北京动物园的前身。

〔28〕 《现代评论》第三卷第七十一、七十二期(1926 年 4 月 17 日、24 日)刊载陈西滢所作《闲话》,列举他认为是"中国新出有价值的书"共十一种,其中举《玉君》为长篇小说的代表说:"要是没有杨振声先生的《玉君》,我们简直可以说没有长篇小说。"杨振声(1890—1956),山东蓬莱人,作家。《玉君》,现代社文艺丛书之一,1925 年出版。

〔29〕 "八珍" 用八种烹调方法制成的食品。据《周礼·天官·膳夫》:"珍用八物。"东汉郑玄注:"珍,谓淳熬、淳母、炮、捣珍、渍、熬、糁、肝膋也。"

〔30〕 《酉阳杂俎》 段成式著,二十卷,续集十卷。内容多记秘书

异事,为唐代笔记小说中最著名的一种;御赐菜帐见卷一《忠志》篇。段
成式(约803—863),字柯古,齐州临淄(今属山东)人,唐代文学家。

〔31〕《随园食单》 袁枚著,四卷。袁枚(1716—1798),字子才,
浙江钱塘(今杭州)人,清代诗人。曾任江苏溧水、江浦、江宁等县知县,
退职后购筑随园于江宁城西小仓山,故又号随园。

〔32〕《饮馔正要》 应作《饮膳正要》,元代和斯辉著,三卷。和斯
辉在元仁宗延祐间(1314—1320)曾任饮膳太医,该书记载饮膳卫生和
育婴妊娠等知识。

〔33〕《膳夫经手录》 唐代杨煜著,四卷。书成于唐宣宗大中十
年(1056)。杨煜(《新唐书》作阳晔),曾任巢县县令。

〔34〕 威廉士(S. W. Williams,1812—1884) 美国传教士。1833
年(道光十三年)来华传教,1856年后在美国驻华公使馆任职。《中国》
一书出版于1848年,1883年修订再版。

〔35〕"纣虽不善,不如是之甚也。" 语出《论语·子张》:(子贡曰)
"纣之不善,不如是之甚也。"纣,商代最后一个君主。

〔36〕"会稽竹箭" 语出《尔雅·释地》:"东南之美者,有会稽之竹
箭焉。"

〔37〕 肉苁蓉 一年生寄生草本植物,茎肉质,高尺余,形如短柱。
李时珍《本草纲目》说:"此物补而不峻,故有从容之号,从容,和缓之
貌。"

〔38〕《留东外史》 平江不肖生(向恺然)著。是一部描写清末我
国留日学生生活的类似"黑幕小说"的作品。

〔39〕《嘉泰会稽志》 宋代施宿等撰,二十卷。宋宁宗嘉泰元年
(1201)完成,故名。1926年夏绍兴周肇祥等据清嘉庆间采鞠轩刊本影
印。施宿(?—1213),字武子,湖州长兴(今浙江吴兴)人,绍熙进士,曾
任绍兴府通判。

〔40〕 乔峰 周建人（1888—1984），字乔峰，鲁迅的三弟，生物学家。曾任商务印书馆编辑。译有达尔文《种的起源》、生物学论文选集《进化与退化》；著有《生物进化浅说》、《略讲关于鲁迅的事情》等。

〔41〕 丛芜 韦丛芜（1905—1978），安徽霍丘人，未名社成员。布宁（И.А.Бунин，1870—1953），又译蒲宁，俄国小说家。十月革命后侨居国外，后死于巴黎。

〔42〕 强汝询（1824—1894） 字莪叔，江苏溧阳人，清咸丰举人。著有《求益斋文集》。他在《佩雅堂书目小说类序》中说，做小说是"敝神劳思，取媚流俗，甘为识者所耻笑，甚矣其不自重也！……魏晋以来小说，传世既久，余家亦间有之，其辞或稍雅驯，姑列于目；而论其失，以为后戒焉。"参看《小说旧闻钞·禁黜》。

〔43〕 关岳 指关羽和岳飞。旧时把他们作为忠义的化身，建立专祠奉祀。1914 年袁世凯政府下令以关羽、岳飞合祀。以后，北洋政府也不断地祭祀关岳。

〔44〕 中央公园 今北京中山公园。原为明清皇家社稷坛，1914 年辟为公园。

〔45〕 寿山 齐寿山（1881—1965），名宗颐，字寿山，河北高阳人，德国柏林大学毕业，曾任北洋政府教育部佥事、视学。

〔46〕 《小约翰》 长篇童话诗，荷兰望·蔼覃著。鲁迅译本收入《未名丛刊》，1928 年 1 月出版。

马上日记之二^[1]

七月七日

晴。

每日的阴晴，实在写得自己也有些不耐烦了，从此想不写。好在北京的天气，大概总是晴的时候多；如果是梅雨期内，那就上午晴，午后阴，下午大雨一阵，听到泥墙倒塌声。不写也罢，又好在我这日记，将来决不会有气象学家拿去做参考资料的。

上午访素园^[2]，谈谈闲天，他说俄国有名的文学者毕力涅克^[3]（Boris Piliniak）上月已经到过北京，现在是走了。

我单知道他曾到日本，却不知道他也到中国来。

这两年中，就我所听到的而言，有名的文学家来到中国的有四个。第一个自然是那最有名的泰戈尔即"竺震旦"^[4]，可惜被戴印度帽子的震旦人弄得一榻胡涂，终于莫名其妙而去；后来病倒在意大利，还电召震旦"诗哲"前往，然而也不知道"后事如何"。现在听说又有人要将甘地^[5]扛到中国来了，这坚苦卓绝的伟人，只在印度能生，在英国治下的印度能活的伟人，又要在震旦印下他伟大的足迹。但当他精光的脚还未踏着华土时，恐怕乌云已在出岫了。

其次是西班牙的伊本纳兹^[6]（Blasco Ibáñez），中国倒也早有人绍介过；但他当欧战时，是高唱人类爱和世界主义的，从今年全国教育联合会的议案看来，他实在很不适宜于中国，当然谁也不理他，因为我们的教育家要提倡民族主义了[7]。

还有两个都是俄国人。一个是斯吉泰烈支[8]（Skitalez），一个就是毕力涅克。两个都是假名字。斯吉泰烈支是流亡在外的。毕力涅克却是苏联的作家，但据他自传，从革命的第一年起，就为着买面包粉忙了一年多。以后，便做小说，还吸过鱼油，这种生活，在中国大概便是整日叫穷的文学家也未必梦想到。

他的名字，任国桢君辑译的《苏俄的文艺论战》[9]里是出现过的，作品的译本却一点也没有。日本有一本《伊凡和马理》（《Ivan and Maria》），格式很特别，单是这一点，在中国的眼睛——中庸的眼睛——里就看不惯。文法有些欧化，有些人尚且如同眼睛里著了玻璃粉，何况体式更奇于欧化。悄悄地自来自去，实在要算是造化的。

还有，在中国，姓名仅仅一见于《苏俄的文艺论战》里的里培进司基（U. Libedinsky），日本却也有他的小说译出了，名曰《一周间》[10]。他们的介绍之速而且多实在可骇。我们的武人以他们的武人为祖师，我们的文人却毫不学他们文人的榜样，这就可预卜中国将来一定比日本太平。

但据《伊凡和马理》的译者尾濑敬止[11]氏说，则作者的意思，是以为"频果的花，在旧院落中也开放，大地存在间，总是开放"的。那么，他还是不免于念旧。然而他眼见，身历了革命了，知道这里面有破坏，有流血，有矛盾，但也并非无创造，所以他决没有绝望之心。这正是革命时代的活着的人的心。诗人勃洛克[12] (Alexander Block) 也如此。他们自然是苏联的诗人,但若用了纯马克斯流的眼光来批评,当然也还是很有可议的处所。不过我觉得托罗兹基[13] (Trotsky) 的文艺批评,倒还不至于如此森严。

可惜我还没有看过他们最新的作者的作品《一周间》。

革命时代总要有许多文艺家萎黄,有许多文艺家向新的山崩地塌般的大波冲进去,乃仍被吞没,或者受伤。被吞没的消灭了;受伤的生活着,开拓着自己的生活,唱着苦痛和愉悦之歌。待到这些逝去了,于是现出一个较新的新时代,产出更新的文艺来。

中国自民元革命以来,所谓文艺家,没有萎黄的,也没有受伤的,自然更没有消灭,也没有苦痛和愉悦之歌。这就是因为没有新的山崩地塌般的大波,也就是因为没有革命。

七月八日

上午,往伊东医士寓去补牙,等在客厅里,有些无聊。四壁只挂着一幅织出的画和两副对,一副是江朝宗的,一副是王芝祥的。署名之下,各有两颗印,一颗是姓名,一颗是头衔;江的是“迪威将军”,王的是“佛门弟子”。[14]

午后,密斯高来,适值毫无点心,只得将宝藏着的搽嘴角生疮有效的柿霜糖装在碟子里拿出去。我时常有点心,有客来便请他吃点心;最初是“密斯”和“密斯得”[15]一视同仁,但密斯得有时委实利害,往往吃得很彻底,一个不留,我自己倒反有"向隅"〔16〕之感。如果想吃,又须出去买来。于是很有戒心了,只得改变方针,有万不得已时,则以落花生代之。这一著很有效,总是吃得不多,既然吃不多,我便开始敦劝了,有时竟劝得怕吃落花生如织芳之流,至于因此逡巡逃走。从去年夏天发明了这一种花生政策以后,至今还在继续厉行。但密斯们却不在此限,她们的胃似乎比他们要小五分之四,或者消化力要弱到十分之八,很小的一个点心,也大抵要留下一半,倘是一片糖,就剩下一角。拿出来陈列片时,吃去一点,于我的损失是极微的,"何必改作"〔17〕?

密斯高是很少来的客人,有点难于执行花生政策。恰巧又没有别的点心,只好献出柿霜糖去了。这是远道携来的名糖,当然可以见得郑重。

我想,这糖不大普通,应该先说明来源和功用。但是,密斯高却已经一目了然了。她说:这是出在河南汜水县的;用柿霜做成。颜色最好是深黄;倘是淡黄,那便不是纯柿霜。这很凉,如果嘴角这些地方生疮的时候,便含着,使它渐渐从嘴角流出,疮就好了。

她比我耳食所得的知道得更清楚,我只好不作声,而且这时才记起她是河南人。请河南人吃几片柿霜糖,正如请我喝一小杯黄酒一样,真可谓"其愚不可及也"。

茭白的心里有黑点的,我们那里称为灰茭,虽是乡下人也不愿意吃,北京却用在大酒席上。卷心白菜在北京论斤论车地卖,一到南边,便根上系着绳,倒挂在水果铺子的门前了,买时论两,或者半株,用处是放在阔气的火锅中,或者给鱼翅垫底。但假如有谁在北京特地请我吃灰荬，或北京人到南边时请他吃煮白菜，则即使不至于称为"笨伯"，也未免有些乖张罢。

但密斯高居然吃了一片，也许是聊以敷衍主人的面子的。到晚上我空口坐着，想：这应该请河南以外的别省人吃的，一面想，一面吃，不料这样就吃完了。

凡物总是以希为贵。假如在欧美留学，毕业论文最好是讲李太白，杨朱[18]，张三；研究萧伯讷，威尔士[19]就不大妥当，何况但丁[20]之类。《但丁传》的作者跋忒莱尔[21]（A.J. Butler）就说关于但丁的文献实在看不完。待到回了中国，可就可以讲讲萧伯讷，威尔士，甚而至于莎士比亚了。[22]何年何月自己曾在曼殊斐儿[23]墓前痛哭，何月何日何时曾在何处和法兰斯点头，他还拍着自己的肩头说道：你将来要有些像我的！至于"四书""五经"之类，在本地似乎究以少谈为是。虽然夹些"流言"在内，也未必便于"学理和事实"有妨。

*　　　*　　　*

〔1〕　本篇最初连续发表于 1926 年 7 月 19 日、23 日《世界日报副刊》。

〔2〕　素园　韦素园（1902—1932），安徽霍丘人，未名社成员。北京大学毕业。译有果戈理小说《外套》、俄国短篇小说集《最后的光芒》、北欧诗歌小品集《黄花集》等。参看《且介亭杂文·忆韦素园君》。

〔3〕　毕力涅克（Б.А.Пильняк，1894—1937）　又译皮涅克，俄国十月革命后的"同路人"作家。1926 年夏曾来中国，在北京、上海等地作

短期游历。

〔4〕 泰戈尔（R. Tagore, 1861—1941） 印度诗人。1924 年 4 月间曾来我国访问。"竺震旦"是他在中国度六十四岁生日时梁启超给他起的中国名字。我国古代称印度为天竺，简称竺国；那时印度一带僧人初入中国，多用"竺"字冠其名。震旦是古代印度人对中国的称呼。

〔5〕 甘地（M. Gandhi, 1869—1948） 印度民族独立运动领袖。他主张"非暴力抵抗"，长期倡导对英国殖民当局"不合作"运动，屡被监禁，在狱中以绝食作为斗争的手段。

〔6〕 伊本纳兹（1867—1928） 通译伊巴涅兹，西班牙作家、共和党的领导人。参看本卷第 569 页注〔4〕。1924 年春曾随美国一个世界游历团来我国游历。

〔7〕 据上海《教育杂志》第十七卷第十二号（1925 年 12 月 20 日）和第十八卷第一号（1926 年 1 月 20 日）记载，第十一届全国省教育会联合会于 1925 年 10 月在湖南长沙召开。会上通过"今后教育宜注意民族主义案"，其办法是："（一）历史教科书，应多采取吾国民族光荣历史，及说明今日民族衰弱之原因。（二）公民教育应以民族自决为对外唯一目的。（三）社会教育，宜对于一般平民提倡民族主义，以养成独立自主之公民。（四）儿童教育多采用国耻图画国耻故事，以引起其爱国家爱种族之观念。"

〔8〕 斯吉泰烈支（С. Г. Скиталед, 1868—1941） 俄国小说家。十月革命时逃亡国外，1930 年回国。著有《契尔诺夫一家》等。

〔9〕 任国桢（1898—1931） 字子卿，辽宁安东（今丹东）人，北京大学俄文专修科毕业。《苏俄的文艺论战》，是他选译当时苏俄杂志中的不同派别的四篇文艺论文编辑而成；为鲁迅主编的《未名丛刊》之一，1925 年 8 月北京北新书局出版。

〔10〕 里培进司基（Ю. Н. Либединский, 1898—1959） 通译李别

进斯基,苏联作家。《一周间》,中篇小说,描写苏联克服内战以后的经济困难和白匪骚乱的故事。

〔11〕 尾瀬敬止(1889—1952) 日本翻译家。曾任东京《朝日新闻》和《俄罗斯新闻》的记者,生平致力于介绍、翻译俄国文学。

〔12〕 勃洛克(А. А. Блок,1880—1921) 苏联诗人。早期为俄国象征派诗人;后受 1905 年革命影响,开始接触现实,十月革命时倾向革命。著有《俄罗斯颂》、《十二个》等。

〔13〕 托罗兹基(Л. Д. Троцкий,1879—1940) 通译托洛茨基,早年参加俄国工人运动,参与领导十月革命,曾任革命军事委员会主席等职。列宁逝世后他成为联共(布)党内反对派的领袖,1927 年被开除出党,1929 年被驱逐出国,1940 年被刺于墨西哥。

〔14〕 江朝宗(1863—1943) 字宇澄,安徽旌德人。清末候补道员,曾任汉中总兵。1917 年任京津临时警备副司令,支持张勋复辟,失败后在同年 8 月 11 日得北洋政府授以“迪威将军”的头衔。王芝祥(1858—1934),字铁珊,直隶通县(今属北京)人。清末任广西按察使等职,1924 年任北洋政府侨务总裁,曾用佛教慈善团体名义组织世界红卍字会,自任会长。

〔15〕 “密斯” 英语 Miss 的音译,意为小姐。“密斯得”,英语 Mister 的音译,意为先生。

〔16〕 “向隅” 见汉代刘向《说苑·贵德》:“古人于天下,譬一堂之上;今有满堂饮酒者,有一人独索然向隅而泣,则一堂之人皆不乐矣。”后来用以比喻得不到平等的待遇。

〔17〕 “何必改作” 语出《论语·先进》:“仍旧贯,如之何? 何必改作?”

〔18〕 李太白(701—762) 名白,字太白,祖籍陇西成纪(今甘肃秦安),后迁居绵州昌隆(今四川江油),唐代诗人。杨朱,战国时魏国

人,思想家。

〔19〕 威尔士(H. G. Wells,1866—1946) 通译威尔斯,英国著作家。著有《世界史纲》和科学幻想小说《时间机器》、《隐身人》等。

〔20〕 但丁(Dante Alighieri,1265—1321) 意大利诗人,主要作品有《神曲》等。

〔21〕 跋忒莱尔(1844—1910) 英国作家,但丁的研究者。著有《但丁及其时代》等。曾译《神曲》为英文,并加注释。

〔22〕 陈西滢在《现代评论》第一卷第十八期(1925年4月11日)《中山先生大殡给我的感想》一文中,说他和章士钊于1921年夏曾在英国访问威尔士和萧伯纳;章士钊在《甲寅》周刊第一卷第二号(1925年7月25日)《孤桐杂记》中,又将陈西滢的这一段文字改写为文言。此外,陈西滢在其他文章中还常谈到威尔士、萧伯纳和莎士比亚等。

〔23〕 曼殊斐儿(K. Mansfield,1888—1923) 通译曼斯菲尔德,英国女作家,著有小说《幸福》、《鸽巢》等。徐志摩翻译过她的作品。他在《自剖集·欧游漫录》中说:"我这次到欧洲来倒像是专做清明来的;我不仅上知名的或与我有关系的坟,……在枫丹薄罗上曼殊斐儿的坟……"又陈西滢曾在《现代评论》上一再谈到法朗士,徐志摩也"夸奖"他学法朗士的文章已经"有根"了。

记 “发 薪”[1]

下午,在中央公园里和 C 君做点小工作[2],突然得到一位好意的老同事的警报,说,部里今天发给薪水了,计三成;但必须本人亲身去领,而且须在三天以内。

否则?

否则怎样,他却没有说。但这是“洞若观火”的,否则,就不给。

只要有银钱在手里经过,即使并非檀越[3]的布施,人是也总爱逞逞威风的,要不然,他们也许要觉到自己的无聊,渺小。明明有物品去抵押,当铺却用这样的势利脸和高柜台;明明用银元去换铜元,钱摊却帖着“收买现洋”的纸条,隐然以“买主”自命。钱票当然应该可以到负责的地方去换现钱,而有时却规定了极短的时间,还要领签,排班,等候,受气;军警督压着,手里还有国粹的皮鞭。

不听话么? 不但不得钱,而且要打了!

我曾经说过,中华民国的官,都是平民出身,并非特别种族。虽然高尚的文人学士或新闻记者们将他们看作异类,以为比自己格外奇怪,可鄙可嗤;然而从我这几年的经验看来,却委实不很特别,一切脾气,却与普通的同胞差不多,所以一到经手银钱的时候,也还是照例有一点借此威风一下的嗜好。

"亲领"问题的历史,是起源颇古的,中华民国十一年,就因此引起过方玄绰[4]的牢骚,我便将这写了一篇《端午节》。但历史虽说如同螺旋,却究竟并非印板,所以今之与昔,也还是小有不同。在昔盛世,主张"亲领"的是"索薪会"——呜呼,这些专门名词,恕我不暇一一解释了,而且纸张也可惜。——的骁将,昼夜奔走,向国务院呼号,向财政部坐讨,一旦到手,对于没有一同去索的人的无功受禄,心有不甘,用此给吃一点小苦头的。其意若曰,这钱是我们讨来的,就同我们的一样;你要,必得到这里来领布施。你看施衣施粥,有施主亲自送到受惠者的家里去的么?

然而那是盛世的事。现在是无论怎么"索",早已一文也不给了,如果偶然"发薪",那是意外的上头的嘉惠,和什么"索"丝毫无关。不过临时发布"亲领"命令的施主却还有,只是已非善于索薪的骁将,而是天天"画到",未曾另谋生活的"不贰之臣"了。所以,先前的"亲领"是对于没有同去索薪的人们的罚,现在的"亲领"是对于不能空着肚子,天天到部的人们的罚。

但这不过是一个大意,此外的事,倘非身临其境,实在有些说不清。譬如一碗酸辣汤,耳闻口讲的,总不如亲自呷一口的明白。近来有几个心怀叵测的名人间接忠告我,说我去年作文,专和几个人闹意见,不再论及文学艺术,天下国家,是可惜的。殊不知我近来倒是明白了,身历其境的小事,尚且参不透,说不清,更何况那些高尚伟大,不甚了然的事业?我现在只能说说较为切己的私事,至于冠冕堂皇如所谓"公理"之类,就让公理专家去消遣罢。

总之，我以为现在的"亲领"主张家，已颇不如先前了，这就是"孤桐先生"之所谓"每况愈下"。而且便是空牢骚如方玄绰者，似乎也已经很寥寥了。

"去!"我一得警报，便走出公园，跳上车，径奔衙门去。

一进门，巡警就给我一个立正举手的敬礼，可见做官要做得较大，虽然阔别多日，他们也还是认识的。到里面，不见什么人，因为办公时间已经改在上午，大概都已亲领了回家了。觅得一位听差，问明了"亲领"的规则，是先到会计科去取得条子，然后拿了这条子，到花厅里去领钱。

就到会计科，一个部员看了一看我的脸，便翻出条子来。我知道他是老部员，熟识同人，负着"验明正身"的重大责任的；接过条子之后，我便特别多点了两个头，以表示告别和感谢之至意。

其次是花厅了，先经过一个边门，只见上帖纸条道："丙组"，又有一行小注是"不满百元"。我看自己的条子上，写的是九十九元，心里想，这真是"人生不满百，常怀千岁忧[5]。……"同时便直撞进去。看见一个和我差不多大的官，说道这"不满百元"是指全俸而言，我的并不在这里，是在里间。

就到里间，那里有两张大桌子，桌旁坐着几个人，一个熟识的老同事就招呼我了；拿出条子去，签了名，换得钱票，总算一帆风顺。这组的旁边还坐着一位很胖的官，大概是监督者，因为他敢于解开了官纱——也许是纺绸，我不大认识这些东西。——小衫,露着胖得拥成折叠的胸肚,使汗珠雍容地越过了折叠往下流。

这时我无端有些感慨,心里想,大家现在都说"灾官""灾官",殊不知"心广体胖"的还不在少呢。便是两三年前教员正嚷索薪的时候,学校的教员豫备室里也还有人因为吃得太饱了,咳的一声,胃中的气体从嘴里反叛出来。

走出外间,那一位和我差不多大的官还在,便拉住他发牢骚。

"你们怎么又闹这些玩艺儿了?"我说。

"这是他的意思……。"他和气地回答,而且笑嘻嘻的。

"生病的怎么办呢? 放在门板上抬来么?"

"他说:这些都另法办理……。"

我是一听便了然的,只是在"门——衙门之门——外汉"怕不易懂,最好是再加上一点注解。这所谓"他"者,是指总长或次长而言。此时虽然似乎所指颇蒙胧,但再掘下去,便可以得到指实,但如果再掘下去,也许又要更蒙胧。总而言之,薪水既经到手,这些事便应该"适可而止,毋贪心也"的,否则,怕难免有些危机。即如我的说了这些话,其实就已经不大妥。

于是我退出花厅,却又遇见几个旧同事,闲谈了一回。知道还有"戊组",是发给已经死了的人的薪水的,这一组大概无须"亲领"。又知道这一回提出"亲领"律者,不但"他",也有"他们"在内。所谓"他们"者,粗粗一听,很像"索薪会"的头领们,但其实也不然,因为衙门里早就没有什么"索薪会",所以这一回当然是别一批新人物了。

我们这回"亲领"的薪水，是中华民国十三年二月份的。因此，事前就有了两种学说。一，即作为十三年二月的薪水发给。然而还有新来的和新近加俸的呢，可就不免有向隅之感。于是第二种新学说自然起来：不管先前，只作为本年六月份的薪水发给。不过这学说也不大妥，只是"不管先前"这一句，就很有些疵病。

这个办法，先前也早有人苦心经营过。去年章士钊将我免职之后，自以为在地位上已经给了一个打击，连有些文人学士们也喜得手舞足蹈。然而他们究竟是聪明人，看过"满床满桌满地"的德文书的，即刻又悟到我单是抛了官，还不至于一败涂地，因为我还可以得欠薪，在北京生活。于是他们的司长刘百昭便在部务会议席上提出，要不发欠薪，何月领来，便作为何月的薪水。这办法如果实行，我的受打击是颇大的，因为就受着经济的迫压。然而终于也没有通过。那致命伤，就在"不管先前"上；而刘百昭们又不肯自称革命党，主张不管什么，都从新来一回。

所以现在每一领到政费，所发的也还是先前的钱；即使有人今年不在北京了，十三年二月间却在，实在也有些难于说是现今不在，连那时的曾经在此也不算了。但是，既然又有新的学说起来，总得采纳一点，这采纳一点，也就是调和一些。因此，我们这回的收条上，年月是十三年二月的，钱的数目是十五年六月的。

这么一来，既然并非"不管先前"，而新近升官或加俸的又可以多得一点钱，可谓比较的周到。于我是无益也无损，只要还在北京,拿得出"正身"来。

翻开我的简单日记一查,我今年已经收了四回俸钱了:第一次三元;第二次六元;第三次八十二元五角,即二成五,端午节的夜里收到的;第四次三成,九十九元,就是这一次。再算欠我的薪水,是大约还有九千二百四十元,七月份还不算。

我觉得已是一个精神上的财主;只可惜这"精神文明"是不很可靠的,刘百昭就来动摇过。将来遇见善于理财的人,怕还要设立一个"欠薪整理会",里面坐着几个人物,外面挂着一块招牌,使凡有欠薪的人们都到那里去接洽。几天或几月之后,人不见了,接着连招牌也不见了;于是精神上的财主就变了物质上的穷人了。

但现在却还的确收了九十九元,对于生活又较为放心,趁闲空来发一点议论再说。

七月二十一日。

＊　　　＊　　　＊

〔1〕 本篇最初发表于 1926 年 8 月 10 日《莽原》半月刊第十五期。

〔2〕 C君 即齐寿山。"做点小工作",指翻译《小约翰》,参看本书《马上支日记》"七月六日"一节。

〔3〕 檀越 佛家语,梵文 Dānapati 的意译,又译作施主,指向寺院施舍财物的世俗信徒。

〔4〕 方玄绰 作者 1922 年所作短篇小说《端午节》(后收入《呐喊》)中的主要人物。

〔5〕 "人生不满百,常怀千岁忧" 语出《文选·古诗十九首》:"生年不满百,常怀千岁忧。"

记　谈　话[1]

　　鲁迅先生快到厦门去了,虽然他自己说或者因天气之故而不能在那里久住,但至少总有半年或一年不在北京,这实在是我们认为很使人留恋的一件事。八月二十二日,女子师范大学学生会举行毁校周年纪念,鲁迅先生到会,曾有一番演说,我恐怕这是他此次在京最后的一回公开讲演,因此把它记下来,表示我一点微弱的纪念的意思。人们一提到鲁迅先生,或者不免觉得他稍微有一点过于冷静,过于默视的样子,而其实他是无时不充满着热烈的希望,发挥着丰富的感情的。在这一次谈话里,尤其可以显明地看出他的主张;那么,我把他这一次的谈话记下,作为他出京的纪念,也许不是完全没有重大的意义罢。我自己,为免得老实人费心起见,应该声明一下:那天的会,我是以一个小小的办事员的资格参加的。

(培良)[2]

　　我昨晚上在校《工人绥惠略夫》[3],想要另印一回,睡得太迟了,到现在还没有很醒;正在校的时候,忽然想到一些事情,弄得脑子里很混乱,一直到现在还是很混乱,所以今天恐怕不能有什么多的话可说。

　　提到我翻译《工人绥惠略夫》的历史,倒有点有趣。十二年前,欧洲大混战开始了,后来我们中国也参加战事,就是所谓"对德宣战";派了许多工人到欧洲去帮忙;以后就打胜了,就是所谓"公理战胜"。中国自然也要分得战利品,——有一种是在上海的德国商人的俱乐部里的德文书,总数很不少,文学居多,都搬来放在午门的门楼上。教育部得到这些书,便要整理一下,分类一下,——其实是他们本来分类好了的,然而有些人以为分得不好,所以要从新分一下。——当时派了许多人,我也是其中的一个。后来,总长要看看那些书是什么书了。怎样看法呢?叫我们用中文将书名译出来,有义译义,无义译音,该撒呀,克来阿派忒拉呀,大马色[4]呀……。每人每月有十块钱的车费,我也拿了百来块钱,因为那时还有一点所谓行政费。这样的几里古鲁了一年多,花了几千块钱,对德和约[5]成立了,后来德国来取还,便仍由点收的我们全盘交付,——也许少了几本罢。至于"克来阿派忒拉"之类,总长看了没有,我可不得而知了。

　　据我所知道的说,"对德宣战"的结果,在中国有一座中央公园里的"公理战胜"的牌坊,在我就只有一篇这《工人绥惠略夫》的译本,因为那底本,就是从那时整理着的德文书里挑出来的。

　　那一堆书里文学书多得很,为什么那时偏要挑中这一篇呢?那意思,我现在有点记不真切了。大概,觉得民国以前,以后,我们也有许多改革者,境遇和绥惠略夫很相像,所以借借他人的酒杯罢。然而昨晚上一看,岂但那时,譬如其中的改革者的被迫,代表的吃苦,便是现在,——便是将来,便是几十年以后,我想,还要有许多改革者的境遇和他相像的。所以我打算将它重印一下……。

《工人绥惠略夫》的作者阿尔志跋绥夫是俄国人。现在一提到俄国,似乎就使人心惊胆战。但是,这是大可以不必的,阿尔志跋绥夫并非共产党,他的作品现在在苏俄也并不受人欢迎。听说他已经瞎了眼睛,很在吃苦,那当然更不会送我一个卢布……。总而言之:和苏俄是毫不相干。但奇怪的是有许多事情竟和中国很相像,譬如,改革者,代表者的受苦,不消说了;便是教人要安本分的老婆子,也正如我们的文人学士一般。有一个教员因为不受上司的辱骂而被革职了,她背地里责备他,说他"高傲"得可恶,"你看,我以前被我的主人打过两个嘴巴,可是我一句话都不说,忍耐着。究竟后来他们知道我冤枉了,就亲手赏了我一百卢布。"[6]自然,我们的文人学士措辞决不至于如此拙直,文字也还要华赡得多。

然而绥惠略夫临末的思想却太可怕。他先是为社会做事,社会倒迫害他,甚至于要杀害他,他于是一变而为向社会复仇了,一切是仇仇,一切都破坏。中国这样破坏一切的人还不见有,大约也不会有的,我也并不希望其有。但中国向来有别一种破坏的人,所以我们不去破坏的,便常常受破坏。我们一面被破坏,一面修缮着,辛辛苦苦地再过下去。所以我们的生活,便成了一面受破坏,一面修补,一面受破坏,一面修补的生活了。这个学校,也就是受了杨荫榆章士钊们的破坏之后,修补修补,整理整理,再过下去的。

　　俄国老婆子式的文人学士也许说，这是"高傲"得可恶了，该得惩罚。这话自然很像不错的，但也不尽然。我的家里还住着一个乡下人，因为战事，她的家没有了，只好逃进城里来。她实在并不"高傲"，也没有反对过杨荫榆，然而她的家没有了，受了破坏。战事一完，她一定要回去的，即使屋子破了，器具抛了，田地荒了，她也还要活下去。她大概只好搜集一点剩下的东西，修补修补，整理整理，再来活下去。

　　中国的文明，就是这样破坏了又修补，破坏了又修补的疲乏伤残可怜的东西。但是很有人夸耀它，甚至于连破坏者也夸耀它。便是破坏本校的人，假如你派他到万国妇女的什么会里去，请他叙述中国女学的情形，他一定说，我们中国有一个国立北京女子师范大学在。

　　这真是万分可惜的事，我们中国人对于不是自己的东西，或者将不为自己所有的东西，总要破坏了才快活的。杨荫榆知道要做不成这校长，便文事用文士的"流言"，武功用三河的老妈，总非将一班"毛鸦头"[7]赶尽杀绝不可。先前我看见记载上说的张献忠屠戮川民的事，我总想不通他是什么意思；后来看到别一本书，这才明白了：他原是想做皇帝的，但是李自成先进北京，做了皇帝了，他便要破坏李自成的帝位。怎样破坏法呢？做皇帝必须有百姓；他杀尽了百姓，皇帝也就谁都做不成了。既无百姓，便无所谓皇帝，于是只剩了一个李自成，在白地上出丑，宛如学校解散后的校长一般。这虽然是一个可笑的极端的例，但有这一类的思想的，实在并不止张献忠一个人。

我们总是中国人，我们总要遇见中国事，但我们不是中国式的破坏者，所以我们是过着受破坏了又修补，受破坏了又修补的生活。我们的许多寿命白费了。我们所可以自慰的，想来想去，也还是所谓对于将来的希望。希望是附丽于存在的，有存在，便有希望，有希望，便是光明。如果历史家的话不是诳话，则世界上的事物可还没有因为黑暗而长存的先例。黑暗只能附丽于渐就灭亡的事物，一灭亡，黑暗也就一同灭亡了，它不永久。然而将来是永远要有的，并且总要光明起来；只要不做黑暗的附着物，为光明而灭亡，则我们一定有悠久的将来，而且一定是光明的将来。

我赴这会的后四日，就出北京了。在上海看见日报，知道女师大已改为女子学院的师范部，教育总长任可澄[8]自做院长，师范部的学长是林素园[9]。后来看见北京九月五日的晚报，有一条道："今日下午一时半，任可澄特同林氏，并率有警察厅保安队及军督察处兵士共四十左右，驰赴女师大，武装接收。……"原来刚一周年，又看见用兵了。不知明年这日，还是带兵的开得校纪念呢，还是被兵的开毁校纪念？现在姑且将培良君的这一篇转录在这里，先作一个本年的纪念罢。

一九二六年十月十四日，鲁迅附记。

*　　　*　　　*

　〔1〕　本篇最初发表于1926年8月28日《语丝》周刊第九十四期。原题《记鲁迅先生的谈话》，署名培良。

〔2〕　培良　向培良,参看本卷第 56 页注〔2〕。

〔3〕　《工人绥惠略夫》　俄国阿尔志跋绥夫(М.П.Арцыбашев,1878—1927)著中篇小说,鲁迅译本于 1922 年 5 月由上海商务印书馆出版;以后又于 1927 年 6 月由上海北新书局出版。

〔4〕　该撒(G.J.Caesar,前 100—前 44)　通译恺撒,古罗马统帅、政治家。克来阿派忒拉(Cleopatra,前 69—前 30),通译克利奥佩特拉,埃及女王。大马色(Damascus),通译大马士革,世界最古老的城市之一,现为叙利亚的首都。

〔5〕　对德和约　指 1921 年 5 月 20 日在北京签订的《中德协约》。其中规定德国放弃以前在山东攫取的特权,双方声明保护在各自管辖下的对方财产,并决定重建外交关系,互派公使。

〔6〕　这段话见于《工人绥惠略夫》第六章。

〔7〕　"毛鸦头"　即毛丫头,吴稚晖对女师大学生的蔑称。参看本卷第 129 页注〔12〕。

〔8〕　任可澄(1877—1946)　字志清,贵州普定(今安顺)人。1926 年 6 月任北洋政府教育总长;8 月末,他将女师大与女大合并为北京女子学院,自兼院长。

〔9〕　林素园　福建人,1926 年 8 月女师大被改为北京女子学院师范部时出任学长,同年 9 月 5 日率军警武装接收北京女师大。

上 海 通 信^[1]

小峰兄：

　　别后之次日，我便上车，当晚到天津。途中什么事也没有，不过刚出天津车站，却有一个穿制服的，大概是税吏之流罢，突然将我的提篮拉住，问道"什么？"我刚答说"零用什物"时，他已经将篮摇了两摇，扬长而去了。幸而我的篮里并无人参汤榨菜汤或玻璃器皿，所以毫无损失，请勿念。

　　从天津向浦口，我坐的是特别快车，所以并不嚣杂，但挤是挤的。我从七年前护送家眷到北京^[2]以后，便没有坐过这车；现在似乎男女分坐了，间壁的一室中本是一男三女的一家，这回却将男的逐出，另外请进一个女的去。将近浦口，又发生一点小风潮，因为那四口的一家给茶房的茶资太少了，一个长壮伟大的茶房便到我们这里来演说，"使之闻之"^[3]。其略曰：钱是自然要的。一个人不为钱为什么？然而自己只做茶房图几文茶资，是因为良心还在中间，没有到这边（指腋下介）去！自己也还能卖掉田地去买枪，招集了土匪，做个头目；好好地一玩，就可以升官，发财了。然而良心还在这里（指胸骨介），所以甘心做茶房，赚点小钱，给儿女念念书，将来好好过活。……但，如果太给自己下不去了，什么不是人做的事要做也会做出来！我们一堆共有六个人，谁也没有反驳他。听说后来是添了一块钱完事。

我并不想步勇敢的文人学士们的后尘,在北京出版的周刊上斥骂孙传芳大帅。不过一到下关,记起这是投壶[4]的礼义之邦的事来,总不免有些滑稽之感。在我的眼睛里,下关也还是七年前的下关,无非那时是大风雨,这回却是晴天。赶不上特别快车了,只好趁夜车,便在客寓里暂息。挑夫(即本地之所谓"夫子")和茶房还是照旧地老实;板鸭,插烧,油鸡等类,也依然价廉物美。喝了二两高粱酒,也比北京的好。这当然只是"我以为";但也并非毫无理由:就因为它有一点生的高粱气味,喝后合上眼,就如身在雨后的田野里一般。

正在田野里的时候,茶房来说有人要我出去说话了。出去看时,是几个人和三四个兵背着枪,究竟几个,我没有细数;总之是一大群。其中的一个说要看我的行李。问他先看那一个呢?他指定了一个麻布套的皮箱。给他解了绳,开了锁,揭开盖,他才蹲下去在衣服中间摸索。摸索了一会,似乎便灰心了,站起来将手一摆,一群兵便都"向后转",往外走出去了。那指挥的临走时还对我点点头,非常客气。我和现任的"有枪阶级"接洽,民国以来这是第一回。我觉得他们倒并不坏;假使他们也如自称"无枪阶级"[5]的善造"流言",我就要连路也不能走。

向上海的夜车是十一点钟开的,客很少,大可以躺下睡觉,可惜椅子太短,身子必须弯起来。这车里的茶是好极了,装在玻璃杯里,色香味都好,也许因为我喝了多年井水茶,所以容易大惊小怪了罢,然而大概确是很好的。因此一共喝了两杯,看看窗外的夜的江南,几乎没有睡觉。

在这车上,才遇见满口英语的学生,才听到"无线电""海底电"这类话。也在这车上,才看见弱不胜衣的少爷,绸衫尖头鞋,口嗑南瓜子,手里是一张《消闲录》[6]之类的小报,而且永远看不完。这一类人似乎江浙特别多,恐怕投壶的日子正长久哩。

现在是住在上海的客寓里了;急于想走。走了几天,走得高兴起来了,很想总是走来走去。先前听说欧洲有一种民族,叫作"吉柏希"[7]的,乐于迁徙,不肯安居,私心窃以为他们脾气太古怪,现在才知道他们自有他们的道理,倒是我胡涂。

这里在下雨,不算很热了。

鲁迅。八月三十日,上海。

*　　　*　　　*

〔1〕 本篇最初发表于1926年10月2日《语丝》周刊第九十九期。

〔2〕 1919年12月,鲁迅回绍兴接母亲等家眷到北京,同住八道湾。

〔3〕 "使之闻之" 语出《论语·阳货》:"孺悲欲见孔子,孔子辞以疾。将命者出户,取瑟而歌,使之闻之。"

〔4〕 投壶 古代宴会时的一种娱乐。宾主依次投矢壶中,负者饮酒。《礼记·投壶》孔颖达注引郑玄的话,以为投壶是"主人与客燕饮讲论才艺之礼。"孙传芳盘踞东南五省时,曾于1926年8月6日在南京举行过这种古礼。

〔5〕 "无枪阶级" 涵庐(高一涵)在《现代评论》第四卷第八十九期(1926年8月21日)的《闲话》中说:"我二十四分的希望一般文人收

起互骂的法宝,做我们应该做的和值得做的事业。万一骂溜了嘴,不能收束,正可以同那实在不敢骂的人们,斗斗法宝,就是到天桥走走,似乎也还值得些! 否则既不敢到天桥去,又不肯不骂人,所以专将法宝在无枪阶级的头上乱祭,那末,骂人诚然是骂人,却是高傲也难乎其为高傲罢。"按天桥附近,是当时北京的刑场。

〔6〕 《消闲录》 上海出版的一种小报。1897 年(清光绪二十三年)11 月创刊,原名《消闲报》,1903 年改为《消闲录》。

〔7〕 吉柏希(Gypsy) 通译吉卜赛。原居住印度北部的一个民族,十世纪时开始向外迁移,流浪在欧洲、西亚、北非等地,大多靠占卜、歌舞等为生。

这半年我又看见了许多血和许多泪，

然而我只有杂感而已。

泪揩了，血消了；

屠伯们逍遥复逍遥，

用钢刀的，用软刀[1]的。

然而我只有"杂感"而已。

连"杂感"也被"放进了应该去的地方"[2]时，

我于是只有"而已"而已！

十月十四夜，校讫记。

*　　　*　　　*

〔1〕　软刀　语出明朝遗民贾凫西所作的《木皮散人鼓词》："几年家软刀子割头不觉死，只等得太白旗悬才知道命有差。"这里借用"软刀子"来比喻现代评论派的言论。

〔2〕　这是陈西滢在《致志摩》（1926年1月30日《晨报副刊》）中攻击鲁迅的话，参看本书《无花的蔷薇》第八节。

华盖集续编的续编

在厦门岛的四个月，只做了几篇无聊文字，除去最无聊者，还剩六篇，称为《华盖集续编的续编》，总算一年中所作的杂感全有了。

一九二七年一月八日，鲁迅记。

厦 门 通 信[1]

H.M.[2]兄：

　　我到此快要一个月了,懒在一所三层楼上,对于各处都不大写信。这楼就在海边,日夜被海风呼呼地吹着。海滨很有些贝壳,检了几回,也没有什么特别的。四围的人家不多,我所知道的最近的店铺,只有一家,卖点罐头食物和糕饼,掌柜的是一个女人,看年纪大概可以比我长一辈。

　　风景一看倒不坏,有山有水。我初到时,一个同事便告诉我:山光海气,是春秋早暮都不同。还指给我石头看:这块像老虎,那块像癞虾蟆,那一块又像什么什么……。我忘记了,其实也不大相像。我对于自然美,自恨并无敏感,所以即使恭逢良辰美景,也不甚感动。但好几天,却忘不掉郑成功[3]的遗迹。离我的住所不远就有一道城墙,据说便是他筑的。一想到除了台湾,这厦门乃是满人入关以后我们中国的最后亡的地方,委实觉得可悲可喜。台湾是直到一六八三年,即所谓"圣祖仁皇帝"二十二年才亡的,这一年,那"仁皇帝"们便修补"十三经"和"二十一史"的刻板[4]。现在呢,有些国民巴不得读经;殿板"二十一史"也变成了宝贝,古董藏书家不惜重资,购藏于家,以贻子孙云。然而郑成功的城却很寂寞,听说城脚的沙,还被人盗运去卖给对面鼓浪屿的谁,快要危及城基

387

了。[5]有一天我清早望见许多小船,吃水很重,都张着帆驶向鼓浪屿去,大约便是那卖沙的同胞。

周围很静;近处买不到一种北京或上海的新的出版物,所以有时也觉得枯寂一些,但也看不见灰烟瘴气的《现代评论》。这不知是怎的,有那么许多正人君子,文人学者执笔,竟还不大风行。

这几天我想编我今年的杂感了。自从我写了这些东西,尤其是关于陈源的东西以后,就很有几个自称"中立"的君子给我忠告,说你再写下去,就要无聊了。我却并非因为忠告,只因环境的变迁,近来竟没有什么杂感,连结集旧作的事也忘却了。前几天的夜里,忽然听到梅兰芳[6]"艺员"的歌声,自然是留在留声机里的,像粗糙而钝的针尖一般,刺得我耳膜很不舒服。于是我就想到我的杂感,大约也刺得佩服梅"艺员"的正人君子们不大舒服罢,所以要我不再做。然而我的杂感是印在纸上的,不会振动空气,不愿见,不翻他开来就完了,何必冒充了中立来哄骗我。我愿意我的东西躺在小摊上,被愿看的买去,却不愿意受正人君子赏识。世上爱牡丹的或者是最多,但也有喜欢曼陀罗[7]花或无名小草的,朋其还将霸王鞭种在茶壶里当盆景哩[8]。不过看看旧稿,很有些太不清楚了,你可以给我抄一点么?

此时又在发风,几乎日日这样,好像北京,可是其中很少灰土。我有时也偶然去散步,在丛葬中,这是 Borel[9]讲厦门的书上早就说过的:中国全国就是一个大墓场。墓碑文很多不通:有写先妣某而没有儿子的姓名的;有头上横写着地名的;还有刻着"敬惜字纸"四字的,不知道叫谁敬惜字纸。这些不通,就因为读了书之故。假如问一个不识字的人,坟里的人是谁,他道父亲;再问他什么名字,他说张二;再问他自己叫什么,他说张三。照直写下来,那就清清楚楚了。而写碑的人偏要舞文弄墨,所以反而越舞越胡涂,他不知道研究"金石例"〔10〕的,从元朝到清朝就终于没有了局。

我还同先前一样;不过太静了,倒是什么也不想写。

鲁迅。九月二十三日。

*　　　*　　　*

〔1〕 本篇最初发表于厦门《波艇》月刊第一号(原刊未注明出版年月,当为 1926 年 12 月)。

〔2〕 H.M. 是"害马"的罗马字拼音"Haima"的缩写。这是鲁迅对许广平的戏称,因在女师大风潮中她和五位学生自治会职员曾被杨荫榆称做"害群之马"。

〔3〕 郑成功(1624—1662) 本名森,字大木,福建南安人。清顺治三年(1646),他反对父亲郑芝龙投降清王朝,在南澳起兵,驻守金门、厦门,连年出击闽粤江浙等地,屡败清兵;南明永历十五年(1661),率舰队渡台湾海峡,驱逐侵占我国领土的荷兰殖民者,积极经营台湾,以作抗清根据地。在他死后,厦门于清康熙十九年(1680)、台湾于康熙二十二年(1683)先后被清兵攻占。下文的"圣祖仁皇帝"是清朝康熙皇帝的庙号。

〔4〕 清代王先谦《十朝东华录》:康熙二十二年十月,"礼部议复,国子监祭酒王士正(按即王士祯)奏:明代南北两雍,皆有《十三经注疏》、'二十一史'刻板,今国学所藏,漫漶残缺,宜及时修补……从之。"

按在清康熙时仅有明监本(明代国子监刻印的版本)"二十一史";至乾隆时合"二十一史"及《旧唐书》、《旧五代史》、《明史》共二十四部,定为"正史",由武英殿刻印;"殿板",即指武英殿所刻的版本。

〔5〕 厦门大学附近的镇北关是郑成功为防御清兵而建造的,靠近城脚的海滩满铺可做玻璃原料的白沙,当时有人把它偷运到鼓浪屿,卖给台湾人设立的货栈,再转运到日本占领下的台湾的玻璃厂。

〔6〕 梅兰芳(1894—1961) 名澜,字畹华,江苏泰州人,京剧艺术家。

〔7〕 曼陀罗 亦称"风茄儿",茄科,一年生有毒草本,花大,色白。

〔8〕 朋其 黄鹏基(1901—1952),笔名朋其,四川仁寿人。《莽原》撰稿人,后加入狂飙社。他在短篇小说集《荆棘》的代序《自招》里说:"得朋友的一株霸王鞭是今年,废物利用,我把它种在一把没有盖的茶壶里,虽然不很茂,但竟没有死。"霸王鞭,灌木状常绿植物,茎有五棱和乳凸硬刺,开绿色小花。热带地区常栽做绿篱。

〔9〕 Borel 亨利·包立尔,荷兰人。清末曾来中国,在北京、厦门、漳州、广州等地居住多年。著有《新中国》、《无为》(一本关于老子哲学的书)等。

〔10〕 "金石例" 指墓志碑文的写作体例。元代潘昂霄著有《金石例》十卷;以后明代的王行,清代的黄宗羲、梁玉绳、李富孙、王芑孙等都有关于这方面的著作。

厦 门 通 信(二)[1]

小峰兄：

《语丝》百一和百二期，今天一同收到了。许多信件一同收到，在这里是常有的事，大约每星期有两回。我看了这两期的《语丝》特别喜欢，恐怕是因为他们已经超出了一百期之故罢。在中国，几个人组织的刊物要出到一百期，实在是不容易的。

我虽然在这里，也常想投稿给《语丝》，但是一句也写不出，连"野草"也没有一茎半叶。现在只是编讲义。为什么呢？这是你一定了然的：为吃饭。吃了饭为什么呢？倘照这样下去，就是为了编讲义。吃饭是不高尚的事，我倒并不这样想。然而编了讲义来吃饭，吃了饭来编讲义，可也觉得未免近于无聊。别的学者们教授们又作别论，从我们平常人看来，教书和写东西是势不两立的，或者死心塌地地教书，或者发狂变死地写东西，一个人走不了方向不同的两条路。

忽然记起一件事来了，还是夏天罢，《现代评论》上仿佛曾有正人君子之流说过：因为骂人的小报流行，正经的文章没有人看，也不能印了。[2]我很佩服这些学者们的大才。不知道你可能替我调查一下，他们有多少正经文章的稿子"藏于家"，给我开一个目录？但如果是讲义，或者什么民法八万七千六百五十四条之类，那就不必开，我不要看。

今天又接到漱园[3]兄的信,说北京已经结冰了。这里却还只穿一件夹衣,怕冷就晚上加一件棉背心。宋玉[4]先生的什么"皇天平分四时兮窃独悲此廪秋,白露既下百草兮奄离披此梧楸"等类妙文,拿到这里来就完全是"无病呻吟"。白露不知可曾"下"了百草,梧楸却并不离披,景象大概还同夏末相仿。我的住所的门前有一株不认识的植物,开着秋葵似的黄花。我到时就开着花的了,不知道他是什么时候开起的;现在还开着;还有未开的蓓蕾,正不知道他要到什么时候才肯开完。"古已有之","于今为烈",我近来很有些怕敢看他了。还有鸡冠花,很细碎,和江浙的有些不同,也红红黄黄地永是这样一盆一盆站着。

我本来不大喜欢下地狱,因为不但是满眼只有刀山剑树[5],看得太单调,苦痛也怕很难当。现在可又有些怕上天堂了。四时皆春,一年到头请你看桃花,你想够多么乏味?即使那桃花有车轮般大,也只能在初上去的时候,暂时吃惊,决不会每天做一首"桃之夭夭"[6]的。

然而荷叶却早枯了;小草也有点萎黄。这些现象,我先前总以为是所谓"严霜"之故,于是有时候对于那"廪秋"不免口出怨言,加以攻击。然而这里却没有霜,也没有雪,凡萎黄的都是"寿终正寝",怪不得别个。呜呼,牢骚材料既被减少,则又有何话之可说哉!

现在是连无从发牢骚的牢骚,也都发完了。再谈罢。从此要动手编讲义。

鲁迅。十一月七日。

　　＊　　　　＊　　　　＊

　　〔1〕　本篇最初发表于 1926 年 11 月 27 日《语丝》周刊一〇七期。

　　〔2〕　涵庐(高一涵)在《现代评论》第四卷第八十九期(1926 年 8 月 21 日)上发表的《闲话》中曾说:"报纸上的言论,近几年来,最烩炎(脍炙)人口的,绝不是讨论问题和阐发学理的一类文字,只是揭开黑幕和攻人阴私的一类文字。越是板着学者的面孔,讨论学术问题的文字,看的人越少;越是带着三分流氓气,喜笑怒骂的揭黑幕攻阴私的文字,看的人越多。"又说:"社会上既欢迎嬉笑怒骂的文字,而著作家又利用社会的弱点,投其所好,又怎能不造成报界风气,叫人家认《小晶报》为大雅之声明呢?"

　　〔3〕　漱园　即韦素园,当时在北京主持莽原社工作。鲁迅 1926 年 11 月 7 日日记:"上午得素园信二封,廿九及卅日发。"

　　〔4〕　宋玉　战国时楚国诗人。这里引的两句,见他所著的《九辩》。

　　〔5〕　刀山剑树　佛教宣扬的地狱酷刑。《太平广记》卷三八二引《冥报拾遗》:"至第三重门,人见镬汤及刀山剑树。"

　　〔6〕　"桃之夭夭"　语见《诗经·周南·桃夭》:"桃之夭夭,灼灼其华。""夭夭",形容茂盛、艳丽。

《阿 Q 正传》的成因[1]

在《文学周报》二五一期里,西谛先生谈起《呐喊》,尤其是《阿 Q 正传》。[2]这不觉引动我记起了一些小事情,也想借此来说一说,一则也算是做文章,投了稿;二则还可以给要看的人去看去。

我先要抄一段西谛先生的原文——

"这篇东西值得大家如此的注意,原不是无因的。但也有几点值得商榷的,如最后'大团圆'的一幕,我在《晨报》上初读此作之时,即不以为然,至今也还不以为然,似乎作者对于阿 Q 之收局太匆促了;他不欲再往下写了,便如此随意的给他一个'大团圆'。像阿 Q 那样的一个人,终于要做起革命党来,终于受到那样大团圆的结局,似乎连作者他自己在最初写作时也是料不到的。至少在人格上似乎是两个。"

阿 Q 是否真要做革命党,即使真做了革命党,在人格上是否似乎是两个,现在姑且勿论。单是这篇东西的成因,说起来就要很费功夫了。我常常说,我的文章不是涌出来的,是挤出来的。听的人往往误解为谦逊,其实是真情。我没有什么话要说,也没有什么文章要做,但有一种自害的脾气,是有时不免呐喊几声,想给人们去添点热闹。譬如一匹疲牛罢,明知不堪大用的了,但废物何妨利用呢,所以张家要我耕一弓地,可以的;李家要我挨一转磨,也可以的;赵家要我在他店前站一刻,在我背上帖出广告道:敝店备有肥牛,出售上等消毒滋养牛乳。我虽然深知道自己是怎么瘦,又是公的,并没有乳,然而想到他们为张罗生意起见,情有可原,只要出售的不是毒药,也就不说什么了。但倘若用得我太苦,是不行的,我还要自己觅草吃,要喘气的工夫;要专指我为某家的牛,将我关在他的牛牢内,也不行的,我有时也许还要给别家挨几转磨。如果连肉都要出卖,那自然更不行,理由自明,无须细说。倘遇到上述的三不行,我就跑,或者索性躺在荒山里。即使因此忽而从深刻变为浅薄,从战士化为畜生,吓我以康有为,比我以梁启超,[3]也都满不在乎,还是我跑我的,我躺我的,决不出来再上当,因为我于"世故"实在是太深了。

近几年《呐喊》有这许多人看,当初是万料不到的,而且连料也没有料。不过是依了相识者的希望,要我写一点东西就写一点东西。也不很忙,因为不很有人知道鲁迅就是我。我所用的笔名也不只一个:LS,神飞,唐俟,某生者,雪之,风声;更以前还有:自树,索士,令飞,迅行。鲁迅就是承迅行而来的,因为那时的《新青年》编辑者不愿意有别号一般的署名。

现在是有人以为我想做什么狗首领了,真可怜,侦察了百来回,竟还不明白。我就从不曾插了鲁迅的旗去访过一次人;"鲁迅即周树人",是别人查出来的。[4]这些人有四类:一类是为要研究小说,因而要知道作者的身世;一类单是好奇;一类

是因为我也做短评，所以特地揭出来，想我受点祸；一类是以
为于他有用处，想要钻进来。

那时我住在西城边，知道鲁迅就是我的，大概只有《新青
年》,《新潮》社里的人们罢；孙伏园[5]也是一个。他正在晨报
馆编副刊。不知是谁的主意，忽然要添一栏称为"开心话"的
了，每周一次。他就来要我写一点东西。

阿Q的影像，在我心目中似乎确已有了好几年，但我一
向毫无写他出来的意思。经这一提，忽然想起来了，晚上便写
了一点，就是第一章：序。因为要切"开心话"这题目，就胡乱
加上些不必有的滑稽，其实在全篇里也是不相称的。署名是
"巴人"，取"下里巴人"[6]，并不高雅的意思。谁料这署名又
闯了祸了，但我却一向不知道，今年在《现代评论》上看见涵庐
（即高一涵[7]）的《闲话》才知道的。那大略是——

> "……我记得当《阿Q正传》一段一段陆续发表的时
> 候，有许多人都栗栗危惧，恐怕以后要骂到他的头上。并
> 且有一位朋友，当我面说，昨日《阿Q正传》上某一段仿
> 佛就是骂他自己。因此便猜疑《阿Q正传》是某人作的，
> 何以呢？因为只有某人知道他这一段私事。……从此疑
> 神疑鬼，凡是《阿Q正传》中所骂的，都以为就是他的阴
> 私；凡是与登载《阿Q正传》的报纸有关系的投稿人，都
> 不免做了他所认为《阿Q正传》的作者的嫌疑犯了！等
> 到他打听出来《阿Q正传》的作者名姓的时候，他才知道
> 他和作者素不相识，因此，才恍然自悟，又逢人声明说不
> 是骂他。"（第四卷第八十九期）

　　我对于这位"某人"先生很抱歉,竟因我而做了许多天嫌疑犯。可惜不知是谁,"巴人"两字很容易疑心到四川人身上去,或者是四川人罢。直到这一篇收在《呐喊》里,也还有人问我:你实在是在骂谁和谁呢? 我只能悲愤,自恨不能使人看得我不至于如此下劣。

　　第一章登出之后,便"苦"字临头了,每七天必须做一篇。我那时虽然并不忙,然而正在做流民,夜晚睡在做通路的屋子里,这屋子只有一个后窗,连好好的写字地方也没有,那里能够静坐一会,想一下。伏园虽然还没有现在这样胖,但已经笑嘻嘻,善于催稿了。每星期来一回,一有机会,就是:"先生,《阿Q正传》……。明天要付排了。"于是只得做,心里想着,"俗语说:'讨饭怕狗咬,秀才怕岁考。'我既非秀才,又要周考,真是为难……。"然而终于又一章。但是,似乎渐渐认真起来了;伏园也觉得不很"开心",所以从第二章起,便移在"新文艺"栏里。

　　这样地一周一周挨下去,于是乎就不免发生阿Q可要做革命党的问题了。据我的意思,中国倘不革命,阿Q便不做,既然革命,就会做的。我的阿Q的运命,也只能如此,人格也恐怕并不是两个。民国元年已经过去,无可追踪了,但此后倘再有改革,我相信还会有阿Q似的革命党出现。我也很愿意如人们所说,我只写出了现在以前的或一时期,但我还恐怕我所看见的并非现代的前身,而是其后,或者竟是二三十年之后。其实这也不算辱没了革命党,阿Q究竟已经用竹筷盘上他的辫子了;此后十五年,长虹"走到出版界"〔8〕,不也就成为一个中国的"绥惠略夫"〔9〕了么？

　　《阿Q正传》大约做了两个月，我实在很想收束了，但我已经记不大清楚，似乎伏园不赞成，或者是我疑心倘一收束，他会来抗议，所以将"大团圆"藏在心里，而阿Q却已经渐渐向死路上走。到最末的一章，伏园倘在，也许会压下，而要求放阿Q多活几星期的罢。但是"会逢其适"〔10〕，他回去了，代庖的是何作霖〔11〕君，于阿Q素无爱憎，我便将"大团圆"送去，他便登出来。待到伏园回京，阿Q已经枪毙了一个多月了。纵令伏园怎样善于催稿，如何笑嬉嬉，也无法再说"先生，《阿Q正传》……。"从此我总算收束了一件事，可以另干别的去。另干了别的什么，现在也已经记不清，但大概还是这一类的事。

　　其实"大团圆"倒不是"随意"给他的；至于初写时可曾料到，那倒确乎也是一个疑问。我仿佛记得：没有料到。不过这也无法，谁能开首就料到人们的"大团圆"？不但对于阿Q，连我自己将来的"大团圆"，我就料不到究竟是怎样。终于是"学者"，或"教授"乎？还是"学匪"或"学棍"呢？"官僚"乎，还是"刀笔吏"呢？"思想界之权威"乎，抑"思想界先驱者"乎，抑又"世故的老人"乎？"艺术家"？"战士"？抑又是见客不怕麻烦的特别"亚拉籍夫"乎？乎？乎？乎？乎？

　　但阿Q自然还可以有各种别样的结果，不过这不是我所知道的事。

　　先前，我觉得我很有写得"太过"的地方，近来却不这样想了。中国现在的事，即使如实描写，在别国的人们，或将来的好中国的人们看来,也都会觉得 grotesk[12]。我常常假想一件事,自以为这是想得太奇怪了;但倘遇到相类的事实,却往往更奇怪。在这事实发生以前,以我的浅见寡识,是万万想不到的。

大约一个多月以前,这里枪毙一个强盗,两个穿短衣的人各拿手枪,一共打了七枪。不知道是打了不死呢,还是死了仍然打,所以要打得这么多。当时我便对我的一群少年同学们发感慨,说:这是民国初年初用枪毙的时候的情形;现在隔了十多年,应该进步些,无须给死者这么多的苦痛。北京就不然,犯人未到刑场,刑吏就从后脑一枪,结果了性命,本人还来不及知道已经死了呢。所以北京究竟是"首善之区",便是死刑,也比外省的好得远。

但是前几天看见十一月二十三日的北京《世界日报》,又知道我的话并不的确了,那第六版上有一条新闻,题目是《杜小拴子刀铡而死》,共分五节,现在撮录一节在下面——

　　▲杜小拴子刀铡余人枪毙　　先时,卫戍司令部因为从了毅军各兵士的请求,决定用"枭首刑",所以杜等不曾到场以前,刑场已预备好了铡草大刀一把了。刀是长形的,下边是木底,中缝有厚大而锐利的刀一把,刀下头有一孔,横嵌木上,可以上下的活动,杜等四人入刑场之后,由招扶的兵士把杜等架下刑车,就叫他们脸冲北,对着已备好的刑桌前站着。……杜并没有跪,有外右五区的某巡官去问杜:要人把着不要? 杜就笑而不答,后来就自己跑到刀前,自己睡在刀上,仰面受刑,先时行刑兵已将刀

抬起,杜枕到适宜的地方后,行刑兵就合眼猛力一铡,杜的身首,就不在一处了。当时血出极多。在旁边跪等枪决的宋振山等三人,也各偷眼去看,中有赵振一名,身上还发起颤来。后由某排长拿手枪站在宋等的后面,先毙宋振山,后毙李有三赵振,每人都是一枪毙命。……先时,被害程步墀的两个儿子忠智忠信,都在场观看,放声大哭,到各人执刑之后,去大喊:爸! 妈呀! 你的仇已报了! 我们怎么办哪? 听的人都非常难过,后来由家族引导着回家去了。

假如有一个天才,真感着时代的心搏,在十一月二十二日发表出记叙这样情景的小说来,我想,许多读者一定以为是说着包龙图[13]爷爷时代的事,在西历十一世纪,和我们相差将有九百年。

这真是怎么好……。

至于《阿Q正传》的译本,我只看见过两种。[14]法文的登在八月分的《欧罗巴》上,还止三分之一,是有删节的。英文的似乎译得很恳切,但我不懂英文,不能说什么。只是偶然看见还有可以商榷的两处:一是"三百大钱九二串"当译为"三百大钱,以九十二文作为一百"的意思;二是"柿油党"不如译音,因为原是"自由党",乡下人不能懂,便讹成他们能懂的"柿油党"了。

十二月三日,在厦门写。

*　　　*　　　*

〔1〕　本篇最初发表于 1926 年 12 月 18 日上海《北新》周刊第十八期。

〔2〕　《文学周报》　文学研究会的机关刊物。1921 年 5 月在上海创刊。原名《文学旬刊》,为《时事新报》副刊之一,郑振铎等主编。1923年 7 月改名《文学》(周刊);1925 年 5 月又易名为《文学周报》,独立发行,1929 年 6 月停刊,前后约出四百期。西谛,郑振铎(1898—1958),笔名西谛,福建长乐人,作家、文学史家。他的文章发表于《文学周报》第二五一期(1926 年 11 月 21 日),题目为《"呐喊"》。

〔3〕　这些话都是针对高长虹说的。高在《狂飙》周刊第一期(1926 年 10 月)《走到出版界》的《革革革命及其他》一则内,说"鲁迅是一个深刻的思想家,同时代的人没有能及得上他的。"但不久在《狂飙》第五期(1926 年 11 月)《走到出版界》的《1925 北京出版界形势指掌图》中,却攻击鲁迅已"递降而至一不很高明而却奋勇的战士的面目,再递降而为一世故老人的面目"了。文中还以康有为、梁启超、章太炎等人为例,以见"老人"之难免"倒下",说:"有当年的康梁,也有今日的康梁;有当年的章太炎,也有今日的章太炎……。所谓周氏兄弟者,今日如何,当有以善自处了!"按高长虹(1898—约 1956),山西盂县人,狂飙社主要成员。

〔4〕　这里所说的"有人",指高长虹等。高在《1925 北京出版界形势指掌图》里说:"我与鲁迅,会面不只百次。"同时诽谤鲁迅"要以主帅自诩"。"别人",指陈西滢等。参看本卷第 253 页注〔29〕。

〔5〕　孙伏园(1894—1966)　原名福源,浙江绍兴人。鲁迅任绍兴师范学校校长时的学生,后在北京大学毕业,曾参加新潮社和语丝社,先后任《晨报副刊》、《京报副刊》、武汉《中央日报副刊》编辑。曾与作者同在厦门大学、中山大学任教。著有《伏园游记》、《鲁迅先生二三事》

等。

〔6〕 "下里巴人" 古代楚国的通俗歌曲。《文选》卷四十五宋玉《对楚王问》:"客有歌于郢中者,其始曰下里巴人,国中属而和者数千人;……其为阳春白雪,国中属而和者,不过数十人。"

〔7〕 高一涵(1885—1968) 笔名涵庐等,安徽六安人,曾留学日本,时任北京大学教授,现代评论派成员。这里所引文字见于他发表在《现代评论》第四卷第八十九期(1926 年 8 月 21 日)的《闲话》。在这篇《闲话》中,他指责当时著作家"多以骂人起家",接着就以《阿 Q 正传》为例,写下这里所引的一段话。

〔8〕 "走到出版界" 高长虹在他主编的《狂飙》周刊上陆续发表的批评文字的总题,后印单行本,1928 年 7 月上海泰东图书局发行。

〔9〕 "绥惠略夫" 俄国作家阿尔志跋绥夫的小说《工人绥惠略夫》中的人物,一个无政府主义者。高长虹在《1925 北京出版界形势指掌图》中以绥惠略夫自比,说他初访鲁迅的情形,使他"想像到亚拉籍夫与绥惠略夫会面时情形之仿佛"(亚拉籍夫也是《工人绥惠略夫》中的人物)。

〔10〕 "会逢其适" 语出《文中子·中说·周公》,原是"会当其意有所适"的意思。章士钊在《甲寅》周刊第一卷第一号(1925 年 7 月 18 日)发表的《毁法辨》中错误地把它当作"适逢其会"来用。作者在这里顺笔给予讽刺。

〔11〕 何作霖 广东东莞人,北京大学毕业。当时任《晨报》编辑。1922 年初孙伏园回绍兴探亲,由他代为主编《晨报副刊》。

〔12〕 Grotesk 德语,意思是古怪的、荒诞的。

〔13〕 包龙图 即包拯(999—1062),字希仁,安徽合肥人。宋仁宗时进士,历官监察御史、开封知府、枢密副使、龙图阁直学士等职。以立朝刚毅著称。旧时民间关于他的传说很多,在《三侠五义》等小说或

戏剧中,都有他用铡刀铡犯人的故事。

〔14〕 指敬隐渔的法文译本和梁社乾的英文译本。法文译本发表于罗曼·罗兰主编的《欧罗巴》月刊第四十一、四十二期(1926 年 5 月 15日、6 月 15 日);《序》被删去,其余各章均有节略。英文译本 1926 年由上海商务印书馆出版。

关于《三藏取经记》等[1]

阔别了多年的ＳＦ[2]君，忽然从日本东京寄给我一封信，转来转去，待我收到时，去发信的日子已经有二十天了。但这在我，却真如空谷里听到跫然的足音[3]。信函中还附着一片十一月十四日东京《国民新闻》的记载，是德富苏峰[4]氏纠正我那《小说史略》的谬误的。

凡一本书的作者，对于外来的纠正，以为然的就遵从，以为非的就缄默，本不必有一一说明下笔时是什么意思，怎样取舍的必要。但苏峰氏是日本深通"支那"的耆宿，《三藏取经记》[5]的收藏者，那措辞又很波俏，因此也就想来说几句话。

首先还得翻出他的原文来——

鲁迅氏之《中国小说史略》　　　苏峰生

顷读鲁迅氏之《中国小说史略》，有云：

《大唐三藏法师取经记》三卷，旧本在日本，又有一小本曰《大唐三藏取经诗话》，内容悉同，卷尾一行云"中瓦子张家印"，张家为宋时临安书铺，世因以为宋刊，然逮于元朝，张家或亦无恙，则此书或为元人所撰，未可知矣。……

这倒并非没有聊加辩正的必要。

　　《大唐三藏取经记》者,实是我的成箦堂的插架中之一,而《取经诗话》的袖珍本,则是故三浦观树将军的珍藏。这两书,是都由明慧上人和红叶广知于世,从京都栂尾高山寺散出的。看那书中的高山寺的印记,又看高山寺藏书目录,都证明着如此。

　　这不但作为宋椠的稀本;作为宋代所著的说话本(日本之所谓言文一致体),也最可珍重的的罢。然而鲁迅氏却轻轻地断定道,"此书或为元人撰,未可知矣。"过于太早计了。

　　鲁迅氏未见这两书的原板,所以不知究竟,倘一见,则其为宋椠,决不容疑。其纸质,其墨色,其字体,无不皆然。不仅因为张家是宋时的临安的书铺。

　　加之,至于成箦堂的《取经记》,则有着可以说是宋版的特色的阙字。好个罗振玉氏,于此早已觉到了。

　　　　皆(三浦本,成箦堂本)为高山寺旧藏。而此本
　　　　(成箦堂藏《取经记》)刊刻尤精,书中驚字作驚,敬字
　　　　缺末笔,盖亦宋椠也。(《雪堂校刊群书叙录》)
想鲁迅氏未读罗氏此文,所以疑是或为元人之作的罢。即使世间多不可思议事,元人著作的宋刻,是未必有可以存在的理由的。

罗振玉氏对于此书,曾这样说。宋代平话,旧但有《宣和遗事》而已。近年若《五代平话》,《京本小说》,渐有重刊本。宋人平话之传于人间者,至是遂得四种。因为是斯学界中如此重要的书籍,所以明白其真相,未必一定是无用之业罢。

总之,苏峰氏的意思,无非在证明《三藏取经记》等是宋椠。其论据有三——

一 纸墨字体是宋;

二 宋讳缺笔[6];

三 罗振玉[7]氏说是宋刻。

说起来也惭愧,我虽然草草编了一本《小说史略》,而家无储书,罕见旧刻,所用为资料的,几乎都是翻刻本,新印本,甚而至于是石印本,序跋及撰人名,往往缺失,所以漏略错误,一定很多。但《三藏法师取经记》及《诗话》两种,所见的却是罗氏影印本,纸墨虽新,而字体和缺笔是看得出的。那后面就有罗跋,正不必再求之于《雪堂校刊群书叙录》,我所谓"世因以为宋刊",即指罗跋而言。现在苏峰氏所举的三证中,除纸墨因确未目睹,无从然否外,其余二事,则那时便已不足使我信受,因此就不免"疑"起来了。

某朝讳缺笔是某朝刻本,是藏书家考定版本的初步秘诀,只要稍看过几部旧书的人,大抵知道的。何况缺笔的驚字的怎样地触目。但我却以为这并不足以确定为宋本。前朝的缺笔字,因为故意或习惯,也可以沿至后一朝。例如我们民国已至十五年了,而遗老们所刻的书,仪字还"敬缺末笔"。非遗老们所刻的书,宁字玄字也常常缺笔,或者以甯代宁,以元代玄。这都是在民国而讳清讳;不足为清朝刻本的证据。京师图书馆所藏的《易林注》[8]残本(现有影印本,在《四部丛刊》中),恆字搆字都缺笔的,纸质,墨色,字体,都似宋;而且是蝶装[9],缪荃荪[10]氏便定为宋本。但细看内容,却引用着阴时夫的《韵府群玉》[11],而阴时夫则是道道地地的元人。所以我以为不能据缺笔字便确定为某朝刻,尤其是当时视为无足重轻的小说和剧曲之类。

罗氏的论断,在日本或者很被引为典据罢,但我却并不尽信奉,不但书跋,连书画金石的题跋,无不皆然。即如罗氏所举宋代平话四种中,《宣和遗事》[12]我也定为元人作,但这并非我的轻轻断定,是根据了明人胡应麟[13]氏所说的。而且那书是抄撮而成,文言和白话都有,也不尽是"平话"。

我的看书,和藏书家稍不同,是不尽相信缺笔,抬头,以及罗氏题跋的。因此那时便疑;只是疑,所以说"或",说"未可知"。我并非想要唐突宋椠和收藏者,即使如何廓大其冒昧,似乎也不过轻疑而已,至于"轻轻地断定",则殆未也。

但在未有更确的证明之前,我的"疑"是存在的。待证明之后,就成为这样的事:鲁迅疑是元刻,为元人作;今确是宋椠,故为宋人作。无论如何,苏峰氏所豫想的"元人著作的宋版"这滑稽剧,是未必能够开演的。

然而在考辨的文字中杂入一点滑稽轻薄的论调,每容易迷眩一般读者,使之失去冷静,坠入彀中,所以我便译出,并略加说明,如上。

十二月二十日。

＊　　　＊　　　＊

〔1〕　本篇最初发表于 1927 年 1 月 15 日《北新》周刊第二十一期。

〔2〕　ＳＦ　指日本福冈诚一(1897—1975),俄国盲人作家爱罗先珂的朋友,曾与爱罗先珂同在鲁迅家中住过。鲁迅 1926 年 12 月 19 日日记载:"得淑卿信,九日发,附福冈君函。"即指此信。

〔3〕　跫然的足音　语出《庄子·徐无鬼》:"夫逃虚空者,……闻人足音跫然而喜矣。"通常用"空谷足音"比喻难得的令人欣喜的消息。

〔4〕　德富苏峰(1863—1957)　日本著作家。曾任参议院议员、东京国民新闻社社长。著有《人物管见》、《成篑堂闲记》等。

〔5〕　《三藏取经记》　即《大唐三藏取经记》。旧藏日本京都高山寺,后归德富苏峰成篑堂文库。书缺第一卷的上半卷和第二卷。下文的《大唐三藏取经诗话》,旧藏日本高山寺,后归大仓喜七郎。书缺上卷第一则和中卷第八则。两书均为三卷,内容完全相同。

〔6〕　缺笔　从唐代开始的一种避讳方式,即在书写或镌刻本朝皇帝或尊长的名字时省略最末一笔。

〔7〕　罗振玉(1866—1940)　字叔蕴,号雪堂,浙江上虞人,金石学家。清末曾任学部参事官等职,辛亥革命后,长期从事复辟清室的活动;九一八事变后,任伪"满洲国"监察院院长。所著《雪堂校刊群书叙录》,共二卷,1918 年出版。

〔8〕　《易林注》　《易林》,西汉焦赣(延寿)撰,十六卷。《易林注》是后人的注本。作者这里所说的《易林注》是元代人的注本。京师图书馆(今北京图书馆)所藏残本,实为元刊。《四部丛刊》中有全本,系借吴

兴蒋氏密韵楼影元写本补足。《四部丛刊》是商务印书馆出版的丛书,张元济辑,据珍本和善本影印,分初编、续编、三编,收入古籍五百零四种。

〔9〕 蝶装 即蝴蝶装,图书装订名称。其法系将书叶反折,即有字的纸面相对折叠,将中缝的背口粘连,再用厚纸包装作封面。翻阅时,开展如蝴蝶的双翅,故名。

〔10〕 缪荃荪(1844—1919) 字筱珊,号艺风,江苏江阴人,清光绪进士,藏书家、版本学家。著有《艺风堂藏书记》、《艺风堂文集》等。

〔11〕 阴时夫 名幼遇,字时夫,隆兴奉新(今属江西)人。宋末进士,入元不仕。《韵府群玉》,是他所撰的一部类书,二十卷。

〔12〕 《宣和遗事》 即《大宋宣和遗事》。宋元间人作。分四集或前后二集,内容叙述北宋衰亡和南宋南迁临安时期的史事。

〔13〕 胡应麟(1551—1602) 字元瑞,号少室山人,浙江兰谿人,明代学者。万历举人,未仕。著有《少室山房笔丛》、《少室山房类稿》等。他说《宣和遗事》为元朝人所作的话,见《笔丛》卷四十一,鲁迅已收入《小说旧闻钞》的《大宋宣和遗事》条内。

所谓"思想界先驱者"鲁迅启事[1]

　　《新女性》[2]八月号登有"狂飙社[3]广告",说:"狂飙运动的开始远在二年之前……去年春天本社同人与思想界先驱者鲁迅及少数最进步的青年文学家合办《莽原》……兹为大规模地进行我们的工作起见于北京出版之《乌合》《未名》《莽原》《弦上》[4]四种出版物外特在上海筹办《狂飙丛书》及一篇幅较大之刊物"云云。我在北京编辑《莽原》,《乌合丛书》,《未名丛刊》三种出版物,所用稿件,皆系以个人名义送来;对于狂飙运动,向不知是怎么一回事:如何运动,运动甚么。今忽混称"合办",实出意外;不敢掠美,特此声明。又,前因有人不明真相,或则假借虚名,加我纸冠,已非一次,业经先有陈源在《现代评论》上,近有长虹在《狂飙》上,迭加嘲骂,而狂飙社一面又锡以第三顶"纸糊的假冠"[5],真是头少帽多,欺人害己,虽"世故的老人"[6],亦身心之交病矣。只得又来特此声明:我也不是"思想界先驱者"即英文 Forerunner 之译名。此等名号,乃是他人暗中所加,别有作用,本人事前并不知情,事后亦未尝高兴。倘见者因此受愚,概与本人无涉。

＊　　　＊　　　＊

　　〔1〕　本篇最初发表于 1926 年 12 月 10 日《莽原》半月刊第二十三

期,又同时发表于《语丝》、《北新》、《新女性》等期刊。

　　〔2〕　《新女性》　月刊,妇女问题研究会编辑,1926 年 1 月 1 日创刊,上海开明书店发行。1929 年 12 月停刊,共出四十八期。

　　〔3〕　狂飙社　高长虹、向培良等所组织的文学团体。1924 年 11 月,曾在北京《国风日报》上出过《狂飙》周刊,至十七期停止;1926 年 10 月,又在上海光华书局出版,次年 1 月停刊。另编印《狂飙丛书》。

　　〔4〕　《乌合》《未名》　即《乌合丛书》和《未名丛刊》,是鲁迅在北京编辑的两套丛书;《乌合》专收创作,《未名》专收译本。《弦上》,是狂飙社在北京编印的一种周刊,1926 年 2 月创刊。

　　〔5〕　第三顶"纸糊的假冠"　指狂飙社广告所加于鲁迅的"思想界先驱者"的称号。这里说"第三顶",是因为在这以前已有人称鲁迅为"思想界的权威者"和"青年叛徒的领袖"。

　　〔6〕　"世故的老人"　高长虹在《狂飙》第五期(1926 年 11 月)发表的《1925 北京出版界形势指掌图》中曾诋毁鲁迅为"世故老人";并对鲁迅在女师大事件中反对章士钊的斗争加以嘲骂说:在"实际的反抗者(按指女师大学生)从哭声中被迫出校后……鲁迅遂戴其纸糊的权威者的假冠入于身心交病之状况矣!"

厦 门 通 信 (三)[1]

小峰兄:

　　二十七日寄出稿子两篇,[2]想已到。其实这一类东西,本来也可做可不做,但是一则因为这里有几个少年希望我要几下,二则正苦于没有文章做,所以便写了几张,寄上了。本地也有人要我做一点批评厦门的文字,然而至今一句也没有做,言语不通,又不知各种底细,从何说起。例如这里的报纸上,先前连日闹着"黄仲训霸占公地"[3]的笔墨官司,我至今终于不知道黄仲训何人,曲折怎样,如果竟来批评,岂不要笑断真的批评家的肚肠。但别人批评,我是不妨害的。以为我不准别人批评者,诬也;[4]我岂有这么大的权力。不过倘要我做编辑,那么,我以为不行的东西便不登,我委实不大愿意做一个莫名其妙的什么运动的傀儡。

　　前几天,卓治[5]睁大着眼睛对我说,别人胡骂你,你要回骂。还有许多人要看你的东西,你不该默不作声,使他们迷惑。你现在不是你自己的了。我听了又打了一个寒噤,和先前听得有人说青年应该学我的多读古文时候相同。呜呼,一戴纸冠,遂成公物,负"帮忙"之义务,有回骂之必须,然则固不如从速坍台,还我自由之为得计也。质之高明,未识以为然否?

412

今天也遇到了一件要打寒噤的事。厦门大学的职务,我已经都称病辞去了。百无可为,溜之大吉。然而很有几个学生向我诉苦,说他们是看了厦门大学革新的消息[6]而来的,现在不到半年,今天这个走,明天那个走,叫他们怎么办?这实在使我夹脊梁发冷,哑口无言。不料"思想界权威者"或"思想界先驱者"这一顶"纸糊的假冠",竟又是如此误人子弟。几回广告(却并不是我登的),将他们从别的学校里骗来,而结果是自己倒跑掉了,真是万分抱歉。我很惋惜没有人在北京早做黑幕式的记事,将学生们拦住。"见面时一谈,不见时一战"[7]哲学,似乎有时也很是误人子弟的。

你大约还不知道底细,我最初的主意,倒的确想在这里住两年,除教书之外,还希望将先前所集成的《汉画象考》和《古小说钩沈》印出。[8]这两种书自己印不起,也不敢请你印。因为看的人一定很少,折本无疑,惟有有钱的学校才合适。及至到了这里,看看情形,便将印《汉画象考》的希望取消,并且自己缩短年限为一年。其实是已经可以走了,但看着语堂[9]的勤勉和为故乡做事的热心,我不好说出口。后来豫算不算数了,语堂力争;听说校长就说,只要你们有稿子拿来,立刻可以印。于是我将稿子拿出去,放了大约至多十分钟罢,拿回来了,从此没有后文。这结果,不过证明了我确有稿子,并不欺骗。那时我便将印《古小说钩沈》的意思也取消,并且自己再缩短年限为半年。语堂是除办事教书之外,还要防暗算,我看他在不相干的事情上,弄得力尽神疲,真是冤枉之至。

前天开会议,连国学院的周刊也几乎印不成了;然而校长的意思，却要添顾问，如理科主任之流，都是顾问，据说是所以连络感情的。我真不懂厦门的风俗，为什么研究国学，就会伤理科主任之流的感情，而必用顾问的绳，将他络住？联络感情法我没有研究过；兼士[10]又已辞职，所以我决计也走了。现在去放假不过三星期，本来暂停也无妨，然而这里对于教职员的薪水，有时是锱铢必较的，离开学校十来天也想扣，所以我不想来沾放假中的薪水的便宜，至今天止，扣足一月。昨天已经出题考试，作一结束了。阅卷当在下月，但是不取分文。看完就走，刊物请暂勿寄来，待我有了驻足之所，当即函告，那时再寄罢。

临末，照例要说到天气。所谓例者，我之例也；怕有批评家指为我要勒令天下青年都照我的例，所以特此声明：并非如此。天气，确已冷了。草也比先前黄得多；然而我那门前的秋葵似的黄花却还在开着，山里也还有石榴花。苍蝇不见了，蚊子间或有之。

夜深了，再谈罢。

鲁迅。十二月三十一日。

再：睡了一觉醒来，听到柝声，已经是五更了。这是学校的新政，上月添设，更夫也不止一人。我听着，才知道各人的打法是不同的，声调最分明地可以区别的有两种——

托，托，托，托托！

托，托，托托！托。

打更的声调也有派别，这是我先前所不知道的。并以奉告,当作一件新闻。

＊　　　＊　　　＊

〔1〕 本篇最初发表于 1927 年 1 月 15 日《语丝》周刊第一一四期。

〔2〕 指《〈走到出版界〉的"战略"》和《新的世故》,均收入《集外集拾遗补编》。

〔3〕 "黄仲训霸占公地" 明末清初民族英雄郑成功曾在鼓浪屿日光岩建督操台,操练水师。1926 年秋,黄仲训在这里侵占公地建筑瞰青别墅,引起舆论反对。随后黄登报声明:所建别墅将供众人游览,以瞻仰民族英雄郑成功故垒,别墅因得继续修建。黄仲训,厦门人,清末秀才,越南华侨。

〔4〕 这是对于高长虹的驳斥。高长虹在《1925 北京出版界形势指掌图》中曾说:"鲁迅是一个直觉力很好的人,但不能持论。如他对自己不主张批评,我不反对。但如因为自己不能批评,便根本反对批评,那便不应该了。"

〔5〕 卓治 魏兆淇(1904—1978),笔名卓治,福建福州人。1926 年 9 月从上海南洋大学转学厦门大学。这里他所说的话,可参看鲁迅 1927 年 1 月 5 日给许广平的信:"记得先前有几个学生拿了《狂飙》来,力劝我回骂长虹。说道,你不是你自己的了,许多青年等着听你的话!"(《两地书·一〇五》)

〔6〕 厦门大学革新的消息 1926 年 6 月和 8 月,上海《申报》和《时事新报》先后发表厦门大学"革新消息",介绍该校创办人陈嘉庚增拨基金和经费,大规模地扩充学校,并增设国学研究院。如 8 月 4 日《时事新报》刊载《厦门大学最近之发展》一文说:"不数年间,厦大当可望为中国完善大学之一,除广筑校舍购备仪器图书等外,该校长林文庆,目下最注意者,为延聘国内外名宿,使学生得良师之诱导……且以

（已）聘定北大沈兼士、周树人（鲁迅）、顾颉刚以整理国学……果能如此致力进行，加以经费充裕，将来国学研究院定有相当成绩，为吾国学术界别开生面也。"同一期间，《申报》和《时事新报》还多次刊登厦门大学新聘教授周树人等的行踪。

〔7〕 "见面时一谈，不见时一战" 这是高长虹在《狂飙》周刊第一期（1926 年 10 月）发表的《答国民大学×君》一文中的话："文字上的冷箭，我也略知一二，大概还不至于十分吃亏。以冷箭来，以冷箭报，不违古礼，且合新谊。见面时谈一谈，不见面时战一战，也可减少一些单调。"

〔8〕 《汉画象考》 鲁迅准备编印的关于美术考古的一部专书。他历年搜集和研究汉魏六朝石刻的画象和图案，已成《六朝造象目录》一书（未印），但汉画象部分并未完成。《古小说钩沈》，参看本卷第 254 页注〔36〕。作者生前未出版。

〔9〕 语堂 林语堂（1895—1976），原名和乐，改名玉堂，又改语堂，福建龙溪人，作家，语丝社成员。曾留学美国、德国，历任北京大学、北京女子师范大学教授，时任厦门大学文科主任。三十年代在上海主编《论语》、《人间世》、《宇宙风》等杂志，提倡"幽默文学"和"以自我为中心，闲适为格调"的"性灵"文学。

〔10〕 兼士 沈兼士（1885—1947），浙江吴兴人，文字学家。日本东京物理学校毕业，曾任北京大学教授，时任厦门大学文科国学系主任，兼国学研究院主任。

海 上 通 信 [1]

小峰兄：

前几天得到来信，因为忙于结束我所担任的事，所以不能即刻奉答。现在总算离开厦门坐在船上了。船正在走，也不知道是在什么海上。总之一面是一望汪洋，一面却看见岛屿。但毫无风涛，就如坐在长江的船上一般。小小的颠簸自然是有的，不过这在海上就算不得颠簸；陆上的风涛要比这险恶得多。

同舱的一个是台湾人，他能说厦门话，我不懂；我说的蓝青官话[2]，他不懂。他也能说几句日本话，但是，我也不大懂得他。于是乎只好笔谈，才知道他是丝绸商。我于丝绸一无所知，他于丝绸之外似乎也毫无意见。于是乎他只得睡觉，我就独霸了电灯写信了。

从上月起，我本在搜集材料，想趁寒假的闲空，给《唐宋传奇集》做一篇后记[3]，准备付印，不料现在又只得搁起来。至于《野草》，此后做不做很难说，大约是不见得再做了，省得人来谬托知己，舐皮论骨，什么是"入于心"的。[4]但要付印，也还须细看一遍，改正错字，颇费一点工夫。因此一时也不能寄上。

我直到十五日才上船，因为先是等上月份的薪水，后来是等船。在最后的一星期中,住着实在很为难,但也更懂了一些新的世故,就是,我先前只以为要饭碗不容易,现在才知道不要饭碗也是不容易的。我辞职时,是说自己生病,因为我觉得无论怎样的暴主,还不至于禁止生病;倘使所生的并非气厥病,也不至于牵连了别人。不料一部分的青年不相信,给我开了几次送别会,演说,照相,大抵是逾量的优礼,我知道有些不妥了,连连说明:我是戴着"纸糊的假冠"的,请他们不要惜别,请他们不要忆念。但是,不知怎地终于发生了改良学校运动,首先提出的是要求校长罢免大学秘书刘树杞[5]博士。

听说三年前,这里也有一回相类的风潮,结果是学生完全失败,在上海分立了一个大夏大学。[6]那时校长如何自卫,我不得而知;这回是说我的辞职,和刘博士无干,乃是胡适之派和鲁迅派相排挤,所以走掉的。这话就登在鼓浪屿的日报《民钟》上,并且已经加以驳斥。但有几位同事还大大地紧张起来,开会提出质问;而校长却答复得很干脆:没有说这话。有的还不放心,更给我放散别种的谣言[7],要减轻"排挤说"的势力。真是"天下纷纷,何时定乎?"[8]如果我安心在厦门大学吃饭,或者没有这些事的罢,然而这是我所意料不到的。

校长林文庆[9]博士是英国籍的中国人,开口闭口,不离孔子,曾经做过一本讲孔教的书,可惜名目我忘记了。听说还有一本英文的自传,将在商务印书馆出版;现在正做着《人种问题》。他待我实在是很隆重,请我吃过几回饭;单是饯行,就有两回。不过现在"排挤说"倒衰退了;前天所听到的是他在宣传,我到厦门,原是来捣乱,并非豫备在厦门教书的,所以北京的位置都没有辞掉。

现在我没有到北京,"位置说"大概又要衰退了罢,新说如何,可惜我已在船上,不得而知。据我的意料,罪孽一定是日见其深重的,因为中国向来就是"当面输心背面笑"[10],正不必"新的时代"的青年[11]才这样。对面是"吾师"和"先生",背后是毒药和暗箭,领教了已经不只两三次了。

新近还听到我的一件罪案,是关于集美学校[12]的。厦门大学和集美学校,都是秘密世界,外人大抵不大知道。现在因为反对校长,闹了风潮了。先前,那校长叶渊[13]定要请国学院里的人们去演说,于是分为六组,每星期一组,凡两人。第一次是我和语堂。那招待法也很隆重,前一夜就有秘书来迎接。此公和我谈起,校长的意思是以为学生应该专门埋头读书的。我就说,那么我却以为也应该留心世事,和校长的尊意正相反,不如不去的好罢。他却道不妨,也可以说说。于是第二天去了,校长实在沉鸷得很,殷勤劝我吃饭。我却一面吃,一面愁。心里想,先给我演说就好了,听得讨厌,就可以不请我吃饭;现在饭已下肚,倘使说话有背谬之处,适足以加重罪孽,如何是好呢。午后讲演,我说的是照例的聪明人不能做事,因为他想来想去,终于什么也做不成等类的话。那时校长坐在我背后,我看不见。直到前几天,才听说这位叶渊校长也说集美学校的闹风潮,都是我不好,对青年人说话,那里可以说人是不必想来想去的呢。当我说到这里的时候,他还在后面摇摇头。

我的处世,自以为退让得尽够了,人家在办报,我决不自行去投稿;人家在开会,我决不自己去演说。硬要我去,自然也可以的,但须任凭我说一点我所要说的话,否则,我宁可一声不响,算是死尸。但这里却必须我开口说话,而话又须合于校长之意。我不是别人,那知道别人的意思呢?"先意承志"〔14〕的妙法,又未曾学过。其被摇头,实活该也。

但从去年以来,我居然大大地变坏,或者是进步了。虽或受着各方面的斫刺,似乎已经没有创伤,或者不再觉得痛楚;即使加我罪案,也并不觉着一点沉重了。这是我经历了许多旧的和新的世故之后,才获得的。我已经管不得许多,只好从退让到无可退避之地,进而和他们冲突,蔑视他们,并且蔑视他们的蔑视了。

我的信要就此收场。海上的月色是这样皎洁;波面映出一大片银鳞,闪烁摇动;此外是碧玉一般的海水,看去仿佛很温柔。我不信这样的东西是会淹死人的。但是,请你放心,这是笑话,不要疑心我要跳海了,我还毫没有跳海的意思。

鲁迅。一月十六夜,海上。

*　　　　*　　　　*

〔1〕　本篇最初发表于 1927 年 2 月 12 日《语丝》周刊第一一八期。

〔2〕　蓝青官话　指夹杂地区性方言的普通话。蓝青,比喻不纯粹。

〔3〕　《唐宋传奇集》　鲁迅校录的唐宋传奇小说,1927 年 12 月上海北新书局出版。这里说的后记,即书末的《稗边小缀》,现收入《古籍序跋集》。

〔4〕　这里指高长虹。他在《狂飙》第五期(1926 年 11 月)发表的
《1925 北京出版界形势指掌图》中曾说:"当我在《语丝》第三期看见《野
草》第一篇《秋夜》的时候,我既惊异而又幻想。惊异者,以鲁迅向来没
有过这样文字也。幻想者,此人于心的历史,无人证实,置之不谈。"

〔5〕　刘树杞(1893—?)　字楚青,湖北新埔人,美国哥伦比亚大
学化学博士,时任厦门大学秘书兼理科主任。当时,厦大国学研究院暂
借生物学院三楼作为国学院图书或古物的陈列所,刘树杞曾授意他人
讨还房子。以后,鲁迅辞职,有人以为是被刘树杞排挤走的,因而发生
了"驱逐刘树杞","重建新厦大"的风潮。其实,鲁迅主要是因为对厦门
大学当局不满而辞职的。

〔6〕　1924 年 4 月,厦门大学学生对校长林文庆不满,开会拟作出
要求校长辞职的决议,因部分学生反对而作罢。林文庆为此开除为首
学生,解聘教育科主任等九人,从而引起学潮。林又拒绝学生的任何合
理要求,并于 6 月 1 日诱使建筑工人凶殴学生,继又下令提前放暑假,
限令学生五日离校,届时即停膳、停电、停水。学生被迫宣布集体离校,
在被解聘教职员帮助下,到上海共同筹建大夏大学,借小沙渡路二十号
为校舍,于 9 月 22 日开课。11 月 22 日由董事会推举马君武为校长。

〔7〕　"别种的谣言"　指黄坚(白果)、陈万里(田千顷)等人散布
的谣言。如说鲁迅"不肯留居厦门,乃为月亮(按指许广平)不在之故"
(见《两地书·一一二》)等。黄坚,字振玉,江西清江人,曾任北京女子师
范大学职员。经顾颉刚推荐任厦门大学国学研究院陈列部干事,兼文
科主任办公室襄理。陈万里(1891—1969),江苏吴县人,经顾颉刚推荐
任厦门大学国学院考古导师等职。

〔8〕　"天下纷纷,何时定乎?"　语出《史记·陈丞相世家》。

〔9〕　林文庆(1869—1957)　字梦琴,福建海澄人,英国爱丁堡大
学医学硕士,香港大学荣誉医学博士。当时任厦门大学校长兼国学研

究院院长。

〔10〕"当面输心背面笑" 语出唐代诗人杜甫的《莫相疑行》一诗:"晚将末契托年少,当面输心背面笑。"

〔11〕"新的时代"的青年 指高长虹。他在《狂飙》周刊第二期(1926年10月)给鲁迅的公开信中说到《狂飙》周刊时,曾说:"这次发刊,我们决意想群策群力开创一新的时代。"

〔12〕 集美学校 爱国华侨陈嘉庚1913年在他家乡厦门市集美镇创办。初为小学,以后陆续增办中学、师范部等。

〔13〕 叶渊(1888—1952) 字采真,福建安溪人,北京大学经济系毕业,时任集美学校校长。

〔14〕"先意承志" 语出《礼记·祭义》:"君子之所为孝者,先意承志。"是孔子弟子曾参的话。意思是预测父母的意志承奉而行。

而已集

本书收作者 1927 年所作杂文二十九篇，附录 1926 年的一篇。1928 年 10 月由上海北新书局初版。作者生前共印行七版次。

题　　辞[1]

这半年我又看见了许多血和许多泪，
然而我只有杂感而已。

泪揩了，血消了；
屠伯们逍遥复逍遥，
用钢刀的，用软刀的。
然而我只有“杂感”而已。

连“杂感”也被“放进了应该去的地方”时，
我于是只有“而已”而已！

　　　以上的八句话，是在一九二六年十月十四夜里，
　　编完那年那时为止的杂感集后，写在末尾的，现
　　在便取来作为一九二七年的杂感集的题辞。
　　　一九二八年十月三十日，鲁迅校讫记。

＊　　　＊　　　　＊

〔1〕　本篇最初收入《华盖集续编》，是作者编完该书时所作。

一九二七年

黄花节的杂感[1]

黄花节[2]将近了,必须做一点所谓文章。但对于这一个题目的文章,教我做起来,实在近于先前的在考场里"对空策"[3]。因为,——说出来自己也惭愧,——黄花节这三个字,我自然明白它是什么意思的;然而战死在黄花冈头的战士们呢,不但姓名,连人数也不知道。

为寻些材料,好发议论起见,只得查《辞源》[4]。书里面有是有的,可不过是:

> "黄花冈。地名,在广东省城北门外白云山之麓。清宣统三年三月二十九日,革命党数十人,攻袭督署,不成而死,丛葬于此。"

轻描淡写,和我所知道的差不多,于我并不能有所裨益。

我又愿意知道一点十七年前的三月二十九日的情形,但一时也找不到目击耳闻的耆老。从别的地方——如北京,南京,我的故乡——的例子推想起来,当时大概有若干人痛惜,若干人快意,若干人没有什么意见,若干人当作酒后茶余的谈助的罢。接着便将被人们忘却。久受压制的人们,被压制时只能忍苦,幸而解放了便只知道作乐,悲壮剧是不能久留在记

427

忆里的。

　　但是三月二十九日的事却特别，当时虽然失败，十月就是武昌起义，第二年，中华民国便出现了。于是这些失败的战士，当时也就成为革命成功的先驱，悲壮剧刚要收场，又添上一个团圆剧的结束。这于我们是很可庆幸的，我想，在纪念黄花节的时候便可以看出。

　　我还没有亲自遇见过黄花节的纪念，因为久在北方。不过，中山先生的纪念日〔5〕却遇见过了：在学校里，晚上来看演剧的特别多，连凳子也踏破了几条，非常热闹。用这例子来推断，那么，黄花节也一定该是极其热闹的罢。

　　当三月十二日那天的晚上，我在热闹场中，便深深地更感得革命家的伟大。我想，恋爱成功的时候，一个爱人死掉了，只能给生存的那一个以悲哀。然而革命成功的时候，革命家死掉了，却能每年给生存的大家以热闹，甚而至于欢欣鼓舞。惟独革命家，无论他生或死，都能给大家以幸福。同是爱，结果却有这样地不同，正无怪现在的青年，很有许多感到恋爱和革命的冲突的苦闷。

　　以上的所谓"革命成功"，是指暂时的事而言；其实是"革命尚未成功"〔6〕的。革命无止境，倘使世上真有什么"止于至善"〔7〕，这人间世便同时变了凝固的东西了。不过，中国经了许多战士的精神和血肉的培养，却的确长出了一点先前所没有的幸福的花果来，也还有逐渐生长的希望。倘若不像有，那是因为继续培养的人们少，而赏玩，攀折这花，摘食这果实的人们倒是太多的缘故。

　　我并非说,大家都须天天去痛哭流涕,以凭吊先烈的"在天之灵",一年中有一天记起他们也就可以了。但就广东的现在而论,我却觉得大家对于节日的办法,还须改良一点。黄花节很热闹,热闹一天自然也好;热闹得疲劳了,回去就好好地睡一觉。然而第二天,元气恢复了,就该加工做一天自己该做的工作。这当然是劳苦的,但总比枪弹从致命的地方穿过去要好得远;何况这也算是在培养幸福的花果,为着后来的人们呢。

　　　　　　　　　　　　　　　三月二十四日夜。

　　＊　　　　＊　　　　＊

　　〔1〕　本篇最初发表于 1927 年 3 月 29 日广州中山大学政治训育部编印的《政治训育》第七期"黄花节特号"。

　　〔2〕　黄花节　1911 年 4 月 27 日(夏历三月二十九日),同盟会领导成员黄兴、赵声等人在广州发动武装起义,攻打两广总督衙门,结果失败。事后将收集到的七十二具烈士遗体合葬于广州市郊黄花岗。民国成立后曾定公历 3 月 29 日为革命先烈纪念日,通称黄花节。

　　〔3〕　"对空策"　汉代以后科举考试时,用有关政事、经义的问题作题目,命应试者书面各陈所见,叫做对策。"对空策"就是对题目毫无具体意见,只发一通空论的意思。

　　〔4〕　《辞源》　一部疏释汉语词义及其渊源、演变的大型工具书,陆尔奎等人编辑,1915 年商务印书馆出版。

　　〔5〕　中山先生　孙中山(1866—1925),名文,字德明,号逸仙,广东香山(今中山)人,民主革命家。1925 年 3 月 12 日病逝于北京。

　　〔6〕　"革命尚未成功"　孙中山为《国民党周刊》第一期(1923 年

11月25日)题辞:"革命尚未成功,同志仍须努力。"后在口授遗嘱中亦有此语句。

　　〔7〕　"止于至善"　语出《大学》:"大学之道,在明明德,在亲民,在止于至善。"意思是到达尽善尽美的境界。

略论中国人的脸[1]

大约人们一遇到不大看惯的东西,总不免以为他古怪。我还记得初看见西洋人的时候,就觉得他脸太白,头发太黄,眼珠太淡,鼻梁太高。虽然不能明明白白地说出理由来,但总而言之:相貌不应该如此。至于对于中国人的脸,是毫无异议;即使有好丑之别,然而都不错的。

我们的古人,倒似乎并不放松自己中国人的相貌。周的孟轲就用眸子来判胸中的正不正,[2]汉朝还有《相人》[3]二十四卷。后来闹这玩艺儿的尤其多;分起来,可以说有两派罢:一是从脸上看出他的智愚贤不肖;一是从脸上看出他过去,现在和将来的荣枯。于是天下纷纷,从此多事,许多人就都战战兢兢地研究自己的脸。我想,镜子的发明,恐怕这些人和小姐们是大有功劳的。不过近来前一派已经不大有人讲究,在北京上海这些地方捣鬼的都只是后一派了。

我一向只留心西洋人。留心的结果,又觉得他们的皮肤未免太粗;毫毛有白色的,也不好。皮上常有红点,即因为颜色太白之故,倒不如我们之黄。尤其不好的是红鼻子,有时简直像是将要熔化的蜡烛油,仿佛就要滴下来,使人看得栗栗危惧,也不及黄色人种的较为隐晦,也见得较为安全。总而言之:相貌还是不应该如此的。

431

后来,我看见西洋人所画的中国人,才知道他们对于我们的相貌也很不敬。那似乎是《天方夜谈》或者《安兑生童话》[4]中的插画,现在不很记得清楚了。头上戴着拖花翎的红缨帽,一条辫子在空中飞扬,朝靴的粉底非常之厚。但这些都是满洲人连累我们的。独有两眼歪斜,张嘴露齿,却是我们自己本来的相貌。不过我那时想,其实并不尽然,外国人特地要奚落我们,所以格外形容得过度了。

但此后对于中国一部分人们的相貌,我也逐渐感到一种不满,就是他们每看见不常见的事件或华丽的女人,听到有些醉心的说话的时候,下巴总要慢慢挂下,将嘴张了开来。这实在不大雅观;仿佛精神上缺少着一样什么机件。据研究人体的学者们说,一头附着在上颚骨上,那一头附着在下颚骨上的"咬筋",力量是非常之大的。我们幼小时候想吃核桃,必须放在门缝里将它的壳夹碎。但在成人,只要牙齿好,那咬筋一收缩,便能咬碎一个核桃。有着这么大的力量的筋,有时竟不能收住一个并不沉重的自己的下巴,虽然正在看得出神的时候,倒也情有可原,但我总以为究竟不是十分体面的事。

日本的长谷川如是闲是善于做讽刺文字的。去年我见过他的一本随笔集,叫作《猫·狗·人》[5];其中有一篇就说到中国人的脸。大意是初见中国人,即令人感到较之日本人或西洋人,脸上总欠缺着一点什么。久而久之,看惯了,便觉得这样已经尽够,并不缺少东西;倒是看得西洋人之流的脸上,多余着一点什么。这多余着的东西,他就给它一个不大高妙的名目:兽性。中国人的脸上没有这个,是人,则加上多余的东

西,即成了下列的算式:

人 + 兽性 = 西洋人

他借了称赞中国人,贬斥西洋人,来讥刺日本人的目的,这样就达到了,自然不必再说这兽性的不见于中国人的脸上,是本来没有的呢,还是现在已经消除。如果是后来消除的,那么,是渐渐净尽而只剩了人性的呢,还是不过渐渐成了驯顺。野牛成为家牛,野猪成为猪,狼成为狗,野性是消失了,但只足使牧人喜欢,于本身并无好处。人不过是人,不再夹杂着别的东西,当然再好没有了。倘不得已,我以为还不如带些兽性,如果合于下列的算式倒是不很有趣的:

人 + 家畜性 = 某一种人

中国人的脸上真可有兽性的记号的疑案,暂且中止讨论罢。我只要说近来却在中国人所理想的古今人的脸上,看见了两种多余。一到广州,我觉得比我所从来的厦门丰富得多的,是电影,而且大半是"国片",有古装的,有时装的。因为电影是"艺术",所以电影艺术家便将这两种多余加上去了。

古装的电影也可以说是好看,那好看不下于看戏;至少,决不至于有大锣大鼓将人的耳朵震聋。在"银幕"上,则有身穿不知何时何代的衣服的人物,缓慢地动作;脸正如古人一般死,因为要显得活,便只好加上些旧式戏子的昏庸。

时装人物的脸,只要见过清朝光绪年间上海的吴友如的《画报》[6]的,便会觉得神态非常相像。《画报》所画的大抵不是流氓拆梢[7],便是妓女吃醋,所以脸相都狡猾。这精神似乎至今不变,国产影片中的人物,虽是作者以为善人杰士者,眉宇间也总带些上海洋场式的狡猾。可见不如此,是连善人杰士也做不成的。

听说,国产影片之所以多,是因为华侨欢迎,能够获利,每一新片到,老的便带了孩子去指点给他们看道:"看哪,我们的祖国的人们是这样的。"在广州似乎也受欢迎,日夜四场,我常见看客坐得满满。

广州现在也如上海一样,正在这样地修养他们的趣味。可惜电影一开演,电灯一定熄灭,我不能看见人们的下巴。

四月六日。

＊　　　＊　　　＊

〔1〕 本篇最初发表于1927年11月25日北京《莽原》半月刊第二卷第二十一、二十二期合刊。

〔2〕 《孟子·离娄(上)》有如下的话:"孟子曰:存乎人者,莫良于眸子,眸子不能掩其恶。胸中正,则眸子瞭焉;胸中不正,则眸子眊焉。听其言也,观其眸子,人焉廋哉。"

〔3〕 《相人》 谈相术的书,见《汉书·艺文志》的"数术"类,著者不详。

〔4〕 《天方夜谈》 原名《一千○一夜》,古代阿拉伯民间故事集。安兑生(H. C. Andersen,1805—1875),通译安徒生,丹麦童话作家。这里所说的插画,见于当时美国霍顿·密夫林公司出版的安徒生《童话集》中的《夜莺》篇。

〔5〕 长谷川如是闲(1875—1969) 日本评论家、作家。著有《日本的性格》、《现代社会批判》等。《猫·狗·人》,日本改造社1924年5月出版,内有《中国人的脸及其他》一文。

〔6〕 吴友如(? —1893) 名猷(又作嘉猷),字友如,江苏元和(今吴县)人,清末画家。以善画人物、世态著名。他主编的《点石斋画报》,旬刊,1884 年创刊,1898 年停刊,随上海《申报》发行。

〔7〕 拆梢 上海一带方言,指流氓制造事端诈取财物的行为。

革命时代的文学[1]

——四月八日在黄埔军官学校[2]讲

今天要讲几句的话是就将这"革命时代的文学"算作题目。这学校是邀过我好几次了,我总是推宕着没有来。为什么呢?因为我想,诸君的所以来邀我,大约是因为我曾经做过几篇小说,是文学家,要从我这里听文学。其实我并不是的,并不懂什么。我首先正经学习的是开矿,叫我讲掘煤,也许比讲文学要好一些。自然,因为自己的嗜好,文学书是也时常看看的,不过并无心得,能说出于诸君有用的东西来。加以这几年,自己在北京所得的经验,对于一向所知道的前人所讲的文学的议论,都渐渐的怀疑起来。那是开枪打杀学生的时候[3]罢,文禁也严厉了,我想:文学文学,是最不中用的,没有力量的人讲的;有实力的人并不开口,就杀人,被压迫的人讲几句话,写几个字,就要被杀;即使幸而不被杀,但天天呐喊,叫苦,鸣不平,而有实力的人仍然压迫,虐待,杀戮,没有方法对付他们,这文学于人们又有什么益处呢?

在自然界里也这样,鹰的捕雀,不声不响的是鹰,吱吱叫喊的是雀;猫的捕鼠,不声不响的是猫,吱吱叫喊的是老鼠;结果,还是只会开口的被不开口的吃掉。文学家弄得好,做几篇文章,也许能够称誉于当时,或者得到多少年的虚名罢,——

436

譬如一个烈士的追悼会开过之后,烈士的事情早已不提了,大家倒传诵着谁的挽联做得好:这实在是一件很稳当的买卖。

　　但在这革命地方的文学家,恐怕总喜欢说文学和革命是大有关系的,例如可以用这来宣传,鼓吹,煽动,促进革命和完成革命。不过我想,这样的文章是无力的,因为好的文艺作品,向来多是不受别人命令,不顾利害,自然而然地从心中流露的东西;如果先挂起一个题目,做起文章来,那又何异于八股[4],在文学中并无价值,更说不到能否感动人了。为革命起见,要有"革命人","革命文学"倒无须急急,革命人做出东西来,才是革命文学。所以,我想:革命,倒是与文章有关系的。革命时代的文学和平时的文学不同,革命来了,文学就变换色彩。但大革命可以变换文学的色彩,小革命却不,因为不算什么革命,所以不能变换文学的色彩。在此地是听惯了"革命"了,江苏浙江谈到革命二字,听的人都很害怕,讲的人也很危险。其实"革命"是并不稀奇的,惟其有了它,社会才会改革,人类才会进步,能从原虫到人类,从野蛮到文明,就因为没有一刻不在革命。生物学家告诉我们:"人类和猴子是没有大两样的,人类和猴子是表兄弟。"但为什么人类成了人,猴子终于是猴子呢?这就因为猴子不肯变化——它爱用四只脚走路。也许曾有一个猴子站起来,试用两脚走路的罢,但许多猴子就说:"我们底祖先一向是爬的,不许你站!"咬死了。它们不但不肯站起来,并且不肯讲话,因为它守旧。人类就不然,他终于站起,讲话,结果是他胜利了。现在也还没有完。所以革命是并不稀奇的,凡是至今还未灭亡的民族,还都天天在努力革命,虽然往往不过是小革命。

大革命与文学有什么影响呢? 大约可以分开三个时候来说:

(一)大革命之前,所有的文学,大抵是对于种种社会状态,觉得不平,觉得痛苦,就叫苦,鸣不平,在世界文学中关于这类的文学颇不少。但这些叫苦鸣不平的文学对于革命没有什么影响,因为叫苦鸣不平,并无力量,压迫你们的人仍然不理,老鼠虽然吱吱地叫,尽管叫出很好的文学,而猫儿吃起它来,还是不客气。所以仅仅有叫苦鸣不平的文学时,这个民族还没有希望,因为止于叫苦和鸣不平。例如人们打官司,失败的方面到了分发冤单的时候,对手就知道他没有力量再打官司,事情已经了结了;所以叫苦鸣不平的文学等于喊冤,压迫者对此倒觉得放心。有些民族因为叫苦无用,连苦也不叫了,他们便成为沉默的民族,渐渐更加衰颓下去,埃及,阿拉伯,波斯,印度就都没有什么声音了! 至于富有反抗性,蕴有力量的民族,因为叫苦没用,他便觉悟起来,由哀音而变为怒吼。怒吼的文学一出现,反抗就快到了;他们已经很愤怒,所以与革命爆发时代接近的文学每每带有愤怒之音;他要反抗,他要复仇。苏俄革命将起时,即有些这类的文学。但也有例外,如波兰,虽然早有复仇的文学[5],然而他的恢复,是靠着欧洲大战的。

(二)到了大革命的时代,文学没有了,没有声音了,因为大家受革命潮流的鼓荡,大家由呼喊而转入行动,大家忙着革命,没有闲空谈文学了。还有一层,是那时民生凋敝,一心寻面包吃尚且来不及,那里有心思谈文学呢?守旧的人因为受革命潮流的打击,气得发昏,也不能再唱所谓他们底文学了。有人说:"文学是穷苦的时候做的",其实未必,穷苦的时候必定没有文学作品的;我在北京时,一穷,就到处借钱,不写一个字,到薪俸发放时,才坐下来做文章。忙的时候也必定没有文学作品,挑担的人必要把担子放下,才能做文章;拉车的人也必要把车子放下,才能做文章。大革命时代忙得很,同时又穷得很,这一部分人和那一部分人斗争,非先行变换现代社会底状态不可,没有时间也没有心思做文章;所以大革命时代的文学便只好暂归沉寂了。

(三)等到大革命成功后,社会底状态缓和了,大家底生活有余裕了,这时候就又产生文学。这时候底文学有二:一种文学是赞扬革命,称颂革命,——讴歌革命,因为进步的文学家想到社会改变,社会向前走,对于旧社会的破坏和新社会的建设,都觉得有意义,一方面对于旧制度的崩坏很高兴,一方面对于新的建设来讴歌。另有一种文学是吊旧社会的灭亡——挽歌——也是革命后会有的文学。有些的人以为这是"反革命的文学",我想,倒也无须加以这么大的罪名。革命虽然进行,但社会上旧人物还很多,决不能一时变成新人物,他们的脑中满藏着旧思想旧东西;环境渐变,影响到他们自身的一切,于是回想旧时的舒服,便对于旧社会眷念不已,恋恋不舍,因而讲出很古的话,陈旧的话,形成这样的文学。这种文学都是悲哀的调子,表示他心里不舒服,一方面看见新的建设胜利了,一方面看见旧的制度灭亡了,所以唱起挽歌来。但是怀旧,唱挽歌,就表示已经革命了,如果没有革命,旧人物正得势,是不会唱挽歌的。

不过中国没有这两种文学——对旧制度挽歌,对新制度讴歌;因为中国革命还没有成功,正是青黄不接,忙于革命的时候。不过旧文学仍然很多,报纸上的文章,几乎全是旧式。我想,这足见中国革命对于社会没有多大的改变,对于守旧的人没有多大的影响,所以旧人仍能超然物外。广东报纸所讲的文学,都是旧的,新的很少,也可以证明广东社会没有受革命影响;没有对新的讴歌,也没有对旧的挽歌,广东仍然是十年前底广东。不但如此,并且也没有叫苦,没有鸣不平;止看见工会参加游行,但这是政府允许的,不是因压迫而反抗的,也不过是奉旨革命。中国社会没有改变,所以没有怀旧的哀词,也没有崭新的进行曲,只在苏俄却已产生了这两种文学。他们的旧文学家逃亡外国,所作的文学,多是吊亡挽旧的哀词;新文学则正在努力向前走,伟大的作品虽然还没有,但是新作品已不少,他们已经离开怒吼时期而过渡到讴歌的时期了。赞美建设是革命进行以后的影响,再往后去的情形怎样,现在不得而知,但推想起来,大约是平民文学罢,因为平民的世界,是革命的结果。

现在中国自然没有平民文学,世界上也还没有平民文学,所有的文学,歌呀,诗呀,大抵是给上等人看的;他们吃饱了,睡在躺椅上,捧着看。一个才子出门遇见一个佳人,两个人很要好,有一个不才子从中捣乱,生出差迟来,但终于团圆了。这样地看看,多么舒服。或者讲上等人怎样有趣和快乐,下等人怎样可笑。前几年《新青年》[6]载过几篇小说,描写罪人在寒地里的生活,大学教授看了就不高兴,因为他们不喜欢看这样的下流人。如果诗歌描写车夫,就是下流诗歌;一出戏里,有犯罪的事情,就是下流戏。他们的戏里的脚色,止有才子佳人,才子中状元,佳人封一品夫人,在才子佳人本身很欢喜,他们看了也很欢喜,下等人没奈何,也只好替他们一同欢喜欢喜。在现在,有人以平民——工人农民——为材料,做小说做诗,我们也称之为平民文学,其实这不是平民文学,因为平民还没有开口。这是另外的人从旁看见平民的生活,假托平民底口吻而说的。眼前的文人有些虽然穷,但总比工人农民富足些,这才能有钱去读书,才能有文章;一看好像是平民所说的,其实不是;这不是真的平民小说。平民所唱的山歌野曲,现在也有人写下来,以为是平民之音了,因为是老百姓所唱。但他们间接受古书的影响很大,他们对于乡下的绅士有田三千亩,佩服得不了,每每拿绅士的思想,做自己的思想,绅士们惯吟五言诗,七言诗;因此他们所唱的山歌野曲,大半也是五言或七言。这是就格律而言,还有构思取意,也是很陈腐的,不能称是真正的平民文学。现在中国底小说和诗实在比不上别国,无可奈何,只好称之曰文学;谈不到革命时代的文学,更谈不到平民文学。现在的文学家都是读书人,如果工人农民不解放,工人农民的思想,仍然是读书人的思想,必待工人农民得到真正的解放,然后才有真正的平民文学。有些人说:"中国已有平民文学",其实这是不对的。

　　诸君是实际的战争者,是革命的战士,我以为现在还是不要佩服文学的好。学文学对于战争,没有益处,最好不过作一篇战歌,或者写得美的,便可于战余休憩时看看,倒也有趣。要讲得堂皇点,则譬如种柳树,待到柳树长大,浓阴蔽日,农夫耕作到正午,或者可以坐在柳树底下吃饭,休息休息。中国现在的社会情状,止有实地的革命战争,一首诗吓不走孙传芳,一炮就把孙传芳轰走了[7]。自然也有人以为文学于革命是有伟力的,但我个人总觉得怀疑,文学总是一种余裕的产物,可以表示一民族的文化,倒是真的。

人大概是不满于自己目前所做的事的,我一向只会做几篇文章,自己也做得厌了,而捏枪的诸君,却又要听讲文学。我呢,自然倒愿意听听大炮的声音,仿佛觉得大炮的声音或者比文学的声音要好听得多似的。我的演说只有这样多,感谢诸君听完的厚意!

※　　　※　　　※

〔1〕　本篇记录稿最初发表于 1927 年 6 月 12 日广州黄埔军官学校出版的《黄埔生活》周刊第四期,收入本集时作者作了修改。

〔2〕　黄埔军官学校　孙中山在国民党改组后所创立的陆军军官学校,校址在广州黄埔,1924 年 6 月正式开学。在 1927 年 4 月 12 日蒋介石发动反共政变以前,它是国共合作的学校,周恩来、叶剑英、恽代英、萧楚女等许多共产党人都曾在该校担任过负责工作和教学工作。

〔3〕　指三一八惨案。参看本卷第 281 页注〔6〕。

〔4〕　八股　明清科举考试制度所规定的一种公式化文体。它用"四书"、"五经"中文句命题,每篇由破题、承题、起讲、入手、起股、中股、

后股、束股八个部分构成。后四部分是主体,每一部分有两股相比偶的文字,合共八股,所以叫八股文。

〔5〕 复仇的文学 指十九世纪上半期波兰爱国诗人密茨凯维支、斯洛伐支奇等人的作品。当时波兰处于俄、奥、普三国瓜分之下,第一次世界大战后于 1918 年 11 月恢复独立。

〔6〕 《新青年》 参看本卷第 29 页注〔8〕。下文所说的大学教授,指吴宓(1894—1978),陕西泾阳人,早年留学英美,曾任清华大学国学研究系主任,时任东南大学教授。作者在《二心集·上海文艺之一瞥》中说:"那时吴宓先生就曾经发表过文章,说是真不懂为什么有些人竟喜欢描写下流社会。"

〔7〕 孙传芳军队的主力于 1926 年冬在江西南昌、九江一带为国民革命军击溃。

写在《劳动问题》之前[1]

还记得去年夏天住在北京的时候,遇见张我权君,听到他说过这样意思的话:"中国人似乎都忘记了台湾[2]了,谁也不大提起。"他是一个台湾的青年。

我当时就像受了创痛似的,有点苦楚;但口上却道:"不。那倒不至于的。只因为本国太破烂,内忧外患,非常之多,自顾不暇了,所以只能将台湾这些事情暂且放下。……"

但正在困苦中的台湾的青年,却并不将中国的事情暂且放下。他们常希望中国革命的成功,赞助中国的改革,总想尽些力,于中国的现在和将来有所裨益,即使是自己还在做学生。

张秀哲君是我在广州才遇见的。我们谈了几回,知道他已经译成一部《劳动问题》[3]给中国,还希望我做一点简短的序文。我是不善于作序,也不赞成作序的;况且对于劳动问题,一无所知,尤其没有开口的资格。我所能负责说出来的,不过是张君于中日两国的文字,俱极精通,译文定必十分可靠这一点罢了。

但我这回却很愿意写几句话在这一部译本之前,只要我能够。我虽然不知道劳动问题,但译者在游学中尚且为民众尽力的努力与诚意,我是觉得的。

我只能以这几句话表出我个人的感激。但我相信,这努力与诚意,读者也一定都会觉得的。这实在比无论什么序文都有力。

一九二七年四月十一日,鲁迅识于广州中山大学。

*　　　*　　　*

〔1〕　本篇最初印入《国际劳动问题》一书,原题为《〈国际劳动问题〉小引》。

〔2〕　台湾在 1894 年中日甲午战争后被日本侵占,1945 年抗日战争胜利后光复。文中说的张我权,应为张我军(1902—1955),台北板桥人。当时是北京师范大学国文系学生。曾与台籍同学创办《少年台湾》杂志,写有不少宣传新文化和抨击台湾的文章和诗歌、小说。鲁迅 1926年 8 月 11 日日记载:"张我军来并赠台湾《民报》四本。"

〔3〕　张秀哲　又名月澄,台湾省人。当时在广州岭南大学肄业,曾作长文《一个台湾人告中国同胞书》,收入杨成志编的《毋忘台湾》一书。《劳动问题》,原名《国际劳动问题》,日本浅利顺次郎著。张秀哲的译本于 1927 年由广州国际社会问题研究社出版,署张月澄译。

略 谈 香 港[1]

本年一月间我曾去过一回香港[2]，因为跌伤的脚还未全好，不能到街上去闲走，演说一了，匆匆便归，印象淡薄得很，也早已忘却了香港了。今天看见《语丝》一三七期上辰江先生的通信[3]，忽又记得起来，想说几句话来凑热闹。

我去讲演[4]的时候，主持其事的人大约很受了许多困难，但我都不大清楚。单知道先是颇遭干涉，中途又有反对者派人索取入场券，收藏起来，使别人不能去听；后来又不许将讲稿登报，经交涉的结果，是削去和改窜了许多。

然而我的讲演，真是"老生常谈"，而且还是七八年前的"常谈"。

从广州往香港时，在船上还亲自遇见一桩笑话。有一个船员，不知怎地，是知道我的名字的，他给我十分担心。他以为我的赴港，说不定会遭谋害；我遥遥地跑到广东来教书，而无端横死，他——广东人之一——也觉得抱歉。于是他忙了一路，替我计画，禁止上陆时如何脱身，到埠捕拿时如何避免。到埠后，既不禁止，也不捕拿，而他还不放心，临别时再三叮嘱，说倘有危险，可以避到什么地方去。

我虽然觉得可笑，但我从真心里十分感谢他的好心，记得他的认真的脸相。

三天之后,平安地出了香港了,不过因为攻击国粹,得罪了若干人。现在回想起来,像我们似的人,大危险是大概没有的。不过香港总是一个畏途。这用小事情便可以证明。即如今天的香港《循环日报》[5]上,有这样两条琐事:

　　▲陈国被控窃去芜湖街一百五十七号地下布裤一条,昨由史司判笞十二藤云。

　　▲昨晚夜深,石塘嘴有两西装男子,……遇一英警上前执行搜身。该西装男子用英语对之。该英警不理会,且警以□□□。于是双方缠上警署。……

第一条我们一目了然,知道中国人还在那里被抽藤条。"司"当是"藩司""臬司"[6]之"司",是官名;史者,姓也,英国人的。港报上所谓"政府","警司"之类,往往是指英国的而言,不看惯的很容易误解,不如上海称为"捕房"之分明。

第二条是"搜身"的纠葛,在香港屡见不鲜。但三个方围不知道是甚么。何以要避忌? 恐怕不是好的事情。这□□□似乎是因为西装和英语而得的;英警嫌恶这两件:这是主人的言语和服装。颜之推以为学鲜卑语,弹琵琶便可以生存的时代[7],早已过去了。

在香港时遇见一位某君,是受了高等教育的人。他自述曾因受屈,向英官申辩,英官无话可说了,但他还是输。那最末是得到严厉的训斥,道:"总之是你错的:因为我说你错!"

带着书籍的人也困难,因为一不小心,会被指为"危险文件"的。这"危险"的界说,我不知其详。总之一有嫌疑,便麻烦了。人先关起来,书去译成英文,译好之后,这才审判。而这"译成英文"的事先就可怕。我记得蒙古人"入主中夏"时，裁判就用翻译。一个和尚去告状追债，而债户商同通事，将他的状子改成自愿焚身了。官说道好；于是这和尚便被推入烈火中。[8]我去讲演的时候也偶然提起元朝，听说颇为"Ｘ司"所不悦，他们是的确在研究中国的经史的。

但讲讲元朝，不但为"政府"的"Ｘ司"所不悦，且亦为有些"同胞"所不欢。我早知道不稳当，总要受些报应的。果然，我因为谨避"学者"[9]，搬出中山大学之后，那边的《工商报》[10]上登出来了，说是因为"清党"[11]，已经逃走。后来，则在《循环日报》上，以讲文学为名，提起我的事，说我原是"《晨报副刊》特约撰述员"[12]，现在则"到了汉口"[13]。我知道这种宣传有点危险，意在说我先是研究系的好友，现是共产党的同道，虽不至于"枪终路寝"[14]，益处大概总不会有的，晦气点还可以因此被关起来。便写了一封信去更正：

"在六月十日十一日两天的《循环世界》里，看见徐丹甫先生的一篇《北京文艺界之分门别户》。各人各有他的眼光，心思，手段。他耍他的，我不想来多嘴。但其中有关于我的三点，我自己比较的清楚些，可以请为更正，即：

"一，我从来没有做过《晨报副刊》的'特约撰述员'。

"二，陈大悲[15]被攻击后，我并未停止投稿。

"三，我现仍在广州，并没有'到了汉口'。"

从发信之日到今天，算来恰恰一个月，不见登出来。"总之你是这样的：因为我说你是这样"罢。幸而还有内地的《语丝》;否则,"十二藤","□□□",那里去诉苦!

我现在还有时记起那一位船上的广东朋友,虽然神经过敏,但怕未必是无病呻吟。他经验多。

若夫"香江"(案:盖香港之雅称)之于国粹,则确是正在大振兴而特振兴。如六月二十五日《循环日报》"昨日下午督宪府茶会"条下,就说:

> "(上略)赖济熙太史即席演说,略谓大学堂汉文专科异常重要,中国旧道德与乎国粹所关,皆不容缓视,若不贯彻进行,深为可惜,(中略)周寿臣爵士亦演说汉文之宜见重于当世,及汉文科学之重要,关系国家与个人之荣辱等语,后督宪以华语演说,略谓华人若不通汉文为第一可惜,若以华人而中英文皆通达,此后中英感情必更融洽,故大学汉文一科,非常重要,未可以等闲视之云云。(下略)"

我又记得还在报上见过一篇"金制军[16]"的关于国粹的演说,用的是广东话,看起来颇费力;又以为这"金制军"是前清遗老,遗老的议论是千篇一律的,便不去理会它了。现在看了辰江先生的通信,才知道这"金制军"原来就是"港督"金文泰,大英国人也。大惊失色,赶紧跳起来去翻旧报。运气,在六月二十八日这张《循环日报》上寻到了。因为这是中国国粹不可不振兴的铁证,也是将来"中国国学振兴史"的贵重史料,所以毫不删节,并请广东朋友校正误字(但末尾的四句集《文选》句,因为不能悬揣"金制军"究竟如何说法,所以不敢妄改),剪贴于下,加以略注,希《语丝》记者以国学前途为重,予

以排印,至纫公谊[17]:

　　▲六月二十四号督辕茶会金制军演说词

　　列位先生,提高中文学业,周爵绅,赖太史,今日已经发挥尽致,毋庸我详细再讲略,我对于呢件事,觉得有三种不能不办嘅原因,而家想同列位谈谈,(第一)系中国人要顾全自己祖国学问呀,香港地方,华人居民,最占多数,香港大学学生,华人子弟,亦系至多,如果在呢间大学,徒然侧重外国科学文字,对于中国历代相传嘅大道宏经,反转当作等闲,视为无足轻重嘅学业,岂唔系一件大憾事吗,所以为香港中国居民打算,为大学中国学生打算,呢一科实在不能不办,(第二)系中国人应该整理国故呀,中国事物文章,原本有极可宝贵嘅价值,不过因为文字过于艰深,所以除晓书香家子弟,同埋天分极高嘅人以外,能够领略其中奥义嘅,实在很少,为呢个原故,近年中国学者,对于(整理国故)嘅声调已经越唱越高,香港地方,同中国大陆相离,仅仅隔一衣带水,如果今日所提倡嘅中国学科,能够设立完全,将来集合一班大学问嘅人,将向来所有困难,一一加以整理,为后生学者,开条轻便嘅路途,岂唔系极安慰嘅事咩,所以为中国发扬国光计,呢一科更不能不办,(第三)就系令中国道德学问,普及世界呀,中国通商以来,华人学习语言文字,成通材嘅,虽然项背相望,但系外国人精通汉学,同埋中国人精通外国科学,能够用中国言语文字翻译介绍各国高深学术嘅,仍然系好少,呢的岂系因外国人,同中国外洋留学生,唔愿学华国文章,不过因中国文字语言,未曾用科学方法整理完备,令到呢两班人,抱一类(可望而不可即)之叹啫,如果港大(华文学系)得到成立健全,就从前所有困难,都可以由呢处逐渐解免,个时中外求学之士,一定多列门墙,争自濯磨,中外感情,自然更加浓浃,唔呤有乜野隔膜略,所以为中国学问及世界打算,呢一科亦不能不办,列位先生,我记得十几年前有一班中国外洋留学生,因为想研精中国学问,也曾出过一份(汉风杂志),个份杂志,书面题辞,有四句集文选句,十分动人嘅,我愿借嚟贡献过列位,而且望列位实行个四句题辞嘅意思,对于(香港大学文科,华文系)赞襄尽力,务底于成,个四句题辞话,(怀旧之蓄念,发思古之幽情,光祖宗之玄灵,大汉之发天声,)

　　略注:

　　这里的括弧,间亦以代曲钩之用。爵绅盖有爵的绅士,不知其详。呢＝这。而家＝而今。嘅＝的。系＝是。唔＝无,不。晓＝了。同埋＝和。咩＝呢。啫＝呵。唔呤有乜野＝不会有什么。嚟＝来。过＝给。话＝说。

注毕不免又要发感慨了。《汉风杂志》[18]我没有拜读过;但我记得一点旧事。前清光绪末年,我在日本东京留学,亲自看见的。那时的留学生中,很有一部分抱着革命的思想,而所谓革命者,其实是种族革命,要将土地从异族的手里取得,归还旧主人。除实行的之外,有些人是办报,有些人是钞旧书。所钞的大抵是中国所没有的禁书,所讲的大概是明末清初的情形,可以使青年猛省的。久之印成了一本书,因为是《湖北学生界》[19]的特刊,所以名曰《汉声》,那封面上就题着四句古语:摅怀旧之蓄念,发思古之幽情,光祖宗之玄灵,振大汉之天声!

这是明明白白,叫我们想想汉族繁荣时代,和现状比较一下,看是如何,——必须"光复旧物"。说得露骨些,就是"排满";推而广之,就是"排外"。不料二十年后,竟变成在香港大学保存国粹,而使"中外感情,自然更加浓浃"的标语了。我实在想不到这四句"集《文选》句",竟也会被外国人所引用。

这样的感慨,在现今的中国,发起来是可以发不完的。还不如讲点有趣的事做收梢,算是"余兴"。从予先生在《一般》杂志(目录上说是独逸)上批评我的小说道:"作者的笔锋……并且颇多诙谐的意味,所以有许多小说,人家看了,只觉得发松可笑。换言之,即因为此故,至少是使读者减却了不少对人生的认识。"[20]悲夫,这"只觉得"也!但我也确有这种的毛病,什么事都不能正正经经。便是感慨,也不肯一直发到底。只是我也自有我的苦衷。因为整年的发感慨,倘是假的,岂非无聊?倘真,则我早已感愤而死了,那里还有议论。我想,活着而想称"烈士",究竟是不容易的。

我以为有趣,想要介绍的也不过是一个广告。港报上颇多特别的广告,而这一个最奇。我第一天看《循环日报》,便在第一版上看见的了,此后每天必见,[21]我每见必要想一想,而直到今天终于想不通是怎么一回事:

```
    香港城余蕙卖文
人和旅店余蕙屏联榜幅发售
    香港对联    香港七律
    香港七绝    青山七律
    荻海对联    荻海七绝
    花地七绝    花地七律
    日本七绝    圣经五绝
    英皇七绝    英太子诗
    戏子七绝    广昌对联
    三金六十员
    五金五十员
    七金四十员
    屏条加倍
        人和旅店主人谨启
        小店在香港上环海傍门牌一百一十八号
```

                              七月十一日,于广州东堤。

*   *   *

〔1〕 本篇最初发表于 1927 年 8 月 13 日《语丝》周刊第一四四期。

〔2〕 作者于 1927 年 2 月 18 日赴香港讲演,20 日回广州。文中说的"一月"应为二月。

〔3〕 辰江的通信 载《语丝》第一三七期(1927 年 6 月 26 日),题为《谈皇仁书院》。他曾亲听过作者在香港的讲演,在信的末段说:"前

月鲁迅先生由厦大到中大,有某团体请他到青年会演说。……两天的演词都是些对于旧文学一种革新的说话,原是很普通的(请鲁迅先生原恕我这样说法)。但香港政府听闻他到来演说,便连忙请某团体的人去问话,问为什么请鲁迅先生来演讲,有什么用意。"

〔4〕　作者在香港青年会共讲演两次,一次在2月18日晚,讲题为《无声的中国》;一次在2月19日,讲题为《老调子已经唱完》。两篇讲稿后来分别收在《三闲集》和《集外集拾遗》中。

〔5〕　《循环日报》　香港出版的中文报纸,1874年1月由王韬创办,约于1947年停刊。它辟有《循环世界》等副刊。

〔6〕　"藩司""臬司"　明清两代称掌管一省财政民政的布政使为藩司,俗称藩台。称掌管一省狱讼的按察使为臬司,俗称臬台。

〔7〕　颜之推(531—591)　字介,琅琊临沂(今山东临沂)人,北齐文学家。在南朝梁曾任散骑侍郎,后入鲜卑族当政的北齐,任中书舍人、黄门侍郎等职。他关于学鲜卑语、弹琵琶的话,见所著《颜氏家训·教子》:"齐朝有一士大夫,尝谓吾曰:'我有一儿,年已十七,颇晓书疏,教其鲜卑语及弹琵琶,稍欲通解,以此伏事公卿,无不宠爱,亦要事也。'吾时俯而不答。异哉,此人之教子也!若由此业,自致卿相,亦不愿汝曹为之。"按这是颜之推记述北齐"一士大夫"的话,并不是他自己的意见。鲁迅后来在《〈扑空〉正误》(收入《准风月谈》)一文中作过说明。

〔8〕　和尚被焚的故事,见宋代李心传《建炎以来系年要录》卷十八:建炎二年十二月,"自金人入中原,凡官汉地者,皆置通事,高下轻重,舞文纳贿,人甚苦之。有僧讼富民,逋其钱数万缗,而通事受贿,诡言天久不雨,此僧欲焚身动天。燕京留守尼楚哈许之。僧呼号,不能自明,竟以焚死。"又宋代洪皓《松漠纪闻》有金国"银珠哥大王"一则,记燕京一个富僧收债的事,内容与此相似。通事,当时对口译人员的称呼。

〔9〕　"学者"　指顾颉刚等。顾颉刚,参看本卷第471页注〔10〕。

顾当时要到中山大学任教,4月中到校。据鲁迅1927年3月29日日记,作者当日自中山大学"移居白云路白云楼二十六号二楼"。

〔10〕 《工商报》 即《工商日报》,香港报纸,创刊于1925年7月。

〔11〕 "清党" 1924年1月,孙中山在中国共产党的帮助下,在广州召开国民党第一次全国代表大会,确定"联俄、联共、扶助农工"的三大政策,改组国民党,承认共产党员以个人资格参加该党,形成了国共合作的反帝反封建的革命统一战线。但到1927年春季北伐军进展至长江下游,蒋介石于4月12日在上海发动反共政变,并公布"清党"决议案,大肆杀戮共产党员和国民党内拥护孙中山三大政策的左派分子。国民党当局称之为"清党运动"。

〔12〕 《晨报副刊》 参看本卷第215页注〔5〕。鲁迅经常为《晨报副刊》写稿,但并非"特约撰述员"。

〔13〕 "到了汉口" 在蒋介石发动政变之初,以汪精卫为主席的国民政府尚在武汉,还没有正式决定"分共",当时的武汉还是国共合作的国民政府的所在地。1927年7月15日汪精卫公开反共,与蒋介石集团合流。

〔14〕 "枪终路寝" 即被枪杀于路上的意思,由成语"寿终正寝"改变而来。

〔15〕 陈大悲(1887—1944) 浙江杭县(今余杭)人,剧作家。1923年8月,《晨报副刊》连续刊载他翻译的英国高尔斯华绥的剧本《忠友》;9月17日陈西滢在《晨报副刊》发表《高斯倭绥之幸运与厄运——读陈大悲先生所译的〈忠友〉》一文,指责他译文中的错误。徐丹甫在《北京文艺界之分门别户》中说鲁迅因此事停止了向《晨报副刊》投稿,意思是说鲁迅反对《晨报副刊》发表陈西滢的文字。

〔16〕 制军 清代对地方最高长官总督的尊称。

〔17〕 至纫公谊 旧时公函中习用的客套语。意思是十分感佩

（对方）热心公事的厚意。纫，感佩。

〔18〕　《汉风杂志》　时甡编辑，1907 年（清光绪三十三年）2 月创刊于日本东京。第一号封面印有集南朝梁萧统《文选》句："摅怀旧之蓄念，发思古之幽情。光祖宗之玄灵，振大汉之天声。"前二句见该书卷一班固《西都赋》，后二句见卷五十六班固《封燕然山铭》。

〔19〕　《湖北学生界》　清末留学日本的湖北学生主办的一种月刊，1903 年（清光绪二十九年）1 月创刊于东京，第四期起改名《汉声》。同年闰五月另编"闰月增刊"一册，名为《旧学》，扉页背面也印有上述《文选》句。

〔20〕　从予　即樊仲云（1901—1990），字德一，笔名从予，浙江嵊县人，当时是商务印书馆的编辑。抗日战争时期任汪伪政府教育部政务次长等职。这里所引的文字见于他在《一般》杂志第三号（1926 年 11月）发表的评论《彷徨》的短文。《一般》，是上海立达学会主办的一种月刊，1926 年 9 月创刊，1929 年 12 月停刊，开明书店发行。

〔21〕　这个广告连续登载于 1927 年 7 月 5 日至 20 日香港《循环日报》。

读 书 杂 谈[1]

——七月十六日在广州知用中学[2]讲

因为知用中学的先生们希望我来演讲一回,所以今天到这里和诸君相见。不过我也没有什么东西可讲。忽而想到学校是读书的所在,就随便谈谈读书。是我个人的意见,姑且供诸君的参考,其实也算不得什么演讲。

说到读书,似乎是很明白的事,只要拿书来读就是了,但是并不这样简单。至少,就有两种:一是职业的读书,一是嗜好的读书。所谓职业的读书者,譬如学生因为升学,教员因为要讲功课,不翻翻书,就有些危险的就是。我想在坐的诸君之中一定有些这样的经验,有的不喜欢算学,有的不喜欢博物[3],然而不得不学,否则,不能毕业,不能升学,和将来的生计便有妨碍了。我自己也这样,因为做教员,有时即非看不喜欢看的书不可,要不这样,怕不久便会于饭碗有妨。我们习惯了,一说起读书,就觉得是高尚的事情,其实这样的读书,和木匠的磨斧头,裁缝的理针线并没有什么分别,并不见得高尚,有时还很苦痛,很可怜。你爱做的事,偏不给你做,你不爱做的,倒非做不可。这是由于职业和嗜好不能合一而来的。倘能够大家去做爱做的事,而仍然各有饭吃,那是多么幸福。但现在的社会上还做不到,所以读书的人们的最大部分,大概是

457

勉勉强强的,带着苦痛的为职业的读书。

现在再讲嗜好的读书罢。那是出于自愿,全不勉强,离开了利害关系的。——我想,嗜好的读书,该如爱打牌的一样,天天打,夜夜打,连续的去打,有时被公安局捉去了,放出来之后还是打。诸君要知道真打牌的人的目的并不在赢钱,而在有趣。牌有怎样的有趣呢,我是外行,不大明白。但听得爱赌的人说,它妙在一张一张的摸起来,永远变化无穷。我想,凡嗜好的读书,能够手不释卷的原因也就是这样。他在每一叶每一叶里,都得着深厚的趣味。自然,也可以扩大精神,增加智识的,但这些倒都不计及,一计及,便等于意在赢钱的博徒了,这在博徒之中,也算是下品。

不过我的意思,并非说诸君应该都退了学,去看自己喜欢看的书去,这样的时候还没有到来;也许终于不会到,至多,将来可以设法使人们对于非做不可的事发生较多的兴味罢了。我现在是说,爱看书的青年,大可以看看本分以外的书,即课外的书,不要只将课内的书抱住。但请不要误解,我并非说,譬如在国文讲堂上,应该在抽屉里暗看《红楼梦》之类;乃是说,应做的功课已完而有余暇,大可以看看各样的书,即使和本业毫不相干的,也要泛览。譬如学理科的,偏看看文学书,学文学的,偏看看科学书,看看别个在那里研究的,究竟是怎么一回事。这样子,对于别人,别事,可以有更深的了解。现在中国有一个大毛病,就是人们大概以为自己所学的一门是最好,最妙,最要紧的学问,而别的都无用,都不足道的,弄这些不足道的东西的人,将来该当饿死。其实是,世界还没有如此简单,学问都各有用处,要定什么是头等还很难。也幸而有各式各样的人,假如世界上全是文学家,到处所讲的不是"文学的分类"便是"诗之构造",那倒反而无聊得很了。

不过以上所说的,是附带而得的效果,嗜好的读书,本人自然并不计及那些,就如游公园似的,随随便便去,因为随随便便,所以不吃力,因为不吃力,所以会觉得有趣。如果一本书拿到手,就满心想道,"我在读书了!""我在用功了!"那就容易疲劳,因而减掉兴味,或者变成苦事了。

我看现在的青年,为兴味的读书的是有的,我也常常遇到各样的询问。此刻就将我所想到的说一点,但是只限于文学方面,因为我不明白其他的。

第一,是往往分不清文学和文章。甚至于已经来动手做批评文章的,也免不了这毛病。其实粗粗的说,这是容易分别的。研究文章的历史或理论的,是文学家,是学者;做做诗,或戏曲小说的,是做文章的人,就是古时候所谓文人,此刻所谓创作家。创作家不妨毫不理会文学史或理论,文学家也不妨做不出一句诗。然而中国社会上还很误解,你做几篇小说,便以为你一定懂得小说概论,做几句新诗,就要你讲诗之原理。我也尝见想做小说的青年,先买小说法程和文学史来看。据我看来,是即使将这些书看烂了,和创作也没有什么关系的。

事实上,现在有几个做文章的人,有时也确去做教授。但这是因为中国创作不值钱,养不活自己的缘故。听说美国小名家的一篇中篇小说,时价是二千美金;中国呢,别人我不知道,我自己的短篇寄给大书铺,每篇卖过二十元。当然要寻别的事,例如教书,讲文学。研究是要用理智,要冷静的,而创作须情感,至少总得发点热,于是忽冷忽热,弄得头昏,——这也是职业和嗜好不能合一的苦处。苦倒也罢了,结果还是什么都弄不好。那证据,是试翻世界文学史,那里面的人,几乎没有兼做教授的。

还有一种坏处,是一做教员,未免有顾忌;教授有教授的架子,不能畅所欲言。这或者有人要反驳:那么,你畅所欲言就是了,何必如此小心。然而这是事前的风凉话,一到有事,不知不觉地他也要从众来攻击的。而教授自身,纵使自以为怎样放达,下意识里总不免有架子在。所以在外国,称为"教授小说"的东西倒并不少,但是不大有人说好,至少,是总难免有令人发烦的炫学的地方。

所以我想,研究文学是一件事,做文章又是一件事。

第二,我常被询问:要弄文学,应该看什么书? 这实在是一个极难回答的问题。先前也曾有几位先生给青年开过一大篇书目[4]。但从我看来,这是没有什么用处的,因为我觉得那都是开书目的先生自己想要看或者未必想要看的书目。我以为倘要弄旧的呢,倒不如姑且靠着张之洞的《书目答问》[5]去摸门径去。倘是新的,研究文学,则自己先看看各种的小本子,如本间久雄的《新文学概论》[6],厨川白村的《苦闷的象征》[7],瓦浪斯基们的《苏俄的文艺论战》[8]之类,然后自己再想想,再博览下去。因为文学的理论不像算学,二二一定得四,所以议论很纷歧。如第三种,便是俄国的两派的争论,——我附带说一句,近来听说连俄国的小说也不大有人看了,似乎一看见"俄"字就吃惊,其实苏俄的新创作何尝有人绍介,此刻译出的几本,都是革命前的作品,作者在那边都已经被看作反革命的了。倘要看看文艺作品呢,则先看几种名家的选本,从中觉得谁的作品自己最爱看,然后再看这一个作者的专集,然后再从文学史上看看他在史上的位置;倘要知道得更详细,就看一两本这人的传记,那便可以大略了解了。如果专是请教别人,则各人的嗜好不同,总是格不相入的。

第三,说几句关于批评的事。现在因为出版物太多了,——其实有什么呢,而读者因为不胜其纷纭,便渴望批评,于是批评家也便应运而起。批评这东西,对于读者,至少对于和这批评家趣旨相近的读者,是有用的。但中国现在,似乎应该暂作别论。往往有人误以为批评家对于创作是操生杀之权,占文坛的最高位的,就忽而变成批评家;他的灵魂上挂了刀。但是怕自己的立论不周密,便主张主观,有时怕自己的观察别人不看重,又主张客观;有时说自己的作文的根柢全是同情,有时将校对者骂得一文不值。凡中国的批评文字,我总是越看越胡涂,如果当真,就要无路可走。印度人是早知道的,有一个很普通的比喻。他们说:一个老翁和一个孩子用一匹驴子驮着货物去出卖,货卖去了,孩子骑驴回来,老翁跟着走。但路人责备他了,说是不晓事,叫老年人徒步。他们便换了一个地位,而旁人又说老人忍心;老人忙将孩子抱到鞍鞒上,后来看见的人却说他们残酷;于是都下来,走了不久,可又有人笑他们了,说他们是呆子,空着现成的驴子却不骑。于是老人对孩子叹息道,我们只剩了一个办法了,是我们两人抬着驴子走。[9]无论读,无论做,倘若旁征博访,结果是往往会弄到抬驴子走的。

　　不过我并非要大家不看批评,不过说看了之后,仍要看看本书,自己思索,自己做主。看别的书也一样,仍要自己思索,自己观察。倘只看书,便变成书厨,即使自己觉得有趣,而那趣味其实是已在逐渐硬化,逐渐死去了。我先前反对青年躲进研究室[10],也就是这意思,至今有些学者,还将这话算作我的一条罪状哩。

　　听说英国的培那特萧(Bernard Shaw)[11],有过这样意思的话:世间最不行的是读书者。因为他只能看别人的思想艺术,不用自己。这也就是勖本华尔(Schopenhauer)[12]之所谓脑子里给别人跑马。较好的是思索者。因为能用自己的生活力了,但还不免是空想,所以更好的是观察者,他用自己的眼睛去读世间这一部活书。

　　这是的确的,实地经验总比看,听,空想确凿。我先前吃过干荔支,罐头荔支,陈年荔支,并且由这些推想过新鲜的好荔支。这回吃过了,和我所猜想的不同,非到广东来吃就永不会知道。但我对于萧的所说,还要加一点骑墙的议论。萧是爱尔兰人,立论也不免有些偏激的。我以为假如从广东乡下找一个没有历练的人,叫他从上海到北京或者什么地方,然后问他观察所得,我恐怕是很有限的,因为他没有练习过观察力。所以要观察,还是先要经过思索和读书。

　　总之,我的意思是很简单的:我们自动的读书,即嗜好的读书,请教别人是大抵无用,只好先行泛览,然后决择而入于自己所爱的较专的一门或几门;但专读书也有弊病,所以必须和实社会接触,使所读的书活起来。

*   *   *

〔1〕　本篇记录稿经作者校阅后最初发表于 1927 年 8 月 18、19、22 日广州《民国日报》副刊《现代青年》第一七九、一八○、一八一期;后重刊于 1927 年 9 月 16 日《北新》周刊第四十七、四十八期合刊。

〔2〕　知用中学　1924 年 9 月由广州知用学社创办的一所学校。知用学社是共产党人毕磊等组织的社团。

〔3〕　博物　旧时中学的一门课程,包括动物、植物、矿物等学科的内容。

〔4〕　这里说的开一大篇书目,指胡适的《一个最低限度的国学书目》、梁启超的《国学入门书要目及其读法》和吴宓的《西洋文学入门必读书目》等。这些书目都开列于 1923 年。

〔5〕　张之洞的《书目答问》　参看本卷第 208 页注〔26〕。

〔6〕　本间久雄(1886—1981)　日本文艺理论家。曾任早稻田大学教授。《新文学概论》有章锡琛中译本,1925 年 8 月商务印书馆出版。

〔7〕　厨川白村(1880—1923)　日本文艺评论家。曾留学美国,归国后任京都帝国大学教授。《苦闷的象征》是他的文艺论文集。参看本卷第 20 页注〔7〕。

〔8〕　《苏俄的文艺论战》　任国桢辑译,内收 1923 年至 1924 年间苏联瓦浪斯基(А.К.Воронский)等人关于文艺问题的论文四篇。参看本卷第 365 页注〔9〕。

〔9〕　这个比喻见于印度何种书籍,未详。1888 年(清光绪十四年)张赤山译的伊索寓言《海国妙喻·丧驴》中有同样内容的故事。

〔10〕 进研究室 "五四"以后,胡适提出青年学生应该"进研究室"、"整理国故"的主张。鲁迅认为这是诱导青年脱离现实斗争,曾多次撰文予以批驳,参看《坟·未有天才之前》等文。

〔11〕 培那特萧 即萧伯纳。参看本卷第103页注〔6〕。他关于"读书者"、"思索者"、"观察者"的议论见于何种著作,未详。(按英国学者嘉勒尔说过类似的话,见鲁迅译日本鹤见祐辅《思想·山水·人物》中的《说旅行》。)

〔12〕 勖本华尔 即叔本华。"脑子里给别人跑马",可能指他的《读书和书籍》中的这段话:"我们读着的时候,别人却替我们想。我们不过反复了这人的心的过程。……读书时,我们的脑已非自己的活动地。这是别人的思想的战场了。"

通　信[1]

小峰兄：

　　收到了几期《语丝》，看见有《鲁迅在广东》[2]的一个广告，说是我的言论之类，都收集在内。后来的另一广告上，却变成"鲁迅著"了。我以为这不大好。

　　我到中山大学的本意，原不过是教书。然而有些青年大开其欢迎会。我知道不妙，所以首先第一回演说，就声明我不是什么"战士"，"革命家"。倘若是的，就应该在北京，厦门奋斗；但我躲到"革命后方"[3]的广州来了，这就是并非"战士"的证据。

　　不料主席的某先生[4]——他那时是委员——接着演说，说这是我太谦虚，就我过去的事实看来，确是一个战斗者，革命者。于是礼堂上劈劈拍拍一阵拍手，我的"战士"便做定了。拍手之后，大家都已走散，再向谁去推辞？我只好咬着牙关，背了"战士"的招牌走进房里去，想到敝同乡秋瑾[5]姑娘，就是被这种劈劈拍拍的拍手拍死的。我莫非也非"阵亡"不可么？

　　没有法子，姑且由它去罢。然而苦矣！访问的，研究的，谈文学的，侦探思想的，要做序，题签的，请演说的，闹得个不亦乐乎。我尤其怕的是演说，因为它有指定的时候，不听拖

465

延。临时到来一班青年,连劝带逼,将你绑了出去。而所说的话是大概有一定的题目的。命题作文,我最不擅长。否则,我在清朝不早进了秀才了么?然而不得已,也只好起承转合,上台去说几句。但我自有定例:至多以十分钟为限。可是心里还是不舒服,事前事后,我常常对熟人叹息说:不料我竟到"革命的策源地"来做洋八股了。

还有一层,我凡有东西发表,无论讲义,演说,是必须自己看过的。但那时太忙,有时不但稿子没有看,连印出了之后也没有看。这回变成书了,我也今天才知道,而终于不明白究竟是怎么一回事,里面是怎样的东西。现在我也不想拿什么费话来捣乱,但以我们多年的交情,希望你最好允许我实行下列三样——

一,将书中的我的演说,文章等都删去。

二,将广告上的著者的署名改正。

三,将这信在《语丝》上发表。

这样一来,就只剩了别人所编的别人的文章,我当然心安理得,无话可说了。但是,还有一层,看了《鲁迅在广东》,是不足以很知道鲁迅之在广东的。我想,要后面再加上几十页白纸,才可以称为"鲁迅在广东"。

回想起我这一年的境遇来,有时实在觉得有味。在厦门,是到时静悄悄,后来大热闹;在广东,是到时大热闹,后来静悄悄。肚大两头尖,像一个橄榄。我如有作品,题这名目是最好的,可惜被郭沫若先生占先用去了。[6]但好在我也没有作品。

至于那时关于我的文字,大概是多的罢。我还记得每有一篇登出,某教授便魂不附体似的对我说道:"又在恭维你了!看见了么?"我总点点头,说,"看见了。"谈下去,他照例说,"在西洋,文学是只有女人看的。"我也点点头,说,"大概是的罢。"心里却想:战士和革命者的虚衔,大约不久就要革掉了罢。

照那时的形势看来,实在也足令认明了我的"纸糊的假冠"[7]的才子们生气。但那形势是另有缘故的,以非急切,姑且不谈。现在所要说的,只是报上所表见的,乃是一时的情形;此刻早没有假冠了,可惜报上并不记载。但我在广东的鲁迅自己,是知道的,所以写一点出来,给憎恶我的先生们平平心——

一,"战斗"和"革命",先前几乎有修改为"捣乱"的趋势,现在大约可以免了。但旧衔似乎已经革去。

二,要我做序的书,已经托故取回。期刊上的我的题签,已经撤换。

三,报上说我已经逃走,或者说我到汉口去了。写信去更正,就没收。

四,有一种报上,竭力不使它有"鲁迅"两字出现,这是由比较两种报上的同一记事而知道的。

五,一种报上,已给我另定了一种头衔,曰:杂感家。[8]评论是"特长即在他的尖锐的笔调,此外别无可称。"然而他希望我们和《现代评论》合作。为什么呢?他说:"因为我们细考两派文章思想,初无什么大别。"(此刻我才知道,这篇文章是转录上海的《学灯》[9]的。原来如此,无怪其然。写完之后,追注。)

六,一个学者[10],已经说是我的文字损害了他,要将我送官了,先给我一个命令道:"暂勿离粤,以俟开审!"

阿呀,仁兄,你看这怎么得了呀!逃掉了五色旗下的"铁窗斧钺风味"[11],而在青天白日之下又有"缧绁之忧"[11]了。"孔子曰:'非其罪也。'以其子妻之。"怕未必有这样侥幸的事罢,唉唉,呜呼!

但那是其实没有什么的,以上云云,真是"小病呻吟"。我之所以要声明,不过希望大家不要误解,以为我是坐在高台上指挥"思想革命"而已。尤其是有几位青年,纳罕我为什么近来不开口。你看,再开口,岂不要永"勿离粤,以俟开审"了么?语有之曰:是非只为多开口,烦恼皆因强出头。此之谓也。

我所遇见的那些事,全是社会上的常情,我倒并不觉得怎样。我所感到悲哀的,是有几个同我来的学生,至今还找不到学校进,还在颠沛流离。我还要补足一句,是:他们都不是共产党,也不是亲共派。其吃苦的原因,就在和我认得。所以有一个,曾得到他的同乡的忠告道:"你以后不要再说你是鲁迅的学生了罢。"在某大学里,听说尤其严厉,看看《语丝》,就要被称为"语丝派";和我认识,就要被叫为"鲁迅派"的。

这样子,我想,已经够了,大足以平平正人君子之流的心了。但还要声明一句,这是一部分的人们对我的情形。此外,肯忘掉我,或者至今还和我来往,或要我写字或讲演的人,偶然也仍旧有的。

《语丝》我仍旧爱看,还是他能够破破我的岑寂。但据我看来,其中有些关于南边的议论,未免有一点隔膜。譬如,有一回,似乎颇以"正人君子"之南下为奇,殊不知《现代》在这里,一向是销行很广的。相距太远,也难怪。我在厦门,还只知道一个共产党的总名,到此以后,才知道其中有 CP 和 CY[12]之分。一直到近来,才知道非共产党而称为什么 Y 什么 Y[13]的,还不止一种。我又仿佛感到有一个团体,是自以为正统,而喜欢监督思想的。[14]我似乎也就在被监督之列,有时遇见盘问式的访问者,我往往疑心就是他们。但是否的确如此,也到底摸不清,即使真的,我也说不出名目,因为那些名目,多是我所没有听到过的。

以上算是牢骚。但我觉得正人君子这回是可以审问我了:"你知道苦了罢? 你改悔不改悔?"大约也不但正人君子,凡对我有些好意的人,也要问的。我的仁兄,你也许即是其一。我可以即刻答复:"一点不苦,一点不悔。而且倒很有趣的。"

土耳其鸡[15]的鸡冠似的彩色的变换,在"以俟开审"之暇,随便看看,实在是有趣的。你知道没有? 一群正人君子,连拜服"孤桐先生"的陈源教授即西滢,都舍弃了公理正义的栈房的东吉祥胡同,到青天白日旗下来"服务"了。《民报》的广告在我的名字上用了"权威"两个字,当时陈源教授多么挖苦呀[16]。这回我看见《闲话》[17]出版的广告,道:"想认识这位文艺批评界的权威的,——尤其不可不读《闲话》!"这真使我觉得飘飘然,原来你不必"请君入瓮",自己也会爬进来!

但那广告上又举出一个曾经被称为"学棍"的鲁迅来,而这回偏尊之曰"先生",居然和这"文艺批评界的权威"并列,却

确乎给了我一个不小的打击。我立刻自觉:阿呀,痛哉,又被
钉在木板上替"文艺批评界的权威"做广告了。两个"权威",
一个假的和一个真的,一个被"权威"挖苦的"权威"和一个挖
苦"权威"的"权威"。呵呵!

　　祝你安好。我是好的。

　　　　　　　　　　　　　　　　　　鲁迅。九,三。

＊　　　　＊　　　　＊

　　〔1〕　本篇最初发表于1927年10月1日《语丝》周刊第一五一期。
　　〔2〕　《鲁迅在广东》　钟敬文编辑,内收鲁迅到广州后别人所作
关于鲁迅的文字十二篇和鲁迅的讲演记录稿三篇、杂文一篇。1927年
7月上海北新书局出版。按钟敬文(1903—2002),广东海丰人,当时是
广州岭南大学文学系职员。
　　〔3〕　"革命后方"　1926年7月国民革命军自广东出师北伐,因
而当时广东有"革命后方"之称。
　　〔4〕　指朱家骅(1893—1963),字骝先,浙江吴兴人,曾留学德国,
当时任中山大学委员会委员(实际主持校务)。1927年1月25日在中
大学生欢迎鲁迅的大会上,他曾发表演说。朱后任国民党政府教育部
长、国民党中央组织部长等职。
　　〔5〕　秋瑾(1875—1907)　字璿卿,号竞雄,别署鉴湖女侠,浙江
绍兴人。1904年留学日本,先后加入光复会、同盟会。1906年春回国。
1907年在绍兴主持大通师范学堂,组织光复军,准备与徐锡麟在浙、皖
同时起义。徐锡麟起事失败后,她于7月14日被清政府逮捕,次日晨
遇害。
　　〔6〕　郭沫若　参看本卷第256页注〔42〕。《橄榄》是他的小说散

文集,1926 年 9 月创造社出版。

〔7〕 "纸糊的假冠"　高长虹嘲骂作者的话。参看本卷第 411 页
注〔6〕。

〔8〕 指香港《循环日报》。引文见 1927 年 6 月 10 日、11 日该报
副刊《循环世界》所载徐丹甫《北京文艺界之分门别户》一文。

〔9〕《学灯》　上海《时事新报》的副刊。1918 年 3 月 4 日创刊,
1947 年 2 月 24 日停刊。《时事新报》当时是研究系的报纸。

〔10〕 指顾颉刚(1893—1980),字铭坚,江苏苏州人,历史学家。
曾任北京大学、厦门大学教授,时任中山大学教授。1927 年 7 月,顾在
出差杭州时从汉口《中央日报》副刊看到作者致孙伏园信,其中有"在厦
门那么反对民党……的顾颉刚"等语,即致函作者,说"诚恐此中是非,
非笔墨口舌所可明了,拟于九月中旬回粤后提起诉讼,听候法律解决",
并要作者"暂勿离粤,以俟开审"。参看《三闲集·辞顾颉刚教授令"候
审"》。

〔11〕 "缧绁之忧"　语出《论语·公冶长》:"子谓'公冶长,可妻也;
虽在缧绁之中,非其罪也。'以其子妻之。"公冶长,孔子弟子。缧绁,亦
作缧紲,古时系罪人的黑色绳索。

〔12〕 CP　英文 Communist Party 的缩写,即共产党;CY,英文
Communist Youth 的缩写,即共产主义青年团。

〔13〕 指国民党的青年组织。如 L.Y.,即所谓"左派青年团";
T.Y.,即"三民主义同志社"。

〔14〕 指所谓"士的派"(又称"树的党"),国民党右派"孙文主义学
会"所操纵的一个广州学生团体。按"士的"是英语 Stick(手杖、棍子)的
音译。

〔15〕 土耳其鸡　即吐绶鸡,俗称火鸡。头部有红色肉冠,喉下垂
红色肉瓣;公鸡常扩翼展尾如扇状,同时肉冠及肉瓣便由红色变为蓝

白色。

〔16〕 《民报》　1925 年 7 月创刊于北京,不久即被奉系军阀张作霖查封。关于《民报》的广告,参看本卷第 253 页注〔25〕。陈西滢于 1926 年 1 月 30 日《晨报副刊》发表的《致志摩》中挖苦作者说:"不是有一次一个报馆访员称我们为'文士'吗?鲁迅先生为了那名字几乎笑掉了牙。可是后来某报天天鼓吹他是'思想界的权威者',他倒又不笑了。"

〔17〕 《闲话》　陈西滢发表在《现代评论》"闲话"专栏文章的结集,收文七十八篇,名为《西滢闲话》,1928 年 3 月上海新月书店出版。

答有恒先生〔1〕

有恒〔2〕先生：

你的许多话，今天在《北新》〔3〕上看见了。我感谢你对于我的希望和好意，这是我看得出来的。现在我想简略地奉答几句，并以寄和你意见相仿的诸位。

我很闲，决不至于连写字工夫都没有。但我的不发议论，是很久了，还是去年夏天决定的，我豫定的沉默期间是两年。我看得时光不大重要，有时往往将它当作儿戏。

但现在沉默的原因，却不是先前决定的原因，因为我离开厦门的时候，思想已经有些改变。这种变迁的径路，说起来太烦，姑且略掉罢，我希望自己将来或者会发表。单就近时而言，则大原因之一，是：我恐怖了。而且这种恐怖，我觉得从来没有经验过。

我至今还没有将这"恐怖"仔细分析。姑且说一两种我自己已经诊察明白的，则：

一，我的一种妄想破灭了。我至今为止，时时有一种乐观，以为压迫，杀戮青年的，大概是老人。这种老人渐渐死去，中国总可比较地有生气。现在我知道不然了，杀戮青年的，似乎倒大概是青年，而且对于别个的不能再造的生命和青春，更无顾惜。如果对于动物，也要算"暴殄天物"〔4〕。我尤其怕看的是胜利者的得意之笔："用斧劈死"呀，……"乱枪刺死"
呀……。我其实并不是急进的改革论者，我没有反对过死刑。
但对于凌迟和灭族，我曾表示过十分的憎恶和悲痛，我以为二
十世纪的人群中是不应该有的。斧劈枪刺，自然不说是凌迟，
但我们不能用一粒子弹打在他后脑上么？结果是一样的，
对方的死亡。但事实是事实，血的游戏已经开头，而角色又
是青年，并且有得意之色。我现在已经看不见这出戏的收
场。

二，我发见了我自己是一个……。是什么呢？我一时定
不出名目来。我曾经说过：中国历来是排着吃人的筵宴，有吃
的，有被吃的。被吃的也曾吃人，正吃的也会被吃。[5]但我现
在发见了，我自己也帮助着排筵宴。先生，你是看我的作品
的，我现在发一个问题：看了之后，使你麻木，还是使你清楚；
使你昏沉，还是使你活泼？倘所觉的是后者，那我的自己裁
判，便证实大半了。中国的筵席上有一种"醉虾"[6]，虾越鲜
活，吃的人便越高兴，越畅快。我就是做这醉虾的帮手，弄清
了老实而不幸的青年的脑子和弄敏了他的感觉，使他万一遭
灾时来尝加倍的苦痛，同时给憎恶他的人们赏玩这较灵的苦
痛，得到格外的享乐。我有一种设想，以为无论讨赤军，讨革
军，倘捕到敌党的有智识的如学生之类，一定特别加刑，甚于
对工人或其他无智识者。为什么呢，因为他可以看见更锐敏
微细的痛苦的表情，得到特别的愉快。倘我的假设是不错的，
那么，我的自己裁判，便完全证实了。

所以，我终于觉得无话可说。

倘若再和陈源教授之流开玩笑罢,那是容易的,我昨天就写了一点[7]。然而无聊,我觉得他们不成什么问题。他们其实至多也不过吃半只虾或呷几口醉虾的醋。况且听说他们已经别离了最佩服的"孤桐先生",而到青天白日旗下来革命了。我想,只要青天白日旗插远去,恐怕"孤桐先生"也会来革命的。不成问题了,都革命了,浩浩荡荡。

问题倒在我自己的落伍。还有一点小事情。就是,我先前的弄"刀笔"的罚,现在似乎降下来了。种牡丹者得花,种蒺藜者得刺,这是应该的,我毫无怨恨。但不平的是这罚仿佛太重一点,还有悲哀的是带累了几个同事和学生。

他们什么罪孽呢,就因为常常和我往来,并不说我坏。凡如此的,现在就要被称为"鲁迅党"或"语丝派",这是"研究系"[8]和"现代派"宣传的一个大成功。所以近一年来,鲁迅已以被"投诸四裔"[9]为原则了。不说不知道,我在厦门的时候,后来是被搬在一所四无邻居的大洋楼上了,陪我的都是书,深夜还听到楼下野兽"唔唔"地叫。但我是不怕冷静的,况且还有学生来谈谈。然而来了第二下的打击:三个椅子要搬去两个,说是什么先生的少爷已到,要去用了。这时我实在很气愤,便问他:倘若他的孙少爷也到,我就得坐在楼板上么?不行!没有搬去,然而来了第三下的打击,一个教授微笑道:又发名士脾气了[10]。厦门的天条,似乎是名士才能有多于一个的椅子的。"又"者,所以形容我常发名士脾气也,《春秋》笔法[11],先生,你大概明白的罢。还有第四下的打击,那是我临走的时候了,有人说我之所以走,一因为没有酒喝,二因为看见别人的家眷来了,心里不舒服。〔12〕这还是根据那一次的"名士脾气"的。

这不过随便想到一件小事。但,即此一端,你也就可以原谅我吓得不敢开口之情有可原了罢。我知道你是不希望我做醉虾的。我再斗下去,也许会"身心交病"〔13〕。然而"身心交病",又会被人嘲笑的。自然,这些都不要紧。但我何苦呢,做醉虾?

不过我这回最侥幸的是终于没有被做成为共产党。曾经有一位青年,想以独秀〔14〕办《新青年》,而我在那里做过文章这一件事,来证成我是共产党。但即被别一位青年推翻了,他知道那时连独秀也还未讲共产。退一步,"亲共派"罢,终于也没有弄成功。倘我一出中山大学即离广州,我想,是要被排进去的;但我不走,所以报上"逃走了""到汉口去了"的闹了一通之后,倒也没有事了。天下究竟还有光明,没有人说我有"分身法"。现在是,似乎没有什么头衔了,但据"现代派"说,我是"语丝派的首领"。这和生命大约并无什么直接关系,或者倒不大要紧的,只要他们没有第二下。倘如"主角"唐有壬似的又说什么"墨斯科的命令"〔15〕,那可就又有些不妙了。

笔一滑,话说远了,赶紧回到"落伍"问题去。我想,先生,你大约看见的,我曾经叹息中国没有敢"抚哭叛徒的吊客"〔16〕。而今何如?你也看见,在这半年中,我何尝说过一句话?虽然我曾在讲堂上公表过我的意思,虽然我的文章那时也无处发表,虽然我是早已不说话,但这都不足以作我的辩解。总而言之,现在倘再发那些四平八稳的"救救孩子"似的议论,连我自己听去,也觉得空空洞洞了。

还有,我先前的攻击社会,其实也是无聊的。社会没有知道我在攻击,倘一知道,我早已死无葬身之所了。试一攻击社会的一分子的陈源之类,看如何?而况四万万也哉?我之得以偷生者,因为他们大多数不识字,不知道,并且我的话也无效力,如一箭之入大海。否则,几条杂感,就可以送命的。民众的罚恶之心,并不下于学者和军阀。近来我悟到凡带一点改革性的主张,倘于社会无涉,才可以作为"废话"而存留,万一见效,提倡者即大概不免吃苦或杀身之祸。古今中外,其揆一也。即如目前的事,吴稚晖[17]先生不也有一种主义的么?而他不但不被普天同愤,且可以大呼"打倒……严办"者,即因为赤党要实行共产主义于二十年之后,而他的主义却须数百年之后或者才行,由此观之,近于废话故也。人那有遥管十余代以后的灰孙子时代的世界的闲情别致也哉?

话已经说得不少,我想收梢了。我感于先生的毫无冷笑和恶意的态度,所以也诚实的奉答,自然,一半也借此发些牢骚。但我要声明,上面的说话中,我并不含有谦虚,我知道我自己,我解剖自己并不比解剖别人留情面。好几个满肚子恶意的所谓批评家,竭力搜索,都寻不出我的真症候。所以我这回自己说一点,当然不过一部分,有许多还是隐藏着的。

我觉得我也许从此不再有什么话要说,恐怖一去,来的是什么呢,我还不得而知,恐怕不见得是好东西罢。但我也在救助我自己,还是老法子:一是麻痹,二是忘却。一面挣扎着,还想从以后淡下去的"淡淡的血痕中"[18]看见一点东西,誊在纸片上。

鲁迅。九，四。

*　　　*　　　*

〔1〕　本篇最初发表于 1927 年 10 月 1 日上海《北新》周刊第四十九、五十期合刊。

〔2〕　有恒　时有恒(1905—1982)，江苏徐州人，曾参加北伐，当时流落上海。他在 1927 年 8 月 16 日《北新》周刊第四十三、四十四期合刊上发表一篇题为《这时节》的杂感，其中有涉及作者的话："久不见鲁迅先生等的对盲目的思想行为下攻击的文字了"，"在现在的国民革命正沸腾的时候，我们把鲁迅先生的一切创作……读读，当能给我们以新路的认识"，"我们恳切地祈望鲁迅先生出马。……因为救救孩子要紧呀。"鲁迅因作本文回答。

〔3〕　《北新》　综合性杂志，上海北新书局发行，1926 年 8 月创刊。初为周刊，1927 年 11 月第二卷第一期起改为半月刊，出至 1930 年 12 月第四卷第二十四期停刊。

〔4〕　"暴殄天物"　语出《尚书·武成》："今商王受(纣)无道，暴殄天物，害虐蒸民。"据唐代孔颖达疏，"天物"是指不包含人在内的"天下百物，鸟兽草木"。

〔5〕　关于吃人的筵宴的议论，参看《坟·灯下漫笔》第二节。

〔6〕　"醉虾"　江浙等地把活虾放进醋、酒、酱油等拌成的配料中生吃的一种菜。

〔7〕　即本文后一篇《辞"大义"》。

〔8〕　"研究系"　参看本卷第 90 页注〔7〕。在他们主办的《时事新报》副刊《学灯》上，曾刊载《北京文艺界之分别门户》一文，内称"与

'现代派'抗衡者是'语丝派'",又说"语丝派"以鲁迅"为主"。"现代派",即现代评论派,他们曾称鲁迅为"语丝派首领"。参看本书《革"首领"》。

〔9〕 "投诸四裔" 流放到四方边远的地方去。语出《左传》文公十八年:"舜臣尧,宾于四门;流四凶族:浑敦、穷奇、梼杌、饕餮,投诸四裔,以御螭魅。"

〔10〕 指顾颉刚,1926 年时任厦门大学教授。作者 1926 年 9 月 30 日致许广平信中说:"此地所请的教授,我和兼士之外,还有朱山根(按指顾颉刚)。这人是陈源之流,我是早知道的。……他已在开始排斥我,说我是'名士派',可笑。"(见《两地书·四十八》)

〔11〕 《春秋》笔法 《春秋》是春秋时期鲁国的史书,相传为孔子所修。过去的经学家认为它每用一字,都含有"褒"、"贬"的"微言大义",称之为"春秋笔法"。

〔12〕 这里指陈万里(田千顷)、黄坚(白果)等散布的流言。参看本卷第 421 页注〔7〕。

〔13〕 "身心交病" 这是高长虹嘲骂鲁迅的话。参看本卷第 411 页注〔6〕。

〔14〕 独秀 陈独秀(1879—1942),字仲甫,安徽怀宁人,北京大学教授,《新青年》杂志的创办人,"五四"时期提倡新文化运动的主要人物。1921 年中国共产党成立后,任党的总书记。第一次国内革命战争后期,推行右倾投降主义路线,使革命遭到失败。之后,他成了取消主义者,接受托洛茨基派的观点,成立反党小组织,于 1929 年 11 月被开除出党。

〔15〕 唐有壬(1893—1935) 湖南浏阳人。当时是《现代评论》的经常撰稿人,后任国民党政府外交部次长。1926 年 5 月 12 日上海小报《晶报》载有《现代评论被收买?》的一则新闻,其中曾引用《语丝》上揭发

《现代评论》收受段祺瑞津贴的文字;接着唐有壬便于同月 18 日致函
《晶报》强作辩解,并造谣说:"《现代评论》被收买的消息,起源于俄国莫
斯科。在去年春间,我有个朋友由莫斯科写信来告诉我,说此间的中国
人盛传《现代评论》是段祺瑞办的,由章士钊经手每月津贴三千块钱。
当时我们听了,以为这不过是共产党造谣的惯技,不足为奇。"《晶报》在
发表这封信时,标题是《现代评论主角唐有壬致本报书》)。

〔16〕 "抚哭叛徒的吊客" 参看《华盖集·这个与那个》第三节《最
先与最后》。这里说的"叛徒",指旧制度的叛逆者。

〔17〕 吴稚晖 参看本卷第 229 页注〔4〕。他曾自称为无政府主
义者,在 1926 年 2 月给邵飘萍的一封信中说过这样的话:"赤化就是所
谓共产,这实在是三百年以后的事;犹之乎还有比他更进步的,叫做无
政府,他更是三千年以后的事。"1927 年 3 月底 4 月初他承蒋介石意旨,
向国民党中央监察委员会提出《纠察共产党员谋叛党国案》、《请查办共
产党分子谋叛案》,叫嚣"打倒""严办"共产党人和革命群众。

〔18〕 "淡淡的血痕中" 1926 年 3 月 18 日北洋军阀段祺瑞政府
枪杀请愿的爱国学生和市民后,作者曾作散文诗《淡淡的血痕中》(收入
《野草》),以悼念死者。

辞 "大 义"[1]

　　我自从去年得罪了正人君子们的"孤桐先生",弄得六面碰壁,只好逃出北京以后,默默无语,一年有零。以为正人君子们忘记了这个"学棍"了罢,——哈哈,并没有。

　　印度有一个泰戈尔。这泰戈尔到过震旦来,改名竺震旦。因为这竺震旦做过一本《新月集》,所以这震旦就有了一个新月社[2],——中间我不大明白了——现在又有一个叫作新月书店的。这新月书店要出版的有一本《闲话》,这本《闲话》的广告里有下面这几句话:

　　　　"……鲁迅先生(语丝派首领)所仗的大义,他的战略,读过《华盖集》的人,想必已经认识了。但是现代派的义旗,和它的主将——西滢先生的战略,我们还没有明了。……"

　　"派"呀,"首领"呀,这种谥法实在有些可怕。不远就又会有人来诮骂。甲道:看哪! 鲁迅居然称为首领了。天下有这种首领的么? 乙道:他就专爱虚荣。人家称他首领,他就满脸高兴。我亲眼看见的。

　　但这是我领教惯的教训了,并不为奇。这回所觉得新鲜而惶恐的,是忽而将宝贵的"大义"硬塞在我手里,给我竖起大旗来,叫我和"现代派"的"主将"去对垒。我早已说过:公理和

481

正义,都被正人君子夺去了,所以我已经一无所有[3]。大义么,我连它是圆柱形的呢还是椭圆形的都不知道,叫我怎么"仗"?

"主将"呢,自然以有"义旗"为体面罢。不过我没有这么冠冕。既不成"派",也没有做"首领",更没有"仗"过"大义"。更没有用什么"战略",因为我未见广告以前,竟没有知道西滢先生是"现代派"的"主将",——我总当他是一个喽罗儿。

我对于我自己,所知道的是这样的。我想,"孤桐先生"尚在,"现代派"该也未必忘了曾有人称我为"学匪","学棍","刀笔吏"的,而今忽假"鲁迅先生"以"大义"者,但为广告起见而已。

呜呼,鲁迅鲁迅,多少广告,假汝之名以行!

九月三日。

*　　　*　　　*

〔1〕 本篇最初发表于 1927 年 10 月 1 日《语丝》周刊第一五一期。

〔2〕 新月社 以留学英美的知识分子为核心的文学和政治性团体,1923 年成立于北京。取名于印度诗人泰戈尔的《新月集》。主要成员有胡适、徐志摩、陈西滢、闻一多、梁实秋、罗隆基等。该社于 1926 年夏天借北京《晨报副刊》版面出过《诗刊》(周刊)十一期,提倡新格律诗创作。1927 年该社成员多数南下,在上海创办新月书店,于 1928 年 3 月发刊综合性的《新月》月刊,张扬"英国式"民主政治。

〔3〕 "公理"和"正义",是现代评论派陈西滢等人在支持章士钊、杨荫榆压迫女师大学生时经常使用的字眼。1925 年 11 月底,当女师大

学生斗争胜利,回校复课时,陈西滢、王世杰等人又组织所谓"教育界公理维持会",反对女师大复校,支持章士钊另立女子大学。作者在《华盖集续编·新的蔷薇》中曾说:"公理是只有一个的。然而听说这早被他们拿去了,所以我已经一无所有。"

反 "漫 谈" [1]

我一向对于《语丝》没有恭维过,今天熬不住要说几句了:的确可爱。真是《语丝》之所以为《语丝》。

像我似的"世故的老人" [2] 是已经不行,有时不敢说,有时不愿说,有时不肯说,有时以为无须说。有此工夫,不如吃点心。但《语丝》上却总有人出来发迂论,如《教育漫谈》[3],对教育当局去谈教育,即其一也。

"不可与言而与之言",即是"知其不可为而为之" [4],一定要有这种人,世界才不寂寞。这一点,我是佩服的。但也许因为"世故"作怪罢,不知怎地佩服中总带一些腹诽,还夹几分伤惨。徐先生是我的熟人,所以再三思维,终于决定贡献一点意见。这一种学识,乃是我身做十多年官僚,目睹一打以上总长,[5]这才陆续地获得,轻易是不肯说的。

对"教育当局"谈教育的根本误点,是在将这四个字的力点看错了:以为他要来办"教育"。其实不然,大抵是来做"当局"的。

这可以用过去的事实证明。因为重在"当局",所以——

一　学校的会计员,可以做教育总长。

二　教育总长,可以忽而化为内务总长。

三　司法,海军总长,可以兼任教育总长。

484

曾经有一位总长,听说,他的出来就职,是因为某公司要来立案,表决时可以多一个赞成者,所以再作冯妇[6]的。但也有人来和他谈教育。我有时真想将这老实人一把抓出来,即刻勒令他回家陪太太喝茶去。

所以:教育当局,十之九是意在"当局",但有些是意并不在"当局"。

这时候,也许有人要问:那么,他为什么有举动呢?

我于是勃然大怒道:这就是他在"当局"呀!说得露骨一点,就是"做官"!不然,为什么叫"做"?

我得到这一种彻底的学识,也不是容易事,所以难免有一点学者的高傲态度,请徐先生恕之。以下是略述我所以得到这学识的历史——

我所目睹的一打以上的总长之中,有两位是喜欢属员上条陈的。于是听话的属员,便纷纷大上其条陈。久而久之,全如石沉大海。我那时还没有现在这么聪明,心里疑惑:莫非这许多条陈一无可取,还是他没有工夫看呢?但回想起来,我"上去"(这是专门术语,小官进去见大官也)的时候,确是常见他正在危坐看条陈;谈话之间,也常听到"我还要看条陈去","我昨天晚上看条陈"等类的话。那究竟是怎么一回事呢?

有一天,我正从他的条陈桌旁走开,跨出门槛,不知怎的忽蒙圣灵启示,恍然大悟了——

哦!原来他的"做官课程表"上,有一项是"看条陈"的。因为要"看",所以要"条陈"。为什么要"看条陈"?就是"做官"之一部分。如此而已。还有另外的奢望,是我自己的胡涂!

"于我来了一道光",从此以后,我自己觉得颇聪明,近于老官僚了。后来终于被"孤桐先生"革掉,那是另外一回事。

"看条陈"和"办教育",事同一例,都应该只照字面解,倘再有以上或更深的希望或要求,不是书呆子,就是不安分。

我还要附加一句警告:倘遇漂亮点的当局,恐怕连"看漫谈"也可以算作他的一种"做"——其名曰"留心教育"——但和"教育"还是没有关系的。

九月四日。

＊　　　　＊　　　　＊

〔1〕　本篇最初发表于1927年10月8日《语丝》周刊第一五二期。

〔2〕　"世故的老人"　高长虹嘲骂作者的话,参看本卷第401页注〔3〕。

〔3〕　《教育漫谈》　原题《教育漫语》,徐祖正作,载于1927年8月13日、20日《语丝》第一四四、一四五两期。1927年8月,把持北洋政府的奉系军阀张作霖,为了加强对教育界的控制,强行把北京九所国立学校合并为"京师大学",引起教育界的不满。徐祖正的文章是对这件事发表的议论。徐祖正(1895—1978),江苏昆山人,时任北京大学教授,与鲁迅多有交往。

〔4〕　"不可与言而与之言"　语出《论语·卫灵公》:"不可与言而与之言,失言。"是孔子的话。"知其不可为而为之",语出《论语·宪问》,是孔子同时的守门人评论他的话。

〔5〕　一打以上总长　自1912年2月至1926年7月鲁迅任职教育部期间,先后任教育总长或代总长的计有二十七人:蔡元培、范源濂、刘冠雄(以海军总长兼)、陈振先(以农林总长兼)、董鸿祎(代)、汪大燮、

严修、汤化龙、张一𪊷、张国淦、孙洪伊、傅增湘、袁希涛（代）、傅嶽芬、齐
耀珊（以农商总长兼）、周自齐、黄炎培、汤尔和、彭允彝、黄郛、易培基、
王九龄、章士钊（以司法总长兼）、马君武、胡仁源、王宠惠、任可澄。

〔6〕 再作冯妇 《孟子·尽心》："晋人有冯妇者，善搏虎，卒为善
士。则之野，有众逐虎，虎负嵎，莫之敢撄；望见冯妇，趋而迎之。冯妇
攘臂下车，众皆悦之；其为士者笑之。"后人称重操旧业为"再作冯妇"。

忧 "天 乳"〔1〕

《顺天时报》载北京辟才胡同女附中主任欧阳晓澜女士不许剪发之女生报考,致此等人多有望洋兴叹之概云云。〔2〕是的,情形总要到如此,她不能别的了。但天足的女生尚可投考,我以为还有光明。不过也太嫌"新"一点。

男男女女,要吃这前世冤家的头发的苦,是只要看明末以来的陈迹便知道的。〔3〕我在清末因为没有辫子,曾吃了许多苦〔4〕,所以我不赞成女子剪发。北京的辫子,是奉了袁世凯〔5〕的命令而剪的,但并非单纯的命令,后面大约还有刀。否则,恐怕现在满城还拖着。女子剪发也一样,总得有一个皇帝(或者别的名称也可以),下令大家都剪才行。自然,虽然如此,有许多还是不高兴的,但不敢不剪。一年半载,也就忘其所以了;两年以后,便可以到大家以为女人不该有长头发的世界。这时长发女生,即有"望洋兴叹"之忧。倘只一部分人说些理由,想改变一点,那是历来没有成功过。

但现在的有力者,也有主张女子剪发的,可惜据地不坚。同是一处地方,甲来乙走,丙来甲走,甲要短,丙要长,长者剪,短了杀。这几年似乎是青年遭劫时期,尤其是女性。报载有一处是鼓吹剪发的,后来别一军攻入了,遇到剪发女子,即慢慢拔去头发,还割去两乳……。这一种刑罚,可以证明男子短发,已为全国所公认。只是女人不准学。去其两乳,即所以使其更像男子而警其妄学男子也。以此例之,欧阳晓澜女士盖尚非甚严欤?

今年广州在禁女学生束胸,违者罚洋五十元。报章称之曰"天乳运动"[6]。有人以不得樊增祥[7]作命令为憾。公文上不见"鸡头肉"等字样,盖殊不足以餍文人学士之心。此外是报上的俏皮文章,滑稽议论。我想,如此而已,而已终古。

我曾经也有过"杞天之虑"[8],以为将来中国的学生出身的女性,恐怕要失去哺乳的能力,家家须雇乳娘。但仅只攻击束胸是无效的。第一,要改良社会思想,对于乳房较为大方;第二,要改良衣装,将上衣系进裙里去。旗袍和中国的短衣,都不适于乳的解放,因为其时即胸部以下掀起,不便,也不好看的。

还有一个大问题,是会不会乳大忽而算作犯罪,无处投考? 我们中国在中华民国未成立以前,是只有"不齿于四民之列"[9]者,才不准考试的。据理而言,女子断发既以失男女之别,有罪,则天乳更以加男女之别,当有功。但天下有许多事情,是全不能以口舌争的。总要上谕,或者指挥刀。

否则,已经有了"短发犯"了,此外还要增加"天乳犯",或者也许还有"天足犯"。呜呼,女性身上的花样也特别多,而人生亦从此多苦矣。

我们如果不谈什么革新,进化之类,而专为安全着想,我以为女学生的身体最好是长发,束胸,半放脚(缠过而又放之,一名文明脚)。因为我从北而南,所经过的地方,招牌旗帜,尽管不同,而对于这样的女人,却从不闻有一处仇视她的。

九月四日。

＊　　　＊　　　＊

〔1〕　本篇最初发表于 1927 年 10 月 8 日《语丝》周刊第一五二期。

〔2〕　《顺天时报》　日本人在北京所办的中文报纸。参看本卷第 104 页注〔9〕。1927 年 8 月 7 日该报刊载《女附中拒绝剪发女生入校》新闻一则说:"西城辟才胡同女附中主任欧阳晓澜女士自长校后,不惟对于该校生功课认真督责指导,即该校学风,由女士之严厉整顿,亦日臻良善,近闻该校此次招考新生,凡剪发之女学生前往报名者,概予拒绝与考,因之一般剪发女生多有望洋兴叹之概云。"

〔3〕　指清朝统治者强迫汉人剃发垂辫一事。1644 年(明崇祯十七年、清顺治元年)清兵入关并定都北京后,即下令剃发垂辫,因受到各地汉人反对及局势未定而中止。次年 5 月攻占南京后,又下了严厉的剃发令,限于布告之后十日,"尽使薙(剃)发,遵依者为我国之民,迟疑者同逆命之寇",如"已定地方之人民,仍存明制,不随本朝之制度者,杀无赦!"此事曾引起各地汉人的广泛反抗,有许多人被杀。

〔4〕　作者在清代末年留学日本时,即将辫子剪掉,据许寿裳《亡友鲁迅印象记》所记,时间在 1902 年(清光绪二十八年)秋冬之际。他在 1909 年(宣统元年)归国后曾因没有辫子而吃过许多苦。参看《且介亭杂文·病后杂谈之余》和《且介亭杂文末编·因太炎先生而想起的二三事》。

〔5〕　袁世凯　参看本卷第 115 页注〔11〕。1912 年 3 月 5 日南京临时政府曾通令"人民一律剪辫";同年 11 月初,袁世凯在北京发布的一项令文中,也有"剪发为民国政令所关,政府岂能漠视"等话。

〔6〕 "天乳运动" 1927年7月7日,国民党广东省政府委员会第三十三次会议,通过代理民政厅长朱家骅提议的禁止女子束胸案,规定"限三个月内所有全省女子,一律禁止束胸,……倘逾限仍有束胸,一经查确,即处以五十元以上之罚金,如犯者年在二十岁以下,则罚其家长。"(见1927年7月8日广州《国民新闻》)7月21日明令施行,一些报纸也大肆鼓吹,称之为"天乳运动"。

〔7〕 樊增祥(1846—1931) 字嘉父,号樊山,湖北恩施人,清光绪进士,曾任江苏布政使。他喜作诗词骈文,曾写过很多"艳体诗",在用典和对仗上卖弄技巧;做官时所作的判牍,也多轻浮语句。下文的"鸡头肉",是芡实(一种水生植物的果实)的别名。宋代刘斧《青琐高议》前集卷六《骊山记》载:"一日,贵妃浴出,对镜匀面,裙腰褪,微露一乳,……(帝)指妃乳言曰:'软温新剥鸡头肉。'"

〔8〕 "杞天之虑" 这是杨荫榆掉弄成语"杞人忧天"而成的文言用语,参看本卷第115页注〔5〕。

〔9〕 "不齿于四民之列" 民国以前,封建统治者对于所谓"惰民"、"乐籍"以及戏曲演员、官署差役等都视为贱民,将他们列于"四民"(士、农、工、商)之外,禁止参加科举考试。

革 "首 领"[1]

这两年来,我在北京被"正人君子"杀退,逃到海边;之后,又被"学者"之流杀退,逃到另外一个海边;之后,又被"学者"之流杀退,逃到一间西晒的楼上,满身痱子,有如荔支,兢兢业业,一声不响,以为可以免于罪戾了罢。阿呀,还是不行。一个学者要九月间到广州来,一面做教授,一面和我打官司,还豫先叫我不要走,在这里"以俟开审"哩。

以为在五色旗下,在青天白日旗下,一样是华盖罩命[2],晦气临头罢,却又不尽然。不知怎地,于不知不觉之中,竟在"文艺界"里高升了。谓予不信,有陈源教授即西滢的《闲话》广告为证,节抄无趣,剪而贴之——

"徐丹甫先生在《学灯》里说:'北京究是新文学的策源地,根深蒂固,隐隐然执全国文艺界的牛耳。'究竟什么是北京文艺界?质言之,前一两年的北京文艺界,便是现代派和语丝派交战的场所。鲁迅先生(语丝派首领)所仗的大义,他的战略,读过《华盖集》的人,想必已经认识了。但是现代派的义旗,和它的主将——西滢先生的战略,我们还没有明了。现在我们特地和西滢先生商量,把《闲话》选集起来,印成专书,留心文艺界掌故的人,想必都以先睹为快。

　　"可是单把《闲话》当作掌故又错了。想——

　　欣赏西滢先生的文笔的，

　　研究西滢先生的思想的，

　　想认识这位文艺批评界的权威的——

　　尤其不可不读《闲话》！"

　　这很像"诗哲"徐志摩先生的，至少，是"诗哲"之流的"文笔"，所以如此飘飘然，连我看了也几乎想要去买一本。但，只是想到自己，却又迟疑了。两三个年头，不算太长久。被"正人君子"指为"学匪"，还要"投畀豺虎"，我是记得的。做了一点杂感，有时涉及这位西滢先生，我也记得的。这些东西，"诗哲"是看也不看，西滢先生是即刻叫它"到应该去的地方去"，我也记得的。后来终于出了一本《华盖集》，也是实情。然而我竟不知道有一个"北京文艺界"，并且我还做了"语丝派首领"，仗着"大义"在这"文艺界"上和"现代派主将"交战。虽然这"北京文艺界"已被徐丹甫先生在《学灯》上指定，隐隐然不可动摇了，而我对于自己的被说得有声有色的战绩，却还是莫名其妙，像着了狐狸精的迷似的。

　　现代派的文艺，我一向没有留心，《华盖集》里从何提起。只有某女士窃取"琵亚词侣"的画[3]的时候，《语丝》上（也许是《京报副刊》上）有人说过几句话，后来看"现代派"的口风，仿佛以为这话是我写的。我现在郑重声明：那不是我。我自从被杨荫榆女士杀败之后，即对于一切女士都不敢开罪，因为我已经知道得罪女士，很容易引起"男士"的义侠之心，弄得要被"通缉"都说不定的，便不再开口。所以我和现代派的文艺，丝毫无关。

　　但终于交了好运了，升为"首领"，而且据说是曾和现代派的"主将"在"北京文艺界"上交过战了。好不堂哉皇哉。本来在房里面有喜色，默认不辞，倒也有些阔气的。但因为我近来被人随手抑扬，忽而"权威"，忽而不准做"权威"，只准做"前驱"〔4〕；忽而又改为"青年指导者"〔5〕；甲说是"青年叛徒的领袖"罢，乙又来冷笑道："哼哼哼。"〔6〕自己一动不动，故我依然，姓名却已经经历了几回升沉冷暖。人们随意说说，将我当作一种材料，倒也罢了，最可怕的是广告底恭维和广告底嘲骂。简直是膏药摊上挂着的死蛇皮一般。所以这回虽然蒙现代派追封，但对于这"首领"的荣名，还只得再来公开辞退。不过也不见得回回如此，因为我没有这许多闲工夫。

　　背后插着"义旗"的"主将"出马，对手当然以阔一点的为是。我们在什么演义上时常看见："来将通名！我的宝刀不斩无名之将！"主将要来"交战"而将我升为"首领"，大概也是"不得已也"的。但我并不然，没有这些大架子，无论吧儿狗，无论臭茅厕，都会唾过几口吐沫去，不必定要脊梁上插着五张尖角旗（义旗？）的"主将"出台，才动我的"刀笔"。假如有谁看见我攻击茅厕的文字，便以为也是我的劲敌，自恨于它的气味还未明了，再要去嗅一嗅，那是我不负责任的。恐怕有人以这广告为例，所以附带声明，以免拖累。

　　至于西滢先生的"文笔"，"思想"，"文艺批评界的权威"，那当然必须"欣赏"，"研究"而且"认识"的。只可惜要"欣赏"……这些，现在还只有一本《闲话》。但我以为咱们的"主将"的一切"文艺"中,最好的倒是登在《晨报副刊》上的,给志摩先生的大半痛骂鲁迅的那一封信。那是发热的时候所写[7],所以已经脱掉了绅士的黑洋服,真相跃如了。而且和《闲话》比较起来,简直是两样态度,证明着两者之中,有一种是虚伪。这也是要"研究"……西滢先生的"文笔"等等的好东西。

然而虽然是这一封信之中,也还须分别观之。例如:"志摩,……前面是遥遥茫茫荫在薄雾的里面的目的地"[8]之类。据我看来,其实并无这样的"目的地",倘有,却不怎么"遥遥茫茫"。这是因为热度还不很高的缘故,倘使发到九十度左右,我想,那便可望连这些"遥遥茫茫"都一扫而光,近于纯粹了。

九月九日,广州。

＊　　　　＊　　　　＊

〔1〕 本篇最初发表于 1927 年 10 月 15 日《语丝》周刊第一五三期。

〔2〕 华盖罩命 即"交华盖运",参看《华盖集·题记》。

〔3〕 指凌叔华。参看本卷第 256 页注〔43〕。

〔4〕 "权威" 《民报》广告中称作者的话,参看本卷第 253 页注〔25〕。"不准做'权威',只准做'前驱'",是针对高长虹的话而说的。高长虹在《1925 北京出版界形势指掌图》中曾说:"要权威者何用? 为鲁迅计,则拥此空名,无裨实际";而在"狂飙社广告"(见 1926 年 8 月《新女性》月刊第一卷第八号)中又说他们曾经"与思想界先驱者鲁迅……合办《莽原》。"

〔5〕 "青年指导者" 参看本卷第 261 页注〔3〕。

〔6〕 "青年叛徒的领袖" 1925 年 9 月 4 日《莽原》周刊第二十期
载有霉江致作者的信,其中有"青年叛徒领导者"的话。陈西滢在 1926
年 1 月 30 日《晨报副刊》发表的《致志摩》中讥讽作者说:"这像'青年叛
徒的领袖'吗?""这才是中国'青年叛徒的领袖',中国青年叛徒也可想
而知了。"

〔7〕 陈西滢关于"发热"的话,参看本卷第 251 页注〔15〕。

〔8〕 陈西滢在《致志摩》中曾说:"志摩,……我常常觉得我们现
在走的是一条狭窄险阻的小路,左面是一个广漠无际的泥潭,右面也是
一片广漠无际的浮砂,前面是遥遥茫茫荫在薄雾的里面的目的地。"

谈“激烈”[1]

带了书籍杂志过“香江”，有被视为“危险文字”而尝“铁窗斧钺风味”之险，我在《略谈香港》里已经说过了。但因为不知道怎样的是“危险文字”，所以时常耿耿于心。为什么呢？倒也并非如上海保安会所言，怕“中国元气太损”[2]，乃是自私自利，怕自己也许要经过香港，须得留神些。

今年似乎是青年特别容易死掉的年头。“千里不同风，百里不同俗。”这里以为平常的，那边就算过激，滚油煎指头。今天正是正当的，明天就变犯罪，藤条打屁股。倘是年青人，初从乡间来，一定要被煎得莫明其妙，以为现在是时行这样的制度了罢。至于我呢，前年已经四十五岁了[3]，而且早已“身心交病”，似乎无须这么宝贵生命，思患豫防。但这是别人的意见，若夫我自己，还是不愿意吃苦的。敢乞“新时代的青年”们鉴原为幸。

所以，留神而又留神。果然，“天助自助者”，今天竟在《循环日报》上遇到一点参考资料了。事情是一个广州执信学校的学生，路过(！)香港，“在尖沙嘴码头，被一五七号华差截搜行李，在其木杠（谨案：箱也）之内，搜获激烈文字书籍七本。计开：执信学校印行之《宣传大纲》六本，又《侵夺中国史》一本。此种激烈文字，业经华民署翻译员择译完竣，昨日午乃解由连司提讯,控以怀有激烈文字书籍之罪。……"抄报太麻烦,说个大略罢,是:"择译"时期,押银五百元出外;后来因为被告供称书系朋友托带,所以"姑判从轻罚银二十五元,书籍没收焚毁"云。

执信学校是广州的平正的学校,既是"清党"之后,则《宣传大纲》不外三民主义可知,但一到"尖沙嘴",可就"激烈"了;可怕。惟独对于友邦,竟敢用"侵夺"字样,则确也未免"激烈"一点,因为忘了他们正在替我们"保存国粹"之恩故也。但"侵夺"上也许还有字,记者不敢写出来。

我曾经提起过几回元朝,今夜思之,还不很确。元朝之于中文书籍,未尝如此留心。这一着倒要推清朝做模范。他不但兴过几回"文字狱"[4],大杀叛徒,且于宋朝人所做的"激烈文字",也曾细心加以删改。同胞之热心"复古"及友邦之赞助"复古"者,似当奉为师法者也。

清朝人改宋人书,我曾经举出过《茅亭客话》。但这书在《琳琅秘室丛书》里[5],现在时价每部要四十元,倘非小阔人,那能得之哉?近来却另有一部了,是商务印书馆印的《鸡肋编》,宋庄季裕著,每本只要五角,我们可以看见清朝的文澜阁本和元钞本有如何不同。[6]今摘数条如下:

　　"燕地……女子……冬月以栝蒌涂面,……至春暖方涤去,久不为风日所侵,故洁白如玉也。今使中国妇女,尽污于殊俗,汉唐和亲之计,盖未为屈也。"(清人将"今使中国"以下二十二字,改作"其异于南方如此"七字。)

　　"自古兵乱,郡邑被焚毁者有之,虽盗贼残暴,必赖室庐以处,故须有存者。靖康之后,金虏侵凌中国,露居异俗,凡所经过,尽皆焚爇。如曲阜先圣旧宅,自鲁共王之后,但有增葺。莽卓巢温之徒,犹假崇儒,未尝敢犯。至金寇,遂为烟尘。指其像而诟曰'尔是言夷狄之有君者!'中原之祸,自书契以来,未之有也。"(清朝的改本,可大不同了,是"孔子宅在今僊源故鲁城中归德门内阙里之中。……遭汉中微,盗贼奔突,自西京未央建章之殿,皆见隳坏,而灵光岿然独存。今其遗址,不复可见。而先圣旧宅,近日亦遭兵爇之厄,可叹也夫。")

抄书也太麻烦,还是不抄下去了。但我们看第二条,就很可以悟出上海保安会所切望的"循规蹈矩"之道[7]。即:原文带些愤激,是"激烈",改本不过"可叹也夫",是"循规蹈矩"的。何以故呢?愤激便有揭竿而起的可能,而"可叹也夫"则瘟头瘟脑,即使全国一同叹气,其结果也不过是叹气,于"治安"毫无妨碍的。

但我还要给青年们一个警告:勿以为我们以后只做"可叹也夫"的文章,便可以安全了。新例我还未研究好,单看清朝的老例,则准其叹气,乃是对于古人的优待,不适用于今人的。因为奴才都叹气,虽无大害,主人看了究竟不舒服。必须要如罗素[8]所称赞的杭州的轿夫一样,常是笑嘻嘻。

但我还要给自己解释几句:我虽然对于"笑嘻嘻"仿佛有点微词,但我并非意在鼓吹"阶级斗争",因为我知道我的这一篇,杭州轿夫是不会看见的。况且"讨赤"诸君子,都不肯笑嘻嘻的去抬轿,足见以抬轿为苦境,也不独"乱党"为然。而况我的议论,其实也不过"可叹也夫"乎哉!

现在的书籍往往"激烈",古人的书籍也不免有违碍之处。那么,为中国"保存国粹"者,怎么办呢?我还不大明白。仅知道澳门是正在"征诗",共收卷七千八百五十六本,经"江霞公太史(孔殷)〔9〕评阅",取录二百名。第一名的诗是:

南中多乐日高会。。。　　良时厚意愿得常。。。
陵松万章发文彩。。。　　百年贵寿齐辉光。。。

这是从香港报上照抄下来的,一连三圈,也原本如此,我想大概是密圈之意。这诗大约还有一种"格",如"嵌字格"〔10〕之类,但我是外行,只好不谈。所给我益处的,是我居然从此悟出了将来的"国粹",当以诗词骈文为正宗。史学等等,恐怕未必发达。即要研究,也必先由老师宿儒,先加一番改定工夫。唯独诗词骈文,可以少有流弊。故骈文入神的饶汉祥〔11〕一死,日本人也不禁为之慨叹,而"狂徒"又须挨骂了。

日本人拜服骈文于北京,"金制军""整理国故"于香港,其爱护中国,恐其沦亡,可谓至矣。然而裁厘加税〔12〕,大家都不赞成者何哉?盖厘金乃国粹,而关税非国粹也。"可叹也夫"!

今是中秋,璧月澄澈,叹气既完,还不想睡。重吟"征诗",莫名其妙,稿有余纸,因录"江霞公太史"评语,俾读者咸知好处,但圈点是我僭加的——

"以谢启为题,寥寥二十八字。既用古诗十九首中字,复嵌全限内字。首二句是赋,三句是兴,末句是兴而比。步骤井然,举重若轻,绝不吃力。虚室生白,吉祥止止。洵属巧中生巧,难上加难。至其胎息之高古,意义之纯粹,格调之老苍,非寝馈汉魏古诗有年,未易臻斯境界。"

九月十一日,广州。

*　　　*　　　*

〔1〕 本篇最初发表于1927年10月8日《语丝》周刊第一五二期。

〔2〕 "中国元气太损" 1927年夏天,上海公共租界的英国当局,嗾使一部分买办洋奴用所谓"上海保安会"的名义,散发维护帝国主义利益的传单与图画,有一张图画上画一个学生高高站着大叫"打倒帝国主义!"他下面的一群听众都表示反对,其中有一个工人张嘴喊着:"中国元气太损,再用不着破坏了!"

〔3〕 高长虹在《1925北京出版界形势指掌图》中有这样的话:"鲁迅去年不过四十五岁,……如自谓老人,是精神的堕落!"下文"身心交病"、"新时代的青年",也出自高长虹这篇文章。

〔4〕 清代康熙、雍正、乾隆等朝,曾大兴文字狱,以消除汉族的反清思想。如康熙二年(1663)庄廷钺《明书》之狱;康熙五十年(1711)戴名世《南山集》之狱;雍正十年(1732)吕留良、曾静之狱;乾隆二十年(1755)胡中藻《坚磨生诗钞》之狱;乾隆四十三年(1778)徐述夔《一柱楼诗》之狱等,是其中最著名的几次大狱。

〔5〕 《茅亭客话》 宋代黄休复著;《琳琅秘室丛书》,清代胡珽校刊。参看《华盖集·这个与那个》第一节及其注〔6〕、〔7〕。

〔6〕 《鸡肋编》 参看本卷第354页注〔8〕。清代胡珽《琳琅秘室丛书》中收有此书,系以影元钞本校文澜阁本;这里是指夏敬观据琳琅秘室本校印的本子,1920年7月出版。文澜阁,收藏清代乾隆年间所纂

修的"四库全书"的七阁之一,在杭州西湖孤山附近,建于乾隆四十九年(1784)。

〔7〕　"循规蹈矩"之道　1927年7月上海公共租界"工部局"下令增加房捐,受到市民的反抗。租界当局御用的"上海保安会"便散发题为《循规蹈矩》的传单,说"循规蹈矩""是千古治家治国的至理名言;否则,处处演出越轨的举动,就要家不家,国不国了。"威胁民众不得为此事"罢工辍业"。

〔8〕　罗素(B.Russell,1872—1970)　英国哲学家。1920年10月来我国讲学,曾至西湖游览。他"称赞"杭州轿夫"常是笑嘻嘻"的话,见所著《中国问题》一书,其中说几个中国轿夫在休息时,"谈着笑着,好像一点忧虑都没有似的。"

〔9〕　江霞公太史　即江孔殷,字少泉,号霞公,广东南海人。清末翰林,故称太史。他当时是广东军阀李福林的幕僚,经常在广州、港澳等地以遗老姿态搞复古活动。

〔10〕　"嵌字格"　过去做旧诗或对联的人,将几个特定的字(如人名地名或成语),依次分别用在各句中相同的位置上,叫做"嵌字格"。

〔11〕　饶汉祥(1876—1927)　字宓僧,湖北广济人。清末举人,民国初年曾任黎元洪的秘书长。他作的通电宣言,都是骈文滥调。他于1927年7月去世,同月29日《顺天时报》日本记者著文哀悼,其中有这样的句子:"饶之文章为今日一般白话文学家所蔑视,实则词章本属国粹,饶已运化入神,何物狂徒,鄙弃国粹,有识者于饶之死不能不叹天之降眚于斯文也。"

〔12〕　裁厘加税　厘即厘金,是起于清代咸丰年间的一种地方货物通过税。1925年10月段祺瑞政府邀请英、美、日等国,在北京召开"关税特别会议",会上曾讨论中国裁撤厘金和增加进口税等问题。各国代表大都以裁撤厘金为承认中国关税自主的条件,反对中国在裁厘

以前提高进口货物的税率。他们所以在会议上提出裁厘,意在抵制中国政府增加关税的要求,因为他们明知当时的中国军阀割据,中国政府根本不可能裁撤厘金。

扣丝杂感[1]

以下这些话,是因为见了《语丝》(一四七期)的《随感录》(二八)[2]而写的。

这半年来,凡我所看的期刊,除《北新》外,没有一种完全的:《莽原》,《新生》[3],《沉钟》[4]。甚至于日本文的《斯文》,里面所讲的都是汉学,末尾附有《西游记传奇》[5],我想和演义来比较一下,所以很切用,但第二本即缺少,第四本起便杳然了。至于《语丝》,我所没有收到的统共有六期,后来多从市上的书铺里补得,惟有一二六和一四三终于买不到,至今还不知道内容究竟是怎样。

这些收不到的期刊,是遗失,还是没收的呢?我以为两者都有。没收的地方,是北京,天津,还是上海,广州呢?我以为大约也各处都有。至于没收的缘故,那可是不得而知了。

我所确切知道的,有这样几件事。是《莽原》也被扣留过一期,不过这还可以说,因为里面有俄国作品的翻译。那时只要一个"俄"字,已够惊心动魄,自然无暇顾及时代和内容。但韦丛芜的《君山》[6],也被扣留。这一本诗,不但说不到"赤",并且也说不到"白",正和作者的年纪一样,是"青"的,而竟被禁锢在邮局里。黎锦明先生早有来信,说送我《烈火集》[7],一本是托书局寄的,怕他们忘记,自己又寄了一本。但至今已

504

将半年,一本也没有到。我想,十之九都被没收了,因为火色既"赤",而况又"烈"乎,当然通不过的。

《语丝》一三二期寄到我这里的时候是出版后约六星期,封皮上写着两个绿色大字道:"扣留",另外还有检查机关的印记和封条。打开看时,里面是《猩猩人的创世记》,《无题》,《寂寞札记》,《撒园荽》,《苏曼殊及其友人》,都不像会犯禁。我便看《来函照登》,是讲"情死""情杀"的,不要紧,目下还不管这些事。只有《闲话拾遗》了。这一期特别少,共只两条。一是讲日本的,大约也还不至于犯禁。一是说来信告诉"清党"的残暴手段的,《语丝》此刻不想登。莫非因为这一条么?但不登何以又不行呢?莫明其妙。然而何以"扣留"而又放行了呢?也莫明其妙。

这莫明其妙的根源,我以为在于检查的人员。

中国近来一有事,首先就检查邮电。这检查的人员,有的是团长或区长,关于论文诗歌之类,我觉得我们不必和他多谈。但即使是读书人,其实还是一样的说不明白,尤其是在所谓革命的地方。直截痛快的革命训练弄惯了,将所有革命精神提起,如油的浮在水面一般,然而顾不及增加营养。所以,先前是刊物的封面上画一个工人,手捏铁铲或鹤嘴锹,文中有"革命!革命!""打倒!打倒!"者,一帆风顺,算是好的。现在是要画一个少年军人拿旗骑在马上,里面"严办!严办!"[8]这才庶几免于罪戾。至于什么"讽刺","幽默","反语","闲谈"等类,实在还是格不相入。从格不相入,而成为视之憪然,结果即不免有些弄得乱七八糟,谁也莫明其妙。

还有一层,是终日检查刊物,不久就会头昏眼花,于是讨厌,于是生气,于是觉得刊物大抵可恶——尤其是不容易了然的——而非严办不可。我记得书籍不切边,我也是作俑者之一,当时实在是没有什么恶意的。后来看见方传宗先生的通信(见本《丝》一二九),竟说得要毛边装订的人有如此可恶[9],不觉满肚子冤屈。但仔细一想,方先生似乎是图书馆员,那么,要他老是裁那并不感到兴趣的毛边书,终于不免生气而大骂毛边党,正是毫不足怪的事。检查员也同此例,久而久之,就要发火,开初或者看得详细点,但后来总不免《烈火集》也可怕,《君山》也可疑,——只剩了一条最稳当的路:扣留。

两个月前罢,看见报上记着某邮局因为扣下的刊物太多,无处存放了,一律焚毁。我那时实在感到心痛,仿佛内中很有几本是我的东西似的。鸣呼哀哉!我的《烈火集》呵。我的《西游记传奇》呵。我的……。

附带还要说几句关于毛边的牢骚。我先前在北京参与印书的时候,自己暗暗地定下了三样无关紧要的小改革,来试一试。一,是首页的书名和著者的题字,打破对称式;二,是每篇的第一行之前,留下几行空白;三,就是毛边。现在的结果,第一件已经有恢复香炉烛台式的了;第二件有时无论怎样叮嘱,而临印的时候,工人终于将第一行的字移到纸边,用"迅雷不及掩耳的手段",使你无可挽救;第三件被攻击最早,不久我便有条件的降伏了。与李老板[10]约:别的不管,只是我的译著,必须坚持毛边到底!但是,今竟如何?老板送给我的五部或十部,至今还确是毛边。不过在书铺里,我却发见了毫无"毛"气,四面光滑的《彷徨》之类。归根结蒂,他们都将彻底的胜利。所以说我想改革社会,或者和改革社会有关,那是完全冤枉的,我早已瘟头瘟脑,躺在板床上吸烟卷——彩凤牌——了。

　　言归正传。刊物的暂时要碰钉子,也不但遇到检查员,我恐怕便是读书的青年,也还是一样。先已说过,革命地方的文字,是要直截痛快,"革命!革命!"的,这才是"革命文学"。我曾经看见一种期刊上登载一篇文章,后有作者的附白,说这一篇没有谈及革命,对不起读者,对不起对不起。[11]但自从"清党"以后,这"直截痛快"以外,却又增添了一种神经过敏。"命"自然还是要革的,然而又不宜太革,太革便近于过激,过激便近于共产党,变了"反革命"了。所以现在的"革命文学",是在顽固这一种反革命和共产党这一种反革命之间。

　　于是又发生了问题,便是"革命文学"站在这两种危险物之间,如何保持她的纯正——正宗。这势必至于必须防止近于赤化的思想和文字,以及将来有趋于赤化之虑的思想和文字。例如,攻击礼教和白话,即有趋于赤化之忧。因为共产派无视一切旧物,而白话则始于《新青年》,而《新青年》乃独秀所办。今天看见北京教育部禁止白话[12]的消息,我逆料《语丝》必将有几句感慨,但我实在是无动于中。我觉得连思想文字,也到处都将窒息,几句白话黑话,已经没有什么大关系了。

　　那么,谈谈风月,讲讲女人,怎样呢?也不行。这是"不革命"。"不革命"虽然无罪,然而是不对的!

现在在南边，只剩了一条"革命文学"的独木小桥，所以外来的许多刊物，便通不过，扑通！扑通！都掉下去了。

但这直捷痛快和神经过敏的状态，其实大半也还是视指挥刀的指挥而转移的。而此时刀尖的挥动，还是横七竖八。方向有个一定之后，或者可以好些罢。然而也不过是"好些"，内中的骨子，恐怕还不外乎窒息，因为这是先天性的遗传。

先前偶然看见一种报上骂郁达夫先生，[13]说他《洪水》[14]上的一篇文章，是不怀好意，恭维汉口。我就去买《洪水》来看，则无非说旧式的崇拜一个英雄，已和现代潮流不合，倒也看不出什么恶意来。这就证明着眼光的钝锐，我和现在的青年文学家已很不同了。所以《语丝》的莫明其妙的失踪，大约也许只是我们自己莫明其妙，而上面的检查员云云，倒是假设的恕词。

至于一四五期以后，这里是全都收到的，大约惟在上海者被押。假如真的被押，我却以为大约也与吴老先生无关。"打倒……打倒……严办……严办……"，固然是他老先生亲笔的话，未免有些责任，但有许多动作却并非他的手脚了。在中国，凡是猛人（这是广州常用的话，其中可以包括名人，能人，阔人三种），都有这种的运命。

无论是何等样人，一成为猛人，则不问其"猛"之大小，我觉得他的身边便总有几个包围的人们，围得水泄不透。那结果，在内，是使该猛人逐渐变成昏庸，有近乎傀儡的趋势。在外，是使别人所看见的并非该猛人的本相，而是经过了包围者的曲折而显现的幻形。至于幻得怎样，则当视包围者是三棱镜呢,还是凸面或凹面而异。假如我们能有一种机会,偶然走到一个猛人的近旁,便可以看见这时包围者的脸面和言动,和对付别的人们的时候有怎样地不同。我们在外面看见一个猛人的亲信,谬妄骄恣,很容易以为该猛人所爱的是这样的人物。殊不知其实是大谬不然的。猛人所看见的他是娇嫩老实,非常可爱,简直说话会口吃,谈天要脸红。老实说一句罢,虽是"世故的老人"如不佞者,有时从旁看来也觉得倒也并不坏。

但同时也就发生了胡乱的矫诏和过度的巴结,而晦气的人物呀,刊物呀,植物呀,矿物呀,则于是乎遭灾。但猛人大抵是不知道的。凡知道一点北京掌故的,该还记得袁世凯做皇帝时候的事罢。要看日报,包围者连报纸都会特印了给他看,民意全部拥戴,舆论一致赞成。[15]直要待到蔡松坡[16]云南起义,这才阿呀一声,连一连吃了二十多个馒头都自己不知道。但这一出戏也就闭幕,袁公的龙驭上宾于天[17]了。

包围者便离开了这一株已倒的大树,去寻求别一个新猛人。

我曾经想做过一篇《包围新论》,先述包围之方法,次论中国之所以永是走老路,原因即在包围,因为猛人虽有起仆兴亡,而包围者永是这一伙。次更论猛人倘能脱离包围,中国就有五成得救。结末是包围脱离法。——然而终于想不出好的方法来,所以这新论也还没有敢动笔。

爱国志士和革命青年幸勿以我为懒于筹画,只开目录而没有文章。我思索是也在思索的,曾经想到了两样法子,但反复一想，都无用。一，是猛人自己出去看看外面的情形，不要先"清道"[18]。然而虽不"清道"，大家一遇猛人，大抵也会先就改变了本然的情形，再也看不出真模样。二，是广接各样的人物，不为一定的若干人所包围。然而久而久之，也终于有一群制胜，而这最后胜利者的包围力则最强大，归根结蒂，也还是古已有之的运命：龙驭上宾于天。

世事也还是像螺旋。但《语丝》今年特别碰钉子于南方，仿佛得了新境遇，这又是什么缘故呢？这一点，我自以为是容易解答的。

"革命尚未成功"，是这里常见的标语。但由我看来，这仿佛已经成了一句谦虚话，在后方的一大部分的人们的心里，是"革命已经成功"或"将近成功"了。既然已经成功或将近成功，自己又是革命家，也就是中国的主人翁，则对于一切，当然有管理的权利和义务。刊物虽小事，自然也在看管之列。有近于赤化之虑者无论矣，而要说不吉利语，即可以说是颇有近于"反革命"的气息了，至少，也很令人不欢。而《语丝》，是每有不肯凑趣的坏脾气的，则其不免于有时失踪也，盖犹其小焉者耳。

九月十五日。

*　　　*　　　*

〔1〕　本篇最初发表于 1927 年 10 月 22 日《语丝》周刊第一五四期。

〔2〕　《语丝》第一四七期(1927 年 9 月 3 日)《随感录》二十八是岂

明(周作人)所作的《光荣》。内容是说《语丝》第一四一期登载了一篇《吴公如何》,指斥吴稚晖提议"清党",残杀异己,因而从那一期以后在南方便都被扣留的事。

〔3〕 《新生》 文艺周刊,北京大学新生社编辑发行,1926年12月创刊,1927年7月出至第二十一期停刊。

〔4〕 《沉钟》 文艺刊物,沉钟社编辑。1925年10月创刊于北京,初为周刊,仅出十期;次年8月改为半月刊,中经休刊复刊,1934年2月出至三十四期停刊。主要作者有林如稷、冯至、陈炜谟、陈翔鹤、杨晦等。这里是指半月刊。

〔5〕 《斯文》 月刊,日本出版的汉学杂志,佐久节编,1919年1月创刊于东京。该刊自1927年1月第九编第一号起连载《西游记杂剧》(非传奇)。《西游记杂剧》,现存本题元吴昌龄撰,实为元末明初杨讷(字景贤)所作,共六卷。我国佚亡已久,1926年日本宫内省图书寮发见明刊杨东来评本。

〔6〕 《君山》 韦丛芜作的长诗,1927年3月北京未名社出版。

〔7〕 黎锦明(1905—1999) 湖南湘潭人,小说家。《烈火》是他的短篇小说集(书名无"集"字),1926年上海开明书店出版。

〔8〕 这是广州的所谓"革命文学社"出版的反共刊物《这样做》(旬刊)第三、四期合刊(1927年4月30日)的封面画,以后各期均沿用。

〔9〕 方传宗关于毛边装订的通信,载《语丝》第一二九期(1927年4月30日)。其中说,毛边装订在作者是作品"内容浅薄的掩丑",对于读者,则"两百多页的书要受十多分钟裁剖的损失",所以他反对毛边装订。从通信中可知他当时是福建一个学校的图书馆馆员。

〔10〕 李老板 指北新书局主持者李小峰。参看本卷第324页注〔7〕。

〔11〕 《这样做》第七、八期合刊(1927年6月20日)载有署名侠子

的《东风》一文,作者在文末"附白"中说:"在这革命火焰高燃的当中,我们所渴望着的文学当然是革命的文学,平民的文学,拙作《东风》载在这革命的刊物里,本来是不对的……希望读者指正和原谅。"

〔12〕 **教育部禁止白话** 1927年9月,北洋政府教育部发布禁止白话文令,说使用白话文是"坐令俚鄙流传,斯文将丧",下令"所有国文一课,无论编纂何项讲义及课本,均不准再用白话文体,以昭划一而重国学"。

〔13〕 **郁达夫的受攻击的文章,**指他在《洪水》半月刊第三卷第二十九期(1927年4月8日)发表的《在方向转换的途中》。该文主旨在攻击他认为"足以破坏我们目下革命运动(按指第一次国内革命战争)的最大危险"的"封建时代的英雄主义"。文中有这样一段:"处在目下的这一个世界潮流里,我们要知道,光凭一两个英雄,来指使民众,利用民众,是万万办不到的事情。真正识时务的革命领导者,应该一步不离开民众,以民众的利害为利害,以民众的敌人为敌人,万事要听民众的指挥,要服从民众的命令才行。若有一二位英雄,以为这是迂阔之谈,那么你们且看着,且看你们个人独裁的高压政策,能够持续几何时。"《这样做》第七、八期合刊上发表孔圣裔的《郁达夫先生休矣!》一文,攻击说:"我意料不到,万万意料不到郁达夫先生的论调,竟是中国共产党攻击我们劳苦功高的蒋介石同志的论调,什么英雄主义,个人独裁的高压政策";"郁达夫先生!你现在是做了共产党的工具,还是想跑去武汉方面升官发财,特使来托托共产党的大脚?"孔圣裔,广东五华人。1927年2月在《广州民国日报》刊登《退出共产党启事》,公开参加国民党;同年3月创办《这样做》旬刊。

〔14〕 **《洪水》** 创造社刊物之一,1924年8月创刊于上海。初为周刊,仅出一期,1925年9月复刊,改为半月刊,1927年12月出至三十六期停刊。

〔**15**〕 袁世凯于 1916 年 1 月 1 日改元为"洪宪",自称"中华帝国"皇帝,至 3 月 22 日取消帝制,共八十一天。关于他看特印的报纸一事,据戈公振《中国报学史》引《虎庵杂记》:"项城(按指袁世凯)在京取阅上海各报,皆由梁士诒、袁乃宽辈先行过目,凡载有反对帝制文电,皆易以拥戴字样,重制一版,每日如是,然后始进呈。"

〔**16**〕 蔡松坡(1882—1916) 名锷,字松坡,湖南邵阳人。辛亥革命时在昆明起义,任云南都督。1915 年 12 月在云南组织"护国军"讨伐袁世凯。后病故于日本。

〔**17**〕 龙驭上宾于天 封建时代称皇帝的死为"龙驭上宾于天"(或龙驭宾天),即乘龙仙去的意思。《史记·封禅书》:"黄帝采首山铜,铸鼎于荆山下。鼎既成,有龙垂胡髯下迎黄帝。黄帝上骑,群臣后宫从上者七十余人,龙乃上去。"

〔**18**〕 "清道" 封建时代,帝王和官员出入,先命清扫道路和禁止行人,叫做"清道"。

"公理"之所在[1]

在广州的一个"学者"说,"鲁迅的话已经说完,《语丝》不必看了。"这是真的,我的话已经说完,去年说的,今年还适用,恐怕明年也还适用。但我诚恳地希望他不至于适用到十年二十年之后。倘这样,中国可就要完了,虽然我倒可以自慢。

公理和正义都被"正人君子"拿去了,所以我已经一无所有。这是我去年说过的话,而今年确也还是如此。然而我虽然一无所有,寻求是还在寻求的,正如每个穷光棍,大抵不会忘记银钱一样。

话也还没有说完。今年,我竟发见了公理之所在了。或者不能说发见,只可以说证实。北京中央公园里不是有一座白石牌坊,上面刻着四个大字道,"公理战胜"[2]么?——Yes,就是这个。

这四个字的意思是"有公理者战胜",也就是"战胜者有公理"。

段执政[3]有卫兵,"孤桐先生"秉政,开枪打败了请愿的学生,胜矣。于是东吉祥胡同的"正人君子"们的"公理"也蓬蓬勃勃。慨自执政退隐,"孤桐先生""下野"之后,——呜呼,公理亦从而零落矣。那里去了呢?枪炮战胜了投壶[4],阿!有了,在南边了。于是乎南下,南下,南下……

于是乎"正人君子"们又和久违的"公理"相见了。

《现代评论》的一千元津贴事件，我一向没有插过嘴，而"主将"也将我拉在里面，乱骂一通，[5]——大约以为我是"首领"之故罢。横竖说也被骂，不说也被骂，我就回敬一杯，问问你们所自称为"现代派"者，今年可曾幡然变计，另外运动，收受了新的战胜者的津贴没有？

还有一问，是："公理"几块钱一斤？

*　　　*　　　*

〔1〕　本篇最初发表于 1927 年 10 月 22 日《语丝》周刊第一五四期。

〔2〕　"公理战胜"　参看本卷第 114 页注〔2〕。

〔3〕　段执政　指段祺瑞。参看本卷第 128 页注〔4〕。下文的"开枪打败了请愿的学生"，指 1926 年段祺瑞下令卫兵屠杀爱国学生的三一八惨案。

〔4〕　枪炮战胜了投壶　指北伐时的国民革命军战胜了军阀孙传芳。参看本卷第 382 页注〔4〕。

〔5〕　《现代评论》开办时曾通过章士钊接受段祺瑞的一千元津贴。《猛进》、《语丝》曾揭露过这件事。陈西滢在《现代评论》第三卷第六十五期(1926 年 3 月 6 日)的《闲话》中强作辩解，并影射攻击鲁迅。参看本卷第 280 页注〔4〕。

可　恶　罪^[1]

这是一种新的"世故"。

我以为法律上的许多罪名,都是花言巧语,只消以一语包括之,曰:可恶罪。

譬如,有人觉得一个人可恶,要给他吃点苦罢,就有这样的法子。倘在广州而又是"清党"之前,则可以暗暗地宣传他是无政府主义者。那么,共产青年自然会说他"反革命",有罪。若在"清党"之后呢,要说他是 CP 或 CY,没有证据,则可以指为"亲共派"。那么,清党委员会^[2]自然会说他"反革命",有罪。再不得已,则只好寻些别的事由,诉诸法律了。但这比较地麻烦。

我先前总以为人是有罪,所以枪毙或坐监的。现在才知道其中的许多,是先因为被人认为"可恶",这才终于犯了罪。

许多罪人,应该称为"可恶的人"。

九,十四。

*　　　*　　　*

〔1〕　本篇最初发表于 1927 年 10 月 22 日《语丝》周刊第一五四期。

〔2〕　清党委员会　蒋介石国民党为镇压共产党人和国民党内拥

516

护孙中山三大政策的左派分子而设立的机构。1927 年 5 月 5 日,国民党中央执行委员会常务委员会及各部长联席会议决定,指派邓泽如等七人组织中央清党委员会。5 月 17 日,该会在南京正式成立,各省也先后组成它的下属机构。

“意表之外”[1]

　　有恒先生在《北新周刊》上诧异我为什么不说话,我已经去信公开答复了。还有一层没有说。这也是一种新的“世故”。

　　我的杂感常不免于骂。但今年发见了,我的骂对于被骂者是大抵有利的。

　　拿来做广告,显而易见,不消说了。还有:

　　1,天下以我为可恶者多,所以有一个被我所骂的人要去运动一个以我为可恶的人,只要摊出我的杂感来,便可以做他们的“兰谱”[2],“相视而笑,莫逆于心”[3]了。“咱们一伙儿”。

　　2,假如有一个人在办一件事,自然是不会好的。但我一开口,他却可以归罪于我了。譬如办学校罢,教员请不到,便说:这是鲁迅说了坏话的缘故;学生闹一点小乱子罢,又是鲁迅说了坏话的缘故。他倒干干净净。

　　我又不学耶稣[4],何苦替别人来背十字架呢?

　　但“江山好改,本性难移”,也许后来还要开开口。可是定了“新法”了,除原先说过的“主将”之类以外,新的都不再说出他的真姓名,只叫“一个人”,“某学者”,“某教授”,“某君”。这么一来,他利用的时候便至少总得费点力,先须加说明。

　　你以为“骂”决非好东西罢,于有些人还是有利的。人类究竟是可怕的东西。就是能够咬死人的毒蛇,商人们也会将它浸在酒里,什么"三蛇酒","五蛇酒",去卖钱。

　　这种办法实在比"交战"厉害得多,能使我不敢写杂感。但再来一回罢,写"不敢写杂感"的杂感。

＊　　　＊　　　＊

　　〔1〕　本篇最初发表于1927年10月22日《语丝》周刊第一五四期。

　　"意表之外",是引用复古派文人林纾文章中不通的用语。

　　〔2〕　"兰谱"　旧时朋友相契,结为兄弟,互换谱帖以为凭证,称为金兰谱,省称兰谱,取《周易·系辞》"二人同心,其利断金;同心之言,其臭如兰"的意思。

　　〔3〕　"相视而笑"二句,见《庄子·大宗师》:子祀、子舆等四人"相视而笑,莫逆于心,遂相与为友。"彼此同心,毫无拂逆的意思。

　　〔4〕　耶稣(约前4—30)　基督教创始人。据《新约全书》说,他在犹太各地传教,为犹太教当权者所仇视,后被捕送交罗马帝国驻犹太总督彼拉多,钉死在十字架上。

新时代的放债法[1]

还有一种新的"世故"[2]。

先前,我总以为做债主的人是一定要有钱的,近来才知道无须。在"新时代"里,有一种精神的资本家。

你倘说中国像沙漠罢,这资本家便乘机而至了,自称是喷泉。你说社会冷酷罢,他便自说是热;你说周围黑暗罢,他便自说是太阳。

阿!世界上冠冕堂皇的招牌,都被拿去了。岂但拿去而已哉。他还润泽,温暖,照临了你。因为他是喷泉,热,太阳呵!

这是一宗恩典。

不但此也哩。你如有一点产业,那是他赏赐你的。为什么呢?因为倘若他一提倡共产,你的产业便要充公了,但他没有提倡,所以你能有现在的产业。那自然是他赏赐你的。

你如有一个爱人,也是他赏赐你的。为什么呢?因为他是天才而且革命家,许多女性都渴仰到五体投地。他只要说一声"来!"便都飞奔过去了,你的当然也在内。但他不说"来!"所以你得有现在的爱人。那自然也是他赏赐你的。

这又是一宗恩典。

还不但此也哩!他到你那里来的时候,还每回带来一担

520

同情！一百回就是一百担——你如果不知道，那就因为你没有精神的眼睛——经过一年，利上加利，就是二三百担……

阿阿！这又是一宗大恩典。

于是乎是算账了。不得了，这么雄厚的资本，还不够买一个灵魂么？但革命家是客气的，无非要你报答一点，供其使用——其实也不算使用，不过是"帮忙"而已。

倘不如命地"帮忙"，当然，罪大恶极了。先将忘恩负义之罪，布告于天下。而且不但此也，还有许多罪恶，写在账簿上哩，一旦发布，你便要"身败名裂"了。想不"身败名裂"么，只有一条路，就是赶快来"帮忙"以赎罪。

然而我不幸竟看见了"新时代的新青年"的身边藏着这许多账簿，而他们自己对于"身败名裂"又怀着这样天大的恐慌。

于是乎又得新"世故"：关上门，塞好酒瓶，捏紧皮夹。这倒于我很保存了一些润泽，光和热——我是只看见物质的。

　　　　　　　　　　　　　　九，十四。

＊　　　　＊　　　　＊

〔1〕　本篇最初发表于 1927 年 10 月 22 日《语丝》周刊第一五四期，原题《"新时代"的避债法》。

〔2〕　"世故"及下文若干词句，都是引用高长虹的话。高长虹，参看本卷第 401 页注〔3〕。他在 1924 年 12 月认识鲁迅后，曾得到鲁迅很多指导和帮助。1926 年下半年起，他却对鲁迅进行恣意的诬蔑和攻击。他在《狂飙》周刊第五期（1926 年 11 月）发表的《1925 北京出版界形势指掌图》中，曾嘲骂鲁迅为"世故老人"。在第六期（1926 年 11 月）《给——》一诗中自比太阳："如其我是太阳时，我将嫉妒那夜里的星

星。"在第九期(1926年12月)《介绍中华第一诗人》内则说:"在恋爱上我虽然像嫉妒过人,然而其实是我倒让步过人。"第十期(1926年12月)《时代的命运》中又有"我对于鲁迅先生曾献过最大的让步,不只是思想上,而且是生活上"等语。在同篇中又说他和鲁迅"曾经过一个思想上的战斗时期",他所用的"战略"是"同情"。在《指掌图》一文中,又自称与鲁迅"会面不只百次"。第十四期(1927年1月)《我走出了化石的世界》中又咒骂:"鲁迅不特身心交病,且将身败名裂矣!"等等。所以本文中有"太阳"、"爱人"、"同情"、"来一百回"等语。此外,"帮忙"、"新时代的新青年"等,都是高长虹文中常用的词语。

魏晋风度及文章与药及酒之关系^[1]

——九月间在广州夏期学术演讲会^[2]讲

我今天所讲的,就是黑板上写着的这样一个题目。

中国文学史,研究起来,可真不容易,研究古的,恨材料太少,研究今的,材料又太多,所以到现在,中国较完全的文学史尚未出现。今天讲的题目是文学史上的一部分,也是材料太少,研究起来很有困难的地方。因为我们想研究某一时代的文学,至少要知道作者的环境,经历和著作。

汉末魏初这个时代是很重要的时代,在文学方面起一个重大的变化,因当时正在黄巾^[3]和董卓^[4]大乱之后,而且又是党锢^[5]的纠纷之后,这时曹操^[6]出来了。——不过我们讲到曹操,很容易就联想起《三国志演义》^[7],更而想起戏台上那一位花面的奸臣,但这不是观察曹操的真正方法。现在我们再看历史,在历史上的记载和论断有时也是极靠不住的,不能相信的地方很多,因为通常我们晓得,某朝的年代长一点,其中必定好人多;某朝的年代短一点,其中差不多没有好人。为什么呢? 因为年代长了,做史的是本朝人,当然恭维本朝的人物,年代短了,做史的是别朝人,便很自由地贬斥其异朝的人物,所以在秦朝,差不多在史的记载上半个好人也没有。曹操在史上年代也是颇短的,自然也逃不了被后一朝人说坏话的公例。其实,曹操是一个很有本事的人,至少是一个英雄,我虽不是曹操一党,但无论如何,总是非常佩服他。

研究那时的文学,现在较为容易了,因为已经有人做过工作:在文集一方面有清严可均辑的《全上古三代秦汉三国晋南北朝文》[8]。其中于此有用的,是《全汉文》,《全三国文》,《全晋文》。

在诗一方面有丁福保辑的《全汉三国晋南北朝诗》[9]。——丁福保是做医生的,现在还在。

辑录关于这时代的文学评论有刘师培编的《中国中古文学史》[10]。这本书是北大的讲义,刘先生已死,此书由北大出版。

上面三种书对于我们的研究有很大的帮助。能使我们看出这时代的文学的确有点异彩。

我今天所讲,倘若刘先生的书里已详的,我就略一点;反之,刘先生所略的,我就较详一点。

董卓之后,曹操专权。在他的统治之下,第一个特色便是尚刑名。他的立法是很严的,因为当大乱之后,大家都想做皇帝,大家都想叛乱,故曹操不能不如此。曹操曾自己说过:"倘无我,不知有多少人称王称帝!"[11]这句话他倒并没有说谎。因此之故,影响到文章方面,成了清峻的风格。——就是文章要简约严明的意思。

此外还有一个特点,就是尚通脱。他为什么要尚通脱呢?自然也与当时的风气有莫大的关系。因为在党锢之祸以前,凡党中人都自命清流,不过讲"清"讲得太过,便成固执,所以在汉末,清流的举动有时便非常可笑了。

比方有一个有名的人,普通的人去拜访他,先要说几句话,倘这几句话说得不对,往往会遭倨傲的待遇,叫他坐到屋外去,甚而至于拒绝不见。

又如有一个人,他和他的姊夫是不对的,有一回他到姊姊那里去吃饭之后,便要将饭钱算回给姊姊。她不肯要,他就于出门之后,把那些钱扔在街上,算是付过了。[12]

个人这样闹闹脾气还不要紧,若治国平天下也这样闹起执拗的脾气来,那还成甚么话?所以深知此弊的曹操要起来反对这种习气,力倡通脱。通脱即随便之意。此种提倡影响到文坛,便产生多量想说甚么便说甚么的文章。

更因思想通脱之后,废除固执,遂能充分容纳异端和外来的思想,故孔教以外的思想源源引入。

总括起来,我们可以说汉末魏初的文章是清峻,通脱。在曹操本身,也是一个改造文章的祖师,可惜他的文章传的很少。他胆子很大,文章从通脱得力不少,做文章时又没有顾忌,想写的便写出来。

所以曹操征求人才时也是这样说,不忠不孝不要紧,只要有才便可以。[13]这又是别人所不敢说的。曹操做诗,竟说是"郑康成行酒伏地气绝"[14],他引出离当时不久的事实,这也是别人所不敢用的。还有一样,比方人死时,常常写点遗令,这是名人的一件极时髦的事。当时的遗令本有一定的格式,且多言身后当葬于何处何处,或葬于某某名人的墓旁;操独不然,他的遗令不但没有依着格式,内容竟讲到遗下的衣服和伎女怎样处置等问题〔15〕。

陆机虽然评曰"贻尘谤于后王"〔16〕,然而我想他无论如何是一个精明人,他自己能做文章,又有手段,把天下的方士文士统统搜罗起来,省得他们跑在外面给他捣乱。所以他帷幄里面,方士文士就特别地多。

孝文帝曹丕〔17〕,以长子而承父业,篡汉而即帝位。他也是喜欢文章的。其弟曹植〔18〕,还有明帝曹叡〔19〕,都是喜欢文章的。不过到那个时候,于通脱之外,更加上华丽。丕著有《典论》,现已失散无全本,那里面说:"诗赋欲丽","文以气为主"。《典论》的零零碎碎,在唐宋类书中;一篇整的《论文》,在《文选》〔20〕中可以看见。

后来有一般人很不以他的见解为然。他说诗赋不必寓教训,反对当时那些寓训勉于诗赋的见解,用近代的文学眼光看来,曹丕的一个时代可说是"文学的自觉时代",或如近代所说是为艺术而艺术〔21〕(Art for Art's Sake)的一派。所以曹丕做的诗赋很好,更因他以"气"为主,故于华丽以外,加上壮大。归纳起来,汉末,魏初的文章,可说是:"清峻,通脱,华丽,壮大。"在文学的意见上,曹丕和曹植表面上似乎是不同的。曹丕说文章事可以留名声于千载〔22〕;但子建却说文章小道〔23〕,不足论的。据我的意见,子建大概是违心之论。这里有两个原因,第一,子建的文章做得好,一个人大概总是不满意自己所做而羡慕他人所为的,他的文章已经做得好,于是他便敢说文章是小道;第二,子建活动的目标在于政治方面,政治方面不甚得志〔24〕,遂说文章是无用了。

　　曹操曹丕以外，还有下面的七个人：孔融，陈琳，王粲，徐干，阮瑀，应玚，刘桢，都很能做文章，后来称为"建安七子"[25]。七人的文章很少流传，现在我们很难判断；但，大概都不外是"慷慨"，"华丽"罢。华丽即曹丕所主张，慷慨就因当天下大乱之际，亲戚朋友死于乱者特多，于是为文就不免带着悲凉，激昂和"慷慨"了。

　　七子之中，特别的是孔融，他专喜和曹操捣乱。曹丕《典论》里有论孔融的，因此他也被拉进"建安七子"一块儿去。其实不对，很两样的。不过在当时，他的名声可非常之大。孔融作文，喜用讥嘲的笔调，曹丕很不满意他。孔融的文章现在传的也很少，就他所有的看起来，我们可以瞧出他并不大对别人讥讽，只对曹操。比方操破袁氏兄弟，曹丕把袁熙的妻甄氏拿来，归了自己，孔融就写信给曹操，说当初武王伐纣，将妲己给了周公了。操问他的出典，他说，以今例古，大概那时也是这样的。又比方曹操要禁酒，说酒可以亡国，非禁不可，孔融又反对他，说也有以女人亡国的，何以不禁婚姻？[26]

　　其实曹操也是喝酒的。我们看他的"何以解忧？惟有杜康"[27]的诗句，就可以知道。为什么他的行为会和议论矛盾呢？此无他，因曹操是个办事人，所以不得不这样做；孔融是旁观的人，所以容易说些自由话。曹操见他屡屡反对自己，后来借故把他杀了。[28]他杀孔融的罪状大概是不孝。因为孔融有下列的两个主张：

　　第一，孔融主张母亲和儿子的关系是如瓶之盛物一样，只要在瓶内把东西倒了出来，母亲和儿子的关系便算完了。第二,假使有天下饥荒的一个时候,有点食物,给父亲不给呢?孔融的答案是:倘若父亲是不好的,宁可给别人。——曹操想杀他,便不惜以这种主张为他不忠不孝的根据,把他杀了。倘若曹操在世,我们可以问他,当初求才时就说不忠不孝也不要紧,为何又以不孝之名杀人呢?然而事实上纵使曹操再生,也没人敢问他,我们倘若去问他,恐怕他把我们也杀了!

与孔融一同反对曹操的尚有一个祢衡[29],后来给黄祖杀掉的。祢衡的文章也不错,而且他和孔融早是"以气为主"来写文章的了。故在此我们又可知道,汉文慢慢壮大起来,是时代使然,非专靠曹操父子之功的。但华丽好看,却是曹丕提倡的功劳。

这样下去一直到明帝的时候,文章上起了个重大的变化,因为出了一个何晏[30]。

何晏的名声很大,位置也很高,他喜欢研究《老子》和《易经》。至于他是怎样的一个人呢?那真相现在可很难知道,很难调查。因为他是曹氏一派的人,司马氏很讨厌他,所以他们的记载对何晏大不满。因此产生许多传说,有人说何晏的脸上是搽粉的,又有人说他本来生得白,不是搽粉的。[31]但究竟何晏搽粉不搽粉呢?我也不知道。

但何晏有两件事我们是知道的。第一,他喜欢空谈,是空谈的祖师;第二,他喜欢吃药,是吃药的祖师。[32]

此外,他也喜欢谈名理。他身子不好,因此不能不服药。他吃的不是寻常的药,是一种名叫"五石散"的药。

"五石散"是一种毒药,是何晏吃开头的。汉时,大家还不敢吃，何晏或者将药方略加改变，便吃开头了。五石散的基本，大概是五样药：石钟乳，石硫黄，白石英，紫石英，赤石脂；另外怕还配点别样的药。但现在也不必细细研究它，我想各位都是不想吃它的。

从书上看起来，这种药是很好的，人吃了能转弱为强。因此之故，何晏有钱，他吃起来了；大家也跟着吃。那时五石散的流毒就同清末的鸦片的流毒差不多，看吃药与否以分阔气与否的。现在由隋巢元方做的《诸病源候论》[33]的里面可以看到一些。据此书，可知吃这药是非常麻烦的，穷人不能吃，假使吃了之后，一不小心，就会毒死。先吃下去的时候，倒不怎样的，后来药的效验既显，名曰"散发"。倘若没有"散发"，就有弊而无利。因此吃了之后不能休息，非走路不可，因走路才能"散发"，所以走路名曰"行散"。比方我们看六朝人的诗，有云："至城东行散"，就是此意。后来做诗的人不知其故，以为"行散"即步行之意，所以不服药也以"行散"二字入诗，这是很笑话的。

走了之后，全身发烧，发烧之后又发冷。普通发冷宜多穿衣，吃热的东西。但吃药后的发冷刚刚要相反：衣少，冷食，以冷水浇身。倘穿衣多而食热物，那就非死不可。因此五石散一名寒食散。只有一样不必冷吃的，就是酒。

吃了散之后，衣服要脱掉，用冷水浇身；吃冷东西；饮热酒。这样看起来，五石散吃的人多，穿厚衣的人就少；比方在广东提倡，一年以后，穿西装的人就没有了。因为皮肉发烧之故，不能穿窄衣。为豫防皮肤被衣服擦伤，就非穿宽大的衣服不可。现在有许多人以为晋人轻裘缓带,宽衣,在当时是人们高逸的表现,其实不知他们是吃药的缘故。一班名人都吃药,穿的衣都宽大,于是不吃药的也跟着名人,把衣服宽大起来了!

还有,吃药之后,因皮肤易于磨破,穿鞋也不方便,故不穿鞋袜而穿屐。所以我们看晋人的画像或那时的文章,见他衣服宽大,不鞋而屐,以为他一定是很舒服,很飘逸的了,其实他心里都是很苦的。

更因皮肤易破,不能穿新的而宜于穿旧的,衣服便不能常洗。因不洗,便多虱。所以在文章上,虱子的地位很高,"扪虱而谈"[34],当时竟传为美事。比方我今天在这里演讲的时候,扪起虱来,那是不大好的。但在那时不要紧,因为习惯不同之故。这正如清朝是提倡抽大烟的,我们看见两肩高耸的人,不觉得奇怪。现在就不行了,倘若多数学生,他的肩成为一字样,我们就觉得很奇怪了。

此外可见服散的情形及其他种种的书,还有葛洪的《抱朴子》[35]。

到东晋以后,作假的人就很多,在街旁睡倒,说是"散发"以示阔气。[36]就像清时尊读书,就有人以墨涂唇,表示他是刚才写了许多字的样子。故我想,衣大,穿屐,散发等等,后来效之,不吃也学起来,与理论的提倡实在是无关的。

又因"散发"之时,不能肚饿,所以吃冷物,而且要赶快吃,不论时候,一日数次也不可定。因此影响到晋时"居丧无礼"。——本来魏晋时,对于父母之礼是很繁多的。比方想去访一个人,那么,在未访之前,必先打听他父母及其祖父母的名字,以便避讳。否则,嘴上一说出这个字音,假如他的父母是死了的,主人便会大哭起来[37]——他记得父母了——给你一个大大的没趣。晋礼居丧之时,也要瘦,不多吃饭,不准喝酒。但在吃药之后,为生命计,不能管得许多,只好大嚼,所以就变成"居丧无礼"了。

居丧之际,饮酒食肉,由阔人名流倡之,万民皆从之,因为这个缘故,社会上遂尊称这样的人叫作名士派。

吃散发源于何晏,和他同志的,有王弼和夏侯玄[38]两个人,与晏同为服药的祖师。有他三人提倡,有多人跟着走。他们三人多是会做文章,除了夏侯玄的作品流传不多外,王何二人现在我们尚能看到他们的文章。他们都是生于正始的,所以又名曰"正始名士"[39]。但这种习惯的末流,是只会吃药,或竟假装吃药,而不会做文章。

东晋以后,不做文章而流为清谈,由《世说新语》[40]一书里可以看到。此中空论多而文章少,比较他们三个差得远了。三人中王弼二十余岁便死了,夏侯何二人皆为司马懿[41]所杀。因为他二人同曹操有关系,非死不可,犹曹操之杀孔融,也是借不孝做罪名的。

二人死后,论者多因其与魏有关而骂他,其实何晏值得骂的就是因为他是吃药的发起人。这种服散的风气,魏,晋,直到隋,唐,还存在着,因为唐时还有"解散方"[42],即解五石散的药方,可以证明还有人吃,不过少点罢了。唐以后就没有人吃,其原因尚未详,大概因其弊多利少,和鸦片一样罢?

　　晋名人皇甫谧[43]作一书曰《高士传》,我们以为他很高超。但他是服散的,曾有一篇文章,自说吃散之苦。因为药性一发,稍不留心,即会丧命,至少也会受非常的苦痛,或要发狂;本来聪明的人,因此也会变成痴呆。所以非深知药性,会解救,而且家里的人多深知药性不可。晋朝人多是脾气很坏,高傲,发狂,性暴如火的,大约便是服药的缘故。比方有苍蝇扰他,竟至拔剑追赶;[44]就是说话,也要胡胡涂涂地才好,有时简直是近于发疯。但在晋朝更有以痴为好的,这大概也是服药的缘故。

　　魏末,何晏他们以外,又有一个团体新起,叫做“竹林名士”,也是七个,所以又称“竹林七贤”[45]。正始名士服药,竹林名士饮酒。竹林的代表是嵇康[46]和阮籍[47]。但究竟竹林名士不纯粹是喝酒的,嵇康也兼服药,而阮籍则是专喝酒的代表。但嵇康也饮酒,刘伶[48]也是这里面的一个。他们七人中差不多都是反抗旧礼教的。

　　这七人中,脾气各有不同。嵇阮二人的脾气都很大;阮籍老年时改得很好,嵇康就始终都是极坏的。

　　阮年青时,对于访他的人有加以青眼和白眼的分别[49]。白眼大概是全然看不见眸子的,恐怕要练习很久才能够。青眼我会装,白眼我却装不好。

　　后来阮籍竟做到“口不臧否人物”[50]的地步,嵇康却全不改变。结果阮得终其天年,而嵇竟丧于司马氏之手,与孔融何晏等一样,遭了不幸的杀害。这大概是因为吃药和吃酒之分的缘故:吃药可以成仙,仙是可以骄视俗人的;饮酒不会成仙,所以敷衍了事。

他们的态度，大抵是饮酒时衣服不穿，帽也不带。若在平时，有这种状态，我们就说无礼，但他们就不同。居丧时不一定按例哭泣；子之于父，是不能提父的名，但在竹林名士一流人中，子都会叫父的名号[51]。旧传下来的礼教，竹林名士是不承认的。即如刘伶——他曾做过一篇《酒德颂》，谁都知道——他是不承认世界上从前规定的道理的，曾经有这样的事，有一次有客见他，他不穿衣服。人责问他；他答人说，天地是我的房屋，房屋就是我的衣服，你们为什么进我的裤子中来？[52]至于阮籍，就更甚了，他连上下古今也不承认，在《大人先生传》[53]里有说："天地解兮六合开，星辰陨兮日月颓，我腾而上将何怀？"他的意思是天地神仙，都是无意义，一切都不要，所以他觉得世上的道理不必争，神仙也不足信，既然一切都是虚无，所以他便沉湎于酒了。然而他还有一个原因，就是他的饮酒不独由于他的思想，大半倒在环境。其时司马氏已想篡位，而阮籍名声很大，所以他讲话就极难，只好多饮酒，少讲话，而且即使讲话讲错了，也可以借醉得到人的原谅。只要看有一次司马懿求和阮籍结亲，而阮籍一醉就是两个月，没有提出的机会，[54]就可以知道了。

阮籍作文章和诗都很好，他的诗文虽然也慷慨激昂，但许多意思都是隐而不显的。宋的颜延之[55]已经说不大能懂，我们现在自然更很难看得懂他的诗了。他诗里也说神仙，但他其实是不相信的。嵇康的论文，比阮籍更好，思想新颖，往往与古时旧说反对。孔子说："学而时习之，不亦说乎？"嵇康做的《难自然好学论》[56]，却道，人是并不好学的，假如一个人可以不做事而又有饭吃，就随便闲游不喜欢读书了，所以现在人之好学，是由于习惯和不得已。还有管叔蔡叔[57]，是疑心周公，率殷民叛，因而被诛，一向公认为坏人的。而嵇康做的《管蔡论》，就也反对历代传下来的意思，说这两个人是忠臣，他们的怀疑周公，是因为地方相距太远，消息不灵通。

但最引起许多人的注意，而且于生命有危险的，是《与山巨源绝交书》中的"非汤武而薄周孔"。司马懿因这篇文章，就将嵇康杀了[58]。非薄了汤武周孔，在现时代是不要紧的，但在当时却关系非小。汤武是以武定天下的；周公是辅成王的；孔子是祖述尧舜，而尧舜是禅让天下的。嵇康都说不好，那么，教司马懿篡位的时候，怎么办才是好呢？没有办法。在这一点上，嵇康于司马氏的办事上有了直接的影响，因此就非死不可了。嵇康的见杀，是因为他的朋友吕安不孝，连及嵇康，罪案和曹操的杀孔融差不多。魏晋，是以孝治天下的，不孝，故不能不杀。为什么要以孝治天下呢？因为天位从禅让，即巧取豪夺而来，若主张以忠治天下，他们的立脚点便不稳，办事便棘手，立论也难了，所以一定要以孝治天下。但倘只是实行不孝，其实那时倒不很要紧的，嵇康的害处是在发议论；阮籍不同，不大说关于伦理上的话，所以结局也不同。

但魏晋也不全是这样的情形，宽袍大袖，大家饮酒。反对的也很多。在文章上我们还可以看见裴頠的《崇有论》[59]，孙盛的《老子非大贤论》[60]，这些都是反对王何们的。在史实上，则何曾劝司马懿杀阮籍有好几回[61]，司马懿不听他的话，这是因为阮籍的饮酒，与时局的关系少些的缘故。

　　然而后人就将稽康阮籍骂起来，人云亦云，一直到现在，一千六百多年。季札说："中国之君子，明于礼义而陋于知人心。"[62]这是确的，大凡明于礼义，就一定要陋于知人心的，所以古代有许多人受了很大的冤枉。例如稽阮的罪名，一向说他们毁坏礼教。但据我个人的意见，这判断是错的。魏晋时代，崇奉礼教的看来似乎很不错，而实在是毁坏礼教，不信礼教的。表面上毁坏礼教者，实则倒是承认礼教，太相信礼教。因为魏晋时所谓崇奉礼教，是用以自利，那崇奉也不过偶然崇奉，如曹操杀孔融，司马懿杀稽康，都是因为他们和不孝有关，但实在曹操司马懿何尝是著名的孝子，不过将这个名义，加罪于反对自己的人罢了。于是老实人以为如此利用，亵黩了礼教，不平之极，无计可施，激而变成不谈礼教，不信礼教，甚至于反对礼教。——但其实不过是态度，至于他们的本心，恐怕倒是相信礼教，当作宝贝，比曹操司马懿们要迂执得多。现在说一个容易明白的比喻罢，譬如有一个军阀，在北方——在广东的人所谓北方和我常说的北方的界限有些不同，我常称山东山西直隶河南之类为北方——那军阀从前是压迫民党的，后来北伐军势力一大，他便挂起了青天白日旗，说自己已经信仰三民主义了，是总理的信徒。这样还不够，他还要做总理的纪念周。这时候，真的三民主义的信徒，去呢，不去呢？不去，他那里就可以说你反对三民主义，定罪，杀人。但既然在他的势力之下，没有别法，真的总理的信徒，倒会不谈三民主义，或者听人假惺惺的谈起来就皱眉，好像反对三民主义模样。所以我想,魏晋时所谓反对礼教的人,有许多大约也如此。他们倒是迂夫子,将礼教当作宝贝看待的。

还有一个实证,凡人们的言论,思想,行为,倘若自己以为不错的,就愿意天下的别人,自己的朋友都这样做。但嵇康阮籍不这样,不愿意别人来模仿他。竹林七贤中有阮咸,是阮籍的侄子,一样的饮酒。阮籍的儿子阮浑也愿加入时,阮籍却道不必加入,吾家已有阿咸在,够了。[63]假若阮籍自以为行为是对的,就不当拒绝他的儿子,而阮籍却拒绝自己的儿子,可知阮籍并不以他自己的办法为然。至于嵇康,一看他的《绝交书》,就知道他的态度很骄傲的;有一次,他在家打铁——他的性情是很喜欢打铁的——钟会来看他了,他只打铁,不理钟会。[64]钟会没有意味,只得走了。其时嵇康就问他:"何所闻而来,何所见而去?"钟会答道:"闻所闻而来,见所见而去。"这也是嵇康杀身的一条祸根。但我看他做给他的儿子看的《家诫》[65]——当嵇康被杀时,其子方十岁,算来当他做这篇文章的时候,他的儿子是未满十岁的——就觉得宛然是两个人。他在《家诫》中教他的儿子做人要小心,还有一条一条的教训。有一条是说长官处不可常去,亦不可住宿;官长送人们出来时,你不要在后面,因为恐怕将来官长惩办坏人时,你有暗中密告的嫌疑。又有一条是说宴饮时候有人争论,你可立刻走开,免得在旁批评,因为两者之间必有对与不对,不批评则不像样,一批评就总要是甲非乙,不免受一方见怪。还有人要你饮酒,即使不愿饮也不要坚决地推辞,必须和和气气的拿着杯子。我们就此看来,实在觉得很希奇:嵇康是那样高傲的人,而他教子就要他这样庸碌。因此我们知道，嵇康自己对于他自己的举动也是不满足的。所以批评一个人的言行实在难，社会上对于儿子不像父亲，称为"不肖"，以为是坏事，殊不知世上正有不愿意他的儿子像自己的父亲哩。试看阮籍嵇康，就是如此。这是，因为他们生于乱世，不得已，才有这样的行为，并非他们的本态。但又于此可见魏晋的破坏礼教者，实在是相信礼教到固执之极的。

不过何晏王弼阮籍嵇康之流，因为他们的名位大，一般的人们就学起来，而所学的无非是表面，他们实在的内心，却不知道。因为只学他们的皮毛，于是社会上便很多了没意思的空谈和饮酒。许多人只会无端的空谈和饮酒，无力办事，也就影响到政治上，弄得玩"空城计"，毫无实际了。在文学上也这样，嵇康阮籍的纵酒，是也能做文章的，后来到东晋，空谈和饮酒的遗风还在，而万言的大文如嵇阮之作，却没有了。刘勰[66]说："嵇康师心以遣论，阮籍使气以命诗。"这"师心"和"使气"，便是魏末晋初的文章的特色。正始名士和竹林名士的精神灭后，敢于师心使气的作家也没有了。

到东晋，风气变了。社会思想平静得多，各处都夹入了佛教的思想。再至晋末，乱也看惯了，篡也看惯了，文章便更和平。代表平和的文章的人有陶潜[67]。他的态度是随便饮酒，乞食，高兴的时候就谈论和作文章，无尤无怨。所以现在有人称他为"田园诗人"，是个非常和平的田园诗人。他的态度是不容易学的，他非常之穷，而心里很平静。家常无米，就去向人家门口求乞。他穷到有客来见，连鞋也没有，那客人给他从家丁取鞋给他,他便伸了足穿上了。虽然如此,他却毫不为意,还是"采菊东篱下,悠然见南山"。这样的自然状态,实在不易模仿。他穷到衣服也破烂不堪,而还在东篱下采菊,偶然抬起头来,悠然的见了南山,这是何等自然。现在有钱的人住在租界里,雇花匠种数十盆菊花,便做诗,叫作"秋日赏菊效陶彭泽体",自以为合于渊明的高致,我觉得不大像。

陶潜之在晋末,是和孔融于汉末与嵇康于魏末略同,又是将近易代的时候。但他没有什么慷慨激昂的表示,于是便博得"田园诗人"的名称。但《陶集》里有《述酒》一篇,是说当时政治的。[68]这样看来,可见他于世事也并没有遗忘和冷淡,不过他的态度比嵇康阮籍自然得多,不至于招人注意罢了。还有一个原因,先已说过,是习惯。因为当时饮酒的风气相沿下来,人见了也不觉得奇怪,而且汉魏晋相沿,时代不远,变迁极多,既经见惯,就没有大感触,陶潜之比孔融嵇康和平,是当然的。例如看北朝的墓志,官位升进,往往详细写着,再仔细一看,他是已经经历过两三个朝代了,但当时似乎并不为奇。

据我的意思,即使是从前的人,那诗文完全超于政治的所谓"田园诗人","山林诗人",是没有的。完全超出于人间世的,也是没有的。既然是超出于世,则当然连诗文也没有。诗文也是人事,既有诗,就可以知道于世事未能忘情。譬如墨子兼爱,杨子为我。[69]墨子当然要著书;杨子就一定不著,这才是"为我"。因为若做出书来给别人看,便变成"为人"了。

由此可知陶潜总不能超于尘世,而且,于朝政还是留心,也不能忘掉"死",这是他诗文中时时提起的[70]。用别一种看法研究起来,恐怕也会成一个和旧说不同的人物罢。

自汉末至晋末文章的一部分的变化与药及酒之关系,据我所知的大概是这样。但我学识太少,没有详细的研究,在这样的热天和雨天费去了诸位这许多时光,是很抱歉的。现在这个题目总算是讲完了。

*　　　*　　　*

〔1〕 本篇记录稿最初发表于 1927 年 8 月 11、12、13、15、16、17 日广州《民国日报》副刊《现代青年》第一七三至一七八期;改定稿发表于 1927 年 11 月 16 日《北新》半月刊第二卷第二号。

〔2〕 广州夏期学术演讲会 国民党政府广州市教育局主办,1927 年 7 月 18 日在广州市立师范学校礼堂举行开幕式。当时的广州市长林云陔、教育局长刘懋初等均在会上作反共演说。他们打着"学术"的旗号,也"邀请"学者演讲。作者这篇演讲是在 7 月 23 日、26 日的会上所作的(题下注"九月间"有误)。作者后来说过:"在广州之谈魏晋事,盖实有慨而言。"(1928 年 12 月 30 日致陈濬信)他在这次关于中国古典文学的演讲里,曲折地对国民党当局进行了揭露和讽刺。

〔3〕 黄巾 指东汉末年巨鹿人张角领导的农民起义军。汉灵帝中平元年(184)起义,参加的人都以黄巾缠头为标志,称为"黄巾军"。他们提出"苍天已死,黄天当立"的口号,攻占城邑,焚烧官府,旬日之间,全国响应,给东汉政权以沉重的打击。后来在官军和地主武装的镇压下失败。

〔4〕 董卓(?—192) 字仲颖,陇西临洮(今甘肃岷县人)。东汉末灵帝时为并州牧,灵帝死后,外戚首领大将军何进为了对抗宦官,召他率兵入朝相助,他到洛阳后,即废少帝(刘辩),立献帝(刘协),自任丞

相,专断朝政。献帝初平元年(190),山东河北等地军阀袁绍、韩馥等为了和董卓争权,联合起兵讨卓,他便劫持献帝迁都长安,自为太师。后为王允、吕布所杀。他在离洛阳时,焚烧宫殿府库民房,二百里内尽成墟土;又驱数百万人口入关,积尸盈途。在他被杀以后,他的部将李傕、郭汜等又攻破长安,焚掠屠杀,人民受害甚烈。

〔5〕 党锢 东汉末年,宦官擅权,政治黑暗,民生痛苦。一部分比较正直的官员与太学生互通声气,议论朝政,揭露宦官集团的罪恶。汉桓帝延熹九年(166),宦官诬告司隶校尉李膺、太仆杜密和太学生领袖郭泰、贾彪等人结党为乱,桓帝便捕李膺、范滂等下狱,株连二百余人。以后又于灵帝建宁二年(169),熹平元年(172),熹平五年(176)三次捕杀党人,更诏各州郡凡党人的门生、故吏、父子、兄弟有做官的,都免官禁锢。直到灵帝中平元年(184)黄巾起义,才下诏将他们赦免。这件事,史称"党锢之祸"。

〔6〕 曹操(155—220) 字孟德,沛国谯(今安徽亳县)人。二十岁举孝廉,汉献帝时官至丞相,封魏王。曹丕篡汉后追尊为武帝。他是政治家、军事家,又是诗人。他和其子曹丕、曹植,都喜欢延揽文士,奖励文学,为当时文坛的领袖人物。后人把他的诗文编为《魏武帝集》。

〔7〕 《三国志演义》 即长篇小说《三国演义》,元末明初罗贯中著。书中将曹操描写为"奸雄"。

〔8〕 严可均(1762—1843) 字景文,号铁桥,浙江乌程(今湖州)人。清嘉庆举人,曾任建德教谕。他自嘉庆十三年(1808)起,开始搜集唐以前的文章,历二十余年,成《全上古三代秦汉三国六朝文》,内收作者三千四百多人,分代编辑为十五集,总计七四六卷。稍后,他的同乡蒋壑为作编目一〇三卷,并以为原书题名不能概括全书,故将书名改为《全上古三代秦汉三国晋南北朝文》。原书于1894年(光绪二十年)由黄冈王毓藻刊于广州。

〔9〕 丁福保(1874—1952) 字仲祜,江苏无锡人。清末肄业于江阴南菁书院,曾任京师大学堂和译学馆教习。后习医,曾至日本考察医学,归国后在上海创办医学书局。他所辑的《全汉三国晋南北朝诗》,收作者七百余人,依时代分为十一集,总计五十四卷。1916年上海医学书局出版。

〔10〕 刘师培(1884—1919) 字申叔,江苏仪征人。1907年在日本加入同盟会,后成为清朝两江总督端方的幕僚。民国后与杨度、孙毓筠等人组织筹安会,助袁世凯实行帝制。他的著作很多,《中国中古文学史》是他在民国初年任北京大学教授时所编的讲义,后收入《刘申叔先生遗书》中。

〔11〕 《三国志·魏书·武帝纪》裴松之注引《魏武故事》,曹操于汉献帝建安十五年(210)下令"自明本志",表白自己并无篡汉的意图,内有"设使国家无有孤,不知当几人称帝,几人称王!"的话。

〔12〕 《太平御览》卷四二五引谢承《后汉书》:"范丹姊病,往看之,姊设食,丹以姊婿不德,出门留二百钱,姊使人追索还之,丹不得已受之。闻里中刍藁童仆更相怒曰:'言汝清高,岂范史云辈而云不盗我菜乎?'丹闻之,曰:'吾之微志,乃在童竖之口,不可不勉。'遂投钱去。"按范丹(112—185),一作范冉,字史云,后汉陈留外黄(今河南杞县东北)人。

〔13〕 曹操曾于建安十五年(210)、二十二年(217)下求贤令,又于建安十九年(214)令有司取士毋废"偏短",均强调以才能为用人的标准。《魏书·武帝纪》载建安十五年令说:"今天下尚未定,此特求贤之急时也。……若必廉士而后可用,则齐桓其何以霸世! 今天下得无有被褐怀玉而钓于渭滨者乎? 又得无盗嫂受金而未遇无知者乎? 二三子其佐我明扬仄陋,唯才是举,吾得而用之。"又裴注引王沈《魏书》所载二十二年令说:"今天下得无有至德之人,放在民间? 及果勇不顾,临敌力

战，若文俗之吏，高才异质，或堪为将守；负汙辱之名，见笑之行，或不仁不孝，而有治国用兵之术：其各举所知，勿有所遗。"

〔14〕　"郑康成行酒伏地气绝"　语出《三国志·魏书·袁绍传》裴注引《英雄记》载曹操《董卓歌》："德行不亏缺，变故自难常。郑康成行酒伏地气绝，郭景图命尽于园桑。"按郑康成（127—200），名玄，字康成，北海高密（今山东高密）人，东汉经学家。曾聚徒讲学，建安中官拜大司农，寻卒。其生活时代较曹操约早二十余年。

〔15〕　曹操的遗令，散见于《三国志·魏书·武帝纪》及其他古书中，严可均缀合为一篇，收入《全三国文》卷三，其中有这样的话："吾婢妾与伎人皆勤苦，使著铜雀台，善待之。……余香可分与诸夫人……诸舍中（按指诸妾）无所为，可学作履组卖也。吾历官所得绶（印绶），皆著藏中，吾余衣裘，可别为一藏，不能者兄弟可共分之。"

〔16〕　陆机（261—303）　字士衡，吴郡华亭（今上海松江）人，晋代诗人。陆逊之孙，在吴为牙门将，入晋后曾任相国参军、平原内史等职，后为成都王司马颖所杀。他评曹操的话，见萧统《文选》卷六十《吊魏武帝文》："彼裘绂于何有，贻尘谤于后王。"唐代李善注："言裘绂轻微何所有，而空贻尘谤而及后王。"

〔17〕　曹丕（187—226）　字子桓，曹操的次子（按操长子名昂字子修，随操征张绣阵亡，故一般都以曹丕为操的长子）。建安二十五年（220）废汉献帝自立为帝，即魏文帝。他爱好文学，创作之外，兼擅批评，所著《典论》，《隋书·经籍志》著录五卷，已佚，严可均《全三国文》内有辑佚一卷。其中《论文》篇论及各种文体的特征说："奏议宜雅，书论宜理，铭诔尚实，诗赋欲丽。"又论文气说："文以气为主，气之清浊有体，不可力强而致。"

〔18〕　曹植（192—232）　字子建，曹操的第三子。曾封东阿王，后封陈王，死谥思，后世称陈思王。他是建安时代重要诗人之一，流传下

来的著作,以清代丁晏所编的《曹集诠评》搜罗较为完备。

〔19〕 曹叡(204—239) 字元仲,曹丕的儿子,即魏明帝。

〔20〕 《文选》 南朝梁昭明太子萧统编选。内选秦汉至齐梁间的诗文,共三十卷,是我国最早的一部诗文总集。唐代李善为之作注,分为六十卷。曹丕《典论·论文》,见该书第五十二卷。

〔21〕 "为艺术而艺术" 十九世纪法国诗人戈蒂叶(T. Gautier)提出的一种文艺观点(见小说《莫班小姐》序)。他认为艺术可以超越一切功利而存在,创作的目的就在于艺术作品的本身,与社会政治无关。

〔22〕 文章事可以留名声于千载 曹丕《典论·论文》:"盖文章经国之大业,不朽之盛事。年寿有时而尽,荣乐止乎其身,二者必至之常期,未若文章之无穷。是以古之作者,寄身于翰墨,见意于篇籍,不假良史之辞,不托飞驰之势,而声名自传于后。"

〔23〕 文章小道 曹植《与杨德祖(修)书》:"辞赋小道,固未足以揄扬大义,彰示来世也。昔扬子云先朝执戟之臣耳,犹称壮夫不为也;吾虽德薄,位为藩侯,犹庶几戮力上国,流惠下民,建永世之业,留金石之功;岂徒以翰墨为勋绩,辞赋为君子哉!"

〔24〕 曹植早年以文才为曹操所爱,屡次想立他为太子;他也结纳杨修、丁仪、丁廙等为羽翼,在曹操面前和曹丕争宠。但他后来因为任性骄纵,失去了曹操的欢心,终于未得嗣立。到了曹丕即位以后,他常被猜忌,更觉雄才无所施展。明帝时又一再上表求"自试",希望能够用他带兵去征吴伐蜀,建功立业,但他的要求也未实现。

〔25〕 "建安七子" 这个名称始于曹丕的《典论·论文》:"今之文人,鲁国孔融文举,广陵陈琳孔璋,山阳王粲仲宣,北海徐干伟长,陈留阮瑀元瑜,汝南应玚德琏,东平刘桢公干:斯七子者,于学无所遗,于辞无所假,咸以自骋骥骥于千里,仰齐足而并驰。"后人据此便称孔融等为"建安七子"。按孔融(153—208),鲁国(今山东曲阜)人,汉献帝时为北

海相,太中大夫。陈琳(? —217),广陵(今江苏江都)人,曾任司空(曹操)军谋祭酒。王粲(177—217),山阳高平(今山东邹县)人,曾任丞相(曹操)军谋祭酒、侍中。徐幹(171—217),北海(今山东潍坊西南)人,曾任司空军谋祭酒、五官将(曹丕)文学。阮瑀(? —212),陈留尉氏(今河南尉氏)人,曾任司空军谋祭酒。应玚(? —217),汝南(今河南汝南)人,曾任丞相掾属、五官将文学。刘桢(? —217),东平(今山东东平)人,曾任丞相掾属。

〔26〕　曹丕在《典论·论文》中评论孔融的文章说:"孔融体气高妙,有过人者。然不能持论,理不胜词,以至乎杂以嘲戏;及其所善,扬、班俦也。"按"建安七子"中,陈琳等都是曹操门下的属官,只有孔融例外;在年龄上,他比其余六人约长十余岁而又最先逝世,年辈也不相同。他没有应酬和颂扬曹氏父子的作品,而且还常常讽刺曹操。《后汉书·孔融传》载:"曹操攻屠邺城,袁氏妇子多见侵略,而操子丕私纳袁熙(按为袁绍子)妻甄氏。融乃与操书,称'武王伐纣,以妲己赐周公'。操不悟,后问出何经典。对曰:'以今度之,想当然耳。'……时年饥兵兴,操表制酒禁,融频书争之,多侮慢之辞。"唐代章怀太子(李贤)注引孔融与曹操论酒禁书,其中有"夏商亦以妇人失天下,今令不断婚姻。而将酒独急者,疑但惜谷耳"等语。

〔27〕　"何以解忧? 惟有杜康"　见曹操的《短歌行》。杜康,相传为周代人,善造酒。

〔28〕　关于曹操杀孔融的经过,《后汉书·孔融传》说:"曹操既积嫌忌,而郗虑复构成其罪,遂令丞相军谋祭酒路粹枉状奏融曰:'……(融)前与白衣祢衡跌荡放言,云:"父之于子,当有何亲? 论其本意,实为情欲发耳。子之于母,亦复奚为? 譬如寄物瓶中,出则离矣。"……大逆不道,宜极重诛。'书奏,下狱弃市。"又《三国志·魏书·崔琰传》注引孙盛《魏氏春秋》,内载曹操宣布孔融罪状的令文说:"平原祢衡受传融论,以

为父母与人无亲,譬若瓻器,寄盛其中。又言若遭饿馑,而父不肖,宁赡活余人。融违天反道,败伦乱理,虽肆市朝,犹恨其晚。"

〔29〕 祢衡(173—198) 字正平,平原般(今山东临邑)人,汉末文学家。他恃才不仕,性刚傲慢,与孔融、杨修友善,曾屡次羞辱曹操;因为他文名很大,曹操虽想杀他而又有所顾忌,便将他送与刘表,后因侮慢刘表,又被送给江夏太守黄祖,终为黄祖所杀,死时年二十六岁。

〔30〕 何晏(？—249) 字平叔,南阳宛(今河南南阳)人。曹操的女婿。齐王曹芳时,曹爽执政,用他为吏部尚书,后与曹爽同时被司马懿所杀。《三国志·魏书·曹爽传》说他"少以才秀知名,好老庄言,作《道德论》及诸文赋著述凡数十篇"。

〔31〕 关于何晏搽粉的事,《三国志·魏书·曹爽传》注引鱼豢《魏略》说:"晏性自喜,动静粉白不去手,行步顾影。"但晋代人裴启所著《语林》则说:"(晏)美姿仪,面绝白,魏文帝疑其著粉;后正夏月,唤来,与热汤饼,既炎,大汗出,随以朱衣自拭,色转皎洁,帝始信之。"

〔32〕 关于何晏服药的事,《世说新语·言语》载:"何平叔云:服五石散,非唯治病,亦觉神明开朗。"刘孝标注引秦丞相(按当作秦承祖)《寒食散论》说:"寒食散之方,虽出汉代,而用之者寡,靡有传焉。魏尚书何晏首获神效,由是大行于世,服者相寻。"又隋代巢元方《诸病源候论》卷六《寒食散发候》篇说:"皇甫(谧)云:寒食药者,世莫知焉,或言华佗,或曰仲景(张机)。……近世尚书何晏,耽声好色,始服此药。心加开朗,体力转强。京师翕然,传以相授。……晏死之后,服者弥繁,于时不辍。"

〔33〕 巢元方 隋代人,炀帝时任太医博士,大业六年奉诏撰《诸病源候论》五十卷。关于寒食散的服法与解法,详见该书卷六《寒食散发候》篇。

〔34〕 "扪虱而谈" 这是王猛的故事。王猛(325—375),字景略,

北海剧(今山东寿光)人,隐居华山。《晋书·王猛传》说:"桓温入关,猛被褐而诣之,一面谈当世之事,扪虱而言,旁若无人。"

〔35〕　葛洪(约283—363)　字稚川,号抱朴子,句容(今江苏句容)人。晋惠帝时拜伏波将军,赐关内侯。《晋书·葛洪传》说他"为人木讷,……究览典籍,尤好神仙导养之法。"所著《抱朴子》,共八卷,分内外二篇,内篇论神仙方药,外篇论时政人事。关于服散的记载,见该书内篇。

〔36〕　关于服散作假的事,《太平广记》卷二四七引侯白《启颜录》载:"后魏孝文帝时,诸王及贵臣多服石药,皆称石发。乃有热者,非富贵者,亦云服石发热,时人多嫌其诈作富贵体。有一人于市门前卧,宛转称热,要人竞看,同伴怪之,报曰:'我石发。'同伴人曰:'君何时服石,今得石发?'曰:'我昨市米中有石,食之今发。'众人大笑。自后少有人称患石发者。"

〔37〕　关于闻讳而哭的事,《世说新语·任诞》载:"桓南郡(桓玄)被召作太子洗马,船泊荻渚。王大(王忱)服散后已小醉,往看桓,桓为设酒,不能冷饮,频语左右,令温酒来。桓乃流涕呜咽,王便欲去。桓以手巾掩泪,因谓王曰:'犯我家讳,何预卿事。'王叹曰:'灵宝(桓玄小名)故自达。'"按桓玄的父亲名温,所以他听见王忱叫人温酒便哭泣起来。

〔38〕　王弼(226—249)　字辅嗣,魏国山阳(今河南焦作)人。王粲的族孙。《三国志·魏书·钟会传》说:"弼好论儒道,辞才逸辩,注《易》及《老子》,为尚书郎。"夏侯玄(209—254),字太初,沛国谯(今安徽亳县)人。《三国志·魏书·夏侯尚传》说:"(玄)少知名,弱冠为散骑黄门侍郎……正始初,曹爽辅政。玄,爽之姑子也。累迁散骑常侍、中护军。……顷之,为征西将军,假节都督雍、凉州诸军事。"曹爽被司马懿所杀后,他也为司马师所杀。

〔39〕　"正始名士"　《世说新语·文学》"袁彦伯作《名士传》成"条

下梁刘孝标注:“宏(彦伯名)以夏侯太初、何平叔、王辅嗣为正始名士。阮嗣宗、嵇叔夜、山巨源、向子期、刘伯伦、阮仲容、王浚仲为竹林名士。”按正始(240—249),魏废帝齐王曹芳的年号。

〔**40**〕 《世说新语》 南朝宋刘义庆撰。内容是记述东汉至东晋间一般文士学士的言谈风貌轶事等。有南朝梁刘孝标所作注释。今传本共三卷,三十六篇。按刘义庆(403—444),彭城(今江苏徐州)人,宋武帝刘裕的侄子,袭爵为临川王,曾任南兖州刺史。

〔**41**〕 司马懿(179—251) 字仲达,河内温县(今河南温县)人。初为曹操主簿,魏明帝时迁大将军。齐王曹芳即位后,他专断国政;死后其子司马昭继为大将军,日谋篡位。咸熙二年(265),昭子司马炎代魏称帝,建立晋朝。按夏侯玄是被司马师所杀,作者误记为司马懿。

〔**42**〕 “解散方” 《唐书·经籍志》著录《解寒食散方》十三卷,徐叔和撰;《新唐书·艺文志》著录《解寒食方》十五卷,徐叔向撰。

〔**43**〕 皇甫谧(215—282) 字士安,安定朝那(今甘肃平凉)人。晋朝初年屡征不出,著有《高士传》、《逸士传》、《玄晏春秋》等。《晋书·皇甫谧传》载有他的一篇上司马炎疏,其中自述因吃散而得到的种种苦痛说:“臣以尫弊,迷于道趣。……又服寒食药,违错节度,辛苦荼毒,于今七年。隆冬裸袒食冰,当暑烦闷,加以咳逆,或若温疟,或类伤寒,浮气流肿,四肢酸重。于今困劣,救命呼噏,父兄见出,妻息长诀。”

〔**44**〕 关于拔剑逐蝇的故事,《三国志·魏书·梁习传》注引《魏略》:“(王)思又性急,尝执笔作书,蝇集笔端,驱去复来,如是再三。思恚怒,自起逐蝇,不能得,还取笔掷地,蹋坏之。”按清代张英等所编《渊鉴类函》卷三一五《褊急》门载王思事,有“思自起拔剑逐蝇”的话,但未注明引用书名。按王思,济阴(今山东定陶)人,正始中为大司农。

〔**45**〕 “竹林七贤” 《三国志·魏书·王粲传》内附述嵇康事略,裴注引《魏氏春秋》说:“康寓居河内之山阳县,……与陈留阮籍、河内山

涛、河南向秀、籍兄子咸、琅琊王戎、沛人刘伶相与友善,游于竹林,号为
'七贤'。《世说新语·任诞》亦有一则,说七人"常集于竹林之下,肆意酣
畅,故世谓'竹林七贤'"。参看本篇注〔39〕。

〔46〕　嵇康(223—262)　字叔夜,谯国铚(今安徽宿县)人,诗人。
《晋书·嵇康传》说:"康早孤,有奇才,远迈不群。……学不师受,博览无
不该通,长好老庄。与魏宗室婚,拜中散大夫。常修养性服食(服药)之
事,弹琴咏诗,自足于怀。……康善谈理,又能属文,其高情远趣,率然
玄远。"他的著作,现存《嵇康集》十卷,有鲁迅校本。

〔47〕　阮籍(210—263)　字嗣宗,陈留尉氏(今河南尉氏)人,阮瑀
之子,诗人,与嵇康齐名。仕魏为从事中郎、步兵校尉。《晋书·阮籍传》
说他"博览群籍,尤好庄老。嗜酒能啸,善弹琴。"又说:"籍本有济世志,
属魏晋之际,天下多故,名士少有全者,籍由是不与世事,遂酣饮为常。"
他的著作,现存《阮籍集》十卷。

〔48〕　刘伶　字伯伦,沛国(今安徽濉溪)人。仕魏为建威参军。
性放纵嗜酒,著有《酒德颂》,托言有大人先生,"止则操卮执瓢,动则挈
榼提壶,唯酒是务,焉知其余。"有"贵介公子,搢绅处士"在他的面前"陈
说礼法",而他"方捧罂承槽,衔杯漱醪,奋髯箕踞,枕麹藉糟,无思无虑,
其乐陶陶。"

〔49〕　关于阮籍能为青白眼,见《晋书·阮籍传》:"籍又能为青白
眼,见礼俗之士,以白眼对之。"他的母亲死了,"嵇喜来吊,籍作白眼,喜
不怿而退。喜弟康闻之,乃赍酒挟琴造焉,籍大悦,乃见青眼。由是礼
法之士疾之若雠。"

〔50〕　"口不臧否人物"　语出《晋书·阮籍传》:"籍虽不拘礼教,然
发言玄远,口不臧否人物。"

〔51〕　晋代常有子呼父名的例子,如《晋书·胡母辅之传》:"辅之正
酣饮,谦之(辅之的儿子)阚而厉声曰:'彦国(辅之的号),年老不得为

尔！将令我尻背东壁。'辅之欢笑,呼入与共饮。"又《王蒙传》:"王蒙,字仲祖……美姿容,尝览镜自照,称其父字曰:'王文开生如此儿耶!'"

〔52〕 关于刘伶裸形见客的事,《世说新语·任诞》载:"刘伶恒纵酒放达,或脱衣裸形在屋中,人见讥之。伶曰:'我以天地为栋宇,屋室为裈衣,诸君何为入我裈中?'"刘孝标注引邓粲《晋纪》所记略同。

〔53〕 《大人先生传》 阮籍借"大人先生"之口来抒写自己胸怀的一篇文章。这里所引的三句是"大人先生"所作的歌。

〔54〕 关于阮籍借醉辞婚的故事,《晋书·阮籍传》载:"文帝(司马昭,鲁迅误记为司马懿)初欲为武帝(司马炎)求婚于籍,籍醉六十日,不得言而止。"

〔55〕 颜延之(384—456) 字延年,琅琊临沂(今山东临沂)人,南朝宋诗人。官至金紫光禄大夫。《文选》卷二十三阮籍《咏怀》诗下,李善注引颜延之的话:"嗣宗身仕乱朝,常恐罹谤遇祸,因兹发咏,故每有忧生之嗟;虽志在刺讥,而文多隐避,百代之下,难以情测,故粗明大意,略其幽旨也。"

〔56〕 《难自然好学论》 嵇康为反驳张邈(字辽叔)的《自然好学论》而作的一篇论文。

〔57〕 管叔蔡叔 是周武王的两个兄弟。《史记·管蔡世家》说:"武王已克殷纣,平天下,封功臣昆弟。于是封叔鲜于管,封叔度于蔡,二人相纣子武庚禄父(按禄父为武庚之名),治殷遗民。封叔旦于鲁而相周,为周公。……武王既崩,成王少,周公旦专王室。管叔、蔡叔疑周公之为不利于成王,乃挟武庚以作乱。周公旦承成王命伐诛武庚,杀管叔,而放蔡叔,迁之。"嵇康的《管蔡论》为管、蔡辩解,说"管、蔡皆服教殉义,忠诚自然。……周公践政,率朝诸侯。……而管、蔡服教,不达圣权,卒遇大变,不能自通。忠于乃心,思在王室。遂乃抗言率众,欲除国患。"

〔58〕 《与山巨源绝交书》 山巨源,即"竹林七贤"之一的山涛(205—283),河内怀(今河南武陟)人。他在魏元帝(曹奂)景元年间投靠司马昭,曾任选曹郎,后将去职,欲举嵇康代任,康作书拒绝,并表示和他绝交,书中自说不堪受礼法的束缚,"又每非汤武而薄周孔,在人间不止,此事会显,世教所不容。"后来嵇康受朋友吕安案的牵连,钟会便乘机劝司马昭把他杀了。《三国志·魏书·王粲传》注引《魏氏春秋》叙述他被杀的经过说:"大将军(司马昭)尝欲辟(征召)康。康既有绝世之言,又从子不善,避之河东,或云避世。及山涛为选曹郎,举康自代,康答书拒绝,因自说不堪流俗而非薄汤武。大将军闻而怒焉。初,康与东平吕昭子巽及巽弟安亲善。会巽淫安妻徐氏,而诬安不孝,囚之。安引康为证,康义不负心,保明其事。安亦至烈,有济世志力。钟会劝大将军因此除之,遂杀安及康。康临刑自若,援琴而鼓,既而叹曰:'雅音于是绝矣!'时人莫不哀之。"按杀嵇康的是司马昭,鲁迅误记为司马懿。

〔59〕 裴頠(267—300) 字逸民,河东闻喜(今山西闻喜)人。晋惠帝时为国子祭酒,兼右军将军,迁尚书左仆射,后为司马伦(赵王)所杀。《晋书·裴頠传》说:"頠深患时俗放荡,不尊儒术。何晏、阮籍素有高名于世,口谈浮虚,不遵礼法,尸禄耽宠,仕不事事;至王衍之徒,声誉太盛,位高势重,不以物务自婴,遂相仿效,风教陵迟,乃著《崇有》之论以释其蔽。"

〔60〕 孙盛(约306—378) 字安国,太原中都(今山西平遥)人。曾任桓温参军,官至给事中。著有《魏氏春秋》、《晋阳秋》等。他的《老聃非大贤论》,批评当时清谈家奉为宗主的老聃,用老聃自己的话证明他的学说的自相矛盾,不切实际,从而断定老聃并非大贤。

〔61〕 何曾(197—278) 字颖考,陈国阳夏(今河南太康)人。司马炎篡魏,他因劝进有功,拜太尉,封公爵。《晋书·何曾传》说:"时(按当为魏高贵乡公即位初年)步兵校尉阮籍负才放诞,居丧无礼。曾面质

籍于文帝(鲁迅误记为司马懿)座曰:'卿纵情背礼,败俗之人。今忠贤执政,综核名实,若卿之曹,不可长也。'因言于帝曰:'公方以孝治天下,而听阮籍以重哀(母丧)饮酒食肉于公座。宜摈四裔,无令汙染华夏。'帝曰:'此子赢病若此,君不能为吾忍耶!'曾重引据,辞理甚切。帝虽不从,时人敬惮之。"

〔62〕 "明于礼义而陋于知人心"二句,见《庄子·田子方》:"温伯雪子适齐,舍于鲁,鲁人有请见之者,温伯雪子曰:'不可,吾闻中国之君子,明乎礼义而陋于知人心,吾不欲见也。'"据唐代成玄英注:温伯,字雪子,春秋时楚国人。鲁迅误记为季札。

〔63〕 阮籍不愿儿子效法自己的事,见《晋书·阮籍传》:"(籍)子浑,字长成,有父风,少慕通达,不饰小节,籍谓曰:'仲容已豫吾此流,汝不得复尔。'"又《世说新语·任诞》也载有此事。按阮咸,字仲容,阮籍兄阮熙之子。

〔64〕 嵇康怠慢钟会,见《晋书·嵇康传》:"(康)性绝巧而好锻(打铁)。宅中有一柳树甚茂,乃激水圜之,每夏月,居其下以锻。"又说:"初,康居贫,尝与向秀共锻于大树之下,以自赡给。颍川钟会,贵公子也,精练有才辩,故往造焉。康不为之礼,而锻不辍。良久会去,康谓曰:'何所闻而来,何所见而去?'会曰:'闻所闻而来,见所见而去。'会以此憾之。"按钟会(225—264),字士季,颍川长社(今河南长葛)人。司马昭的重要谋士,官至左徒。魏常道乡公景元三年(262)拜镇西将军,次年统兵伐蜀,蜀平后谋反,被杀。

〔65〕 《家诫》 见《嵇康集》卷十。鲁迅所举的这几条的原文是:"君子用心,所欲准行,自当量其善者,必拟议而后动。……所居长吏,但宜敬之而已矣,不当极亲密,不宜数往;往当有时。其有众人,又不当独在后,又不当宿。所以然者,长吏喜问外事,或时发举,则怨者谓人所说,无以自免也。……若会酒坐,见人争语,其形势似欲转盛,便当无何

舍去之。此将斗之兆也。坐视必见曲直，傥不能不有言，有言必是在一人；其不是者方自谓为直，则谓曲我者有私于彼，便怨恶之情生矣；或便获悖辱之言。……又慎不须离楼，强劝人酒，不饮自己；若人来劝己，辄当为持之，勿稍逆也。"(据鲁迅校本)按嵇康的儿子名绍，字延祖，《晋书·嵇绍传》说他"十岁而孤"。

〔66〕 刘勰(约465—约532) 字彦和，南东莞(今江苏镇江)人，南朝梁文艺理论家。曾任步兵校尉，晚年出家。著有《文心雕龙》。这里所引的两句，见于该书《才略》篇。

〔67〕 陶潜(约372—427) 又名渊明，字元亮，浔阳柴桑(今江西九江)人，晋代诗人。曾任彭泽令，因不满当时政治的黑暗和官场的虚伪，辞官归隐。著作有《陶渊明集》。梁代钟嵘在《诗品》中称他为"古今隐逸诗人之宗"，"五四"以后又常被人称为"田园诗人"。他在《乞食》一诗中说："饥来驱我去，不知竟何之。行行至斯里，叩门拙言辞。主人解余意，遗赠岂虚来。谈谐终日夕，觞至辄倾杯。……衔戢知何谢，冥报以相贻。"又南朝宋檀道鸾《续晋阳秋》说："江州刺史王弘造渊明，无履，弘从人脱履以给之。弘语左右为彭泽作履，左右请履度，渊明于众坐伸脚，及履至，著而不疑。""采菊东篱下"句见他所作的《饮酒》诗第五首。

〔68〕 陶潜的《述酒》诗，据南宋汤汉的注语，以为它是为当时最重大的政治事变——晋宋易代而作，注语中说："晋元熙二年(420)六月，刘裕废恭帝(司马德文)为零陵王，明年，以毒酒一甖授张伟使酖王，伟自饮而卒；继又令兵人逾垣进药，王不肯饮，遂掩杀之。此诗所为作，故以《述酒》名篇也。诗辞尽隐语，故观者弗省。……予反复详考，而后知决为零陵哀诗也。"(见《陶靖节诗注》卷三)

〔69〕 墨子(约前468—前376) 名翟，鲁国人，春秋战国时代思想家，墨家创始人。他认为"天下兼相爱则治，交相恶则乱"，提倡"兼爱"的学说。现存《墨子》书中有《兼爱》上中下三篇。杨子，即杨朱，战

国时代思想家。他的学说的中心是"为我",《孟子·尽心(上)》说:"杨子取为我,拔一毛而利天下,不为也。"他没有著作留传下来,后人仅能从先秦书中略知他的学说的大概。

〔70〕 陶潜诗文中提到"死"的地方很多,如《己酉岁九月九日》中说:"万化相寻绎,人生岂不劳。从古皆有没,念之心中焦。"又《与子俨等疏》中说:"天地赋命,生必有死;自古圣贤,谁能独免。"等等。

小 杂 感[1]

　　蜜蜂的刺,一用即丧失了它自己的生命;犬儒[2]的刺,一用则苟延了他自己的生命。

　　他们就是如此不同。

　　约翰穆勒[3]说:专制使人们变成冷嘲。

　　而他竟不知道共和使人们变成沉默。

　　要上战场,莫如做军医;要革命,莫如走后方;要杀人,莫如做刽子手。既英雄,又稳当。

　　与名流学者谈,对于他之所讲,当装作偶有不懂之处。太不懂被看轻,太懂了被厌恶。偶有不懂之处,彼此最为合宜。

　　世间大抵只知道指挥刀所以指挥武士,而不想到也可以指挥文人。

　　又是演讲录,又是演讲录。[4]

　　但可惜都没有讲明他何以和先前大两样了;也没有讲明他演讲时,自己是否真相信自己的话。

阔的聪明人种种譬如昨日死。[5]

不阔的傻子种种实在昨日死。

曾经阔气的要复古，正在阔气的要保持现状，未曾阔气的要革新。

大抵如是。大抵！

他们之所谓复古，是回到他们所记得的若干年前，并非虞夏商周。

女人的天性中有母性，有女儿性；无妻性。

妻性是逼成的，只是母性和女儿性的混合。

防被欺。

自称盗贼的无须防，得其反倒是好人；自称正人君子的必须防，得其反则是盗贼。

楼下一个男人病得要死，那间壁的一家唱着留声机；对面是弄孩子。楼上有两人狂笑；还有打牌声。河中的船上有女人哭着她死去的母亲。

人类的悲欢并不相通，我只觉得他们吵闹。

每一个破衣服人走过，叭儿狗就叫起来，其实并非都是狗主人的意旨或使嗾。

叭儿狗往往比它的主人更严厉。

恐怕有一天总要不准穿破布衫,否则便是共产党。

革命,反革命,不革命。

革命的被杀于反革命的。反革命的被杀于革命的。不革命的或当作革命的而被杀于反革命的,或当作反革命的而被杀于革命的,或并不当作什么而被杀于革命的或反革命的。

革命,革革命,革革革命,革革……。

人感到寂寞时,会创作;一感到干净时,即无创作,他已经一无所爱。

创作总根于爱。

杨朱无书。[6]

创作虽说抒写自己的心,但总愿意有人看。

创作是有社会性的。

但有时只要有一个人看便满足:好友,爱人。

人往往憎和尚,憎尼姑,憎回教徒,憎耶教徒,而不憎道士。

懂得此理者,懂得中国大半。

要自杀的人,也会怕大海的汪洋,怕夏天死尸的易烂。

但遇到澄静的清池,凉爽的秋夜,他往往也自杀了。

凡为当局所"诛"者皆有"罪"。

刘邦除秦苛暴,"与父老约,法三章耳。"
而后来仍有族诛,仍禁挟书,还是秦法。[7]
法三章者,话一句耳。

一见短袖子,立刻想到白臂膊,立刻想到全裸体,立刻想到生殖器,立刻想到性交,立刻想到杂交,立刻想到私生子。
中国人的想像惟在这一层能够如此跃进。

九月二十四日。

*   *   *

〔1〕 本篇最初发表于 1927 年 12 月 17 日《语丝》周刊第四卷第一期。

〔2〕 犬儒 原指古希腊昔匿克学派(Cynicism)的哲学家。他们过着禁欲的简陋的生活,被人讥诮为穷犬,所以又称犬儒学派。这些人主张独善其身,以为人应该绝对自由,否定一切伦理道德,以冷嘲热讽的态度看待一切。作者在 1928 年 3 月 8 日致章廷谦信中说:"犬儒＝Cynic,它那'刺'便是'冷嘲'。"

〔3〕 约翰穆勒(J.S.Mill,1806—1873) 英国哲学家、经济学家。参看本卷第 48 页注〔9〕。

〔4〕 这里所说的"演讲录",指当时不断编印出售的蒋介石、汪精卫、吴稚晖、戴季陶等人的演讲集。作者在写本文后第二天(9 月 25 日)

致台静农信中说:"现在是大卖戴季陶讲演录了(蒋介石的也行了一时)。"他们当时在各地发表的演讲,内容和在"四一二"政变以前的演讲很不相同:政变以前,他们在口头上拥护孙中山联俄、联共、扶助农工的三大政策;政变以后,便竭力鼓吹反苏、反共,压迫工农。

〔5〕 "阔的聪明人种种譬如昨日死" 也是指蒋介石、汪精卫等人。"如昨日死"是引用曾国藩的话:"从前种种如昨日死,从后种种如今日生。"1927 年 8 月 18 日广州《民国日报》就蒋(介石)汪(精卫)合流反共所发表的一篇社论中,也引用曾国藩的这句话,其中说:"以前种种,譬如昨日死;以后种种,譬如今日生;今后所应负之责任益大且难,这真要我们真诚的不妥协的非投机的同志不念既往而真正联合。"

〔6〕 杨朱无书 参看本卷第 552 页注〔69〕。

〔7〕 "与父老约,法三章耳" 语出《史记·高祖本纪》:"汉元年(前 206)十月,沛公(刘邦)兵遂先诸侯至霸上。……遂西入咸阳……还军霸上。召诸县父老豪杰曰:'父老苦秦苛法久矣,诽谤者族,偶语者弃市。吾与诸侯约,先入关者王之,吾当王关中。与父老约,法三章耳:杀人者死,伤人及盗抵罪。余悉除去秦法。'"又《汉书·刑法志》载:"汉兴,高祖初入关,约法三章……其后四夷未附,兵革未息,三章之法不足以御奸,于是相国萧何捃摭秦法,取其宜于时者,作律九章。"

再 谈 香 港[1]

我经过我所视为"畏途"的香港,算起来九月二十八日是第三回。

第一回带着一点行李,但并没有遇见什么事。第二回是单身往来,那情状,已经写过一点了。这回却比前两次仿佛先就感到不安,因为曾在《创造月刊》上王独清先生的通信[2]中,见过英国雇用的中国同胞上船"查关"的威武:非骂则打,或者要几块钱。而我是有十只书箱在统舱里,六只书箱和衣箱在房舱里的。

看看挂英旗的同胞的手腕,自然也可说是一种经历,但我又想,这代价未免太大了,这些行李翻动之后,单是重行整理捆扎,就须大半天;要实验,最好只有一两件。然而已经如此,也就随他如此罢。只是给钱呢,还是听他逐件查验呢? 倘查验,我一个人一时怎么收拾呢?

船是二十八日到香港的,当日无事。第二天午后,茶房匆匆跑来了,在房外用手招我道:

"查关! 开箱子去!"

我拿了钥匙,走进统舱,果然看见两位穿深绿色制服的英属同胞,手执铁签,在箱堆旁站着。我告诉他这里面是旧书,他似乎不懂,嘴里只有三个字:

"打开来!"

"这是对的,"我想,"他怎能相信漠不相识的我的话呢。"自然打开来,于是靠了两个茶房的帮助,打开来了。

他一动手,我立刻觉得香港和广州的查关的不同。我出广州,也曾受过检查。但那边的检查员,脸上是有血色的,也懂得我的话。每一包纸或一部书,抽出来看后,便放在原地方,所以毫不凌乱。的确是检查。而在这"英人的乐园"的香港可大两样了。检查员的脸是青色的,也似乎不懂我的话。他只将箱子的内容倒出,翻搅一通,倘是一个纸包,便将包纸撕破,于是一箱书籍,经他搅松之后,便高出箱面有六七寸了。

"打开来!"

其次是第二箱。我想,试一试罢。

"可以不看么?"我低声说。

"给我十块钱。"他也低声说。他懂得我的话的。

"两块。"我原也肯多给几块的,因为这检查法委实可怕,十箱书收拾妥帖,至少要五点钟。可惜我一元的钞票只有两张了,此外是十元的整票,我一时还不肯献出去。

"打开来!"

两个茶房将第二箱抬到舱面上,他如法泡制,一箱书又变了一箱半,还撕碎了几个厚纸包。一面"查关",一面磋商,我添到五元,他减到七元,即不肯再减。其时已经开到第五箱,四面围满了一群看热闹的旁观者。

箱子已经开了一半了,索性由他看去罢,我想着,便停止了商议,只是"打开来"。但我的两位同胞也仿佛有些厌倦了似的,渐渐不像先前一般翻箱倒箧,每箱只抽二三十本书,抛在箱面上,便画了查讫的记号了。其中有一束旧信札,似乎颇惹起他们的兴味,振了一振精神,但看过四五封之后,也就放下了。此后大抵又开了一箱罢,他们便离开了乱书堆:这就是终结。

我仔细一看,已经打开的是八箱,两箱丝毫未动。而这两个硕果,却全是伏园[3]的书箱,由我替他带回上海来的。至于我自己的东西,是全部乱七八糟。

"吉人自有天相,伏园真福将也!而我的华盖运却还没有走完,噫吁唏……"我想着,蹲下去随手去拾乱书。拾不几本,茶房又在舱口大声叫我了:

"你的房里查关,开箱子去!"

我将收拾书箱的事托了统舱的茶房,跑回房舱去。果然,两位英属同胞早在那里等我了。床上的铺盖已经掀得稀乱,一个凳子躺在被铺上。我一进门,他们便搜我身上的皮夹。我以为意在看看名刺,可以知道姓名。然而并不看名刺,只将里面的两张十元钞票一看,便交还我了。还嘱咐我好好拿着,仿佛很怕我遗失似的。

其次是开提包,里面都是衣服,只抖开了十来件,乱堆在床铺上。其次是看提篮,有一个包着七元大洋的纸包,打开来数了一回,默然无话。还有一包十元的在底里,却不被发见,漏网了。其次是看长椅子上的手巾包,内有角子一包十元,散的四五元,铜子数十枚,看完之后,也默然无话。其次是开衣箱。这回可有些可怕了。我取锁匙略迟,同胞已经捏着铁签

作将要毁坏铰链之势,幸而钥匙已到,始庆安全。里面也是衣
服,自然还是照例的抖乱,不在话下。

"你给我们十块钱,我们不搜查你了。"一个同胞一面搜衣
箱,一面说。

我就抓起手巾包里的散角子来,要交给他。但他不接受,
回过头去再"查关"。

话分两头。当这一位同胞在查提包和衣箱时,那一位同
胞是在查网篮。但那检查法,和在统舱里查书箱的时候又两
样了。那时还不过捣乱,这回却变了毁坏。他先将鱼肝油的
纸匣撕碎,掷在地板上,还用铁签在蒋径三[4]君送我的装着
含有荔枝香味的茶叶的瓶上钻了一个洞。一面钻,一面四顾,
在桌上见了一把小刀。这是在北京时用十几个铜子从白塔寺
买来,带到广州,这回削过杨桃的。事后一量,连柄长华尺五
寸三分。然而据说是犯了罪了。

"这是凶器,你犯罪的。"他拿起小刀来,指着向我说。

我不答话,他便放下小刀,将盐煮花生的纸包用指头挖了
一个洞。接着又拿起一盒蚊烟香。

"这是什么?"

"蚊烟香。盒子上不写着么?"我说。

"不是。这有些古怪。"

他于是抽出一枝来,嗅着。后来不知如何,因为这一位同
胞已经搜完衣箱,我须去开第二只了。这时却使我非常为难,
那第二只里并不是衣服或书籍,是极其零碎的东西:照片,钞
本,自己的译稿,别人的文稿,剪存的报章,研究的资料……。

我想，倘一毁坏或搅乱，那损失可太大了。而同胞这时忽又去看了一回手巾包。我于是大悟，决心拿起手巾包里十元整封的角子，给他看了一看。他回头向门外一望，然后伸手接过去，在第二只箱上画了一个查讫的记号，走向那一位同胞去。大约打了一个暗号罢，——然而奇怪，他并不将钱带走，却塞在我的枕头下，自己出去了。

这时那一位同胞正在用他的铁签，恶狠狠地刺入一个装着饼类的坛子的封口去。我以为他一听到暗号，就要中止了。而孰知不然。他仍然继续工作，挖开封口，将盖着的一片木板摔在地板上，碎为两片，然后取出一个饼，捏了一捏，掷入坛中，这才也扬长而去了。

天下太平。我坐在烟尘陡乱，乱七八糟的小房里，悟出我的两位同胞开手的捣乱，倒并不是恶意。即使议价，也须在小小乱七八糟之后，这是所以"掩人耳目"的，犹言如此凌乱，可见已经检查过。王独清先生不云乎？同胞之外，是还有一位高鼻子，白皮肤的主人翁的。当收款之际，先看门外者大约就为此。但我一直没有看见这一位主人翁。

后来的毁坏，却很有一点恶意了。然而也许倒要怪我自己不肯拿出钞票去，只给银角子。银角子放在制服的口袋里，沉垫垫地，确是易为主人翁所发见的，所以只得暂且放在枕头下。我想，他大概须待公事办毕，这才再来收账罢。

皮鞋声橐橐地自远而近，停在我的房外了，我看时，是一个白人，颇胖，大概便是两位同胞的主人翁了。

"查过了？"他笑嘻嘻地问我。

的确是的，主人翁的口吻。但是，一目了然，何必问呢？或者因为看见我的行李特别乱七八糟，在慰安我，或在嘲弄我罢。

他从房外拾起一张《大陆报》[5]附送的图画，本来包着什物，由同胞撕下来抛出去的，倚在壁上看了一回，就又慢慢地走过去了。

我想，主人翁已经走过，"查关"该已收场了，于是先将第一只衣箱整理，捆好。

不料还是不行。一个同胞又来了，叫我"打开来"，他要查。接着是这样的问答——

"他已经看过了。"我说。

"没有看过。没有打开过。打开来！"

"我刚刚捆好的。"

"我不信。打开来！"

"这里不画着查过的符号么？"

"那么，你给了钱了罢？你用贿赂……"

"…………"

"你给了多少钱？"

"你去问你的一伙去。"

他去了。不久，那一个又忙忙走来，从枕头下取了钱，此后便不再看见，——真正天下太平。

我才又慢慢地收拾那行李。只见桌子上聚集着几件东西，是我的一把剪刀，一个开罐头的家伙，还有一把木柄的小刀。大约倘没有那十元小洋，便还要指这为"凶器"，加上"古怪"的香,来恐吓我的罢。但那一枝香却不在桌子上。

船一走动,全船反显得更闲静了,茶房和我闲谈,却将这翻箱倒箧的事,归咎于我自己。

"你生得太瘦了,他疑心你是贩雅片的。"他说。

我实在有些愕然。真是人寿有限,"世故"无穷。我一向以为和人们抢饭碗要碰钉子,不要饭碗是无妨的。去年在厦门,才知道吃饭固难,不吃亦殊为"学者"[6]所不悦,得了不守本分的批评。胡须的形状,有国粹和欧式之别,不易处置,我是早经明白的。今年到广州,才又知道虽颜色也难以自由,有人在日报上警告我,叫我的胡子不要变灰色,又不要变红色。[7]至于为人不可太瘦,则到香港才省悟,先前是梦里也未曾想到的。

的确,监督着同胞"查关"的一个西洋人,实在吃得很肥胖。

香港虽只一岛,却活画着中国许多地方现在和将来的小照:中央几位洋主子,手下是若干颂德的"高等华人"和一伙作伥的奴气同胞。此外即全是默默吃苦的"土人",能耐的死在洋场上,耐不住的逃入深山中,苗瑶[8]是我们的前辈。

九月二十九之夜。海上。

* * *

〔1〕 本篇最初发表于 1927 年 11 月 19 日《语丝》周刊第一五五期。

〔2〕 王独清(1898—1940) 陕西西安人,曾留学日、法,创造社

成员。他这篇通信发表在《创造月刊》第一卷第七期（1927 年 7 月 15日），题为《去雁》，是他在这年五月写给成仿吾、何畏两人的。信末说他自广州赴上海，经过香港时，一个英国人带着两个中国人上船"查关"，翻箱倒箧，并随意打骂旅客，有一个又向他索贿五块钱等事。《创造月刊》，创造社主办的文艺刊物，郁达夫、成仿吾等编辑，1926 年 3 月创刊于上海，1929 年 1 月停刊，共出十八期。

〔3〕　伏园　孙伏园，参看本卷第 401 页注〔5〕。

〔4〕　蒋径三（1899—1936）　浙江临海人，当时任中山大学图书馆馆员、历史语言研究所助理员。

〔5〕　《大陆报》　美国人密勒（F. Millard）1911 年 8 月 23 日在上海创办的英文日报。1926 年左右由英国人接办，三十年代初由中国人接办。1948 年 5 月停刊。

〔6〕　"学者"　指顾颉刚等。参看《华盖集续编·海上通信》。

〔7〕　关于胡须的形状，参看《坟·说胡须》。下文说的关于胡须颜色的警告，指当时广州《国民新闻》副刊《新时代》发表的尸一《鲁迅先生在茶楼上》一文，其中说："把他的胡子研究起来，我的结论是，他会由黑而灰，由灰而白。至于有人希望或恐怕它变成'红胡子'，那就非我所敢知的了。"尸一，即梁式（1894—1972），笔名尸一，广东台山人。当时是广州《国民新闻》副刊《新时代》的编辑，抗日战争期间在上海担任汪伪报纸《中华副刊》撰稿人。

〔8〕　苗瑶　我国两个少数民族。他们在古代由长江流域发展至黄河流域，居住于中国中部；后来又逐渐被迫转移至西南、中南一带山区。

革 命 文 学 [1]

今年在南方,听得大家叫"革命",正如去年在北方,听得大家叫"讨赤"的一样盛大。

而这"革命"还侵入文艺界里了。

最近,广州的日报上还有一篇文章指示我们,叫我们应该以四位革命文学家为师法:意大利的唐南遮[2],德国的霍普德曼[3],西班牙的伊本纳兹[4],中国的吴稚晖。

两位帝国主义者,一位本国政府的叛徒,一位国民党救护的发起者[5],都应该作为革命文学的师法,于是革命文学便莫名其妙了,因为这实在是至难之业。

于是不得已,世间往往误以两种文学为革命文学:一是在一方的指挥刀的掩护之下,斥骂他的敌手的;[6]一是纸面上写着许多"打,打","杀,杀",或"血,血"的。

如果这是"革命文学",则做"革命文学家",实在是最痛快而安全的事。

从指挥刀下骂出去,从裁判席上骂下去,从官营的报上骂开去,真是伟哉一世之雄,妙在被骂者不敢开口。而又有人说,这不敢开口,又何其怯也?对手无"杀身成仁"[7]之勇,是第二条罪状,斯愈足以显革命文学家之英雄。所可惜者只在这文学并非对于强暴者的革命,而是对于失败者的革命。

567

唐朝人早就知道,穷措大想做富贵诗,多用些"金""玉""锦""绮"字面,自以为豪华,而不知适见其寒蠢。真会写富贵景象的,有道:"笙歌归院落,灯火下楼台",[8]全不用那些字。"打,打","杀,杀",听去诚然是英勇的,但不过是一面鼓。即使是鼙鼓,倘若前面无敌军,后面无我军,终于不过是一面鼓而已。

我以为根本问题是在作者可是一个"革命人",倘是的,则无论写的是什么事件,用的是什么材料,即都是"革命文学"。从喷泉里出来的都是水,从血管里出来的都是血。"赋得革命,五言八韵"[9],是只能骗骗盲试官的。

但"革命人"就希有。俄国十月革命时,确曾有许多文人愿为革命尽力。但事实的狂风,终于转得他们手足无措。显明的例是诗人叶遂宁[10]的自杀,还有小说家梭波里[11],他最后的话是:"活不下去了!"

在革命时代有大叫"活不下去了"的勇气,才可以做革命文学。

叶遂宁和梭波里终于不是革命文学家。为什么呢,因为俄国是实在在革命。革命文学家风起云涌的所在,其实是并没有革命的。

*   *   *

〔1〕 本篇最初发表于1927年10月21日上海《民众旬刊》第五期。

〔2〕 唐南遮(G. D'Annunzio, 1863—1938) 通译邓南遮,意大利

作家。他在第一次世界大战时拥护并参加帝国主义战争,以后又拥护墨索里尼政权,受到法西斯主义党的推崇。其创作主要有剧本《琪琅康陶》,小说《死的胜利》等。

〔3〕 霍普德曼(G. Hauptmann,1862—1946) 德国剧作家。早年写过《日出之前》《织工》等有一定社会意义的作品。在第一次世界大战期间,他竭力赞助德皇威廉二世的武力政策,并为德军在比利时的暴行辩护。

〔4〕 伊本纳兹(V. Blasco‐Ibáñez,1867—1928) 通译伊巴涅兹,西班牙作家、西班牙共和党的领导人。因为反对王党,曾两次被西班牙政府监禁。1923 年又被放逐,侨居法国。主要作品有小说《农舍》《启示录的四骑士》等。

〔5〕 吴稚晖于 1927 年秉承蒋介石意旨,向国民党中央监察委员会提案,以“救护”国民党为名发起“清党”。参看本卷第 480 页注〔17〕。

〔6〕 这里说的指挥刀下的“革命文学”,指当时一些国民党文人发起的反共文学。如 1927 年间在广州出现的所谓“革命文学社”,出版《这样做》旬刊,第二期刊登的《革命文学社章程》中就有“本社集合纯粹中国国民党党员,提倡革命文学……从事本党的革命运动”等语。

〔7〕 “杀身成仁” 语出《论语·卫灵公》:“子曰:‘志士仁人,无求生以害仁,有杀身以成仁。’”

〔8〕 “笙歌归院落”二句,见唐代白居易所作《宴散》一诗。宋代欧阳修《归田录》卷二说:“晏元献公喜评诗。尝曰:‘老觉腰金重,慵便枕玉凉。’未是富贵语,不如‘笙歌归院落,灯火下楼台’。此善言富贵者也。人皆以为知言。”

〔9〕 “赋得革命,五言八韵” 科举时代的试帖诗,大都用古人的诗句或成语,冠以“赋得”二字,以作诗题。清朝又规定每首为五言八韵,即五字一句,十六句一首,二句一韵。这里指那些只有革命口号,空

洞无物的作品。

〔10〕 叶遂宁（С.А.Есенин，1895—1925） 通译叶赛宁，苏联诗人。以描写宗法制度下农村田园生活的抒情诗著称。十月革命时曾向往革命，写过一些赞扬革命的诗，如《苏维埃俄罗斯》等。但革命后陷入苦闷，于 1925 年 12 月自杀。

〔11〕 梭波里（А.М.Соболь，1888—1926） 苏联作家。他在十月革命之后曾接近革命，但终因不满于当时的现实而自杀。主要作品有长篇小说《尘土》、短篇小说集《樱桃开花的时候》等。

《尘影》题辞[1]

在我自己,觉得中国现在是一个进向大时代的时代。但这所谓大,并不一定指可以由此得生,而也可以由此得死。

许多为爱的献身者,已经由此得死。在其先,玩着意中而且意外的血的游戏,以愉快和满意,以及单是好看和热闹,赠给身在局内而旁观的人们;但同时也给若干人以重压。

这重压除去的时候,不是死,就是生。这才是大时代。

在异性中看见爱,在百合花中看见天堂,在拾煤渣的老妇人的魂灵中看见拜金主义[2],世界现在常为受机关枪拥护的仁义所治理,在此时此地听到这样的消息,我委实身心舒服,如喝好酒。然而《尘影》[3]所赍来的,却是重压。

现在的文艺,是往往给人不舒服的,没有法子。要不然,只好使自己逃出文艺,或者从文艺推出人生。

谁更为仁义和钞票写照,为三道血的"难看"传神呢?[4]我看见一篇《尘影》,它的愉快和重压留与各色的人们。

然而在结末的"尘影"中却又给我喝了一口好酒。

他将小宝留下,不告诉我们后来是得死,还是得生。[5]作者不愿意使我们太受重压罢。但这是好的,因为我觉得中国现在是进向大时代的时代。

一九二七年十二月七日,鲁迅记于上海。

*   *   *

〔1〕 本篇最初印入 1927 年 12 月上海开明书店出版的《尘影》一书,题为《〈尘影〉序言》,稍后又刊载于 1928 年 1 月 1 日上海《文学周报》第二九七期。

〔2〕 在拾煤渣的老妇人的魂灵中看见拜金主义 这是针对胡适"提倡拜金主义"的文章而说的。该文说:"美国人因为崇拜大拉(按"大拉"是英语 dollar 的音译,意思是"元",后泛指金钱),所以已经做到了真正'夜不闭户,路不拾遗'的理想境界了。……我们不配骂人崇拜大拉;请回头看看我们自己崇拜的是什么? 一个老太婆,背着一只竹箩,拿着一根铁杆,天天到弄堂里去扒垃圾堆,去寻那垃圾堆里一个半个没有烧完的煤球,一寸两寸稀烂奇脏的破布。——这些人崇拜的是什么!"(据 1927 年 11 月《语丝》周刊第一五六期《随看录三》)

〔3〕 《尘影》 中篇小说,黎锦明作。它描写 1927 年蒋介石国民党"清党"政变前后南方一个小县城的局势。这个小县城在大革命中成立"县执行委员会"和"农工纠察队",斗争地主豪绅;但在国民党发动政变时,当地土豪和各色反共人物,与国民党军官相勾结,对革命力量突施袭击,屠杀了许多革命者和工农群众。黎锦明,参看本卷第 511 页注〔7〕。

〔4〕 《尘影》中有这样的描写:大土豪刘百岁被捕,群众要求将他处死。他的儿子用几千元向混进县党部当委员的旧官僚韩秉猷行贿求救。韩受贿后宴请同党商议,说是"人家为孝道,我就为仁义",最后商定将刘百岁放出。"三道血"是书中主要人物县执行委员会主席、革命者熊履堂在时局逆转后被杀头时所溅的血;"难看"是旁观者的议论。

〔5〕 《尘影》最末一章描写熊履堂被杀时,他的儿子小宝正从幼稚园放学出来,唱着"打倒列强、除军阀"的歌曲,但未叙明后来结果如何。

当陶元庆君的绘画展览时^[1]

我所要说的几句话

陶元庆^[2]君绘画的展览,我在北京所见的是第一回。记得那时曾经说过这样意思的话^[3]:他以新的形,尤其是新的色来写出他自己的世界,而其中仍有中国向来的魂灵——要字面免得流于玄虚,则就是:民族性。

我觉得我的话在上海也没有改正的必要。

中国现今的一部分人,确是很有些苦闷。我想,这是古国的青年的迟暮之感。世界的时代思潮早已六面袭来,而自己还拘禁在三千年陈的桎梏里。于是觉醒,挣扎,反叛,要出而参与世界的事业——我要范围说得小一点:文艺之业。倘使中国之在世界上不算在错,则这样的情形我以为也是对的。

然而现在外面的许多艺术界中人,已经对于自然反叛,将自然割裂,改造了。而文艺史界中人,则舍了用惯的向来以为是"永久"的旧尺,另以各时代各民族的固有的尺,来量各时代各民族的艺术,于是向埃及坟中的绘画赞叹,对黑人刀柄上的雕刻点头,这往往使我们误解,以为要再回到旧日的桎梏里。而新艺术家们勇猛的反叛,则震惊我们的耳目,又往往不能不感服。但是,我们是迟暮了,并未参与过先前的事业,于是有时就不过敬谨接收,又成了一种可敬的身外的新桎梏。

陶元庆君的绘画,是没有这两重桎梏的。就因为内外两面,都和世界的时代思潮合流,而又并未桎亡中国的民族性。

我于艺术界的事知道得极少,关于文字的事较为留心些。就如白话,从中,更就世所谓"欧化语体"来说罢。有人斥道:你用这样的语体,可惜皮肤不白,鼻梁不高呀!诚然,这教训是严厉的。但是,皮肤一白,鼻梁一高,他用的大概是欧文,不是欧化语体了。正唯其皮不白,鼻不高而偏要"的呵吗呢",并且一句里用许多的"的"字,这才是为世诟病的今日的中国的我辈。

但我并非将欧化文来比拟陶元庆君的绘画。意思只在说:他并非"之乎者也",因为用的是新的形和新的色;而又不是"Yes""No",因为他究竟是中国人。所以,用密达尺[4]来量,是不对的,但也不能用什么汉朝的虑傂尺[5]或清朝的营造尺[6],因为他又已经是现今的人。我想,必须用存在于现今想要参与世界上的事业的中国人的心里的尺来量,这才懂得他的艺术。

一九二七年十二月十三日,鲁迅于上海记。

＊　　　＊　　　＊

〔1〕　本篇最初发表于 1927 年 12 月 19 日上海《时事新报》副刊《青光》。

〔2〕　陶元庆(1893—1929)　字璇卿,浙江绍兴人,美术家。曾任浙江台州第六中学、上海立达学园、杭州美术专科学校教员。鲁迅前期著译《彷徨》、《朝花夕拾》、《坟》、《苦闷的象征》等书的封面都由他作画。

〔3〕 作者在陶元庆第一回绘画展览时所说的话，即1925年3月16日所作的《"陶元庆氏西洋绘画展览会目录"序》（收入《集外集拾遗》）。

〔4〕 密达尺 法国长度单位 Metre 的音译，一译米突。后来为大多数国家所采用，通称为"米"。

〔5〕 虑俿尺 东汉章帝建初六年(81)所造的一种铜尺。

〔6〕 营造尺 清朝工部营造工程中所用的尺子，也称"部尺"，当时用作标准的长度单位。

卢梭和胃口[1]

做过《民约论》的卢梭[2]，自从他还未死掉的时候起，便受人们的责备和迫害，直到现在，责备终于没有完。连在和"民约"没有什么关系的中华民国，也难免这一幕了。

例如商务印书馆出版的《爱弥尔》[3]中文译本的序文上，就说——

"……本书的第五编即女子教育，他的主张非但不彻底，而且不承认女子的人格，与前四编的尊重人类相矛盾。……所以在今日看来，他对于人类正当的主张，可说只树得一半……。"

然而复旦大学出版的《复旦旬刊》创刊号上梁实秋[4]教授的意思，却"稍微有点不同"了。其实岂但"稍微"而已耶，乃是"卢梭论教育，无一是处，唯其论女子教育，的确精当。"因为那是"根据于男女的性质与体格的差别而来"的。而近代生物学和心理学研究的结果，又证明着天下没有两个人是无差别。怎样的人就该施以怎样的教育。[5]所以，梁先生说——

"我觉得'人'字根本的该从字典里永远注销，或由政府下令永禁行使。因为'人'字的意义太糊涂了。聪明绝顶的人，我们叫他做人，蠢笨如牛的人，也一样的叫做人，弱不禁风的女子，叫做人，粗横强大的男人，也叫做人，人里面的三流九等，无一非人。近代的德谟克拉西的思想，平等的观念，其起源即由于不承认人类的差别。近代所谓的男女平等运动，其起源即由于不承认男女的差别。人格是一个抽象名词，是一个人的身心各方面的特点的总和。人的身心各方面的特点既有差别，实即人格上亦有差别。所谓侮辱人格的，即是不承认一个人特有的人格，卢梭承认女子有女子的人格，所以卢梭正是尊重女子的人格。抹杀女子所特有之特性者，才是侮辱女子人格。"

于是势必至于得到这样的结论——

"……正当的女子教育应该是使女子成为完全的女子。"

那么，所谓正当的教育者，也应该是使"弱不禁风"者，成为完全的"弱不禁风"，"蠢笨如牛"者，成为完全的"蠢笨如牛"，这才免于侮辱各人——此字在未经从字典里永远注销，政府下令永禁行使之前，暂且使用——的人格了。卢梭《爱弥尔》前四编的主张不这样，其"无一是处"，于是可以算无疑。

但这所谓"无一是处"者，也只是对于"聪明绝顶的人"而言；在"蠢笨如牛的人"，却是"正当"的教育。因为看了这样的议论，可以使他更渐近于完全"蠢笨如牛"。这也就是尊重他的人格。

然而这种议论还是不会完结的。为什么呢？一者，因为即使知道说"自然的不平等"[6]，而不容易明白真"自然"和"因积渐的人为而似自然"之分。二者，因为凡有学说，往往

"合吾人之胃口者则容纳之,且从而宣扬之"[7]也。

上海一隅,前二年大谈亚诺德[8],今年大谈白璧德[9],恐怕也就是胃口之故罢。

许多问题大抵发生于"胃口",胃口的差别,也正如"人"字一样的——其实这两字也应该呈请政府"下令永禁行使"。我且抄一段同是美国的 Upton Sinclair[10]的,以尊重另一种人格罢——

"无论在那一个卢梭的批评家,都有首先应该解决的唯一的问题。为什么你和他吵闹的? 要为他的到达点的那自由,平等,调协开路么? 还是因为畏惧卢梭所发向世界上的新思想和新感情的激流呢? 使对于他取了为父之劳的个人主义运动的全体怀疑,将我们带到子女服从父母,奴隶服从主人,妻子服从丈夫,臣民服从教皇和皇帝,大学生毫不发生疑问,而佩服教授的讲义的善良的古代去,乃是你的目的么?

"阿嶷夫人曰:'最后的一句,好像是对于白璧德教授的一箭似的。'

"'奇怪呀,'她的丈夫说。'斯人也而有斯姓也……那一定是上帝的审判了。'"

不知道和原意可有错误,因为我是从日本文重译的。书的原名是《Mammonart》,在 California 的 Pasadena 作者自己出版,胃口相近的人们自己弄来看去罢。Mammon[11]是希腊神话里的财神,art 谁都知道是艺术。可以译作"财神艺术"罢。日本的译名是"拜金艺术",也行。因为这一个字是作者生造

的,政府既没有下令颁行,字典里也大概未曾注入,所以姑且
在这里加一点解释。

十二,二一。

*　　　　*　　　　*

〔1〕 本篇最初发表于 1928 年 1 月 7 日《语丝》周刊第四卷第四
期。

〔2〕 卢梭(J. J. Rousseau, 1712—1778) 法国启蒙思想家。他的
主要著作《民约论》(1762 年出版),提出"天赋人权"学说,抨击封建专制
制度,在十八世纪欧洲资产阶级民主革命时期影响很大。他因此备受
僧侣和贵族的迫害,以致不得不避居瑞士和英国。

〔3〕 《爱弥尔》 通译《爱弥儿》,卢梭所著的教育小说,1762 年出
版。在前四篇关于主要人物爱弥儿的描述中,作者认为人类在"自然状
态"下是平等的,应尊重人的自然发展。但第五篇叙述对莎菲亚的教育
时,作者又认为"人既有差别,人格遂亦有差别,女子有女子的人格。"由
于此书反封建、反宗教色彩浓厚,出版后曾被巴黎议会议决焚毁。中文
本系魏肇基所译,1923 年 6 月商务印书馆出版,序文为译者所作。

〔4〕 梁实秋(1902—1987) 浙江杭县(今属余杭)人,作家、翻译
家,新月社的重要成员。曾留学美国,是美国新人文主义者白璧德的学
生。回国后曾任暨南大学、复旦大学等校教授。他的《卢梭论女子教
育》一文,原发表于 1926 年 12 月 15 日《晨报副刊》,后略加修改,重新刊
载于 1927 年 11 月《复旦旬刊》创刊号。他认为卢梭关于女子教育的意
见,"实足矫正近年来男女平等的学说"。

〔5〕 梁实秋在《卢梭论女子教育》中说:"近代生物学和心理学研
究的结果,证明不但男子和女人是有差别的,就是男子和男子,女人和
女人,又有差别。简而言之,天下就没有两个人是无差别的。什么样的

人应该施以什么样的教育。"

〔6〕　"自然的不平等"　卢梭在《论人类不平等的起源和基础》(1762年出版)中说:"人类中有两种不平等:一种,我把它叫做自然的或生理上的不平等,因为它是基于自然,由年龄、健康、体力及智慧或心灵的性质的不同而产生的;另一种可以称为精神上的或政治上的不平等,因为它是起因于一种协议,由于人们的同意而设定的,或者至少是它的存在为大家所认可的。"(据李常山译本,1926年商务印书馆出版。)

〔7〕　"合吾人之胃口者则容纳之"二句,是梁实秋《卢梭论女子教育》中的话。

〔8〕　亚诺德(M.Arnold,1822—1888)　通译阿诺德,英国诗人、文艺批评家。牛津大学教授。梁实秋在所著《文学批评辩》、《文学的纪律》等文里常引用他的意见。

〔9〕　白璧德(I.Babbitt,1865—1933)　美国近代"新人文主义"运动的领导者之一,哈佛大学教授。他在《卢骚及浪漫主义》一书中,对卢梭多有攻击。梁实秋说卢梭"无一是处",便是依据他的意见而来。

〔10〕　Upton Sinclair　阿通·辛克莱(1878—1968),美国小说家。下文的《Mammonart》,即《拜金艺术》,辛克莱的一部用经济的观点解释历史上各时代的文艺的专著,1925年出版。California的Pasadena,即加利福尼亚州的帕萨第那城。按引文中的阿嶷是该书中一个原始时代的艺术家的名字。这里的引文是根据木村生死的日文译本《拜金艺术》(1927年东京金星堂出版)重译。

〔11〕　Mammon　这个词来源于古代西亚的阿拉米语,经过希腊语移植到近代西欧各国语言中,指财富或财神,后转义为好利贪财的恶魔。古希腊神话中的财神是普路托斯(Ploutos)。

文 学 和 出 汗[1]

上海的教授对人讲文学,以为文学当描写永远不变的人性,否则便不久长[2]。例如英国,莎士比亚和别的一两个人所写的是永久不变的人性,所以至今流传,其余的不这样,就都消灭了云。

这真是所谓"你不说我倒还明白,你越说我越胡涂"了。英国有许多先前的文章不流传,我想,这是总会有的,但竟没有想到它们的消灭,乃因为不写永久不变的人性。现在既然知道了这一层,却更不解它们既已消灭,现在的教授何从看见,却居然断定它们所写的都不是永久不变的人性了。

只要流传的便是好文学,只要消灭的便是坏文学;抢得天下的便是王,抢不到天下的便是贼。莫非中国式的历史论,也将沟通了中国人的文学论欤?

而且,人性是永久不变的么?

类人猿,类猿人,原人,古人,今人,未来的人,……如果生物真会进化,人性就不能永久不变。不说类猿人,就是原人的脾气,我们大约就很难猜得着的,则我们的脾气,恐怕未来的人也未必会明白。要写永久不变的人性,实在难哪。

譬如出汗罢,我想,似乎于古有之,于今也有,将来一定暂时也还有,该可以算得较为"永久不变的人性"了。然而"弱不禁风"的小姐出的是香汗,"蠢笨如牛"的工人出的是臭汗。不知道倘要做长留世上的文字,要充长留世上的文学家,是描写香汗好呢,还是描写臭汗好?这问题倘不先行解决,则在将来文学史上的位置,委实是"岌岌乎殆哉"[3]。

听说,例如英国,那小说,先前是大抵写给太太小姐们看的,其中自然是香汗多;到十九世纪后半,受了俄国文学的影响,就很有些臭汗气了。那一种的命长,现在似乎还在不可知之数。

在中国,从道士听论道,从批评家听谈文,都令人毛孔痉挛,汗不敢出[4]。然而这也许倒是中国的"永久不变的人性"罢。

二七,一二,二三。

*　　　*　　　*

〔1〕 本篇最初发表于 1928 年 1 月 14 日《语丝》周刊第四卷第五期。

〔2〕 指梁实秋。他在 1926 年 10 月 27、28 日《晨报副刊》发表的《文学批评辩》一文中说:"物质的状态是变动的,人生的态度是歧异的;但人性的质素是普遍的,文学的品味是固定的。所以伟大的文学作品能禁得起时代和地域的试验。《依里亚德》在今天尚有人读,莎士比亚的戏剧在今天尚有人演,因为普遍的人性是一切伟大的作品之基础。""人性论"是梁实秋在 1927 年前后数年间所写的文艺批评的根本思想。

〔3〕 "岌岌乎殆哉" 语出《孟子·万章(上)》:"天下殆哉,岌岌乎!"孔子语,危险不安的意思。

〔4〕 汗不敢出 语出《世说新语·言语》:"战战栗栗,汗不敢出。"

文 艺 和 革 命[1]

欢喜维持文艺的人们,每在革命地方,便爱说"文艺是革命的先驱"。

我觉得这很可疑。或者外国是如此的罢;中国自有其特别国情,应该在例外。现在妄加编排,以质同志——

1,革命军。 先要有军,才能革命,凡已经革命的地方,都是军队先到的:这是先驱。大军官们也许到得迟一点,但自然也是先驱,无须多说。

(这之前,有时恐怕也有青年潜入宣传,工人起来暗助,但这些人们大抵已经死掉,或则无从查考了,置之不论。)

2,人民代表。 军官们一到,便有人民代表群集车站欢迎,手执国旗,嘴喊口号,"革命空气,非常浓厚":这是第二先驱。

3,文学家。 于是什么革命文学,民众文学,同情文学[2]飞腾文学都出来了,伟大光明的名称的期刊也出来了,来指导青年的:这是——可惜得很,但也不要紧——第三先驱。

外国是革命军兴以前,就有被迫出国的卢梭,流放极边的珂罗连珂[3]……。

好了。倘若硬要乐观,也可以了。因为我们常听到所谓文学家将要出国的消息,看见新闻上的记载,广告;看见诗;看见文。虽然尚未动身,却也给我们一种"将来学成归国,了不得呀!"的豫感,——希望是谁都愿意有的。

　　　　　　　　　　　　十二月二十四夜零点一分五秒。

　　＊　　　　＊　　　　＊

　　〔1〕 本篇最初发表于 1928 年 1 月 28 日《语丝》周刊第四卷第七期。

　　〔2〕 同情文学　1927 年春,孔圣裔、冯金高等在广州《民国日报》副刊《现代青年》上连续发表背叛共产党的"忏悔"的诗文,并对他们的叛变行为互表"同情";3 月间,谢立猷又在《现代青年》上发表《谈谈革命文艺》、《革命与文艺》等文章,称文艺"是人类同情的呼声","人类同情的应感"等等。所谓"同情文学",当指这类文字。

　　〔3〕 珂罗连珂(В.Г.Короленко,1853—1921)　通译柯罗连科,俄国作家。曾因参加革命活动,被流放西伯利亚六年。著有中篇小说《盲音乐家》、文学回忆录《我的同时代人的故事》等。

谈所谓"大内档案"[1]

所谓"大内档案"[2]这东西,在清朝的内阁里积存了三百多年,在孔庙里塞了十多年,谁也一声不响。自从历史博物馆将这残余卖给纸铺子,纸铺子转卖给罗振玉[3],罗振玉转卖给日本人,于是乎大有号咷之声,仿佛国宝已失,国脉随之似的。前几年,我也曾见过几个人的议论,所记得的一个是金梁,登在《东方杂志》[4]上;还有罗振玉和王国维[5],随时发感慨。最近的是《北新半月刊》上的《论档案的售出》,蒋彝潜[6]先生做的。

我觉得他们的议论都不大确。金梁,本是杭州的驻防旗人,早先主张排汉的,民国以来,便算是遗老了,凡有民国所做的事,他自然都以为很可恶。罗振玉呢,也算是遗老,曾经立誓不见国门,而后来仆仆京津间,痛责后生不好古,而偏将古董卖给外国人的,只要看他的题跋,大抵有"广告"气扑鼻,便知道"于意云何"了。独有王国维已经在水里将遗老生活结束,是老实人;但他的感喟,却往往和罗振玉一鼻孔出气,虽然所出的气,有真假之分。所以他被弄成夹广告的 Sandwich[7],是常有的事,因为他老实到像火腿一般。蒋先生是例外,我看并非遗老,只因为 Sentimental[8]一点,所以受了罗振玉辈的骗了。你想,他要将这卖给日本人,肯说这不是宝

585

贝的么?

那么,这不是好东西么? 不好,怎么你也要买,我也要买呢? 我想,这是谁也要发的质问。

答曰:唯唯,否否。这正如败落大户家里的一堆废纸,说好也行,说无用也行的。因为是废纸,所以无用;因为是败落大户家里的,所以也许夹些好东西。况且这所谓好与不好,也因人的看法而不同,我的寓所近旁的一个垃圾箱,里面都是住户所弃的无用的东西,但我看见早上总有几个背着竹篮的人,从那里面一片一片,一块一块,检了什么东西去了,还有用。更何况现在的时候,皇帝也还尊贵,只要在"大内"里放几天,或者带一个"宫"字,就容易使人另眼相看的,这真是说也不信,虽然在民国。

"大内档案"也者,据深通"国朝"[9]掌故的罗遗老说,是他的"国朝"时堆在内阁里的乱纸,大家主张焚弃,经他力争,这才保留下来的。但到他的"国朝"退位,民国元年我到北京的时候,它们已经被装为八千(?)麻袋,塞在孔庙之中的敬一亭里了,的确满满地埋满了大半亭子。其时孔庙里设了一个历史博物馆筹备处,处长是胡玉缙[10]先生。"筹备处"云者,即里面并无"历史博物"的意思。

我却在教育部,因此也就和麻袋们发生了一点关系,眼见它们的升沉隐显。可气可笑的事是有的,但多是小玩意;后来看见外面的议论说得天花乱坠起来,也颇想做几句记事,叙出我所目睹的情节。可是胆子小,因为牵涉着的阔人很有几个,没有敢动笔。这是我的"世故",在中国做人,骂民族,骂国家,骂社会,骂团体,……都可以的,但不可涉及个人,有名有姓。广州的一种期刊上说我只打叭儿狗,不骂军阀。殊不知我正因为骂了叭儿狗,这才有逃出北京的运命。泛骂军阀,谁来管呢?军阀是不看杂志的,就靠叭儿狗嗅,候补叭儿狗吠。阿,说下去又不好了,赶快带住。

现在是寓在南方,大约不妨说几句了,这些事情,将来恐怕也未必另外有人说。但我对于有关面子的人物,仍然都不用真姓名,将罗马字来替代。既非欧化,也不是"隐恶扬善",只不过"远害全身"。这也是我的"世故",不要以为自己在南方,他们在北方,或者不知所在,就小觑他们。他们是突然会在你眼前阔起来的,真是神奇得很。这时候,恐怕就会死得连自己也莫明其妙了。所以要稳当,最好是不说。但我现在来"折衷",既非不说,而不尽说,而代以罗马字,——如果这样还不妥,那么,也只好听天由命了。上帝安我魂灵!

却说这些麻袋们躺在敬一亭里,就很令历史博物馆筹备处长胡玉缙先生担忧,日夜提防工役们放火。为什么呢?这事谈起来可有些繁复了。弄些所谓"国学"的人大概都知道,胡先生原是南菁书院[11]的高材生,不但深研旧学,并且博识前朝掌故的。他知道清朝武英殿里藏过一副铜活字,后来太监你也偷,我也偷,偷得"不亦乐乎",待到王爷们似乎要来查考的时候,就放了一把火。自然,连武英殿也没有了,更何况铜活字的多少。而不幸敬一亭中的麻袋,也仿佛常常减少,工役们不是国学家,所以他将内容的宝贝倒在地上,单拿麻袋去卖钱。胡先生因此想到武英殿失火的故事,深怕麻袋缺得多了之后,敬一亭也照例烧起来;就到教育部去商议一个迁移,或整理,或销毁的办法。

专管这一类事情的是社会教育司,然而司长是夏曾佑[12]先生。弄些什么"国学"的人大概也都知道的,我们不必看他另外的论文,只要看他所编的两本《中国历史教科书》,就知道他看中国人有怎地清楚。他是知道中国的一切事万不可"办"的;即如档案罢,任其自然,烂掉,霉掉,蛀掉,偷掉,甚而至于烧掉,倒是天下太平;倘一加人为,一"办",那就舆论沸腾,不可开交了。结果是办事的人成为众矢之的,谣言和谗谤,百口也分不清。所以他的主张是"这个东西万万动不得"。

这两位熟于掌故的"要办"和"不办"的老先生,从此都知道各人的意思,说说笑笑,……但竟拖延下去了。于是麻袋们又安稳地躺了十来年。

这回是 F 先生[13]来做教育总长了,他是藏书和"考古"的名人。我想,他一定听到了什么谣言,以为麻袋里定有好的宋版书——"海内孤本"。这一类谣言是常有的,我早先还听得人说,其中且有什么妃的绣鞋和什么王的头骨哩。有一天,他就发一个命令,教我和 G 主事[14]试看麻袋。即日搬了二十个到西花厅,我们俩在尘埃中看宝贝,大抵是贺表,黄绫封,要说好是也可以说好的,但太多了,倒觉得不希奇。还有奏章,小刑名案子居多,文字是半满半汉,只有几个是也特别的,但满眼都是了,也觉得讨厌。殿试[15]卷是一本也没有;另有几箱,原在教育部,不过都是二三甲的卷子,听说名次高一点的在清朝便已被人偷去了,何况乎状元。至于宋版书呢,有是有的,或则破烂的半本,或是撕破的几张。也有清初的黄榜,也有实录[16]的稿本。朝鲜的贺正表,我记得也发见过一张。

我们后来又看了两天,麻袋的数目,记不清楚了,但奇怪,这时以考察欧美教育驰誉的 Y 次长[17],以讲大话出名的 C 参事[18],忽然都变为考古家了。他们和 F 总长,都"念兹在兹"[19],在尘埃中间和破纸旁边离不开。凡有我们检起在桌上的,他们总要拿进去,说是去看看。等到送还的时候,往往比原先要少一点,上帝在上,那倒是真的。

大约是几叶宋版书作怪罢,F 总长要大举整理了,另派了部员几十人,我倒幸而不在内。其时历史博物馆筹备处已经迁在午门,处长早换了 YT[20];麻袋们便在午门上被整理。YT 是一个旗人,京腔说得极漂亮,文字从来不谈的,但是,奇怪之至,他竟也忽然变成考古家了,对于此道津津有味。后来还珍藏着一本宋版的什么《司马法》[21],可惜缺了角,但已经都用古色纸补了起来。

那时的整理法我不大记得了,要之,是分为"保存"和"放弃",即"有用"和"无用"的两部分。从此几十个部员,即天天在尘埃和破纸中出没,渐渐完工——出没了多少天,我也记不清楚了。"保存"的一部分,后来给北京大学又分了一大部分去。其余的仍藏博物馆。不要的呢,当时是散放在午门的门楼上。

那么,这些不要的东西,应该可以销毁了罢,免得失火。不,据"高等做官教科书"所指示,不能如此草草的。派部员几十人办理,虽说倘有后患,即应由他们负责,和总长无干。但究竟还只一部,外面说起话来,指摘的还是某部,而非某部的某某人。既然只是"部",就又不能和总长无干了。

于是办公事,请各部都派员会同再行检查。这宗公事是灵的,不到两星期,各部都派来了,从两个至四个,其中很多的是新从外洋回来的留学生,还穿着崭新的洋服。于是济济跄跄,又在灰土和废纸之间钻来钻去。但是,说也奇怪,好几个崭新的留学生又都忽然变了考古家了,将破烂的纸张,绢片,塞到洋裤袋里——但这是传闻之词,我没有目睹。

这一种仪式既经举行,即倘有后患,各部都该负责,不能超然物外,说风凉话了。从此午门楼上的空气,便再没有先前一般紧张,只见一大群破纸寂寞地铺在地面上,时有一二工役,手执长木棍,搅着,拾取些黄绫表签和别的他们所要的东西。

那么,这些不要的东西,应该可以销毁了罢,免得失火。不。F总长是深通"高等做官学"的,他知道万不可烧,一烧必至于变成宝贝,正如人们一死,讣文上即都是第一等好人一般。况且他的主义本来并不在避火,所以他便不管了,接着,他也就"下野"了。

这些废纸从此便又没有人再提起,直到历史博物馆自行卖掉之后,才又掀起了一阵神秘的风波。

我的话实在也未免有些煞风景,近乎说,这残余的废纸里,已没有什么宝贝似的。那么,外面惊心动魄的什么唐画呀,蜀石经[22]呀,宋版书呀,何从而来的呢?我想,这也是别人必发的质问。

我想,那是这样的。残余的破纸里,大约总不免有所谓东西留遗,但未必会有蜀刻和宋版,因为这正是大家所注意搜索的。现在好东西的层出不穷者,一,是因为阔人先前陆续偷去的东西,本不敢示人,现在却得了可以发表的机会;二,是许多假造的古董,都挂了出于八千麻袋中的招牌而上市了。

还有,蒋先生以为国立图书馆"五六年来一直到此刻,每次战争的胜来败去总得糟蹋得很多。"那可也不然的。从元年到十五年,每次战争,图书馆从未遭过损失。只当袁世凯称帝时,曾经几乎遭一个皇室中人攘夺,然而幸免了。它的厄运,是在好书被有权者用相似的本子来掉换,年深月久,弄得面目全非,但我不想在这里多说了。

中国公共的东西,实在不容易保存。如果当局者是外行,他便将东西糟完,倘是内行,他便将东西偷完。而其实也并不单是对于书籍或古董。

一九二七,一二,二四。

※　　　　※　　　　※

〔1〕 本篇最初发表于 1928 年 1 月 28 日《语丝》周刊第四卷第七期。

〔2〕 "大内档案" 指清朝存放于内阁大库内的诏令、奏章、朱谕、则例、外国的表章、历科殿试的卷子以及其他文件。内容庞杂,是有关清朝历史的原始资料。

〔3〕 罗振玉 参看本卷第 408 页注〔7〕。辛亥革命以后,他曾在文章中咒骂武昌起义为"盗起湖北",自称"不忍见国门";但他后来寓居天津,仍往来京津,常到故宫"朝见"废帝溥仪,并与一班遗老和日本帝

国主义分子进行复辟的阴谋活动。1922 年春,历史博物馆将大内档案残余卖给北京同懋增纸店,售价四千元;其后又由罗振玉以一万二千元买得;1927 年 9 月,罗振玉又将它卖给日本人松崎。

〔4〕 金梁(1878—1962) 字息侯,驻防杭州的汉军旗人。清光绪进士,曾任京师大学堂提调、奉天新民府知府。民国后是坚持复辟的顽固分子。这里是指他在《东方杂志》第二十卷第四号(1923 年 2 月 25 日)发表的《内阁大库档案访求记》一文。《东方杂志》,综合性刊物,商务印书馆出版,1904 年 3 月在上海创刊,1948 年 12 月停刊,共出四十四卷。

〔5〕 王国维(1877—1927) 字静安,号观堂,浙江海宁人,近代学者。早年留学日本,曾任学部图书局协修。著有《宋元戏曲史》、《观堂集林》、《人间词话》等。他一生和罗振玉的关系密切,在罗的影响下,受清废帝溥仪的征召,任所谓清宫"南书房行走"。后于 1927 年 6 月在北京颐和园昆明湖投水自杀。

〔6〕 蒋彝潜 事迹不详。他的《论档案的售出》一文,载 1927 年 11 月 1 日《北新》半月刊第二卷第一号。

〔7〕 Sandwich 英语:夹肉面包片,音译三明治。

〔8〕 Sentimental 英语:感伤的。按蒋彝潜的文章中充满"追悼"、"痛哭"、"去了!东渡!——一部清朝全史!"等语句。

〔9〕 "国朝" 封建时代臣民称本朝为"国朝",这里是指清朝。辛亥革命以后,罗振玉在文章中仍称清朝为"国朝"。

〔10〕 胡玉缙(1859—1940) 字绥之,江苏吴县人。清末曾任学部员外郎、京师大学堂文科教授。著有《许廎学林》等书。

〔11〕 南菁书院 在江苏江阴县城内,1884 年(清光绪十年)江苏学政黄体芳创立,以经史词章教授学生,主讲者有黄以周、缪荃孙等人。曾刻有《南菁书院丛书》、《南菁讲舍文集》等。

〔**12**〕 夏曾佑(1865—1924) 字穗卿,浙江杭县(今余杭)人。光绪进士。他在清末与谭嗣同、梁启超等提倡新学,参加维新运动。1912年5月至1915年7月任北洋政府教育部社会教育司司长,1916年任京师图书馆馆长。他所著的《中国历史教科书》,从上古起到隋代止,共二卷,商务印书馆出版。后改名为《中国古代史》,列为该馆编印的《大学丛书》之一。

〔**13**〕 F先生 指傅增湘(1872—1949),字沅叔,四川江安人,藏书家。1917年12月至1919年5月任北洋政府教育总长。著有《藏园群书题记》等书。

〔**14**〕 G主事 不详。

〔**15**〕 殿试 又叫廷试,皇帝主持的考试。殿试分三甲录取,第一甲赐进士及第,录取三名(状元、榜眼、探花),第二甲赐进士出身,第三甲赐同进士出身。

〔**16**〕 实录 封建王朝中某一皇帝统治时期的编年大事记,由当时的史臣奉旨编写。因材料较丰富,常为后来修史的人所采用。

〔**17**〕 Y次长 指袁希涛(1866—1930),字观澜,江苏宝山(今属上海市)人。曾任江苏省教育会会长,1915年到1919年间先后两次任北洋政府教育部次长(后一次曾代总长)。

〔**18**〕 C参事 指蒋维乔(1873—1958),字竹庄,江苏武进人。1912年至1917年间曾任北洋政府教育部参事,参与整理"大内档案"。

〔**19**〕 "念兹在兹" 语出《尚书·大禹谟》。念念不忘的意思。

〔**20**〕 YT 指彦德,字明允,满洲正黄旗人,曾任清政府学部总务司郎中、京师学务局长。他在"大内档案"中得到蜀石经《穀梁传》九四○余字。(罗振玉亦得《穀梁传》七十余字,后来两人都卖给庐江刘体乾;刘于1926年曾影印《孟蜀石经》八册。)

〔**21**〕《司马法》 古代兵书名,共三卷,旧题齐司马穰苴撰,但实

为战国时齐威王诸臣辑古代司马（掌管军政、军赋的官）兵法而成；其中曾附穰苴用兵的方法，所以称为《司马穰苴兵法》，后来《隋书·经籍志》等就以为是他所撰。

〔22〕 蜀石经 五代时后蜀皇帝孟昶命宰相毋昭裔楷书《易》、《诗》、《书》、三《礼》、三《传》、《论》、《孟》等十一经，刻石列于成都学宫。这种石刻经文的拓本，后世称为蜀石经。因为它是历代石经中唯一附有注文的一种，错字也比较少，所以为后来研究经学的人所重视。

拟 预 言[1]

——一九二九年出现的琐事

有公民某甲上书,请每县各设大学一所,添设监狱两所。被斥。

有公民某乙上书,请将共产主义者之产业作为公产,女眷作为公妻,以惩一儆百。半年不批。某乙忿而反革命,被好友告发,逃入租界。

有大批名人学者及文艺家,从外洋回国,于外洋一切政俗学术文艺,皆已比本国者更为深通,受有学位。但其尤为高超者未入学校。

科学,文艺,军事,经济的连合战线告成。

正月初一,上海有许多新的期刊出版,[2]本子最长大者,为——

　　　文艺又复兴。文艺真正老复兴。宇宙。其大无外。至高无上。太太阳。光明之极。白热以上。新新生命。新新新生命。同情。正义。义旗。刹那。飞狮。地震。阿呀。真真美善。……等等。

同日,美国富豪们联名电贺北京检煤渣老婆子等,称为"同志"[3],无从投递,次日退回。

正月初三,哲学与小说同时灭亡。

有提倡"一我主义"者,几被查禁。后来查得议论并不新异,着无庸议,听其自然。

有公民某丙著论,谓当"以党治国"[4],即被批评家们痛驳,谓"久已如此,而还要多说,实属不明大势,昏愦胡涂"。

谣传有男女青年四万一千九百二十六人失踪。

蒙古亲近赤俄,公决革出五族,以侨华白俄补缺,仍为"五族共和",各界提灯庆祝。

《小说月报》出"列入世界文学两周年纪念"号,定购全年者,各送优待券一张,购书照定价八五折。

《古今史疑大全》[5]出版,有名人学者往来信札函件批语颂辞共二千五百余封,编者自传二百五十余叶,广告登在《艺术界》,谓所费邮票,即已不赀,其价值可想。

美国开演《玉堂春》影片,白璧德教授评为决非卢梭所及。[6]

有中国的法斯德[7]挑同情一担,访郭沫若,见郭穷极,失望而去。

有在朝者数人下野;有在野者多人下坑。

绑票公司股票涨至三倍半。

女界恐乳大或有被割之险,仍旧束胸,家长多被罚洋五十元,国帑更裕。[8]

有博士讲"经济学精义",只用两句,云:"铜板换角子,角子换大洋。"[9]全世界敬服。

有革命文学家将马克思学说推翻,这只用一句,云:"什么马克斯牛克斯。"[10]全世界敬服,犹太人大惭。

　　新诗"雇人哭丧假哼哼体"流行。

　　茶店,浴堂,麻花摊,皆寄售《现代评论》。[11]

　　赤贼完全消灭,安那其主义将于四百九十八年后实行。[12]

＊　　　＊　　　＊

　　〔1〕　本篇最初发表于 1928 年 1 月 28 日《语丝》周刊第四卷第七期,署名楮冠。

　　〔2〕　关于当时出现的一些期刊,作者稍后在《三闲集·"醉眼"中的朦胧》一文中说过:"旧历和新历的今年似乎于上海的文艺家们特别有着刺激力,接连的两个新正一过,期刊便纷纷而出了。他们大抵将全力用尽在伟大或尊严的名目上,不惜将内容压杀。"

　　〔3〕　关于美国富豪称北京捡煤渣老婆子为"同志",参看本卷第 572 页注〔2〕。

　　〔4〕　"以党治国"　蒋介石在"四一二"反共政变后为实行独裁统治而提出的口号。他在 1927 年 4 月 30 日发表的《告全国民众书》中说:"我们是主张'以党治国'为救中国的唯一出路","我国民党是负责的政党,所以我们不许共产党混杂在里面,……我们'以党治国'的主张,自有苦心精义。"

　　〔5〕　《古今史疑大全》　这是影射顾颉刚的《古史辨》而虚拟的书名。1926 年 6 月,顾颉刚出版了《古史辨》第一册,内收有他自己和胡适等人所作讨论中国古史的文字及往来信札;书前有他的一篇自序,详述其身世、环境、求学经过与治学方法等等,长达一〇三页,就像是他的自传。"史疑"讽指该书中常以主观臆断的态度对待古代人物和史实。

　　〔6〕　《玉堂春》　叙述妓女苏三(玉堂春)遭遇的故事。最早见于

《警世通言·玉堂春落难逢夫》，以后被改编为弹词、京剧、评剧、电影等。按白璧德文艺思想的追随者梁实秋在论卢梭关于女子教育的意见时，曾说男女"人格"有差别，"正当的女子教育应该是使女子成为完全的女子"。（参看本书《卢梭和胃口》）这里是说，像玉堂春那样"人格"被践踏的女性，应该是最符合梁实秋的理论的所谓"完全的女子"。

〔7〕　中国的法斯德　大概是指高长虹。法斯德即德国作家歌德诗剧《浮士德》中的主角浮士德，是欧洲传说中的一个冒险人物。高长虹在《1925 北京出版界形势指掌图》中曾说："鲁迅则常说郭沫若骄傲，我则说他的态度才能倒都好，颇有类似歌德的样子。"又说："听一个朋友说，……郭沫若醉后写了一副对联给周作人，意思是什么成文豪置房产之类"。文中所说"同情"也是高长虹的话，参看本卷第 521 页注〔2〕。按高长虹说鲁迅"常说郭沫若骄傲"，完全出于"捏造"，参看《两地书·七三》。又所说郭沫若写对联给周作人，亦无其事。

〔8〕　关于束胸受罚，参看本卷第 491 页注〔6〕。

〔9〕　指马寅初。参看本卷第 181 页注〔10〕。他留学美国时获哥伦比亚大学经济学博士学位。鲁迅在《两地书·五八》中说："马寅初博士到厦门来演说，所谓'北大同人'，正在发昏章第十一，排班欢迎。我固然是'北大同人'之一，也非不知银行之可以发财，然而于'铜子换毛钱，毛钱换大洋'学说，实在没有什么趣味，所以都不加入。"

〔10〕　指吴稚晖。他在国民党"清党"前后，经常发表这种反共言论。这一句迻见于他在 1927 年 5 月、7 月给汪精卫的信中。按广州报纸曾称吴稚晖为"革命文学家"。参看本书《革命文学》一文。

〔11〕　《现代评论》为了扩大销路，曾在该刊"特别增刊"第一号（1925 年 10 月 28 日）刊登《现代评论》代售处"一表，分"京内"、"京外"、"国外"三栏，详列代售处一百多处，其中有百货店、药店、实业公司、同善社等等。

〔12〕　这是对于自称无政府主义者的国民党政要吴稚晖的讽刺。参看本卷第 480 页注〔17〕。安那其主义，英语 Anarchism 的音译，即无政府主义。

附　　录

大 衍 发 微[1]

　　三月十八日段祺瑞，贾德耀，章士钊们使卫兵枪杀民众，通缉五个所谓"暴徒首领"之后，报上还流传着一张他们想要第二批通缉的名单。对于这名单的编纂者，我现在并不想研究。但将这一批人的籍贯职务调查开列起来，却觉得取舍是颇为巧妙的。先开前六名，但所任的职务，因为我见闻有限，所以也许有遗漏：

　　一　徐　谦(安徽)俄国退还庚子赔款委员会委员，中俄大学校长，广东外交团代表主席。

　　二　李大钊(直隶)国立北京大学教授，校长室秘书。

　　三　吴敬恒(江苏)清室善后委员会监理。

　　四　李煜瀛(直隶)俄款委员会委员长，清室善后委员会委员长，中法大学代理校长，北大教授。

　　五　易培基(湖南)前教育总长，现国立北京女子师范大学校长。

　　六　顾兆熊(直隶)俄款委员会委员，北大教务长，北京教育会会长。

　　四月九日《京报》云："姓名上尚有圈点等符号，其意不明。……徐李等五人名上各有三圈,吴稚晖虽列名第三,而仅一点。余或两圈一圈或一点,不记其详。"于是就有人推测,以为吴老先生之所以仅有一点者,因章士钊还想引以为重,以及别的原因云云。案此皆未经开列职务,以及未见陈源《闲话》之故也。只要一看上文,便知道圈点之别,不过表明"差缺"之是否"优美"[2]。监理是点查物件的监督者,又没有什么薪水,所以只配一点;而别人之"差缺"则大矣,自然值得三圈。"不记其详"的余人,依此类推,大约即不至于有大错。将冠冕堂皇的"整顿学风"[3]的盛举,只作如是观,虽然太煞风景,对不住"正人君子"们,然而我的眼光这样,也就无法可想。再写下去罢,计开:

七　陈友仁(广东)前《民报》英文记者,现《国民新报》英文记者。

八　陈启修(四川)中俄大学教务长,北大教授,女师大教授,《国民新报副刊》编辑。

九　朱家骅(浙江)北大教授。

十　蒋梦麟(浙江)北大教授,代理校长。

十一　马裕藻(浙江)北大国文系主任,师大教授,前女师大总务长现教授。

十二　许寿裳(浙江)教育部编审员,前女师大教务长现教授。

十三　沈兼士(浙江)北大国文系教授,清室善后委员会委员,女师大教授。

十四　陈　垣(广东)前教育次长,现清室善后委员会委员,北大导师。

十五　马叙伦(浙江)前教育次长,教育特税督办,现国立
　　　师范大学教授,北大讲师。

十六　邵振青(浙江)《京报》总编辑。

十七　林玉堂(福建)北大英文系教授,女师大教务长,
　　　《国民新报》英文部编辑,《语丝》撰稿者。

十八　萧子升(湖南)前《民报》编辑,教育部秘书,《猛进》
　　　撰稿者。

十九　李玄伯(直隶)北大法文系教授,《猛进》撰稿者。

二十　徐炳昶(河南)北大哲学系教授,女师大教授,《猛
　　　进》撰稿者。

二十一　周树人(浙江)教育部佥事,女师大教授,北大国
　　　文系讲师,中国大学讲师,《国副》编辑,《莽原》编辑,
　　　《语丝》撰稿者。

二十二　周作人(浙江)北大国文系教授,女师大教授,燕
　　　京大学副教授,《语丝》撰稿者。

二十三　张凤举(江西)北大国文系教授,女师大讲师,
　　　《国副》编辑,《猛进》及《语丝》撰稿者。

二十四　陈大齐(浙江)北大哲学系教授,女师大教授。

二十五　丁维汾(山东)国民党。

二十六　王法勤(直隶)国民党,议员。

二十七　刘清扬(直隶)国民党妇女部长。

二十八　潘廷干

二十九　高　鲁(福建)中央观象台长,北大讲师。

三 十　谭熙鸿(江苏)北大教授,《猛进》撰稿者。

三十一　陈彬和(江苏)前平民中学教务长,前天津南开学校总务长,现中俄大学总务长。

三十二　孙伏园(浙江)北大讲师,《京报副刊》编辑。

三十三　高一涵(安徽)北大教授,中大教授,《现代评论》撰稿者。

三十四　李书华(直隶)北大教授,《猛进》撰稿者。

三十五　徐宝璜(江西)北大教授,《猛进》撰稿者。

三十六　李麟玉(直隶)北大教授,《猛进》撰稿者。

三十七　成　平(湖南)《世界日报》及《晚报》总编辑,女师大讲师。

三十八　潘蕴巢(江苏)《益世报》记者。

三十九　罗敦伟(湖南)《国民晚报》记者。

四 十　邓飞黄(湖南)《国民新报》总编辑。

四十一　彭齐群(吉林)中央观象台科长,《猛进》撰稿者。

四十二　徐　巽(安徽)中俄大学校务委员会委员长。

四十三　高　穰(福建)律师,曾担任女师大学生控告章士钊刘百昭事。

四十四　梁　鼎

四十五　张平江(四川)女师大学生。

四十六　姜绍谟(浙江)前教育部秘书。

四十七　郭春涛(河南)北大学生。

四十八　纪人庆(云南)大中公学教员。

以上只有四十八人,五十缺二,不知是失抄,还是像九六的制钱似的,这就算是足串了。至于职务,除遗漏外,怕又有错误,并且有几位是为我所一时无从查考的。但即此已经足够了,早可以看出许多秘密来——

甲,改组两个机关:

1．俄国退还庚子赔款委员会;

2．清室善后委员会。

乙,"扫除"三个半学校:

1．中俄大学;

2．中法大学;

3．女子师范大学;

4．北京大学之一部分。

丙,扑灭四种报章:

1．《京报》;

2．《世界日报》及《晚报》;

3．《国民新报》;

4．《国民晚报》。

丁,"逼死"两种副刊:

1．《京报副刊》;

2．《国民新报副刊》。

戊,妨害三种期刊:

1．《猛进》;

2．《语丝》;

3．《莽原》。

"孤桐先生"是"正人君子"一流人,"党同伐异"[4]怕是不至于的，"睚眦之怨"[5]或者也未必报。但是赵子昂的画马[6]，岂不是据说先对着镜子，摹仿形态的么？据上面的镜子，从我的眼睛，还可以看见一些额外的形态——

　　1．连替女师大学生控告章士钊的律师都要获罪，上面
　　　已经说过了。
　　2．陈源"流言"中的所谓"某籍"[7]，有十二人，占全数
　　　四分之一。
　　3．陈源"流言"中的所谓"某系"（案盖指北大国文系
　　　也），计有五人。
　　4．曾经发表反章士钊宣言的北大评议员十七人[8]，有
　　　十四人在内。
　　5．曾经发表反杨荫榆宣言的女师大教员七人，有三人
　　　在内，皆"某籍"。

　　这通缉如果实行，我是想要逃到东交民巷或天津去的[9]；能不能自然是别一问题。这种举动虽将为"正人君子"所冷笑，但我却不愿意为要博得这些东西的夸奖，便到"孤桐先生"的麾下去投案。但这且待后来再说，因为近几天是"孤桐先生"也如"政客，富人，和革命猛进者及民众的首领"一般，"安居在东交民巷里"[10]了。

　　这一篇是一九二六年四月十三日作的，就登在那年四月的《京报副刊》上，名单即见于《京报》。用"唯饭史观"[11]的眼光，来探究所以要捉这凑成"大衍之数"[12]的人们的原因，虽然并不出奇，但由今观之，还觉得"不为无

见"。本来是要编入《华盖集续编》中的，继而一想，自己虽然走出北京了，但其中的许多人，却还在军阀势力之下，何必重印旧账，使叭儿狗们记得起来呢。于是就抽掉了。但现在情势，却已不同，虽然其中已有两人被杀[13]，数人失踪，而下通缉令之权，则已非段章诸公所有，他们万一不慎，倒可以为先前的被缉者所缉了。先前的有几个被缉者的座前，现在也许倒要有人开单来献，请缉别人了。《现代评论》也不但不再豫料革命之不成功，且登广告云："现在国民政府收复北平，本周刊又有销行的机会（谨案：妙极）了"[14]了。而浙江省党务指导委员会宣字一二六号令，则将《语丝》"严行禁止"[15]了。此之所以为革命欤。因见语堂的《翦拂集》[16]内，提及此文，便从小箱子里寻出，附存于末，以为纪念。

　　一九二八年十月二十日，鲁迅记。

＊　　　　＊　　　　＊

　　〔1〕　本篇最初发表于1926年4月16日《京报副刊》。

　　〔2〕　"优美的差缺"　这是引用陈西滢的话。参看本卷第288页注〔11〕。

　　〔3〕　"整顿学风"　参看本卷第128页注〔4〕。

　　〔4〕　"党同伐异"　参看本卷第6页注〔7〕。

　　〔5〕　"睚眦之怨"　参看本卷第318页注〔7〕。

　　〔6〕　赵子昂的画马　参看本卷第251页注〔17〕。陈西滢在《致志摩》中说："你听见过赵子昂——是不是他？——画马的故事罢？他

要画一个姿势,就对镜伏地做出那个姿势来。鲁迅先生的文章也是对了他的大镜子写的,没有一句骂人的话不能应用在他自己的身上。"

〔7〕 "某籍" 1925 年 5 月 27 日,作者与马裕藻、沈尹默、李泰棻、钱玄同、沈兼士、周作人七人,针对杨荫榆开除六位女师大学生自治会职员的行径,联名发表《对于北京女子师范大学风潮宣言》。同月 30 日,陈西滢在《现代评论》第一卷第二十五期的《闲话》中攻击这个宣言,其中有"以前我们常常听说女师大的风潮,有在北京教育界占最大势力的某籍某系的人在暗中鼓动"的话。某籍,指浙江。参看本卷第 85 页注〔8〕。

〔8〕 1925 年 8 月,北京大学评议会为了反对章士钊非法解散女师大,议决与教育部脱离关系,宣布独立,有十七位教员曾发表《致本校同事公函》。这里说的北大评议员反章士钊宣言即指此事。

〔9〕 逃到东交民巷或天津 1926 年春夏间,冯玉祥国民军与奉系军阀张作霖等作战期间,国民军因发觉段祺瑞勾结奉军,于 4 月 9 日包围执政府,收缴卫队枪械,段祺瑞、章士钊等逃匿东交民巷(当时外国使馆所在地)。又 1925 年 5 月,章士钊禁止爱国学生纪念"五七"国耻日,北京学生于 7 日和 9 日举行游行示威,要求罢免章士钊,章曾避居天津租界。

〔10〕 陈西滢在《现代评论》第三卷第七十期(1926 年 4 月 10 日)发表的《闲话》中曾对当时北方的革命力量加以讽刺说:"每一次飞艇(按指奉军飞机)正在我头上翱翔着的时候,我就免不了羡慕那些安居在东交民巷的政客,富人,和革命猛进者及民众的首领。"

〔11〕 "唯饭史观" 这是讽刺陈西滢的。陈在《现代评论》第二卷第四十九期(1925 年 11 月 14 日)《闲话》中说:"我是不信唯物史观的,可是中国的政治,我相信实在可以用唯物观来解释,也只可这样的解释。种种的战争,种种的政变,出不了'饭碗问题'四个字。"

〔12〕 "大衍之数" 语见《周易·系辞》："大衍之数五十。"后来"大衍"就成为五十的代词。

〔13〕 指李大钊及邵振青。李大钊于 1927 年 4 月 28 日在北京被奉系军阀张作霖绞杀;邵振青于 1926 年 4 月 26 日在北京被奉系军阀张宗昌枪杀。邵振青(1888—1926),字飘萍,浙江金华人。《京报》创办人兼总编辑。

〔14〕 《现代评论》的这个广告登在 1928 年 9 月 12 日北京《新晨报》。

〔15〕 1928 年 9 月,国民党浙江省党务指导委员会以"言论乖谬,存心反动"的罪名,查禁书报十五种,《语丝》是其中的一种。

〔16〕 林语堂 参看本卷第 416 页注〔9〕。《翦拂集》是林语堂在 1924 年至 1926 年间所作杂文的结集,1928 年 12 月北新书局出版。集中有《"发微"与"告密"》一文,揭露段祺瑞、章士钊等在三一八惨案中的行为,其中曾提及作者这篇文章,有"鲁迅先生以其神异之照妖镜一照,照得各种的丑态都照出来"等语。